Albert Kölliker

Erinnerungen aus meinem Leben

Albert Kölliker

Erinnerungen aus meinem Leben

ISBN/EAN: 9783743620605

Hergestellt in Europa, USA, Kanada, Australien, Japan

Cover: Foto ©Raphael Reischuk / pixelio.de

Albert Kölliker

Erinnerungen aus meinem Leben

ERINNERUNGEN

AUS

MEINEM LEBEN

VON

A. KOELLIKER

MIT 7 VOLLBILDERN, 10 TEXTFIGUREN UND DEM PORTRÄT DES VERFASSERS
IN HELIOGRAVURE

LEIPZIG

VERLAG VON WILHELM ENGELMANN

1899.

MEINER FAMILIE,

MEINEN FREUNDEN UND KOLLEGEN

GEWIDMET.

Vorwort.

Am Schlusse einer langen wissenschaftlichen Laufbahn liegt es wohl jedem nahe, einen Rückblick auf das zu werfen, was von ihm angestrebt und geleistet wurde, etwas anderes ist es jedoch, damit vor die Öffentlichkeit zu treten. Wenn ich mich hierzu entschliesse, so geschieht es wesentlich aus dem Grunde, weil ich glaube imstande zu sein, durch eine Darlegung meiner Bestrebungen zugleich ein Bild der Zeit zu geben, in welcher die anatomischen Disziplinen durch C. Th. Schwanns bahnbrechende Entdeckungen in eine neue Ära eintraten. Während voller 58 Jahre, seit dem Jahre 1841, in welchem ich meine ersten Untersuchungen über die Samenfäden veröffentlichte, war ich ohne Unterbrechung als Forscher thätig und manche der von mir aufgestellten oder verteidigten Lehren haben als bedeutungsvolle Errungenschaften sich Bahn gebrochen und einen wesentlichen Einfluss auf die weitere Entwicklung der morphologischen Wissenschaften ausgeübt. Dank einem gütigen Geschicke, das mir die Schaffensfreude bis in mein gegenwärtiges Alter gestattete, darf ich ohne Unbescheidenheit sagen, dass ich mir diesen Einfluss in gewissen Gebieten bis auf den heutigen Tag bewahrt habe und giebt mir dies noch mehr die Berechtigung, durch eine übersichtliche Schilderung aller meiner Arbeiten und Leistungen zu zeigen, in welcher Weise dieselben in die Entwicklung der Biologie eingriffen und wie sie zu den Errungenschaften der Neuzeit sich stellen.

Wenn ich neben den wissenschaftlichen Arbeiten in dem ersten Abschnitte meiner Erinnerungen auch vieles Persönliche und auf meine Familie und meine Freunde sich Beziehende aufgenommen habe, so geschah dies in dem Bestreben, ein Gesamtbild meines Lebens darzustellen. Schwierig war nur das richtige Maass zu halten und gestehe ich, dass es mir oft vorkommt, als hätte ich das rein Menschliche allzusehr in den Hintergrund gedrängt.

Der Verlagsbuchhandlung Wilhelm Engelmann und der Universitätsdruckerei von Kommerzienrat H. Stürtz spreche ich für die bei der Ausstattung und dem Drucke dieses Werkes verwendete Sorgfalt auch öffentlich meinen verbindlichsten Dank aus.

Würzburg, im Juli 1899.

A. Koelliker.

Inhaltsverzeichnis.

———

Erster Abschnitt.

I. Allgemeine Schilderung.

Mein Vater, Johannes Koelliker, geb. 1790, war der Sohn eines geachteten Schullehrers in dem Dorfe Thalweil am Zürchersee und hatte durch eigenen Fleiss eine bessere Bildung sich erworben, so dass er noch jung in Zürich in dem Bankierhause Tobler-Stadler Aufnahme fand und nach und nach zur Vertrauensperson eines Kassenverwalters sich aufschwang. In dieser Stellung verheiratete er sich in Zürich mit Anna Maria Katharina Füssli, geb. den 23. März 1796, die aus einer alten Zürcher Familie abstammte, die z. T. bedeutende Maler und Naturforscher hervorgebracht hatte. Durch diese Verheiratung gewann mein Vater, der auch das Bürgerrecht der Stadt Zürich sich erwarb, eine geachtete Stellung und zugleich einen Anteil an der berühmten, jetzt noch blühenden Verlagshandlung Orell, Füssli & Cie. Aus dieser Ehe entsprossten zwei Söhne, der Schreiber dieses, Rudolf Albert, geb. am 6. Juli 1817, und Hans Theodor, geb. am 13. Januar 1819. Aus meines Bruders und meiner ersten Jugend erwähne ich nur soviel, dass wir beide wilde Buben waren, die im Sommer alle freie Zeit mit Baden, Schwimmen und Turnen, sowie mit Indianer- und Ritterspielen und im Winter auf dem Eise mit Schlittschuhlaufen zubrachten. So machten wir unseren Eltern manche Sorgen, brachen auf dem Eise ein, verliefen uns, fielen von geplünderten Obstbäumen herunter u. s. w.

Koelliker, Erinnerungen.

Zwei Abenteuer sind mir noch in lebhafter Erinnerung. Als im Winter 1829/30 der ganze Zürcher-See zugefroren war, ging mein Bruder 10 Jahre alt, nach Tisch allein auf dem See Schlittschuhlaufen. Als es 5 Uhr wurde und er noch nicht heimgekommen war, bemächtigte sich unser eine grosse Angst. Mein Vater und ich schnallten unsere Schlittschuhe an und liefen weit auf dem Eise herauf gegen das Seefeld und Wollishofen zu, stets rufend, jedoch umsonst. Als wir endlich um 7 Uhr heimkamen, war der kleine Kerl eben angelangt und beichtete, er sei eine gute Stunde weit nach Thalweil gelaufen, dann wieder auf den See, um zurückzukehren, von dem aber Nebel ihn ans Land trieb. Zu Fusse gehend, sei er bald müde geworden und habe nur mit Not eine grosse Neigung zum Schlafen bemeistert, die ihn bei der grossen damaligen Kälte unbedingt dem Tode geweiht hätte. Die Freude über seine glückliche Heimkehr rettete ihn von aller Strafe.

Eine andere, heitere Geschichte begegnete mir, als ich schon Gymnasiast war. Wir beiden Brüder hatten früh eine grosse Neigung zum Schiessen von Spatzen gefasst und benutzten jede sich darbietende Gelegenheit zur Ausübung dieses Sports. Später ging es an Krähen, Elstern und Eichhörnchen und waren wir häufig in der Dämmerung im Burghölzli bei Zürich — jetzt durch A. Forels Wirksamkeit allgemein bekannt —, um an ihrem Einfallplatze Krähen zu erlegen. Später wandte sich unser Wildern den Wildenten und Reihern auf dem See zu. So fuhr ich an einem schönen Winternachmittage allein mit einer am Boden des Kahnes versteckten Flinte gegen Wollishofen am Rande des Röhrichts heraus und hoffte bei eingefallenem Nebel auf Wildenten zu kommen. In der That erblickte ich auch ganz nahe am Lande einige dieser erwünschten Bissen, schlug an und erlegte eine. Aber o weh! ein ganz gemeines Geschnatter machte mich bald darauf aufmerksam, was für ein schlechter Waidmann ich sei. Voll Teilnahme und Besorgnis ruderte ich näher, um zu sehen, ob ich wirklich so unglücklich gewesen, eine zahme Ente zu treffen. Da aber kam ich schön an. Kaum war ich etwas näher gekommen, so erscholl eine Donnerstimme vom Ufer her: wer hat auf meine Enten geschossen? Ich hatte mich festgefahren und musste Red und Antwort stehen und da ergab sich, dass der Besitzer der berühmte Professor Bernhard Hirzel, der Übersetzer der Sakuntala, war und dass ich die „Lieblingsente" seiner Frau gemordet! Ich wurde meinem Vater angezeigt, musste am nächsten Tage nach Wollishofen Abbitte thun, war aber so wenig zerknirscht, dass ich im Nachen, der mich hinaustrug, wohl geborgen mein Gewehr mitnahm.

So könnte ich noch über manche kleine Abenteuer berichten.

Als wir älter wurden, kamen neben den Leibesübungen auch kleine Reisen an die Reihe. Es war zu dieser Zeit in Zürich durch das Zusammenwirken älterer Studierenden, vor allem der Theologie, unter dem Namen „Knabengesellschaft"

Mein Bild im Alter von 10 Jahren
von dem Künstler J. Oeri.

ein Verein gegründet worden, der den Zweck hatte, Knaben angenehm und vernünftig zu beschäftigen. Diese Gesellschaft, zu der alle Schüler des Gymnasiums freien Zutritt hatten, versammelte sich einmal in der Woche unter Aufsicht einiger sogenannter „Herrn" in einem grösseren Saale und wurden die Abende mit Spielen, Vorlesen nützlicher Aufsätze und heiteren Gesprächen zugebracht. In den Ferien veranstalteten dann die Leiter der Gesellschaft kleinere und grössere Reisen in die Berge, so dass wir in dieser Weise schon früh die schönsten Punkte des Zuger- und Vierwaldstättersee's kennen lernten. Gewöhnlich wurden zwei Gruppen, eine von jüngeren und eine von älteren Knaben gebildet, von denen jede unter der Aufsicht von zwei oder drei Studierenden ihre besonderen Wege verfolgte. Diese ersten Reisen hinterliessen unauslöschliche Eindrücke bei uns und erinnere ich mich jetzt noch in meinen alten Tagen an den Jubel, mit dem wir den Rigi bestiegen, an unser Staunen beim Durchwandern des Bergsturzes von Goldau, an die stolzen Gefühle, mit denen wir die hohle Gasse und die Tellsplatte samt dem Grütli besuchten. Von unseren Herrn ist mir noch erinnerlich der spätere Antistes Hess am Grossmünster in Zürich, der Pfarrer Wolf, Bruder des berühmten Astronomen Rudolf Wolf und dieser selbst. Ob in anderen Schweizerstädten ähnliche Gesellschaften bestanden, weiss ich nicht, doch ist unzweifelhaft, dass unsere Zürcher Knabengesellschaft sehr viel Gutes wirkte und dass solche Bestrebungen von Studierenden vielen anderen vorzuziehen wären und ein besonderes Lob verdienen.

Während dieser Jugendzeit nahm sich besonders unsere Mutter eifrig unser an und sorgte unablässig für unser körperliches und geistiges Wohl. Dieselbe war in allen Beziehungen eine hervorragende Dame, schön und bezaubernd dem Äusseren nach, fein gebildet, im Französischen, Englischen und Italienischen sowohl in Sprache als Schrift, vollkommen zu Hause und selbst schriftstellerisch thätig, an Güte, Edelsinn und Liebe zu ihren Kindern ihres Gleichen suchend. Uns zu Liebe lernte sie lateinisch, um unsere Aufgaben überwachen zu können und sorgte dafür, dass auch wir die nötigen Sprachkenntnisse uns erwarben. Durch

Mädchen aus der französischen Schweiz und dadurch, dass die
Eltern unter sich nur französisch sprachen, lernten wir diese
Sprache spielend; englischen und italienischen Unterricht gab
uns die Mutter selbst, unterstützt von Sprachlehrern und so kam
es, dass wir mit 18 Jahren auch in diesen zwei Sprachen gut
bewandert waren, Kenntnisse, die wir beide, vor allem aber ich
selbst, erst später voll zu würdigen imstande waren, als meine
Studien mich auf die fremden Litteraturen hinwiesen.

Unser Vater hatte, durch das Beispiel seiner Frau angeregt,
sich selbst gute Sprachkenntnisse erworben, doch war sein Einfluss auf unsere Entwickelung kein grösserer, da er in seiner
kaufmännischen Laufbahn sehr beschäftigt war und auch, als
wir noch jung waren, im Jahre 1833 aus dem Leben schied.
So ruhte denn unsere ganze weitere Erziehung auf den Schultern
der Mutter und kann ich nur mit innigstem Danke und wahrer
Rührung anerkennen, dass dieselbe alles that, um uns zu
tüchtigen und braven Menschen zu machen und uns eine geachtete
Stellung im Leben zu geben.

Die Schilderung meines weiteren Studienganges und äusseren
Erlebnisse auf später versparend, will ich noch meine Familien-
verhältnisse ergänzen. Nachdem ich 30 Jahre alt einen Ruf
nach Würzburg angenommen hatte, verheiratete ich mich am
14. Dezember 1848 in Montagny im Kanton Waadt, wo meine
Frau bei einem Geistlichen in Pension gewesen war, mit Fräulein
Maria Schwarz von Mellingen im Kanton Aargau, geb.
am 13. April 1823, die mich durch ihre Lieblichkeit, Güte und
anspruchsloses Wesen gefesselt hatte. Diese Verbindung, die
mich durch die Liebe und vorzüglichen Eigenschaften meiner
Frau sehr glücklich gemacht hat und noch macht, wurde durch
drei Kinder beglückt. Mein älterer Sohn Theodor ist Professor
extraordinarius der Chirurgie und Direktor der orthopädischen
Universitätsanstalt in Leipzig, mit Maria Einert von Leipzig
verheiratet und Vater eines Söhnchens, das meinen Namen trägt.
Mein jüngerer Sohn Alfred ist Doktor der Philosophie von Frei-
burg i. Br. und Besitzer der chemischen Fabrik Dr. L. C. Marquart
in Beuel bei Bonn. Derselbe ist verheiratet mit Mathilde
Ermekeil von Bonn und Vater eines Sohnes Rudolf. Meine

Tochter Frida ist Gattin des Professors der Jurisprudenz Dr. Erich Danz in Jena und Mutter dreier lieblicher Mädchen.

Von meinem Bruder Theodor erwähne ich, dass derselbe am 27. Mai im Jahre 1837 Fräulein Elise Hüttenschmid, Nichte des hervorragenden Professors der Chirurgie an der Zürcher Universität Dr. Locher-Zwingli ehelichte, aus welcher Verbindung zwei Töchter hervorgingen. Die eine derselben, Amalie, heiratete den Seidenfabrikanten Wirz im Seefeld bei Zürich, während die jüngere Anna ihr Leben der Pflege ihrer Mutter widmet, nachdem mein Bruder am 5. Mai im Jahre 1875 infolge eines *Aneurysma aortae*, 56 Jahre alt, aus dem Leben geschieden war. Meine Nichte Amalie Wirz hat eine Tochter Anna, die mit dem praktischen Arzte Karl Mayer aus Bremgarten verheiratet ist.

Meine Mutter, die sich nach der Verheiratung ihres jüngeren Sohnes Theodor in Zürich etwas einsam fühlte, beschloss im Frühling 1848 zu mir nach Würzburg zu ziehen und unterstützte so meine junge Frau durch Rat und That in unserem jungen Hausstande und nahm sich auch meiner Kinder mit derselben Liebe und Aufopferung an, die sie früher ihren eigenen Söhnen gewidmet hatte. Was die gute Mutter uns da war, lässt sich mit keinen Worten schildern, und ist die Verehrung und Dankbarkeit, welche meine Frau ihr widmete, eine so grosse, dass dieselbe nie erlöschen wird. Zu unserem grössten Leidwesen erlebte meine Mutter kein höheres Alter und starb 64 Jahre alt am 12. September 1860. Doch wurde ihr Leben in Würzburg durch unsere Liebe und Dankbarkeit und ihre eigene rege Teilnahme an dem Wohlergehen meiner Kinder verschönert und auch durch häufige Besuche meines Bruders, seiner Frau und Kinder erhellt. Da auch meinem Bruder kein längeres Leben beschieden war, so fesseln mich nur noch seine liebe Frau und deren Töchter, denen ich und alle Meinigen mit grösster Liebe zugethan sind, unmittelbar an meine Heimat. So lange mein Bruder lebte, pflegte ich jedes Jahr einige Wochen bei ihm in Zürich oder auf seinem schönen Landsitze bei Küssnacht zuzubringen und so die Verbindung mit meiner alten Heimath aufrecht zu erhalten, eine Gewohnheit, die je länger

umsomehr einschlief, als auch von meinen Studiengenossen und
Freunden einer nach dem andern aus dem Leben schied. Und
doch hänge ich immer noch mit alter Liebe an meinem Vaterlande, wenn ich auch an dem, was die junge Generation treibt,
im ganzen weniger Anteil nehme und meine Anhänglichkeit
einem guten Teile nach der Schönheit der Heimat und den dahin-
gegangenen Zeiten gilt. Bei meiner Berufung nach Würzburg
behielt ich mir übrigens mein Schweizerbürgerrecht vor und bin
immer noch Mitglied der Zunft zum Schafe in Zürich.

Ich wende mich nun zu meinen weiteren Erlebnissen. Als
ich in Zürich das Gymnasium bezog, befanden sich meine
Eltern, wie schon oben bemerkt, im Besitze eines Anteiles an
der Verlagshandlung von Orell, Füssli & Cie. und war
bestimmt, dass ich später in die Leitung dieses Geschäftes eintreten solle, was dann die Veranlassung wurde, dass ich am
oberen Gymnasium auch die hebräischen Stunden bei dem
hervorragenden Gelehrten Hitzig mitnahm. Noch bevor ich
das Gymnasium verliess, verkauften jedoch meine Eltern, durch
besondere Verhältnisse veranlasst, ihren Anteil an genannter
Verlagshandlung und entschloss ich mich nun zum Studium
der Medizin, zu welchem mich eine früh aufgetretene Neigung
zu den Naturwissenschaften zog. Schon als Knabe hatte ich
Schmetterlinge gezogen und gesammelt und am Gymnasium
veranlasste mich ein Herr Gelstorf, der beim Vater eines
lieben Mitschülers Caspar Schmidt Gehilfe war, zum Botani-
sieren. Viele Stunden brachte ich damals in einem kleinen
Dachzimmer des ehemaligen Zunfthauses zur Meise im Besich-
tigen des Herbariums dieses eifrigen Sammlers zu und erfuhr
durch denselben die Standorte und Unterscheidungsmerkmale
vieler Zürcher-Pflanzen, begleitete auch häufig denselben auf
seinen Exkursionen. An die Universität im Frühling 1836,
19 Jahre alt, übergetreten, wurde Oswald Heer mein Lehrer
in der Botanik und unter dessen Leitung entwickelte ich mich
dann, zusammen mit meinem Mitschüler und Freunde Carl
Nägeli, je länger um somehr, zu einem eifrigen Botaniker.
Während der ersten drei Jahre meines Universitätsstudiums in
Zürich durchforschte ich, teils mit Heer und Nägeli zusammen,

teils allein die Flora meines Heimat-Kantons so eifrig, dass
ich mich zur Bearbeitung eines Verzeichnisses der Pflanzen
desselben für gewachsen hielt, welches dann auch im Jahre 1839
bei Orell, Füssli & Cie. unter dem Titel: Verzeichnis der
phanerogamischen Gewächse des Kantons Zürich, 154 Seiten mit
einer Dedikation an Oswald Heer erschien. Diese erste wissenschaftliche Arbeit trug einen Stempel, dem man den Einfluss
meines Lehrers Oswald Heer wohl anmerkte, indem dieselbe
nicht eine einfache Aufzählung der Arten und ihrer Fundorte
gab, sondern auch die klimatischen und geologischen Verhältnisse
berücksichtigte und auch zwischen den wirklich einheimischen
und den eingewanderten und gezüchteten Pflanzen unterschied.
Mein Herbarium der Zürcher- und Schweizerpflanzen machte
ich später der Universität zum Geschenk und wird dasselbe,
soviel mir bekannt, im botanischen Garten aufbewahrt.

Ausser der Botanik wurde in Zürich auch Mineralogie
unter Julius Fröbel und vor allem Geologie an der Hand
von Arnold Escher von der Linth eifrig betrieben, aber
auch die Physik bei Mousson und die Chemie unter Löwig
nicht vernachlässigt und ausserdem die so sehr anregenden
Vorträge Okens über Zoologie und Naturphilosophie
gehört. In dieser Zeit legte ich auch geologische und minera-
logische Sammlungen an und muss ich mit grossem Danke die
Belehrung hervorheben, die mir von dem durch seine reiche
Sammlung berühmten Privatgelehrten David Wiser zu teil
wurde. In meinen ersten Semestern hörte ich auch den Anatomen Friedrich Arnold mit grossem Nutzen und präparierte
unter diesem hervorragenden Gelehrten. Von Klinikern hörte
ich in Zürich Locher-Zwingli, den erfahrenen Chirurgen,
den Geburtshelfer Spöndli, den internen Mediziner Locher-
Balber.

Im Sommer 1839 ging ich einigen juristischen und theolo-
gischen Freunden zu lieb auf ein Semester nach Bonn und hörte
da die in lateinischer Sprache abgehaltene innere Klinik von
Nasse, die chirurgische bei Wutzer, die geburtshilf-
liche bei Kilian und die chirurgische Poliklinik bei
dem späteren berühmten Kölner Chirurgen Fischer.

Aus meinen chirurgischen Erlebnissen steht immer als dunkler Schatten ein poliklinischer Fall in meiner Erinnerung, wo ich bei einer an Fettpolster reichen Frau die Aderlassvene nicht finden konnte.

Ein Wendepunkt in meinem Leben war Berlin, an welcher Universität ich 3 Semester, vom Herbst 1839 an bis zum Frühling 1841 zubrachte. Hier waren es vor allem Johannes Müller und Jakob Henle, deren Einfluss ein mächtiger war. Bei J. Müller, dessen Physiologie schon lange mein Leitstern gewesen war, hörte ich vergleichende Anatomie und pathologische Anatomie, bei Henle normale Gewebelehre mit Demonstrationen. War bei J. Müller der weite Blick, mit dem er entfernte Formen verband und das denselben Gemeinsame nachwies, vor allem anregend und für mich neu, so führte Henle mich in die epochemachenden Schwannschen Lehren ein und lenkte meinen Blick zuerst auf den mikroskopischen Bau des Körpers. Ich sehe noch den schmalen langen Vorplatz im Universitätsgebäude neben seinem Hörsaale, in dem Henle in Ermangelung eines anderen Raumes für Demonstrationen, an wenigen, kaum 5 oder 6 Mikroskopen uns die einfachsten, aber in ihrer Neuheit so imponierenden Sachen, Epithelien, Epidermisschüppchen, Flimmerzellen, Blutkörperchen, Eiterzellen, Samentierchen, dann Zupfpräparate von Muskeln, Sehnen, Nerven, Schnitte von Knorpeln, Schliffe von Knochen u. s. w. vorwies und erläuterte, alle Teile selbstverständlich ganz und gar in ihren natürlichen Verhältnissen und ungefärbt. Jetzt wo der jüngste Mediziner schon alles das und viel mehr aus Abbildungen aller Art kennt und die Thatsachen des feinsten Baues des Körpers schon im Gymnasium in aller Munde sind, kann sich nicht leicht einer eine Vorstellung des Eindruckes machen, den damals das erste Erblicken eines Blutstropfens, eines Flimmersaumes, eines Knochenschliffes, einer quergestreiften Muskelfaser auf den Studierenden machte und bleibt das Erleben solcher Eindrücke jedem zeitlebens in Erinnerung.

Welcher Art meine damaligen Bestrebungen waren, geht vielleicht am besten daraus hervor, dass ich schon als Studierender im 7. Semester J. Müllers Archiv mir anschaffte und im 9. ein Mikroskop von Schiek kaufte. Bevor ich dasselbe besass, hatte Schönlein, den ich von Zürich her kannte, wo er meine Mutter behandelt hatte, mir einen kleinen Chevalier von Paris zur Benützung überlassen und dieser diente dann in den Herbstferien 1840 mir und Carl Nägeli bei einem Aufenthalte in Wyk auf der Insel Föhr, und später auf Helgoland, welche Orte wir als Ferienstationen gewählt hatten, über welche Untersuchungen weiter unten mitgeteilte Briefe die nötigen Aufschlüsse geben werden.

Nach Berlin anfangs November zurückgekehrt, wurden dann mit Hilfe meines neu erworbenen Schiek die halben Nächte hindurch an einheimischen Tieren, namentlich Mollusken, Krustern und Anneliden, das Sperma untersucht und endlich als Frucht dieser Beobachtungen meine erste anatomische Arbeit „Untersuchungen über die Geschlechtsverhältnisse der wirbellosen Tiere und über die Bedeutung der Samenfäden, Berlin 1841" veröffentlicht. Diese Arbeit wollte die medizinische Fakultät in Zürich nicht als Dissertation für den Doktorgrad ohne mündliches Examen annehmen und so doktorierte ich dann mit derselben in der Zürcher — philosophischen Fakultät und erwarb mir ein Jahr später — 1842 — mit meiner Schrift: „*Observationes de prima insectorum genesi, adjecta articulatorum evolutionis cum vertebratorum comparatione, Turici 1842*" und einem Colloquium den medizinischen Doktorgrad an der Universität Heidelberg.

Bei meinen anatomischen Studien in Berlin fand ich ausser durch J. Müller und Henle noch wichtige Anregungen durch Ehrenberg, Meyen und Remak, durch welche Gelehrte mir wenig oder gar nicht bekannte Gebiete, die Infusorien, die mikroskopische Anatomie der Pflanzen und die Entwickelungsgeschichte, aufgedeckt wurden. Namentlich erinnere ich mich mit lebhafter Befriedigung eines Privatissimum bei Remak, in welchem dieser hochbegabte Forscher in seiner Wohnung einigen wenigen eifrigen Zuhörern seine Beobachtungen über die Entwickelung des Hühnerembryo mitteilte und durch Präparate erläuterte, Demonstrationen und Erörterungen, die mir unvergesslich blieben und die bald darauf in seinem berühmten grossen Werke der ganzen wissenschaftlichen Welt vorgelegt wurden und eine neue Ära in der Entwickelungsgeschichte begründeten.

Auch die Philosophie wurde in Berlin nicht vernachlässigt, und wie ich schon in Zürich ein vorzügliches Kolleg über Ethik bei Alexander Schweizer mit Eifer gehört hatte, so fesselten mich auch in Berlin die Vorträge einiger Hegelianer, unter denen ich besonders Michelet hervorhebe.

Alles was uns nach dieser und der anatomischen Seite in Berlin geboten wurde, fand stets Nachbesprechungen und kritische Erörterungen bei Nägeli und mir, die wir die ganze Berliner Zeit zusammen verlebten, wie wir auch in der damals unscheinbaren Dorotheenstrasse und später in der benachbarten Mittelstrasse Thür an Thür wohnten.

Die praktische Medizin spielte natürlich auch in Berlin eine gewisse Rolle und nenne ich vor allem den geistreichen Schönlein als den anziehendsten Lehrer, dann den groben Rust, den langweiligen Jüngken, den Geburtshelfer Busch.

Auch in Berlin legte ich in diesem Gebiete, ebenso wie in Bonn, keine besondere Befähigung an den Tag, indem einmal in der geburtshilflichen Poliklinik bei einer Zwillingsschwangerschaft der „Herr Doktor" durch die Hebamme auf den zweiten kommenden Weltbürger aufmerksam gemacht werden musste!

Im Frühjahr 1841 begleitete ich Nägeli nach Jena und blieben wir 14 Tage da, um Schleiden kennen zu lernen und kehrten dann nach unserer Heimat zurück. Hier beschäftigte mich zuerst das Staatsexamen. Aus demselben ist mir erinnerlich, dass ich, der ich die feinsten Verzweigungen der Hirnnerven, den Bau des Ohrlabyrinthes, der Augen, des Gehirns u. s. w. am Schnürchen hatte, auf die Frage nach der Pfortader nicht zu antworten wusste! Arnolds „*Icones nervorum capitis*" waren damals mein Lieblingsstudium und ebenso sass ich in Berlin einen ganzen Winter hindurch über Valentins „*De functionibus nervorum capitis*" jeden Morgen von 6 Uhr an eine Stunde lang. Trotz des Examens fand ich im Sommer 1841 hinreichend Zeit, um die Entwickelung von zwei Fliegenlarven, Chironomus und Donacia, deren Eier ich in der Limmat unterhalb der oberen Brücke gefunden hatte, zu studieren. Ergebnis dieser Studien war meine oben schon erwähnte medizinische Doktordissertation. Im Winter desselben Jahres 1841/42 nahm mich Henle, der im Jahre 1840/41 in Zürich die anatomische Professur übernommen und mich auch im Staatsexamen geprüft hatte, als Hilfsassistent an und trat ich so zum erstenmale in nähere Beziehungen zu dem Gelehrten, der mir von dieser Zeit an als der hervorragendste Anatom unserer Zeit galt und später ein lieber Freund wurde.

Mit dem Schlusse des Wintersemesters 1841/42 beschlossen mein Freund und Studiengenosse C. Nägeli und ich zusammen auf ein halbes Jahr nach Neapel zu gehen, um dort unsere Studien an Seetieren und Meerpflanzen, die wir auf Föhr und Helgoland begonnen hatten, fortzusetzen. Es war dies damals für Bewohner der Binnenländer ein sozusagen fast neues Unternehmen, denn wenn auch im 2. Decennium unseres Jahrhunderts Tiedemann und andere Studien am Meere vorgenommen hatten, so waren doch solche Untersuchungen selten und begannen dieselben erst in den dreissiger und vierziger Jahren mit Stannius, W. Peters, Krohn und J. Müller häufiger zu werden, denen von französischen Forschern Milne-Edwards und Quatrefages anzureihen sind, die im nämlichen Jahre 1842, wie wir, das Meer Siziliens zoologisch durchforschten. In Neapel am 12. April 1842 angelangt, mieteten wir uns in der berühmten und viel besungenen *Santa Lucia* gegenüber dem *Castello dell' ovo* ein, wo auch Krohn wohnte und begannen da mit grossen Schwierigkeiten unsere Untersuchungen. Nach und nach gelang es uns einige Fischer zu züchten, die uns jeden Morgen ihre Beute brachten und ist mir besonders einer derselben, Fagozzo mit Namen, erinnerlich, der durch seine Findigkeit sich auszeichnete. Ob ich denselben der Empfehlung Stefano Delle Chiaies verdankte, den ich bald nach unserer Ankunft mit einer Empfehlung Okens besucht hatte, erinnere ich mich nicht mehr, nur das weiss ich, dass dieser berühmte Erforscher der heimischen Seetiere, dessen grosses Werk in 4 Foliobänden ich mir sofort angeschafft hatte, mich stets auf das liebenswürdigste unterstützte, wenn ich über ein seltenes oder rätselhaftes Tier Aus-

kunft verlangte. Dasselbe kann ich auch von Oronzio Costa
und seinem Sohne sagen, obschon ich dieselben weniger sah, da
sie mit einer bei italienischen Forschern nicht seltenen Zähigkeit
von ihrem älteren, in derselben Richtung thätigen Kollegen sich
fern hielten. Dagegen war ich oft in der Lage, die Liebenswürdigkeit Krohns in Anspruch zu nehmen, der an zoologischen
Kenntnissen mir weit überlegen, mich in jeder Weise unterstützte und meine Studien sehr wesentlich förderte.

Nachdem wir bis zum 4. Juli in Neapel gearbeitet hatten,
gingen wir auf zwei Monate nach Sizilien, von denen wir die
längste Zeit in Messina zubrachten, kehrten am 3. September
wieder nach Neapel zurück und schlossen da am 11. September
unsere Untersuchungen am Meere ab.

Das Forschen und die Untersuchungen, die in Neapel für
mich begannen und denen ich mit grösster Energie und Freude
mich hingab, waren anfangs ungemein mannigfaltige und ab-
wechselnde, was jeder leicht begreifen wird, der die vielen Typen
berücksichtigt, die der Golf von Neapel beherbergt. Anfangs
wurde alles besehen und in Kürze durchmustert, der *Amphioxus*
ebenso wie die zahlreichen Quallen, Tintenfische, Mollusken,
Crustaceen, Anneliden, Polypen und Echinodermen. Nach und
nach tauchten aber doch einige besonders wichtige Themata auf
und unter diesen fesselte mich bald die Entwickelung der
Tintenfische, über die fast gar nichts vorlag. Am 22. April
bekam ich die ersten befruchteten Eier von *Sepia* und fand an denselben sofort eine wunderbar einfache Embryonalanlage, die in
keiner Weise erraten liess, wie dieselbe zu dem fertigen Tiere
sich verhält. Als ich endlich auch noch am 26. April sich furchende
Eier in frühen Stadien erhalten hatte, war ich rasch entschlossen,
alle meine Zeit an dieses Thema zu wenden und gelangte so
schliesslich dazu, eine Entwickelungsgeschichte der Cephalopoden
bearbeiten zu können, die im Jahre 1844 erschien und als die
erste vollständige Untersuchung über diese Tierabteilung bezeichnet werden darf.

Von meinen anderen in Neapel und Messina angestellten
Untersuchungen wurden nur eine geringe Zahl veröffentlicht
und hebe ich hier nur folgende hervor.

1. Über das Geruchsorgan des *Amphioxus*.
2. Über das Geruchsorgan der Tintenfische.
3. Wimperhaare im Gehörorgane der Mollusken.
4. Randkörper der Quallen und Polypen.
5. Anatomie von *Tristoma papillosum*.
6. Über den *Hectocotylus* der *Argonauta*.
7. Über neue Gattungen von Würmern.
8. Über *Rhodope Veranii*.

Nach meiner Rückkehr nach Zürich im Herbste 1842 wurde mir dann das Glück zu teil, von Henle als Prosektor angenommen zu werden, in welcher Stellung ich bis zu seinem Weggange nach Heidelberg im Frühlinge 1844 verblieb. Inzwischen hatte ich mich auch im Jahre 1843 habilitiert, was damals einfach durch einen Probevortrag geschah, den ich über die Entwickelung der wirbellosen Tiere hielt. In demselben ward in erster Linie die Furchung als eine fortlaufende Zellenbildung dargestellt, deren Bedeutung in der Bildung des Materiales für die Entstehung der Organe und Gewebe liege, und zweitens eine Vergleichung der Entwickelung der Gliedertiere mit derjenigen der Wirbeltiere unternommen, wie ich eine solche in meiner Dissertation „*De prima insectorum genesi*" versucht hatte.

Nach Henles Weggang beschloss die Fakultät, die Professur desselben zu teilen und wurde ich am 9. Mai 1844, 27 Jahre alt zum Professor extraordinarius der Physiologie und vergleichenden Anatomie mit 1200 fr. Gehalt ernannt, während der Österreicher D. Engel die Anatomie als Extraordinariat erhielt. Prosektor der Anatomie wurde am 10. Juli 1844 Hermann von Meyer, Privatdozent in Tübingen.

Als neuernannter Professor hatte ich eine Antrittsvorlesung zu halten, deren Thema die Verrichtungen des Gehirns waren. In diesem Vortrage setzte ich in erster Linie auseinander, dass die Nervenzellen die physiologisch wesentlichsten Bestandteile des Nervensystems seien, die mit ihnen zusammenhängenden Nervenfasern dagegen nur Leitungsapparate; dass ferner das Nervensystem aus einem ganzen Komplexe von Central-Organen bestehe, indem die Ganglien und das Rückenmark ebenso gut Ursprungs- und Endigungsstellen von Nerven-

fasern seien, wie das Gehirn, Annahmen, die sich wesentlich
auf den von mir im Jahre 1844 gegebenen Nachweis von dem
Zusammenhange dunkelrandiger Nervenfasern mit Nervenzellen
stützten. Zweitens verlegte ich alle geistigen Thätigkeiten in
die zelligen Elemente des grossen Hirnes und betrachtete auch
in dieser Beziehung die Nervenfasern nur als untergeordnete
Apparate. Alles das wurde weitläufig im Einzelnen ausgeführt
und wüsste ich in der That auch jetzt an Vielem des damals
Vorgetragenen nichts zu ändern. Meine ersten Vorlesungen
hatte ich schon, als Prosektor von Henle, im Winter 1842/43
mit der Osteologie begonnen, die dann auch in den nächst-
folgenden zwei Semestern gelesen wurde. Ausserdem beteiligte
ich mich jeden Winter an der Leitung der Präparierübungen,
las im Sommer 1843 allgemeine Anatomie mit mikroskopischen Demonstrationen 2 Stunden und vergleichende
Entwickelungsgeschichte des Menschen und der höheren
Tiere 3 Stunden, und im Winter 1843/44 auch allgemeine
Anatomie und ein Repetitorium der Physiologie.

Als Professor extraordinarius trug ich während der
7 Semester meines Wirkens in Zürich vor: 5mal vergleichende
Anatomie in 5 und 4 Stunden; 4mal Physiologie in
6 Stunden; 3mal Entwickelungsgeschichte; 6mal allgemeine Anatomie neben Anleitung zu physiologischen
und mikroskopischen Untersuchungen, z. T. mit Dr. Hermann von Meyer 3, 4 und 5 Stunden; 1mal Anatomie
des Nervensystems und der Sinnesorgane; 1mal Anatomie
der Eingeweide und Sinnesorgane; 1mal Lehre von den
Missbildungen 2 Stunden; 1mal Geschichte der Medizin
2 stündlich; 1mal pathologische Histologie 2 stündlich. So
kamen auf die einzelnen Semester 12, 8, 11, 8, 14, 14 und 10
Stunden; dagegen ist die Zahl der Zuhörer nicht zu ermitteln
gewesen und erinnere ich mich nur soviel, dass ich in den
Hauptfächern mit 5 Zuhörern begann und mit etwa 25 abschloss.

Im Sommer 1847 erhielt ich, gerade 30 Jahre alt, einen
Ruf nach Würzburg, den ich vor allem meiner Entwickelungsgeschichte der Cephalopoden und Henle verdankte, der mich
dem damaligen Rektor Rinecker warm empfohlen hatte.

In Würzburg war damals die Stelle eines Extraordinarius der Experimentalphysiologie von B. Heine zu besetzen und da der ordentliche Vertreter der Physiologie Hensler keine Zugkraft besass, so wünschte die Fakultät einen jüngeren Forscher zu gewinnen, der neben der Physiologie auch die mikroskopische und vergleichende Anatomie zu vertreten imstande sei. Zu dem Ende wurde der Anatom Münz veranlasst, die vergleichende Anatomie abzutreten und für dieses neugeschaffene Ordinariat erging ein Ruf an mich mit dem Anerbieten von 1600 fl. Gehalt. Ich nahm denselben nur unter der Zusage an, dass, sobald die Stelle der Anatomie frei werde, dieselbe mir zufalle, denn ich trug mich schon in den letzten Jahren meiner Wirksamkeit in Zürich mit dem Plane eine mikroskopische Anatomie herauszugeben. Dieser Plan war auch der Grund, warum ich meine Heimat überhaupt verliess. Als einzige Bedingung meines Bleibens in Zürich hatte ich nämlich die gestellt, dass mir von je drei Leichen eine zur Verfügung gestellt werde, um mikroskopische Untersuchungen menschlicher Körperteile vorzunehmen, da ich von dem anatomischen Material bisher durch den Mangel an Unterstützung von seiten des Anatomen Engel ganz ausgeschlossen war. Da diese meine Bedingung von seiten des Erziehungsrates, d. h. dessen Referenten Dr. Rahn-Escher, und bei der Regierung keine Zustimmung fand, so nahm ich, so ungern ich auch meine Vaterstadt verliess, den Ruf nach Würzburg an und siedelte im September 1847 nach dieser Stadt über, von den Studierenden durch einen Fackelzug und von der naturforschenden Gesellschaft durch ein Festmahl und Überreichung eines Ölgemäldes des Malers J. Muheim, den Urirotstock darstellend, geehrt.

Ich erlaube mir aus E. Hasses „Erinnerungen aus meinem Leben", als Manuskript gedruckt, Braunschweig 1893 einen Passus abzudrucken, der auf meinen Weggang von Zürich Bezug hat. Derselbe sagt auf Seite 166:

„In die letzte Zeit meines Rektorates fiel ein für die Hochschule sehr empfindliches und mir persönlich ganz besonders schmerzliches Ereignis, die Berufung Koellikers nach Würzburg. Alle seine Freunde hofften, er werde uns erhalten bleiben, allein

der Erziehungsrat that gar keine Schritte, den Verlust abzu-
wenden, obschon Koelliker nur die allerbescheidensten Bedingungen für sein Verbleiben stellte. Auch hierbei schien die
leidige Politik im Spiele zu sein ... Koelliker aber galt
für einen konservativen Stadtbürger. In Wahrheit war er aller
politischen Thätigkeit fern geblieben und hatte nur Sinn für
die Pflege seiner Wissenschaft. Dr. Alfred Escher, der schon
jenen entscheidenden Einfluss in Zürich besass, den er später
in der ganzen Schweiz ausübte, war Präsident des Erziehungsrates und ein Gegner unseres Freundes. Da ich es als Rektor
für meine Pflicht hielt, alles zu versuchen, diese bedeutende
Kraft der Universität Zürich zu erhalten, ging ich zu Escher,
machte ihn auf die wachsende Bedeutung Koellikers aufmerksam, erklärte ihm, wie fruchtbar für den akademischen Unterricht es sei, wenn ein einträchtiges Zusammenwirken mehrerer
Dozenten, wie gerade jetzt, bestehe und wie viel verloren ginge,
wenn dieses zerstört würde. Indem ich hinzufügte, dass ich
selbst den grössten Wert auf eine gemeinsame Thätigkeit mit
Koelliker lege, deutete ich an, dass ich mich gern für immer
an Zürich gebunden erachten würde, wenn ich der Fortdauer
dieser Gemeinschaft sicher sein könne. Herr Escher erwiderte
mir ziemlich trocken, dass er von anderer Seite ein weniger
günstiges Urteil über Koelliker vernommen habe und keine
Veranlassung fühle, denselben in Zürich zu halten. Ich war
entrüstet und verhehlte mein entschiedenes Bedauern eines
solchen Bescheides nicht. — Als ich im Jahre 1852 nach Heidelberg berufen wurde, bemühte sich Herr Alfred Escher ver-
gebens mich zu halten. Er schickte sogar Professor Alexander
Schweizer mit der Botschaft zu mir, ich möchte doch nur
meine Bedingungen sagen, er werde sie zu erfüllen suchen.
Ich erwiderte, die einzige Bedingung meines Bleibens hätte ich
ihm bereits früher gesagt, und sei von ihm abgewiesen worden.
Ähnliche Antwort erhielt der Herr Präsident mehrere Jahre
später, als er sich bei der Besetzung der Professur der Anatomie
an den nun berühmt gewordenen Koelliker wandte. Sie
lautete: „wenn Hasse noch in Zürich wäre, könnte er sich wohl
entschliessen, dahin zurückzukehren, so aber müsse er danken." —

Mein Bild als Gymnasiast im Alter von 18 Jahren

nach einer Kreidezeichnung von J. Oeri.

Soviel von meinen Jugendjahren in Zürich und den ersten Universitätserlebnissen in dieser Stadt im allgemeinen, doch habe ich noch manches Persönliche nachzutragen.

Aus meiner Studentenzeit möchte ich in erster Linie berichten, dass damals in Zürich und an allen schweizerischen oberen Gymnasien und Universitäten nur Eine allgemeine Vereinigung bestand, der sogenannte Zofingerverein, der als Abzeichen das schweizerische silberne Kreuz auf rothem Grunde auf den Mützen trug und eine dem schweizerischen Vaterlande und der Freundschaft gewidmete Verbindung war. Die einzelnen Ortsverbände hielten regelmässige Sitzungen ab, in denen im ersten Teile Abhandlungen vaterländischer oder wissenschaftlicher Natur, auch Gedichte vorgetragen wurden, während der zweite Teil der Geselligkeit und namentlich auch dem Gesange gewidmet war, in welcher Beziehung ich mit einem gewissen Stolze hervorhebe, dass ich als ein vorzüglicher Jodler galt, der es mit manchem Sennen aufnehmen konnte. Von dieser Gesellschaft war ich ein eifriges Mitglied und muss dieselbe, die jetzt noch besteht, in ihren Akten eine Abhandlung von mir über die Tellsage unter Würdigung der ältesten Chroniken und der späteren Geschichtsschreiber besitzen.

Ferner erwähne ich, dass ich von früher Jugend an, allen Leibesübungen eifrig zugethan war. Namentlich das Turnen spielte damals bei der schweizerischen Jugend eine grosse Rolle, sowohl an den Gymnasien, wie an den Universitäten und vereinigte dieselbe alle Jahre zu gemeinsamen, zahlreich besuchten Turnfesten. An drei solchen Turnfesten, in Basel, in Schaffhausen und in Chur erhielt ich von den acht Preisen, die einfach in Lorbeerkränzen bestanden, je den dritten. Diese Turnübungen wurden auch in Berlin fortgesetzt und erinnere ich mich jetzt noch mit Freuden, wie ich da bei Eiselen, zusammen mit Freund Du Bois-Reymond, am Reck und Barren arbeitete.

Auch im Schwimmen war ich geübt, schwamm einmal quer über den unteren schmalen Teil des Zürcher See's bei Wollishofen, und, wie ich hier beifüge, in Neapel vom Castello dell' ovo zum Palaste der Königin Johanna am Posilipp, wobei ich, begleitet von einem Kahne, über 2 Stunden im Wasser war.

In Zürich war ich auch als Student und Professor ein Mitglied des Schützenvereins und zog in Basel beim eidgenössischen Schützenfeste als Professor mit dem grossen Zuge, den Stutzen an der Schulter, nach St. Jakob an der Birs.

Ebenso war mir das Reiten ein lieber Sport und konnte ich mich demselben während meiner ganzen Zürcher Zeit um so eher hingeben, als mein Bruder, der als Kavallerie-Offizier ein Pferd hielt, diesem Vergnügen nur wenig Zeit widmen konnte.

Zu einer Körperübung, die in meinem Leben eine nicht unbedeutende Rolle spielte, muss ich endlich auch die Jagd zählen. Dass ich schon in meinen jungen Jahren derselben huldigte, wurde schon früher berichtet, ebenso dass ich auch später ein eifriger Schütze war. In Würzburg wurde während langer Zeit nur in mässiger Weise das Scheibenschiessen mit Büchse und Pistole getrieben und hatte ich bis zum Jahre 1860 kaum eine Ahnung davon, dass das Land wildreich und die Jagd lohnend sei.

Erst nach dem Tode meiner Mutter fing ich an, zur Erholung bei einem Freunde, dem Oberförster Winkler in Gramschatz, im Sommer auf die Rehbirsch zu gehen und geriet dann immer tiefer in die Jagdleidenschaft hinein. So gelangte ich dazu in den sechziger und siebziger Jahren im Herbst und Winter beim Oberförster Lotz im Spessart auf Hirsche und Sauen jagen zu dürfen. Und als derselbe Forstmeister in Stadt-prozelten geworden war, diente mir das Haus des nahe befreundeten vorzüglichen Jägers als Hauptquartier, von dem aus wir beide einträchtig die Jagd in dem herrlichen Walde betrieben und viele vergnügte Stunden hierbei erlebten.

Um dieselbe Zeit genoss ich auch viele Jahre hindurch das Jagdvergnügen auf Rotwild in den Waldungen zwischen Augsburg und Ulm durch die grosse Liebenswürdigkeit des Grafen Fr. von Stauffenberg, des Präsidenten der k. b. Kammer der Reichsräte; diese Jagden dauerten stets fünf Tage und wurden durch die freundliche Aufnahme, welche alle Eingeladenen in dem Schlosse Jettingen von seiten des Jagdherrn und seiner Familie fanden, noch genussreicher.

Hier lernte ich auch den Reichsrat Baron Aretin kennen und verdankte demselben dann eine Einführung zu den schönen

Gems- und Hirschjagden im Allgäu, welche unter der Oberleitung des Grafen Rechberg standen, bei denen ich in der Familie des Jagdleiters während einer Reihe von Jahren in seinem Landsitze bei Immenstadt stets auf das liebenswürdigste aufgenommen wurde. Sehr schöne Jagden wurden mir ferner in den achtziger Jahren durch die grosse Freundlichkeit meines hochgestellten Kollegen des Dr. med. Herzogs Karl Theodor in Bayern geboten, bei dem ich in seinem Jagdhause in Bayrisch-Zell die freundlichste Aufnahme fand, die meine Kollegen Esmarch und Mikulicz mit mir teilten. Die Jagden wurden mir dadurch besonders lieb, dass auch die Frau Herzogin an vielen derselben sich beteiligte, und durch ihre Liebenswürdigkeit, Anmut und Güte alles verschönerte.

Meine treuesten und ältesten Jagdfreunde waren jedoch bis an ihr Lebensende Georg Euler in Thal bei Rheineck in der Schweiz und Franz von Hardtmuth in Budweis.

Bei G. Euler, an den ich im Jahre 1866 durch Schönbein und Socin empfohlen worden war, fand ich nicht nur ein gutes Jagdrevier am hohen Freschen in Vorarlberg mit lieber Jagdgesellschaft, sondern erwarb mir auch in demselben einen trefflichen, über jedes Lob erhabenen Freund, in dessen Hause ich während vieler Jahre jeden Herbst mehrere Wochen in der angenehmsten Weise verlebte, ein Aufenthalt, den seine vortreffliche Frau Lisette, ein Muster häuslicher Tugenden, in jedem Sinn zu einem lieben gestaltete. Welches Glück ich einige Male auch mit meiner Frau und mit meinen Kindern in dieser Familie genoss, lässt sich gar nicht schildern und habe ich das liebe Thal zeitlebens in der besten Erinnerung.

Bei den Eulerschen Jagden hatten wir unser Standquartier teils bei dem trefflichen Jäger Summer in Weiler bei Rankwyl, teils in einer Jagdhütte unweit der Spitze des Freschen und wird jeder der Eingeladenen, unter denen ich nur Prof. Socin und v. Tschudi, den Verfasser des Tierlebens in der Alpenwelt, besonders nenne, stets mit Vergnügen an die traulichen Stunden, die wir da verbrachten, zurückdenken. Doch fehlte es auch nicht an betrübenden und selbst tragischen Ereignissen. Von ersteren war ich selbst einmal der traurige Held. In einem tiefen

2*

Tobel wollte ich einen Felsblock übersteigen und zog mir dabei durch zu starke Anstrengung des einen Wadenmuskels eine Zerreissung desselben zu, einen *Coup de fouet* der Franzosen, sodass es mir ganz unmöglich war, weiter zu steigen. Mit Hilfe von zwei Jägern schleppte ich mich mit grösster Mühe die steile Wand der Schlucht herauf bis auf einen Fusspfad und konnte dann nur Schritt für Schritt mich thalabwärts weiter bewegen, sodass ich 6 Stunden brauchte, um bis Weiler zu kommen auf einem Wege, den ein Gesunder in 2½ Stunden zurückgelegt haben würde.

Ein grosses Unglück aber traf uns in einem zweiten Falle. Wir hatten am Freschen gejagt und lagerten uns zur Mittagszeit vor der Rinderegghütte auf einem grasigen Abhange. Unser Jagdherr hatte ein für allemal strengstens anbefohlen, in einem solchen Falle die Gewehre zu entladen und die Vorderlader auf die Seite zu stellen. Dem letzteren war nun in diesem Falle der Vater Summer nicht nachgekommen und hatte sein geladenes Gewehr neben und etwas hinter sich im Grase liegen. Während wir nun gemütlich da lagen und rauchten, sprang der Jäger des H. Euler, Muck, den Abhang herunter, um dem Vater Summer etwas zu sagen, kam dabei mit dem einen Fusse zwischen den Riemen und den Lauf des Gewehrs, so dass dasselbe vorwärts gezogen wurde, der Hahn sich spannte und das Gewehr sich entlud. Der ganze Schuss ging dem armen Summer in die Hüfte und setzte sofort seine Kleider in Brand, so dass wir zuerst nur an das Löschen zu denken hatten. Dann aber war guter Rat teuer. Wir waren 4 Stunden von Weiler entfernt ohne weitere Hilfsmittel. Auf einer mit Brettern belegten Leiter wurde der Verwundete, nachdem er möglichst gut verbunden worden war, von mehreren Jägern bergauf, bergab über Bärenlachen und Darfins nach Hause getragen. Trotz der sorgsamsten Pflege erlag er in einigen Wochen der ungeheuren, durch Bleistücke und gröbstes Schrot verursachten Wunde. Den Schmerz der beiden, bei dem Unglücke anwesenden Söhne des Summer zu schildern, ist meine Feder zu schwach, ebenso wie unser aller Betrübnis bei dem über alles traurigen Heimmarsche.

Wende ich mich wieder zu heiteren Bildern, so gelange ich zu einer Episode meines Lebens, die tief in dasselbe eingegriffen hat, es ist dies meine Bekanntschaft mit der Familie von Hardtmuth in Budweis. Durch meinen von Budweis stammenden Kollegen v. Scanzoni im Jahre 1866 an Karl von Hardtmuth und seinen Sohn Franz empfohlen, kam ich nach und nach in die innigsten Beziehungen zu dieser Familie und war von der angegebenen Zeit an ein jährlicher Gast derselben bei ihren berühmten Gems- und Hirschjagden in dem Grünauer Revier hinter dem Traunstein in Oberösterreich und habe da manchen guten Gemsbock und eine Anzahl starker Hirsche als Trophäen auf die Strecke gebracht. Bei den Gemsjagden im August hausten wir, alle Jagdherrn und die Eingeladenen, eine Reihe von Jahren in einer grossen Jagdhütte, am Fusse des hohen Priel. Bei diesen Zusammenkünften machte die Gattin des Jagdmeisters Franz von Hardtmuth, Frau Mathilde, die Honneurs, unterstützt von ihren beiden Töchtern Irma und Daka, und von ihrem Sohne Franz. Frau Mathilde, unsere Jagdmeisterin, war eine Dame, wie ich ihres gleichen noch keine gesehen, was Schönheit, Liebenswürdigkeit und Geist betrifft. Dabei war sie auch als Hausfrau über jedes Lob erhaben und so kam es, dass unsere Jagdtage nach allen Seiten als einzig in ihrer Art dastanden. Ebenso bedeutend, wenn auch in ganz anderer Art, war der Jagdmeister Franz von Hardtmuth. Sein ganzes Sinnen und Trachten war, so lange er im Gebirge war, die Jagd und wusste er die schwierigen Verhältnisse, die Gemsjagden im Hochgebirge stets mit sich bringen, meisterhaft zu bewältigen, so dass wir keinen besseren Jagdmeister wünschen konnten und allen seinen Entscheidungen mit Freuden uns unterwarfen. Er war aber auch ein Waidmann von Gottes Gnaden, vortrefflicher Kenner der Jagd, ausgezeichneter Schütze, guter Bergsteiger und, was in solchen Fällen auch viel wert ist, ein Menschenkenner seltener Art. Eher still seinem Wesen nach genügten wenige Blicke, um ihn über seine Freunde und Jagdgäste zu orientieren, und kenne ich keinen Menschen, der so schnell über alle, mit denen er verkehrte, im Reinen war. Dabei war er untadelig dem Charakter nach, liebenswürdig ohne viel Worte zu machen und daher allgemein von seinen Freunden, ebenso wie von den Seinigen verehrt.

Lange Jahre genoss ich das Glück mit zwei so seltenen Menschen, wie Franz und Mathilde von Hardtmuth zu verkehren, wozu dann noch die Freundschaft des Vaters Karl von Hardtmuth, eines liebenswürdigen älteren Herrn, dazu kam. Bei den Hirschjagden im Herbste war ich meist mit demselben in Einem Jagdhause, doch erinnere ich mich stets auch mit grossem Vergnügen an die Jahre, in denen ich mit Socin in der Bruckberger Hütte, in der Käferreithütte und in der Schwarzbachhütte die Herbstjagd verlebte. Da wurde dann am Tage nach der Frühbirsch oft vor der Hütte an einem kleinen Tische gearbeitet und ist, um nur eines zu erwähnen, die Vorrede der zweiten Auflage meiner Entwickelungsgeschichte von der Jagdhütte Bruckberg in Oberösterreich am 3. Oktober 1878 datiert. Nach und nach traten auch die Töchter, Irma und Daka, die ich von früher Jugend an immer mehr aufblühen sah, in den Vordergrund und ehe man sichs versah, feierte die ältere am 7. Oktober 1883 in der Grünau ihre Hochzeit mit dem Baron Erni von Herring-Franckensdorff, der seit dieser Zeit seinen Schwiegervater in der Jagdleitung unterstützte. Ein trauriges Ereignis brachte aus heiterem Himmel im Jahre 1881 den grössten Schmerz in unser friedliches Jagdleben. Am 18. September wurde der Papa v. Hardtmuth, als er mit seiner noch unverheirateten Enkelin Irma und einer Freundin derselben in der „dürren Grünau" an der Grundmauer auf einem Gemsstande sich befand, von einem entweder durch Gemsen oder Treiber losgemachten, kaum handgrossen Steine mit solcher Gewalt am Kopfe getroffen, dass er lautlos zu Boden sank und tödlich verletzt seinen Geist aufgab. Das Entsetzen und die Qual der zwei jungen Damen war um so grösser, als sie ganz allein bei dem alten Herrn waren und, da der Trieb noch im Gange sich befand, auch vor einer Stunde keine Hilfe zu erwarten war. Die Erinnerung an diesen Schreckenstag vermochte keine Zeit zu verlöschen, und wird dieselbe durch einen Gedenkstein an Ort und Stelle aufrecht erhalten. Die Jagd dagegen in diesem

Thale wurde vom Jagdmeister an seinen Nachbarn, den Fürsten von Schaumburg-Lippe, abgetreten.

Nach einer Reihe ruhiger Jahre, während deren Baron Herring in der Grünau ein Jagdhaus Unterswendt baute und mit seiner Frau und Kindern sich da von Jahr zu Jahr wohler fühlte, traf noch einmal ein hartes Geschick die liebe Familie von Hardtmuth, indem der Jagdmeister Franz nach langem Leiden am 26. Juli 1896, 65 Jahre alt, einer Arterienverhärtung erlag! Dieser Schlag war nicht nur für die Seinen, sondern auch für alle seine Freunde einer, der nie überwunden werden wird. Frau Mathilde, die seit längerer Zeit kränkelte, ist seither wie gebrochen und ebenso die beiden Töchter und der Sohn tief betrübt, vor allem die allein stehende Fräulein Daka.

Wie aber schliesslich die Zeit in jedem Schmerze mildernd auftritt, so auch hier. Baron Herring und seine vorzügliche, selten schöne Frau Irma leben in ihren lieben Kindern immer mehr auf und sucht auch Baron Erni als nunmehriger Jagd-leiter seinem Schwiegervater immer ähnlicher zu werden. Daka endlich, die jüngere Tochter, hat eben ihr Lebensglück gefunden und sich mit dem Grafen Olivier v. Lamezan verlobt.

Ich selbst gehe immer noch jährlich ein oder zweimal auf die Gemsjagden und zur Hirschbrunst zu meinen lieben Freunden nach Oberösterreich. Mit Baron Herring und seiner lieben Frau Irma verbindet mich dieselbe gute Freundschaft, die so lange Jahre die Familie von Hardtmuth und mich zusammen-hielt und geniesse ich nun auch noch das Glück, in ihrem schönen Jagdhause Unterswendt als Gast aufgenommen zu sein. Mit 79 Jahren erlegte ich noch vier Hirsche, darunter einen kapitalen Achtender und in meinem 80. Jahre fiel mir noch ein Zehnender als Opfer, bei welchem Falle etwas sehr merkwürdiges sich ereignete. Auf meinen Schuss stürzte der Hirsch auf dem Flecke, erhob sich aber nach einigen Minuten wieder und blieb stehen. Ich gab ihm einen zweiten, gut ge-zielten Schuss, ohne dass er sich rührte, ebensowenig wie nach einem dritten Schusse! Mein Erstaunen kann man sich denken, das zu voller Ratlosigkeit sich steigerte, als auch zwei weitere

Schüsse keinen Erfolg hatten und der Hirsch nicht wankte und
nicht wich! Ich hatte mich nie in einer so eigentümlichen Lage
befunden und bekenne offen, dass ich nahe daran war, an
Widernatürliches zu glauben. Ich hatte alle meine Patronen
verschossen und gab endlich meinem Jäger den Auftrag, aus
nächster Nähe einen letzten Schuss zu versuchen, auf den dann
der Hirsch flüchtig wurde, jedoch bald zusammenbrach! — Eine
genaue Untersuchung ergab beim Zerwirken des Wildes, dass
alle Kugeln gut getroffen, Eine jedoch das Haupt nur gestreift
hatte und von diesem Schusse rührte wohl der eigentümliche
Starrkrampf her, der den Hirschen befallen hatte. Später hörte
ich von unseren Jägern, dass ähnliche Fälle sehr selten wohl
bei Gemsen, noch nie aber bei Hirschen beobachtet worden
seien und erinnerte ich mich dann an verwandte Erscheinungen,
die in dem Kriege von 1870 beim Menschen vorkamen, wie
z. B. an die Erzählung von einem Jäger, der tödlich verletzt
noch mit dem Gewehre im Anschlage gefunden wurde.

Endlich habe ich noch eines lieben Jagdfreundes zu gedenken,
des Herrn Fritz Lösener in Hamburg, den ich Ende der
achtziger Jahre in Nervi kennen lernte und der mich, als er meine
die Uhrkette zierenden Hirschgranen gesehen hatte, auf seinen
Jagdsitz Rixförde bei Winsen an der Aller in der Lüneburger Heide einlud, eine Aufforderung, der ich noch im Herbste
desselben Jahres Folge leistete. Ich fand da grossartige, eines
berühmten Hamburger Rheders würdige Verhältnisse, zugleich
aber auch in dem Jagdherrn und seiner Frau Criska geb.
Sloman, sowie in deren Söhnen, Töchtern und Schwiegersöhnen
eine durch Bildung und Liebenswürdigkeit hochstehende Familie,
zu der ich mich von Jahr zu Jahr mehr hingezogen fühlte, so
dass ich mich stets glücklich schätzte, wenn die Verhältnisse mir
gestatteten, Rixförde zu besuchen. Auch die Jagd in der
Lüneburger Heide war durch den Kontrast mit der Hochge-
birgsjagd von nicht geringem Interesse. Sehr überraschend war
mir, als ich im Frühjahre 1898 zum erstenmale die Gastfreundschaft der Familie Lösener in Hamburg genoss, die
Entdeckung zu machen, dass der eine Sohn Lösener die Tochter
der Dame zur Frau hatte, der zu Ehren ich einst eine neue

Alcyonarie, *Heteroxenia,* mit dem Namen „Elisabethae" bezeichnet hatte. (Siehe bei den vergleichend-anatomischen Arbeiten Nr. 210.)

Zum Schlusse muss ich noch erwähnen, dass ich auch seit den sechziger Jahren der Niederjagd eifrig oblag, indem ich einmal in Würzburg Teile der Stadtjagd und später die Rimparer Wald- und Feldjagd mit Freunden, zuletzt mit O. Schultze und Röntgen in Pacht hatte, teils alle Oktober bei meinen Freunden Prof. Socin und Albert von Speyr in Basel der Fasanenjagd auf den Rheininseln im Badischen und im Elsass oblag. Diese letzteren Jagden zähle ich immer noch zu den angenehmsten und liebsten, an denen ich je teilgenommen, da der Reichtum der Rheinauen an Wild, an Fasanen, Rehen, Hasen, Feldhühnern sehr gross und zugleich das Terrain sehr angenehm und übersichtlich ist. Hat man dabei zugleich das Glück, in Gesellschaft von Landsleuten zu sein, die einen durch ihre Freundschaftsbeweise in jeder Weise erfreuen, so wüsste ich nichts, das ich diesen Jagden vorziehen würde. Leider hat auch in dieses Verhältnis der unerbittliche Tod eine Lücke gerissen, die unausfüllbar ist, indem am 22. Januar 1899 Prof. August Socin einem inneren Leiden erlag. In ihm ist auch mir, wie allen, die ihn näher kannten, ein lieber Freund entrissen worden, zu dem ich seit der Zeit, wo er in Würzburg mein Schüler war, in den herzlichsten Beziehungen stand, indem ich nicht nur in Oberösterreich bei den Familien von Hardtmuth und von Herring und bei H. Euler in Thal beinahe jeden Herbst denselben sah, sondern auch seit vielen Jahren in seinem eigenen Hause die freundlichste Aufnahme gefunden hatte. Nur wenigen wird es vergönnt gewesen sein, diesen hervorragenden Menschen und Gelehrten so genau gekannt zu haben, wie ich, und kann ich aus voller Überzeugung sagen, dass derselbe an Edelsinn, Geradheit des Charakters und Verstand nicht leicht seines Gleichen fand und durch seine Liebenswürdigkeit und seine Gabe der Unterhaltung alle, die mit ihm verkehrten, bezauberte. Als Universitätslehrer und Arzt war er mit Recht von Kollegen, Schülern und Patienten hoch geschätzt und beliebt.

Zu diesen dem Waidwerk und anderen körperlichen Übungen gewidmeten Tagen kamen dann noch zahlreiche Fusstouren in den Alpen, die namentlich im Interesse des Botanisierens ausgeführt wurden, obschon auch die Lust am Besteigen der Berge dabei eine Rolle spielte. Meine Jugend fiel nämlich in die Zeit, in welcher durch Charpentier in Bex und Venetz in Wallis, durch Bernhard Studer in Bern, L. Agassiz und Desor in Neuenburg, Hegetschweiler, Oswald Heer und Arnold Escher von der Linth in Zürich vor allen die Erforschung der Alpen, ihrer Gesteine, Gletscherbildungen, sowie auch ihrer Flora und Tierwelt einen grossen Aufschwung nahm. Ich erinnere mich noch lebhaft, wie sehr die Versuche von Hegetschweiler einer Besteigung des Tödi, die Berg-fahrten von Studer und Agassiz im Berner Oberland, dann die Gletscherfragen mit den Betrachtungen über eine Eiszeit und den erratischen Blöcken, Moränen und Gletscherschliffen mich interessierten und meine grösste Teilnahme in Anspruch nahmen. So kam es von selbst, dass auch wir Jungen zu dem Reisen in den Alpen Lust bekamen und dieselbe mehr weniger energisch bethätigten. Was mich betrifft, so machte ich meine erste grösste Fahrt schon als 17jähriger Gymnasiast im Jahre 1834. Als eifriger Botaniker hatte ich damals Herrn von Charpen-tier bei Bex besucht, ohne an ihn empfohlen zu sein und ihn gebeten, mir über einige seltene Walliserpflanzen, die ich am grossen St. Bernhard suchen wollte, Auskunft zu geben. Das erste, was der kluge Herr that, war, mir den *Plinius* vorzulegen und mich aufzufordern, ihm eine Stelle zu übersetzen. Als ich dies ohne Zögern und gut gethan hatte, wurde er sehr liebens-würdig und forderte mich auf, bei ihm zu wohnen, was ich um so lieber annahm, als ich so auch Gelegenheit hatte, die be-rühmten Händler mit getrockneten Alpenpflanzen Thomas und Schleicher in Bex zu besuchen und deren Herbarien zu durch-mustern. Von Herrn v. Charpentier mit den besten An-leitungen versehen, ging ich dann von Bex in das Val de Bagnes im Wallis, das durch eine im Jahre 1818 stattgehabte Über-schwemmung durch einen infolge eines Gletscherabsturzes ge-bildeten See berüchtigt geworden war, und stieg bis zur Alp

Chermontane herauf. Da hatte ich nun das noch nie gesehene Bild einer Versammlung von über hundert Thalbewohnern, Männern und Frauen, die gekommen waren, um die Ergebnisse der gemeinsamen Alpenwirtschaft, namentlich Käse aller Art, zu teilen und fand ich so Stoff genug zu Beobachtungen und zur Unterhaltung. Sehr primitiv war die Schlafgelegenheit; Männlein und Weiblein schliefen durcheinander, alle auf dem mit Heu belegten Boden langer schmaler Hütten in zwei Reihen und als ich, hiervon nichts ahnend, etwas später kam, um meine Schlafstelle zu suchen, musste ich einfach im Dunkeln über verschiedene Leiber hinüberkrabbeln, bevor ich ein Plätzchen fand! Am nächsten Tage war das Toilettemachen ebenso primitiv, wie die Schlafstätte, doch verlief alles ganz friedlich und vergnügt. Von dieser Alpe aus ging ich dann mit einem Führer über den 2786 m hohen Col de Fenêtre nach Valpellina im Thale gleichen Namens und kehrte von da über den St. Bernhard, wo ich einen Tag im Hospiz blieb und mit Erfolg botanisierte und die seltenen Pedicularisarten *incarnata* und *atrorubens* fand, wieder nach der Schweiz zurück.

Im Jahre 1837 führte ich meine bei weitem schönste Bergreise als Studierender in Begleitung von Karl Nägeli und den studd. jur. Alfred Escher, dem späteren berühmten Zürcher Staatsmanne (siehe oben Seite 16), und Jakob Escher, dem noch lebenden Oberrichter Dr. Escher-Bodmer in Zürich aus. Es war dies eine vor uns nur einmal, ebenfalls von einem Zürcher Herrn Hirzel, einem Verwandten von Escher von der Linth, gemachte und in einer kleinen Schrift beschriebene Rundtour um den Monte Rosa herum. Wir hatten drei von Heer uns empfohlene Glarnerführer, darunter den bekannten Maduz, bei uns, von denen mit Recht angenommen werden durfte, dass sie auch in ganz unbekannten Bergen sich zurecht finden würden und ging unsere Absicht, abgesehen von der Freude an der der Natur, auf Sammeln von Pflanzen und Käfern. Von Visp aus gingen wir das Saasthal herauf und von da der Reihe nach über den Monte Moro (2862 m) ins Macugnagathal, dann so nahe als möglich an der Hauptkette des Monte Rosa über den Türlopass (2736 m) nach Alagna, von da über den Col

d'Olen (2871 m) in das Val Gressonney, dann über die Betta
Furche (2676 m), endlich über die Cimes blanches (2980 m)
nach Breuil und über das Matterjoch (3322 m) nach Zermatt,
alles in viereinhalb Tagen, was nur möglich war, weil wir nicht in
die Thäler hinabstiegen und zweimal in Sennhütten übernachteten.
In einer solchen an der Betta Furche hatten wir ein eigentüm-
liches Nachtquartier. Wir fanden in derselben nur zwei Sennerinnen,
Mutter und Tochter, wie das in den südlichen Thälern des
Monte Rosa allgemein vorkommt, indem die Männer im Sommer
in die Fremde auf Arbeit ziehen. Unsere Diendl — *sit venia verbo*
— hatten in ihrer grossen sauberen Stube nur zwei Betten, und
wir waren vier Herren und drei Führer! Was machen? Wir
schlugen ihnen vor, unsere drei Leute in den kleinen Stall aufs
Heu zu legen und uns eines ihrer Betten abzutreten. Als sie
einwilligten, legten wir die obere Hälfte des einen Bettes auf
den Boden und liessen die andere wo sie war, und so schliefen
wir dann alle sechs, Männlein und Weiblein, in Einem Raume den
Schlaf der Gerechten. Unsere zwei Sennerinnen sprachen übrigens
deutsch und gehörten zu den wenigen Resten deutscher Bevölke-
rung in den Thälern südlich vom Monte Rosa. In Zermatt
angelangt, wohnten zwei von uns beim Pfarrer, die zwei
anderen beim Kaplan, denn ein Wirtshaus gab es
nicht im Jahr 1837! *Sic tempora mutantur!*

Von den Genüssen, die uns diese Reise bot, schweige ich,
da der Monte Rosa und das Matterhorn jetzt in aller Munde
sind. Nur kann ich mich nicht enthalten, darüber meine Freude
auszusprechen, dass wir nahezu die ersten Naturforscher waren,
die diese herrliche Gebirgswelt sehen und bewundern durften.
Uns lockte nicht das Beispiel von gewöhnlichen Touristen, der
Kitzel des Neuen, vielmehr war unsre einzige Triebfeder der
Wunsch uns einen reinen Naturgenuss zu verschaffen.

Eine fernere Bergtour erwähne ich, die ich als Student im
Juli des Jahres 1838 mit mehreren Kommilitonen machte, als
wir zum schweizerischen Turnfeste nach Chur zogen. Wir
gingen das ganze Glarnerland herauf und dann über den
2780 m hohen Sandgrat am Fusse des Tödi nach Dissentis.
Von da zogen wir in das Medelserthal und bestiegen ohne

Führer den Scopi (3200 m), der durch die ungemein reiche Flora seiner Alpenweiden unser Erstaunen erregte. Ins Blegno-thal im Tessin herabgestiegen übernachteten wir in Campo. Am nächsten Tage wollten wir über den Scaradrapass (2770 m) wieder nach Graubünden zurück, da wir jedoch keinen Führer genommen hatten, irrten wir den ganzen Tag herum, ohne uns zurecht zu finden, bis endlich der Kompass uns lehrte, dass wir in ein falsches Thal gekommen. Ein Hirt, den wir trafen, zeigte uns dann den Weg und übernachteten wir in Sennhütten. Am nächsten Tage ging es dann über den Scaradra nach einem kleinen Dörfchen Zavreila, von wo aus wir in das Rheinwaldthal herüberwollten. Nachdem wir mit grosser Mühe einen Führer gefunden hatten, gingen wir am nächsten Tage, nachdem wir um ¹/₂4 Uhr aufgestanden waren, über den Zapportgrat und kletterten dann zum Zapporthorn (3149 m) hinauf, dessen Spitze nicht ohne Mühe und Gefahr über Felsen und Gletscher zu erreichen war. Doch wurden wir durch eine grossartige Aussicht auf die Glarner- und Engadinerberge und Gletscher belohnt. Die Reise von da nach Chur bot nichts weiter Bemerkenswertes dar.

Noch zwei Bergtouren sollen hier kurz berührt werden aus meiner Zürcher Zeit. Die eine machte ich als junger Dozent mit Heer nach den Bergen der Comersees. Wir bestiegen erst von Bellagio aus die Corni di Canzo, wo wir in einer Senn-hütte schliefen und an der wunderbaren Flora, von der mir jetzt noch das *Phyteuma comosum* und die *Campanula cenisia* in Erinnerung sind, uns erfreuten. Nach Lecco heruntergestiegen, erklommen wir dann den steilen Monte Grignione und endlich bei Colico den Monte Legnone, bei dessen Besteigung wir jedoch so müde wurden, wahrscheinlich infolge des Übernachtens in Colico, das als Fiebernest gilt, dass wir die Spitze kaum zu erreichen vermochten.

Die zweite Bergfahrt führte ich allein mit zwei Führern durchs Maderanerthal in Uri über den Hüfigletscher am Scheerhorn und den Clariden vorbei auf die obere Sand-alp im Kanton Glarus aus, bei welcher damals noch nie gemachten Tour ich verunglückt wäre, wenn ich nicht einen vorzüglichen Führer gehabt hätte, der mich und den anderen Führer glücklich durch ein senkrechtes Kamin von mehreren 100′ Tiefe herunter bugsierte.

Das Gesagte genügt um zu zeigen, dass ich wohl einen guten Teil meiner Gesundheit der Pflege der Leibesübungen und der Jagd verdanke.

In meinen späteren Zürcher Jahren spielte eine hervorragende Rolle die naturforschende Gesellschaft und bis zu einem gewissen Grade auch die antiquarische Gesellschaft. Von der ersteren wird weiter unten noch die Rede sein und will ich daher hier nur von der letzteren bemerken, dass dieselbe mir eine liebe Erinnerung ist, teils durch ihren geistvollen Vorsitzenden, den berühmten Ferdinand Keller, teils durch die in meine Zeit fallende Entdeckung der Pfahlbauten, die ja so manche Beziehungen zur Naturgeschichte und Anthropologie bieten. Angeregt durch diese Gesellschaft entstand auch ein Vortrag über die Schädel der verschiedenen Menschenrassen, den ich damals in einer Serie von öffentlichen Vorträgen der naturhistorischen Gesellschaft hielt. Und als Nachwirkung habe ich einen öffentlichen Vortrag über die Pfahlbauten zu bezeichnen, den ich in Würzburg in einer Reihe von Vorträgen von Universitätslehrern hielt, bei dem ich viele von Messikommer in Robenhausen erworbene Originale vorlegte, die ich später dem historischen Vereine in Würzburg übergab.

Von allen Gelehrten, mit denen ich in Zürich zusammen kam, spielten anfangs Henle, O. Heer und Escher von der Linth die Hauptrolle und bin ich vor allem Henle für seine Anteilnahme an meinen Studien und weiteren Entwickelung zu grösstem Danke verpflichtet. Dieser geniale Forscher diente mir nicht nur damals, während der paar Jahre, die ich unter ihm arbeitete und lehrte, sondern zeitlebens als Vorbild und wenn ich auch später nicht immer das „*jurare in verba magistri*" befolgen konnte, so war ich mir doch immer dessen bewusst, was ich ihm verdankte, und voller Bewunderung für sein rationelles und umsichtiges Forschen.

Einen lieben Freund gewann ich in Zürich in dem Kliniker Karl Ewald Hasse. Dadurch, dass ich den klinischen

Sektionen beiwohnte, die er alle selbst vornahm, wurde ich in
ganz vorzüglicher Weise in die pathologische Anatomie eingeführt, und in dem lebhaften Verkehre, der sich bald zwischen
uns anbahnte, eröffnete sich mir auch ein weiter Einblick in
die praktische Medizin, der ich bisher sehr fern gestanden hatte.
Beweis unserer gemeinsamen Thätigkeit waren die Arbeiten
über Sarcina ventriculi, über Aneurysmata spuria der
kleinen Hirnarterien, über Entzündungen des Markes
von Röhrenknochen. Die Freundschaft zwischen uns über-
dauerte Zeit und Ort, Familienbeziehungen gesellten sich dazu;
Hasse ist der Pate meiner Tochter, und seine jüngere Tochter,
die Frau Dr. Schläger in Hannover, ist mein Patenkind und
erfreue ich mich noch am heutigen Tage der Freundschaft
meines neun Jahre älteren Kollegen. Wir stehen immer noch
in Korrespondenz, so schwer auch dem lieben Freunde wegen
seines Augenleidens das Schreiben wird.

Ein grosser Genuss war für mich das Lesen seiner oben
schon erwähnten Erinnerungen, in denen er auch unserer
Beziehungen in mich tief rührender Weise gedenkt. Es hat
mich dies umsomehr gefreut, als in Professor Merkels Biographie
von Henle, als die einzigen Beziehungen zwischen Henle
und mir erwähnt werden, dass ich — Henle Schottisch tanzen
lehrte (S. 170)! Ich hätte Merkel, wenn er es gewünscht
hätte, durch viele Briefe seines Schwiegervaters den Beweis
leisten können, dass Henle mich vielleicht auch in Anderem
als Vortänzer liebte und achtete!

Was meine wissenschaftlichen Arbeiten in Zürich in den Jahren
1842/43—1847 betrifft, so werden dieselben später ausführlich zu
schildern sein und erwähne ich dieselben nur übersichtlich. Es
sind, abgesehen von den schon früher erwähnten, folgende:

1. Über die Pacinischen Körperchen mit Henle.
2. Mit Löwig über das Vorkommen der Cellulose bei den Tunicaten.
3. Über die Gewebe und Organe im Schwanze der Batrachierlarven.
4. Über die Selbständigkeit und Abhängigkeit des sympathischen
   Nervensystems.
5. Entwickelungsgeschichte der Cephalopoden.

6. Über die Entwickelung wirbelloser Tiere.
7. Über die Blutkörperchen eines menschlichen Embryo und die Entwickelung der Blutkörperchen der Säugetiere.
8. Über die Bildung der Schädelknochen.
9. Die Bildung der Samenfäden in Bläschen als allgemeines Entwickelungsgesetz.
10. Über den Bau und die Verbreitung der glatten Muskeln.
11. Über den Bau und die Verrichtungen der Milz. Mit K. E. Hasse zusammen: Über die *Sarcina ventriculi*. Über *Aneurysmata spuria* der Hirnarterien.

In Würzburg stellte sich bald ein grosses Arbeitsfeld für mich heraus, doch habe ich in erster Linie die mannigfaltigen Wechsel zu erwähnen, die meine Stellung hier erlitt. Berufen für Physiologie und vergleichende Anatomie vertrat ich von Anfang an auch die mikroskopische Anatomie und Entwickelungsgeschichte, die noch nie an der Universität gelesen worden waren. Als dann im Jahre 1849 der Professor der Anatomie Münz starb, übernahm ich auch die Anatomie und wurde so Vorstand zweier Institute. Selbstverständlich war es mir unmöglich, die gesamte menschliche Anatomie, die Physiologie, Entwickelungsgeschichte, vergleichende Anatomie und Mikroskopie allein zu vertreten, obschon ich in manchen Semestern 14—16 Stunden las, umsomehr als ich auch topographische Anatomie, vergleichende Gewebelehre, vergleichende Entwickelungsgeschichte und vergleichende Physiologie als Nebenfächer eingeführt hatte, und habe ich es dankbar anzuerkennen, dass mir gerade in dem ersten Decennium meiner Würzburger Thätigkeit so hervorragende Kräfte, wie H. Müller, Franz Leydig, und Carl Gegenbaur unterstützend zur Seite standen. Heinrich Müller, der, als ich in Würzburg eintraf, sich eben habilitiert hatte, las neben allgemeiner Pathologie und pathologischer Gewebelehre, Osteologie, allgemeine Anatomie und Anatomie und Physiologie des Auges. Nachdem er im Sommer 1852 Extraordinarius geworden war, gaben wir beide jeden Sommer einen physiologischen Experimentalkursus und las Müller im Winter neben Osteologie über das eine oder andere Kapitel der Anatomie, meist über Gefässe und Sinnesorgane, gab im Sommer einen mikroskopischen Kursus, den ich im Winter hielt, und las topographische Anatomie.

Um einem so bewährten Lehrer die Ernennung zum Ordinarius zu ermöglichen, trat ich demselben im Jahre 1858 die vergleichende und die von mir ins Leben gerufene topographische Anatomie ab und las derselbe von nun an im Sommer neben einem mikroskopischen Kurse diese beiden Fächer, im Winter Osteologie nebst Gefässen und Sinnesorganen, bis derselbe am 10. Mai 1864 durch einen jähen Tod der Universität entrissen wurde.

Franz Leydig war schon im Jahre 1847, als ich in Würzburg ankam, als Assistent in dem von Rinecker begründeten mikroskopischen Institute thätig und setzten wir dann beide einträchtig das Zusammenwirken in diesem Institute fort und habe ich vor allem die werkthätige Unterstützung hervorzuheben, die er mir gewährte, als ich im Sommer 1848 den ersten mikroskopischen Kurs eröffnete. Seit dieser Zeit war Leydig als Prosektor an der zootomischen Anstalt und vom Sommer 1855 an auch als Prof. extr., bis zu seiner Berufung nach Tübingen 1857, thätig und las über Histologie, vergleichende Anatomie, Entwickelungsgeschichte, Parasiten und beteiligte sich auch als Prosektor an den zootomischen Präparier-Kursen.

Carl Gegenbaur, der mit Friedreich in meinem ersten Würzburger Semester mein Zuhörer war und mit Friedreich zusammen auch eine Abhandlung über den Primordialschädel von Siredon in meinem zootomischen Berichte verfasst hatte, habilitierte sich im Sommer 1854 und las während einiger Semester über Zoologie und Entwickelung der wirbellosen Tiere, wurde dann aber bald, schon im Sommer 1856, durch eine Berufung nach Jena unserer Universität entzogen und dem grossen Wirkungskreise entgegengeführt, in dem er seinem engeren Vaterlande immer grösseren Ruhm erwarb.

Mit dem Hinscheiden von H. Müller im Sommer 1864 bahnten sich bei uns ganz neue Verhältnisse an. Ich war schon lange zur Überzeugung gelangt, dass eine Vereinigung der Physiologie mit den anatomischen Disziplinen, wie dieselben allmählich sich entwickelt hatten, nicht weiter möglich sei und schlug der medizinischen Fakultät vor, beide Fächer zu trennen, einen Physiologen zu berufen und die anatomischen Fächer

wieder in einer Hand zu vereinen. Infolge dieser meiner Initiative
wurde nun A. von Bezold berufen und ich Vorstand zweier
Institute, 1. des anatomischen, dem ein Prosektor und Ein,
später noch ein zweiter Assistent zur Seite standen, und 2. des
Institutes für Zootomie mit einem besonderen Prosektor.
Die topographische Anatomie kam so zur Anatomie und die
Mikroskopie, wie schon von Anfang an, zur Zootomie.

Eine weitere minder belangreiche Wendung trat ein, als
nach dem Tode von Leiblein im Jahre 1871 Semper als
Zoologe berufen wurde, dies gab die Veranlassung, das alte
Institut der Zootomie umzugestalten. Einen Teil der vergleichend-
anatomischen Sammlung, vor allem die Wirbellosen, erhielt
Semper, einen zweiten, die tierischen Missbildungen, das
pathologisch-anatomische Institut unter Rindfleisch, der dritte
Teil, der vor allem die Wirbeltiere umfasste, die ich als Anatom
nicht aus der Hand lassen wollte, wurde mit der Mikroskopie
und der Entwickelungsgeschichte, die zum erstenmale als besonderes Lehrfach auftritt, zu Einem Institute vereint, das von nun
an den Titel: „Institut für vergleichende Anatomie,
Mikroskopie und Entwickelungsgeschichte" führte.

Von der Trennung der Physiologie und Anatomie an ge-
stalteten sich nun die Verhältnisse lange Jahre hindurch gleich. Im
Winter las ich sieben Stunden Anatomie mit Inbegriff der Gewebelehre, ausserdem einen vierstündigen mikroskopischen Kurs und
im Sommer Entwickelungsgeschichte und vergleichende Anatomie.
Osteologie lasen Sommer und Winter die anatomischen Prosektoren,
daneben im Sommer vom Jahre 1866 an auch topographische
Anatomie, auch wohl Repetitorien und besondere anatomische
Kapitel, wie Sinnesorgane. Die Prosektoren am mikroskopischen
Institute gaben regelmässig im Sommer den mikroskopischen Kurs
für sich allein und lasen auch häufig Gewebelehre.

Als anatomischen Prosektor hatte ich im Jahre 1849
von Münz den lebenslänglich angestellten Gottfried von
Siebold übernommen, den ich bis 1864 behielt, obschon derselbe in keiner Weise entsprach. Nach demselben hatte ich als
anatomische Prosektoren 1866 R. Scheffer, von 1868
bis 1874 C. Hasse, R. Wiedersheim bis 1876, M. Flesch

bis 1882, Ph. Stöhr bis 1884, C. Decker bis 1890, R. Fick bis 1893, M. v. Lenhossék bis 1895 und M. Heidenhain bis 1897.

Prosektoren der vergl.-anat. Anstalt waren: O. Beckmann 1856—58, C. Eberth bis 1865, F. A. Forel bis 1867, H. Grenacher bis 1869, Th. Eimer bis 1871, M. Malbranc bis 1873, O. Gierke bis 1876, Ph. Stöhr bis 1882, H. Virchow bis 1884, O. Schultze bis 1890, M. Heidenhain bis 1895, J. Sobotta bis 1899.

Anatomische Assistenten waren: C. Gerhard, V. Hensen, H. Quincke, J. Oellacher, S. Fries, W. Herzog, Th. Koelliker, H. Virchow, M. Gottschau, E. Müller, W. Richter, W. Felix, A. Voll, H. Hoyer, G. Sclavunos. A. Bühler, Ad. Dehler, Th. Cohn.

Als letzte Umgestaltung ist zu erwähnen, dass mit der Zeit auch eine wirksamere Unterstützung des Anatomen, als eine solche durch jüngere Kräfte, wie Prosektoren und Assistenten, sich als nötig erwies und wurde so auf meine Vorschläge hin ein Extraordinariat für Anatomie gegründet, das Stöhr von 1884—89, dann Bonnet bis 1891 und von da an O. Schultze inne hatte. Dann folgte zuletzt im Herbst 1897 mit der Vollendung meines 80. Jahres und meiner 50jährigen Wirksamkeit als Professor in Würzburg mein Rücktritt von der Professur der Anatomie unter Berufung von Ph. Stöhr, während ich mir mein zweites Institut für vergleichende Anatomie, Mikroskopie und Entwickelungsgeschichte noch vorbehielt. So gab ich nun vom Winter 1897/98 an jedes Semester den mikroskopischen Kursus in der normalen Gewebelehre mit dem Prosektor Dr. Sobotta und leitete mit demselben die Arbeiten im Institute für Mikroskopie, Embryologie und vergleichende Anatomie, während Dr. Sobotta allein im Sommer Entwickelungsgeschichte vortrug und ausserdem auch mikrophotographische Kurse gab und über mikroskopische Technik las.

Ich kann diese allgemeine Schilderung meines Lebenslaufes nicht besser beschliessen, als indem ich 1. noch einen Blick auf die Beziehungen zu meinen Kollegen aus der medizinischen und naturhistorischen Fakultät in Würzburg werfe und 2. der mannigfachen Anerkennungen gedenke, die mir während

meiner zweiten Lebenshälfte in so überraschender Weise zuteil
wurden.

Was 1. die Beziehungen zu meinen Kollegen anlangt,
so kann ich wohl sagen, dass, wenige Ausnahmen abgerechnet,
uns alle, Mediziner wie Naturforscher, ein Band vereinte,
das auf Hochachtung vor dem ehrlichen, wissenschaftlichen
Streben und den gegenseitigen freundschaftlichen Gesinnungen
sich gründete. So kann ich aus meinen ersten Jahren nur mit
Dank an die Beziehungen denken, die mich mit Rinecker,
Mohr, Kiwisch, Heinrich Müller, Leydig und Gegenbaur, später mit Virchow verbanden, doch ist, offen gesagt,
der Verkehr mit Virchow und Heinrich Müller für mich
der wichtigste gewesen. Als Virchow nach wenigen Jahren
seines Wirkens in Würzburg von uns schied, sprach ich in
einer Festsitzung der physikalisch-medizinischen Gesellschaft
am 9. August 1856 meine Gefühle unter Überreichung eines
Bildes, einer Ansicht von Würzburg von A. Geist jr., in folgenden Worten aus:

Meine Herren!

Als wir vor sechs Jahren den mannhaften Kiwisch aus unserer
Mitte scheiden sahen und unser Gemüt von wahrem Schmerz ergriffen
war, glaubten wir nicht, dass in so kurzer Zeit ein noch herberer Verlust uns treffen würde, ein Verlust, der die tiefsten Fundamente unserer
Gesellschaft erschüttert. In Virchow, meine Herren, verlieren wir nicht
nur einen edlen und charakterfesten Freund, nein, in ihm geht uns auch
ein hochbegabtes geistiges Element, unsere beste Kraft dahin. Indem
ich dies ausspreche, bin ich weit entfernt davon, die Verdienste aller
derer schmälern zu wollen, welche seit Jahren mit so unermüdlichem
Fleisse der Gesellschaft Opfer gebracht haben und noch bringen, denn
keiner sicherlich kann die Leistungen dieser Männer freudiger anerkennen
als ich, nichts desto weniger ist es meine innerste Überzeugung, dass
keiner die Bedeutung und die Endzwecke unserer Gesellschaft so erfasst
und in seinen Bestrebungen so glücklich verfolgt hat, wie Virchow,
und weiss ich auch gewiss, dass Sie alle, meine Herren, diese Überzeugung
mit mir teilen. Virchows Bedeutung für unsere Gesellschaft lag
übrigens nicht bloss in seinen wissenschaftlichen Leistungen, so
Grosses und Eingreifendes dieselben auch zu Tage gefördert haben und
so anregend und belehrend dieselben auch wirkten, dieselbe beruhte
ebenso sehr in dem Geiste, mit dem er das Ganze durchdrang. Sie
alle, meine geehrten Freunde, wissen, wie Virchow auch in unserer
Gesellschaft die humanistische Richtung, die sein ganzes Wirken
durchzieht, thatkräftig durchgeführt hat, und dass wir ihm beinahe alles

verdanken, was für die Verbindung von Wissenschaft und Leben durch uns geschehen ist. Wer von Ihnen erinnert sich nicht an seine unermüdlich wiederholten Anregungen zur Erforschung der naturhistorischen Verhältnisse unseres Landes im weitesten Sinne, die dann auch zum Teil schon schöne Früchte trugen, und wer kennt nicht, was Virchow selbst in seinen Arbeiten über die Not im Spessart, den Hungertyphus in Franken und den Kretinismus in dieser Beziehung Bedeutendes geleistet hat? Und wenn es ihm auch lange nicht immer gelang, die gesteckten Ziele zu erreichen, wie bei seinen Versuchen, die Gesellschaft zur Organisation populärer Vorträge zu bewegen, so fällt die Schuld doch nie auf ihn und weiss jeder, dass eine Ungunst der Verhältnisse, die hier nicht weiter zu erörtern ist, allein den günstigen Erfolg verhinderte. So kam es, dass Virchow nicht bloss als Forscher, als Gelehrter, sondern auch als leitender Gedanke für die Gesellschaft von der grössten Bedeutung war und dass uns sein Weggang auch in dieser Beziehung aufs Empfindlichste berührt. Wir werden nach seinem Weggange sicherlich aller Anstrengung bedürfen, um in allgemeiner Beziehung das zu leisten, was wir ursprünglich als Ziel uns setzten, und um nicht über der reinen Befriedigung an der Wissenschaft die vaterländische und allgemein menschliche Bedeutung unserer Gesellschaft aus den Augen zu verlieren.

Doch meine geehrten Freunde, wir sind nicht hier, um von uns zu reden und die Grösse des uns treffenden Verlustes zu beklagen. Uns führte vielmehr der Wunsch zusammen, Virchow noch einmal öffentlich für alles, was er unserer Gesellschaft gewesen ist, unseren herzlichsten Dank zu bringen und ihm zu sagen, dass sein Andenken uns immer teuer sein wird. Unsere besten Wünsche begleiten ihn auf seiner Rückkehr in sein engeres Vaterland. Möge er dort alles das finden, was er sich ersehnt, möge er aber auch die fernen Freunde der Würzburger Gesellschaft nie vergessen. Und da wir uns der Hoffnung hingeben, dass er auch der bescheidenen Stätte seines bisherigen Wirkens stets seine Anhänglichkeit bewahren werde, so haben wir gedacht, es werde ihm auch Freude machen, dieselbe von Zeit zu Zeit im Bilde verkörpert zu sehen.

Lieber Virchow! So nimm es denn hin, dieses Bild, in Liebe und Freundschaft, wie wir es Dir geben. Denke, wenn Du es betrachtest, an die reichen Fluren und blumigen Höhen des Frankenlandes, die Du so gern durchstreiftest und in denen Du so manche schöne Stunde in reinem Geniessen verlebtest. Denke aber auch dabei an uns und bewahre uns stets die Liebe und Treue, die uns hier verband.

Sie aber, meine Freunde, füllen Sie Ihre Gläser und trinken Sie mit mir auf das Wohl unseres scheidenden Freundes. Herrn Professor Virchow ein donnerndes Hoch!

Mit dem zweiten Kollegen, den ich oben erwähnte, mit Heinrich Müller, vereinte mich die Gleichartigkeit der Bestrebungen und des Charakters und machte sich auch unsere

Freundschaft durch eine Anzahl gemeinsamer Arbeiten geltend.
In welcher Weise ich seine äussere Stellung zu einer frucht-
bringenden zu machen wusste, ist oben schon mitgeteilt worden
und sei hier nur noch erwähnt, dass ich, als ein früher uner-
warteter Tod denselben der Wissenschaft entriss, sein Andenken
durch einen in der physikalisch-medizinischen Gesellschaft vorgetragenen Nekrolog ehrte (Nr. 241).

Aus späteren Zeiten nenne ich besonders Scanzoni, Bamberger, Förster, v. Recklinghausen, v. Bezold, Gerhard,
A. Geigel, Schenk, Kunkel, Fick und Sachs, denen ich
viel verdanke und deren Verkehr für mich ein sehr nutzbringender
war, zu welchen hervorragenden Gelehrten ich aus den letzten
Decennien von den der praktischen Medizin angehörenden
Kollegen Michel, Leube, Schönborn und Hofmeier und
von Anatomen Stöhr, Bonnet, Oskar Schultze und Boveri
rechne. Auch meine Prosektoren möchte ich nicht vergessen,
denn ich war immer der Ansicht, dass der Verkehr mit auf-
strebenden jungen Kräften nur fördernd wirkt und so seien
denn auch dankbar erwähnt Eberth, Forel, Grenacher,
Eimer, Gierke, C. Hasse, Flesch, Wiedersheim, Hans
Virchow, R. Fick, Decker, Heidenhain, v. Lenhossék
und Sobotta.

Meine Beziehungen zur Gesamtuniversität waren im
allgemeinen keine besonders lebhaften. Wie an vielen Hochschulen, bestanden auch in Würzburg zwei grosse Parteien, die,
solange als die Privilegien des Senates, der nur aus Repräsentanten der Fakultäten bestand, grössere waren, sodass z. B. die
Gehaltserhöhungen wesentlich von demselben abhingen, mehr
von Privatinteressen sich leiten liessen. So kam es, dass ich erst
Ende der sechziger Jahre in den Senat gewählt wurde und
nur einmal, im Jahre 1870, als Rektor fungierte, als welcher
ich eine Rede über die Geschichte der medizinischen Fakultät
hielt (Nr. 242). Nach dieser Zeit war ich noch einige Male Mitglied des Senates, zog dann aber später wissenschaftliche Arbeiten
je länger je mehr vor, namentlich in Anbetracht der sich ver-
ringernden Bedeutung dieser Korporation, die nach und nach, was
die wissenschaftlichen Seiten anlangte, vor den Fakultäten etwas

in den Hintergrund kam. In späteren Jahren trat ich nur noch einmal an die Öffentlichkeit bei dem grossen Festessen, das am 28. November 1896 bei Gelegenheit der Eröffnung des neuen Kollegienhauses die Universität ihren früheren Mitgliedern bot. Was ich damals öffentlich aussprach, glaube ich hier mitteilen zu sollen, weil es auch zeigt, welche Rolle die medizinische Fakultät bei uns spielte.

Hochgeehrte Versammlung!

Sie werden von mir, als dem Senior der Universität, wohl nicht erwarten, dass ich den zukünftigen Leistungen des neuen schönen Kollegienhauses ein besonders warmes Interesse entgegenbringe und erlaube ich mir daher, in die Vergangenheit zurückzugreifen und Ihnen einiges aus der Zeit des Wiederaufblühens unserer Universität und vor allem der medizinischen Fakultät mitzuteilen.

Als ich im Herbste 1847, vor nunmehr 49 Jahren einem Ruf von Zürich nach Würzburg folgte, fand ich hier drei hervorragende jüngere Kollegen: Mohr, Rinecker und Kiwisch, denen bald der eben habilitierte Heinrich Müller sich anschloss. Mein Freund Rinecker hatte schon damals, als erster, nicht nur in Deutschland, mit seinem Assistenten Leydig ein mikroskopisches Institut ins Leben gerufen, das dann durch mich und Leydig, welchen hochverdienten Forscher ich leider unter den heute Anwesenden vermisse, weiter ausgebaut wurde und als Vorbild aller späteren derartiger Anstalten diente. Als Mohr, der treffliche pathologische Anatom, im Jahre 1849 von uns schied, lenkten sich unsere Augen auf den jungen Prosektor an der Charité in Berlin, Rudolf Virchow, und gelang es dann den energischen Bemühungen von Rinecker, Kiwisch und mir, trotzdem Virchow politisch sehr anrüchig geworden war, ihn im Jahre 1849 für uns zu gewinnen. Etwas vor dieser Zeit war auch durch meine Initiative die physikalisch-medizinische Gesellschaft ins Leben getreten, deren erster konstituierender Sitzung auch Virchow beiwohnte, und so begann dann in den fünfziger Jahren unseres Jahrhunderts in Würzburg ein wissenschaftliches Leben sich zu entfalten, das die schönsten Früchte trug und seines Gleichen suchte. In der genannten Gesellschaft und auf der alten ersten Würzburger Anatomie, die in einem kaum anders denn als finstere Spelunke zu bezeichnenden Gartenhause des Juliusspitales ihren Sitz hatte, wurden damals epochemachende Entdeckungen gemacht und Vorträge von grösster Bedeutung gehalten, unter denen ich nur die von Virchow über den Bau der Bindesubstanzen und die Bindegewebskörperchen und die von H. Müller über die Netzhaut im Auge erwähne. Hier ergaben sich auch bei Virchow die ersten Anregungen zur Aufstellung der Cellularpathologie. Junge Männer, die später zu hervorragenden Gelehrten sich entwickelten, sassen zu unseren Füssen, unter denen Gegenbaur und Friedreich, später His und Hensen namhaft gemacht sein sollen.

Eine ausführlichere Schilderung der damaligen grossartigen Zeit unterlasse ich als zu weit führend und sei nur noch erwähnt, dass auch nach Virchows Weggange das einmal gelegte Samenkorn reiche Früchte trug. Ich brauche Ihnen nur die Namen Scherer, Scanzoni, Förster, Bamberger, v. Recklinghausen, v. Bezold, Fick, Biermer, Aloys Geigel, Kunkel statt vieler anderer auszusprechen, um dies zu belegen und nenne ich besonders mit Freude und Stolz meinen früheren anatomischen Assistenten Gerhard, meine ehemaligen Prosektoren Wiedersheim und Flesch und meinen ehemaligen Schüler und Freund Ziegler, die ich alle hier erblicke.

Ich schliesse, indem ich Sie ersuche, den hervorragendsten unserer früheren Kollegen, die heute dieses schöne Fest mit uns feiern, meinen lieben Freunden Virchow und Gerhard, sowie Bergmann und Wislicenus ein feuriges Hoch darzubringen.

2. Die **Anerkennungen und Ehrungen** anlangend, die mir im Laufe der Jahre zuteil wurden, so habe ich

A. **eine Anzahl von Preisen und Medaillen** zu erwähnen und zwar:

a) Die silberne Sömmeringmedaille und den mit derselben verbundenen Geldpreis von 300 fl., am 7. April 1850 von der Senckenbergschen naturforschenden Gesellschaft in Frankfurt a. M. mir verliehen.

b) Einen Preis von 2000 Frcs. von der Académie des Sciences de Paris am 30. Januar 1854 für meine mikroskopische Anatomie und das Handbuch der Gewebelehre.

c) Den Russischen Preis Rklitzki für Arbeiten auf dem Gebiete anatomisch-mikroskopischer Untersuchungen über die Centralteile des Nervensystems im Betrage von 932 Rbl. erhalten im Februar 1893.

d) Die goldene Cothenius-Medaille der Kaiserl. Leopoldinisch-Carolinischen deutschen Akademie der Naturforscher, erhalten im Juli 1897.

e) Die goldene Copley Medal und 1200 M. am 4. November 1897, erhalten von der Royal Society of London.

f) Die goldene Andreas Retzius-Medaille am 21. September 1897 von der schwedischen Gesellschaft der Ärzte als erster Preisträger erhalten.

Diese prachtvolle Münze (siehe beiliegende Kopie) zeigt auf der einen Seite das äusserst wohlgetroffene Brustbild von A. Retzius mit der Umschrift: Andreas Retzius nat. MDCCXCVI mort.

Andreas Retziusmedaille der Schwedischen Gesellschaft der Ärzte in Stockholm.

MDCCCLX. Auf dem Avers ist eine Tafel mit folgender Inschrift:

Investigatori naturae sagacissimo eximiae artis Professori socio suo meritissimo Societas Medicorum Suecana MDCCCLXXXXVI.

Oben auf der Tafel ist eine Schale mit der Äskulapschlange, rechts davon ein Schädel, links ein Buch und ein Lorbeerkranz.

B. An meinem 70. Geburtstage am 6. Juli 1887 wurde mir von der medizinischen Fakultät Würzburg ein silberner, zum Teil vergoldeter 0,56 m hoher Pokal gewidmet, der sehr kunstvoll eine halbierte Kokosnuss umgiebt. Der Deckel trägt einen 0,17 m hohen Äskulap mit dem Stabe und der Schlange. Der Becher zeigt auf der einen Seite mein Bild, an zwei andern Seiten trägt derselbe silberne Täfelchen angehängt mit den Inschriften: „zum 70. Geburtstage den 6. Juli 1887" und „die medizinische Fakultät der Universität Würzburg Ihrem lieben Rudolf Albert Koelliker". Oberhalb dieser drei Verzierungen stehen die Worte: Anatomie, Mikroskopie, Embryologie.

Ferner erhielt ich nachstehende Festschriften:

1. Verhandlungen der physikalisch-med. Gesellschaft zu Würzburg. N. F. Bd. XX. 1887.
2. Festschrift der Naturforschenden Gesellschaft in Halle.
   Gr. Kraus, Professor der Botanik in Halle, Beiträge zur Kenntnis fossiler Hölzer. Halle, Niemeyer 1887. 14 S. mit 3 Tafeln.
3. Festschrift der medizinischen Fakultät in Würzburg.
   Julius Michel, Professor der Augenheilkunde, Über Sehnervendegeneration und Sehnervenkreuzung. Würzburg 1887. 91 S. mit 4 Tafeln.
4. Festschrift, gewidmet von Schülern. Leipzig, Engelmann 1887. 444 S., 17 Tafeln u. 12 Figuren.
   Dieselbe enthält Beiträge von:
   C. Gegenbaur — Occipitalregion der Fische (Taf. I).
   C. J. Eberth — Blutplättchen niederer Wirbeltiere (Taf. II).
   Frhr. v. la Valette St. George — Samenbildung bei Forficula (Taf. III u. IV).
   Victor Hensen — Photogr. Zimmer für Mikroskopiker (Taf. V).
   Robert Wiedersheim — Geruchsorgan und Hautmuskulatur der Tetrodonten (Taf. VI).
   v. Nussbaum — Über Unglücke in der Chirurgie.

B. Solger — Wirkung des Alkohols auf hyaline Knorpel (Taf. VII u. VIII).

Reubold — Pankreasblutung vom gerichtsärztlichen Standpunkte.

F. A. Forel — La pénétration de la lumière dans les lacs d'eau douce.

J. Orth — Entstehung und Vererbung individueller Eigenschaften.

M. Schottelius — Biologische Untersuchungen über den Micrococcus prodigiosus (Taf. IX).

Peter Müller — Physiologische und pathologische Involution des puerperalen Uterus.

A. J. Kunkel — Studien über die quergestreifte Muskelfaser.

Theodor Koelliker — Über Hernia processus vaginalis encystica.

W. Kirchner — Über Divertikelbildung in der Tuba Eustachii des Menschen (Taf. X).

J. A. Rosenberger — Vorschlag zur Behandlung gangränesierender Darmwandbrüche.

O. Schultze — Erste Entwickelung des braunen Grasfrosches (Taf. XI, XII).

Walther Felix — Die Länge der Muskelfaser beim Menschen und einigen Säugetieren.

F. Riedinger — Über Ganglion periostale (Periostitis albuminosa).

Hans Virchow — Angeborener Hydrocephalus internus, ein Beitrag zur Mikrocephalenfrage (Taf. XIII, XIV).

W. Richter — Über zwei Augen am Rücken eines Hühnchens (Taf. XV).

Max Flesch — Homologie der Fissura parieto-occipitalis bei den Carnivoren (Taf. XVI).

Fr. Decker — Zur Physiologie des Fischdarmes.

Fr. Helfreich — Eine besondere Form der Lidbewegung.

Ph. Stöhr — Über Schleimdrüsen (Taf. XVII).

C. 50jähriges Doktorjubiläum als Dr. phil. von Zürich am 9. Juni 1891 und als Dr. med. von Heidelberg am 26. März 1892.

Zu diesem Jubiläum liess die Würzburger medizinische Fakultät von dem Bildhauer Prof. Knoll in München meine Büste in Marmor ausführen und stellte dieselbe in dem Mikroskopiersaale der Anatomie auf. Ein Exemplar dieser Büste in Gips erlaubte ich mir der medizinischen Fakultät meiner Vaterstadt Zürich zu widmen, welche dieselbe in der Anatomie aufgestellt hat.

Zu demselben Feste liessen eine Anzahl Kollegen von dem Kupferstecher A. Wagenmann in München ein Brustbild von mir in einem sehr gelungenen Stiche ausführen und überreichten mir dasselbe in 10 Exemplaren.

Bei derselben Gelegenheit sandten mir auch meine lieben Freunde Gustaf und Anna Retzius einen 22 cm hohen silbernen alten Pokal vom Jahre 1764 mit einer Widmung.

Endlich erhielt ich auch nachstehende Festschriften, unter denen ich besonders die Nr. 1 hervorheben möchte, die C. Nägeli und mir von der Universität Zürich, dem Eidgenössischen Polytechnikum und der Tierarzneischule zu unseren philosophischen Doktorjubiläen in den Jahren 1890 und 1891 gewidmet wurde.

1. Festschrift der Universität, des Eidgenössischen Polytechnikum und der Tierarzneischule. K. W. v. Nägeli in München und A. v. Koelliker in Würzburg gewidmet. Zürich, A. Müller 1891.

Inhalt:

C. Cramer — Über Caloglossa Leprieurii (Mont. Harv.) J. G. Agardh, 19. S. mit 3 Taf.

Ph. Stöhr — Die Entwickelung des adenoiden Gewebes (1 Taf.).

Aug. Forel unter Mitwirkung von Dr. Mayser und Dr. Ganser — Über das Verhältnis der experimentellen Atrophie und Degenerationsmethode zur Anatomie und Histologie des Centralnervensystems. Ursprung des IX., X. und XI. Hirnnerven (1 Taf.).

Alb. Heim — Über Sammlungen für allgemeine Geologie.

Paul Martin — Die Entwickelung des Wiederkäuermagens und -Darmes (1 Taf. und 28 Textfiguren).

O. Haab — Der Hirnrindenreflex der Pupille.

Walther Felix — Die erste Anlage des Exkretionssystems des Hühnchens (4 Taf.).

Ed. Schär — Über Einwirkungen des Cyanwasserstoffes, des Chloralhydrats und des Chloralcyanhydrins auf Enzyme, auf keimfähige Pflanzensamen und auf niedere Pilze.

Conrad Keller — Das Spongin und seine mechanische Leistung im Spongienorganismus (1 Taf.).

A. Dodel — Beiträge zur Kenntnis der Befruchtungserscheinungen bei Iris sibirica (3 Taf.).

E. Overton — Beitrag zur Kenntnis der Entwickelung und Vereinigung der Geschlechtsprodukte bei Lilium Martagon (1 Taf.).

Karl Fiedler — Entwickelungsmechanische Studien an Echinodermen-Eiern.

Arnold Lang — Über die äussere Morphologie der Haementeria Ghilianii, F. de Filippi (1 Taf. und 8 Textfiguren).

2. Über das Jacobsonsche Organ des Erwachsenen und die Papilla palatina.

    Von Fr. Merkel, Professor der Anatomie in Göttingen. Wiesbaden, Bergmann 1892. 18 S. mit 7 Holzschn. Gewidmet von der Med. Fakultät der Georgia Augusta zu Göttingen.

3. Festschrift der Zeitschrift für wissenschaftliche Zoologie, dargebracht von Schülern und Verehrern. Leipzig, Engelmann 1892. Supplementband der Zeitschrift zu Band LIII. 285 S., 17 Textfiguren, 14 Taf. und A. von Koellikers Bildniss in Heliogravüre.

    Inhalt:

    C. Hasse — Die Entwickelung der Wirbelsäule von Triton taeniatus (Taf. I bis III). S. 1.

    H. Ludwig — Über eine abnorme Cucumaria planci (Taf. IV). S. 21.

    W. Voigt — Synapticola teres n. g., n. sp., ein parasitischer Copepode aus Synapta Kefersteinii Sel. (Taf. V). S. 31.

    R. Wiedersheim — Die Phylogenie der Beutelknochen. Eine entwickelungsgeschichtlich-vergleichend-anatomische Studie (Taf. VI, VII). S. 43.

    G. H. Th. Eimer — Die Entstehung und Ausbildung des Muskelgewebes, insbesondere der Querstreifung desselben als Wirkung der Thätigkeit betrachtet (13 Holzschn). S. 67.

    C. J. Eberth und K. Müller — Untersuchungen über das Pankreas (Taf. VIII). S. 112.

    O. Bütschli — Versuch der Ableitung des Echinoderms aus einer bilateralen Urform (Taf. IX und 4 Textfiguren). S. 136.

    H. Virchow — Das Dotterorgan der Wirbeltiere (Taf. X). S. 161.

    Th. W. Engelmann — Vorschläge zu einer Terminologie der Herzthätigkeit. S. 207.

    E. Ehlers — Die Gehörorgane der Arenicolen (Taf. XI bis XIV). S. 217.

4. Festschrift des anatomischen Instituts der Universität Würzburg. Leipzig, Engelmann 1892. 166 S., 11 Taf. und 2 Textfiguren.

    Inhalt:

    O. Schultze, Prof. extr. — Zur Entwickelungsgeschichte des Gefässsystems im Säugetierauge (Taf. I—V). S. 1.

R. Fick, Prosektor der Anatomie — Über die Arbeitsleistung
der auf die Fussgelenke wirkenden Muskeln (2 Textfiguren). S. 43.

Adam Voll, I. anat. Assistent — Über die Entwickelung
der Membrana vasculosa retinae (Taf. VI). S. 87.

Georgios L. Sclavunos, II. anat. Assistent — Beiträge
zur feineren Anatomie des Rückenmarks der Amphibien
(Taf. VII, VIII). S. 95.

Martin Heidenhain, Prosektor am Institute für vergl.
Anatomie, Histologie und Embryologie — Über Kern
und Protoplasma (Taf. IX—XI). S. 109.

5. Festschrift von R. Bonnet, Professor der Anatomie in Giessen.
Über Hypotrichosis congenita universalis. Wiesbaden, Bergmann 1892. 36 S. 1 Doppeltafel und 1 Textabbildung.

6. Festschrift von Geheimrat Carl Gegenbaur, Professor der
Anatomie in Heidelberg. — Die Epiglottis. Vergleichend-anatomische Studie. Leipzig, Engelmann. 1892. 70 S., 2 Taf. und
15 Textfiguren.

7. Festschrift von W. His, Professor der Anatomie in Leipzig.
Der Mikrophotographische Apparat der Leipziger Anatomie.
Leipzig, F. C. W. Vogel. 1892. 22 S., 2 Tafeln und 2 Text-
figuren.

8. Festschrift von Geheimrat W. Waldeyer, Professor der Anatomie in Berlin. — Beiträge zur Kenntnis der Lage der weiblichen Beckenorgane, nebst Beschreibung eines frontalen Gefrier-
schnittes des Uterus gravidus in situ. Bonn 1892. 29 S. und
5 Taf. Folio.

D. Feier des 80. Geburtstages am 6. Juli 1897 und
zugleich des Jahres, an welchem ich 50 Jahre in Würzburg als Professor wirkte.

1. Zu diesem Tage widmete mir die Würzburger medizinische Fakultät eine grosse goldene Medaille mit meinem
Brustbilde und folgender Inschrift: *„Anatomorum hoc tempore
principi Collegae egregio carissimo octogenario Universitatis wirce-
burgensis Ordo medicorum.* D. VI. M. Julii MDCCCXCVII grat.
anim. Ded." und am Rande *„Ingenii radiis telarum noscere nexus
obvius te radiis Pythius edocuit".*

2. Ferner stifteten mir zum 80. Geburtstage 260 Kollegen,
Freunde und Schüler eine wunderbar schöne Kunsttruhe, deren
Bild und Beschreibung nebenan mich jeder weiteren Schilderung
überhebt. Dagegen möchte ich meinem lieben Kollegen Prof.
Oskar Schultze, durch dessen rastlose Initiative allein dieses
mich über alle Massen ehrende und erfreuende Geschenk zustande

kam, hier noch öffentlich meinen ganz besonderen Dank aussprechen.

3. Erwähne ich noch die von der Zürcher naturforschenden Gesellschaft mir dargebrachte Widmung des Jubelbandes
ihrer Vierteljahresschrift (s. weiter unten).

Zu meinem 70. und 80. Geburtstage und zu meinem 50 jähr.
Doktorjubiläum erhielt ich eine solche Menge telegraphischer
Glückwünsche und wundervoll ausgestatteter Adressen von Gelehrten Gesellschaften, Universitäten, medizinischen Fakultäten,
Kollegen und Freunden, auch prächtige Blumenspenden und
andere Geschenke, dass es mir ganz unmöglich ist, dieselben
einzeln aufzuzählen und den betreffenden Korporationen und
Spendern für ihre Ehrungen zu danken. Nur eine dieser
Adressen, die der physikalisch-medizinischen Gesellschaft, die
mein lieber Kollege Boveri kunstvoll mit anatomischen und
zoologischen Emblemen ausgestattet hat, kann ich mich nicht
enthalten zu übergehen, da ich in der Lage bin, dieselbe, aus
der geschickten Hand Sobottas wiedergegeben, hier beifügen zu
können. Man wird mir verzeihen, wenn ich auch den Wort-
laut der Adresse beilege, wenn schon derselbe mich allzu hoch stellt.

Die Physikalisch-Medizinische Gesellschaft

in Würzburg

ihrem

Ehrenpräsidenten A. von Koelliker

zum 80. Geburtstage.

Hochgeehrter Herr Jubilar!

Unter den Vielen, die Ihnen heute, an Ihrem 80. Geburtstage, ihre
Verehrung bezeugen, stehen auch wir, die Mitglieder der Physikalisch-
Medizinischen Gesellschaft. Die Wünsche, die wir vor zehn Jahren Ihnen
zugerufen haben, sind herrlich in Erfüllung gegangen. Wie damals, so
begrüssen wir Sie noch heute: unverändert in jugendlicher Frische,
geistiger Kraft und freudigem Schaffensdrang. Ebenbürtig an Fülle und
Gehalt reihen sich die Früchte aus dem achten Jahrzehnt Ihres Lebens
den früheren an. Immer noch unter den Ersten schreitend bei der
Förderung der morphologischen Wissenschaften, blicken Sie heute zurück
auf nahezu sechzig, ruhmreichem Forschen geweihte Jahre.

Welche gewaltige Umwandlungen und Fortschritte umspannt diese Zeit! Vergegenwärtigen wir uns die Anfänge Ihrer wissenschaftlichen Thätigkeit, so fallen Sie in die Jahre, da man die Zusammensetzung des tierischen und pflanzlichen Organismus aus den untersten Lebewesen mehr zu ahnen, als klar zu erkennen begann. Heute steht die Zellenlehre und die auf ihr sich aufbauende Histologie als die Grundlage da für die ganze organische Naturwissenschaft. Wer der Geschichte dieses unabschätzbaren Fortschrittes unserer Einsicht nachgeht, stösst von damals bis auf den heutigen Tag allenthalben auf Ihren Namen; getreu spiegelt sich der ganze Entwickelungsgang in Ihren klassischen Werken über die Histologie des Menschen und der Tiere wieder, in denen Sie nicht nur alles Vorhandene mit beherrschendem Geist zusammenfassten, sondern zugleich an eigenen Beobachtungen und Entdeckungen mehr hinzufügten, als irgend ein anderer Forscher auf diesem Gebiete.

Wie Sie hier der Struktur des menschlichen Organismus bis in seine letzten erkennbaren Elemente nachgingen, so haben Sie kaum minder die Aufklärung seiner embryonalen Entstehung gefördert und dieselbe in Werken dargelegt, welche zu denen über die Histologie das würdige Seitenstück bilden.

Allein bei Ihrem Arbeitsdrang und Ihrem umfassenden Blick genügte das enge Feld der menschlichen Anatomie und Embryologie nicht. Kaum dürfte es eine Tiergruppe bis hinab zu der niedersten geben, um deren Erforschung Sie sich nicht verdient gemacht hätten und nur wenige, wo nicht wichtige Entdeckungen an Ihren Namen geknüpft wären. Als Einer der Ersten haben Sie die Erfahrungen und Methoden, welche die Anatomen und Embryologen ausgebildet hatten, auf die Erforschung des Baues und der Entwickelung niederer Organismen übertragen und Ihre Ergebnisse in Abhandlungen niedergelegt, welche, bei ihrem Erscheinen bewundert, für alle Zeiten als grundlegende gelten werden. So verehrt die wissenschaftliche Zoologie in Ihnen nicht allein den Mitbegründer ihrer ersten Zeitschrift, sondern sie zählt sie auch mit Stolz zu ihren ersten Meistern.

Mit einer unvergleichlichen Allseitigkeit und seltenem Scharfblick begabt, haben Sie überall sofort die Fruchtbarkeit und Tragweite eines neuen Gedankens, einer neuen Beobachtung, einer neuen Methode erkannt; mit immer gleich bleibender Jugendlichkeit haben Sie stets in das Neue sich hinein gelebt, um alsbald allen Arbeitsgenossen voran zu schreiten. An jeder grossen wissenschaftlichen Bewegung haben Sie führend teilgenommen. Sie haben zur Descendenztheorie wertvolle Beiträge geliefert und die Idee eines sprungweise sich vollziehenden phylogenetischen Fortschrittes, der sich Ihnen aus Ihren zoologischen Erfahrungen aufdrängte, gewinnt mehr und mehr an Bedeutung. Sie waren unter denjenigen, die unsere gegenwärtige Auffassung von der Funktion des Zellkerns begründeten, sobald die Forschungen soweit gediehen waren, um theoretische Schlüsse zu gestatten. Und als vor etwa zehn Jahren in dem Golgischen Färbungsverfahren eine Methode gefunden worden war, welche die histologischen Elemente des Nervensystems mit einer bis dahin ungeahnten Vollkommenheit darzustellen gestattete, da waren wiederum Sie

der erste, der die Wichtigkeit des neuen Hilfsmittels richtig würdigte
und mit staunenswerter Thatkraft zur Begründung einer neuen Ära in
der Nervenlehre verwertete.

So bietet Ihr wissenschaftliches Lebensbild die nie gesehene Erscheinung dar, dass Ihr Name, der einer der berühmtesten war in den anatomischen Wissenschaften bereits vor der Mitte des neunzehnten Jahrhunderts, heute, wo es zu Ende geht, nicht nur in altem Glanze erstrahlt,
sondern noch immer der modernste genannt werden darf auf dem Gebiete
der animalen Morphologie.

Möge es noch viele Jahre so bleiben! Möge es Ihnen vergönnt
sein, die unermesslichen Schätze Ihrer Erfahrung noch lange im Dienste
der Wissenschaft, wie zu Ihrer eigenen Befriedigung, zu neuen Erzeug-
nissen zu gestalten! Möge die Physikalisch-Medizinische Gesellschaft, die
Sie fast fünfzig Jahre an Ihren Forschungen haben teilnehmen lassen,
sich noch viel Jahre ihres Schöpfers und geistigen Führers erfreuen, als
dem wir Ihnen heute huldigend unsere Glückwünsche darbringen.

Würzburg, den 6. Juli 1897.

Im Namen der Physikalisch-Medizinischen Gesellschaft

Der Schriftführer   Der Vorsitzende
Dr. F. Schenck.   Th. Boveri.

Endlich mache ich noch folgende, dem Gelehrten geltende
Auszeichnungen namhaft:

Dr. med. honoris causa von Utrecht und Bologna.

Dr. juris honoris causa von Glasgow und Edinburgh.

Ritter des k. bayer. Maximilians-Ordens für Wissenschaft und Kunst.

Ritter des k. preuss. Ordens pour le mérite.

Ehrenbürger der Stadt Würzburg.

Benennung der früheren Stelzengasse vor der Anatomie als Koellikerstrasse.

Den Titel „Excellenz" verdanke ich der Gnade
S. k. Hoheit des Prinz-Regenten Luitpold von Bayern
am 12. Mai 1897.

Titelblatt der Adresse der physikalisch-medicinischen Gesellschaft
zu Würzburg

nach einem Aquarell auf Pergament gemalt.

II. Wissenschaftliche und andere Reisen.

A. Aufenthalt auf Föhr und Helgoland im Herbste 1840.

Vier in Berlin studierende Schweizer, C. Nägeli, J. Aepli aus St. Gallen, stud. theol., und H. Curchod aus Vevey, stud. med., und ich gingen in den Herbstferien ans Meer, nach Föhr und Helgoland, von wo aus ich die folgenden Briefe an meine Mutter richtete.

1.

Wyk auf Föhr, 25. August 1840.

An dem Orte unserer einstweiligen Bestimmung angelangt, benutze ich den ersten ruhigen Abend, um Dir einige Kunde von unseren bisherigen Erlebnissen zu geben.

Um nicht zu weitläufig zu werden, berichte ich nur kurz über die am Tage ziemlich langweilige, nachts jedoch ganz unerträgliche Fahrt von Berlin nach Lübeck. Solange wir in preussischem Gebiete waren, konnte der Anblick der öden, einförmigen, sandigen Gegend uns nur trübe stimmen, besonders mich, da mich die letzten Tage in Berlin aus Dir bekannten Gründen sehr angegriffen hatten und mir die Zeit, wo ich die mir gleichgültige Stadt ganz verlassen würde, stets lebhaft vorschwebte. Erst als wir in das freundliche, grüne, fruchtbare Mecklenburg kamen, wurde mir wieder etwas wohler ums Herz. Hübsch war besonders die Lage von Schwerin, welcher Ort, an einem See liegend, durch ein altes Residenzschloss, einen Park und Wälder recht lieblich wird. Der alten Reichsstadt Lübeck war es beschieden, uns das Herz wieder von Hoffnung und Freude zu schwellen, wozu auch das jetzt erst beginnende herrliche Wetter das Seine beitrug. Diese Stadt liegt sehr hübsch, da sie rings von Wasser, an welchem hübsche Anlagen auf den Wällen sich hinziehen, umgeben wird. Hier sahen wir die ersten grösseren Schiffe, was der Neugierde reiche Nahrung bot. Interessant war auch das rege Treiben der Handelsstadt, der emsige Eifer der Leute, ihr ökonomischer Sinn in Sprüchen, Bauart der Wohnungen, Verzierungen der Stadt u. s. w. So steht am Thore der Stadt die Inschrift: „*Concordia domi, foris pax, sane omnium rerum pulcherrima*", was Dir Theodor übersetzen mag; über einem grossen Kaufladen heisst es „Allen zu gefallen ist unmöglich". Die Häuser gleichen in der vorderen Façade dem Stadthause in Zürich, sind aber kleiner. Altgotisch ist das Rathaus und die Marienkirche, welche, obschon die Stadt lutherisch ist, noch alle ihre alten Verzierungen und Gemälde hat, jedoch zum Gottesdienste benutzt wird. Es sind da eine Masse von Holzschnitzereien und Bildhauerarbeiten und das Ganze macht deswegen wohl einen blendenden, doch keineswegs erfreulichen Eindruck. Die Tracht des Volkes ist hübsch, d. h. die der Mädchen; alle tragen Röcke von grün- und rot-gestreiftem dickem Wollenzeug, weisse Schürzen und Hauben, wie die, welche Luise aus München brachte; sie sind stark und blühend von Aussehen und kommen, wie ich später mich überzeugte, alle aus dem glücklichen Holstein.

Von Lübeck fuhren wir mit Extrapost weiter, da uns dies ebenso billig zu stehen kam, weil wir sieben waren (es waren noch drei Schweizerstudenten bei uns, die ebenfalls an die Küste des Meeres wollten und mittlerweile mit uns reisten) und ziemlich viel Gepäck hatten. Wir fanden, je weiter wir in H o l s t e i n eindrangen, ein herrliches Land, fruchtbares Ackerland mit Wiesen, Wäldern und Seen wechselnd, allerliebst. Die Extrapost ist so wie ein Bernerwägelchen, mit 3—4 Quersitzen, was wegen der etwas schlechten Wege besser ist. Wir waren mit dieser Einrichtung vollkommen zufrieden, da man gut sitzt und so luftig und frei die Gegend geniessen kann; auch lachten und sangen wir den ganzen Tag und unsere Fröhlichkeit wurde noch dadurch vermehrt, dass eine nette Predigerstochter mit uns fuhr, deren Natürlichkeit zu unserer fröhlichen Stimmung sehr gut passte. In Kiel begrüssten wir zum erstenmale das Meer; einige merkwürdige Seetiere und -Pflanzen, die wir da schon sahen, spornten unsere Hoffnungen beinahe auf das höchste und recht bald das Ziel unserer Reise zu erreichen, war unser einziger Wunsch. Kiel ist an einem Meerbusen recht hübsch gelegen, doch ist dies beinahe das einzige, was diese Stadt anziehend macht. Auf dem Kirchturme übersahen wir das Ganze und konnten auch das offene Meer erschauen und in der Kirche selbst sahen wir mit Interesse einige alte Holzschnitzereien aus dem 15. Jahrhundert.

Von hier aus gingen wir beständig mit Extrapost in solchen kleinen Wägelchen über S c h l e s w i g und H u s u m nach D a g e b ü l l, einem kleinen Dorfe der Insel Föhr gegenüber. Das Herzogtum Schleswig, das wir so durchfuhren, war nur an seiner Ostseite noch etwas hügelig und bewaldet, an der Westküste dagegen ist das Land eben und teilt sich ganz natürlich in G e e s t und M a r s c h l a n d. Erstere begreift alles Land in sich, das schon vor Menschengedenken das Ufer des Meeres, der Nordsee, ausmachte, letzteres ist das durch Deiche (Dämme) dem Meere abgewonnene Land, das häufig sehr gut angebaut ist, oft Äcker und auch Wiesen trägt. Die Geest hat sehr viel Heideland, was die Einförmigkeit des ebenen Landes sehr vermehrt, doch sind auch grössere Strecken oft gut angebaut. In der Marsch trifft man nur unbedeutende

Dörfer, meist nur einzelnstehende Bauernhöfe, oft von Gärten umgeben, die durch ihre Grösse und die schönen Baumpflanzungen ebensowohl für die Wohlhabenheit als den guten Geschmack ihrer Besitzer zeugen. Das Volk ist so freundlich und bieder, wie es nur irgendwo in der Schweiz sein kann; uns war diese Erscheinung umso auffallender und willkommener, da wir von Berlin kamen, so dass wir über die ersten Leute, die uns von selbst grüssten, ganz erstaunt waren.

Wir waren so am Ende des sechsten Tages unserer Reise in Dagebüll angekommen und handelte es sich nun darum, zu entscheiden, ob wir auf der Insel Foerroe (Feuerau?) bleiben wollten oder nach Sylt herüberfahren. Über keine dieser beiden Inseln wussten wir genaueres und so beschlossen wir, zuerst die nähere, Föhr, uns anzusehen. Sonntagmorgen den 24. August, schifften wir uns auf der Fähre ein, die regelmässig zwischen Wyk und dem Festlande geht. Der Wind war gut und machten wir die Überfahrt in 1½ Stunden. Obschon wir hier zum erstenmale einem grösseren Wellenschlage ausgesetzt waren, so lernten wir doch sehr bald im Stehen auf dem Verdecke uns zurechtzufinden, bloss Curchod empfand einen leichten Anflug von Übligkeit. — Auf Föhr angelangt, sahen wir uns gleich nach einer Wohnung um und fanden eine sehr gute mit Hülfe einer Empfehlung, die uns ein Herr Pastor gegeben hatte. Wir mieteten dieselbe sofort für den Preis von etwas mehr als 1 Thaler für einen jeden in der Woche und bekamen so bei der Witwe eines Schiffskapitäns Frerks in einem einstöckigen Hause im Parterre zwei hübsche Zimmer. Wir haben alle möglichen Bequemlichkeiten, die wir in Berlin zurücklassen zu müssen glaubten, selbst ein Sofa. Hinter dem Hause ist ein kleiner Garten, der so reinlich und nett ist wie das ganze Haus, die Küche und unnennbare Appartements nicht ausgenommen. Wir sind je zwei in einem Zimmer. Curchod und ich schlafen in einem grossen Familienbette, das wie ein ungeheurer Kasten in einem Wandverlasse steckt und haben die erste Nacht recht gut geruht.

Gestern Abend waren wir schon am Meeresstrande und brachten reiche Ausbeute an Pflanzen und Tieren mit, auch nahmen wir gleich ein Bad in dem ziemlich frischen Wasser von 13—14° R., das uns sehr wohl that. Das Wasser ist stark salzig, doch nicht unangenehm für Leute, die wie ich immer Salzlecker waren. Wir spüren alle den guten Effekt unserer Erholungsreise und befinden uns gottlob recht wohl. Ich werde Dir von nun an meine Briefe in Form eines Tagebuches schreiben und schliesse, indem ich Dir für Deine Kur alles gute wünsche.

2.

Wyk auf Föhr, den 10. September 1840.

Ich fahre in der Beschreibung unserer Erlebnisse fort. Du weisst, dass Nägeli und ich nur ein einziges Mikroskop zu unserer Verfügung haben, das mir Schönlein zum Gebrauche mitgegeben hat. Es ist

4*

dieses Instrument von Chevalier in Paris angefertigt, zwar noch recht gut und brauchbar, aber doch nicht ganz auf der Höhe. Dieses Mikroskop nun benutzen wir abwechselnd, einen Tag um den andern. Während Nägeli das Mikroskop gebraucht, habe ich angefangen auf die Jagd zu gehen. Ein Gewehr fand ich leicht, besondere Erlaubnis, um Seevögel zu erlegen, braucht man auch nicht und so gewann ich bald ein grosses Vergnügen daran, am Meeresstrande kleineres und grösseres Getier zu erlegen, wobei ich immer ein besonders leichtes Kostüm nötig fand und zwar Turnerhosen weit aufgeschürzt, nackte Füsse, alte Schuhe, leichte Jacke und Strohhut. An dem Tage, an dem ich das Mikroskop hatte, wurde dann fleissig gearbeitet, alle möglichen Tiere zergliedert und mikroskopiert. Am 8. September machten wir alle einen hübschen Ausflug nach der Insel Amrum. Wir fuhren erst quer durch unsere Insel Föhr, die ganz eben ist und zum Teil gut angebaut. Wir hatten uns nun so eingerichtet, dass wir zur Zeit der Ebbe gegenüber Amrum ankamen und konnten so die schmale Meerenge zwischen beiden Inseln trockenen Fusses durchkreuzen. Auf Amrum angelangt, fanden wir eine ganz andere, uns noch unbekannte Landesbeschaffenheit, nämlich sogenannte Dünen, das sind oft 100′ und mehr hohe Sandhügel mit Thälern dazwischen, die auf dieser Insel einen langgezogenen schmalen Zug, wie eine niedrige Bergkette, bilden. Diese Dünen sind der Sitz einer eigenen Vegetation, unter denen hohe Grasarten verschiedener Art vorwiegen, welche Vegetation jedoch nicht zu verhindern vermag, dass die Winde mannigfache Veränderungen an den einzelnen Dünenhügeln hervorrufen, dieselben zum Teil abtragen, zum Teil vergrössern, die Thäler und Einsenkungen zwischen denselben ausfüllen oder vertiefen. Wir brachten einen ganzen Tag auf dieser für uns sehr interessanten Insel zu, auf der ein kleines Dorf steht und ich benutzte diese Gelegenheit, um einige Möven zu schiessen, indem ich mich in einem Einschnitte der Dünen anstellte und dieselben abpasste, wenn sie von einem Ufer der Insel aus andere zogen. In derselben Weise, wie wir hingekommen waren, gingen wir am anderen Tage wieder nach Wyk zurück.

3.

Wyk auf Föhr, den 20. September 1840.

Vorgestern machten wir eine kleine Tour nach den eine Stunde entfernten „Halligen", niedrigen Inseln von geringer Ausdehnung die meisten, die ihrer Eigentümlichkeit wegen einen gewissen Ruf sich erworben haben und durch den Roman von Biernatzki „Die Hallig" besonders bekannt geworden sind. Wir waren alle sieben Schweizer beisammen in einer kleinen Chaloupe mit sechs Flinten, darunter zwei Doppelflinten. Auf den Inseln, wo die Strandvögel in Menge sich finden, ging nun ein prächtiges Knallen los; ich schoss 25 Strandläufer in vier Schüssen, je 4, 8, 8 und 5 mit einem Schusse, die andern

brachten einen Austernfischer, eine wilde Ente, drei Brachvögel, zwei
Krametsvögel und acht Strandläufer zur Strecke. Man kann sich kein
öderes Land denken, als diese Halliginseln. Der Boden besteht rein
aus feuchten Wiesen, trägt keinen Baum und ist von einer Menge
schlammiger Gräben durchzogen. Dabei liegt er so niedrig, dass jede
grosse Flut die ganze Insel überschwemmt, und auch wohl Teile des
Landes mit sich nimmt. Die Häuser liegen meist einzeln auf niedrigen
künstlichen Hügeln, sogenannten „Werfen" und sind höchst einfach,
aber sauber und wohnlich. Eingerammte Baumstämme machen diese
Werfen etwas widerstandsfähiger, als sie sonst wären. Von Getreidebau
ist keine Rede, nicht einmal Gärtchen sind da und einzelne Blumen-
stöcke an den Fenstern bieten das einzige erfreuliche Bild. Schafzucht
und Dienst zur See scheinen den einzigen Erwerbszweig dieser Leute
zu bilden, die nichtsdestoweniger mit grosser Zähigkeit an ihrer Heimat
hängen.

4.

Wyk auf Föhr, den 30. September 1840.

Zu meiner grossen Genugthuung und Freude habe ich Deinen
Brief aus Lausanne nach 11 Tagen erhalten und aus demselben ersehen,
dass Du Dich nach Deiner Bergkur sehr wohl befindest. Ich habe in
Gedanken alle jene grossartigen Scenerien mit Dir durchwandert und
genossen, von denen ich leider nur die von Thun oberflächlich kenne.
Ich habe es sehr bedauert, dass Du allein diese schönen Tage verleben
musstest, in einer Natur, wo das Gefühl schon bei den einfachen Hirten
in melodischen Klängen sich kundgiebt und nur zu gut kenne ich,
was es heisst, seine tiefsten und innigsten Gefühle in seine Brust ver-
schliessen zu müssen, seitdem ich von Dir fort bin, als dass es mich
nicht jetzt noch betrüben sollte, Dich so einsam gewusst zu haben.
Doch, wie Du sagst und hoffst, die Zeiten sind nicht mehr fern, wo es
anders sein wird; in Gedanken habe ich jetzt schon oft den künftigen
Winter übersprungen und in der That der Zeitraum, der uns jetzt noch
trennt, ist nicht mehr lang. Habe ich nur einmal Berlin im Rücken,
so glaube ich schon zu Hause zu sein und weder Wien noch München
werden mich dann noch lange halten. Denke Dir nur, in einem Jahr
um diese Zeit sind wir in Italien, in dem herrlichen Lande, das ich
mir in diesem rauhen Klima noch zehnmal schöner vorstelle. Überhaupt alles Freudige, was mir die Zukunft noch vormalt und bringen
wird, hat seine Wurzeln nur in Dir und werde ich immer Kleinstädter
genug bleiben, um nur im Familienleben meine Gemütsruhe, mein
Herzensglück zu finden, wenn auch manches andere Wirken für Staat
und Wissenschaft Befriedigung mir bringen mag! — Doch ich will
nicht in so fernen Landen mein Herz erweichen, die Zeit wird schon
kommen, wo es auftauen darf.

Da ich glaube, dass auch Unbedeutenderes, so ich gethan oder
erlebt habe, Dir zu wissen lieb ist — wie Du denn auch nie vergessen

magst, dass mir alles mögliche, was Dich betrifft, wichtig ist — so schreibe ich Dir, wie bisher, was mir aus unserem ziemlich einförmigen Leben in den Sinn kommt.

Um zuerst mit unserem inneren Leben anzufangen, so bestehen in Bezug auf die Arbeiten immer noch dieselben Verhältnisse. Ich habe fernerhin Gelegenheit gehabt, einiges Neue zu entdecken und habe auch nach und nach eine Menge Seetiere zusammengebracht, von denen wir anfangs gar nicht geglaubt hatten, sie hier zu finden. Das Fässchen mit Weingeist, das ich bei mir habe, birgt schon einen hübschen Schatz. Du wirst erstaunen, wenn Du später einige von diesen interessanten Tieren zu sehen bekommst. Leider habe ich gesehen, dass schon im letzten Herbste ein Professor einige Entdeckungen gemacht hat, die ihn zu ähnlichen Resultaten führen mussten wie mich; jetzt bin ich bange, dass vielleicht dieses Jahr wieder der eine oder der andere mir einen Teil dessen, was ich gefunden, wegfischt und früher bekannt macht. Im schlimmsten Falle jedoch werde ich mich in mikroskopischen Untersuchungen geübt und einige Kenntnis von den interessanten Geschöpfen des Meeres mir erworben haben und das andere werde ich als Stoiker verschmerzen.

Da ich von unserem inneren Treiben rede, darf ich auch vom Essen ein Wort sagen. Das Mittagessen ist immer einfach und war oftmals nur für hungerige Leute schmackhaft. Abends machte uns dagegen unsere ausgezeichnet gütige Wirtin durch allerlei Variationen Vergnügen, indem sie uns bald Krikenten, bald Aale, bald andere Fische bot und allerlei Backwerk machte. Auch paradierten einigemale die Ergebnisse meiner Jagd auf unserem Tische (einmal hatte ich 17 grössere und kleinere Seevögel heimgebracht). Ich bin hier noch aus dem Grunde ein grösserer Freund der Jagd geworden, weil sie mir die sonst einförmigen Spaziergänge angenehm und häufiger macht.

Heute noch baden wir, wie am ersten Tage unserer Ankunft. Das Wasser däucht uns noch nicht kalt, zum Teil wohl, weil wir uns daran gewöhnt haben; wir baden nämlich alle Tage und dadurch sind wohl unsere Hautnerven etwas abgestumpft worden. Ich bin gottlob wie die anderen immer gesund, doch war ich vor 14 Tagen etwas unwohl, da ich Kopfweh und Mangel an Appetit hatte, doch stellte mich Diät in zwei Tagen wieder her, besser als viele Arzneien. Ich hoffe, unser jetziges Leben wird uns wenigstens für den nächsten Winter vor Rheumatismus, Zahnschmerzen, Schnupfen, und wie die Plagen der civilisierten Menschen alle heissen, schützen.

5.

Wyk auf Föhr, den 9. Oktober 1840.

Heute habe ich zum letztenmale auf Föhr gebadet, da wir morgen uns nach Helgoland einschiffen sollen. Zuerst melde ich einiges ausführlichere über unsere Jagden, besonders für Theodor. Wir hatten endlich entdeckt, dass wir zur Zeit der Ebbe auf den trocken gewordenen

Stellen, wo es der Muscheln und Würmer wegen stets Vögel in Menge giebt, jagen mussten. Wir fahnden jetzt besonders nach grossen Strandläufern, die in ungeheuren Flügen beisammen sitzen, indem wir sie umstellen und dann in die Flüge schiessen. So schossen Nägeli und ich einmal 21 Stück, 4—6 pro Schuss, so dass wir sie kaum in unseren Taschen heimbringen konnten. Auf dem Heimweg zogen wir an einem Felde entlang, als wir plötzlich einen Acker voller Brachvögel — etwas kleiner als Tauben —- entdeckten. Ich kroch auf den Knien bis auf Schussweite und erlegte zwei mit einem Schusse. Alle diese Vögel schmecken vorzüglich und benutzten wir dieselben, um unsere drei Schweizerkameraden, die in einem anderen Hause wohnen, zu einem gemeinsamen Mahle einzuladen, obschon wir sonst mit denselben in politischen und anderen Dingen nicht besonders harmonieren. Auch ein zufällig in Wyk anwesender Kieler Student nahm an unserem Mahle teil. Nach demselben brauten wir uns eine Bowle und als wir nun in unserem Parterrezimmer seelenvergnügt ein Lied nach dem andern sangen und auch schöne Jodler ertönten, in denen ich, wie Du weisst, eine gewisse Fertigkeit und auch einen Namen habe, versammelte sich bald die Jugend des Fleckens vor unseren Fenstern und brach in lauten Beifall aus. Die sechs Bowlen, die wir acht einträchtig vertilgten, hatten übrigens noch einen kleinen Nachgeschmack, denn einer der Zecher musste, als er sich in Morpheus Arme legen wollte, die unangenehme Entdeckung machen, dass sein Kamerad sich schon vor ihm in die Federn gemacht und dem Gotte des Alkohols ein unfreiwilliges Opfer gebracht hatte.

Ein anderes Mal feierten wir im Badehause von Wyk, wo wir jeden Sonntag in Gesellschaft von acht Notabeln der Insel speisten, den Geburtstag des Königs von Dänemark! Da ging es hoch her. Nachdem unser Hausnachbar, der Landvogt von Dorrien — wenn ich mich des Namens recht entsinne — zwei Flaschen Champagner regaliert hatte und der Doktor ebenso, folgten auch wir *honoris causa* und so vertilgten wir 15 schliesslich 16 Flaschen. Dazu sang die ganze Gesellschaft und erfreuten wir unsere Schleswiger mit nationalen Schweizerliedern.

Wir mussten endlich Föhr verlassen, so ungern wir es thaten, besonders wegen unserer ausgezeichneten Philisterin; allein die Zeit drängte, denn wir hofften noch auf reiche Ausbeute auf Helgoland und wollten wenigstens 16 Tage uns daselbst aufhalten. Aepli hat uns gestern schon verlassen, um zu Land nach Hamburg zu gehen und dann durch den Harz nach Bonn.

Wir fühlten uns den letzten Tag schon einsam und sind doch froh zu gehen, doch etwas besorgt wegen der Seefahrt. Ich äusserte, ich würde nicht seekrank werden, Nägeli und Curchod dagegen sind etwas ängstlich.

6.

Helgoland, den 12. Oktober.

Eine Seefahrt. Nachts um 3 Uhr schifften wir uns auf dem von uns gemieteten kleinen Zweimaster ein, der zwei Erwachsene und zwei Buben als Mannschaft hatte. Wenn wir noch vier Tage hätten warten wollen, so hätten wir vielleicht für weniger Geld einen Einmaster bekommen, doch teils drängte die Zeit, teils schien es mir auch sicherer, in einem etwas grösseren Schiffe in dieser schon etwas vorgerückten Jahreszeit die Reise zu unternehmen, was gewiss von Dir gebilligt werden wird. Unser Schiff ist recht hübsch, soviel wir beim Scheine des verdunkelten Mondes sehen konnten und bei unserer um diese Zeit nicht allzu grossen Neugierde wahrnahmen. Es ist immer ein unangenehmes Gefühl, des Nachts eine Reise anzutreten, deren Ausgang nicht ganz sicher ist und ich glaube, dass wenige sich eines solchen werden erwehren können. Doch ging anfangs alles gut, wir waren noch von den Inseln eingeschlossen und die Wellen nicht gross. Ich hatte mir vorgenommen, immer auf dem Verdeck zu bleiben, die andern leisteten mir bald Gesellschaft, da sie beide es in der engen Kajüte nicht aushalten konnten.

Morgens um 7 Uhr waren wir bei einer grossen Sandbank, am Rande des Inselkranzes, angekommen; hier warfen wir die Anker aus, da wir bei nicht sehr günstigem Winde nicht gegen die Flut, die vom Ocean kommt, fahren konnten. Wir spazierten etwas auf der Sandbank, die aus dem denkbar feinsten Sande besteht, frühstückten mit einem Paar Enten und Wein, den wir bei uns hatten und schliefen dann etwas in der Kajüte. Um ¹/₂11 Uhr konnten wir die Anker lichten und bald sahen wir uns auf dem offenen Meere. Wir waren kaum fünf Minuten gefahren, so fing schon Curchod an sich jämmerlich zu erbrechen; wir mussten anfangs lachen, allein bald hatten wir Mitleid mit ihm, da ein Ausbruch dem andern folgte und er weiss wie ein Segeltuch aussah. Nach einer halben Stunde wurde Nägeli blass und fühlte sich nicht in der angenehmsten Stimmung, fürchtend, es werde alle Augenblicke losgehen, doch hielt er sich gut, wozu wohl auch seine warme Kleidung das ihrige beitrug. Mir war lange, lange Zeit ganz wohl; allein nach ungefähr der Hälfte der Fahrt fühlte auch ich mich in keiner angenehmen Stimmung, was ich mehr als dem Schwanken des Schiffes dem angestrengten Stehen — da man immer mit dem Schiffe balancieren muss — und der Kälte zuschrieb, da mich mein Mackintosh doch nicht so gut wie ein Mantel schützte. Ich strengte mich an, solange als möglich stehen zu bleiben, endlich aber musste ich mich doch setzen, was mich zwar noch etwas unwohler machte, doch hielt ich bis ans Ende standhaft aus, ebenso wie Nägeli. Und doch waren die Wellen nicht klein, denn sie erreichten wohl die Höhe des Schiffes; wären sie noch stärker gewesen, so wären wohl auch wir seekrank geworden. So konnte noch das Geistige in uns über das Physische siegen, was uns beide allerdings sehr gefreut hat. Doch ist uns von dieser Fahrt her ein unangenehmer Eindruck geblieben und vorläufig wenig Neigung zu neuen Seefahrten. Ich denke aber, man würde sich bald daran gewöhnen, was vielleicht bei uns noch hier geschehen wird, da wir so viel mit Schiffen und dem Meere zu thun haben.

7.

Helgoland, den 13. Oktober.

Da wir nun glücklich in Helgoland angekommen sind, so will ich mich daran machen, Dir alles zu erzählen, was ich von der Insel bisher gesehen habe. Es würde mehr sein, wenn mir nicht daran läge, meinen Brief so schnell als möglich auf die Post zu geben, teils weil Du schon so lange auf Nachrichten von mir hast warten müssen[1]), teils weil ich Dir mitteilen möchte, dass ich von Berlin Geld kommen lassen muss, da wir alle drei in Nöten sind und nicht mehr Mittel genug haben, um nach Hamburg zu kommen.

Helgoland ist wunderschön, mit Föhr gar nicht zu vergleichen. Es ist ganz und gar eine Felseninsel, von länglich dreieckiger Gestalt, ungefähr eine halbe Stunde im Umfang, überall 160—180' hoch. Die Felsen sind beinahe allerwärts senkrecht gegen das Meer abgeschnitten und bilden in ihrer Zerrissenheit die malerischsten Formen. Oft ist ein 100' hoher Fels durch die Wellen ganz von der Hauptinsel abgetrennt und bildet einen sogenannten Mönchen, oder vorstehende Felsen sind durch die Flut ganz unterminiert und bilden mannigfaltige Grotten. Von allen Seiten strecken sich lange Felsenriffe ins Meer hinaus und geben dem Ganzen einen wilden Anstrich. Die Felsmasse, die die Insel bildet, ist ein schöner roter Sandstein, der stellenweise mit weisslichen oder geringelten Mergelschichten abwechselt; laufen nun noch dazu, wie fast überall, die Schichten schief und sind dieselben bei nicht allzu grosser Steilheit mit etwas Gebüsch oder Gras bewachsen, so gewähren die Klippen den anmutigsten Anblick, besonders für uns Schweizer. Die Bewohner Helgolands sind fast alle Fischer, so dass ihre ärmlichen Häuser die Natur wenig zu verschönern imstande sind; doch sind auch einige hübschere Häuser da, seitdem Helgoland als Seebad zu grosser Bedeutung gelangt ist und diese weissen Häuser stechen nicht übel gegen den roten und grünen Hintergrund der Felsen ab. Überhaupt wird eine Gegend nur dann ganz schön zu nennen sein, wenn der Mensch die Natur in gewissem Grade sich unterthan gemacht hat und Spuren seines Daseins sich finden. Ich brauche Dich kaum daran zu erinnern, wie schön und lieblich Sennhütten eine grossartige Alpennatur machen, und wie kalt und öde jeder Teil derselben uns erscheint, wo nur die Natur allein uns entgegentritt. Die Wohnungen liegen teils oben auf dem Plateau, das die ganze Insel krönt, teils in geringer Zahl an der Ostseite der Insel, da wo sich von herabgestürzten Felsen

---

[1]) Meine Briefe vom 30. Sept., 9., 12. und 13. Okt. waren in Einem Umschlage enthalten.

und durch Klippen ein schmaler Strand gebildet hat, der das U n t e r -
l a n d heisst im Gegensatze zu dem O b e r l a n d e.   Eine kleine Viertelstunde östlich von der Hauptinsel liegt eine schmale lange S a n d - oder
D ü n e n i n s e l ohne Gebäulichkeiten, die als Badeplatz dient. Ihre Dünen
sind höchstens 50′ hoch und mit etwas Gras bewachsen.   N ä g e l i
findet, diese Düne mache die Aussicht angenehm, weil das Auge etwas
habe, worauf es ruhen könne; ich dagegen finde den öden Sandfleck
störend und würde viel lieber auch da, wie auf der anderen Seite nichts
als den dunkelblau-grünen unbegrenzten Ocean sehen. — Nichts ist schöner,
als auf dem grünen Grase des Felsrandes des Oberlandes zu liegen, vor
sich die Felsengrotten, die Klippen alle, die Mönche, Fischerböte, Segel-
schiffe und das blaue Meer; man glaubt ganz in Sehnsucht aufgehen
zu müssen.   Ich bin sehr glücklich, hierher gekommen zu sein.   Wir
haben so zwei, beinahe in allen Beziehungen verschiedene Inseln kennen
gelernt, denn Pflanzen und Tiere, Meer, Land und Menschen, alles ist
hier anders als auf Föhr, was ich Dir in meinem nächsten Briefe ausführlich schildern werde.

8.

Helgoland, den 15. Oktober 1840.

Ich schreibe Dir versprochenermassen in Form eines Tagebuches
und benutze hierzu die Abende, die schon länger zu werden beginnen.
Wie das mir die angenehmste Unterhaltung gewährt, die ich mir denken
kann, so hoffe ich, dass diese Zeilen auch Dir und Theodor einigen
Zeitvertreib gewähren werden.

Von dem Mannigfachen, das ich Dir noch von hier zu berichten
habe, ist mir vorläufig unsere häusliche Einrichtung das am nächsten
liegende.   Wir wohnen im Unterlande aus leicht begreiflichen Gründen,
um dem Meere nahe zu sein, sowohl zum Baden, als um Pflanzen und
Tiere zu suchen und zu sammeln.   Da nur noch sieben Badegäste in
Helgoland sind, so sind die während der Badezeit bedeutenden Preise
ziemlich gesunken und war es uns nicht schwer, uns sehr nett und gut
und doch für hier wohlfeil einzurichten.   Wir haben ein ganzes Stockwerk zwar nicht gemietet, aber doch zum Gebrauche, weil alles sonst
leer stünde und bezahlen für fünf Zimmer 15 Mark oder 5 Thaler die
Woche, dann haben wir uns noch bei unserem Hauswirte das Essen
ausbedungen, nämlich um 9 Uhr Kaffee, Butter, Brot und kaltes Fleisch
oder Eier zu 8 Schillingen pro Mann und Mittagessen um 3 Uhr,
bestehend aus Suppe, Fleisch und zwei Gemüsen zu 14 Schillingen für
jeden.   Seit den fünf Tagen, die wir hier sind, haben wir mit der Bedienung nur zufrieden sein können, denn obschon auf Helgoland an
Lebensmitteln kein Überfluss ist und besonders Fleisch etwas sparsam
zugemessen wird, so giebt sich doch unsere ehrliche Bäckersfrau alle
Mühe, uns zu befriedigen.   Du siehst, dass wir uns vorgenommen haben,
nur zweimal des Tages zu essen, doch wird dies nicht gar zu streng

befolgt und fanden wir immer noch Gründe, um Obst oder Thee mit Brot und Butter oder eine Flasche Wein zu uns zu nehmen.

Unser Leben ist folgendermassen eingerichtet: Um 6 oder ½7 Uhr stehen wir auf und begeben uns gleich an den Strand, um zu sammeln, was die Flut gebracht hat. Fängt dann das Wasser an zu steigen, sodass wir nicht mehr auf den niedrigen Klippen und nicht einmal am Fusse der Felswände der Insel selbst bleiben können, so baden wir, in dem noch keineswegs kalten Wasser, wozu kein grosser Heldenmut nötig ist, denn das stark salzige Meerwasser übt einen solchen Hautreiz aus, dass man nur selten beim Hereingehen von einem unangenehmen Gefühl befallen wird.

Nach dem Frühstücke, das uns nach dem Bade immer gut schmeckt, gehen Nägeli und ich an mikroskopische feinere oder gröbere Untersuchungen, sei es dass es sich darum handelt, neue Tiere und Pflanzen zu bestimmen, sei es dass ich an meiner Dissertation arbeite, welche „Beiträge zur Kenntnis der Samentiere niederer Tiere" zum Titel haben wird. Ich bin in vielem glücklich gewesen und habe, wie ich hoffe, manches Interessante entdeckt, was Du hoffentlich in einem halben Jahre lateinisch vor Dir haben wirst. So geht es mit bald leichterer, bald schwererer Arbeit, je nachdem mehr die Augen oder die Hände in Anspruch genommen werden, oder je nachdem die Mühe erfolglos oder lohnend war, bis um 3 Uhr. Ein kleines Zimmer, das mich an unser Balkonzimmer zu Hause mahnt, versammelt uns drei zum Mittagessen, das stets gute Laune würzt, bei dem der Waadtländer Curchod den Ton angiebt. Nach dem Essen gehen wir spazieren auf der Insel oder fahren nach der Sandinsel über, um Muscheln zu sammeln, auch wohl in den grossen Wogen der Brandung zu baden, oder wir fahren in einem Boote spazieren. Gegen 5 oder 6 Uhr sind wir wieder zu Hause, wo wir dann je nachdem zwischen 7 und 8 Uhr noch etwas zu uns nehmen und uns dann mit Schreiben, Lesen oder Plaudern unterhalten.

Da Du schreibst, Du möchtest gern mehr Naturgeschichte verstehen, um etwas an meinen Untersuchungen teilnehmen zu können, so will ich wenigstens mit einigen Worten Dir einen Begriff von dem zu geben suchen, was wir bis jetzt gesehen haben. — Wenn ich Dir sage, dass einst alles Lebendige aus dem Meere entstanden ist, einem Meere, das man sich freilich etwas reicher an tierischer Materie und Kräften zu denken hat, als die jetzigen Gewässer, so wird es Dir nicht schwer werden einzusehen, dass noch jetzt am Meere Tiere aus fast allen Abteilungen in grosser Menge leben. Übersicht man alle Produkte des Meeres, so erscheint es beinahe unmöglich, diese Mannigfaltigkeit von einem und demselben ernährenden Boden abzuleiten und in der That vereinigt auch das Meer eine grosse Menge von zeugenden und ernährenden Ursachen in sich. Wir wurden dies erst recht gewahr, als wir hierher kamen und so zwei so himmelweit verschiedene Örtlichkeiten kennen lernten. Im wilden Wasser der Brandung leben Tiere mit kalkigen Schalen mit Schuppen und Stacheln wie die Seesterne und Seeigel und die Muscheln und weichhäutige Tiere können sich nur dadurch halten, dass ihnen durch einen klebrigen Schleim ein Anheftungsmittel gegeben ist. Auch die Pflanzen des Meeres müssen an solchen Orten viel zäher und fester werden. Immer den Wellen ausgesetzt, bekommen sie vielfach zerrissene harte Blätter und reich ästige Stämme von festem holzartigem Gefüge, während in den ruhigen Gewässern der Halligen und von Föhr zartere, kleine Pflänzchen mit weichen Stämmchen sich finden. Ich möchte Dir gerne einige von den verschiedenen Wesen nennen, die wir da und dort fanden, doch weiss ich in That nicht, ob Dir damit viel gedient ist, ohne Abbildungen oder ohne die Geschöpfe selbst zu sehen. Nur ein reizendes Geschöpf will ich Dir roh zeichnen und seine Farben schildern. Es ist eine Actinie, ein weiches, cylindrisch geformtes Tier, das mit einer ebenen Fläche an den Felsen haftet und am andern Ende seine von vielen einfach kegelförmigen Fangfäden umgebene Mundöffnung besitzt. Dieses Tier ist am freien Ende rot-braun und lasur-blau eingefasst und am Leibe gelblich-weiss mit smaragd-grünen metallisch glänzenden Streifen besetzt.

    Den 18. Oktober. Helgoland hat seit einigen Jahren als Seebad eine grosse Bedeutung gewonnen und in der That verdient es den grossen Ruf, den man ihm spendet, da es das beste Seebad in Deutschland ist. In den letzten Jahren sind während der Badezeit 2000—2500 Gäste dagewesen, was gewiss sehr viel ist, wenn man die mannigfachen Beschwerlichkeiten des Aufenthaltes auf einer kleinen Insel und das Unangenehme einer Seereise bedenkt. Was man von einem Seebade fordern muss, das alles hat Helgoland in vollem Masse und mehr als die Küsteninseln Norderney, Wangerooge und Föhr das ist nämlich isolirte Lage und daher reine Luft, ferner vollen Salzgehalt des Meeres und starken Wellenschlag, der natürlich in der Nähe der Küsten geringer ist. Wer einmal, wie ich, in den mannshohen Wellen der Düneninsel gebadet hat, wird mir beistimmen, wenn ich deren Einfluss so hoch anschlage. Das Badeleben in Helgoland hat jedoch auch einige bekannte Mängel, so muss man z. B. eine Viertelstunde weit nach der Düne fahren, um sich zu baden, weil der Meeresgrund nur hier sandig ist. Wir haben übrigens oft an den Klippen des Südostendes der Insel gebadet und zwar häufig nachts, um das wunderschöne Meerleuchten zu geniessen, das für uns ganz neu war. Der Körper ist beim Schwimmen bei jeder Bewegung wie mit Funken übersät, die kommen und schwinden und, was Dir wohl nicht bekannt ist, von kleinen, einfachen mikroskopischen Tierchen herrührt.

    Einige unangenehme Erfahrungen, die wir gleich in den ersten Tagen machten, liessen uns ein ungünstiges Urteil über die Bewohner von Helgoland fällen. Jetzt sind unsere Erfahrungen etwas reicher und das Urteil wahrer. Von den Helgoländern, etwa 2400 an Zahl, sind die Männer fast alle Fischer oder Lootsen, mit Ausnahme der nöthigen Handwerker u. s. w. und weniger von ihren Renten lebender Leute. Beständig hier wohnende Fremde sind sehr wenige da, die Ärzte, der Gouverneur Esq. Hindmarsh, der Apotheker, der Geistliche und ein paar englische Familien. Die Fischer sind meistens arm,

Bild meiner Mutter in ihrem 28. Jahre
nach einer Zeichnung in schwarzer Kreide von dem Künstler J. Oeri in Zürich.

denn die Zeiten sind schlecht. Früher als die nach Hamburg fahrenden Schiffe noch Lootsen brauchten, verdienten dieselben bis zu 300 Thaler, jetzt kaum 40—50 Thaler für die Fahrt. Was dieselben sonst noch treiben, der Fischfang vor allem, ist kaum geeignet, ihre wenigsten Bedürfnisse zu decken, auch die Hummer, die früher häufiger waren, und von wenigen gefangen wurden, lohnen die viele Mühe kaum mehr. Bei dieser Armut und schlechten Nahrung (meist getrocknete Fische und Kartoffeln) ist es noch zu verwundern, dass die Leute nicht elender aussehen und muss man dabei dem gesunden Klima und der abhärtenden Lebensweise seine Rechnung tragen. In der That sind kräftige Männer selten, doch sind sie imstande die härtesten und beschwerlichsten Arbeiten zu verrichten. Was ihren Charakter betrifft, so ist er nicht so gut, wie derjenige der Bewohner von Föhr, doch möchte ich ihn darum nicht schlecht nennen. Man kann ihnen Überforderung der Fremden mit Recht vorwerfen, doch bedenke man auch ihre Armut und den Reiz bei so vielen Fremden. Unehrlichkeit dagegen findet sich nicht. Sie sind gutmütig und besonders in jüngeren Jahren fröhlich und aufgeweckt, später werden sie indolent, nämlich nur auf der Insel, wenn sie von ihrer harten Arbeit kommen oder stürmisches Wetter sie davon abhält.

Die Mädchen sind von zartem Baue mit feinen Gesichtszügen und zartem Teint, doch ist ihre Schönheit mit dem ersten Wochenbette für immer verloren, wie der Doktor mir versicherte, denn dieselbe war mehr Jugendfrische, als Zeichen sicherer, dauernder Lebenskraft, was die schlechte Nahrung und die harten Arbeiten im Feld und das Tragen der schweren Fischgeräte sehr begreiflich machen. Die Mädchen sind fröhlich und munter, doch allem Anscheine nach sittsam. Wir haben verschiedene Male im „Blauen" und im „Grünen Wasser" in ihren Tanzsälen getanzt, wie wir dies auch auf Föhr thaten, doch fanden wir, dass sie, obschon nicht schlecht, doch nicht so gut tanzten, wie die Mädchen von Wyk. Ihre Tracht ist hübsch. Sie haben einen Rock von rotem Stoff mit breitem orange-gelbem Saume unten, dazu einen bunten Spenzer und Schürze und einen netten schwarzen Strohhut von folgender Form. Es ist ein viereckiges Stück Strohgeflecht, der Länge nach gebogen und seitlich und hinten mit seidenen oder wollenen breiten Bändern garniert. Die Männer haben kleine, mit Theer getränkte Strohhüte, eine lange Jacke von dickem Wollenstoff und ähnliche Hosen. Wenn ich zu Hause bin, werden Dir einige Bilder eine bessere Vorstellung von der Tracht dieser Leute geben, als meine Beschreibung.

Wir haben heute den 27. Oktober und sind immer noch in Helgoland, doch sind wir ganz reisefertig und warten nur auf guten Wind. Meine Ausbeute an Seetieren ist in ein Fässchen gepackt und bitte ich Dich, Herrn Prof. S c h i n z auf dem Fröschengraben mündlich und schriftlich zu benachrichtigen, dass in ca. sechs Wochen diese Sendung bei ihm anlangen wird, die ich dem Museum zum Geschenk mache. Von Berlin aus werde ich demselben über den Inhalt und die Namen der betreffenden Tiere alles Nötige mitteilen.

9.

Hamburg, den 31. Oktober 1840.

Es wird Dir wohl einige Freude machen zu hören, dass ich wieder auf dem festen Lande stehe und wenn Du einige Zeilen weiter gelesen haben wirst, so magst Du begreifen, dass es auch mir Freude macht. Nicht dass ich nicht auch mit meinem 18tägigen Aufenthalte auf Helgoland sehr zufrieden wäre, denn ich habe hier im Verhältnis weit mehr zu beobachten und zu entdecken Gelegenheit gehabt, als in Föhr, und dass auch die Insel und ihre Bewohner es wert sind, gekannt zu werden, wirst Du wohl aus meinen Briefen ersehen haben und später noch mündlich erfahren. Das leidige Seefahren ist es wesentlich, das in mir diese Freude erweckt. Du weisst, dass ich auf unserer Fahrt von Föhr nach Helgoland nicht seekrank wurde, obgleich das Meer ziemlich unruhig war und die Fahrt einen ganzen Tag dauerte. Jetzt sollte es mir nicht so gut gehen, doch waren auch die Umstände anders. Curchod und ich schifften uns am 29. um $^1/_2 7$ Uhr morgens mit dem Postschiff ein — Nägeli will noch eine Woche in Helgoland bleiben, teils um mit meinem Mikroskope noch ungestört Seepflanzen untersuchen zu können, teils hauptsächlich seiner Gesundheit zulieb, da er wegen Vollblütigkeit und Kongestionen täglich zwei Seebäder nimmt. — Unser Schiff war beinahe eines von der kleinsten Art, von denen, die auf offener See fahren. Es hatte 25′ Länge und 10′ Breite, war jedoch sehr stark gebaut und mit drei starken Helgoländern bemannt, die als die besten Seeleute in der Nordsee gelten. Wir hatten Gegenwind und mussten den ganzen Tag lavieren. Anfangs ging es gut, die Wellen waren noch mässig und ich war so warm angezogen, dass ich trotz der rauhen Witterung nicht fror. Curchod wurde jedoch schon nach einer halben Stunde seekrank und legte sich in die Kajüte, um ungestört Neptun zu opfern. Als jedoch die Wellen immer stärker wurden und eine nach der anderen, indem sie es übers Verdeck schlugen, meinen Rücken nässten, da fing ich an bedeutend zu frieren und glaubte schon ein paar Male, in der nächsten Minute müsse der Ausbruch kommen. Endlich nach sechsstündiger Fahrt musste ich eines Manövers wegen in die niedrige Kajüte kriechen und da ging es trotz allen Widerstrebens los. Dreimal kamen Ausbrüche von heftigem Brechen, dann war jedoch alles vorbei und lag ich ganz wohl die übrige Zeit der Fahrt bis morgens um 3 Uhr in der Kajüte. — Für unser Schiff war der Sturm doch schon so stark geworden, dass die zwei Segel eingezogen werden mussten. Furcht hatte ich keine, allein der Gedanke an die Möglichkeit des Unterganges stellte sich ganz natürlich ein [1]). Ich muss gestehen, es gab schon Augenblicke in meinem Leben,

---

[1]) Wer erinnert sich nicht beim Lesen dieser Zeilen an das schreckliche Ereignis, der unserem Johannes Müller im Jahre 1856 beinahe das Leben gekostet hätte, und erlaube ich mir, hier eine briefliche Schilderung desselben aus seiner eigenen Hand mitzuteilen: „Von dem schrecklichen Schiffbruch habe

wo ich mehr Lust hatte zu sterben, als jetzt, wo ich auf das baldige Wiedersehen meiner geliebten Mutter und meines Vaterlandes hoffe und wo es mir auch schien, ich könnte noch etwas leisten für sie beide und die Wissenschaft. Ich musste also wohl Freude empfinden, als ich in Cuxhaven an der Mündung der Elbe nach einer Seefahrt von zwanzig Stunden aus Land sprang. Am Morgen den 30. Oktober fuhren wir in einem prächtigen englischen Dampfschiffe die Elbe hinauf nach Hamburg, wo wir abends 1/27 erst anlangten, und uns nun an allem Überstandenen und Erlebten noch lange erfreuen und erinnern werden.

ich nun Zeit gehabt, mich zu erholen. Ich brachte nicht viel Mut und Unternehmungsgeist davon zurück, doch die Arbeit hat mich aus diesem Gedankenkreis wieder herausgerissen. Sie sind ohne Zweifel schon mit dem Einzelnen des Ereignisses bekannt und wissen, dass wir bis zum Sturz des Schiffes in die Tiefe 10 Minuten etwa der Verzweiflung und des äussersten Jammers erlebten; denn so lange dauerte das Sinken, bis das Schiff zusammenkrachend auf einmal hinunterging und eine Masse von einigen und 90 Personen im Meere zurückliess. Ich war mit vollen Kleidern zum Schwimmen gekommen und hätte mich nicht lange halten können, wenn ich nicht einige Holzstücke, die da schwammen und bald eine herumtreibende Treppe erhascht hätte. So trieb ich eine gute Weile, bis ich zuletzt alle Hoffnung aufgeben musste. Es war auf all das Schreien der Verzweifelnden, das vom Meere verschluckt war, bald eine ebenso entsetzliche Stille gefolgt, als einer nach dem andern von den Herumtreibenden unterging. Ich glaube, dass ich einer der letzten war, die von dem Boot des anderen Schiffes, das uns zu Grunde gerichtet, gerettet wurden. Da ich in der Matrosenkajüte untergebracht war und dort niemand als noch einen geretteten Matrosen sah, so glaubte ich lange Zeit, wir wären die einzigen, und ich hatte in dem elenden Zustande, in dem ich war, auch nicht die Kraft, mich nach den Leidensgefährten zu erkundigen, aber sie waren in die grosse Kajüte gebracht worden, da traf ich den Dr. Schneider wieder, der vor dem Sturz des Schiffes seine Kleider ausgezogen hatte und freiwillig ins Meer gesprungen war. Vom jungen Schmidt bin ich im Augenblick des Sturzes des Schiffes in die Tiefe getrennt worden, in dem letzten Augenblick, als ein feuriger Dampf aus der Maschine drang und es damit zu Ende war: denn das war das letzte, was ich über dem Wasser gesehen. Es sind gegen 50 Personen umgekommen. Es war bei ganz stiller See um Mitternacht und bei sternenhellem Himmel. Es liegen drei schöne Instrumente auf dem Grunde des Meeres, zwei von Schick und eines von Kellner und manche andere wertvolle Sachen. Glücklicherweise hatte ich einige hundert Thaler in Papiergeld in der Westentasche behalten, wovon ich meine nächsten Bedürfnisse und die Rückreise bestreiten konnte. Auch war es ein Glück, dass ich aus dem Hafen von Christiansund am Morgen nach dem Ereignis eine telegraphische Depesche nach Köln an meinen Sohn abschicken konnte, der sie noch an demselben Tage erhielt und meine Frau und Tochter, die in der Nähe von Bonn auf dem Lande waren, benachrichtigen konnte. — Von Dr. Carpenter habe ich durch Du Bois auch eine Einladung nach Arran erhalten. Was Sie davon berichten, wäre anziehend genug. Ob aber die Fauna von der von Helgoland

Ich hoffe, auch Du hast von Deinem weiteren Aufenthalt in Lausanne allen möglichen Genuss und Vorteil für Deine Gesundheit gezogen, die ich Dir beide so sehr von Herzen wünsche. Ich werde Dir in meinem nächsten Berliner Briefe melden, was ich von Hamburg Interessantes zu erzählen weiss, für jetzt erlaubt es mir weder Raum noch Zeit. Ich gehe jetzt einem thatenreichen Winter entgegen, denn Arbeit liegt genug vor, wenn ich an meine Examina im Frühling denke. Doch hat mir meine Reise, wie ich wohl wusste, wieder frischen Mut gegeben und werde ich manche Unannehmlichkeiten von Berlin im traulichen Winter-stübchen bei der Arbeit oder im Kreise weniger, aber guter Freunde vergessen lernen.

wesentlich verschieden ist? Dort sah ich im Herbste 1854 das mehrste wieder. *Actinotrocha* blieb verschlossen, obgleich die kleinere, weniger durchsichtige zweite Species das Interesse dieser rätselhaften Gestalten vermehrte. Die Pilidien habe ich dort vielfach beobachtet und an Freund Krohn darüber berichtet. Der ist jetzt in Madeira in der Gesellschaft des Dr. Schacht. An einen Ausflug im nächsten Herbst wage ich noch nicht zu denken. Mein Blick ist immer nach dem Süden gerichtet. Nur die Verbreitung der Cholera im Süden hatte mich nach Norwegen getrieben, von dem ich wohl wusste, dass es für unsere Zwecke nicht sehr günstig sein könne. Wenn aber die Cholera wieder im Süden ausbricht — nun sie kann ebenso gut im Norden sich ausbreiten. Im schlimmsten Fall sind die Gletscher und Alpen in Aussicht".

      Berlin, 15. 1. 56.   J. Müller.

B. Aufenthalt in Neapel und auf Sicilien mit Carl Nägeli im Sommer 1842.

Während dieses Aufenthaltes lebten Nägeli und ich selbstverständlich nicht einzig und allein unseren anatomischen und mikroskopischen Untersuchungen, vielmehr benutzten wir auch diese uns zum erstenmale gebotene Gelegenheit, um das herrliche südliche Italien kennen zu lernen. Abgesehen von Neapel, seinen schönen Museen und den Theatern wurde auch die nähere und weitere Umgebung oft besucht; Herculanum, Pompeji, der Vesuv und Sorrent spielten da die Hauptrolle. Über meine weiteren Ausflüge und besonders meine Erlebnisse auf Sicilien gebe ich am besten Auskunft, indem ich im folgenden einen Teil der Briefe mitteile, die ich an meine Mutter und an meinen Bruder schrieb. Nur eines kürzeren Ausfluges will ich noch gedenken, den wir mit Dampfschiff nach Salerno und den Tempeln von Paestum unternahmen, der ebenfalls sehr genussreich war.

Neapel, den 15. April 1842.

An meine Mutter!

Was Du mir von der Prosektur bei Henle und der Aussicht dieselbe zu erhalten schreibst, freut mich natürlich sehr, da ich so in eine unabhängigere Stellung käme und die Zukunft weniger unsicher wäre. Sollte auch die Hochschule aufgehoben werden, so würde ich doch meinen halben Gehalt lebenslänglich beziehen. Bitte mich Herrn Prof. Henle bestens zu empfehlen.

Ich bin nun in Neapel eingewohnt. Wir wohnen in der Santa Lucia Nr. 21 Casa del notare Bonucci. Für Theodor, der Neapel kennt, sage ich, dass das Haus gerade unter dem Pizzofalcone, gegenüber dem Castello dell'ovo, liegt, neben einem grossen vierstöckigen Hause, wo viele Fremden wohnen. Wir haben zwei sehr nette, frohmütige Zimmer

gegen das Meer. Ich sehe von meinem Bette aus den Vesuv und
Nägeli sieht jeden Morgen links von demselben die Sonne aufgehen.
Wir zahlen jeder 10 Piaster im Monat, macht 22$\frac{1}{2}$ Gulden, was nicht
gerade wenig ist, aber der Lage halber und der ehrlichen reinlichen
Hausleute wegen nicht zu viel; auch haben wir keinerlei Ungeziefer in
unseren Zimmern. Vom Golfe sehen wir einen grossen Teil von Portici,
den Vesuv, den Monte Sant Angelo bis nach Sorrent und
weiter, Capri leider nicht mehr. Unsere Lebensweise ist so: Um 5
bis 6 Uhr stehen wir auf, trinken um 7 Uhr Chokolade mit drei
Brötchen für 11 Grani, arbeiten bis zwei oder drei Uhr und essen dann
in der Pension Suisse mit Volkart zu Mittag nach der Karte zu
2—3 Carlini. Abends gehen wir entweder in ein Café und essen
Sorbetti oder speisen zu Hause von einem Vorrate von Nüssen, Feigen,
Weinbeeren und Orangen, oder nehmen wohl auch eine Portion in der
Pension Suisse zu uns. Das Café, das wir jetzt frequentieren, ist
Italia unten an der Toledo. In einer kleinen Strasse nebenan sind
die Billards, die fast täglich entweder nach dem Essen oder abends besucht
werden. Unsere Spaziergänge gingen bis jetzt nach der Villa reale,
die prächtig ist, voller Statuen mit vielen Steineichen, Myrthen u. s. w.
und herrlicher Aussicht auf das Meer und auf Capri. Auf dem Schlosse
St. Elmo und im botanischen Garten waren wir auch schon.
Von grösseren Ausflügen haben wir gestern einen herrlichen gemacht
nach Capri und Sorrent mit einem Dampfschiffe, das übervoll von
Passagieren war. In Capri fuhren wir in ganz kleinen Kähnen in
die blaue Grotte mit dem wundervoll blauen Meere, wie ich es mir
nie vorgestellt habe. Sorrent liegt sehr schön. In dem Gasthofe
Columella sieht man vom Balkon aus nichts als ein prächtiges
Gemälde von Villen, Orangenhainen, Pinien, Feigenbäumen und im
Hintergrunde den Vesuv und das blaue Meer, ein Blick, der mir bis
jetzt den grössten Eindruck gemacht hat. Neapel selbst ist sehr schön
gelegen, und darum ziehe ich so oft als möglich aus, um auch die
italienische Flora kennen zu lernen. Von Empfehlungsbriefen habe
ich bis jetzt den an den schweizerischen Konsul Mörikoffer, den
von Baron Koller an den österreichischen Gesandten Grafen
Lebzeltern und die von Oken an die Professoren Delle Chiaie
und Oronzio Costa abgegeben.

Das Meer ist hier sehr reich und habe ich schon reiche Ausbeute
gemacht und muss Henles Kredit wacker herhalten. Wir ziehen selbst
mit den Fischern aufs Meer und sammeln alles mögliche. Du kannst
Prof. Henle sagen, dass ich schon 400 Amphioxus habe und es auf
1000 zu bringen hoffe, vieles anderen nicht zu gedenken. Auch
könntest Du ihn bitten, mir ganz in Kürze die wichtigsten Resultate
aus J. Müllers Abhandlung über diesen merkwürdigsten aller Fische
mitzuteilen, da ich denselben, den ich lebend erhalte, genauer untersuchen möchte. Ein grosses Fass, das ich erworben, füllt sich immer
mehr. Henle sage noch, dass Dr. Krohn hier sei und im nämlichen
Hause wohne, wie wir. Wir sehen uns oft und lerne ich viel von ihm,
da er schon zum vierten Male in Neapel ist.

Neapel, 7. Mai 1842.

An meine Mutter!

Seit ich Dir schrieb, bin ich sechs Tage unwohl gewesen, indem mit einem Intervall von vier Tagen zuerst das rechte und dann das linke Ohr geschwollen waren, was weniger der Schmerzen halber, als deswegen unangenehm war, weil ich die Augen nicht anstrengen durfte, somit müssig gehen musste. Ich schreibe es dem Umstande zu, dass meine Haare, die sehr lang waren, so kurz geschnitten wurden, dass dieselben am Hinterkopfe nur 4 Linien lang waren. Ich benützte einen der Tage, an denen ich nicht arbeiten konnte, um das Museo borbonico zu besuchen. Die antiken Gemälde von Herculanum und Pompeji machten mir keinen grösseren Eindruck. Dieselben mögen für Altertumsforscher und als Proben der Jugendzeit der Malerei grossen Wert besitzen, aber als Kunstwerke sind dieselben in ihrer Mehrzahl nicht anziehend. Auch die Gallerie der neuen Gemälde ist nicht so, wie ich sie erwartete, und steht denen von München, Berlin und besonders Dresden weit nach. Sie zählt nicht mehr als 600 Exemplare und darunter sehr viel Unbedeutendes, doch ist der eine Saal, der die Capi d'Opera enthält, viel wert. Als besonders schön nenne ich Dir und um Theodors Erinnerungen aufzufrischen, die Madonna von Correggio und die Magdalena von Guercino, von Tizian eine Danae und die Bildnisse des Papstes Paul III. und Philipp II. von Spanien. Am meisten gefiel mir die Gallerie der Statuen, in der besonders eine Venus, die Psyche, Antinous, Bacchus und Amor alle Bewunderung verdienen neben sehr viel Schönem, was sonst noch da ist. Das Ägyptische Museum enthält sehr viel Interessantes aber wenig Anziehendes, dagegen finden sich im Saale der Cameen prachtvolle Sachen. Sehr schön sind auch die antiken Vasen und hoch interessant die häuslichen Geräte der alten Römer. Leider habe ich den Signor Bozzelli, an den mir Passerini eine Empfehlung gab, nicht finden können, der mir die beste Auskunft über alles gegeben hätte.

Von der Umgebung Neapels habe ich inzwischen den Posilipo mit Pozzuoli und Nisida kennen lernen. Wir fuhren einmal nach Pozzuoli und durch die Grotte von Posilipo wieder nach Hause. Der Posilip ist wohl der schönste Teil der nächsten Umgebung von Neapel, ein langer Hügelzug am Meere, ganz mit Villen und Gärten, mit Felsen und blumenreichem Gestrüpp besät, mit vielen hochragenden Pinien. Ein anderes Mal ritten Nägeli und ich am Meere entlang, zwar auf schrecklichen Gäulen, aber es war doch schön, denn man hat am Posilip die Aussicht auf den ganzen Golf.

Zu Meer habe ich auch mit meinen Fischern eine Exkursion nach der Punta di Posilipo und Nisida gemacht, die auch sehr genussreich war, da ich denselben meist das beschwerliche Fangen der Seetiere überliess und im Hinterteile der Barke behaglich ausgedehnt in einem dolce far niente Felsen, Meer und Himmel bewunderte. Übermorgen,

Pfingsten, gehen wir auf den Vesuv, am Montag an das Fest der Madonna del Arco und in 10 Tagen mit Dampfschiff nach Salerno und Paestum, da es besser ist, den Monat Mai zu Exkursionen zu benutzen, wo es noch nicht so warm ist.

Mir geht es sonst in Neapel ganz gut, doch muss man sich in der That mehr in acht nehmen, als ich glaubte. Ich trinke nur Wasser, denn erstens mundet mir der hiesige Wein gar nicht und zweitens erhitzt er mich zu sehr. Habe ich Dir geschrieben, dass ich bei Mörikoffer gegessen habe? Herr von Montigni dagegen hat mich noch nicht eingeladen. Dagegen bin ich von meinem Bankier Löffler sehr freundlich aufgenommen worden. — Ich bin sehr fleissig und habe schon sehr interessante Sachen gefunden, ich wollte nur, ich könnte zwei Jahre hier sein, so gross ist der Reichtum an zu Beobachtendem, der sich vor mir anhäuft. Prof. Henle wird sich freuen, wenn alles kommt und Schinz auch. — Henle soll Dir einstweilen 320 Carlini oder 32 Ducati bezahlen. Du solltest den Spektakel und die Unordnung in meinem Zimmer sehen, oft fünf und sechs Eimer voll Tiere am Boden, die Tische voll Gläser mit lebenden Tieren, Mikroskop, Instrumente, Kommode mit Weingeistflaschen u. s. w. Oft ist es zu arg, trotz meiner Ordnungsliebe.

Neapel, den 27. Juni 1842.

An meine Mutter!

Vor zwei Tagen bin ich von einer prächtigen längeren Rundfahrt von zehn Tagen zurückgekehrt, die ich mit Nägeli und Krohn in einer eigens von uns gemieteten Barke mit zwei Fischern unternahm. Am 16. Juni schifften wir uns in Neapel ein und fuhren nach Sorrent. Von da aus bestiegen Nägeli und ich den Monte St. Angelo, dessen Spitze eine prächtige Aussicht auf den Meerbusen von Neapel und den von Salerno bietet. Von Sorrent aus überstiegen wir dann den kleinen Bergrücken, der beide Meerbusen scheidet und trafen in Scaricatojo unsere Barke, die mittlerweile um das Vorgebirge Campanella herumgefahren war. Von da ging es nach dem berühmten Amalfi, wo das Kapuzinerkloster mit seinen herrlichen Aussichtspunkten, das Mühlenthal mit den Marmorfabriken und Ravello besucht wurden. Hier sahen wir auch eine Maccaronifabrik und gestehe ich, dass mir für einmal jede Lust an dieser Nationalspeise der Italiener verging, nachdem ich die mit nackten Füssen arbeitenden unsauberen Burschen gesehen hatte, die dabei thätig waren.

Von Amalfi fuhren wir dann mit unserer Barke direkt nach Crape, wie die Neapolitaner sagen, d. h. nach Capri, wo wir in dem Hotel Pagano uns niederliessen. Einige Ruhetage wurden nun, da ich mein Mikroskop mitführte, benutzt, um die Entwickelung der „Scorpilioni" und Eidechsen zu untersuchen, die uns jeden Morgen von Kindern in Menge gebracht wurden und bei denen ich an den Eiern noch nicht bekannte frühe Zustände auffand. Ferner besuchten wir auch die blaue Grotte und Nägeli und ich schwammen badend, wie der Entdecker derselben, Kopisch, durch den Eingang in dieselbe hinein und erfreuten uns an unseren schön phosphoreszierenden Leibern. Von der Grotte aus fuhren wir mit unserer Barke nach der Westseite der Insel, landeten da und stiegen nach dem Orte Anacapri herauf, der auf dem grossen abschüssigen Plateau der Insel liegt. Nachdem wir dann den Monte Solaro, den höchsten Punkt der Insel, bestiegen hatten, gingen wir an der steilen Felswand der Ostseite die berüchtigte hölzerne steile Treppe herunter, um nach dem Dorfe Capri und unserem Hotel zu gelangen. An der Südseite der Insel befinden sich merkwürdige hohe Felsen frei im Meere, die sogenannten Faraglioni, die man am besten von einem Aussichtspunkte, der Punta Tragalla, sich ansieht. Auch die Piccola marina an der Südseite und die Überreste der Villa der Tiberius wurden besucht.

Nach fünf Tagen verliessen wir dieses wunderschöne, viel besungene Eiland und fuhren mit unserer Barke nach Ischia, das seine vulkanische Natur nicht verläugnet. Hier bestiegen wir den Monte Epomeo und gingen dann nach Casamicciola herunter, wo unsere Barke uns erwartete, mit der wir dann nach Pozzuoli fuhren, hier das Amphitheater und die Solfatara besuchten, um dann wieder nach Neapel zurückzukehren. Da Du alle diese Orte aus deiner Lektüre kennst, so lasse ich mich weiter in keine Beschreibungen ein und sage Dir nur noch, dass diese halb See- halb Landfahrt bei dem wundervollen Wetter, das wir hatten, einen unauslöschlichen Eindruck in mir hinterlassen hat.

Palermo, 15. Juli 1842.

An meine Mutter!

Du wirst mit einiger Ängstlichkeit auf einen Brief warten, seitdem Du weisst, dass ich nach Sicilien gegangen bin. Wenn ich Dir nun noch sage, dass Nägeli nicht bei mir ist, wirst Du doppelt froh sein, Nachrichten von mir zu haben. Die Trennung ist so gekommen: Nägeli ist unentschlossen, ob er noch länger in Italien bleiben oder gleich heimreisen soll. Es scheint ihm nämlich, dass die Meerespflanzen durch die grosse Hitze mehr und mehr absterben. Wäre dem wirklich so, möchte er nicht ohne Beschäftigung Zeit und Geld verlieren, während er zu Hause Besseres thun könnte. Vollends möchte er nicht nach Sicilien gehen, ohne vorerst von mir Nachricht zu erhalten, ob die Seealgen daselbst noch in günstigen Verhältnissen sich befinden. Ich dagegen habe in Sicilien das wichtige Geschäft, Fische zu kaufen, da sie da viel mannigfaltiger und wohlfeiler sind als in Neapel, und nebenbei scheint es mir auch besser, wenn man Zeit und Geld aufwenden will, so viel als möglich Länder und Menschen zu sehen. — So reiste ich denn am 10. Juli von Neapel ab und kam am 11. in Palermo an. Glücklicherweise hatte ich angenehme Reisegesellschaft gefunden, nämlich Herrn Rudolf Meier von Zürich, Architekturmaler

der einige Tage vor meiner Abreise in Neapel angekommen war, und
Herrn Amédée von Muralt aus Bern, Kapitän in neapolitanischen
Diensten. Des ersteren Gesellschaft ist mir schon darum lieb, weil ich
über Gegenstände der Kunst viel von ihm lernen kann.

Palermo, in einer Bucht am Fusse des Monte Pellegrino
gelegen, ist für diejenigen, die sich ihm von der Meerseite nähern, ganz
unansehnlich, gilt dagegen bei Vielen, was das Innere betrifft, als eine
hübsche Stadt, dem ich jedoch sehr widersprechen muss. Zwei schnur-
gerade Strassen, Strada nuova und Toledo, durchziehen die ganze Stadt,
in der Mitte sich kreuzend, allein diese Hauptstrassen sind eng —
kaum haben drei Wagen nebeneinander Platz — und schmutzig, obschon
sie mit viereckigen Platten gepflastert sind. Die Häuser sind nicht
schön und auch von den vielen Palästen nur wenige grossartig und
schön zu nennen; was aber besonders hässlich ist, sind die kleinen,
schmutzigen Buden, die beinahe in jedem Hause sich finden. Die
Toledo in Neapel, die doch auch nicht hervorragend ist, ist doch
hundertmal schöner. Die Seitenstrassen Palermos erst sind alle ohne
Ausnahme abscheulich, sodass Palermo die hässlichste Stadt Italiens
ist, die ich noch gesehen habe. Nichts destoweniger hat die Stadt auch
ihre Vorzüge und Schönheiten. Vor allem die Piazza marina, ein
grosser Quai am Meere, von wo aus der Blick auf den Golf und die
Berge, die denselben einrahmen, wirklich einzig schön ist, besonders
der Monte Pellegrino ist es, der die Zierde der Gegend ausmacht, da
er in seinem Gipfel die malerischsten Zacken darbietet und mit schroffen
Wänden einerseits in das Meer, anderseits in reizende Obstgärten taucht.
Ferner ist die Flora, ein öffentlicher Garten, ein reizender und be-
liebter Spaziergang der Palermitaner, wo sie, so oft derselbe beleuchtet
ist, bis um 1 Uhr nachts lustwandeln. Von dem botanischen
Garten, der unmittelbar daran stösst, kann ich Dir nichts melden, da
ich ihn noch nicht gesehen habe, doch soll derselbe sehr schön sein.
Auch schöne Kirchen enthält Palermo. Besonders ist der Dom sehens-
wert, ein alter gotischer Bau mit Porphyrgrabmälern von Kaisern und
Königen und schönem unterirdischen Kreuzgange, ferner die Schloss-
kapelle, ebenfalls alt mit herrlichen Mosaiken. Ausserdem sind noch
viele reiche und grosse Kirchen da, aber von barocker Bauart und
Ausschmückung. Von öffentlichen Gebäuden enthält Palermo sonst
nicht viel Sehenswertes, das königliche Schloss ausgenommen, ein
ehemaliger maurischer Palast.

Da wir am ersten Tage des Rosalienfestes ankamen, mussten wir
drei für unsere Wohnung sehr viel zahlen. Wir besuchten gleich den
schweizerischen Konsul Hirzel von Zürich, der uns sehr freundlich
aufnahm, dann Herrn von Schumacher von Luzern, Lieutenant
beim Generalstab, der uns sehr nützlich wurde. Er führte uns beim
Prinzen Pignatelli ein, einem Junggesellen, der ein allen Musen
geweihtes Leben führt; dann brachte er uns zu dem reichen und ange-
sehenen Duca Serra di Falco, bei dem wir als Deputation auftraten
und demselben in corpore einen von der antiquarischen Gesellschaft in
Zürich herausgegebenen Band ihrer Denkschriften, den ich für ihn mit-

gebracht hatte, überreichten. Der Herzog lud uns zu einem Balle ein, den er, dem Könige von Neapel zu Ehren, am zweiten Tage des Rosalienfestes gab. Du kannst Dir denken, dass wir uns möglichst ausstaffierten. Ich tanzte mit einer Principessa, einer Duchessa, zwei Marquisinnen und stand in einer Quadrille zwei Schritte vom Könige. Von Bürgerlichen waren wir die elegantesten, besonders v. Muralt in seiner Uniform. Heute haben wir wieder Ball beim Herzog, aber nicht in grosser Gala, da der König nicht kommt und dürfen wir weisse Inexpressibles und schwarze Kravatte anziehen.

Nun etwas über das Rosalienfest. Dieses wird alle Jahre gefeiert und dauert fünf Tage. Am ersten Tage wurde der Festwagen der Heiligen von 24 Paar Stieren im Gepränge durch die ganze Toledo geführt. Dieser Wagen ist ein Schiff, auf dem ein turmartiges Gebäude mit mehreren Absätzen steht, das zu oberst die Statue der heiligen Rosalie trägt. Alles ist mit Schnitzwerk, Gold und farbigen Tüchern reich und bunt verziert. An allen Orten sind Genien und Engel mit Trompeten und Posaunen angebracht. Eine Musikbande, die auf dem Wagen sitzt, spielt, so oft derselbe hält, ein beliebiges Opernstück. Die ganze Maschine ist sehr gross, sodass sie bis zum Dache der drei- und vierstöckigen Häuser reicht. Abends war grosses Feuerwerk an der Piazza marina, das wir vom Balkon des Konsul Hirzel genossen, nachher Spaziergehen in der Flora bis um 1 Uhr.

2. Tag. Um 6 Uhr abends Pferderennen (Korso) in der Toledo, das wir vom Balkon eines mit Hirzel befreundeten Bankiers ansahen. Hierauf Festzug des erleuchteten Rosalienwagens in der Nacht, den wir vom Balkon des Duca Serra di Falco bewunderten.

3. Tag. Pferderennen, vom Balkon eines Generals betrachtet, dann Feuerwerk, wie am ersten Tage. Nachts Wagenkorso in der illuminierten Strada Toledo, bei dem zwei Reihen von Karossen beständig aneinander vorbeifuhren.

4. Tag. Pferderennen. Beleuchtung der Hauptkirche durch 500 Kronleuchter. Wagenfahrt in Strada Toledo.

5. Tag. Der ist heute. Grosse Prozession in Toledo. Ball bei Serra di Falco.

An allen Tagen ungeheures Volksgetümmel, sehr ergötzlich. Gestern waren wir in Monreale, eine Stunde von Palermo, und sahen die sehr schöne Kirche und das Kloster. Heute bewunderten wir die Überreste der maurischen Schlösser Zisa und Cuba und bestiegen den Monte Pellegrino, wo ich für eine lebende Rosalie betete.

Ich werde mich nicht länger in Palermo aufhalten, da mir die Stadt durchaus missfällt. Auch die Trattorien sind ganz miserabel, Journale findet man keine und so gehen Muralt und ich am 18. nach Messina, wo viele Deutsche sind und ich Arbeit genug finde.

Messina, 27. Juli 1842.

An meine Mutter!

Obschon ich, seit ich von Neapel fort bin, keine Nachrichten von Dir habe, schreibe ich Dir doch, um Dich über meine ferneren Schicksale auf Sicilien zu beruhigen. Am 16. reisten Muralt und ich von Palermo ab mit dem Dampfboot, das längs Siciliens Nordküste nach Messina geht. Am 17. früh langten wir im Hafen von Messina an, nachdem wir eine Viertelstunde vorher an der jetzt friedlichen Charybdis vorbeigefahren waren. Messina ist ganz Handelsstadt und sehr belebt. Seine Lage an der Meerenge, die Italien von Sicilien scheidet, ist sehr hübsch, besonders die Berge Calabriens, die einige Ähnlichkeit mit den niederen Bergen unseres (des Zürcher) Sees haben, zudem ist das Meer hier nicht breiter als der Zürchersee. Sonst bietet Messina nichts Interessantes. Zum Glück sind viele deutsche Kaufleute hier, an die ich beinahe alle empfohlen bin und die mich, ich kann nicht sagen, wie gut aufgenommen haben, besonders mein Bankier Löffler, Oheim von Löffler in Neapel. Die Allgemeine Zeitung steht zu meinen Diensten, auch ist ein italienisches Lesekabinet hier, das einiges enthält. Wahrscheinlich bleibe ich einen Monat hier in Messina und gehe Ende August nach Neapel zurück. Noch bevor ich Dir von den Gründen rede, die mich hier festbannen, muss ich Dir von meinen weiteren Ausflügen in Sicilien erzählen. Das erste Mal blieb ich nur einen Tag in Messina und ging dann mit dem Dampfer nach Catania und weiter nach Syracus. Nun wollten Muralt, der mich begleitete, und ich auch bis Malta gehen, wohin man in 12 Stunden gelangen kann, allein Muralts Pass war nicht ganz in Ordnung, so dass er hätte zurückbleiben müssen. Um ihm Gesellschaft zu leisten, blieb auch ich und machten wir den Plan, inzwischen, bis das Dampfschiff wieder nach Catania käme, den Ätna zu besteigen. Doch zuvor besahen wir die Altertümer von Syracus, das einzige Interessante, was sich in dieser langweiligen todten Stadt findet. Es sind die Ruinen eines Theaters und Amphitheaters, beide sehr schlecht erhalten, dann die Grabdenkmäler des Mathematikers Archimedes und des Herrschers von Syracus, Timoleon, und endlich das sogenannte Ohr des Dionysius. Dieser Tyrann hatte nämlich ein Gefängnis so kunstvoll in den Felsen hauen lassen, dass, wenn er an einer bestimmten Stelle, weit entfernt von den Gefangenen, in einem Zimmerchen am Ende des ungeheuren Gewölbes stand, er jedes Wort vernahm, das unten gesprochen wurde. Wir standen an demselben Orte und konnten in der That jedes Wort, das leise gesprochen wurde, hören. Ausserdem bietet Syracus auch eine Naturmerkwürdigkeit dar, das ist der Papyrus, woraus die alten Griechen und Römer ihr Papier machten, der in ganz Sicilien nur im Flüsschen Anapó, eine halbe Stunde von Syracus, vorkommt. Es ist dieser Papyrus eine prächtige Binse von 12—18' Höhe, die wie eine kleine Palme aussieht. Das Papier wurde aus dem Stengel gemacht, den man in feine Blätter zerschnitt, quer aufeinander legte, trocknete und leimte.

Unsere Reise von Syracus nach Catania war das famoseste und ergötzlichste, was ich in dieser Art noch erlebt habe. Von Wagen, von Diligencen ist nämlich in diesem Lande, wo keine Strassen existieren, keine Rede. Pferde wollten wir nicht nehmen, denn das Reiten ist zu mühsam, wir entschlossen uns also zu einer sogenannten Lettiga, d. i. eine Sänfte, gerade wie unsere Tragsessel, nur dass zwei Personen einander gegenübersitzend darin Platz haben, jederseits zwei Fenster sich finden und dass die Sänfte von zwei Pferden getragen wird. Um 1 Uhr nach Mitternacht brachen wir auf, langten aber doch erst um 2 Uhr nachmittags, bei der furchtbaren Hitze von 85° F., in Catania an! Was wir von der unbequemen Lage, in der beständig schwanken- den Kutsche, stets in Furcht, bald auf Felsen, bald in einen Graben, bald in kleine Flüsschen, die wir passieren mussten, umgeworfen zu werden und von der Hitze ausstanden, lässt sich nicht beschreiben. Zudem war der Weg ungeheuer schlecht, holperig und nicht gebahnt, kaum ein Pfad zu nennen. Uns war empfohlen worden, der Malaria wegen, in der Nacht nicht zu schlafen! ganz unnötige Empfehlung.

In Catania ruhten wir dann einen Tag aus und besuchten den berühmten Geologen Sartorius von Waltershausen, der mit Untersuchung der Lavaströme des Ätna sich beschäftigt, uns sehr gut aufnahm und genaue Ratschläge für unsere Ätnafahrt erteilte. Um 3 nachmittags verliessen wir Catania und ritten auf starken Maultieren nach dem drei Stunden entfernten Dorfe Nicolosi. Hier versorgten wir uns mit Proviant, nahmen frische Maultiere und einen Führer und begannen um ¹/₂8 Uhr die eigentliche Besteigung. Es war herr- licher Vollmond und die schönen Wälder immergrüner Eichen glänzten uns in prächtiger Beleuchtung entgegen. Bald jedoch verdrängte die immer fühlbarer werdende Kälte jeden anderen Gedanken. Dummer- weise hatte ich geglaubt, in dem heissen Sicilien den Mantel entbehren zu können, sodass mein einziger Schutz in dem über die Sommer- kleidung geworfenen Schlafrocke bestand. Muralt war etwas besser geschützt, doch lange nicht genug. Uns beiden thränten fortwährend die Augen und ein anderes Organ war im beständigen Fliessen; zu alledem kam noch ein scheusslicher Wind, der, je höher wir kamen, um so stärker wurde. Nach 2¹/₂ Stunden erreichten wir die Casa delle neve, wo die Tiere etwas Futter bekamen und nach drei weiteren Stunden, immer reitend, und manchmal zum Schutze gegen die Kälte zu Fusse gehend, die Casa dei Inglesi in 8500′ Höhe nach Sartorius. Hier erwärmten wir uns an einem Feuer und unserem Proviant und brachen nach 2 Uhr zur Besteigung des noch 1 Stunde entfernten Gipfels auf. Diese wurde zu Fuss gemacht und war sehr mühsam, da der Weg abwechselnd über mit Schnee vermengte Asche und Lava ging. Beim Morgengrauen waren wir oben, 10,171′ hoch (Sartorius), am Rande des ungeheuer grossen Kraters, aus dem Schwefeldämpfe und Fumarolen sich erhoben. Einzig in seiner Art war das Aufgehen der Sonne; wie nach und nach die tief unter uns gelegenen Teile des Landes und die Küsten mit dem Meere aus dem Dunkel immer glänzender auftauchten und endlich fast ganz Sicilien und Calabrien samt dem offenen Meere in vollem Sonnenlichte strahlten. Ein unvergessliches Bild, von dem ich in der Heimat nie etwas demselben an die Seite zu stellendes wahrgenommen hatte.

Beim Hinunterreiten am Tage kamen wir bald wieder aus der Kälte am Morgen in zu grosse Hitze, fanden jedoch, dass die eigentliche Vegetation erst bei 7500′ beginnt. Erst um 2 Uhr langten wir wieder in Catania an, nachdem wir fast 24 Stunden lang fortwährend in Bewegung gewesen waren. Es war dies von allen meinen Bergreisen die mühsamste Tour, obschon dieselbe durchaus mit keiner Gefahr verbunden war. Mit dem Dampfschiffe langten wir dann am 26. Juli wieder in Messina an, wo ich nun einige Zeit bleiben muss, teils um Fische und andere Seetiere für Henle und unser Zürcher anatomisches Museum zu kaufen, die hier in grosser Menge, sehr seltenen Formen und billig zu haben sind, teils um eigene Beobachtungen zu machen. Ich wohne in einem kleinen Gasthofe, der von einem Deutschen gehalten wird und bin recht gut und nicht zu teuer versorgt. In 10 Tagen wird hier ein grossartiges, 5 Tage dauerndes Kirchenfest gefeiert, das aber nur eine Wiederholung des Rosalienfestes in Palermo zu sein scheint und das mich vorläufig sehr kalt lässt. Von Nägeli habe ich bis jetzt keine Nachricht, und glaube ich, dass das, was ich ihm von Sicilien in botanischer Beziehung melden konnte, ihn schwerlich bestimmen wird, her zu kommen. Doch hoffe ich, dass er in Neapel bis Anfang September auf mich warten wird, um die Heimreise zusammen zu machen.

In Palermo hatte ich etwas Heimweh, jetzt ist es wieder besser, doch gestehe ich Dir, dass ich sehr gern wieder nach der Schweiz und zu Euch zurückkehre. Italien ist gar nicht in allen Teilen das gelobte Land, das man sich gewöhnlich vorstellt, am wenigsten Sicilien. Neapel ist und bleibt immer das Schönste, was ich bis jetzt gesehen habe. Von Rom, Florenz, Venedig und dem Lago maggiore erhoffe ich noch viel. Was gäbe ich darum, Theodor und ich hätten zusammen reisen können. Inzwischen empfanget als Zeichen meiner Anhänglichkeit und Liebe diese zwei Veilchen, die ich auf dem Ätna gepflückt.

Messina, den 11. August 1842.

Mein lieber Theodor!

Wenn es mir schon an und für sich ein Fest ist, Briefe oder Nachrichten aus der Heimat zu bekommen, so hat es mich doppelt gefreut, gerade von Dir durch einen solchen erfreut zu werden. Schon lange hatte ich mir vorgenommen, Dir zu schreiben, denn Brüder haben sich doch Manches zu sagen, was eine Mutter weniger interessiert; jetzt hat Dein lieber Brief diesen Vorsatz zu schneller Ausführung gebracht und ich eile, Dir zu beweisen, dass mein Herz auch in der Fremde stets in treuer Liebe für Dich schlägt. In der That, je mehr ich Welt und Menschen sehe, je unbefangener ich in dies Treiben blicke, umsomehr sehe ich ein, dass es ungemein schwer, ja fast unmöglich ist, einen wahren Freund zu finden. Um so unwiderstehlicher drängt sich mir der Glaube auf, dass nur die wahre Freunde sind, die schon die Natur aneinander kettete und dann danke ich Gott, dass er mir einen Bruder gab, wie Dich, mit dem ich noch lange Jahre in froher Eintracht zu durchleben hoffe. Ich weiss, Du fühlst wie ich, möge daher diese Überzeugung jedes von des andern Liebe stets lebhaft uns vorschweben und jeden Missklang, der im Leben auftreten kann und wird, siegreich beseitigen! Dann werden wir mit unserer lieben Mutter ein Kleeblatt bilden, das, wenn ihm auch äussere Freuden versagt sein sollten, stets reichen Ersatz in schönem Familienleben finden wird.

Ich war in der letzten Zeit mehr allein, als früher, habe daher oft an Euch gedacht; habe auch schon angefangen, jeden Tag des Kalenders durchzustreichen und die noch übrigen zu zählen und doch bin ich wenigstens seit den zwei Wochen, die ich in Messina bin, vollauf beschäftigt, indem ich alle Tage von 8.—3 Uhr ununterbrochen arbeite; allein ausserdem habe ich in Messina nicht viel, ausser der schönen Aussicht auf das Meer und Calabrien fast nichts. In Neapel hatte ich in den letzten 10 Tagen, die ich dort verlebte, fast nichts zu thun, da die Fischer ungemein faul waren. Natürlich hatte ich da Langeweile, denn Neapel bietet sehr wenig Ressourcen, was Du freilich, während eures kürzeren Aufenthaltes nicht empfunden haben wirst; auch sieht man, dass alle, die keine regelmässigen Geschäfte haben, den Sommer in Castellamare, Sorrent, Capri u. a. zubringen. Zeitungen findet man sehr wenige; nur Galignani, Journal des tribunaux und Moniteur, die langweiligen italienischen nicht zu rechnen, hat der Tabakhändler Tortoni nahe beim Café d'Italia. Des Morgens früh ging ich regelmässig baden und arbeitete dann zu Hause; dann speiste ich um 2 Uhr in der Pension suisse oder, wenn ich delikate Maccaroni essen wollte, im Café de l'Europe. Manchmal badete ich auch abends mit Volkart, der ein guter Schwimmer ist, und mit andern Schweizern und Deutschen in den Badehäusern der Villa reale. Wer das Getümmel und den Lärm, den die Italiener da machen, nicht gesehen hat, wird es kaum glaublich finden, wenn ich sage, dass es aussieht wie in einer Judenschule. Doch sind die Italiener meist schlechte Schwimmer und Volkart, Hotz und ich wurden wie Wunder betrachtet, als wir so weit herausgeschwommen waren, dass Camaldoli in Sicht kam, was nicht viel sagen will, da wir nur eine Stunde im Wasser waren. Meine Abende verbrachte ich am liebsten bei der Familie Löffler in ihrer schönen Villa auf dem Vomero oder in der Villa reale, wo mich besonders die Aussicht von der Rotunde anzog. Nie versäumte ich abends ein Eis zu nehmen und war „fragole" mein Liebling. Sehr oft war ich bei Jetzer in der Pension suisse, wo abends die Schweizer zusammenkommen. Interessant war mir besonders der Oberst Schindler von Luzern, der viel weiss und viel gesehen hat, dann Hauptmann A. von Steiger von Bern, ebenso unterrichtet, wie liebenswürdig. Oft auch vergnügte mich das Theater San Carlino mit seinen echt nationalen Possen. Dass mir das Treiben des niederen Volkes vielen

Spass machte, wirst Du mir gerne glauben; hier im Marionetten-
theater rührte mich die unglückliche Liebe des Tassohelden Rinaldo zu
Clarice, dort lachten wir über die Ohrfeigen, die Pulcinella einem dicken
Pfaffen erteilte. Andere Male ergötzten uns die Improvisatori und
Declamatori auf dem Molo. Mit dem niederen Volke, besonders mit
Fischern und Marinari kam ich in viele Berührung, bald hatte ich es
los, die Leute zu behandeln. Mit Güte richtet man nichts aus, denn
ungemein selten sind ehrliche Kerls unter ihnen; freundlich sind sie
nur, wenn sie auf Vorteil hoffen, selbst wenn man ihnen viel Gutes
erwiesen hat, bleiben sie noch undankbar, man muss daher immer sehr
decidiert gegen sie auftreten. Das wahre Lumpenpack aber sind die
Facchini und Carrozzieri besonders in Sicilien und fanden die einzigen
Thätlichkeiten, freilich nur von meiner Seite, mit diesen statt. In
Palermo folgte Meier und mir ein Kutscher, den wir genau nach
Tarif bezahlt hatten, mit lautem Lärm und Schimpfen zwei Treppen
hoch in den Speisesaal einer Trattoria, wo wir schon nebst anderen
Fremden am Tische sassen. Da ich schon wusste, dass Stillschweigen
nichts hilft, eilte ich rasch auf ihn zu, drehte ihn am Kragen um und
machte ihn mit einem Puff sechs Schritte hinausfliegen. Mit einem
wütenden Gesicht drehte er sich um und stürzte ein paar Schritte
mir entgegen! Ich glaubte schon, er wolle ein Messer ziehen, da besann
er sich eines Besseren und lief davon! Ein anderes Mal mussten
Muralt und ich mit den Stöcken auf die Facchini losschlagen, die
auf einem Dampfer einer dem andern unser Gepäck aus der Hand
rissen! So was fruchtet schnell. Sonst habe ich nichts erlebt, was
nach Dolchen, Dieben oder Räubern röche, als dass mir in Neapel im
Toledo ein Foulard wegstibitzt wurde. Doch gehe ich nicht ohne Deinen
trefflichen Stock aus, dem sie den harten Knopf schon von weitem
ansehen. Von einem solchen Volk, wie die unteren Klassen der
Neapolitaner und Sicilianer sind, hat man bei uns keinen Begriff. Hier
in Messina kaufe ich Fische, wie Du weisst. Da sie mich nun im
Preise sehr wenig betrügen können, denn diese sind ziemlich bekannt,
so geben sie mir unrechtes Gewicht an, in der Regel zwei Pfund zuviel;
ich jedoch wiege alles, was ich kaufe, zu Hause nach und habe sie
noch jedesmal erwischt. Sonst geht es mir in Messina prächtig, ich
bekomme die seltensten Tiere, die ich in Neapel nie sah und vier- bis
zwölfmal wohlfeiler als dort, da ich der einzige bin, der solche Sachen
kauft und zum Teil den Preis selbst machen kann. Ich mache schöne
Untersuchungen und werde solange als möglich in Messina bleiben,
d. h. bis anfangs September. Am 7. September werde ich zum Piedigrottafest in Neapel sein und am 10., Deinem Rate folgend, nach
Rom abreisen.

Zu meiner Freude ist am 29. Juli Nägeli in Messina einge-
troffen. Er hatte meinen Brief, in dem ich ihm abriet, nach Sicilien
zu kommen, nicht erhalten, und kam auf Geratewohl. Viel hat er
nicht vorgefunden, aber doch genug zum Studium während der Zeit
seines Aufenthaltes. Des Festes wegen, das jetzt am 11.—15. August
gefeiert wird, will er bleiben, dann aber wieder nach Neapel gehen,

um die noch übrige Zeit in Ischia oder Sorrent mit Studien zuzubringen. Mama hat vielleicht geglaubt, dass etwas anderes als die verschiedenen Studien uns trennte, allein dem ist nicht so. Nägeli muss in dieser heissen Jahreszeit alle Morgen frische Pflanzen, die an Felsen wachsen, holen, kann daher nur da wohnen, wo er solche in der Nähe hat, was natürlich in einer grossen Stadt nicht der Fall ist. Ich dagegen finde in einer solchen einen grossen Fischmarkt und viele Fischer, die mir Seetiere in Menge bringen.

Ihr glaubt vielleicht, dass wir hier fast vergehen vor Hitze; nichts weniger als das. In Neapel war dieselbe mir viel unerträglicher als hier, denn dort musste ich nach Mittag zum Essen ausgehen, hier bleibe ich den Tag über zu Hause und gehe erst um 7 Uhr abends aus und am Morgen früh auf den Fischmarkt. Dann geht in Messina stets ein frischer Meereswind, der in Neapel in dem Maasse fehlt. In Syracus und Catania freilich da haben wir gelitten, doch auch nicht übermenschlich. Scirocco haben wir noch nie gehabt. In Messina ist die Temperatur jetzt 23—27 ^{0} R. — In Neapel wunderte man sich, dass weder Nägeli noch ich dem Klima einen Tribut gezollt haben. Ob wir dies dem fleissigen Baden und unserer Frugalität zuzuschreiben haben, weiss ich nicht; gottlob ist es uns auch bis jetzt wohl ergangen. Nur in Messina war ich am ersten Tage unwohl, was ich einer feuchten Nacht zuschreibe, in der ich, der Wanzen wegen, auf dem Verdecke unseres Dampfers schlief. Haben wir etwa ein bischen Darmkatarrh, was allen Fremden zustösst, so hilft uns bald roter Wein, den wir sonst fast ganz meiden. Die Früchte sind in Messina mehr noch als in Neapel und Palermo schlecht, da sie zu früh gepflückt und keinerlei Pflege und Veredelung wert gehalten werden. Meist sind dieselben ohne Aroma, was besonders von Melonen, Erdbeeren, Äpfeln, Birnen, Aprikosen und Aubergen gilt; Feigen, Orangen, Mandeln, Kirschen sind dagegen gut. Wir haben fast nur Feigen, Orangen und Pfirsiche unserer Aufmerksamkeit gewürdigt, welche alle unschädlich sind. Wassermelonen haben wir versucht, doch sehr schlecht befunden. Liebesäpfel werden hier sehr geschätzt als Gemüse, ich finde sie nicht besonders. Kaktusfrüchte oder indianische Feigen, wie man sie hier heisst, sind passabel.

Ich habe der Mama geschrieben, dass ich den Ätna bestiegen und ebensoviel Mühsal als Genuss dabei fand. So geht es oft mit den Touren, die die Fremden, der Gewohnheit folgend, unternehmen. Du, der Du auf dem Vesuv warst, hast ebenso Interessantes gesehen, nur war ich höher und fror mehr. Ebenso unerfreulich war eine Tour nach Scilla in Calabrien, da uns der heftigste Platzregen mitten auf dem Meere in einer offenen Barke überraschte. Allein noch etwas anderes störte unsere Freude sehr, indem wir beständig mit konträren Strömungen zu kämpfen hatten, die in dieser Meerenge oft die Stärke eines reissenden Flusses haben, alles das wegen der Dummheit der Schiffer, die nicht wussten, wann die Strömung nach Scilla hin- und wann sie von Scilla hergeht. Scilla selbst, ein Schloss auf einem Vorgebirge, an zwei Golfen gelegen, deren Ufer steil zu ziemlich hohen Bergen sich er-

heben, liegt ganz hübsch, wenn auch nicht wundervoll. Auch in der
Charybdis waren wir. Diese liegt ganz nahe bei Messina am
Leuchtturme, der die äusserste Grenze des grossen Hafens bildet. Hier
kommen mehrere Strömungen zusammen und so entstehen viele Strudel
und Wellen, welche je nach dem Laufe jener wechseln. Als wir einmal
schon in der Dunkelheit von einer Spazierfahrt nach Calabrien
zurückkehrten, gerieten wir durch die Unwissenheit der Fischer mitten
in die Charybdis. Auf einmal sahen wir uns vom ruhigen Meere in
brausende, wenn auch nicht hohe Wellen versetzt, hier ein Strudel, dort
ein anderer und dazu eine reissende Strömung, gegen welche die Ruder
bald nichts mehr vermochten. In der Nacht machte dies alles auf uns,
die wir nicht wussten, ob Gefahr sei oder nicht, einen nicht gerade
angenehmen Eindruck. Zum mindesten riskierten wir doch, noch etwa
4—6 Stunden auf offenem Meere zubringen zu müssen, bis die Strömung
sich geändert hätte. Hätte das Boot umgeschlagen, was aber bei den
nicht hohen Wellen bei Windstille nicht zu besorgen war, so wären
wir in misslicher Lage gewesen, denn selbst der beste Schwimmer vermag gegen solche Strudel nichts. Wir kamen aber mit einem gelinden
Schrecken davon, indem unsere Marinari die Barke ans Land brachten
und dieselbe von da am Seil der Strömung entgegen in ruhiges Wasser
bugsierten.

Erst heute am 17. schliesse ich diesen Brief, da mich das grosse
Kirchenfest, das bis heute dauerte, am Schreiben hinderte. Nägeli,
der morgen nach Neapel geht, nimmt denselben mit, um ihn dort auf
die Post zu geben. Von dem Feste erzähle ich Dir die Hauptbegeben-
heiten, damit Du doch weisst, wie solche Dinge sich hier abspielen.
Es heisst Festa della Madonna delle lettere oder del
Centenaro, ersteres weil die Madonna den Messinesen auf einen
Brief um Hilfe in einer grossen Hungersnot ein Schreiben und ein
Schiff voll Getreide vom Himmel sandte, letzteres, weil das Fest nur
alle 100 Jahre gefeiert wird. Wir hatten es somit glücklich getroffen, dass wir gerade in dem richtigen Jahre da waren. Das Fest
dauert fünf Tage, während deren eine ungeheure Menschenmenge in den
Strassen Messinas sich umhertrieb. Fremde sah man nur wenige,
meist Calabresen, hohes und besonders niederes Volk, von Palermo
und Neapel besonders Adel, da der König mit seinem Hofe an dem
Feste teilnahm, dann Catanesen, Syracusaner und alles Volk um Messina
herum. Der Belustigungen waren alle Tage eine Masse, die ich nie
besuchte, dann zwei Pferderennen. Diese waren aber ziemlich schofel,
einem Wettrennen gar nicht vergleichbar, da die Pferde meist wie die
Gänse ohne allen Point d'honneur, eines hinter dem andern und nur
in scharfem Galopp, selten in mässiger Karriere rannten. Einmal war
grosse Illumination der ungemein grossen Hauptkirche mit weiss Gott
wie vielen hundert Wachskerzen, was viel schöner gewesen wäre, wenn
die Kirche im Innern etwa Mosaiken oder Schnitzwerk gehabt hätte
oder bunte Fenster. Statt dessen hatte sie einfache weisse Wände und
glatte, schmucklose Säulen. Dann war auch der Mangel an Einheit
in der ganzen Beleuchtung sehr störend, wenigstens für mich, da sah

man nur Kerze an Kerze und wo man hinblickte, nur Leuchter an
Leuchter, nirgends wie etwa im Chor eine grössere Beleuchtung,
nirgends eine Anordnung, die dem Ganzen ein Centrum, dem Auge
einen Ruhepunkt gegeben hätte. Schön war die Beleuchtung der drei
Hauptstrassen, Ferdinanda, Corso und Marina. Es strömte da
eine Lichtmasse aus, die im wahren Sinne des Wortes Nacht in Tag
verwandelte. Die Häuser waren noch ausserdem mit Guirlanden und
Festons reich verziert. Besonders schön war ein kleiner öffentlicher
Garten, die Flora, den 15 000 Lampen zum Feenreich gestalteten,
und die Barke eines reichen Prinzen, die wie ein goldenes Nachtgestirn
im Golfe sich spiegelte. Die Flora war zweimal, die übrige Stadt alle
fünf Abende beleuchtet. Alle Abende wurden Feuerwerke abgebrannt,
am letzten das grösste, dessen Mittelpunkt ein gotischer Tempel war,
den die kunstvoll angebrachten Beleuchtungskörper darstellten. Zuerst
leuchtete derselbe in Silberglanz, dann war er halb Silber, halb Gold,
endlich ganz golden — ein zauberischer und wundervoller Anblick.
Zwei Prozessionen waren höchst uninteressant. Bei der zweiten zog das
Volk einen ungeheuren Schlitten, der ein Gerüst von Eisen trug, dessen
Teile durch Maschinen verschiedentlich bewegt werden konnten. Zu
oberst war die Maria, ein kleines lebendes Mädchen, das ein Facchino
in der Gestalt Gott Vaters scheinbar trug. Dann kamen Engel, die sich
horizontal im Kreise um sie drehten, dann senkrecht stehend Sonne
hier, Mond da, sich vertikal drehend und ihre Strahlenspitzen mit Engeln
besetzt; endlich unten noch ein grösserer horizontaler Kranz mit Engeln.
Alle diese Engel waren aber lebende kleine Kinder in
weissen Gewändern, die an ihre Stühlchen festgebunden waren und
gewiss viel erduldeten, wenigstens liessen die meisten die Köpfchen
hängen und sahen sehr traurig aus, obschon jedes ein Goldstück geschenkt erhält. Wir Deutschen fanden alle eine solche Maschine sehr
grausam!

Gottlob dass diese Feste vorüber sind, ich habe mehr als genug von
ihnen. Ich habe nun nur noch drei Wochen für meine Arbeiten und
die möchte ich recht benützen. Dann geht's an die Heimreise.

Neapel, den 5. September 1842.

An meine Mutter!

Ich bin am 2. September von Messina abgereist, nachdem ich
meine Zeit so gut wie sonst nirgends angewandt hatte, um meine Kenntnisse in meinem Fache zu erweitern. Auch bin ich mit meinem Aufenthalte in Italien so zufrieden, als nur möglich. Ich werde den Stoff,
den ich mitbringe, in mehr als einem Jahre nicht verarbeiten können
und hoffe dann, wenn ich es gethan habe, schon auf einen gewissen
Namen, besonders in Deutschland, Anspruch machen zu dürfen und
das ist alles, was ich wünsche. Ich bin nicht eitel und will nicht
überall und in allem der erste sein und wie viele alles daran setzen,
um es zu werden. Ich möchte nur fürs erste so hoch mich heben,

dass ich mit Recht auf eine Stellung bei uns Anspruch machen kann und dieselbe auch nach aussen mit Ehren zu vertreten vermag. Für Prof. Heule habe ich von Messina aus ein sehr grosses Fass mit Fischen versandt, das in einem kleinen Kistchen auch einige Gläser mit den seltensten Tieren enthält. Dasselbe wird jedoch erst nach mir in Zürich anlangen, da zur Zeit kein Schiff nach Marseille segelfertig war. Hier in Neapel habe ich dann noch an die 100 Gläser zu verpacken, die sehr schöne und seltene Seetiere enthalten, die ich alle gesammelt habe. Du schreibst mir, dass ich mit dem 1. Oktober meine Stelle als Prosektor antreten müsse. Das will aber nur soviel sagen, dass ich von diesem Zeitpunkte an meinen Gehalt beziehe. Im übrigen kann ich bis zum Anfange des Semesters in diesem Jahre mit meiner Zeit schalten, wie ich will.

Neapel, den 9. September 1842.

An meine Mutter!

Es ist nun definitiv entschieden, dass wir am 13. abreisen. Das Piedigrottafest haben wir nun gesehen, es ist weiter nichts als eine Revue. Wir sahen von einem Balkon des Café d'Europe 30000 Mann aller Waffengattungen an uns vorbeiziehen. Nägeli schlief dabei ein! ich hatte mehr Freude daran und Theodor hätte es noch besser gefallen. Seit wir wieder in Neapel sind, waren wir schon zweimal in der Campagna von Löffler auf dem Vomero, wo wir den Abend mit Musik und Tanz und im Bewundern der prächtigen Aussicht sehr angenehm zubrachten. Übermorgen gehen wir wieder hin, leider zum letzten Male.

Du kannst Dir keine Vorstellung davon machen, wie herrliches Wetter wir in den letzten Tagen hatten und wie zauberhaft schön ein Septemberabend in Neapel ist: Die Farbenschattierungen der Berge von Sorrent und des Vesuvs, die heitere Bläue des Himmels und das Dunkle des Meeres, der Duft am Horizont, der Widerglanz der untergehenden Sonne vollenden ein Bild, dem kein anderes, das ich bis jetzt sah, an die Seite zu stellen ist. Das Herz geht einem recht eigentlich auf im Anschauen desselben. Erst jetzt geniesse ich Neapel recht, teils weil ich bald fort muss, teils weil ich auch andere Gegenden Italiens gesehen habe. In Sicilien habe ich Heimweh gehabt und sozusagen alle Tage gezählt; jetzt bin ich recht gerne hier und möchte recht lange bleiben, wenn nicht die, die ich liebe, fern wären.

Rom, den 25. September 1842.

An meine Mutter!

Wir konnten der Posten wegen erst am 13. Neapel verlassen und zwar sehr ungern. Auf unserer Reise nach Rom sahen wir leider von der Gegend nur soviel, als der schwache Mondschein erlaubte.

Molo di Gaeta und Terracina scheinen eine sehr schöne Lage zu haben. Die Pontinischen Sümpfe durchfuhren wir ebenfalls nachts, furchtlos dem Schlafe im Arme liegend. Am Morgen hatten wir zwischen Velletri und Genzano einige kleine Abenteuer. Fürs erste war der Weg durch 2′ tiefen Schlamm so schlecht, dass alle Passagiere aussteigen und die Pferde ausgespannt werden mussten und vier riesige Ochsen an ihre Stelle traten. Alle Augenblicke fürchteten wir, die Diligence umstürzen zu sehen. Kaum hatten wir diese Stelle hinter uns und waren wieder in gutem Trabe, so stürzten zwei Pferde und kamen unter den Wagen. Wie der Blitz fuhren wir alle zum Wagen heraus, doch war es wieder nichts und die Pferde unbeschädigt. Bald hatten wir nun Albano, den letzten schön gelegenen Ort in der Nähe Roms, erreicht und fuhren dann in die reizlose Ebene herunter, die dessen nähere Umgebung ausmacht. Die Einfahrt in Rom ist von keiner Seite grossartig, doch hat der, welcher von Neapel kommt, den Vorteil, dass er bald ans Kolosseum und das Forum gelangt und über den Erinnerungen an das alte Rom die neue unbedeutende Stadt übersieht. Ausser einigen Palästen, ausser der Cancelleria von Bramante in einfachem Stile erbaut, bietet Rom in der That nicht das geringste sehenswerte neuere Gebäude dar.

Die Strassen sind auch nicht breit und regelmässig, grosse Plätze mangeln, abends miserable Beleuchtung, um 9 Uhr alle Läden geschlossen, um 10 Uhr die Strassen menschenleer, so dass man glaubt, in einer Stadt von kaum 40 000 Einwohnern zu sein, statt in dem grossen berühmten Rom. Für den, der aus Neapel kommt, ist der Unterschied wirklich zu frappant. Auch das Volk ist ganz verschieden von den Neapolitanern. Man findet hier nichts von dem lärmenden, zankenden, immer beweglichen Pöbel; die Leute sind ruhig, ziemlich bescheiden, überteuern mässig und sind meist rein gekleidet. Die Bettler, obschon sehr zahlreich, verfolgen einen nicht auf hundert Schritte, die Mietskutscher werfen einem nicht das Geld vor die Füsse, sagen höchstens: Poco, Signore! Die Sprache, wie Du weisst, ist hier viel reiner als in Neapel, und dem Fremden leicht verständlich. Trotz alledem ist mir Neapel, abgesehen von allen Naturschönheiten, als Stadt viel lieber, es ist mir hier alles zu einförmig, zu tot. Roms nächste Umgebungen sind ziemlich anmutig, doch keineswegs hervorragend. Die Villa Borghese, sehr umfangreich und mit sehr schönen Baumpartien, besonders Pinien, dient den Römern zu Fuss und zu Wagen als Spazierort, ebenso die weitläufige öffentliche Promenade auf dem Monte Pincio, von wo man die ganze Stadt übersicht. Die Kirchen Roms sind aus dem 16. und 17. Jahrhunderte und noch später und zum Teil im sogenannten Zopfstile, zum Teil in dem der Renaissance erbaut. Die berühmte Peterskirche machte mir nur durch ihre riesige Grösse Eindruck, sowie durch ihre geschichtliche Bedeutung und liess mich sonst kalt. Der Knopf der Kuppel ist so gross, dass unser acht darin Platz hatten. Das Interessanteste am Ganzen war mir das Grabmal Pius VII. von Thorwaldsen. Der auf einem altrömischen Konsulstuhle sitzende Papst sowohl, als zwei symbolische Figuren, die rohe Menschheit und die civilisierte, besonders die der Religion teilhaftig gewordene darstellend, und zwei Genien, der eine mit einer Todesfackel, der andere die Thaten von Pius in eine Tafel eingrabend, sind von bewundernswerter Kunst und Tiefe des Ausdrucks. Der Gemälde sind im Vatikane nicht viele, aber darunter einige weltberühmte, wie die Transfiguration und eine Madonna von Raffael, ein Apostel von Domenichino. Auch Paläste bergen manche Kunstschätze an Gemälden, besonders der Palazzo Borghese, der mehr als 1000 Bilder hat, ferner der P. Barberini u. a. m. Auch in Thorwaldsens Atelier wurden wir eingeführt durch einen jungen deutschen Maler. Der ist freilich ein wahrer Meister und etwas grösser als Canova. Wir sahen da viele Modelle, so Christus und die zwölf Apostel, die im Dome zu Kopenhagen ausgeführt stehen, besonders der Christus wundervoll, dann viele Basreliefs im Genre der Antiken in wahrhaft antiker Schönheit, wie der berühmte Triumphzug Alexanders, dann Vulkan, der dem Amor Pfeile schmiedet, die Venus in einen Zaubertrank taucht; Mars daneben, der einen der kleinen Pfeile lächelnd wiegt. Amor droht ihm spöttisch und wirklich scheint er schon ganz versunken in den Anblick der Venus, die sich nach ihm umsieht. Ferner die Statuen von Byron, Poniatowski u. v. a. Erst kürzlich ist ein ganzes Schiff voll von Statuen und Modellen von Thorwaldsen nach Kopenhagen abgegangen und noch steht sein ganzes Atelier voll!

Wir machten alle unsere Fahrten in Gesellschaft eines Architekten, A. Wengen aus Basel und eines jungen Malers Leis aus Mainz, beide nette Leute, ersterer so komisch und heiter, dass wir in fast beständigem Lachen umherzogen. Dieselben belehren uns über viele Kunstgegenstände, auch ersparen wir so viele Kosten, da wir, um in der kurzen Zeit das Wichtigste zu sehen, fast immer in Droschken herumfahren. Abends sind wir in der Regel in Theatern, die gar nicht übel sind, auch lernt man nirgends das Italienische besser als da. Wir haben einen Tenor entdeckt, der nach A. Wengen ausgezeichneter ist als Rubini und Duprez; ich wenigstens habe noch keinen so gehört.

Nun vom alten Rom und da werde ich ganz andere Saiten aufziehen. Wir haben alles gesehen, was von Altertümern noch übrig ist, das Kolosseum und Pantheon, drei Triumphbögen, ungeheure Bäder, Tempel ohne Zahl, Amphitheater, Grabmäler, Mausoleen so viele, dass ich Dir sie einzeln nicht aufzählen kann, und unser Erstaunen über diese undenkbare Pracht des alten Roms mit jedem Schritte sich vergrösserte. Und als wir dann erst noch die Statuen, Vasen, Basreliefs, Sarkophage, Kandelaber, Schmuckgegenstände aller Art im Vatikane und der Villa Albani gesehen hatten, fand unsere Bewunderung keine Grenzen. Ich sage Dir nur, dass in Rom zur Zeit seiner Blüte mehr Statuen (alle aus carrarischem Marmor oder herrlichem Porphyr) vorhanden waren, als Einwohner; dass in einem einzigen Bade, das der Kaiser Titus erbaute, 3000 Badezimmer und 1200 Marmorsessel vorhanden waren. Hunderte von Säulen trugen so ein Gebäude, hunderte von Statuen, Freskogemälden, Porphyrwannen schmückten das Innere! Und erst die Tempel! Auf jedem Fleckchen stand einer und wie

prachtvoll. Amphitheater für 200 000 Menschen, Theater für 30 000!
Lass Dir von Theodor erzählen, ich warte, bis ich es mündlich thun
kann, denn mein Papier ist zu Ende. — Ich litt zwei Tage an heftigen
Kopf- und Augenschmerzen und etwas Brechneigung, jetzt ist alles wieder
gut. Beim Mangel anderer Ursachen schreibe ich dies Unwohlsein einem
Gerichte von Schwämmen zu, unter denen vielleicht einige giftige waren.

Venedig, den 10. Oktober 1842.

An meinen Bruder!

Versprochenermassen schreibe ich noch einmal vor meiner Ankunft
und da ich in Mailand kaum dazu Zeit finden würde, thue ich es
hier. In Rom blieb ich, wie Du weisst, 15 Tage, die ich trotz all
dem Schönen und Grossartigen, das man da sieht, doch angenehmer
hätte zubringen können. Es war nämlich beständig so unfreundliches
und regnerisches Wetter, dass wir nicht einmal Tivoli besuchen konnten,
was uns sehr leid that. Dagegen haben wir an Altertümern wohl alles
nur irgendwie Interessante gesehen. Weniger erpicht waren wir auf
Privatgallerien, denn wenn man nicht mehr Kenner ist, als wir, thut
man besser, weniger und nur allgemein anerkannte Meisterwerke zu
sehen.

Unsere Reise nach Florenz war sehr unerfreulich; so gut die
Diligencen zwischen Neapel und Rom gehen, so schlecht sind die
zwischen Rom und Florenz. Auch hier hatten wir trübes Wetter,
doch ergriffen wir einen schönen Sonntagmorgen, um nach Fiesole
hinaufzufahren und einen Einblick in die Gesamtlage von Florenz
zu gewinnen. Wir blieben fünf Tage hier, besuchten zweimal die
Gallerie Pitti und die Uffizii, ferner sahen wir die naturhistorischen
Sammlungen, den botanischen Garten, die Accademia delle belle arti,
den öffentlichen Garten Boboli, den Palazzo vecchio und mehrere
Kirchen. Die Gallerie Pitti zog uns weitaus am meisten an. Es ist
dieselbe meiner Meinung nach die schönste, welche Italien, vielleicht
die Welt besitzt. Wenn ich wieder bei Euch bin, will ich sehen, ob
Du Dich noch der schönen Sachen erinnerst, die sie enthält.

Unsere Reise nach Venedig war so eigentümlich, dass sie wirklich
einer kleinen Schilderung wert ist. Von Florenz bis Bologna fuhren
wir Diligence. Ein Mr. Planche von Paris, Schriftsteller, ganz Franzose, leistete uns auf der ganzen Reise Gesellschaft und erhielt, teils
durch seine Witze, teils durch das Komische, das in seiner Figur lag,
unser Zwerchfell in beständiger Bewegung. Auf dieser Fahrt überschritten wir die Apenninen, ein ziemlich ödes und kahles Gebirg, immerhin nicht so unfreundlich, wie man sich dasselbe gewöhnlich vorstellt.
In Bologna nahmen wir, da keine Post ging, einen Vetturino bis Ferrara, der uns sehr viel bezahlen liess, da die Hauptstrasse durch Über-
schwemmungen des Po unfahrbar geworden war und er einen sehr grossen
Umweg machen musste. Der Wirt im Hôtel Suisse in Bologna sagte
uns, der Preis von 60 Francs sei mässig! Wir glaubten dem Schweizer,

6*

zumal uns der Vetturin vorgespiegelt hatte, er müsse der schlechten
Strasse halber Pferde wechseln. Allein davon merkten wir nichts und
kamen trotzdem um 10 Uhr wohl zusammengerüttelt in Ferrara an.
Hier im ersten Hôtel alles unter jeder Kritik! Wieder keine Post nach
Venedig! Zu Dritt nahmen wir nun Extrapost, was jeden 13 Francs
teurer kam, aber uns einen Tag gewinnen machte. Aber was war das
für eine Extrapost! Ein Wagen, zu schlecht für eine Droschke in
Krähwinkel, Postillone, die wie Vetturini fuhren und doch mit dem
Trinkgelde nie zufrieden waren. Zudem fingen wir, als es Abend wurde,
in dem nur durch Leder verschlossenen Wagen ganz erbärmlich zu
frieren an, so dass wir, als wir nach sechs Posten um 11 Uhr nach
Padua kamen, uns entschlossen, hier zu übernachten. Vor Kälte und
Frieren konnten wir dem guten Abendessen und dem Cyperwein, den
der Franzose spendete, keine Ehre anthun. Unser Bleiben hatte das
Gute, dass wir nun aus unserem Guide erfuhren, es gehe alle Morgen
ein wohlfeiler Omnibus nach Venedig und sagten wir der teuren Extrapost ein Lebewohl. Allein der phlegmatische Nägeli und Planche
kamen fast zu spät und ohne einen Zwanziger, den ich dem Konduk-
teur in die Hand drückte, wären unsere Effekten ohne uns abgereist.
In Fusine nahmen wir dann die Postbarke und kamen so endlich nach
Venedig, aber nicht ohne noch einen Streit mit dem Gondoliere gehabt
zu haben, den ich zum Zimmer hinauswerfen musste, weil er seinen
Lohn nicht annehmen wollte und uns ins Hôtel verfolgt hatte!

Venedig ist eine prächtige Stadt. Hier und in Neapel gefiel
es mir am besten. Einzig ist der Markusplatz, die Piazetta und
die Marina mit dem Dogenpalaste. Wir haben zum Glück wieder
gutes Wetter, was uns das unvergleichliche Vergnügen verschafft, alle
Abend vom Lido aus den Sonnenuntergang zu sehen, den ich noch
gar nirgends so grossartig und in solchen Variierungen wie hier gesehen
habe. Die Paläste am Canal grande müssen einst prachtvoll gewesen
sein, jetzt kann ich sie nur mit traurigen Blicken betrachten, so Ruinen
gleich sind die meisten. In den öffentlichen und Privatgallerien sieht
man sehr schöne Gemälde von Tizian und Paolo Veronese, von
Tintoretto, Palma vecchio und unbedeutenderen venetianischen
Meistern. Der Dogenpalast und die Markuskirche sind zwei
Wunderwerke, wie man nirgends in der Welt ähnliche sieht. Das
Innere des ersten, besonders die Zimmer des Senates und des grossen
Rates der Nobili sind was man nur schönes sehen kann. Am schönsten
aber von allem ist, wie schon gesagt, der Sonnenuntergang am Lido,
den wir uns die fünf Tage, die wir hier bleiben, alle Tage ansehen
werden.

Am 11. nach Mailand. Ankunft da am 13. morgens. An diesem
Tage den Dom, die Brera und Leonardos Abendmahl nochmals bewundern und dann über den Simplon und Lausanne heim.

C. Aufenthalt in London im Jahre 1845.

Im Frühjahre des genannten Jahres beschloss ich als junger 28jähriger Extraordinarius einen längeren Aufenthalt in London zu machen, um die englischen Gelehrten und wissenschaftlichen Anstalten dieser grossen Stadt kennen zu lernen und zugleich in der englischen Sprache mich auszubilden. Was ich da erlebte, wird man am besten aus den an meine Mutter in Zürich gerichteten Briefen ersehen, die ich im folgenden wörtlich wiedergebe, mit der Bitte, manches darin enthaltene sehr Persönliche nicht unfreundlich aufzunehmen.

1.

London, den 23. März 1845.

Endlich finde ich am heutigen Sonntage Zeit, um mich länger mit Dir zu unterhalten, als in meinem Schreiben von Ostende vom 17., dem ich noch nachzutragen habe, dass ich in Löwen bei dem berühmten Mikroskopiker Schwann zusammen mit Van Beneden speiste, in denen ich zwei liebenswürdige Gelehrte kennen lernte, mit denen ich nun in Korrespondenz und litterarischen und naturhistorischen Tauschverkehr treten werde.

In London bin ich nun in einem recht komfortablen Logis einquartiert und sitze ganz bequem in meinem Sitting-room bei einem guten Kaminfeuer, während es draussen unfreundlich nass ist und von Zeit zu Zeit regnet, woraus ich mir übrigens heute als an einem Sonntage gar nicht viel mache. Leider ist es zweifelhaft, ob ich in meinem Logis bleibe. Der Vermieter hatte die Unverschämtheit, mir gleich nach meinem Einzuge zu sagen, dass er mich nur für die erste Woche zu dem festgesetzten Preise behalten könne, so dass es wahrscheinlich ist, dass ich in mein Hôtel (Royal Hotel, Blackfriarsbridge, Bridge Str.) zurückkehre, wo ich, wie ich zu spät erfuhr, wohlfeiler wohnen kann als jetzt. Das Hôtel wird von einem Belgier gehalten, der bei treff-

licher Bedienung wohlfeile Preise macht. Ich gebe dort pro Woche
für ein Zimmer 21 sh., Frühstück (Thee, Butter, Coteletts) 7 sh., Mittagessen um $^1/_2$6 Uhr 21 sh., Bedienung 7 sh., in toto 2 L. st. 16 sh. die
Woche. Mein jetziges Logis hat das Bequeme eines Sitting-room und
dass es im Centrum von Westend liegt, das Hôtel das Angenehme,
dass ich Gesellschaft habe und im Centrum der City bin. Wie angenehm das erstere ist, habe ich schon in diesen Tagen erfahren, in denen
ich mit einem Belgier und einem Strassburger, der eine Ingenieur, der
andere Architekt, und beide liebenswürdige junge Leute, Exkursionen
in und ausser der Stadt gemacht habe, die ich sonst hätte allein machen
müssen.

By the by, mein Schnurrbart steht noch, Koller[1]) sagte mir, es
sei nicht nötig, ihn abzunehmen, nur müsse ich mir einen andern Hut
kaufen (was jetzt geschehen ist) und meinen great Coat anziehen, statt
des Mäntelchens, damit man mich nicht für einen liederlichen Pariser
oder Refugié halte! Bei Gelegenheit des Hutes will ich Dir noch erzählen, dass ich in vier Hutmagazinen war, bevor ich einen passenden
Hut fand. Man sagte mir, in London gebe es keine solchen
Köpfe, wie der meine! In der That wiegen in diesem Lande
die langen schmalen Schädel vor, während der meine ein echter Rund-
kopf, eine Tête carrée ist.

Dr. Smith hat mich sehr gut aufgenommen. Ich gehe fast alle
Tage zu ihm und übe mich im Englischen. Er will meine Abhandlung
über die tierische Zelle in Nägelis Zeitschrift ins Englische übersetzen
und überhaupt soviel für mich thun als er kann. Sehr gut wurde ich
auch von Prof. Sharpey, einem der ersten englischen Gelehrten, aufgenommen. Sie kannten die Pacinischen Körperchen schon und hatten
Henles und meine Schrift über dieselben gelesen, so dass ich mich
nicht mehr bemühen muss, mir einen Namen zu machen. Wahrscheinlich werde ich die kleine Abhandlung, die ich zu Hause schrieb, in
eine Zeitschrift einrücken. Ferner wünschen Sharpey und Smith,
dass ich ihnen die Pacinischen Körperchen unter dem Mikroskope
zeige. Von den Nerven im Innern derselben wussten sie natürlich
nichts; ich werde ihnen dieselben ebenfalls vorführen.

Ich bin sehr gut empfohlen, um alles in London zu sehen. Baron
Koller, Sir Robert Inglis (bei dem ich Brief und Karte schon
abgab, obschon er noch auf dem Lande ist) und Sir James Graham
werden mir zu allen sonst nicht leicht sichtbaren öffentlichen Instituten
verhelfen und mir Gelegenheit geben, die hohe englische Gesellschaft
zu sehen; Smith, Sharpey u. a. führen mich in die gelehrte Welt
ein; mein Bankier Robison, der mich zum Essen einlud und mir
seinen Sohn in die Docks mitgeben will, in das kaufmännische Getriebe.
Die übrigen Merkwürdigkeiten in und ausser der Stadt, namentlich die
Parks, Zoological Garden, Windsor, Museen, Theater werde ich mit
meinen Reisegefährten besuchen, was immerhin ungemein viel ange-

---

[1]) Baron August von Koller, österreichischer Legationsrat in London,
ein alter Freund meiner Eltern von seinem Aufenthalte in der Schweiz her.

nehmer ist, als wenn man allein hingehen muss. Wahrscheinlich wird
auch der Maler Notz, an den ich einen Brief von Ferdinand Keller
habe, sehr liebenswürdig sein und ebenso ein junger Dr. Swaine, an
den mich K. E. Hasse empfohlen hat. Übrigens werde ich mit den
weniger dringenden Empfehlungen nicht zu sehr eilen, ich will zuerst
etwas hinter mir wissen. Das gesellschaftliche Leben, Diners, Soireen
u. s. w. werde ich schon bei den Leuten zu sehen bekommen, die mich
auch sonst interessieren.

Von London selbst kann ich Dir noch nicht viel schreiben, nur
soviel, dass ein ungeheures Getümmel in dieser Stadt herrscht. Steht
man in einer der grossen Strassen, so hat man alle zwei Minuten Gelegenheit, mit einem Omnibus nach jeder beliebigen Richtung zu fahren.
Die Strassen sind namentlich in der City so mit Wagen aller Art besetzt, dass man oft nur mit Lebensgefahr durchkommen kann. Auf
der Themse ist es unterhalb der Brücken ebenso. Mehr als 200 kleine
Dampfschiffe (Watermen) besorgen die Kommunikation und machen
dieselbe ungemein leicht. Alle 10 Minuten hat man Gelegenheit, um
6 Pence nach den grössten Entfernungen zu gelangen. So fuhren wir
drei am letzten Freitage von Blackfriarsbridge bis Greenwich. Hier
spazierten wir eine Stunde im Park, nahmen Kaffee und besahen das
berühmte Marinehospital. Dann fuhren wir mit einem andern Water-
man nach Blackwall, um das grosse Dampfschiff, den Great Britain
zu sehen. Derselbe ist 300' lang, besitzt sechs Masten und kann
wenigstens 300 Personen logieren, jeden in einem eigenen Zimmer.
Er wird durch eine archimedische Schraube bewegt und wird nächstens
seine erste Reise nach Amerika machen. Auf seinem Verdecke kann
ein vierspänniger Wagen bequem ringsherum fahren! Von da gingen
wir dann wieder mit einem neuen Dampferchen nach London hinauf,
alles ohne dass wir mehr als eine Viertelstunde mit Warten auf die
verschiedenen Schiffe zubringen mussten und nur um 1½ Schillinge.

Baron Koller ist ganz Liebenswürdigkeit für mich. Er fährt
mit mir in seinem Wagen herum, besorgt mir Einkäufe u. a. m. Schade,
dass er auf eine Woche aufs Land geht. Doch habe ich soviel zu
sehen, dass ich die Zeit anders benützen kann. Gestern war ich eine
Stunde bei ihm; wir sprachen viel über Medizin und Naturwissenschaften,
in denen er ziemlich bewandert ist. Nachher kam er zu mir, bewunderte die Altertümer, die ich von Ferdinand Keller für Sir Henry
Ellis mitgebracht hatte, von denen er ein guter Kenner ist und sah
meine Bücher an, die ihm, wenigstens was die Quantität betrifft, nicht
gerade die schlechteste Meinung von mir gegeben haben werden.

Koller führte mich nachher in den Travellers Club und
will ich Dir von diesem Klubhause etwas ausführlicher schreiben, es
kann für alle Häuser dieser Art gelten. Der Travellers Club ist ein
schöner Palast und steht mit anderen Clubhouses in einer vornehmen
Strasse, Pall Mall. Das Innere ist mit höchster Eleganz und Kom-
fort eingerichtet. Es enthält 1. einen Speisesaal, der von einem
vorzüglichen französischen Koche besorgt wird, dem der Klub ausser
seinem Verdienste 1200 fl. Salair giebt. Hier speist man ausgezeichnet

à 3 sh., wenn auch nicht vielerlei, nämlich Suppe, Roastbeaf und Kartoffeln, Mutton, Ale und Chester; 2. eine Bibliothek und zugleich Lesesaal, 3. ein Konversationszimmer, 4. einen Lesesaal für Zeitungen, 5. ein Billardzimmer, 6. ein Rauchzimmer, 7. Badezimmer, 8. Ankleidezimmer. Viele Mitglieder nämlich lassen sich, wenn sie abends in Gesellschaft gehen, durch ihre Diener ihre Kleider herbringen, um nicht nach ihren oft entlegenen Wohnungen gehen zu müssen, 9. endlich einige Schlafzimmer, von auswärts Kommenden oft benutzt. Alle Zimmer sind den ganzen Tag geheizt und mit Teppichen, Fauteuils aller Art und zwar unaussprechlich bequemen, mit Kanapees, Spiegeln und Lustres versehen. Die Dienerschaft stets im Frack. Der Traveller besteht aus 800 Mitgliedern, die jährlich 10 L. st. bezahlen, macht 8000 L. st. jährlich, welche Summe eben hinreicht, um den Haushalt zu bestreiten. Jedes Mitglied muss eine gewisse Zahl von Meilen ausserhalb Englands und der englischen Kolonien durchreist haben, um aufgenommen zu werden und bedarf man hierzu aller Stimmen. Fremde werden, wenn sie durch zwei Mitglieder vorgeschlagen sind, alle Mittwoch durch Abstimmung aufgenommen und erhalten dann Erlaubnis für einmonatlichen Besuch.

Mit Baron Koller war ich neulich auch in einem Warenmagazine in der City, das noch lange nicht zu den grössten gehört. Es besteht aus nicht weniger als 25 verschiedenen, mit den Buchstaben des Alphabets bezeichneten, durch viele Höfe mit einander verbundenen und durch Thore von den übrigen Teilen der Stadt abgeschlossenen Häusern. Hier sind über und unter der Erde unzählige Waren aufgehäuft. Wir sahen die Säle mit roher Seide, z. B. 500 Ballen in Einem Raume, jeder von 1000 L. st. an Wert, Säle mit Shawls, mit Seidenstoffen, mit Porzellanwaren, alle aus China, andere mit Zimmt u. s. w. Ich kaufte mit Koller ein Dutzend chinesische Foulards um 2 sh. das Stück! Alles, was hier sich findet, ist nämlich sehr wohlfeil, da es keinen Zoll bezahlt. Überhaupt finde ich London nicht so teuer, wenn man nur die Gelegenheiten kennt, namentlich womöglich alles aus der ersten Hand kauft und nicht in fashionablen Quartieren, somit nicht im Westend, sondern in der City. Auch Naturalien sind sehr wohlfeil, wegen der Leichtigkeit, mit der dieselben bei der grossen überseeischen Schifffahrt der Engländer hier sich anstauen.

Meine ersten Abende brachte ich in Gesellschaft der genannten Reisegefährten damit zu, in der Stadt herumzutreiben und alle möglichen Kaffeehäuser zu besuchen. Wir fanden kuriose Sachen. So Tavernen von den Fishmongers an, in denen man Austern isst, bis zu den nobelsten Restaurants. Ferner Smoking rooms, Kaffees, in denen man rauchen darf; Cigar divans, in denen man für 1 sh. eine Tasse Kaffee und eine Cigarre, beides schlecht, erhält; Bazars, wo alle nur möglichen Sachen verkauft werden, oft prachtvolle Räume; Galleries, wo die mannigfaltigsten Maschinen ausgestellt sind, Musikbanden spielen, Tänzer, Sänger, Deklamatoren, Oratoren, Taschenspieler, Seiltänzer, oft alle an einem Abende auftreten u. s. w. Die Theater waren in der ersten Woche meines Aufenthaltes geschlossen, jetzt sind

sie wieder offen. Bis jetzt war ich nur in Drurylane in der dritten
Gallerie für 3 sh. Was ich sah, war nicht sehr ausgezeichnet. Bald
kommen Duprez und die Grisi, die ich jedenfalls hören werde.
Was soll ich über die Stadt London sagen? Architektonisch
Schönes findet sich nicht viel, dagegen eine grosse Regelmässigkeit und
viel Gefälliges und Anziehendes in der Bauart. Mehrere Strassen sind
durch ihre Breite und Länge, die Grösse ihrer Häuser und die prachtvollen Magazine ausgezeichnet, vor allem Regentstreet, Oxfordstreet, Pall
Mall. Die Magazine sind wahrhaft prachtvoll, einige gigantisch, mit
kolossalen Fensterscheiben, abends mit Gas beleuchtet, das übrigens
auch in den elendesten Boutiquen brennt.

Ich habe nun schon zwei englische Dinners mitgemacht, eines bei
Sharpey und eines bei Smith und kann mich ganz gut in dieselben
schicken. Das Detail, wie es dabei zu- und hergeht, will ich Dir mündlich erzählen. Was die Speisen betrifft, so sind dieselben oft für mich
zu „hot“, zu sehr gepfeffert, so dass ich sie kaum geniessen kann, so
ass ich z. B. mit Koller eine Turtle sup, brachte aber kaum die
Hälfte meines Tellers herunter; jedoch sind nicht alle Speisen so, besonders gut Fleisch, Geflügel und Fische, sehr fade alle Gemüse, die
nur mit Wasser zubereitet werden. Die Getränke munden mir weniger,
am meisten noch Porter und roter Portwein, weniger Ale und Sherry
(sogenannter weisser Portwein) und gar nicht Stout (Doppelbier).

Donnerstag, den 27. März 1845.

(Schluss des Briefes.)

In dieser zweiten Woche meines Aufenthaltes in London habe ich
nun sehr viele Besuche gemacht, auch regnet es Einladungen. Robison,
Dr. Todd, Dr. Bowman, Dr. Gray haben mich zum Essen, Sir
Robert Inglis zum Breackfast eingeladen. Letzterer wird mich am
Samstag über acht Tage zum Marquis of Northampton in eine
Soirée führen. Ich war bis jetzt bei Dr. Gray (Britisches Museum),
Prof. Grant (University College), Richard Owen (College of Surgeons),
Prof. Sharpey (University College), Dr. Bowman und Dr. Todd
(Kings College), Dr. Edward Forbes (Zoologe), Dr. Kiernan (Leber-
anatomie). Alle kannten meinen Namen und nahmen mich sehr gut
auf, auch Owen, doch soll dieser oft etwas zurückhaltend sein.

Ich habe jetzt meine Wohnung wirklich geändert und bin wieder
im Royal Hotel. Ich war zu einsam in dem ersten Hause und
auch nicht angenehm und gut. Hier habe ich einen Salon zu meiner
Verfügung, wenn ich Gesellschaft bekomme und somit alles, was ich
wünschen kann. Auch bin ich ganz nahe an dem College of Surgeons,
dem Kings College und dem Britischen Museum, wo ich viel zu studieren habe. Das einzige Unangenehme ist mir, dass ich weit von
Baron Koller und Dr. Smith bin, die beide nahe beieinander wohnen.
Da man jedoch mit Omnibussen leicht in ihre Nähe kommen kann,
macht das nicht viel aus.

Aus der Schweiz habe ich fast keine Nachrichten, da ich bis jetzt keine deutsche Zeitung gesehen habe. Einigen ungünstigen Berichten, die ich las[1]), schenke ich keinen Glauben. Ich werde mich jedenfalls so einrichten, dass ich zwei Wochen in Paris sein kann. Es liegt mir viel daran, einige der dortigen Gelehrten kennen zu lernen. Schicke mir per Post sechs Sympathische Nerven, sechs Zellen aus Nägelis Zeitschrift und vier Pacini. Sage auch Hasse mit besten Grüssen, dass Dr. Swaine mich sehr gut aufgenommen hat.

2.

London, den 29. März 1845.

Baron Koller ist wieder von seiner Exkursion zurück. Er war heute bei mir und brachte mir eine Eintrittskarte in den Travellersclub, die mir sehr erwünscht kam. Du siehst, dass er an mich denkt. Sonst bin ich in diesem Augenblicke etwas missmutig. Man wird so müde, in der Stadt herumzulaufen und dann habe ich gestern ein furchtbar langweiliges Mittagessen mitgemacht, etwas ganz totmachendes. Jedoch sind nicht alle so. So z. B. war ich bei Bowman sehr vergnügt. Er ist ein sehr lieber Mensch und, wie ich immer mehr einsehe, unstreitig neben Sharpey der erste Mikroskopiker Englands. Nach dem Mittagessen, bei dem nur seine Familie anwesend war, untersuchten wir bis $\frac{1}{2}$12 Uhr nachts die verschiedensten Gegenstände. Dr. Swaine ist ebenfalls äusserst liebenswürdig und zuvorkommend, er bedauerte nur, nicht mehr viel für mich thun zu können, da ich schon mit allen interessanten Gelehrten bekannt sei. Er lässt Freund Hasse vielmals grüssen und ihm sagen, dass er fleissig an seinem Werke arbeiten solle, da man hier allgemein erwarte, es sehr bald fertig zu sehen. Gestern war ich auch bei dem Maler Notz, an den mir Ferdinand Keller eine durch vortreffliche Laune ausgezeichnete Empfehlung gegeben hatte, aus der ich Dir später noch Einiges mitteilen werde. Notz lud mich ebenfalls zum Essen ein! Ich gestehe, dass ich diese ewigen Dinners, die von 6—11 Uhr dauern, en grippe genommen habe, wie die Franzosen sagen, allein was will man machen? Wahrscheinlich stehen mir noch manche derselben bevor, da ich z. B. noch keinen der Briefe der Mme. Wolf abgegeben habe.

Mein Schnurrbart ist nun doch fort, besonders der Gelehrten wegen, denen er, wie ich bemerkte, etwas burschikos vorkam. Weihe ihm eine Thräne, denn Du siehst ihn wohl nie wieder! Übrigens befürchte ich, dass ich ohne denselben noch viel jugendlicher aussehen werde, als mit. — Was mein übriges äusseres Aussehen betrifft, so spiele ich so gut als möglich den Eleganten, gehe immer mit weissen Handschuhen zu den Dinners u. s. w. Diese Essen sind sehr verschieden in den verschiedenen Häusern. In manchen herrschen noch gute alte englische Sitten: Gebet vor dem Essen, keine Suppe, Zutrinken während des

---

[1]) Es war gerade die Zeit des Putsches der Freischärler.

Essens, da ohne solches nicht getrunken werden darf, Abgang der Damen nach dem eigentlichen Speisen in den Salon zum Thee, nun Trinkgelage der Herren und freies Trinken. In andern Fällen herrscht ganz und gar französische Sitte. Am wohlsten ist mir bei Henry Smith, der eine liebe alte Mutter und ebenso freundliche junge verheiratete Schwester hat und selbst wie ein Bruder gegen mich sich benimmt. Ich bin fast alle Tage bei ihm, nehme oft das Luncheon mit ihm und werde morgen schon zum zweiten Male bei ihm speisen.

Ich fahre in der Beschreibung dessen fort, was ich in London gesehen habe. Am letzten Mittwoch hatte der Bankier Robison die Güte, mir durch einen seiner Freunde fast alle Merkwürdigkeiten der City zeigen zu lassen. So sah ich 1. die Exchange (Börse), ganz neu seit dem letzten Brande aufgeführt, ein sehr schönes Gebäude in Form eines griechischen Tempels. Es enthält zu ebener Erde in der Mitte einen grossen freien Hof, den bald die Statue der Königin zieren wird, ringsherum Hallen, deren Wände mit Gemälden al fresco geschmückt sind. Nachmittags von 1—4 sind diese Räume dicht vollgepfropft. In dem ersten Stockwerke finden sich a) die Captainsrooms für Schiffskapitäne, b) die Merchantsrooms für Kaufleute, c) der Underwritersroom für Zwischenhändler., Die beiden letzteren Räume sind sehr gross, mit allen möglichen merkantilischen Zeitungen, einer astronomischen Uhr, Windanzeigern wegen der Schiffe und Schreibmaterial. 2. sah ich die Cornexchange, das Kornhaus; 3. das East Indiahouse, Haus der ostindischen Kompagnie, das früher ungemein belebt war, als die Gesellschaft noch das Handelsmonopol hatte. In demselben ist eine schöne Sammlung chinesischer und indischer Sachen und eine Bibliothek. Auf derselben Tour nahm ich noch den Tunnel, die Docks und den Tower in Augenschein. Über den ersten lässt sich nicht viel sagen, er ist ein Werk, das erstaunlich viel Aufwand von Zeit und Geld gekostet hat und seinem Erbauer Brunnell zur höchsten Ehre gereicht, das jedoch keine Zinsen trägt und von nur geringem Nutzen ist. Er ist nämlich nur für Fussgänger berechnet, à 1 penny die Person. Die Kosten würden enorm sein, wenn man den Tunnel auch fahrbar machen wollte, da man wegen seiner sehr tiefen Lage eine sehr grosse Zahl von Häusern niederreissen müsste, um bequeme Zufahrten zu gewinnen. Der Tower ist, wie Du Dich erinnern wirst, im Jahre 1840 zur Hälfte abgebrannt und noch nicht wieder aufgebaut. Das, was noch steht, ist in architektonischer Beziehung von keinerlei Interesse. Dem Fremden zeigt man einen grossen Rüstsaal und die Krondiamanten, letztere sind sehr schön und sollen 3 Mill. L. st. wert sein. Ungeheuer sind endlich die Docks, von denen ich zwei sah. Es sind grosse Bassins, die mit der Themse in Verbindung stehen und jedes 200—300 der grössen Kauffahrteischiffe fassen. Ringsherum laufen kolossale Warenhäuser, die alle mit einer unsäglichen Menge von Waren vollgepfropft sind. Um Dir nur ein Beispiel zu geben, so enthält ein einziger unterirdischer Keller, Vinevault, 28000 Fässer Sherry und Port und ist sein Flächeninhalt 11 Yards (Juchart) gross.

Heute, als an einem Sonntage, habe ich mich etwas gelangweilt. Doch habe ich recht vergnügt mit Smith und seiner Mutter geluncht und englisch parliert. Letzteres geht jetzt für die gewöhnlichen gesellschaftlichen Gespräche ganz gut, auch für wissenschaftliche Sachen; dagegen hapert es immer noch etwas, wenn ich eine längere Geschichte erzählen soll, was ich denn auch wohlweislich nie ohne Not thue. Hätte ich mich in einem Boarding House einlogiert, so wäre es wohl noch schneller gegangen, allein es macht sich auch so. Beim Marquis of Northampton werde ich wahrscheinlich Ferdinand Kellers Goldmünze und seine alten Malereien vom Kloster St. Gallen produzieren [1]). Jeder bringt da vor, was er neues hat.

Über Politik brauchst Du mir nicht zu schreiben, da mir Notz die neue Zürcher Zeitung zukommen lässt, aus der ich doch wenigstens etwas erfahre. Was macht Hasse, Hermann von Meyer? You are well, I hope, and so Theodore. The weather is now beautiful

---

[1]) Zur Erläuterung gebe ich hier einen Auszug aus einem Briefe von F. Keller an Notz und mich:

Zürich, den 20. April 1845.

Lieber Freund Notz!

Koelliker hat mir vor einigen Tagen ein paar Zeilen zukommen lassen, für welche ich ihm bestens danke. Er hat die Aufträge, die ich ihm gab, aufs vortrefflichste besorgt. Ich habe nie einen geschickteren Chargé d'affaires oder Commis voyageur in wissenschaftlichen Dingen kennen gelernt, als dieser talentvolle junge Mann ist. Hätte ich seine Adresse gewusst, so würde ich diesen Brief ihm zugeschickt haben. Da aber der Inhalt desselben hauptsächlich antiquarisch sein wird, so wirst Du, wenn Du ihn lesen darfst, mit Freuden das Porto bezahlen. Auch kann Dich Koelliker leicht schadlos halten, wenn er Dir die körperlichen Gebrechen, die Du Dir durch Deine ungeregelte Lebensweise zuziehen wirst, recht anschaulich vor Augen hält.

Es freut mich, wenn Sir Henry Ellis die Aufsätze der englischen antiquarischen Gesellschaft vorlegt. Was die Münze betrifft, so ist sie nicht griechisch, sondern echt gallisch. Die Gallier aber haben — eine den Numismatikern längst bekannte Sache — im Anfange ihres Prägens die macedonischen oder griechischen Münzen nachgemacht, weil diese in der ganzen Welt in Umlauf waren. Sie haben ihnen jedoch eigentümliche Zeichen, wie auf der mitgegebenen der Hase ist, angedruckt. Die Gelehrten, denen Sie (ich spreche jetzt nicht zu Freund Notz, sondern zu Freund Koelliker) die Münze gezeigt haben, scheinen mit der keltischen Münzkunde ganz unbekannt zu sein.

Es hat mich sehr interessiert, Aufschluss über die Herkunft der Bilder zu bekommen. Ich habe dieselben in einem Evangelarium zu St. Gallen gefunden. Sie sind wahrscheinlich aus dem 8. oder 7. Jahrhundert, von irischen Mönchen in St. Gallen gezeichnet. Sie schreiben mir „Es befinden sich, wie ich aus einer Kopie entnahm, in den Gospels of Columba im Trinity College Oxford ganz ähnliche Bilder". Können Sie nicht eine solche Kopie wenigstens zum Anschauen mitbringen? Es ist doch wohl ein gedrucktes Werk mit Notizen über diese Bilder.

in London, the parks are getting every day greener and the sun is shining; das einzig Unangenehme ist, dass man nicht ausgehen kann, ohne von Kohlenstaub beschmutzt zu werden, so dass ich meist genötigt bin, jeden Tag einmal die Wäsche zu wechseln.

3.

London, den 7. April 1845.

Ich bin Dir sehr dankbar für die Eidgenössische Zeitung; die Neue Zürcher Zeitung ist so voller Lügen, dass ich nie weiss, was ich glauben soll, wenn ich sie lese. Ich schreibe Dir nichts über die politischen Ereignisse, da Du meine Gedanken schon kennst. Ich weiss nur aus der heutigen Times (wenn es wahr ist), dass die Freischaren geschlagen und dass die kleinen Kantone in Luzern eingerückt sind. Ich hoffe, dass die Sache dabei ihr Bewenden haben wird. In diesem Falle wird meine Rückkehr nicht beschleunigt werden müssen; nur wenn es zu einem Kriege, zu allgemeiner Unordnung käme, wenn Theodor etwas zustossen sollte, was Gott verhüte, würde ich eiligst zurückreisen.

Endlich komme ich vor Besuchen, Dinners u. s. w. etwas zu Atem. Ich habe in den letzten zwölf Tagen neun Dinners und zwei Breackfasts mitgemacht!!! was sehr mühselig und erschöpfend war, so angenehm auch oft die Gesellschaft sich ergab. Ich habe bis jetzt diniert zweimal bei Smith, zweimal bei Gray, je einmal bei Todd, Sharpey, Forrer, Notz, Bowman, Robison und gefrühstückt bei Sir Robert Inglis und Prof. Robert Brown. Ersterer ist ein ungemein artiger alter Herr, der mich schon wieder auf morgen zum Breackfast eingeladen hat (er giebt keine Dinners, da er jetzt im Parlamente sitzt). R. Brown ist der erste Botaniker in ganz England und auch sonst hochgeachtet, zugleich Präsident der Linnean Society, in welcher ich am nächsten Dienstag ein Paper durch den Sekretär werde vorlesen lassen, vergleichend anatomischen Inhaltes. Ich war am letzten Sonntage von 9—1 Uhr bei ihm. Wir untersuchten viel mit dem Mikroskope und besahen seine Sammlungen aller Art. Ich bin in der letzten Woche zweimal bei Bowman und ebenso oft bei Wharton Jones gewesen, der auch ein guter Mikroskopiker ist und habe mit ihnen viel untersucht und mich lange mit ihnen unterhalten, was wohl für beide Teile nützlich war. Die englischen Gelehrten sind geschickter, als ich erwartete, so dass ich recht erfreut bin, so viele von ihnen kennen gelernt zu haben. Zudem sind gerade diejenigen, die mich am meisten interessieren, Sharpey, Bowman, Wh. Jones, Todd (mikroskopische Anatomie), Grant und Ed. Forbes (vergleichende Anatomie), äusserst liebenswürdige Leute, mit denen ich auf dem freundschaftlichsten Fusse stehe. Die Pacinischen Körperchen, die allgemein bekannt und schon in drei Journalen rühmend erwähnt waren, haben mir viel geholfen und besonders dazu beigetragen, mich in weiteren Kreisen bei Gelehrten aller Art bekannt zu machen. Ich erhalte von vielen Seiten Bücher, jedoch nicht so viele, wie ich erwartete; die englischen Gelehrten schreiben nämlich seltener Bücher, sondern publizieren meist alles in Periodicals (Zeitschriften); ferner werde ich nun in einen regelrechten Verkehr mit den berühmtesten Männern der Wissenschaft treten, Gedanken und Schriften mit ihnen austauschen. In dieser Beziehung ist meine Reise als sehr befriedigend zu betrachten. Ebenso mit Bezug auf allgemeinere Gesichtspunkte. London ist eine so interessante Stadt, das Treiben hier so grossartig, dass schon dies allein sich der Mühe lohnte, herzukommen. Weniger zufrieden bin ich in Hinsicht auf das Gesell-schaftliche. Ich bin zwar in den vornehmen Travellersclub eingeführt und von Sir Robert Inglis eingeladen, auch in der Soirée des Marquis of Northampton gewesen, wo ich in einer Crowd von 300 Herren mit nur etwa 10 Bekannten mich göttlich langweilte und deshalb auch nach einer Stunde wieder fortging, ohne die Freude gehabt zu haben, dass jemand meinen neuen Frack und mein weisses Gilet bewunderte, allein das ist auch alles, denn die Dinners zählen hier nicht. Koller war eine Woche weg und hat viel zu thun, so dass ich ihn nicht oft sehe, doch ist er immer sehr liebenswürdig. Am letzten Freitag führte er mich in den Regents- und Hydepark, wollte nachher mit mir zum Mittagessen in den Klub und nachher ins Theater, allein ich war bei Todd geladen und musste leider auf seine Gesellschaft verzichten. Am nächsten Donnerstag führt er mich auf den Landsitz des Lord Essex und nachher werden wir zusammen speisen und ins Theater gehen.

Was meine Ausgaben betrifft, so waren dieselben, wie mir scheint, nicht übermässig, besonders auch der vielen Dinners wegen, am meisten geht für Cabs darauf, da ich der grossen Entfernungen wegen oft fahren muss. Gekauft habe ich für mich noch nichts und anatomische Gegenstände nur für 30 Schillinge. Ich wünsche nochmals zu ver-nehmen, was ich für Euch kaufen soll. Meine Abreise habe ich ziemlich bestimmt auf den 23. oder 24. festgesetzt, um doch auch etwas von Paris zu sehen. Ich bin sehr froh über meinen Landsmann Forrer von St. Gallen[1]), bei dem Notz mich eingeführt hat, da derselbe ein Billard besitzt und man zu jeder Zeit ganz ungeniert zu ihm gehen kann.

Mein Bankier Robison war stets sehr gefällig, besonders der Sohn, mit dem ich nächstens einen Spazierritt machen werde. Derselbe führte mich zu einem Dr. Dalrymple, einem Verwandten der Mrs. Dalrymple. Norwich und Oxford werde ich schwerlich besuchen, erstere Stadt ist zu uninteressant und Oxford so wenig anziehend, nach allem was ich höre, dass ich nicht für nötig halte, hinzugehen. Dagegen werde ich Windsor besuchen und die Umgebungen von London noch näher ansehen und überhaupt noch manches in der Stadt.

P. S. Lasse Prof. Schinz sagen, er könne eine schöne Rhino-cerosшaut (Rh. bicornis) samt Schädel haben für 35 Pfund.

---

[1]) Herr Forrer, Artist in hairs, hielt damals ein berühmtes Magazin in Regentsstreet.

4.

London, den 13. April 1845.

Ich habe Deinen Brief vom 6. richtig erhalten, sowie alle Deine Zeitungen, für die ich Dir vielmals danke. Ich hoffe, die Ruhe ist nun wieder hergestellt in unserem Lande, wenigstens äusserlich, und das ist schon etwas. Übrigens fürchte ich, dass wir innerhalb der nächsten fünf oder zehn Jahre noch etwas und zwar etwas Grösseres erleben werden.

Ich habe mich nun doch entschlossen, länger, solange als möglich, in London zu bleiben, wahrscheinlich bis zum 6. Mai. Dann bleiben mir etwa fünf Tage für Paris, womit ich mich diesmal zufrieden geben werde. Ich habe nämlich gesehen, dass ich in London nicht zu Ende komme, wenn ich nicht noch zwei Wochen zusetze. Es ist hier so viel zu sehen und dann sind die Entfernungen so gross, dass man seine schöne Zeit braucht, bis man mit allem fertig ist. Ich sehe jetzt Koller sehr oft, alle zwei Tage, er ist sehr liebenswürdig wie immer und benimmt sich in der That so gut gegen mich, als ich es nur immer erwarten konnte. Ihm habe ich es nun zu verdanken, dass ich der Königin vorgestellt werde! und zwar am nächsten Mittwoch bei einer Levee durch Sir James Graham, den Minister des Innern. Ja Ihr habt gelacht, als ich zu Hause davon sprach, aber nun ist es doch so! Ohne Koller hätte ich gar nicht daran gedacht. Er sagte mir, er könne mich nicht vorstellen, da ich kein Österreicher sei, allein jeder Engländer, der bei Hofe vorgestellt sei, habe das Recht dazu, ich solle es nur Sir Robert Inglis sagen. Dieser geht nun zwar nicht an den Hof, allein gefällig, wie er ist, hatte er die Güte, meinetwegen mit dem Minister zu reden, der sich sehr gern dazu bereit erklärte, als ich ihm Moriers[1]) Brief gegeben hatte. Ich muss nun ein Hofkleid haben, was mir Koller besorgt, eine Ausgabe von etwa zwei Guineen. Ich habe auch vier weisse Kravatten kaufen müssen, da fast nichts anderes hier getragen wird. Über die vier weissen Gilets bin ich auch sehr froh. Koller wollte mich auch zur Lady Jersey in einen Rout führen, allein leider war ich im Theater, als um 8 Uhr abends seine Einladung kam. Er sagt, es gebe noch genug Soiréen und auf jeden Fall würde ich einige Almacks Bälle[2]) besuchen können. Am letzten Dienstag war ich in einer grossen Soirée bei Sir Roderick Murchison, dem Präsidenten der Royal Geographical Society, wo auch Damen waren. Am Mittwoch besuchte ich Lady Inglis, eine gute alte Dame.

Nebenbei vernachlässige ich meine gelehrten Freunde nicht. Ich arbeitete mit Wh. Jones, mit Sharpey, mit Owen und Bowman alles in dieser Woche. Sie fangen an, mich mit Büchern zu beschenken. Am Dienstag wird eine Abhandlung von mir[3]) in der Linnean Society

---

[1]) Sir James Morier, englischer Gesandter in der Schweiz.

[2]) Bälle der vornehmen Gesellschaft.

[3]) Es sind meine Beobachtungen über *Hectocotylus Argonautae* und *Tremoctopodis* gemeint.

vorgelesen, auf die alles sehr gespannt ist und die, wie ich hoffe, ein
gewisses Aufsehen machen wird. Im Britischen Museum bin ich sehr
oft im Interesse von Ferdinand Keller.

Herr Notz und Forrer sind immer sehr freundlich, letzterer
führte mich neulich in die Italian Opera, wo ich Lablache und die
Grisi hörte. Ich gehe oft abends zu ihm, um ungeniert zu plaudern
und Billard zu spielen. Gestern führte mich Koller zu einem Magne-
tiseur, bei dem mit drei Mädchen allerlei merkwürdige Experimente vorgenommen wurden, die mich sehr interessierten. Mit dem Englischen
geht es ganz gut, besonders ist man mit meiner Aussprache zufrieden,
Nägeli kannst Du sagen, dass ich R. Brown seine Zeitschrift über-
geben habe. Je länger ich hier bin, umsomehr interessante Gelehrte
lerne ich kennen. Neulich wurde ich Lord Enniskillen, einem
irischen Pair, vorgestellt, einem Geologen, für den Du einen Auftrag an
Linth-Escher ausrichten und mir unverzüglich seine Antwort melden
kannst. Escher soll sagen, ob er das Kistchen mit Versteinerungen
(obenauf lagen Reptilienzähne etc., unten Fische), das der Lord an
Agassiz gesandt hatte, und das zwischen Neufchâtel und Zürich hin-
und herwanderte, für sich behalten habe und ob er etwas dafür geben
wolle. Der Lord würde am liebsten Versteinerungen von Öningen
haben.

Mit meinem Hôtel bin ich sehr zufrieden. Aussicht auf die Themse
schön, Bedienung gut. Kommunikation durch die wohlfeilen Omnibusse
leicht. Ich lebe im ganzen, wie man mir sagt, billig und brauche im
Durchschnitt einen Guinee im Tag. Und nun glaube ich Dir das
Wichtigste geschrieben zu haben. Deinen letzten Londoner Brief kannst
Du am 1. Mai absenden, da die Briefe fünf Tage gehen.

5.

London, den 23. April 1845.

Ich fahre mit dem Tagebuche meiner Erlebnisse fort.

Montag, den 14. Besuch bei Owen, Robison und Koller,
Mittagessen bei Dr. Smith.

Dienstag, den 15. Besuch bei Wharton Jones, Mittagessen
bei Robert Brown, nachher Sitzung der Linnean Society.

Mittwoch, den 16. Mittagessen bei Ed. Forbes, dann Geologische Gesellschaft. Um 11 Uhr Ball bei Almacks.

Donnerstag, den 17. Besuch bei Sir Robert Inglis und
Mr. Robison, Mittagessen bei Dr. Dalrymple. Um 1/28 Uhr Antiquarische Gesellschaft im Somersethouse. Ball bei Horner, viel
amüsanter als Almacks, da ich tanzen konnte. Eine Mrs. Nightingale, mit deren Tochter ich getanzt hatte, lud mich auf Freitag
zum Frühstücke ein, was mir sehr zuvorkommend vorkam. Ich fand
eine sehr reiche, liebenswürdige Familie mit zwei Töchtern. Jedoch habe
ich seit dem Besuche, den ich ihnen am folgenden Tage abstattete, nicht
viel von ihnen gehört, abgesehen von einer Einladung zu einer Land-

partie, die ich nicht annehmen konnte, trotz K o l l e r, der schon anfing,
„Mrs. K o e l l i k e r - N i g h t i n g a l e“ zu singen[1]).

F r e i t a g, den 18. Nachmittags bei K o l l e r. Nachher mit Frau
F o r r e r im Britischen Museum. Um 4 Uhr mit K o l l e r spazieren
gefahren nach Hampstead, wo eine hübsche Aussicht. Abends im Travellers Club gegessen, nachher Zeitungen gelesen und bei F o r r e r Billard
gespielt.

S a m s t a g, den 19. Frühstück bei H. v o n B u n s e n, dem preussi-
schen Gesandten. Hier den Missionär Dr. W o l f gesehen, der so lange
in Bochara war. Herr und Frau v o n B u n s e n waren sehr freundlich,
und luden mich ein, wieder zu kommen (happy to see you again), was
für etwas zu halten ist, da ich keine Empfehlungen an ihn hatte. Nachmittags bei B o w m a n und Ed. F o r b e s. Abends zu Hause.

S o n n t a g, den 20. Mit Prof. G r a n t gefrühstückt. Nachher mit
F o r r e r in seiner Kalesche in Woolwich, wo die grossen Arsenale sind,
und in Greenwich gewesen.

M o n t a g, den 21. British Museum. Abends Dinner bei S h a r p e y,
nachher mit ihm mikroskopiert.

D i e n s t a g, den 22. British Museum. Prof. W a t e r h o u s e gesehen, der mir Gipsabgüsse von den seltensten fossilen Skeletten machen
lassen will. Dr. N a s m y t h und G o o d s i r besucht, die mich mit Einladungen beglückten, die ich ablehnen musste. Bücher dagegen nehme
ich, soviel ich erhalte. Mit K o l l e r zwei Stunden herumgefahren, Einkäufe gemacht. Dinner im Travellers Club, Billard bei F o r r e r mit N o t z.

M i t t w o c h, den 23. L e v é e b e i d e r K ö n i g i n. Alles lief
gut ab. Zuerst die Kleidung. Weit ausgeschnittene Tanzschuhe mit
breiten silbernen Schnallen, weissseidene Strümpfe, kurze schwarze Inexpressibles eng anliegend mit silbernen Schnallen am Knie und drei
silbernen Knöpfen seitlich; weisse geblümte Weste in altväterlichem Stil,
ditto Frack mit silbernen Knöpfen und Puderbeutel, Zweizipfelhut, Rats-
herrndegen. Alles passend, wie wenn es für mich gemacht worden wäre,
und ganz schön. Noch vergesse ich den Jabot, Spitzenmanschetten und
die weisse Halsbinde. Bei der Toilette war mir ein Diener behülflich.
Ich sah sehr gut aus, namentlich war ich stolz auf meine Taille;
der Degen, horizontal nach hinten stehend, schien jedermann Furcht
einzuflössen. Um 1¼ Uhr fuhr ich in Baron K o l l e r s Brougham
vom Hôtel ab. In St. James’ Palast angekommen, stolzierte ich
durch die Wachen, Lakaien, Kammerdiener bis in den Vorsaal, wo
ich dem Groom in waiting eine erste Karte liess, auf der Prof. A. K.
presented by Sir J a m e s G r a h a m stand. Dann kam ich in einen
grossen Saal, in dem ich mit den anderen Herren auf die Königin warten
musste. Nach einer Viertelstunde kam sie und nun ging es der Reihe
nach in den Vorstellungssaal. Erst unterwegs erfuhr ich von einem gefälligen Nachbar, dass ich der Königin die Hand zu küssen und mich
vor ihr auf ein Knie niederzulassen habe, wovon mir K o l l e r kein

---

[1]) Diese Tochter war die später durch ihre grossartige Aufopferung und
Mildthätigkeit in ganz Europa berühmt gewordene Miss Florence Nightingale.

Wort gesagt hatte. Nun war ich in Angst, auf welches Knie und mit welcher Hand? bis ich es auf den gesunden Menschenverstand und die Gesetze des Gleichgewichts abstellte. Nun war mir wieder wohl; ich zog rasch meinen rechten Handschuh aus und ging weiter. Im Thronsaale angekommen fand ich die Königin links sitzend, Prinz Albert an ihrer linken Seite stehend. Ich übergab eine zweite Karte dem Lord in waiting, der meinen Namen der Königin nannte und hinzusetzte: „Presentation", um ihr zu sagen, dass sie mir die Hand zu geben habe. Nun liess ich mich aufs linke Knie nieder (ich ging von der rechten zur linken an ihr vorbei), ergriff mit der rechten Hand ihre rechte und küsste ihre Fingerspitzen, alles ganz ungeniert. Dann stand ich auf, machte ihr und Prince Albert, die beide, wie mir schien, mich huldvoll anlächelten, eine Verbeugung und wandelte dann gravitätisch wieder zum Saal hinaus. Bei der ganzen Ceremonie hatte ich nicht mehr Herzklopfen, als vor meinen Studenten! Dann blieb ich noch fünf Minuten im Vorsaale, sah mir alle die schönen Staatskleider und glänzenden Offiziere an und fuhr dann wieder in mein Royal Hotel. Die Königin ist wirklich hübsch und ebenso Prince Albert ein schöner Mann.

Nun könnte ich noch zum nächsten Drawing room gehen, an dem auch Damen vorgestellt werden, allein das schien mir denn doch für einen Schweizer und Professor zu viel zu sein. Es freut mich, die Königin und ihren Prince Consort einmal gesehen zu haben und genügt mir, zu wissen, dass ich sie noch einmal sehen könnte, wenn ich wollte.

Heute habe ich wieder einen Ball bei Almacks mit der Noblesse und morgen einen bei einer sehr reichen Mrs. Spottingwoode, bei der mich Mr. Horner eingeführt hat und zugleich eine Soirée beim berühmten Professor der Geologie, Lyell. Am Freitag Dinner bei einem Mr. Hutton. Am Sonnabend Soirée bei Lady Inglis. Morgen gehe ich mit Koller auf das Landhaus des Count Essex. Du siehst, ich habe genug. Am Tage die Wissenschaft, am Abende das gesellschaftliche Leben.

Ich denke, London am 6. Mai zu verlassen, dann bleiben mir höchstens vier Tage für Paris, was genügt, um zwei Besuche zu machen. Denke Dir, welchen Zufall! Auf dem letzten Almacks finde ich Herrn Löffler von Neapel, der in Zürich krank war. Wir staunten uns zuerst lange an, ohne uns zu erkennen, da wir uns nicht hier erwarteten. Nun werden wir noch einiges in Gesellschaft sehen.

6.

London, den 8. Mai 1845.

Ich habe die letzte Woche wieder mit Gelehrten zugebracht und noch hübsche Geschenke von denselben erhalten. Soiréen hatte ich noch bei Lord Brougham und der Lady Palmerston, beide durch Koller. Dieselben waren für mich ziemlich langweilig, doch insofern interessant, als ich in denselben die höchste englische Aristokratie sah.

Dann war ich noch einmal in der Italian opera und hörte Lablache und die Grisi, ferner sah ich eine grosse Brauerei, dann das berühmte Wachsfigurenkabinett und noch einmal die Sammlungen im Britischen Museum. Am Sonntag gehe ich noch nach Richmond und Hampton Court und glaube dann wohl, London und seine Umgebung reichlich genossen zu haben. So gross London ist, so bin ich doch jetzt darin fast so zu Hause, wie in Zürich, d. h. in den Teilen, die für mich Interesse haben. Ich glaube, ich habe in meinem Leben nie so wenig geschlafen, wie in London. Es war sehr interessant, auch oft pleasant, aber meist sehr mühselig!

Die folgenden Seiten mit dem inliegenden Papiere übersende an Ferdinand Keller.

D. Reise nach Spanien im Herbste 1849.

Diese Reise unternahm ich in Begleitung meiner beiden Kollegen, des Prof. der Geburtshilfe Kiwisch, Ritter von Rotterau und des Prof. der Jurisprudenz Held. Wir verliessen Würzburg am 12. August und reisten über Genf, Lyon, Marseille, Montpellier, Nimes und Perpignan nach Barcelona. Von da nach Valencia und da ich nicht länger bleiben konnte, weil meine Frau ihre Entbindung im Oktober erwartete, über Madrid und am 19. September über Bayonne und Paris nach Hause.

Von den Briefen, die sich auf diese Reise beziehen, teile ich nur die aus Spanien an meine Mutter und Frau geschriebenen mit.

1.

Perpignan, den 27. August 1849.

An meine Mutter!

Nach einer etwas mühsamen Fahrt von 8 Uhr abends bis nachmittags um 3 Uhr sind wir von Montpellier hier angekommen und waren beinahe froh, als wir erfuhren, dass wir hier einen Tag zu warten haben, bevor wir weiter können, denn wenn es immer so fortgegangen wäre, wie seit Genf, das wir am 20. verliessen, so wäre unsere Reise eher eine Strapaze als ein Vergnügen zu nennen. Hier sitzen wir nun in einem äusserst komfortablen Hotel, schreiben Briefe und Tagebücher und studieren spanisch. Die Reise von Montpellier hierher war langweilig und erst am Ende derselben wurden wir durch den Anblick der Pyrenäen, besonders des Mont Canigou und des Meeres erfreut. Für unsere Weiterfahrt ist nun alles besorgt, Plätze belegt, Pässe visiert und morgen den 28. werden wir in das gelobte Land einziehen.

2.

Barcelona, den 1. September 1849.

An meine Frau!

Nachdem wir am 27. abends in Perpignan noch im Freien Catalanische Tänze bewundert hatten, die uns übrigens sehr sonderbar vorkamen, verliessen wir am 28. morgens um 10 Uhr Perpignan. Gegen 12 Uhr kamen wir in die Pyrenäen, die hier fast nur Kork- und Steineichen tragen, rauh und nicht hoch sind. Der Canigou war leider nicht sichtbar. Der Pass, Col de Perthoz, ist nicht höher als 2000' und wird dessen höchster Punkt vom Fort Bellegarde beherrscht. Gleich darunter ist die Grenze. Erste Douane in Jonquiera, Douaniers in Weiss. Um 6 Uhr kamen wir nach Figueras, einer starken Festung mit zweiter Douane, wo wir im Hôtel de las 4 naciones übernachteten und ein ächt spanisches, stark gewürztes Souper bekamen.

Am frühen Morgen bei dunkler Nacht um 3 Uhr ging es am 29. weiter mit dem merkwürdigen spanischen Gespann von elf Pferden und Maultieren, das ich Euch später einmal genauer beschreibe, nach Gerona mit schöner gotischer Kirche. Dritte Douane. Von da fuhren wir durch ein meist fruchtbares Hügelland. Gegen 12 Uhr sahen wir das Meer und um 1 Uhr speisten wir in Calilla; Pimientos und Tomaten als Salat, köstlicher Wein, geröstete Mandeln fielen uns als besonders wohlschmeckend auf. Nun schöne Fahrt an der felsigen Küste, aber etwas gefährlich. Überall schöne Kulturen, ungeheure Mengen von Agaven, hie und da Cactus, viel Arundo donax, eine hohe Art Binsen, zahlreiche Johannisbrotbäume mit schönem dunklen Laube, fast wie Orangenbäume, die auch nicht fehlen, dazu auf dem Meere viele kleine Schiffe. Um $4^{3}/_{4}$ kamen wir nach Mataró, einer Fabrikstadt, wo wir eine von Franzosen geleitete Eisenbahn nahmen und um 7 Uhr in Barcelona ankamen, wo wir noch zwei Douanen mit Geld unschädlich machten.

In Barcelona logierten wir uns im ersten Hôtel, der Fonda de las cuatro naciones ein, das sehr mittelmässig war, aber an der Haupt- strasse, dem Ramblo, gut gelegen ist. Die Stadt liegt sehr schön an einer Bucht des Meeres, überragt im Süden von dem Fort Montjuich, mit einem schönen Spaziergange am Meer, der Muralla del Mar, von wo aus man eine prachtvolle Aussicht hat. Barcelona ist der Bauart nach ein merkwürdiges Gemisch von breiten Strassen mit hohen mächtigen Häusern und von engen Gassen und Gässchen mit Woh- nungen, die zum Teil noch Anklänge an das Maurische und Gotische zeigen. Am meisten fiel uns auf der sogenannte Palast der Königin, dann die Lonja (die Börse), das Gran theatro del Lyceo, ein mächtiges Gebäude, fast so gross wie die Scala, mit fünf Logenreihen und einem Amphitheater vor der ersten Reihe. Von Kirchen nenne ich Euch die mächtige gotische Kathedrale, sehr einfach im Innern, aber mit einem schönen gotischen Porticus, der einen grossen Hof umgiebt und mit sehr alten Glasgemälden.

Uns interessierten natürlich vor allem die Spitäler und die medizinischen Anstalten der Universität. Das grosse Spital hat sonderbare Einrichtungen, indem die Betten immer zu zweien in einer Linie stehen und viel zu viele, an 100 und 150, in kolossalen Räumen enthalten sind. Geisteskranke werden unmenschlich, wie Tiere, gehalten. Findelhaus und Kinderabteilung zeigen Zimmer, in denen je drei Seiten mit dicht beisammen stehenden Wiegen besetzt sind, die Decken gegen Mücken hatten. Die Klinik hat etwa zwölf Betten. Leichenhalle offen, mit miserablen Pritschen. Anatomische Anstalt neben dem Hospital, im ganzen schlechter Bau. Hörsaal kreisrund, gut, Präpariersaal ebenso. Leichen 4—5 täglich! Mediziner im ganzen 400, davon 100 in der Anatomie. Studieren im ganzen sieben Jahr. Inskription kostet jährlich zehn Duros. Bibliothek unbedeutend, Sammlungen winzig.

Was nun folgt, kann nur die Frau eines Anatomen, wie Du, lesen. In der anatomischen Sammlung fanden wir ein Wachspräparat von dem Uterus einer hochschwangeren Frau, der in einem rechten Leistenbruche lag. Ein glücklicher Kaiserschnitt rettete Frau und Kind! Der Fall kam vor drei Jahren in Salamanca vor.

Am 31. abends waren wir im Theater, wo nicht viel zu sehen war. Am meisten fiel uns auf, dass an der Entrée alle Herrn kleine billige Fächer kauften und sich deren lebhaft bedienten.

Heute am 1. September ist Regenwetter und sind wir mit Briefschreiben beschäftigt. Abends gehen wir ins Theater, wo doch wenigstens gute Sänger und Sängerinnen sind, wenn auch die Stücke uns nicht zusagen.

3.

Barcelona, den 5. September 1849.

An meine Mutter!

Seit ein paar Tagen ist Held unwohl und leidet an einem Darmkatarrhe, doch ist keine Gefahr vorhanden. Kiwisch und ich erstiegen am 2. September die Festung Montjuich und erfreuten uns an der weiten prächtigen Aussicht von der Plattform derselben auf Land und Meer. Abends waren wir im Theater, nachdem wir nach Tisch Vorbereitungen zu einem Ausfluge für die nächsten zwei Tage nach dem berühmten Montserrat getroffen hatten. Dieser Ausflug wurde dann am 3. und 4. vorgenommen und erzähle ich Dir von demselben folgendes:

Um 8 Uhr fuhren wir zwei, Kiwisch und ich, von Barcelona mit Omnibus im Coupé nach Martorell, von hier in einem einfachen Omnibus nach Esparaguerra, wo wir um 9 Uhr ankamen. Von da in einem kleinen Wägelchen nach Collbató. Um 11 Uhr nahmen wir Esel und kamen auf einem sehr steilen, schlechten Wege mit vielen Schlangenwindungen an tiefen Schluchten vorbei um 1½ Uhr im Kloster Montserrat an, das auf einem kleinen Plateau liegt, das auf der einen Seite nach Süden steil in das Thal eines kleinen Flusses,

Llobregat, abfällt, auf der andern Seite von einem Halbkreise hoher Felswände des Montserrat selbst umsäumt wird. Vom Kloster selbst ist fast nichts erhalten als die Kirche und wohnen nur ein paar Mönche da und ein Wirt, der uns anfangs sehr mürrisch empfing, während einer der Mönche und seine zwei Schwestern sehr freundlich waren. Nachdem wir uns etwas gestärkt hatten, stiegen wir um 3½ Uhr auf den Berg selbst und waren um 5 Uhr oben in ca. 3800' Höhe. Der Montserrat ist ganz kahl und ragt in eine grosse Zahl (mindestens zehn) von abgerundeten schmalen Kuppen oder Spitzen aus, von denen jede in früheren Zeiten eine Einsiedelei trug, von denen meist nur noch Ruinen da sind. Uns interessierte am meisten die ganz wunderbare Fernsicht, nach Norden in die Pyrenäen hinein, nach Osten auf das Meer und das Gelände um Barcelona und nach Süden auf einen grossen Teil des Innern des benachbarten Teiles von Spanien. Nachdem wir auch eine Reihe Pflanzen des Berges gesammelt hatten, waren wir um 7 Uhr wieder im Kloster. Wir wurden nun zu einem Abendessen eingeladen, das aus einer sehr gepfefferten Suppe und einem Huhne bestand. Auffallend waren uns kleine hölzerne Gabeln und Löffel aus Olivenholz, deren sich die Leute bedienten und von denen wir einige mitnahmen [1]). Bei schönem Mondscheine rauchten wir dann zum Schlusse in der eigentümlich beleuchteten Bergschlucht eine Cigarre.

Am 4. September standen wir um 5 Uhr auf, tranken Chokolade und verliessen das Kloster zu Fuss, nachdem wir dem Wirte, der nichts von uns annehmen wollte, freundlich gedankt hatten. Um 8 Uhr waren wir in Collbató, von wo uns wieder ein zweirädriges Wägelchen nach Esparaguerra führte. Von hier in einem Omnibus obenauf bei Regen, gegen den wir uns durch eine Decke schützten, nach Barcelona, wo wir nach 5 ankamen und Held wohl fanden.

Am 5. blieben wir noch in Barcelona, mit Schreiben, Pflanzeneinlegen und Flanieren beschäftigt, das besonders abends beim Mondscheine genussreich war. Morgen gehen wir mit Dampfer nach Valencia.

4.

Valencia, den 9. September 1849.

Obschon unser Aufenthalt in hier 2½ Tage dauert statt eines einzigen, so ist dies uns doch nicht unlieb, denn die Stadt des Cid, wie ein Mitreisender stolz seine Vaterstadt nannte, samt ihren Umgebungen ist wirklich „todo jardin“, wie derselbe poetisch sich ausdrückte.

Valencia liegt ½ Stunde vom Meere mitten in der sogenannten Huerta, d. h. einem reich bebauten Gartenlande, wo alle möglichen Bäume, Getreidearten und Früchte des Südens kultiviert werden. Dieselbe umgiebt als ein Gürtel von ½—3 Meilen Durchmesser die durch viele Türme und Kuppeln ausgezeichnete Stadt und ist jetzt noch im September ganz frisch grün. Dies verdankt dieselbe einem künstlichen

---

[1]) Wir besitzen jetzt noch ein paar dieser Essgeräte.

Bewässerungssysteme, das von den Arabern, diesen Meistern im Land-
baue auf die Spanier sich vererbt hat. Umsäumt wird die Huerta
westlich und südlich von malerischen Bergketten, östlich vom tief-
blauen Meere. Gleich am Freitag den 7. genossen wir auf dem
Thurme der Kathedrale, der Torre di Miguelete, die herrlichste
Rundsicht in dieses Zauberland, das sich kühn mit Italien messen darf.
Auch an Kunstschätzen ist Valencia reich und fanden wir hier in
Kirchen schöne Werke der ersten spanischen Meister, so die Grab-
legung von Murillo, den Christus von Lopez, die Konzeption von
Juanes, herrliche Sachen.

Ihr wisst, dass wir Barcelona am 6. verliessen. Das Einschiffen
war von den gewöhnlichen Geldprellereien begleitet, die in Barcelona
fast mit denen in dem berüchtigten Avignon sich vergleichen liessen.
Um ½ 10 Uhr lichteten wir die Anker bei verhältnismässig ruhigem
Meere, da aber der Dampfer seiner geringen Beladung wegen doch ganz
stark hin- und herschaukelte, so fühlten wir uns bald in einen unbe-
haglichen Zustand versetzt und legten uns, auf frühere Erfahrungen gestützt, unsere Mäntel als Kopfkissen benützend, auf die Bänke des
Vorderdecks nieder, schlossen die Augen und entgingen so der Krank-
heit. Held war schlimmer daran, denn er mochte nicht essen, während
Kiwisch und ich ganz guten Appetit hatten. Den ganzen Tag lagen
wir so herum, hie und da zur Abwechslung etwas stehend und lang-
weilten uns nicht schlecht, da wir auf hoher See uns befanden und
nichts zu sehen war. Kiwisch und ich brachten auch des prächtigen
Mondscheins wegen die Nacht auf dem Verdecke zu, waren aber be-
greiflicherweise am Morgen durch das harte Lager wie gerädert, so dass
wir in Valencia gleich nach dem Frühstücke uns ins Bett legten. Es
war nämlich in der Kajüte so dumpfig, dass ich es nicht aushalten
konnte. So waren wir alle herzlich froh, als wir nach fast 24 stündiger
Fahrt um 8 Uhr morgens am 7. September in Valencia waren und
machten uns das offene Geständnis, dass wir den Landweg bei weitem
vorziehen und ganz froh sind, nicht noch vier Tage nach Malaga fahren
zu müssen. Ich weiss nicht, warum mir diese Seefahrt unangenehmer
war, als früher, vielleicht des Kohlengeruchs wegen, der mir die
Nerven angriff. Der Dampfer war sonst gross, gut, auch das Essen
nicht übel.

Hier logieren wir in der Fonda de las diligencias ganz gut und
nicht zu teuer, unsere Zimmer à 4 fres. für alle. Überhaupt finde ich,
dass man in Spanien nicht teurer lebt als in Frankreich, zum Teil selbst
wohlfeiler. Nur die Eilwagen sind teurer, so z. B. von hier nach Madrid
14 Duros, d. h. 70 fres. für beiläufig 60 Stunden. Die Diligencen
sind wie die französischen gut, die Strasse hier neu, also wird hoffentlich die Fahrt etwas angenehmer als von Figuéras nach Barcelona.
Wir reisen heute Sonntag um 4 fort und sind am Dienstag abends in
Madrid.

Gestern machten wir einen Ausflug nach den Ruinen der römischen
Stadt Sagunt, die von den Karthagern zerstört wurde. Dieselben
liegen vier Stunden nördlich von Valencia, nahe an der Küste. Der

Ort heisst jetzt Murviedro, d. i. altes Gemäuer, und auf dem Berge
über demselben steht ein weitläufiges Kastell, das jetzt noch Kastell
Sagunto heisst. Der Tag war herrlich, aber die Strasse sehr schlecht
und um so beschwerlicher, da wir nur in einem zweirädrigen Wägelchen, einer sogenannten Tartana fuhren, deren sich hier männiglich be-
dient. Von einer solchen Fahrt könnt Ihr Euch keinen Begriff machen
und will ich daher nur soviel sagen, dass wir ganz gerädert nach Hause
kamen. Dennoch waren wir wohlgemut und den ganzen Tag über in
bester Laune. Um $1/2$ 9 Uhr hatten wir Valencia verlassen; nach 3 $1/2$-
stündiger Fahrt durch ein schön bebautes Land, eben die Huerta di
Valencia, durch viele schöne Ortschaften, an Klöstern, Kirchen, Land-
häusern vorbei, langten wir an der Posada di Murviedro an, tranken
einen Schluck „Vi y aqua" und gingen dann zu den Ruinen. Am
besten erhalten und trotz der Ruinen grossartig ist ein römisches Theater,
ähnlich einer Arena konstruiert; ausserdem sind viele Mauern des alten
römischen Kastells, einige Inschriften u. s. w. zu sehen. Auf dem Castell di
Sagunto oben hatten wir eine sehr ausgebreitete Aussicht auf das Meer,
die Huerta, die Sierra di Chiva, zwar nicht so grossartig und reizend
wie auf dem Turme der Kathedrale von Valencia, aber doch schön
genug. Um 2 Uhr kamen wir herunter, assen gemütlich in der Posada
und erheiterten die Zuschauer, die hier sehr gutmütig waren, durch unser
Kauderwelsch und das Einpacken der von uns gesammelten Pflanzen
und Schneckengehäusen. Um $1/2$ 4 ging es wieder nach Valencia, wo
wir um $1/2$ 7 Uhr ankamen. Heute Morgen den 9. versuchten wir, verschiedene Kirchen zu besuchen, was uns aber des Gottesdienstes halber
nur sehr unvollkommen gelang. Dann waren wir noch einmal in der
Kathedrale, besahen uns die Lonja della sete, ein grosses, gotisch-mauri-
sches Gebäude, das als Seidenverkaufslokal dient, neben der eine kleinere
Lonja del aceite (Öl) sich befindet. Auch die Bibliothek sahen wir, die
wir unbedeutend fanden. Abbildungen von Elefanten, Rhinoceros und
Hippopotamus aus dem 16. Jahrhundert. Die Tracht des Volkes in
Valencia besteht bei den Männern in Pluderhosen oder weiten Bade-
hosen und Lederstrümpfen an den Unterschenkeln. Die Frauen tragen
Fichus, Foulards und andalusischen Hut.

<h2 style="text-align:center">5.</h2>

Madrid, den 12. September 1849.

Um 4 nachmittags den 9. September verliessen wir Valencia mit
der Diligence auf der Strasse nach Madrid. Der Abend war schön und
die Berge der Sierra di Requenna hübsch gerötet. Wir fuhren bis
Requenna, wo wir um Mitternacht etwas assen und dann weiter
über die genannte Sierra bis nach Puerte de las cabrillas (Ziegen). Hier
um 5 Uhr, vor Sonnenaufgang, fährt unser Wagenlenker gleich aussen
am Dorfe auf einen falschen Weg, einfach um nicht warten zu müssen,
bis eine Tartana auf der guten Strasse Platz gemacht, an einem Hügel
hin, so dass der Wagen ins Wanken kommt. Ich sehe den Fall kommen

und springe von der Impériale in einem Sprung herunter, wobei der
Kutscher schimpft, was ich mache, mir folgt Kiwisch und ganz langsam Held. Mittlerweile ziehen die Pferde an, so dass die Diligence
nunmehr ganz schief steht. Wir rufen denen im Innern zu, sich zu
retten und ziehen nun Weiber und Kinder heraus, wobei Kiwisch ein
Kind aus dem Wagenfenster zugeschoben erhält. Die so geleerte Diligence stand nun zwar ganz schief, konnte aber doch vor dem Um-
schlagen gerettet werden, wenn man langsam rückwärts gefahren wäre,
allein statt dessen fuhr der dumme Mayoral (der Kutscher) vorwärts
und „banz", da lag der Wagen mit furchtbarem Gekrache an den Boden
schlagend. Nun Getümmel, Unbeholfenheit, Gendarmen, Bauern, Ab-
packen, Vache gebrochen! Endlich kommt durch unsere Hülfe alles wieder
ins Geleise. An allem war einer von den Rosselenkern schuld, der aus dem
Dorfe war und hätte wissen sollen, dass auf dem Wege, auf den er
uns geführt hatte, nicht weiter zu kommen war.

Bei dieser Gelegenheit muss ich Euch nun doch etwas Genaueres
über die Bespannung und Leitung eines solchen spanischen Eilwagens
sagen, von der ich schon in einem früheren Briefe Andeutungen
machte. Das Ganze ist nämlich zu eigen und grosse Heiterkeit erregend. Die Bespannung besteht aus zwei Pferden an der Deichsel
und 4—5 Paaren Maultieren und ganz vorne einem einzelnen Pferde.
Jeder Wagen hat drei Leute, die ihn bedienen: 1. den Mayoral, die
Hauptperson, die auf dem Bocke sitzt und die Zügel führt, 2. den
Postillon, der das vorderste Pferd reitet und während der ganzen Tour
von Valencia bis Madrid nicht vom Pferde kam und mitritt, obschon
dasselbe natürlich verschiedentlich gewechselt wurde und 3. den Zagal,
ein Unglücklicher, der keinen bestimmten Platz und keinen Sitz hat.
Seine Aufgabe ist, die Maultiere anzutreiben und so läuft er die halbe
Zeit der Fahrt neben denselben her, bald rechts, bald links und ruft
sie an. Jedes derselben hat nämlich seinen Namen und habe ich mir
folgende gemerkt: Leonarda, Carbonera, Pellegrina, Valerosa, Generala,
Capitana. Die Pferde heissen einfach Cavallon. So kommen diese
wohllautenden Namen meist einer nach dem andern und dazu die Ausdrücke hásta, hásta (von hacer, machen, thun), arriba, arré, arré mit
lauter Stimme alle Augenblicke zum Vorschein und ist der Zagal sehr
amüsant, wenn er sein Geschäft versteht, indem er hundertmal von seinen
vorübergehenden Stehplätzen neben oder hinter dem Wagen abspringt, wie
wütend auf die Maultiere einhaut und oft lange schreiend neben denselben
herläuft. Bergauf geht es dann in der Regel Galopp, bergab jedoch
meist etwas langsamer. So etwas muss man mitgemacht haben, um
es zu begreifen und jetzt noch, nach vielen Jahren, wo ich diesen Brief
abschreibe, habe ich das „Generala, Carbonera, arré, arré" im Ohre.

Die Mancha, durch die wir fuhren, ist ein trauriges ödes Land.
So weit das Auge reicht, sieht man jetzt im September nichts als eine
braungraue oder rötliche Fläche mit dürren Kräutern, wie namentlich
Lavendel und Disteln, besetzt. Meist ist die Oberfläche steinig, hie
und da kommen Zwergeichen oder Gebüsch oder sehr lichte Föhren-
wälder vor. Wo das Land hügelig ist, finden sich in den Thälern

meist Ackerfelder, jedoch keine Bäume. Hier sitzen auch in Mulden die spärlichen Dörfer, die, weil die Mauern der Häuser nicht geweist sind, wie Steinhaufen oder Ruinen aussehen. Die Häuser sind meist klein, fast ohne Fenster, auffallend lang. Eigentümlich sind die Gitter an den Fenstern, der Mangel von Scheiben und die Kleinheit der Öffnungen in den massiven Laden, ferner die giebelförmigen Vordächer über Fenstern und Thüren, was zwar nicht überall, doch sehr häufig sich fand. Die Kirchen sind grosse, unförmliche, viereckige Massen, in der Mitte mit einem viereckigen Thurme ohne freihängende Glocken.

Nach wieder aufgerichteter Diligence kamen wir auf eine in Reparatur begriffene Strasse, dann über die Sierra de Cuenca, etwa 3000' hoch, wo eine schöne Bergstrasse fast fertig war, zu einer Schlucht, in der eine schöne Brücke über einen kleinen Fluss in Arbeit war, Puerta de Cabriel geheissen. Gegen Abend wurde der Weg schauderhaft, so dass wir zwei Stunden vor Cuenca an einem steilen Abhange absteigen mussten, ebenso weiter unten, wo tiefer Sand, so zu sagen ohne Strasse lag. An einer Stelle, wo ein Baum quer über dem Wege lag, hätten wir beinahe wieder umgeleert. Nach einer Stunde Gehens konnten wir endlich wieder einsteigen und langten um 10 Uhr nachts in Cuenca an, wo wir bis 2 Uhr Ruhe hatten.

Am 11. September ging es dann auf schöner Strasse rasch weiter nach Tarancon, wo wir Mittag machten. In der Nacht und am Morgen hatten wir so von der Kälte gelitten, dass uns nicht einmal unsere Mäntel genug schützten. Nachmittags wurde es besser. Spät abends um 10 Uhr erst langten wir endlich in Madrid an.

6.

Madrid, den 14. September 1849.

Es war ein glücklicher Gedanke von uns, nach Madrid zu gehen, denn der Besuch dieser grossartigen Stadt wird den Glanzpunkt unserer Reise bilden. So wenig anziehend die Umgebung der Stadt ist, so hervorragend ist die Stadt selbst mit ihren schönen breiten Strassen, grossen Plätzen, hohen, gut gebauten Häusern und herrlichen Promenaden. Der berühmteste Platz ist die Puerta del Sol an der Hauptstrasse Calle de Alcalá gelegen, wo die schöne Madrider Welt sich sammelt und der schönste Spaziergang der Prado, am Ende genannter Strasse, an welcher auch die Gemäldegallerie, das Museo del Prado liegt. Am 12. war unser erster Gang in dieses berühmte Museum, von dessen Schätzen ich Euch später noch berichten werde; dann besuchten wir den k. Palast am Manzanares und sahen die Königin, die eben von la Granja angekommen war; abends Theater, in dem spanische Tänze vorkamen.

Gestern am 13. besuchten wir zuerst das Spital und dann die schöne und grosse Anatomie, sowie die anatomische Sammlung, die schöne Wachspräparate, aber nichts Besonderes an Weingeistobjekten enthält. Dann gingen wir auf den Prado und bewunderten da einen schönen

Obelisken, ein Denkmal der in Madrid gegen die Franzosen gebliebenen Spanier, ferner eine Fontaine, die die Göttin Cybele in einem von zwei Löwen gezogenen Wagen als Schmuck trägt. Zu einem Besuche des botanischen Gartens, der uns von aussen durch sein herrliches Grün einlud, kam es nicht, da derselbe zu und nur des Abends offen war. So gingen wir zum zweitenmal in das Museo del Prado und besahen uns die Skulpturen und den italienischen Saal. Die ersteren sind zwar nicht so reich wie diejenigen von Rom, Florenz und Neapel, aber immerhin bedeutend, mit vielen schönen Antiken und einigen neueren guten Arbeiten. Unter den italienischen Malern bewunderten wir fast nur die Arbeiten von Rafael, da Vinci, Tizian, und einige Giordano, Dolci, Guido Reni und Corregio. Eine Madonna von Rafael, von ihm „la Perla" genannt, bezauberte uns so, dass wir gleich den einzigen von Don Fernando Selma im Jahre 1808 angefertigten Kupferstich uns anschafften.

Nachdem wir wieder drei Stunden in der Gallerie gewesen waren, gingen wir in ein Restaurant essen, nachher hielten wir Siesta und gingen um 6 in den Prado, wo halb Madrid promenierte, dann in den Park des Buen Retiro, wo wir die Königin sahen, zuletzt wieder in den illuminierten Prado. Von der Menschenmenge hier, den Equipagen und Reitern, dem Getümmel von geputzten Damen, Offizieren, Volkstrachten macht Ihr Euch keinen Begriff. Zuguterletzt kam ein vortreffliches Eis im Café Suizo um 8 Uhr und endlich noch eine Plauderstunde in unserem Hôtel. So bringt man einen Tag in Madrid gewiss nicht ohne Genuss zu.

Heute besuchten wir das Museo di ciencias naturales in der kolossalen Aduana. Herrliche Mineralien, fast alle Exemplare von Kopfgrösse bis zu zwei Fuss. Zoologie unbedeutend. Fische schlecht, viele schlecht erhalten. Eine Seltenheit, einzig in ihrer Art, ist das Skelett eines Riesenfaultieres, Megatherium, 32' lang und beiläufig 9' hoch. Dieses Tier ist natürlich ausgestorben und wurde in Buenos Ayres ausgegraben. Das Skelett ist fast vollständig erhalten und findet sich sonst in durchaus keinem Kabinette, es wäre somit für einen Naturforscher schon allein dieses Stück der Mühe wert, Madrid zu besuchen. Ich habe dann auch in der That dieses Skelett zweimal sorgfältig besichtigt und mir alle wesentlichen Verhältnisse desselben notiert.

Im Museum lernte ich auch den Direktor desselben, Graells, kennen, einen recht unterrichteten liebenswürdigen Zoologen, von dem ich viele schöne und seltene spanische Naturalien erhielt, sowie auch mehrere Broschüren. Hier hatte ich nun auch zum erstenmale Gelegenheit, etwas von meinen Schriften anzubringen, auch liess ich etwas für die Madrider Akademie zurück, die jetzt gerade keine Sitzungen hält. Durch diesen Gelehrten lernte ich dann auch mehrere andere kennen, alles recht nette Leute und hatte so Gelegenheit, einen Tauschverkehr zu organisieren, der über Strassburg geführt werden wird.

Abends waren wir im Prado und im Theater, in dem auch die Königin sichtbar war. Dieselbe ist mittelmässig hübsch und ungemein leichtfertig, wie wir von allen Seiten übereinstimmend hörten. — Von dem Direktor G r a e l l s muss ich Euch noch eine kleine nette Geschichte erzählen. Derselbe hatte in seinem Zimmer ein grosses französisches Mikroskop. Als ich ihn fragte, was er eben untersuche, gestand er ein, dass er nie Gelegenheit gehabt habe, mikroskopischen Unterricht zu haben und die Anwendung des Instrumentes nicht kenne. Doch sei er ungemein begierig, dieselbe zu lernen. Zugleich bat er mich, ihm etwas zu zeigen. Und so machten dann K i w i s c h und ich uns das Vergnügen, ihm menschliche Blutzellen und quergestreifte Muskelfasern unter seinem Mikroskope zu demonstrieren, worüber er eine fast kindische Freude hatte und uns warm dankte. Bei einem Zoologen war eine solche geringe Vertrautheit mit dem Mikroskope nicht gerade unbegreiflich, denn ich könnte von Würzburg und Zürich welche nennen, die auch kaum weiter waren, doch haben wir auch von Anatomen, sowohl in Barcelona wie in Madrid, nichts von mikroskopischen Untersuchungen vernommen.

7.

Madrid, den 16. September 1849.

Nachträglich habe ich noch zu berichten, dass wir am 14. die R ü s t k a m m e r, A r m e r i a r e a l, besichtigten, die sehr schön ist und viele denkwürdige Sachen enthält, wie das Schwert des Cid, von B o a b d i l, dem letzten maurischen Könige von G r a n a d a, von D o n J u a n, G o n z a l e z d i C o r d o v a, P i z a r r o, Rüstungen von K a r l V., P h i l i p p II., D o n J u a n u. s. w. Nachher ging es in das M u s e o n a v a l, wo wir Schiffsmodelle sahen, die uns aber kalt liessen. An diesem Tage nahm ich ein Bad und las dann zum erstenmale wieder die Allgemeine vom 29. August bis zum 5. September, aus der ich zu meinem Erstaunen ersah, dass die Cholera schon nahe bei Würzburg, in Mannheim und Darmstadt, ist. Doch glaube ich nicht, dass sie leicht nach Würzburg kommt, da dasselbe ja von dieser Seite gewissermassen durch Einöden, wie der Spessart und der Odenwald, von der übrigen Menschheit getrennt ist. Abends waren wir im Prado und im Café Suisse. Am 15. besuchten wir die A c a d e m i a S a n F e r n a n d o mit ungefähr 300 Gemälden, meist von Spaniern, darunter einige sehr schöne von M u r i l l o und Z u r b a r a n. Dann ging ich nochmals in das Naturalienkabinet und mikroskopierte mit dem Direktor. Botanischer Garten und Prado.

Heute am 16. waren wir zum drittenmal in der Gemäldegallerie, die man nicht genug sehen kann. Dann bestiegen wir einen Turm, um eine Übersicht über Madrid zu haben, endlich gingen wir nachmittags in das S t i e r g e f e c h t, welches für uns ein ebenso grossartiges als überraschendes Schauspiel war. Da diese Gefechte schon so oft beschrieben wurden und ihr den Verlauf im allgemeinen kennt, so will ich Euch nur von unseren persönlichen Eindrücken reden und die waren zum Teil sehr schlecht. Unserem Kollegen, dem Juristen H e l d, wurde, als das erste Pferd eines Picadors von dem ersten Stiere erstochen

worden war, so schlecht, dass er nicht schnell genug die Arena verlassen konnte. Wir zwei als Mediziner hatten eher etwas stärkere
Nerven, doch kann ich nicht leugnen, dass uns das Ganze als ein
scheusslich grausames Vergnügen vorkam. Wenn man, wie dies ja
gewöhnlich ist, bei jedem Gange mit einem der sechs Stiere, die ihr
Leben lassen mussten, Pferde sieht, die mit aufgeschlitztem Leibe und
heraushängenden oder am Boden nachgeschleiften Därmen noch zu
weiteren Leistungen angespornt werden, oder, wie wir einmal beobachteten,
einen armen Gaul, bei dem ein Blutstrom aus dem angestochenen
Herzen 8' hoch herausspritzte, noch herumgaloppieren sehen muss, vergeht selbst einem abgehärteten Mediziner die Lust an solchen Schau-
spielen. Man kann ja zugeben, dass die Banderilleros Mut und Gewandt-
heit nötig haben, um dem wütend gemachten Stiere zu entgehen und
dass vor allem der Espada in seiner Art ein Genie sein muss, um den
Todesstoss richtig anzubringen und begreift so bis zu einem gewissen
Grade den Enthusiasmus der südlichen Naturen; allein eines gegen das
andere abgewogen, bleibt doch ein erhebliches Mehr contra als pro.

Mit dieser echt spanischen Schilderung schliesse ich nun meine
Briefe ab, denn morgen geht es im Fluge über Burgos und Vittoria
nach Bayonne und weiter in einem Zuge nach Paris und heim, so
dass ich am 26. bei Euch zu sein hoffe, kaum später als dieser Brief.

E. Reise nach Holland, England und Schottland im Jahre 1850.

In Betreff der wissenschaftlichen Erfahrungen dieser Reise geben nachfolgende 4 Briefe an C. Th. v. Siebold, die ich aus der Zeitschrift für wissenschaftl. Zoologie Bd. III, S. 81—106 wieder abdrucken lasse, volle Auskunft. Was dagegen meine persönlichen Erlebnisse betrifft, so erlaube ich mir zu deren Darlegung eine Reihe von Briefen aus Schottland an die Meinigen mitzuteilen.

Skizze einer wissenschaftlichen Reise nach Holland und England in Briefen an C. Th. v. Siebold.

1.

Utrecht, den 4. September 1850.

Ich erfülle, verehrtester Freund, mein Ihnen seinerzeit gegebenes Versprechen, und mache Sie in Umrissen mit dem Interessantesten bekannt, was mir auf meiner Ferienreise nach Holland und England entgegentrat. Schon lange hatte ich gewünscht, Holland zu sehen, das Land, in dem die Anatomie so frühe Wurzel geschlagen und so Ausgezeichnetes geleistet hat, allein immer noch war irgend eine Abhaltung gekommen, bis ich endlich in diesem Herbste auf einer Reise nach England sozusagen erst des Abends beim Anlangen in Köln mich entschloss, Holland wenigstens zu berühren. Dampfschiff und Eisenbahn führten mich schnell nach Arnhem und Utrecht und schon der folgende Mittag sah mich im Observatorium microscopicum in der Gesellschaft von Schröder van der Kolk, Harting und Verloren, sowie des eben in Utrecht anwesenden Marchese Corti, eines für die Naturwissenschaften begeisterten jungen Piemontesen, den Sie aus seiner Schrift über das Gefässystem des Psammosaurus griseus kennen werden. Ich merkte bald, dass ich mitten in mein Element hereingefallen war, denn als ich mich in dem geräumigen Zimmer um-

sah, fand ich alle denkbaren auf mikroskopische Untersuchung bezüg-
lichen Apparate und Einrichtungen, sowie auch, was mich besonders
fesselte, einen mit mikroskopischen Präparaten ganz gefüllten mächtigen
Schrank. Ich will Ihnen nicht mitteilen, was nun da gleich alles
angesehen und besprochen wurde, sondern der Ordnung nach die Sie
besonders interessierenden Anstalten und Leistungen Utrechts schildern.
Um gleich bei Harting zu beginnen, so repräsentiert derselbe gewissermassen die Mikroskopie in Utrecht, obschon er nicht der Einzige in
diesem Gebiete hier Thätige ist. Er hat das erwähnte Observatorium
microscopicum unter sich und ist fast so reich als wir in Würzburg,
indem er über 10 brauchbare Mikroskope verfügt. Was er vor uns
voraus hat, das sind eine Menge andere Einrichtungen, ältere Mikroskope
und seine Sammlung. Von ersteren fiel mir als besonders zweckmässig
auf ein Präpariertisch mit einem einfachen auf demselben befestigten
Mikroskope. Der Objekttisch ist eine in ein Loch des Tisches eingefügte
grössere Glastafel, die durch einen grossen Spiegel von Fusslänge von
unten her beleuchtet wird. Sie finden das Ganze in Hartings Buche
„Het Mikroskop" Bd. II beschrieben und abgebildet, so dass ich mir
eine ausführliche Beschreibung erspare und Ihnen nur noch sage, dass
ich den Tisch äusserst praktisch fand. Ausserdem fand ich bei Harting
alle denkbaren Messapparate, auch die Nobertschen Plättchen, die in
Deutschland noch wenig verbreitet sind, und einen einfachen Apparat
von Hartings Erfindung zur Bestimmung der Vergrösserung, nämlich
ein Drähtchen, dessen Dicke so bestimmt ist, dass man ein Stück desselben um einen andern Draht möglichst dicht herumwindet und die
Länge des umwundenen Stückes durch die Zahl der Windungen dividiert.
Ein Stückchen dieses Drähtchens nun wird unter die Linse gebracht,
deren Vergrösserung man kennen will und dann misst man sich auf
einem neben dem Mikroskop gelegten Blatte Papier mit einem Zirkel
das Bild desselben. Der gefundene Durchmesser dividiert durch den
wirklichen Durchmesser des Drähtchens giebt die Vergrösserung für den
Abstand, bei dem man das Bild gemessen, und diesen kann man leicht
auf den von 25 Centimeter reduzieren. Das ganze Verfahren ist sehr
einfach und nach Hartings Versicherung auch sehr sicher, doch
möchte ich bemerken, dass es zum Messen des Bildes mit dem Zirkel
immerhin einiger Übung bedarf und dass zweitens die Art und Weise,
wie das Drähtchen bestimmt wird, durchaus voraussetzt, dass dasselbe
äusserst gleichmässig gezogen und überall von gleicher Breite sei. —
Von älteren Mikroskopen besitzt Harting solche von Musschen-
broek, van Deyl, eine Linse von Tulley und, was mir besonders
lieb war zu sehen, das beste Mikroskop von Leeuwenhoek mit
270 maliger Vergrösserung. Auf mich, der ich die Vergrösserungsgläser
dieses Vaters der Mikroskopie nur aus Abbildungen kannte, machte
dasselbe einen eigenen Eindruck. Das Ganze ist nichts als eine Metall-
platte von etwa 3″ Länge, 1½″ Breite und ½‴ Dicke mit einer
in der Mitte des oberen Drittteiles eingefassten einzigen Linse von
winzigem Durchmesser. Eine an der einen Seite des Plättchens be-
festigte und nach zwei Richtungen bewegliche Pincette, ähnlich denen,

die die Botaniker jetzt noch an ihren einfachen Mikroskopen haben,
dient zum Halten der Objekte, die, wenn sie feucht waren, zwischen
zwei Glimmerplättchen gebracht wurden. Die Schwierigkeiten des Unter-
suchens mit diesem Instrumente, das mit der einen Hand ganz dicht
vor das Auge gebracht werden muss, während die andere die Pincette
näher oder ferner, rechts oder links rückt, müssen ungeheuer gewesen
sein, und man muss den Feuereifer bewundern, dem es gelang, auf
diesem Wege so Bedeutendes zu leisten. Bedenkt man nun noch, dass
Leeuwenhoek seine Mikroskope selbst verfertigte und zwar nicht
bloss zu einigen wenigen, sondern zu Hunderten, so wird die Achtung
vor diesem Manne, den die Nachwelt oft unterschätzt hat, noch gesteigert.
In Bezug auf die Zahl der Mikroskope von Leeuwenhoek war mir
eine seltene, in Hartings Händen befindliche Urkunde von grossem
Interesse. Es ist dies ein gedrucktes Verzeichnis der von Leeuwenhoek hinterlassenen Mikroskope, zugleich mit Angabe der Preise, zu
denen sie bei einer Versteigerung abgingen. Die Zahl der Instrumente
ist nicht geringer als etwa 247, und wurden dieselben, je nach dem zu
ihnen verwendeten edlen oder unedlen Metalle, nach dem Gewichte (!)
um 45 Stüber = 23 Gulden das Stück, im ganzen um 737 Gulden
verkauft. Die Holländer scheinen überhaupt für die Anfertigung von
Mikroskopen ein besonders angeborenes Talent zu besitzen, denn noch
in der neuesten Zeit hat Harting, der in diesem Gebiete ganz Autodidakt ist, schon als Knabe von 14 Jahren Mikroskope sowohl nachgemacht, als auch nach eigener Erfindung aus geschmolzenen Glas-
kügelchen verfertigt.

Hartings Leistungen in feinerer Pflanzen- und Tieranatomie sind
Ihnen bekannt, doch sind von ihm ausser seinen grösseren Schriften
noch viele kleinere Abhandlungen in holländischen Zeitschriften vorhanden, die lange nicht alle nach Deutschland gekommen sind. In
neuerer Zeit hat sich Harting besonders auf Pflanzenanatomie und
Physiologie und auf das Studium des Mikroskops geworfen, namentlich
seit die mikroskopische Anatomie des Menschen auch in Donders
einen Vertreter in Utrecht gefunden. In Bezug auf erstere liegt eine
schöne Abhandlung über die Entwickelung einer neuen Farrenart bei
ihm zum Drucke bereit, und was das Letztere anlangt, so wird der
III. Band seines grossen Werkes über das Mikroskop bereits in Ihren
Händen sein. Schade, dass wir Deutsche selten des Holländischen so
ganz mächtig sind, um dasselbe ohne Zeitaufwand lesen zu können: es
würde sich daher gewiss der Mühe lohnen, dieses ausgezeichnete und
mit dem grössten Fleisse gearbeitete Werk, das selbst Mohls Mikro-
graphie, so gut dieselbe auch ist, in vielen Punkten noch übertrifft,
und die neuesten französischen und englischen Erscheinungen in diesem
Gebiete weit hinter sich lässt, ins Deutsche zu übertragen[1]). Ausser
als Schriftsteller und Lehrer der feineren Pflanzenanatomie und der
Mikroskopie namentlich ist dann Harting noch ganz besonders für

---

[1]) Wie ich eben erfahre, kommt demnächst bei Vieweg eine Übersetzung des Hartingschen Werkes heraus.

die mikroskopische Sammlung thätig, welche als die erste der
Art, die ich sah, mich in ein wahres Erstaunen versetzte. Ich glaube,
auch Sie würden dasselbe geteilt haben, wenn Sie den betreffenden
mächtigen Schrank, Schublade an Schublade voll von mikroskopischen
Präparaten gesehen hätten, denn ich glaube kaum, dass irgendwo in
Deutschland über 6000 derselben beisammen sind, wie hier, selbst nicht
in Wien, auch vorausgesetzt, dass Hyrtls Sammlung wieder ihren
früheren Stand erreicht hat. Die Präparate beziehen sich sowohl auf
pflanzliche als auf tierische und menschliche Anatomie und sind alle
genau bezeichnet und systematisch geordnet. Unter den letzteren zeichnen
sich vor allem die Injektionspräparate vorteilhaft aus. Die Injektionen werden von Schröder van der Kolk und Harting ge-
meinsam gemacht und dann zum Teil von dem letzteren für die
mikroskopische Anstalt verwendet. Die Aufbewahrung hat wenigstens
vor der in Deutschland gang und gäben den Vorzug, dass die Objekte
in Feuchtigkeit sich befinden, was die Möglichkeit gewährt, alle Teile
in der natürlichen Lage zu sehen und die wahren Formen der Kapillar-
netze zu studieren. Um jedes Präparat herum wird entweder aus
Kautschuk oder aus einem undurchdringlichen Kitte, dessen Zusammensetzung in Hartings Buch angegeben ist, ein viereckiger Rahmen
gemacht, dann eine die Teile erhaltende Flüssigkeit (Alkohol, Sublimat,
Alaun) zugesetzt und schliesslich ein Deckglas luftdicht darüber angekittet. Die Injektionsmassen sind meist gelb (Chromblei) oder blau
(Berlinerblau); ihre Bereitung ist ebenfalls in „Het Mikroskoop" mitgeteilt, und habe ich mich in Utrecht selbst von ihrer Trefflichkeit in
Schröders Laboratorium überzeugt, indem wir eine Injektion der
Peyerschen Drüsen des Kaninchens erhielten, wie ich noch keine sah.
Die blaue Masse hat noch ausserdem, dass sie wie die gelbe sehr leicht
eindringt, den Vorzug, dass sie durchsichtig ist und die Teile bei
durchfallendem Lichte zu sehen erlaubt, was in manchen Fällen
von grossem Vorteile ist. Obschon ich fast eine Woche lang sozusagen
nichts anderes that, als die Präparate von Harting und Schröder,
der die besseren Sachen ebenfalls für sich aufbewahrt, zu studieren, so
habe ich doch noch lange nicht alles gesehen, was dieselben haben.
Ich fand namentlich schöne Präparate von Eingeweiden und Drüsen,
besonders von Darmzotten, Lungenbläschen, Glomeruli Malpighiani,
Lebergefässen, vom Pancreas u. s. w., vom Menschen und von Tieren,
zum Teil von den seltensten Geschöpfen, indem alles, was im Amsterdamer zoologischen Garten stirbt, an Vrolik und Schröder kommt;
dann auch herrliche natürliche Injektionen von jungem Hirschhorn mit
kolossalen Gefässsinus und weiten Knochenräumen, durch ganz feine
Gefässchen von kapillarer Natur zusammenhängend, nicht unähnlich
den blasigen Auftreibungen, die man hie und da pathologisch im Hirn
zu sehen Gelegenheit hat. — Unter den andern Präparaten fielen mir
besonders schöne Knochen- und Zahnschliffe auf, ausserdem war auch
manches Interessante von Muskeln und Nerven vorhanden. Von letzteren
hebe ich besonders hervor bipolare Ganglienkugeln aus dem
Gasserschen Knoten des Hechtes, an denen der Inhalt von der Hülle

sich gelöst hat und durch einen blassen Streifen jederseits in den Achsencylinder der Nervenröhren übergeht. Das Präparat wurde durch Behandlung mit arseniger Säure erzielt, doch zweifle ich nicht daran, dass auch Jod und Sublimat dasselbe leisten würden. Ich erinnerte mich bei dem Anblicke desselben lebhaft an den sogenannten ketzerischen Gedanken von R. Wagner, dass der Inhalt der Ganglienzellen ein verbreiteter Achsencylinder sei, und war in der That auf den ersten Blick sehr geneigt, demselben beizustimmen. Allein ich möchte denn doch glauben, dass der Inhalt der Ganglienzellen durch denjenigen der blassen Fortsätze nicht bloss mit den Achsenfasern der Nervenröhren, sondern auch mit der Markscheide derselben zusammenhängt, und scheint es mir vorläufig das Naturgemässeste zu sein, diesen Inhalt mit dem embryonaler Nervenröhren, der sich noch nicht in Achsenfaser und Markscheide umgewandelt hat, zu vergleichen. Immerhin ist so viel sicher, dass an ausgebildeten Ganglienzellen der Inhalt innig mit den Achsencylindern der von ihnen ausgehenden Röhren zusammenhängt, während bei der leicht sich trennenden Markscheide eine solche Verbindung nicht nachzuweisen ist, und diese Thatsache ist schon wichtig genug, indem sie aufs Überzeugendste darthut, dass der Inhalt der Ganglienkugeln oder Ganglienkörper Bidders nicht, wie dieser Autor glaubte, in den erweiterten Nervenröhren darinliegt, sondern mit den centralen wichtigsten Teilen derselben bestimmt zusammenhängt. Will man auf diese Thatsachen gestützt die Ganglienzellen in toto als modifizierte Teile der Nervenröhren betrachten, so wird niemand etwas dagegen einwenden, doch scheint es mir das Einfachste zu sein, sie als Teile für sich, die aber mit den Nervenröhren innig zusammenhängen, aufzufassen. — Unter den Muskelpräparaten waren mir besonders einige wichtig, die zeigten, dass die Fibrillen eine regelmässige Anordnung in Lamellen darbieten, so dass auf Querschnitten entweder vom Mittelpunkte der Bündel nach allen Seiten der Oberfläche ausstrahlende oder parallele Linien sichtbar werden. Harting hat diesen Gegenstand schon vor Zeiten zur Sprache gebracht, doch scheint niemand weiter davon Notiz genommen zu haben.

Auch von Schröders berühmter Sammlung habe ich, obschon dieselbe vorzüglich die pathologische Anatomie betrifft, doch das Wichtigste gesehen und namentlich auch den schönen Injektionen desselben alle Gerechtigkeit widerfahren lassen. Schröder war gerade mit Untersuchungen über den Bau der Placenta und des Rückenmarkes beschäftigt und liess ich es mir besonders angelegen sein, die betreffenden Präparate anzusehen.

Durch Schröder lernte ich auch seinen Prosektor Schubert kennen. Das wäre ein Mann für Sie gewesen, vom Scheitel bis zur Sohle Helmintholog und noch dazu Autodidakt, also recht begeistert, etwa wie unser Freund Bremi in Zürich. Leider konnte ich, da meine Kenntnisse der Entozoen in der letzten Zeit etwas lückenhaft geworden sind, denselben nicht so recht geniessen, doch sah ich immerhin so viel, dass hier im Stillen manche interessante Beobachtung gemacht worden war. Da Schubert hoffentlich jetzt gemeinschaftlich mit Verloren, der besonders den historischen Teil übernimmt, seine

Erfahrungen veröffentlichen wird, so darf ich Ihnen nicht viel von denselben mitteilen, doch glaube ich andeuten zu können, dass derselbe Eier von Tänien und Bothryocephalen bis zum Ausschlüpfen der Embryonen gebracht und die letzteren mit ihren Häckchen und mit Flimmern längere Zeit in Wasser erhalten hat; ferner konnte Schubert auch Nematoiden lange in Wasser erhalten, und Metamorphosen geringeren Grades bei denselben wahrnehmen, endlich glaubt er auch aus Trematodeneiern wirklich Infusorien, wie Bursarien, gezogen zu haben, Beobachtungen, die, wie noch viele andere, durch sehr schöne Zeichnungen und viele Notizen belegt sind.

Donders, den ich so gerne längere Zeit gesehen hätte, war leider nicht in Utrecht und es gelang nur dadurch, denselben auf einen Tag zu sehen, dass ich von Leyden aus wieder nach Utrecht zurückging. Derselbe ist unstreitig der erste Vertreter der Physiologie in Holland und vereint mit einer gründlichen Erfahrung in der feineren Anatomie so ausgedehnte chemische und physikalische Kenntnisse, dass von der Physiologie, die er herauszugeben im Begriffe steht, gewiss Bedeutendes zu erwarten ist. Donders hat eine Art physiologischen Institutes unter sich, dem fünf Mikroskope (auch ein Amici) zu Gebote stehen und an welchem auch Anleitung zu Experimenten und chemischen Untersuchungen erteilt wird, ausserdem liest er noch eine grosse Zahl Kollegien, unter denen leider, wie dies dem Universitätslehrer so häufig ergeht, auch einige sich befinden, auf die er schwerlich aus eigener Wahl gekommen wäre. — Ausser dem Mitgeteilten wäre nun noch viel von Utrecht zu sagen, von Mulders Laboratorium, vom physikalischen Observatorium und seinem für die Wissenschaft sich aufopfernden Vorsteher Krecke, von den praktisch-medizinischen Anstalten; ich übergehe jedoch dieses als uns ferner liegend und will Ihnen nur noch sagen, dass Utrecht nicht nur wegen der liebenswürdigen Gelehrten, die ich da kennen lernte, sondern auch wegen des wahren wissenschaftlichen Sinnes der in ihm herrscht, die angenehmste Erinnerung in mir hinterliess und dass ich der Universität, die offenbar die erste medizinische Schule Hollands besitzt, nichts sehnlicher wünsche, als dass die Landesregierung, statt dieselbe mit einer andern zu verschmelzen, wie es eine Zeitlang im Plane zu liegen schien, ihr immer kräftigeren Schutz angedeihen lasse. Utrecht ist nun einmal, wie die Erfahrung bewiesen hat, ein Boden, wo die Wissenschaft kräftig gedeiht, und da sollte man sich immer sehr bedenken, bevor man dieselbe anderswohin verpflanzt.

2.

Leyden, den 7. September 1850.

Utrecht hatte mich so lange gefesselt, dass mir für das übrige Holland nicht viel Zeit übrig blieb und so beschloss ich, mit Dr. Czermak, der in Utrecht mit mir zusammengetroffen war und mich nach England begleiten wollte, nur noch die wichtigsten Punkte, Amsterdam und Leyden, zu besuchen. Amsterdam war der erste Ort, nach dem wir uns wandten, und da zog vor allem das Vroliksche Museum, eine der reichsten existierenden Privatsammlungen, unser Augenmerk auf sich. Dasselbe wurde vor etwa 50 Jahren von dem jetzt noch lebenden Vrolik dem Älteren angelegt und dann besonders durch den Sohn desselben, W. Vrolik, jetzigem Professor der Anatomie in Amsterdam, auf seine jetzige Höhe gebracht. Die in Vroliks des Älteren palastähnlicher Wohnung aufgestellte und das ganze obere Stockwerk einnehmende Sammlung enthält ungefähr 5000 Präparate aus der menschlichen, vergleichenden und pathologischen Anatomie. Von den Skeletten erwähne ich die des afrikanischen Rhinoceros, des Dromedars, des indischen und amerikanischen Tapirs, des Dugong; dann zwei prächtige ausgewachsene Orangs, Männchen und Weibchen, einen Ornithorhynchus, eine Echidna, einen Unau und Ai. Von Schädeln fiel mir der eines Narwal mit zwei fast gleich langen Zähnen auf, ferner eine reiche Folge von Rassenschädeln, namentlich aus Afrika und Indien, und eine sehr vollständige Reihe von Schädeln von Tieren aus allen Altern. Eigentümlich ist eine Sammlung von Becken verschiedener Nationen, die der ältere Vrolik begonnen und auch schon beschrieben hat, unter denen dasjenige einer Buschmännin wohl das Merkwürdigste ist, weil es sich am meisten dem der menschenähnlichen Quadrumanen annähert. Auch unter den pathologischen Präparaten sind viele interessante Becken, so die von Vrolik dem Vater in den Memoiren des Instituts in Amsterdam beschriebenen, die infolge angeborner Luxationen des Femur eine Formveränderung erlitten haben, und eines mit einer vollständigen Anchylose der Schambeine. Nicht minder reichhaltig als die trocknen Präparate, von denen ich Ihnen nur die am meisten in die Augen fallenden genannt, sind auch die feuchten. Die vergleichend anatomischen sind sehr zahlreich und beziehen sich zum Teil auf die seltensten Tiere. Was denselben einen besonderen Wert verleiht, ist, dass viele derselben die Belege zu den allbekannten Arbeiten Vroliks des Jüngeren über den Chimpansé, den Stenops, über Sus Babyrussa, den Hyperoodon, die Wundernetze der Vögel (gemeinschaftlich mit Schröder) abgeben. Besonders schön sind die Präparate über den letztgenannten Gegenstand, von denen die eine Hälfte bei Schröder, die andere hier sich befindet. Ausserdem nenne ich Ihnen noch einen Nautilus in situ, von einer Seite blossgelegt, ferner ein Präparat, welches bei demselben Tiere die Kommunikation des Herzbeutels und der Abdominalhöhle beweist und den von Owen und Valenciennes geführten Streit zu Gunsten des ersteren entscheidet. Unter den pathologischen feuchten Sachen zogen mich, als Physiologen, die Missbildungen nicht am wenigsten an, die ich noch nirgends so zahlreich beisammen gesehen. Da Sie alle wichtigeren Formen in Vroliks bekannten Tabulae ad embryogenesin etc. abgebildet und beschrieben finden, so kann ich mir ein näheres Eingehen auf dieselben ersparen, doch will ich nicht unterlassen zu bemerken, dass Vrolik alle seine Missbildungen gewissermassen verdreifacht, indem von ihnen einmal die Eingeweide, dann das Skelett und endlich die ausgestopfte Haut aufbewahrt wird, ein Verfahren, das alle Nachahmung verdient, umsomehr, da bei

demselben neben der anatomischen Einsicht auch noch der Sammlungs-
katalog an Nummern gewinnt. Die ausgestopften Präparate sind sehr
sorgfältig gemacht und zeigen alles, was an einer Missbildung äusserlich
zu sehen ist. — Bei diesem Anlasse will ich auch hervorheben, dass
ich von der seltenen Ichthyosis congenita, die Sie auf unserer Anatomie
sahen und die Dr. H. Müller in den Würzburger Verhandlungen,
Heft II, besprochen hat, auf meiner Reise vier Exemplare gefunden,
eines bei Schröder, eines bei Vrolik (beschrieben in seinen Tabulae),
ein drittes auf der Anatomie in Leyden unter Nr. 349 (beschrieben im
Museum anatom. von Sandifort, III, pag. 353) und ein viertes in
Edinburgh bei Simpson. Bei allen war die Deformität der Haut wie
bei dem unsrigen, doch in keinem so ausgesprochen. Bei dem Leyden-
schen Falle findet sich auch erwähnt, dass dieselbe Frau zweimal ein
solches „Steinkind", wie das Volk hier zu Lande wegen der harten
Schuppenbildung eine solche Missbildung nennt, gebar.

Nachdem wir, in der Freude, einmal eine grossartige und zugleich
instruktive Sammlung vor uns zu haben, drei volle Stunden in dem
Vrolik schen Hause zugebracht hatten, gingen wir nach dem zoologischen Garten, der uns besonders wegen eines jungen Orang und
des japanischen sogenannten Riesensalamanders anzog. Der erstere
war etwas schläferig und alles, was ich an demselben beobachten konnte,
war, dass eine Cutis anserina auch bei den Affen sich findet, womit,
da diese Erscheinung meines Wissens bei den Säugetieren sonst fehlt,
wieder eine Menschenähnlichkeit derselben entdeckt ist, die übrigens
nur dem Orang zugute kommen möchte, da wenigstens selbst der Chimpansé in Antwerpen nichts derart darbot, und seine abweichende
Natur auch darin beurkundete, dass er, wie mir schon bei oberflächlicher
Betrachtung auffiel, an den eigentlichen Lippen grosse frei ausmündende
Talgdrüsen besass. Der Riesensalamander ist wirklich ein erstaunliches
Tier, ein wahres Scheusal. Äusserlich einem Molche sehr ähnlich,
schwärzlich, warzig mit breitem plattem Kopfe, gleicht er einem solchen
auch in seinen trägen Bewegungen und dem dummen Ausdrucke seiner
winzig kleinen Augen. Das, wenn ich mich recht entsinne, über 3'
lange Tier ist übrigens, wie Sie wissen, kein Salamander, sondern reiht
sich den Fischmolchen an, obschon er weder Kiemen, noch ein Kiemen-
loch hat. Van der Hoeven in Leyden, der es Cryptobranchus
nannte, zeigte uns im Museum in Leyden ein Skelett eines kleinen
Individuums, und da war es leicht, sich zu überzeugen, dass der Schädel
namentlich ganz an die von Siredon und Menopoma sich anschliesst.
Eine Anatomie des Tieres fehlt übrigens, und ich begreife daher das
Erstaunen, mit dem Schröder und Vrolik, die das Monopol der
Schätze des Amsterdamer Gartens haben und jede Beute brüderlich
unter sich teilen, diesen Methusalem unter den Amphibien, der schon
20 Jahre in Leyden lebt, betrachten, ganz wohl und würde gegebenen-
falls dasselbe sicherlich teilen. Allein nicht einmal diese Aufregung
wird uns vergleichenden Anatomen dahinten im deutschen Reiche, denn
wo sind unsere zoologischen Gärten? In Berlin und Wien wurde
freilich ein Anfang mit solchen gemacht, allein dieselben lassen auch

gar zu wenig von sich hören und scheinen langsam der Vergessenheit
und dem Untergange anheimzufallen. Umsomehr ist es zu loben, und
das dürfen Sie wohl mit anhören, wenn auch der Deutsche in vergleichender Anatomie etwas leistet, und, wenn einmal das Schicksal
nicht will, dass er durch Zergliederungen von Elefanten, Wallfischen
und Giraffen einen grossen Ruf sich erwerbe, seinen Namen durch
mühsame Studien und teure Reisen mit der Entwickelungsgeschichte der
Entozoen und Strahltiere und der Auffassung der gesamten Schöpfung
rühmlich verbindet. Um wieder auf die zoologischen Gärten zu kommen,
die wir übrigens wenigstens in den Hauptstädten Deutschlands auch
haben könnten, so ist der Amsterdamer in der That recht hübsch und
reich, ebenso der in Antwerpen, den ich ebenfalls kenne, und machen
dieselben den betreffenden Regierungen alle Ehre.

In Amsterdam sahen wir auch noch die Anatomie, der Vrolik
vorsteht, ein altes eckiges Gebäude, das offenbar zu einem andern
Zwecke gebaut worden war. Das einzige Interessante, was uns in dem
Gebäude aufstiess, war der Sammlungssaal, ein düsteres, altertümliches
Gemach mit einer unbeschreiblichen Atmosphäre, wie wenn dieselbe seit
Hovius Zeiten, dessen Präparate hier aufbewahrt sind, nicht mehr
erneut worden wäre. Eine Menge alter grosser Gemälde, meist Porträte
früherer Anatomen, darunter Ruysch als Knabe, und dann am Sezier-
tische demonstrierend, alle sehr dunkel und rauchig, verstärkten den
Eindruck, so dass wir, nachdem wir einige Schliffe pathologischer Knochen
von Dr. Dusseau angesehen hatten, das Weite suchten, um auf dem
Palaste bei weiter Fernsicht eine reinere Luft zu atmen.

Leyden war die dritte grössere Stadt Hollands, die wir besuchten,
doch zog uns England zu mächtig, als dass wir zu einem mehr als
zweitägigen Aufenthalte uns hätten entschliessen können. Es fiel mir
dies umsoweniger schwer, da ich sehr wenig von dem reinen Zoologen
an mir besitze und Leydens grösste naturhistorische Merkwürdigkeit sein
zoologisches Museum ist. Dasselbe ist allerdings ausserordentlich
schön und so reichhaltig, dass es selbst mit dem Britischen Museum
um die Ehre, das erste zoologische Kabinett der Welt zu sein, sich
streitet, und seinen bekannten Konservatoren Schlegel und Temminck
noch lange Jahre Stoff zu ihren Arbeiten darbieten wird. Übrigens
ist auch die vergleichende Anatomie in der Knochenlehre wenigstens
glänzend vertreten und sind, wenn ich mich recht entsinne, in diesem
Gebiete allein mehr als 4000 Präparate vorhanden. Es war dies der
Teil der Sammlung, der Hyrtl, mit dem ich zu meiner Freude hier
zusammentraf, und mich besonders fesselte, und sah ich namentlich die
grossen Knochenmassen der Elefanten, der Giraffe, des Nashorns,
Rhinoceros, Auerochsen, dann zwei Manati und drei Halicoreskelette,
worunter ein junges Tier, mit neidischen Blicken an. Sonst ist die
vergleichende Anatomie, was Präparate anlangt, in Leyden sehr schlecht
bedacht und habe ich mich namentlich gewundert, dass der berühmte
Lehrer derselben, J. van der Hoeven, keine selbständige Stellung
an dem Museum besitzt, sondern gleichsam Schritt für Schritt dieselbe
sich erkämpfen muss, und es trotz allen Eifers noch zu keiner nam-

haften Sammlung von Spirituspräparaten hat bringen können. Während
das zoologische Museum jährlich 5000 Gulden für Anschaffungen zu
verausgaben hat und mit einem reichlichen Personale versehen ist, steht
van der Hoeven kein Kreuzer zu Gebote, ja es hat derselbe nicht
einmal einen Assistenten. Dies Missverhältnis rührt einfach daher,
dass das naturhistorische Museum eine Anstalt für sich ist und in sozusagen keiner Verbindung mit der Universität steht, die, wie es scheint,
aus eigenen Mitteln nicht alles hinlänglich zu bestreiten vermag. Übrigens
enthält die Sammlung von van der Hoeven, in dem ich wiederum
einen echten Gelehrten und liebenswürdigen Mann kennen lernte, trotzdem, dass sie fast nur für seine Vorlesungen berechnet ist, doch manches
Hübsche. Namentlich interessierte mich das Skelett des Stenops potto,
jetzt Perodicticus Geoffroyi Bennet aus Guinea mit kurzem Zeigefinger,
und dann ganz besonders ein Nautilus, von dem Hoeven vermutet,
dass es ein Männchen sei, welche bisher ganz unbekannt waren. Das
Tier hat im allgemeinen die Form des Weibchens und eine Schale, nur
zeigen die Arme einige Verschiedenheit. An der Stelle, wo beim Weibchen
die Geschlechtsöffnung liegt, befindet sich ein penisartiges Organ, eine
Eileiterdrüse ist nicht da, und an der Stelle des Eierstocks, der ganz
fehlt, liegt ein rundlicher Sack mit einem vielfach gewundenen Faden
in seinem Innern. Van der Hoeven hatte diesen letztern noch nicht
genauer mikroskopisch untersucht, und als wir dies nun gemeinschaftlich
thaten, ergab sich, dass derselbe aus zwei Teilen besteht, einer äussern
Hülle, deren Bau in Kürze sich nicht ermitteln liess, und einem innern,
vielfach zusammengelegten Schlauche. Innerhalb einer strukturlosen
Bekleidung dieses letztern war eine gelbliche Masse, die bei Behandlung
mit Essigsäure und diluirtem Natron deutlich in kürzere und längere,
dünnere und dickere fadenförmige Teilchen zerfiel, in denen ich Bruch-
stücke ähnlicher Spermatozoen, wie sie die Sepien, Octopus u. s. w.
besitzen, zu sehen glaubte, ohne jedoch hierüber zu einer Gewissheit zu
gelangen. Mehr kann ich Ihnen über diesen interessanten Gegenstand
nicht sagen, und werden Sie van der Hoevens ausführliche Abhandlung über diesen Nautilus, die demnächst im Englischen, ich glaube in
den Transactions der Linnean-Society erscheinen wird, erwarten müssen,
um sich ein Urteil zu bilden, zu dem ich, ich gestehe es offen, durch
die Ansicht der Präparate von van der Hoeven nicht gekommen bin.
Bis jetzt dachte ich immer, es würde beim Nautilus auch ein Hectocotylus ähnliches Wesen als Männchen zum Vorschein kommen, doch
habe ich auch nichts dagegen, wenn dem nicht so ist. Ad vocem
Hectocotylus muss ich Ihnen doch noch sagen, dass Filippi und
Verany neulich brieflich mitteilten, dass der Hectocotylus octopodis
Cuv. wahrscheinlich nur ein veränderter Arm eines Tintenfisches sei,
wenigstens hätten sie ganz sonderbar metamorphosierte solche Arme
gesehen. An meinen Männchen von Argonauta und Tremoctopus wollen
sie dagegen nicht zweifeln. Hiergegen kann ich nur bemerken, dass
ich den fraglichen Hectocotylus in Paris selbst gesehen und Cuviers
Beschreibung entsprechend gefunden, ferner, dass Dujardin in demselben noch Spermatozoen wahrgenommen, endlich, dass Cuviers

Beschreibung der innern Teile, an deren Richtigkeit doch niemand wird zweifeln wollen, aufs deutlichste zeigt, dass es sich um ein meinem Hectocotylus sehr ähnliches Geschöpf handelt. — Sollte nichts destoweniger der Hectocotylus octopodis ein Arm eines Tintenfisches sein, so müsste man annehmen, dass ein solcher einen männlichen Geschlechtsapparat, ja selbst beim Hectocotylus tremoctopodis Kiemen aus sich zu erzeugen imstande sei, was doch gewiss nicht sehr wahrscheinlich ist. Übrigens gilt uns kritischen Naturforschern eben doch der Grundsatz, nichts a priori zu leugnen, und so möchte ich wenigstens vorläufig diese neue Ansicht nicht gleich verwerfen, so lange nicht die Beobachtungen der Madame P o w e r und des Professors M a r a v i g n o über Hectocotyli in Eiern von Argonauten wiederholt und bestätigt worden sind, umsomehr, da allerdings die Ähnlichkeit zwischen einem Hectocotylus und einem Tintenfischarme in manchen Beziehungen eine ganz erstaunliche ist, namentlich da Sie noch gezeigt haben, dass das, was ich für den Darm dieser Geschöpfe hielt, ein Kanal mit einem Ganglienstrange ist, wie in Tintenfischarmen. Der Gedanke, den selbständig sich bewegenden mit komplizierten Geschlechtsorganen, geschlossenem Gefässsysteme und Kiemen versehenen Hectocotylus als Sprössling eines gewöhnlichen Tintenfisches anzusehen, ist allerdings auf den ersten Blick ganz abenteuerlich, allein die Polypen und Quallen wenigstens leisten im Punkte der Sprossenbildung auch ganz Respektables, und ein Polyp, der eine Meduse erzeugt, oder eine Meduse, die an den Randtentakeln Junge hervortreibt (E. F o r b e s), gehören auch nicht in das Gebiet des Alltäglichen.

Dass ich in L e y d e n auch das S i e b o l d sche M u s e u m ansah, brauche ich Ihnen nicht zu sagen, doch werden Sie es mir nicht verargen, wenn ich Ihnen Ihres Vetters japanische Seltenheiten, selbst die medizinischen und naturhistorischen Inhaltes nicht schildere. Auch das schöne Museum von indischen, ägyptischen und griechischen Antiquitäten bot hier nichts zu erwähnendes dar und so will ich Sie noch nach der A n a t o m i e führen, der jetzt ein zwar junger, aber sehr eifriger und thätiger Mann, H a l b e r t s m a, vorsteht, der aber leider ebenfalls von der Regierung sehr wenig unterstützt wird, indem er keinen Prosektor und für alle Ausgaben der Anatomie, Holz und Spiritus inbegriffen, nur 320 Gulden hat. Überhaupt ist Leyden als medizinische Schule sehr gesunken und steht bedeutend hinter Utrecht zurück, was auch in der Anatomie sich ausspricht, deren Sammlung in einem grellen Gegensatze zu dem geräumigen Gebäude ist, das sie einschliesst. Mit Ausnahme einer kleinen Zahl guter Präparate, die H a l b e r t s m a in seinen wenigen Mussestunden angefertigt und der Pathologica von S a n d i f o r t, finden sich fast nur alte, einem guten Teile nach unbrauchbare Sachen, wie die Sammlung von B r u g m a n s, einige R u y s c h u. s. w., die, wie die anatomische Sammlung in Amsterdam, in dem grössten Widerspruche zu dem regen Eifer stehen, der Hollands jüngere Forscher beseelt und hoffentlich bald den Gewinnsten der neuen Zeit den Platz einräumen werden.

3.

Edinburgh, den 5. Oktober 1850.

Ohne in London mich länger aufzuhalten als nötig war, um einige notwendige Geschäfte abzuthun, war ich von Holland aus geraden Weges nach Edinburgh gereist, um womöglich noch einige hübsche Tage im Hochlande geniessen zu können. Wäre ich früher nach Schottland gekommen, so hätte ich an einer naturhistorischen Expedition an dessen Küsten teilnehmen können, die Forbes und Goodsir in diesem Herbste in der Yacht eines reichen und für die Wissenschaft begeisterten Liverpooler Kaufmanns, M'Andrew, ausführten. Mir wässerte der Mund ganz, als Goodsir von den Abenteuern der Reise, von den vielen mit Hilfe des Schleppnetzes gefischten seltenen Tieren erzählte und mir dieselben auch zeigte, doch trug ich wenigstens eines der seltenen Geschöpfe, eine Pavonaria quadrangularis, davon, welchen in Deutschland vielleicht noch in keiner Sammlung existierenden, mehr als 3' langen starren Polypen, ich dann auch in einem langen vierkantigen Kistchen eigenhändig nach Würzburg schleppte, zum Erstaunen aller Mitreisenden, die über den mutmasslichen Inhalt desselben sich die Köpfe zerbrachen.

Von unserer Tour in Schottland, die uns bis Fort William, zu dem Caledonischen Kanale und Inverness geführt hatte, nach Edinburgh zurückgekehrt, verlebten wir dann zehn volle Tage unter dem gastfreundlichen Dache John Goodsirs und hatten da die beste Gelegenheit uns mit dem Wirken eines englischen Anatomen bekannt zu machen. John Goodsir ist der bei uns bekannteste von den drei Brüdern Goodsir, die den Naturwissenschaften sich ergeben haben, und sind seine Abhandlungen über die Entwickelung der Zähne, über die Drüsen, über Sarcine u. s. w., wenn auch nicht in allen Händen, doch allgemein citiert. Früher Konservator des Museums des College of surgeons in Edinburgh, ist er nun seit einigen Jahren Professor der Anatomie an der Universität, welcher Stelle der bescheidene und thätige Mann zur Zufriedenheit aller vorsteht. In der neuesten Zeit hat er seine Mussestunden, die an einer Universität mit 4—500 Medizinern, bei einem Kollegium über Anatomie von 2—300 Zuhörern, nicht zu zahlreich sein können, besonders auf vergleichend-anatomische Studien und dann an die anatomische Sammlung gewendet. Die letztere ist in dem besten Teile ihrer Präparate sein Werk und bewunderte ich namentlich schöne Injektionen von Myxinen, Cephalopoden, Strahltieren, Mollusken, sowie anderer Seeprodukte der schottischen Meere. Auch schöne Präparate über die Entwickelung der Zähne finden sich hier, sowie solche von elektrischen Organen, unter denen dasjenige der gewöhnlichen Rochen von Goodsir zuerst, vor Robin, genauer beschrieben wurde, nachdem es Stark oberflächlich bekannt gemacht hatte. Leider ist Goodsir neben dem Anatomen auch noch ausübender Arzt und wird durch seine Praxis an mancher wissenschaftlichen Unternehmung verhindert, doch hat er in diesem Jahre auch die Herausgabe einer physiologischen und

anatomischen Zeitschrift begonnen, der jeder, dem am Fortschritte der Medizin
in England etwas liegt, das beste Gedeihen wünschen muss. Es ist dies
die erste Zeitschrift der Art, die in England erscheint, und frägt es
sich noch sehr, ob Goodsirs Unternehmen die gehörige Unterstützung
und den nötigen Anklang finden wird. Die englischen Ärzte und
Mediziner sind nämlich vor allem Praktiker und alles, was dem theoretischen Gebiete angehört, kommt ihnen erst in zweiter Linie. Es liegt
dies wohl zum Teil daran, dass die Engländer ein Volk sind, das vor
andern zum Handeln sich hinneigt, aber nur zum Teil; der Hauptgrund
der fraglichen Erscheinung ist der, dass die Wissenschaft weder im
Volke nach Verdienst geachtet, noch von der Regierung so belohnt
wird, dass der, welcher sich ihr hingiebt, sorgenfrei leben kann. Not
bricht Eisen, und ich begreife daher ganz wohl, dass von echtem wissenschaftlichem Eifer beseelte Männer, wie Todd, Bowman, Paget,
Simon und andere ebenso wie die früheren, die Hunter, Bell,
A. Cooper bei der Praxis bleiben, ja selbst in späteren Zeiten in derselben sich verlieren, und kann es mir auch erklären, dass manche die
theoretischen Studien nur als einen Schemel betrachten, auf dem sie
sich einen Namen, die Fellowship einer Society, und schliesslich Klienten
erwerben, denn in England ist die Praxis allerdings eine aurea und die
Stellung, die sie gewährt, in zu grellem Gegensatze mit der eines Professors. Ich kenne auch nur drei Anatomen und Physiologen in England, die keine Praxis haben, Owen, Sharpey und Grant, von denen
auch nur Owen eine seinen Verdiensten angemessene Stellung hat.
Wenn auch Goodsir der Praxis und zwar der chirurgischen obliegt,
so sind daran allerdings nicht äussere Verhältnisse schuld, sondern die
Überzeugung, dass ein guter Anatom auch der Medizin nicht fremd
bleiben darf, ein Grundsatz, dem in Deutschland nur wenige huldigen,
daher denn auch die angewandte Anatomie bei uns noch so sehr
daniederliegt.

Unter den Goodsir untergebenen Sammlungen ist auch die von
niederen Sectieren sehr bemerkenswert. Dieselbe ist fast ganz die
Frucht eigener Forschungen und giebt ein deutliches Bild von dem
Reichtume der schottischen Küsten. Manches noch unbeschriebene oder
wenig gekannte Geschöpf wartet hier auf die Feder, die es in die
Wissenschaft einführen soll, während andere als Belege früherer Mitteilungen hier niedergelegt sind. Auch vieles von Harry Goodsir
teils schon früher Gesammelte (namentlich kleine Crustaceen), teils noch
vor einigen Jahren mit den besten Nachrichten von diesem eifrigen und
talentvollen jungen Manne aus dem Eismeere Eingesandte ist hier vorhanden. H. Goodsir ist vor mehr denn fünf Jahren als Naturforscher
mit der Expedition von Franklin nach den arktischen Gegenden
abgesegelt und hat nun vielleicht seine Forscherlust und seinen wissenschaftlichen Eifer mit einem traurigen Tode büssen müssen. Die im
Sommer 1845 abgegangene Expedition, über deren Nutzlosigkeit jetzt
in England nur eine Stimme ist, hatte bekanntlich nur auf drei Jahre
Lebensmittel bei sich, so dass, wenn dieselben, da sie sehr reichlich
waren, auch auf vier Jahre langten (mehr wagt niemand anzunehmen),

Franklin und seine Begleiter nun doch schon ein ganzes Jahr auf den zweifelhaften Ertrag des Fischfanges und der Jagd angewiesen waren. Ich war sehr erstaunt zu hören, dass man in England doch noch einige Hoffnung hat, die Verlorenen zu finden, und noch erstaunter auch J. Goodsir und einen seiner Brüder, der Geistlicher ist, in derselben befangen zu finden, umsomehr, als ich erfuhr, dass ihr jüngster Bruder, ebenfalls ein Naturforscher, auf den im Jahre 1849 von der englischen Regierung nach Franklin abgesandten Schiffen sich befinde. Man denke sich die Lage dieser Brüder und namentlich des jüngsten, der, in unwirtlicher Gegend, mit den Elementen kämpfend und selbst in Lebensgefahr, entweder dem entzückendsten Wiedersehen oder dem schmerzlichsten Funde entgegengeht, und sicherlich wird auch der Kälteste voll Mitgefühl dem endlichen Lose dieser Familie entgegensehen.

Die Edinburgher Anatomie ist kein Gebäude für sich, sondern bildet nur einen Teil des grossen palastähnlichen, im Viereck gebauten College, in dem alle Anstalten der Universität sich befinden. Jeder Professor hat hier ganz abgeschlossen für sich seinen besondern Teil mit Hörsaal, Sammlungsräumen, Arbeitszimmer und anderweitigen Lokalitäten, eine sehr zweckmässige Einrichtung, bei der viele der Kollisionen, die in Deutschland so oft am kollegialen Leben rütteln, vermieden werden. Wir sahen die Bibliothek, das zoologische Kabinett, das manches zu wünschen übrig lässt, eine schöne Sammlung für Agrikulturwissenschaft, die in Schottland bekanntermassen sehr hoch steht, und die embryologische Sammlung von Simpson. In letzterer, die jedoch nur flüchtig durchgegangen werden konnte, fielen mir besonders auf einige Gipsabgüsse, Extremitätenstummel von Embryonen nach Selbstamputationen darstellend, an denen nach Simpsons Angabe wieder Nägel und Rudimente von Fingern sich gebildet hatten. Simpson behauptet, mehrere Fälle der Art gesehen zu haben und zeigte uns auch ein Spirituspräparat, das mir ganz beweisend schien, nur möchte ich das Ganze eher als Nagelbildung an abnormer Stelle den schon bekannten Fällen von solchen anreihen; ich wenigstens konnte von Fingern mit Hartteilen nichts entdecken, und sassen die Nägel nur auf ganz winzigen Stümmelchen fest in der Haut. Simpson zeigte uns auch einen schönen Fall von ungemein verdicktem Amnios, das offenbar den Fötus in seiner weiteren Entwickelung gehemmt und schliesslich alle Teile desselben eng umschlossen hatte, so dass die Extremitäten und der Kopf wie in engen Handschuhen drin zu liegen schienen und auf den ersten Blick ganz rätselhaft sich ausnahmen. — Die Hörsäle im College sind alle sehr zweckmässig eingerichtet; der anatomische ist, wie das in England meistens sich findet, ein steil gebautes Amphitheater mit Beleuchtung von oben und besser als alle mir bekannten deutschen, wie ich denn überhaupt die britischen Universitäten in dieser Beziehung den deutschen voranstellen muss. Die Art des Dozierens ist wie bei uns, nur werden in ganz England sogenannte Diagrams, d. h. kolossale schematische Abbildungen auf Papier oder Leinwand, für unentbehrliches Erfordernis gehalten, ein Auskunftsmittel, das zwar für den Professor sehr bequem ist, aber dem Lernenden ein genaues Erfassen des Darzustellenden sehr erschwert und daher dem bei uns üblichen Zeichnen während der Vorträge, wodurch alles nach und nach dem Beschauer aneinander sich reiht, meist nachzustellen ist.

Ausser Goodsir und dem College sahen wir noch manche der Edinburgher Notabilitäten und Anstalten. Im Hospital bewunderten wir weniger die Sicherheit als die Ruhe und Eleganz, mit der Syme operiert, erstere findet sich auch bei uns in Deutschland, allein letztere weniger, und hätte ich mir wirklich einige unserer mit zurückgeschlagenen Ärmeln und grosser Schürze geschäftig hantierenden Chirurgen als Zuschauer gewünscht. Christison hat die innere Abteilung und macht dem grossen Namen, den er in Deutschland hat, alle Ehre; er ist auch als Mensch sehr achtungswert und wird wohl neben Simpson der beliebteste Arzt Edinburghs sein. Dieser letztere lebt und webt in seinem Fache und ist wohl unstreitig der erste Gynäkologe Grossbritanniens, wie er denn auch sonst nicht viele seines Gleichen haben mag, und vielleicht keinen, der ihn übertrifft. Was mir denselben besonders wert machte, war weniger seine ungemein reiche Erfahrung und seine Genialität in der Therapie — denn um diese gehörig zu würdigen, hätte ich Praktiker sein müssen — als sein wissenschaftlicher Sinn, sein Streben nach einer physiologischen Basis für sein ärztliches Handeln. Als wir ihn sahen, war er gerade mit der Frage über den Einfluss des Nervensystems auf die Kontraktionen des Uterus beschäftigt und hatte, um dieselbe zu lösen, vor kurzem bei einigen trächtigen Tieren (unter andern bei Schweinen) unmittelbar vor dem Gebärakte in den einen Fällen das Rückenmark in seiner untern Hälfte zerstört, in den andern den Grenzstrang des Sympathicus in der Bauchhöhle durchschnitten. Die Resultate, die noch vervollständigt und dann ausführlich bekannt gemacht werden sollen, waren, soweit die Versuche gehen, die, dass der Gebärakt auch ohne Einwirkung des Rückenmarkes sich vollendet. — Ausserdem beschäftigte sich auch Simpson sehr lebhaft mit der Frage, die jetzt in England zum Teil aus Parteirücksichten vielfach besprochen wird, nämlich der, wer eigentlich der Entdecker der Reflexerscheinungen gewesen sei. Marshall Hall hat, wie es scheint, nicht das Talent gehabt, sich Freunde zu erwerben, und da hat man dann herausgebracht, dass schon Prochaska und Unzer einige Kenntnis der Reflexe hatten und hält ihm nun dies tagtäglich vor, ja es ist selbst eine englische Übersetzung der Schrift von Unzer im Werke! Schade, dass der gute Deutsche nichts mehr davon erfährt, zu welchen Ehren er jetzt gelangt.

Noch erwähne ich von wissenschaftlichen Anstalten das College of surgeons mit reicher pathologischer und vergleichend-anatomischer Sammlung, das College of physicians mit herrlich ausgestatteten Räumen für die Bibliothek, die Sitzungen der Mitglieder und einer Sammlung von Arzneistoffen, dann den botanischen, den zoologischen und Agrikulturgarten. Eine ausführliche Schilderung derselben zu geben bin ich nicht imstande, und daher erzähle ich Ihnen lieber noch von zwei naturhistorischen Expeditionen, die wir von Edinburgh aus machten, die eine nach der berühmten Vogelinsel, dem Bassrock, die andere, um im Firth of Forth mit dem Schleppnetze zu fischen. Der Bass ist ein isolierter Felsen von etwa ½ Meile Umfang und 150 bis 200 Fuss Höhe, der 20 Meilen von Edinburgh bei North Berwick am Eingange des Firth steil aus dem Meere sich erhebt und schon seit alten Zeiten durch die Menge der auf ihm nistenden Tölpel (Sula alba) bekannt ist. Da die London-Edinburgher Eisenbahn nahe an der Küste vorbeigeht, so war es uns ein Leichtes, ohne zuviel Zeitversäumnis einen Ausflug nach demselben zu machen, doch wurde dieser Anlass auch noch benutzt, um in der Nähe der Küste der Eröffnung einiger alten Gräber beizuwohnen, in denen ziemlich wohlerhaltene Skelette gefunden wurden. Die Expedition auf dem Meere selbst hätte Czermak und mir, die wir allein dieselbe unternahmen, dann beinahe ein unwillkürliches Bad gekostet, denn ein scharfer Wind wehte unsere Nussschale von einem Boote tüchtig hin und her, doch kamen wir glücklich nach dem Felsen. Derselbe war selbst jetzt noch, wo die Brütezeit doch längst vorbei war, von Vögeln dicht besät, so dass die Felswände teils von den Tieren, teils von ihren seit Jahrhunderten hier angehäuften Exkrementen, wahrem einheimischem Guano, ganz weiss waren und in der Ferne wie beschneit sich ausnahmen. Indem wir die Insel umfuhren, hatten wir die beste Gelegenheit, das interessante Schauspiel der auf jedem noch so kleinen Vorsprunge nistenden und wie Vedetten ins Meer spähenden Vögel recht bequem geniessen und zugleich auch an dem zierlichen Fluge unzähliger Scharen aufgescheuchter Tiere uns ergötzen zu können, doch wären wir gerne auch auf den Gipfel des Bass gestiegen, um die Brüteplätze in der Nähe zu sehen und etwaige verspätete Junge im Neste zu erhaschen. Allein es war der Zugang zur Höhe durch eine Thüre gesperrt und ein am Morgen von uns gemachter Versuch, von dem in Cantybay, einem kleinen Küstenorte, wohnenden Pächter der Insel den Schlüssel zu derselben zu erhalten, ganz misslungen, weil — es eben Sonntag war, ja selbst mit nicht gerade sonntäglicher Derbheit abgefertigt worden. So konnten wir ganz gegen unsere Absicht nicht mehr als einen kleinen Vorsprung am westlichen Teile der Insel betreten, und mussten am Ende noch froh sein, nur Schiffer gefunden zu haben, die sich kein Gewissen daraus machten, uns am Sonntag zu rudern. — Der Rückweg bot nichts weiter hier Erwähnenswertes dar, ausser etwa das, dass wir bei dem Dörfchen White Chapel, als wir die kleine gotische Kirche uns ansahen, auf unerwartete Weise an den früheren Zustand der anatomischen Studien in England erinnert wurden. Wir fanden nämlich auf dem Kirchhofe mehrere ungeheure eiserne Gitterwerke in Form von Särgen ohne Deckel, und auf unser Nachfragen, was diese gewaltigen, von 12 Menschen kaum zu bewegenden Massen bedeuten, wurde uns die Antwort, diese sogenannten Safes (von safe, sicher) seien früher gegen die Resurrectionists gebraucht und als Deckel zum Schutz der neu begrabenen Särge verwendet worden. Dass auf einem abgelegenen Dörfchen, 20 Meilen von Edinburg, solche Massregeln nötig waren, begreift sich nur, wenn man weiss, dass im vorigen Jahrhunderte die englische Regierung gar nichts für die Ausbildung der Ärzte in der Anatomie that, was nach und nach die Männer der Wissenschaft dahin führte, neben anderen noch erlaubten

Wegen auch unrechte zu betreten, um sich Leichen für den Unterricht zu verschaffen. So entstanden die sogenannten Auferstehungs-männer, welche sich ein wirkliches Geschäft daraus machten, bei Nacht und Nebel die Kirchhöfe zu berauben und die Leichen den anatomischen Theatern zu verkaufen. Nach und nach kam die Sache so weit, dass sie fast offenkundig wurde und namentlich auch die Behörden ganz gut um dieselbe wussten, allein die letzteren liessen die Leute stillschweigend gewähren, und so wäre man sicherlich schliesslich dazu gekommen, in ihr Treiben als in ein fast notwendiges Übel sich zu ergeben, wenn nicht am Anfange dieses Jahrhunderts ihre Kühnheit alles Mass überschritten und die öffentliche Stimme mit Macht sich erhoben hätte. Das Volk begann durch die „Safes", durch Bewachen der Kirchhöfe sich zu schützen und am Ende musste auch die Regierung einschreiten und den Resurrectionmen das Handwerk legen. Indem sie es aber unterliess, für das nicht zu leugnende Bedürfnis des medizinischen Unterrichts Vorsorge zu treffen, erweckte sie nur ein noch grösseres Übel und rief die Burke und Genossen hervor. Die Leichen nämlich wurden nun nach und nach so selten, dass sie von den Hochschulen und jungen Ärzten mit 20—30 Pfund bezahlt wurden, und dieser hohe Preis reizte schliesslich zu Verbrechen. So kam es, dass in den zwanziger Jahren zuerst in Edinburgh durch Burke, nachher auch in London und Dublin, das scheussliche Handwerk aufkam, Menschen durch Aufkleben einer Pechmaske umzubringen und dann, da dieser Tod keine äusseren Spuren hinterliess, die Leichen derselben als die natürlichen Todes gestorbener armer Leute zu verkaufen. Die Tragödie endete bekanntlich mit der Hinrichtung Burkes, dessen Skelett in der Edinburger Anatomie zu sehen ist, und mit der Beseitigung der Übelstände, welche zu derselben Veranlassung gegeben hatten. — Wenn die unschuldige Sula alba bis zu Burke geführt hat, so stehe ich nicht dafür, dass unsere „Dredging party" nicht ebenfalls weit abseits mich bringt. Das Schleppnetz, Dredge, ist ein für den Zootomen unentbehrliches Instrument geworden, seit E. Forbes im ägäischen Meere und Milne Edwards an den Küsten Siciliens durch dasselbe so schöne Resultate erhalten haben, und war es uns daher sehr erwünscht, durch Goodsirs Gefälligkeit die Gelegenheit zu erhalten, dasselbe zu erproben. Das Schleppnetz ist eigentlich nichts als eine Austernkratze von feinem Baue, und bedarf man wie bei dieser zu seiner Anwendung ein starkes Boot und mässigen Wind, um das Instrument, das am Boote befestigt ist, mit einer gewissen Kraft über den Grund zu führen. Wir waren an einem schönen Morgen nach Newhaven gefahren, wo uns ein Boot erwartete. Schon am Ufer überraschte mich die Menge von Seetieren, die die Fischer als unbrauchbare Zugabe zu ihrer Beute weggeworfen hatten, und noch mehr geriet ich in Erstaunen, als dann später in der Gegend der Insel Inchkeith die Ergebnisse von etwa 20 Zügen nach und nach vor unsern Augen sich anhäuften. Das schottische Meer ist in der That viel reicher als man vermutet, wenn man, wie ich, die deutschen Küsten der Nordsee bei Helgoland und Föhr gesehen hat, wozu am meisten das durchweg felsige Ufer beitragen mag. Wir fingen an dem einen Morgen eine so grosse Zahl von Tieren, dass ich später eine ganz ordentliche Blechkiste damit füllen konnte, unter andern viele Strahltiere (Asterias aurantiaca, Solaster papposus, Asteracanthion glaciale, 2 Echinusarten, eine Ophiura), eine Menge Mollusken (Phallusien, Cardium, Buccinum, Pecten, Venus, Melibaea), Anneliden (Pontobdella, Amphitrite, Eunice, Aphrodite, Hermione) und Polypen (Virgularia, Antennaria, Tubularia, Lobularia); doch muss ich gestehen, dass das ganze Geschäft derart war, dass dasselbe durchaus einen besondern Anzug notwendig gemacht hätte. Der Firth of Forth hat nämlich in der Nähe von Edinburgh einen ganz weichen unreinen Grund und kommen mit den ersehnten Raritäten auch Unmassen von schwarzem Schlamme, leere Austernschalen, Scherben, Eisenstücke u. s. w. herauf, die der Sache das Poetische benehmen. Ganz anders muss es bei reinem Grunde und Wasser sein, und da könnte man dann vielleicht auch das meines Wissens bisher nur von Fischern in Anwendung gebrachte Wasserteleskop gebrauchen.

Ausser Edinburgh sahen wir auch noch Glasgow, doch nur auf einen Tag, da es uns in dieser Stadt wegen des kolossalen Schmutzes und Elendes ganz unheimlich zu Mute ward. Wir besuchten hier, da gerade Ferien waren, nur Allen Thomson, den Professor der Anatomie, der uns zu Liebe vom Lande hereingekommen war, und das Huntersche Museum. Thomson ist ein gescheiter, unterrichteter Mann in den besten Jahren, der namentlich in der deutschen Litteratur gut zu Hause ist. Sie kennen die vergleichend-anatomischen und physiologischen Arbeiten desselben und ich teile Ihnen daher nur mit, dass ich in seinem Privatmuseum einige interessante Präparate fand, wie zwei Doppelmissbildungen von Hühnerembryonen, eine vom ersten und eine vom dritten Tage, ferner sehr junge Rochenembryonen mit eben hervorsprossenden Brustflossen und äusseren Kiemen, Hundeeier mit Furchungen, Schafembryonen mit eben sich bildender Allantois und ohne solche, ferner einen Fall von Einmündung der Cava inferior in die Vena azygos in der Bauchhöhle mit Einsenkung der Venae hepaticae direkt ins Herz, und eine Insertion der Vena coronaria magna in den linken Vorhof. Auch zwei Cysticerci bewahrt Thomson auf, die aus der Camera anterior von 2 Individuen entfernt worden waren, und dann zeigten er und sein Prosektor uns Zeichnungen, die bewiesen, dass sie, wie sich ergab, ohne von Ihren Erfahrungen zu wissen, ebenfalls die Übereinstimmung des Cysticercus der Maus und der Tänia der Katze beobachtet hatten. Der anatomische Hörsaal, in dem Thomson doziert, ist nicht sehr zu rühmen, und dasselbe gilt auch von dem John Hunterschen Museum, das seinem bedeutenden Rufe nicht ganz entspricht. Die anatomische Abteilung desselben ist in ganz finsteren Räumen enthalten und hat durch und durch einen verwahrlosten Anstrich. Es mögen unter den 2900 meist pathologischen Präparaten, die der genaue Katalog angiebt, manche hübsche Sachen sein, allein dieselben sind, da hier, wie in allen englischen Sammlungen, die ich sah, die Gläser fest zugemacht sind, seit langen Jahren nicht ans Licht gekommen, und daher teils in altertümlicher Weise aufgestellt, teils verdorben. Am meisten interessierten mich noch die Präparate über den Uterus gravidus und dann die Originalzeichnungen Hunters, die in der Bibliothek des Museums sich finden. Ferner war ich nicht wenig erstaunt, als Thomson mir ein Huntersches Präparat der Pacinischen Körperchen aus dem Mesenterium der Katze zeigte, die im Kataloge vermutungsweise als lymphatische Drüsen hingestellt sind. In der Bibliothek finden sich auch noch die Originalzeichnungen zu Vesals Knochen und Muskeln, und ein nicht ediertes Werk von Douglas über Knochen mit sehr schönen Tafeln, unter denen mir namentlich genaue Abbildungen der Epiphysenknochen und von Durchschnitten der Fusswurzel auffielen. — Glasgow hat zwei medizinische Kollegien und studieren an denselben ungefähr 200—230 Mediziner; das Hospital, das wir ebenfalls sahen, ist gross und gut eingerichtet und enthält namentlich auch grosse Räume für die Sektionen und den pathologisch-anatomischen Unterricht.

4.

London, den 24. Oktober 1850.

Schnell, wie wir nach Schottland gelangt waren, eilten wir auch zurück, dank den allverbreiteten Eisenbahnen, doch nicht ohne Liverpool und einen Teil von Wales, namentlich auch die berühmten zwei Brücken am Menaikanal gesehen zu haben. London selbst fesselte Czermak, der zum erstenmale hier war, länger und hätte auch auf mich denselben Einfluss geübt, wenn nicht die Ferien mit raschen Schritten zu Ende gegangen wären. Doch wusste ich immerhin 3 Wochen zu erübrigen und diese genügten, um alte Freundschaften wieder aufzufrischen und mich mit dem wichtigsten seit 5 Jahren Vorgefallenen bekannt zu machen. Mein Haupttrachten war diesmal egoistisch auf mikroskopische Präparate, namentlich auf Injektionen gerichtet, von deren Vortrefflichkeit schon längst die Kunde zu mir gelangt war, ohne dass ich bisher in den Besitz von solchen hätte kommen können. Einer meiner ersten Gänge war daher zu Queckett, dem Assistenten Owens am Hunterschen Museum, der als Hauptvertreter der technischen Mikroskopie in London bezeichnet werden kann. Ich fand in demselben, wie ihn schon Hyrtl mir geschildert hatte, einen sehr gefälligen einfachen Mann, der mit der grössten Bereitwilligkeit seine Sammlungsschränke mir öffnete und mit allem, was er überhaupt wusste und als gut erprobt hatte, mich bekannt machte. Hatte ich schon bei Harting gestaunt, so war es hier noch um so mehr der Fall, da die von Queckett angelegte mikroskopische Sammlung, wie er mir sagte, an die 10,000 Nummern umfasst, in der Güte ihrer Präparate der holländischen auf keinen Fall nachsteht und an Eleganz dieselbe weit übertrifft. Es ist in der That, wie wenn auch in diesem Gebiete die verschiedenen Volkscharaktere sich aussprächen. Der deutsche Mikroskopiker hat in der Regel keine Sammlung, sondern macht sich sein Präparat, oft nicht ohne Mühe, wenn er es braucht, und wenn sich dies auch noch so oft wiederholt, der Holländer und Engländer dagegen, die sind klug und weise und sammeln; doch zeigt sich auch bei ihnen ein Unterschied,

denn während der erstere ohne weiter ein Überflüssiges zu thun das
Gesammelte sauber und reinlich aufbewahrt, lässt der letztere auch
noch hierin seinen Erfindungsgeist walten und richtet sich alles so bequem und elegant als möglich ein. Übrigens liegt die Verschiedenheit
des deutschen und englischen Mikroskopikers auch in der verschiedenen
Stellung der Histologie in beiden Ländern. Bei uns wird dieselbe fast
nur von Männern der Wissenschaft als ernstes Studium betrieben, während
in England das Mikroskop, so zu sagen, populär ist, und daher auch
viel mehr mit Untergeordnetem sich befassen muss, um den gewöhnlichen Fassungskräften und den Wünschen der Menge sich anzupassen.
In England ist es etwas ganz Gewöhnliches, im Salon der Gelehrten
das Mikroskop auf dem Tische und die Männer an demselben beschäftigt
zu finden, während vielleicht dicht daneben ein Flügel rauscht oder
eine Arie ertönt, ja nicht selten blickt auch ein schönes Auge in das
glänzende Instrument hinein und bewundert den einem Bilde des Kaleido-
skopes gleichen Durchschnitt eines Echinusstachels, ein zierliches Pflanzen-
gewebe oder eine buntfarbige Injektion. Um wieder auf Queckett zu
kommen, so mag Ihnen das am besten von der Zahl seiner Präparate,
die übrigens alle dem College of surgeons gehören, eine Vorstellung
geben, dass von denselben jetzt auf Kosten des College ein Katalog in
3 Quartbänden mit vielen Abbildungen erscheint. Der erste Band ist
bereits fertig und enthält unter dem Titel: Descriptive and illustrated
Catalogue of the histological Series contained in the Museum of the
R. College of surgeons of England, Vol. I, London 1850, eine Beschreibung von 404 pflanzlichen und 762 tierischen Geweben und auf
18 Tafeln mehr als 400 mit Hilfe der Camera lucida nach der Natur
kopierten Abbildungen. Viele der zum Teil ziemlich ausführlich beschriebenen Präparate habe ich selbst gesehen und hebe ich besonders
hervor 1. Blutkörperchen von Lepidosiren annectens von $1/570''$ Länge,
$1/940''$ Breite, ganz wie die von Siren beschaffen, 2. elastische Fasern
aus dem Lig. nuchae der Giraffe, sehr breit und mit regelmässigen
Querstreifen, die mir von kleinen Höhlungen im Innern der Fasern
herzurühren schienen, ähnlich den Reihen von Löchern, die man hie
und da in menschlichen elastischen Fasern sieht, 3. Knorpelgewebe sehr
vieler Tiere, unter andern von Lepidosiren, Siren, Planirostra, Ornithorhynchus, Echidna, Bradypus, Casuarius, Struthiocamelus etc., ferner
Knorpel aus einem Enchondroma und von Sepia, mit scheinbar sternförmigen Zellen wie Knochenkörperchen, 4. sehr zahlreiche Schliffe der
Hartgebilde von Polypen, Mollusken, Strahltieren und Crustaceen, unter
denen namentlich die der Schalen von Bivalven und Terebrateln sehr
interessant sind. Die Abbildungen sind im ganzen recht gut, doch
dürfte manches etwas schärfer sein. Was man überhaupt an dem Ganzen
vermisst, ist, dass sehr häufig die Deutung des Abgebildeten und Beschriebenen fehlt, so namentlich bei den interessanten Hartgebilden der
Wirbellosen. Hätte Queckett hier die Genese mit berücksichtigt, so
wäre er sicherlich zu schönen Resultaten gekommen, so aber giebt er
nicht wesentlich mehr, als wir durch Carpenter wissen, der durch seine
umfassenden Untersuchungen die Forscher zuerst auf die hier vorkom-

menden sonderbaren Bildungen aufmerksam gemacht hat. Immerhin
verdient Queckett alles Lob für den grossen Fleiss, den er an das
Buch gewandt, und wird dasselbe sicherlich durch das reichliche in ihm
enthaltene Material von bleibendem Nutzen sein. Übrigens ist der
interessanteste und beste Teil der Queckettschen Sammlung noch nicht
beschrieben und abgebildet, wie namentlich die Knochen- und Zahnschliffe
und die Injektionen. Die letzteren vor allem sind ausgezeichnet und
stehen den Hyrtlschen in nichts nach, ja übertreffen dieselben insofern, als sie feucht aufbewahrt sind und die Teile wie natürlich zeigen.
Hierin stimmen die englischen mit den Utrechter Präparaten überein,
von denen sie jedoch wiederum durch ihre Eleganz abweichen. Jedes
Präparat liegt hier ganz sauber in einem gläsernen Kästchen, das so
zu Wege gebracht wird, dass auf einen Objektträger ein niedriges Segment einer dicken runden oder viereckigen Glasröhre angekittet und
dann mit einem Deckgläschen fest geschlossen wird. Das ganze Verfahren ist in Quecketts Buch über das Mikroskop ausführlich beschrieben, doch möchte seiner Anwendung bei uns vor allem das ent-
gegenstehen, dass die vortrefflichen Kitte, „marine glue" und „gold size"
genannt, die zum Befestigen der Glasröhrchen und Deckgläschen dienen,
bei uns kaum zu haben sind. Ich brachte mir dieselben, sowie das
nötige Material an Glas aus London mit und will nun wenigstens einen
Versuch machen, ob ich Zeit und Geduld finde, um in Quecketts
Fussstapfen zu treten. Doch fürchte ich, dass ich nicht weiter komme,
als dass ich mir die 2 Pfd. dünnes Glas, über die ich jetzt verfüge,
selbst mit einem feinen Diamanten schneide und vielleicht hie und da
ein seltenes Präparat, das ich nicht allzeit machen kann, aufhebe, zumal da ich in England für eine schöne Summe Injektionspräparate
angekauft. In London wird nämlich jetzt die Mikroskopie so schwung-
haft betrieben, dass es 3—4 Händler giebt, die sich mit nichts anderem
befassen, als Präparate zu verfertigen. Die besten fand ich bei Topping
und bei Hett, welcher letztere dieselben von Rainey erhalten soll, und
waren dieselben nahezu das Ausgezeichnetste, was ich in diesem Gebiete
gesehen. Schade, dass sie so teuer sind, ich hätte sonst bei Hunderten
gekauft, aber für Schliffe 1—2 Schilling und für Injektionen 2½ bis
4 Schilling zu zahlen, das ist für die Etats deutscher physiologischer
Institute zuviel, um weit gehen zu können.

Queckett ist nicht bloss für die histiologische Sammlung des
Hunterschen Museums thätig, sondern giebt auch seit einer Reihe
von Jahren einen mikroskopischen Kursus, in dem er, wie es
scheint, namentlich ältern Leuten, Ärzten und Freunden des Kleinen
im Raume seine Präparate vorführt und kurz erläutert. Die Art, wie
dies geschieht, ist so praktisch und zugleich ergötzlich, dass ich Ihnen
dieselbe nicht vorenthalten kann, zumal Sie ja auch Vorstand einer
physiologischen Anstalt sind. Denken Sie sich also ein beleuchtetes
Amphitheater, in welchem in der ersten Reihe an die 40 Zuschauer
und gegenüber Queckett an einem langen Tische mit sechs Mikroskopen sich befinden. Sowie ein Gegenstand besprochen ist, wird er
unter ein Mikroskop gegeben und nun alles so eingerichtet, dass er

9*

glücklich bei den 40 cirkulieren kann, ohne des Vortragenden Hilfe in Anspruch zu nehmen, oder die Hörer selbst in Verlegenheit zu setzen. Zu dem Ende ist vorerst zwischen dem Tische des Professors und denen der Studierenden ein Schienenweg angelegt, auf dem die Instrumente, von denen jedes auf einem besonderen Brette mit Rollen steht, mit Leichtigkeit sich bewegen. Am Mikroskope selbst ist alles unverrückbar befestigt, einmal der Spiegel, der von einer auf dem Brette des Mikroskopes fixierten Lampe sein Licht erhält, zweitens der Objektträger, der zwischen besonderen Messingplättchen eingeklemmt wird, drittens der Tubus des Mikroskopes selbst, und endlich auch der Objekttisch, der nicht, wie sonst an allen englischen Mikroskopen, durch zwei Schrauben mit den Fingern bewegt wird, sondern nach Quecketts Erfindung durch zwei zweizinkige metallene Gäbelchen, die sich entfernen lassen. So ausgerüstet und in allen seinen Teilen unverrückbar, denn dass das Instrument selbst ganz fixiert ist, braucht nicht gesagt zu werden, geht nun das Mikroskop auf die Reise und kommt sicher und ungefährdet bis zum letzten Manne, ohne dass man einmal nachzusehen braucht. Und damit gar nichts fehle, ist auch noch ein Assistent da, der den Laufpass zu dem Präparate schreibt, ferner neben dem Mikroskope eine Skala mit einem festzustellenden Zeiger, um die Vergrösserung anzugeben, endlich — Ehre dem Erfinder — auch ein Zeiger in dem Okular, um selbst dem minder Bewanderten die besonders interessanten Stellen des Objektes, etwa dieses Fäserchen oder jenes Kernkörperchen, bestimmt anzudeuten, kurz alles ist besorgt, nichts vergessen, als etwa, dass nicht alle Augen bei derselben Einstellung gleich deutlich sehen; allein das ist sicherlich nichts gegen die Bequemlichkeit, ohne weiter von seinem Sitze sich zu erheben, in einer Stunde 40 Zuhörern 20 bis bis 30 Präparate zeigen zu können. Ich wenigstens hätte schon oft eine solche mikroskopische Eisenbahn mir gewünscht, wenn unsere eifrige Jugend das Mikroskop umlagerte und alle Augenblicke das Objekt den gierigen Blicken sich entzog, allein auch das scheint ein pium desiderium bleiben zu wollen, und ist vorläufig noch alle Aussicht vorhanden, dass der deutsche Professor sein Brot im Schweisse seines Angesichtes essen wird.

Ausser der Queckettschen Sammlung giebt es in London noch sehr viele ähnliche, denn mit wenigen Ausnahmen hat hier jeder, der nur irgend mit dem Mikroskope sich beschäftigt, seine eigenen Präparate. Besonders erwähnenswert sind die Nierenpräparate von Bowman, die Injektionen von Rainey, die Carpentersche Sammlung von den Hartgebilden der Wirbellosen und die Zahn- und Knochenschliffe von Tomes. Die Präparate von Bowman hatte ich zwar schon früher gesehen, allein gerne durchging ich dieselben wieder, als ich diesen meinen alten Freund wieder besuchte, um mich an der Schönheit derselben, die der gelehrten Welt aus Bowmans Abhandlung über die Nieren bekannt ist, zu erfreuen. Bei Bowman hatte ich auch Gelegenheit, in einer grossen gelehrten Abendgesellschaft, in der nicht weniger als sechs Mikroskope fungierten, einen Teil der andern erwähnten Präparate nebst noch manchen anderen zu sehen, was mich dann ver-

anlasste, denselben weiter nachzuspüren. Bei Carpenter, Professor
der Physiologie am London-Hospital, fand ich mehrere 1000 Schliffe
von Molluskenschalen und von den Hartteilen von Radiaten, Crustaceen
und Polypen, sowohl von lebenden als von fossilen Tieren, alle sehr
schön und belehrend. Besonders interessant waren mir die Schalen
von Pinna, an denen zum Teil ein Bau ähnlich dem des Zahnschmelzes,
nur in kolossalen Verhältnissen, sich erkennen lässt, ferner die der
Terebrateln, die besondere Kanäle für weiche Fortsätze der Tiere enthalten, und die von Anomia mit einem verästelten, in Bezug auf seine
Funktion unbekannten Röhrensysteme. — Von Raineys Injektionen
durchging ich nur einen kleineren Teil, doch gehörten dieselben zu dem
Schönsten, was mir noch vorgekommen ist, namentlich die von Darmzotten, Lungen, Gefühlswärzchen, Fetträubchen vom Menschen und
verschiedenen Tieren, dagegen brachte ich bei dem liebenswürdigen
Tomes eine gute Zeit zu, um wenigstens das Wichtigste seiner 4000
Zahn- und Knochenschliffe zu studieren. Tomes ist Surgeon dentist
am Middlesexhospital, gründlich wissenschaftlich gebildet und schon seit
langer Zeit mit Untersuchungen über den Bau der Zähne und Knochen
beschäftigt, deren Resultate teils in seiner Anatomy, Physiology and
Pathology of teeth, teils in der Cyclopaedia of Anatomy mitgeteilt sind.
In der neuesten Zeit hat er der Royal-Society zwei Abhandlungen über
den Bau der Zähne bei den Nagern und Beuteltieren vorgelegt, die
beide auf die Untersuchung vieler Arten basiert sind und viele interessante Verhältnisse aufdecken, von denen ich selbst an den Präparaten
Tomes mich zu überzeugen Gelegenheit hatte. Besonders wichtig
scheinen mir die bei den Beuteltieren gefundenen Verlängerungen der
Zahnkanälchen in den Schmelz hinein, ein Verhalten, aus welchem
Tomes schliesst, dass Schmelz und Zahnbein nicht so sehr differieren,
als man bisher annahm; ob mit Recht, kann ich vorläufig nicht entscheiden. Schön sind ferner die Zahnschliffe von Nagern, bei denen
die Schmelzfasern Lamellen bilden, und in den verschiedenen Lamellen
eine verschiedene Richtung einhalten, so dass manche Schliffe eine zier-
liche Kreuzung derselben ergeben, ausserdem bei den Mäusen auch sehr
zierlich gezähnelt sind, etwa wie die Linsenfasern von Fischen. —
Tomes hat im Sinn, nach und nach die Zähne aller Tierklassen zu
beschreiben, ein Unternehmen, zu dem jeder, der die reichen Schätze
seiner Sammlung gesehen hat, ihm nur Glück wünschen kann.

Ich kann die Mikroskopiker von London nicht verlassen, ohne
nicht auch noch derer zu gedenken, die, ohne grössere Sammlungen zu
besitzen, doch zu den ersten der Wissenschaft gehören. Bowman und
und Sharpey möchte ich an die Spitze der englischen Mikroskopiker
stellen, doch ist zu bedauern, dass dieselben in der letzten Zeit minder
thätig in den Fortgang der Wissenschaft eingegriffen haben, als früher.
Sharpey ist ein gründlicher, äusserst belesener Mann, der die deutsche
Litteratur namentlich vortrefflich kennt und auch sehr viel untersucht,
aber nichtsdestoweniger nicht leicht zum Schreiben kommt, und in der
neuesten Zeit ausser dem histiologischen Teil in Quains Anatomy
Vol. III nichts von sich hat hören lassen. Bowman kommt, leider

möchte ich fast sagen, immer mehr in die Praxis hinein und wird so
nach und nach der feineren Anatomie, die er vor allen anderen zu
fördern berufen war, verloren gehen. Von seinen vielen Berufsgeschäften
(er ist auch Professor am Kings-College) zeugt die Langsamkeit, mit
der die mikroskopische Anatomie, die er mit Todd herausgiebt, erscheint;
ja es ist selbst fast zweifelhaft, ob deren vierte Abteilung, auf die wir
seit 1847 warten, überhaupt fertig wird, obschon etwa 10 Bogen derselben
gedruckt sind, wie ich selbst sah. Noch am meisten hat sich Bowman,
der besonders auch Augenarzt ist, in der neuesten Zeit mit der Anatomie
des Auges beschäftigt, und dann auch seine zum Teil schon in Zeitschriften publizierten neueren Erfahrungen in einem hübschen Schriftchen
„Lectures on the parts concerned in the operations on the eye etc.
London 1849" mitgeteilt. Dasselbe giebt neben pathologisch-anatomischen
und praktischen Bemerkungen eigentlich eine fast vollständige feinere
Anatomie des Auges, und sind besonders die Retina und der Glas-
körper mit grossem Fleisse behandelt. Ich ersah aus dieser Schrift, dass
nicht, wie ich in meiner mikroskopischen Anatomie angegeben, Hassall,
sondern Bowman der Entdecker der Fortsätze der Nervenzellen der
Retina ist. Bowman hat schon im Jahre 1847 in seinen Lectures im
Ophthalmic-Hospital (mitgeteilt in der London Med. Gazette 1847) die
sternförmigen Nervenzellen der Retina ganz genau beschrieben und
dann auch in seiner neueren Schrift, die mit Hassalls erster Mitteilung über diesen Gegenstand (im letzten Hefte seiner Microscop. Anatomy 1849) gleichzeitig ist, seine früheren Angaben bestätigt. Bowman
fand solche Zellen beim Menschen und Pferde, obschon hier schwer
darstellbar, und dann ausgezeichnet schön bei der Schildkröte, bei der,
wie seine Beschreibung und mir mitgeteilten Zeichnungen ergeben, die
Fortsätze zahlreich, lang und vielfach verästelt sind, etwa wie bei den
Zellen der Subst. ferruginea Med. oblongatae. Auch Bowman denkt,
wie es nahe liegt zu vermuten, an einen Zusammenhang der Retina-
fasern mit diesen Fortsätzen, spricht sich jedoch beim Mangel aller direkten
Beobachtungen nicht weiter aus, wie er denn überhaupt auch über die
Funktion der Zellen selbst nicht einmal eine Konjektur wagen will.
Und mit Recht, kann man wohl sagen, denn wenn auch sicherlich
dieser grauen Substanz der Retina allen Analogien zufolge eine hohe
Bedeutung zugesprochen werden darf, so möchte doch, so lange nicht
das Verhalten der Zellen zu den Nervenfasern des Optikus genau ermittelt
ist, eine jede Hypothese vorzeitig sein. Künftige Forscher werden vor
allem danach zu suchen haben, ob nicht von diesen Zellen Fasern ausgehen, die die zwei Retinae verbinden, wie bei der Existenz vorderer
bogenförmiger Fasern im Chiasma leicht möglich wäre, ob vielleicht die
Optikusfasern an diesen Zellen enden und neue Nervenfasern an ihnen
beginnen, oder ob die Zellen etwa nur einseitig nach der Retina zu
Nerven entsenden, alles Fragen, die für die Physiologie von der grössten
Wichtigkeit sind, und die Bowman, bei seinen sonstigen Leistungen
in diesem Gebiete, mit etwas mehr Musse sicherlich der Lösung nahe
gebracht hätte.

Noch mehr den theoretischen Studien abgewendet als Bowman ist Todd, der bekannte Herausgeber der Cyclopaedia of Anatomy, doch macht es ihm alle Ehre, dass er trotz seiner grossen Praxis doch der Professur der Physiologie und feineren Anatomie am Kings-College, die er mit Bowman zusammen inne hat, mit Energie vorsteht und an allen Fortschritten der Wissenschaft einen thätigen Anteil nimmt. Es ist nicht zu leugnen, dass diese Besetzung theoretischer Fächer durch wirkliche Praktiker, wie sie in England so häufig ist, auch ihre gute Seite hat, denn wenn auch in einem solchen Falle ein Professor sein Nominalfach vielleicht nicht wesentlich weiter bringt, so wird er doch dasselbe mit der gesamten übrigen Medizin viel mehr in Einklang zu setzen imstande sein, und durch den Umfang und die Einheit in seinem Wissen das ersetzen, was ihm an Eigentümlichkeit abgeht. — Während Todd seine Musse den physiologischen Studien zuwendet, so haben dann Paget, Simon, Wharton Jones zu dem dem Arzte schon näher liegenden pathologisch-anatomischen Gebiete sich gewendet. Simon, durch seine ausgezeichnete Abhandlung über die Thymus in weiten Kreisen bekannt, hat neuerlich „Lectures on general pathology" herausgegeben, in denen mit dem Engländern eigentümlichen praktischen Takte dasjenige, was in diesem schwierigen Gebiete wirklich auf Thatsachen sich basieren lässt, in anziehender Sprache und klar und bündig vor die Augen tritt. Wharton Jones hat in den letzten Jahren, an seine Untersuchungen über die Blutkörperchen anschliessend, die Entzündung beim Frosche experimentell studiert und mit einer grösseren Abhandlung (soeben erschienen in Guy's-Hospital reports VII. 1. 1850) den Astley Cooper-Preis davongetragen. Dieselbe enthält viele aller Beachtung werte Angaben, auch physiologische, wie z. B. die, dass die Kapillaren nicht kontraktil sind, dass die Zusammenziehungsfähigkeit der Arterien durch die Durchschneidung der sie begleitenden Nerven oder der grossen Nervenstämme nicht aufgehoben wird, und zeichnet sich dadurch vorteilhaft aus, dass sie so wenig als möglich von der objektiven Basis sich entfernt; das möchte jedoch gegen Wharton Jones einzuwenden sein, dass er das beim Frosche Gefundene vielleicht allzuschnell auf den Menschen überträgt, und in Beziehung auf dieses ist es dann ganz erwünscht, dass gleichzeitig mit ihm auch Paget an Fledermausflügeln Untersuchungen über die Veränderungen der Blutgefässe bei der Entzündung angestellt hat, die in manchen Punkten abweichende Resultate ergaben, wie in seinen „Lectures on inflammation" (London Medical Gazette 1850) zu ersehen ist. Paget, Professor an der grossen medizinischen Schule in Bartholomews-Hospital, ist einer der talentvollsten englischen pathologischen Anatomen, der namentlich die pathologische Gewebelehre zu seinem Studium erwählt hat, und im Besitze einer umfassenden Kenntnis auch der deutschen Litteratur und eines reichen Materials, in der günstigsten Lage ist, der feineren pathologischen Anatomie, wie sie in Deutschland erstand, in England Bahn zu brechen. Pagets Arbeiten, namentlich seine am College of surgeons gehaltenen „Lectures on nutrition, regeneration and the healing process" und „on inflammation" bezeugen, dass er dieser seiner Aufgabe ganz gewachsen

ist, und ist es nur zu wünschen, dass ihm auch in Zukunft Musse genug
zu selbständigen Arbeiten in diesem Gebiete bleibe. —

Sie werden sich wundern, dass ich noch immer nichts von Zoologie
und vergleichender Anatomie erwähnt, die Ihnen doch vor
anderem am Herzen liegen. Der Grund ist einfach der, dass mir in
London nicht Zeit genug blieb, um alles zu ergründen. Es versteht
sich von selbst, dass ich das Huntersche Museum, an feuchten
Präparaten aus der komparativen Anatomie unstreitig das reichste
existierende, öfters besuchte und die Bekanntschaft mit seinem berühmten
Vorstande Owen erneuerte, allein zu einem genaueren Durchgehen
seiner mehr als 23,000 Präparate kam ich nicht. Owen hatte die
Güte, mir ihre neuen Erwerbungen zu zeigen, unter denen namentlich
viele Fossilien, wie der Schädel von Dinornis, viele neue Knochen dieses
Riesenvogels und von dem verwandten Palapteryx, Knochen des Megatherium u. s. w., aber auch eine grosse Zahl neuer Präparationen sich
befinden. Unter den letzteren fielen mir besonders auf die inneren
Teile des Rhinoceros, schöne Präparate zur Embryologie der Edentaten
und Beuteltiere, ferner alle Belege zu Owens Untersuchungen über
die Tuba Eustachii der Krokodile, über den Apteryx, über das Skelett
der Wirbeltiere, alles ausgezeichnete Stücke, die eines längeren genauen
Studiums vollkommen wert gewesen wären. Owen ist immer gleich
thätig und benutzt seine ausgezeichnete Stellung und grossen Mittel in
einer solchen die Wissenschaft fördernden Weise, dass selbst der Neid
hier verstummt und man sich sagen muss, die Stelle habe einen ihrer
würdigen Mann gefunden. Nur eines ist mir aufgefallen, was aber
nicht Owen, sondern dem College of surgeons zur Last fällt, nämlich,
das dasselbe so wenig zur Verbreitung der anatomischen Kenntnisse in
weiteren Kreisen beizutragen scheint. Eine solche Anstalt sollte notwendig auch eine grosse Schule sein; sie sollte nicht bloss eine ausgezeichnete Sammlung und einen trefflichen Vorstand haben, sondern
auch stets eine Anzahl für die Wissenschaft begeisterter junger Männer
um sich sammeln und in ihren Bestrebungen fördern und unterstützen.
Da leistet fürwahr eine bescheidene deutsche Universität mehr und erzieht
die Studierenden besser zur Selbstthätigkeit als dieses reiche Institut,
an dem zwar jährlich drei ausgezeichnete Reihen von Vorlesungen
gehalten werden, aber meines Wissens auch nicht Ein junger Mann in
Anatomie und Mikroskopie praktisch eingeführt wird.

Nächst dem College of Surgeons besuchte ich noch das Britische
Museum, den zoologischen Garten im Regents-Park und das Museum
of economical geology in Jermyn-Street. Im zoologischen Garten
war Owen ein unschätzbarer Führer, da er nicht bloss den Bau, sondern
auch die Lebensverhältnisse der Tiere fleissig studiert hat, und hatte
ich von einem einmaligen Besuche in seiner Gesellschaft mehr Nutzen
als von allen meinen früheren. Eine Schilderung der reichen Schätze
des Gartens erlassen Sie mir, doch muss ich Ihnen noch erzählen, dass
auch ich den Hippopotamus besucht, dieses merkwürdige, von männiglich
angestaunte Tier, das seit der Römer Zeiten zum erstenmal wieder in
Europa zu sehen ist. Es ist in der That ein interessantes Geschöpf,

das, um es richtig beurteilen zu können, notwendig im Wasser gesehen
werden muss. So plump und unbeholfen es ausserhalb desselben aussieht, so beweglich und behend ist es in seinem Elemente, bald munter
an der Oberfläche schwimmend, bald frei am Grunde umherspazierend.
Man begreift nicht, wie das kolossale Tier scheinbar ohne alle Anstrengung sich so lange (5—8 Minuten) unten erhalten kann, doch deutet
schon das, was von seiner Organisation äusserlich sichtbar ist, darauf
hin, dass es ein Amphibium ist. Abgesehen davon, dass die Augen
und Nase, namentlich die ersteren, sehr hoch sitzen, etwa wie bei
Batrachiern und Krokodilen, und einer bedeutenden Retraktion fähig
sind, so können dieselben auch und ebenso die Ohren beim Tauchen
durch besondere Einrichtungen geschützt werden. Die Augen nämlich
haben eine grosse, sehr bewegliche Nickhaut, die Nasenlöcher sind jedes
von zwei Klappen begrenzt, die willkürlich geschlossen werden können,
und am Eingange des äusseren Gehörgangs ist ein wulstiger Vorsprung
(der Tragus?), der ganz denselben Dienst thut. Nächst dem Hippopotamus interessierte mich auch sein Wärter, ein Shegya-Araber von
jenem merkwürdigen Stamme, der bei schwarzer Farbe die Eigentümlichkeiten der kaukasischen Rasse darbietet und zeigt, wieviel Wert bei der
Einteilung des Menschengeschlechts auf die Hautfarbe zu legen ist. —
Aus dem Regents-Park rekrutiert sich einem guten Teile nach die
zoologische Sammlung des Britischen Museum, eine der reichhal-
tigsten der Welt. Zu einer Charakterisierung derselben reicht mein
zoologisches Wissen bei weitem nicht aus, und will ich Ihnen daher
nur sagen, dass für mich das Anziehendste desselben die Petrefakten
waren, namentlich da der Gelehrte Waterhouse den Erklärer derselben machte. In der That sind das Mastodonskelett, das nach den
einzelnen Knochen des Museums und des College of surgeons restaurierte
und äusserst natürlich in Gips gearbeitete Megatherium, die vielen
Ichthyosauren und Plesiosauren, das Sivatherium, die zahlreichen Elefanten-
und Mastodonschädel, die fossilen Cephalopoden, z. B. die Belemniten
mit Abdrücken der Weichteile und so noch manche andere Gegenstände
von so durchgreifender Wichtigkeit, dass sich auch der Anatom bei
denselben heimisch fühlt. Ich bedauerte nur, dass uns Deutschen so
selten die Gelegenheit geboten ist, die Anregungen und Eindrücke, die
wir in den grossen Museen des Auslandes erhalten, weiter zu verarbeiten
und schliesslich zu verwerten. Es geschieht bei uns zwar im ganzen
nicht wenig für die Kenntnis vorweltlicher Tiere, allein zum Teil fehlen
die Mittel, zum Teil sind die Sammlungen zu zerstreut und auch zu
wenig allgemein zugänglich. In England ist das ganz anders, da ist
alle Freiheit in der Benutzung, die nötige Konzentration und kräftige
Unterstützung von oben. So wird schon seit einer Reihe von Jahren
eine geologische Untersuchung von ganz Grossbritannien auf Kosten
der Regierung vorgenommen, die die Aufgabe hat, ganz genaue Karten
anzulegen und alles auf diesen Gegenstand Bezügliche zu sammeln.
Mit diesem Unternehmen, das De la Bêche dirigiert, ist auch das
neue Museum of economical geology verbunden, das schon jetzt
sehr schöne Sammlungen von Felsarten und Petrefakten besitzt und

einzig in seiner Art zu werden verspricht. Hier fand ich auch einen guten alten Freund, E. Forbes, eifrig beschäftigt mit dem Publizieren der hier aufgespeicherten Schätze, was ebenfalls auf Staatskosten geschieht. Von Forbes sind in den Memoirs of the geological survey of the united Kingdom im Jahre 1849 und 1850 schon drei Hefte erschienen, enthaltend einen Teil der Echinidae, Asteridae und Trilobiten Englands mit genauen Beschreibungen und sehr schönen Abbildungen vorzüglich der neuen, zum Teil sehr interessanten Arten und Gattungen. Forbes hat sich schon in seinen früheren Arbeiten und auch jetzt wieder als einen der thätigsten und unterrichtetsten Kenner der wirbellosen Tiere in England erwiesen und sicherlich wird das Museum in Jermyn Street den grössten Nutzen davon ziehen, einen solchen Mann an sich gezogen zu haben. Kennen Sie schon seine „Monography of the British naked-eyed Medusae" in den Abhandlungen der Ray Society aus dem Jahre 1848? Es ist dies ein Prachtwerk, Beschreibungen und Abbildungen von nicht weniger als 43 Scheibenquallen mit nackten Augen von den englischen Küsten, unter denen 34 neue Arten und Gattungen sich befinden. Forbes hat das Material zu dieser Arbeit bei seinen vielen Fahrten an den britischen Küsten gesammelt und man muss erstaunen, dass es ihm gelungen ist, die so zarten und zum Teil winzigen Tiere, um die es sich handelt, so genau aufzufassen und zum Teil selbst in ihrem Baue und sonstigen Lebensverhältnissen zu erforschen. Das wichtigste in der letzten Beziehung von ihm Aufgefundene ist unstreitig das, dass er die Beobachtung von Sars über die Vermehrung der Cytaeis octopunctata und Thaumantias multicirrata durch Sprossen bestätigt und erweitert hat. Forbes sah 1. wie Sars, Sprossenbildung von den Ovarien aus bei Thaumantias lucida, und eben solche und zwar symmetrisch vom gestielten Magen aus bei Cytaeis octopunctata, 2. beobachtete er aber auch unregelmässig stehende zahlreiche Sprossen am Stiele der Sarsia gemmifera Forbes und an der Basis der Randtentakeln bei Sarsia prolifera Forbes, und waren auch in diesen Fällen, wie in denen von Sars, die hervorkeimenden Tiere den Muttertieren ganz gleich. Erwähnenswert ist auch, dass Forbes durch ein bestimmtes Experiment zeigt, dass nicht die ganze Scheibe der Quallen kontraktil ist. Er entfernte nämlich bei einer grossen Rhizostoma die sogenannten Muskelbänder auf der untern Seite der Scheibe an einer Hälfte mit einem Skalpell, und das Tier war einseitig gelähmt.

Besondere kontraktile Elemente sind also hier sicher vorhanden, ob wirkliche Muskelfasern ist eine andere Frage. Ich habe in Italien bei verschiedenen Quallen, namentlich bei Pelagia, zweierlei Fasern gefunden, einmal sehr feine, Fibrillen des Bindegewebes ähnliche Fäserchen in grösseren oder kleineren Bündeln beisammenliegend, die in verschiedenen Richtungen sich kreuzten, und zweitens homogene oder leichtkörnige, aber nicht quer gestreifte breitere Fasern von 0,004''', die parallel beisammen lagen und als kontraktile Elemente gedeutet werden können. Welchen kontraktilen Elementen der höheren Tiere dieselben analog sind, wird die Entwickelungsgeschichte derselben lehren; vorläufig möchte ich dieselben eher genetisch den quer gestreiften Bündeln anreihen, insofern als sie die Bedeutung verschmolzener Zellenreihen zu haben scheinen. In der neuesten Zeit beschreibt Agassiz (On the naked-eyed Medusae of the Shores of Massachusetts pag. 239) bei Sarsia muskulöse Faserzellen, wie bei den glatten Muskeln von Wirbeltieren, von denen ich sonst bei Wirbellosen noch keine Spur gesehen habe.

Ich schliesse meinen Brief, indem ich Ihnen noch sage, dass ich mit Czermak von London aus auch einen kurzen Abstecher nach Oxford machte. Ausser Prof. Acland, dem strebsamen Vorstande der kleinen eben entstehenden anatomischen Sammlung, und Dr. Strickland, der mit Dr. Melville die Ihnen wohl bekannte schöne Monographie über den Dodo gearbeitet hat, fand ich jedoch wenig den Mediziner direkt Ansprechendes. Ich besah in Gesellschaft eines alten Bekannten, des Dr. V. Carus, der seit einem Jahre mit Dr. Acland hier arbeitet, den halb skelettierten Dodokopf im Ashmolean-Museum, und den Schädel des Ziphius Sowerbiensis in Aclands Sammlung, ein Unicum, und kehrte dann, nachdem ich den sonstigen Eindrücken dieser eigentümlichsten aller Universitätsstädte mich hingegeben hatte, recht zufrieden, nicht auf immer hier weilen zu müssen, in rascher Fahrt nach dem zwar geräuschvollen, aber unendlich mehr bietenden London zurück, von dem ich nur zu bedauern habe, dass ich es nicht länger geniessen konnte. Es ging mir aber in London wie mehr oder weniger auf der ganzen Reise, wenn ich eben anfing etwas besser mit den Anstalten und Leuten bekannt zu werden, kam die unerbittliche Notwendigkeit und trieb mich fort. Halten Sie mir aus diesem Grunde meinen kurzen Reisebericht zugute und nehmen Sie ihn als das auf, als was er gegeben wird, nämlich als einige ganz anspruchslos hingeworfene Bemerkungen über das, was mich besonders interessierte oder zufällig zu meiner Kenntnis kam.

Briefe an meine Familie aus Schottland und England im Jahre 1850.

1.

Oban, den 18. September 1850.

Hier sind wir, Czermak und ich, also glücklich im Westen Schottlands, gegenüber den Inseln Mull und Staffa angelangt. Wir verliessen Edinburgh am 17. abends und machten an diesem Tage vorher noch eine hübsche Spazierfahrt in Begleitung von Patientinnen des Professor Simpson, der uns dazu eingeladen hatte, nach zwei etwa vier Meilen von Edinburgh entfernten Schlössern. Um 10 Uhr morgens fuhren wir fort, zuerst bei Holyrood palace vorbei, wo man uns das Badehaus der Maria Stuart zeigte, dann um den schönen Hügel Arthurs Seat, der sich dicht neben Edinburgh erhebt, und von vielen Punkten der Stadt aus gesehen werden kann, herum, worauf wir dann bald nach Hawthornden (Hagedornhöhle) gelangten, wo

man uns Höhlen zeigte, in denen Bruce und Wallace, die schottischen
Wilhelm Tells, sich verborgen gehalten hatten. Dann kamen wir
weiter nach Rosslyn Castle und durch die Pentland Hills
abends 6 Uhr wieder zurück. Die Simpsons waren überhaupt sehr
liebenswürdig und gaben uns Empfehlungsbriefe in die Highlands. Auch
traf ich bei ihnen eine Dame Mrs. Tootal, die in York wohnt und
von Manchester ist, die uns Empfehlungen an den ersten Fabrik-
herrn Englands geben will. Ihr Schwager hat die Schwester der Frau
Albert Escher-Kennedy in Zürich geheiratet und war sie sehr
erfreut zu hören, dass ich diese Dame kenne.

Am Morgen des 17. waren wir auch noch bei dem Professor der
Anatomie John Goodsir gewesen, der mich und Czermak gleich
einlud, wenn wir aus den Highlands zurückkommen, bei ihm zu wohnen,
was wir natürlich mit Dank annahmen. Er ist Junggeselle und hat
ein grosses Haus zur Verfügung, da kann er uns schon aufnehmen.
Das vergass ich Euch noch zu schreiben, dass Dr. Henry Smith in
London, ein Duzfreund von mir, der schon bei meinem ersten Aufenthalte in London sehr liebenswürdig war, mich auch eingeladen hat,
bei ihm zu wohnen, wenn ich nach London zurückkomme. So geht
es uns in England sehr gut und kann namentlich Czermak sich Glück
wünschen, mit mir gekommen zu sein. Offen gestanden ist das Leben
in England nur dann angenehm, wenn man im Hause eines Freundes
aufgenommen ist, während das Treiben in einem Gasthofe auf die
Dauer unausstehlich wird. Mit dem Englischen geht es nun sehr gut;
ich rede frisch drauf los und werde allgemein, namentlich auch meines
Accentes wegen, gelobt. Czermak dagegen ist nur mittelmässig
bewandert, macht aber doch Fortschritte.

Am 17. abends 8 Uhr verliessen wir Edinburgh per Bahn und
kamen um 10 Uhr in Glasgow an, wo wir über Nacht blieben. Am
18. um 6 Uhr morgens fuhren wir dann mit einem Dampfschiffe den
Clyde herunter, eine Fahrt, die namentlich der vielen Schiffe wegen,
die diesen Meeresarm belebten, sehr heiter und anziehend war. Bevor
wir an der Ausmündung des Firth of the Clyde angelangt waren,
fuhren wir durch einen schmalen Meeresarm, die Kyles of Bute, um
die Insel Bute herum und von da in einen sogenannten Sea Loch,
den Loch Fyne, hinein. Zum Unterschiede von den Süsswasserseen,
Freshwaterlochs, nennt man die seeähnlichen Meeresarme, die weit in
das Land hinein sich erstrecken, Sealochs. In diesen sehr langen
Meeresarm fuhren wir nun fast bis zur Hälfte hinein und dann durch
den engen Crinan Canal nach Oban, wo wir um $1/25$ Uhr
ankamen. Wir hatten etwas windiges Wetter, wurden aber nicht seekrank und war ich wenigstens ganz munter, so dass ich Luncheon und
Dinner auf dem Dampfer mit Vergnügen genoss. Die Scenerie war
mitunter sehr schön, besonders als wir nördlich von Arran in den
Loch Fyne hineindampften und erinnerte mich oft an unsere Schweizer-
seen, nur dass die Berge weniger hoch waren und Dörfer, überhaupt
Wohnungen, fast ganz fehlten; auch war das Wetter nicht ganz klar,
so dass man fernere Inseln nicht sehen konnte.

In Oban angelangt, machten wir noch einen Spaziergang nach dem 1 Meile entfernten Dunolly Castle, einer schönen Ruine, von der aus wir eine herrliche Aussicht auf die felsige Küste und viele Inseln hatten, tranken dann um 8 Uhr Thee, womit wir unseren Tag beendeten.

Am 19. morgens um 7 Uhr fuhren wir bei gutem Wetter südlich um die Insel Mull herum nach Jona oder Icolmhill, einer kleinen Insel mit sehr merkwürdigen Ruinen von altchristlichem Kultus. Hier lehrte im Jahre 560 nach Chr. der irische Apostel Columban, dessen Schüler dann die Schotten bekehrten. Gallus, der St. Gallen gründete, war sein Schüler und Columban selbst war in der Schweiz. Nachdem wir die Altertümer besehen hatten, fuhren wir nach der weiter nördlich gelegenen Insel Staffa, wo wir zwei Stunden anhielten, um die herrlichen Basaltsäulen zu bewundern und in den Grund der Fingalshöhle hineinzufahren, welche allerdings einzig in ihrer Art ist und wohl einen besonderen Abstecher wert war. Von da dampften wir dann nördlich um die Insel Mull durch den Sound of Mull, südlich von Morven, das im Ossian oft erwähnt wird, durch eine schöne Meerenge wieder nach Oban, wo wir abends um 7 Uhr eintrafen, um wieder wie gestern, im komfortablesten Hôtel, das man sich denken kann, bei Gasbeleuchtung auszuruhen und beim Thee der Erlebnisse des Tages zu gedenken. Morgen gehen wir durch den Loch Linnhe nach Fort William am Caledonischen Kanale und übermorgen besteigen wir, wenn das Wetter gut ist, den 4300′ hohen Ben Nevis, den höchsten Berg Schottlands.

Ich schreibe Euch wahrscheinlich noch einmal aus den Hochlanden. Ich bin immer ganz wohl und wünsche mir nichts als Euch bei mir zu haben, um alles Schöne erst recht geniessen zu können. Doch wären allerdings die Seefahrten nichts für Mama, vielleicht eher für Marie. Die Engländerinnen machen sich auf dem Meere sehr gut.

2.

Inverness, den 21. September 1850.

Ich schreibe an Bord des Steamers, der uns durch den Caledonischen Kanal führt und gebe den Brief in Inverness auf die Post. Gestern am 20. verliessen wir Oban um 7 Uhr morgens und fuhren zwischen der Insel Lismore und dem Festlande nördlich in den Loch Linnhe hinein. Das Wetter war schön und hatten wir gute Aussicht nach Westen auf die Gebirge von Morven. Dann ging es in den kleinen, nach Osten sich abzweigenden Loch Leven hinein bis zu einem Orte Balahulish, wo wir ausstiegen und alle Passagiere, deren immer sehr viele sind, grosse offene Wagen bestiegen, um in das Thal Glencoe hineinzufahren, das als das wildeste in ganz Schottland gilt, auf uns aber keinen besonderen Eindruck machte, da wir von der Schweiz und Österreich aus ganz anderes gewohnt waren. Dieses Thal ist übrigens auch historisch interessant, indem in demselben im Jahre 1692 der Clan der Mac Donalds vernichtet wurde. Dann bestiegen wir den Dampfer wieder und fuhren bis zum Anfange des Caledonischen Kanals, nahe bei Fort William, wo wir in einem kleinen Orte Banavie, der nicht auf der Karte stehen wird, in einem first rate Hotel „Lochiel arms" übernachteten. Wir hatten abends noch eine hübsche Ansicht des uns gerade gegenüberliegenden Ben Nevis, der, weil er gleich vom Meere aus sich erhebt, ungefähr denselben Eindruck macht, wie der Rigi in Luzern und in der That recht gut aussieht. Wir hatten, wie ich Euch geschrieben, die Absicht, denselben zu besteigen, allein heute war das Wetter so bewölkt, dass gar nicht daran zu denken war, und so entschlossen wir uns, auf einem kleinen Dampfer durch den berühmten Caledonischen Kanal nach Inverness zu fahren, der nördlich von dem Grampian Gebirge ganz Schottland quer durchschneidet. Das Wetter ist nun aber leider so schlecht geworden und der Himmel ganz bedeckt, dass wir sozusagen nichts von der Scenerie sehen konnten. Wir fahren abwechselnd durch Kanäle mit vielen Schleusen und durch Seen, die Loch Lochy, Loch Oich und Loch Ness. Auch einen Wasserfall, den von Foyers sahen wir und langten um 5 Uhr abends in Inverness an, wo uns gleich eine grosse Mannigfaltigkeit von schottischen Trachten erfreute.

Inverness, Sonntag den 22. Wir mussten heute hier bleiben, da am Sonntag keine Wagen gehen. Erst heute Abend um 7 Uhr fuhren wir nach Dunkeld. Wir benutzten den Feiertag, um den Craig Phadric zu besteigen und das sogenannte vitrified Fort anzusehen.

3.

Stirling Castle, 25. September 1850.

Eben zur Abreise nach Edinburgh bereit und am Ende unserer Highlandstour, benütze ich einen freien Augenblick, um Euch von unseren letzten Schicksalen Kunde zu geben. Ihr wisst, dass wir Sonntag den 22. abends von Inverness abfuhren. Wir reisten, wie wir beim Mondscheine erkennen konnten, durch eine ziemlich öde Gegend und verloren gar nichts. Am Morgen um 5 Uhr kamen wir nach Blair Athol, wo es schöner wurde und fuhren durch hübsche Thäler bis 7 Uhr nach Dunkeld, wo wir ein Frühstück zu uns nahmen. Dann setzten wir uns auf eine Conch, wie sie bei Ausflügen in den Highlands gebräuchlich sind, und fuhren nach Kenmore am Loch Tay, an dem wir Taymouth Castle, eine herrliche Besitzung des Lord Breadalbane bewunderten. Hierauf ging es am Loch Tay hin nach Killin und über einen Berg nach Callander, wo wir um 5 Uhr abends anlangten und über Nacht blieben. Am 24. fuhren wir in einem Gig durch eine hübsche Felsenschlucht, die berühmten Trossachs, nach dem Loch Katrine und gingen dann, nachdem wir diesen reizenden See per Steamer befahren hatten, zu Fuss nach Inversnaid am oberen Ende des Loch Lomond hinüber bei herrlichem Wetter. Loch Lomond ist der schönste schottische See, den ich gesehen, der mich ganz an unsere schweizerischen erinnerte. Nach einem guten Luncheon

führte uns ein grösserer Steamer langsam den See herunter nach
Ballochferry, von wo uns dann eine Eisenbahn über Bolton nach
Dumbarton und von da ein Steamer auf dem Clyde nach Glasgow
brachte, wo wir um 7 Uhr ankamen und im Star hotel sehr gut wohnten.

Von hier ging es um 7 Uhr mit der Bahn nach Stirling, wo wir
eben das Schloss von allen Seiten besehen haben und auch im Agri-
kulturmuseum von Drummond waren. Nun warten wir auf die Bahn,
die uns um 1,55 nach Edinburgh führen soll, wo wir um 4½ Uhr bei
Goodsir eintreffen.

4.

Edinburgh, 27. September 1850.

Am 25. abends kamen wir in Edinburgh an und wurden von
Prof. Goodsir aufs freundlichste aufgenommen. Bevor ich Euch jedoch
etwas von unsern Edinburgher Erlebnissen melde, muss ich noch manches
über die Hochlande und ihrer Bewohner erzählen.

Unsere Highlandstour war im ganzen sehr befriedigend, obschon
wir allerdings auch hie und da Regen hatten, allein im September muss
man, namentlich in Schottland, das durch sein feuchtes Klima berüchtigt
ist, immer zufrieden sein. Ausser dem Lande haben wir auch in
den Schotten ein merkwürdiges Volk kennen gelernt, das trotz der
Fortschritte der Civilisation immer noch an vielen Orten mit Zähigkeit
an seinen alten Sitten hängt, namentlich an der Nationaltracht.
Dieselbe besteht 1. aus einem Shirt, 2. aus dem Kilt, d. h. einer
Art kurzen, faltigen Weiberrockes, der fast so wie die Röcke unserer
Zürcher Wehnthalerinnen beschaffen ist und um die Taille befestigt
wird, 3. aus einer Jacke mit Ärmeln und zwei kurzen Schössen hinten,
wie sie die Postillons tragen, 4. aus Schuhen, Brogues, fast wie Tanzschuhe und Strümpfen, Hoses, in der Farbe der Clans, die nicht
über die Waden gehen, 5. aus dem Plaid, einer Art langen Shawls,
der gewöhnlich schief um die Brust und über die linke Achsel geschlagen, auf dieser mit einer kolossalen Broche befestigt wird und
malerisch links weit herabhängt, weiter als man es den Bildern nach
glauben sollte. Hierzu kommt noch 6. eine Mütze mit Federn und
einem Edelsteine, Glengarry genannt, 7. ein Gurt mit Dolch, Dirk,
der reich geschmückt ist und auch für Messer und Gabel Platz übrig
lässt, endlich 8. ein mit Federn verzierter grosser Beutel oder Tasche,
Philabeg, der sehr schwer und an zwei Riemen befestigt vorn über
den Kilt herunterhängt und nötig ist, damit die Kleidung nicht unan-
ständig wird. Geht der Schotte in den Krieg, so hat er noch ein
Schwert, Claymore, an einem besonderen Gehänge, ferner einen
Schild, Target, und ein Gewehr. — Diese Highland dress, an welcher
die nackten Kniee, die an die Tracht der Gemsjäger erinnern, und der
Weiberrock das auffallendste sind, wird übrigens nicht mehr allgemein
getragen. Man sieht sie nur bei Kindern gewöhnlich, bei Erwachsenen
nur in gewissen Gegenden hier und da, nicht bei allen Leuten und
ausserdem bei den schottischen Regimentern und bei Volksspielen, wie

sie alle Jahre unter dem Namen „Gatherings", „Meetings", das heisst
Versammlungen, an verschiedenen Orten vorkommen. Als die Königin
neulich in Balmoral Castle war, fand auch ein solches Fest statt und
da zogen dann die Clans, das heisst die Stämme mit ihren Häuptlingen,
alle in der Nationaltracht auf. — Schottland enthielt früher eine grosse
Menge einzelner Stämme oder besser grosser Familien, die alle denselben
Namen trugen, z. B. Gordon, Stuart, Argyle u. a. m., und von einer
Familie, die die vornehmste war, befehligt wurden. Jeder dieser Clans
hatte eine besondere Farbe seiner Kleidung, von der die Hoses, der
Kilt und Plaid aus quadrilliertem Wollenstoffe, sogenanntem Tartan,
bestanden. Die beliebtesten Farben sind grün, blau, rot und gelb, alle
in verschiedenen Nuancen und mannigfachen Kombinationen. Manche
Tartans sind sehr schön, andere weniger, immer aber wurden sie mit
gleicher Sorgfalt beibehalten. Diese Verteilung der Bewohner in einzelne
kleine Stämme war die Ursache der vielen Fehden, von denen fast kein
Land in früheren Zeiten mehr heimgesucht war, als Schottland, und
nötigte endlich die englische Regierung im vorigen Jahrhunderte, die alte
Clanseinrichtung aufzuheben, so dass nur noch Spuren derselben da
sind und die Clans jetzt verschiedentlich durcheinander und nicht mehr
jeder nur auf seinem besonderen Landstriche wohnen.

Die Schotten besitzen sehr viel Nationalgefühl und immerhin noch
manche Eigentümlichkeiten. Das Land wurde, soviel man weiss, von
Irland her bevölkert, von den Picten, welche die keltische Sprache
sprachen, eine ganz besondere Sprache, die fast kein Wort mit dem
Deutschen, Französischen oder Englischen gemein hat und zur Zeit von
Christi Geburt in ganz Frankreich, einem Teile von Spanien, England
und Irland gesprochen wurde. Jetzt ist diese Sprache nur noch in
Grossbritannien und an einigen Küsten Frankreichs zu Hause, jedoch
nicht als Schrift- sondern nur als Volkssprache. In England findet
sich dieselbe in vier Abarten, von denen sich immer je zwei näher verwandt sind, nämlich 1. in Wales, wo sie Welsch heisst, und in
Cornwallis, wo sie Cornish genannt wird, und 2. in Irland
(Irish) und in Schottland (Gaelic). Wir hörten die letztere oft
reden, verstanden aber kein Wort. Ausser den Picten bewohnten später
auch die Scoten Schottland, welche aus Norwegen und Dänemark
gekommen zu sein scheinen und germanischen Stammes waren. Beide
waren wilde Völker, die sich oft bekriegten und von den Römern, die
ganz England erobert hatten, nicht bezwungen werden konnten. Später
kamen die ersten Bewohner Englands, die Angeln, daher eigentlich
Angelland, und die Sachsen, beide aus Deutschland stammende
Völker, auch nach dem südlichen Teile von Schottland und vermischten
sich mit den ursprünglichen Einwohnern, so dass schon sehr früh die
sogenannten Lowlands of Scotland, das heisst die Teile südlich von dem
Grampiangebirge, sächsisch oder deutsch sprachen. Das Englische selbst
ist, wie Ihr wisst, aus einer Vermengung des sächsischen und altfranzö-
sischen entstanden, indem im 12. Jahrhunderte die Normannen, ein
französischer Stamm, aus der Normandie nach England herüberkamen
und die deutschen Bewohner unterjochten. Obschon derselben kaum

100 000 waren, so bemächtigten sie sich doch fast des ganzen Landes und noch jetzt stammen die meisten adeligen Familien Englands und viele Schottlands von ihnen ab, während das übrige Volk aus sächsischem Blute herzuleiten ist.

Die schottischen Nationalspiele sind zum Teil sehr eigentümlich und spielt bei denselben der Dudelsackpfeifer, wie Du als Vignette meines Briefes einen siehst, eine Hauptrolle. Diese Bagpipers findet man hierzulande recht oft und haben dieselben uns auf fast allen Steamers begleitet. Der Ton des Instrumentes ist beiläufig wie bei einer Klarinette und die Melodien sehr eigentümlich gälisch, wie man sie hier nennt, jedenfalls sehr unausgebildete Musik, wie sie primitiven Leuten zukam. Aus der Ferne macht sich dieselbe nicht übel, aber in der Nähe und wenn man öfter das Vergnügen hat, sie zu hören, greift sie einem die Ohren sehr an. Die schottischen Regimenter sind natürlich auf ihre Bagpipers stolz und mag wohl diese Musik in einem Schlacht-getümmel erhebliche Wirkungen erzielen.

Von Spielen sahen wir einen Tanz, „Gillie-Callum" genannt, den ein Mann auf zwei kreuzweise gestellten, am Boden liegenden Schwertern tanzt, indem er zwischen denselben sonderbar zum Spiele des Dudel-sackes herumhüpft, was ich Euch nicht weiter beschreiben kann, aber zu Hause zwischen zwei Stöcken vortanzen werde! Bei den jährlichen Gatherings kommen verschiedene Sachen vor, so Stein-stossen, Werfen von Äxten, Laufen, Springen, Wettkämpfe im Tanzen auf der Bagpipe u. s. w. — Ich denke, Ihr habt nun bald genug Picten und Scoten und will ich in meinem nächsten Briefe auch etwas von mir erzählen.

5.

Edinburgh, den 30. September 1850.

Prof. Goodsir nahm uns auf das gastfreundlichste auf. Czermak und ich haben jeder ein grosses, gut eingerichtetes Zimmer mit Gas-beleuchtung und einem mächtig grossen famosen Bette. Ferner sind wir auch sonst sehr komfortabel eingerichtet à notre aise, so dass wir es nicht besser wünschen könnten. Und doch wäre ich beinahe in der ersten Nacht verunglückt. Ihr wisst, dass ich die Gewohnheit habe, im Bette etwas zu lesen und so war ich auch am ersten Abende über dem Tom Jones von Fielding, einem berühmten Romane des vorigen Jahrhunderts, den mir Goodsir zum Lesen gegeben hatte, etwas müde geworden, blies einfach die Gasflamme neben meinem Bette aus und legte mich aufs Ohr! Zum Glücke schlief ich nicht sofort ein und da ich gegen Gasgeruch sehr empfindlich bin, dämmerte nach und nach der Gedanke in mir auf, dass ich vergesslich und einer Gas-beleuchtung in einem Schlafzimmer ungewohnt, die Gasflamme mit einer Kerze verwechselt habe. Aufspringen, den Gashahn zudrehen und alle Fenster aufreissen, war eins und dann flüchtete ich mich zu Czermak, indem ich auch die Thüre meines Zimmers offen liess. So gelang es, nach einiger Zeit wieder gesunde Luft in mein Zimmer zu bringen und mich Euch zu erhalten! Immerhin würde ich auch aus andern Gründen nie Gasflammen in Schlafzimmern erlauben.

Bei unserem lieben Freunde Goodsir haben wir uns nur über Eines zu beklagen, dass wir zuviel zu essen bekommen und leider auch — denn Gelegenheit macht Diebe — zuviel essen. So ein Engländer hat eine ungeheure Kapazität. Ich will Dir einmal vorerzählen, was auf den Tisch kommt. Um 9 Uhr Thee, Fisch, Schweinefleisch geröstet, sogenannter Bacon, Eier, Marmelade und Butter und dreierlei Brot. Um 1 Uhr Luncheon mit Beefsteaks oder Cuttlets, Fisch, Kartoffeln, kaltem Braten, Wein. Um 6 Uhr Dinner, bestehend aus Lachs, einem Braten mit drei Gemüsen, dann einem Pudding und einer Crême, schliesslich herrliche Trauben aus Gewächshäusern, Birnen und zweierlei Konfekt, dazu Port, sehr stark, so dass ich denselben nicht trinken kann, Sherry, ebenfalls fast wie Branntwein, dann Rheinwein (Hock) oder Bordeaux, einmal auch Champaign. Nach dem Essen Kaffee. Um 8 Uhr Thee mit Butter, Brot und Konfituren. Um 11 Uhr Whisky mit Wasser und Obst oder Brötchen! Das ist wahrhaftig genug!

Wir gewöhnten uns übrigens sehr bald an dieses komfortable Leben und werden dasselbe solange als möglich geniessen. Am 26. besuchten wir Prof. Simpson und lunchten mit ihm, was so hier Sitte ist. Das ist Einer, wie unser Kiwisch, nur dass er viel mehr zu thun hat (alle Nachmittage hat er im Hospital 50 Damen in seiner Sprechstunde) und mehr einnimmt (für eine Entbindung einmal 10 000 fl. von einer Marchioness!), übrigens kein Schönthuer, sondern ein einfacher, bescheidener Gelehrter. Nachmittags fuhren wir mit Goodsir nach Arthurs Seat, einem 900′ hohen Hügel, dicht bei der Stadt, den wir bestiegen und eine herrliche Aussicht auf das hügelige Edinburgh und das nur ½ Stunde entfernte Meer genossen. Der Abend wurde ruhig zu Hause zugebracht. Am 27. besuchten wir erst die Royal Academy mit Sammlungen von Gemälden und Bildhauerarbeiten, letztere allerdings nur Gipsabgüsse, aber der besten existierenden Statuen, dann Goodsirs anatomisches Kabinett, die Naturaliensammlung, endlich ein Museum für Ackerbau, das alle nur denkbaren Gerätschaften en miniature enthält. Nach dem Essen fuhren wir in Goodsirs Wagen auf Simpsons Landhaus und mussten dort noch einmal essen!

Am 28. gingen wir mit Goodsir, seinem Bruder und einem Antiquar Mr. Wilson nach Midlothian, um erstens einige alte Gräber zu untersuchen und dann den merkwürdigen Bass Rock am Eingange des Firth of Forth zu besuchen. Wir fuhren um 8 Uhr per Rail nach der Station Eastfortune und gingen von da zu einer Farm, wo die Gräber waren. Der Farmer Howden und Frau, sehr gebildete Leute, die 10 Jahre als Indigopflanzer in Indien gelebt hatten, nahmen uns sehr gut auf. Wir frühstückten zuerst bei ihnen, dann gingen wir aufs Feld und gruben drei Gräber auf, die mit Steinplatten bedeckt waren, in denen drei ziemlich gut erhaltene Skelette, alle mit dem Gesichte nach oben, sich fanden, aber keinerlei Schmucksachen oder Geräte. Ein Regen trieb uns wieder in die Farm, wo wir zuerst alle

Einrichtungen besichtigten und dann assen. Eine solche schottische Farm ist vortrefflich eingerichtet und viel besser als die englischen, wie denn überhaupt die Agrikultur in Schottland nahezu am weitesten ist. Die unserige war of an average size, 400 Acres gross, mit 70 Stück Vieh, 16 Pferden u. s. w. Alle solche Farms haben Dampfmaschinen, um das Getreide zu dreschen und die Spreu vom Korne zu sondern. Das Getreide wird nach dem Schnitte in grossen kegelförmigen Haufen, wie man sie bei uns mit dem Heu macht, aufbewahrt und erst im Herbst gedroschen. Nach dem Essen gingen wir zu Fuss ans Meer zu einer schönen Ruine Tantallan Castle, die den Douglas gehört hatte, konnten aber des schlechten Wetters halber nicht nach dem Bass Rock fahren und mussten in einem kleinen Städtchen North Berwick übernachten. Da es am Sonntagmorgen schön war, so entschlossen wir uns, nach dem Bass zu fahren. Diese berühmte Vogelinsel umfuhren wir und besichtigten sie auch am Lande und fanden sie immer noch, obschon die Brütezeit längst vorüber war, von 1000 von Vögeln besetzt, die deutsch Lummen, englisch Solangeese, lateinisch Sula alba heissen. Der Bass ist nur von diesen Vögeln bewohnt, die weiss, so gross wie Gänse sind, aber längere Flügel mit schwarzen Spitzen haben. Zur Brütezeit soll ihre Menge so gross sein, dass man sie mit den Händen fangen kann und die Eier fast zerdrückt. In Schottland giebt es nur noch Eine Felseninsel mit Solangeese und das ist der Aisla Craig, südlich von Arran, den wir auf der Fahrt nach Jona in weiter Ferne sahen. Dagegen kommen Felsen mit anderen Seevögeln in den Orkneys, den Hebriden und in Irland vor.

Vom Bass aus fuhren wir nach Seacliff covert an der gegenüber liegenden Küste und gingen nach North Berwick, wo wir um 3 Uhr assen. Um 4 Uhr ging es in einem Gig nach Drem und per Bahn nach Edinburgh, wo wir um 7 Uhr ankamen.

6.

Edinburgh, den 2. Oktober 1850.

Ich habe Euch noch manches von Schottland zu melden und will es jetzt thun, damit Ihr nicht sagt, dass nur ich von meinen Reisen etwas habe. Die Schotten sind ein interessantes Volk und haben viele sonderbare Sitten. Ihr kennt Gretna Green an der Grenze von England und Schottland. Der dortige frühere Schmied, der die Leute traute, hatte durchaus kein besonderes Privilegium, vielmehr kann in Schottland jeder beliebige unbescholtene Mann eine Trauung vornehmen, vorausgesetzt, dass zwei Zeugen dabei sind. So leicht aber auch das Heiraten ist, so ungemein schwierig ist das Auflösen einer Ehe und das wiegt die Nachteile des ersteren wieder auf. Eine andere alte Sitte ist die, dass ein Asylum für Schuldner in der Stadt Edinburgh selbst besteht, in dem dieselben ganz unangefochten bleiben und aus dem sie selbst an den Sonntagen herauskommen können. In kirchlicher Beziehung sind ferner die Schotten in ihrer Mehrzahl

10*

äusserst streng, so sehr, dass an Sonntagen keine Eisenbahnen und Dampfer fahren, keine Briefe ausgegeben und versandt werden u. s. w. Übrigens sind nicht alle gleich streng, obschon alle recht religiös zu sein scheinen. Die schottische Kirche ist jetzt in zwei grosse Parteien gespalten, in die Freechurchers und in die Anhänger der Established Church. Beide sind Presbyterians und verschieden von den Episcopalians oder den Anhängern der anglikanischen Kirche. Letztere hat viel Ähnlichkeit mit dem Katholizismus, die schottische Kirche dagegen ist der strengste Protestantismus, mehr wie Calvinismus, und ihr Stifter John Knox. Diese nun hat sich gespalten. Die Freechurchers wollen, dass die Parishes, die Gemeinden, ein Veto haben bei der Wahl der Geistlichen, die of the Established Church nicht. Die Sache ist nun soweit gekommen, dass nahezu die Hälfte aller Schotten sich getrennt haben und ihre eigenen Kirchen und Pfarrhäuser erbauten, von denen seit etwa acht Jahren nicht weniger als 700 neu entstanden sind. Ihr könnt hieraus die Bedeutung dieses Schismas ersehen. Übrigens leben die beiderlei Gruppen ganz gut miteinander und ist in Betreff des Dogmas zwischen ihnen keine Abweichung.

Edinburgh ist wohl der Hauptsitz der Wissenschaften in Grossbritannien. Es ist eine zwar lebhafte, aber nicht geräuschvolle Stadt wie London und eignet sich daher sehr gut für Studien. Die Universität wird nicht vom Staate unterhalten und die Professoren haben keine Einnahmen als die Honorare. Diese sind aber sehr reichlich. Edinburgh hat etwa 500 Mediziner und Goodsir in seinen Vorlesungen 2—300, von denen jeder 3—4 L. st. zahlt, was ungefähr 1000 Pfund für ein Colleg macht, etwas mehr als wir in Deutschland erhalten. Übrigens ist seine Stelle auch die beste in ganz England. Das Universitätsgebäude ist ein ganz grossartiges Institut, in dem 20 Hörsäle und sehr viele Sammlungen sind. Ausserdem sind die Colleges of surgeons und of physicians auch Privatunternehmungen.

7.

Edinburgh, den 4. Oktober 1850.

Vor meiner Abreise aus Edinburgh muss ich Euch doch noch einiges mitteilen. Es geht uns bei Goodsir vortrefflich, so dass wir gern noch länger dablieben, allein es kann nicht sein und so haben wir uns entschlossen, am Sonnabend den 5. nach Glasgow zu gehen. Am Montag den 30. besuchten wir den ersten Chirurgen in Edinburgh, Prof. Syme, dann die Colleges of Surgeons and C. of Physicians, grossartige Privatinstitute mit prachtvollen Lokalen und grossen Sammlungen, ferner waren wir auf dem Castle, wo jedoch ausser der Fernsicht nicht viel zu sehen ist. Abends sahen wir in einem scheusslichen Lokale Boxer, hatten aber vor Hitze und Schmutz bald genug. Am 1. Oktober gingen wir zuerst nach dem Holyrood Palace, wo eine schöne Ruine und eine Kapelle mit Darnleys Grab und dann die berühmten Zimmer der Maria Stuart, alle mit dem alten Ameublement, zu sehen sind. Das Zimmer, in dem sie speiste, als Rizzio ermordet wurde, ist ein wahres Kämmerchen der kleinsten Art neben ihrem Schlafzimmer. Auch ein gutes altes Bild von ihr sahen wir. Nachher gingen wir auf den Calton Hill, einem Hügel mitten in der Stadt, mit den Denkmälern des gefeierten schottischen Dichters Burns, den Freiligrath übersetzt hat, und von Lord Nelson. Hier besahen wir uns auch das Astronomische Observatorium. Nachher experimentierten wir etwas mit Goodsir über das Zustandekommen einer Gänsehaut durch elektrischen Reiz und dinierten dann höchst feierlich bei Simpson und sehr splendid.

Am Mittwoch, den 2. Oktober, wohnten wir einer Operation bei Syme bei in der Royal Infirmary (Lippenbildung nach eigener Methode), besuchten dann wie immer in Goodsirs Wagen den Botanischen Garten, der ausgezeichnet ist, ferner den Horticultural Garden. Ersterer hat 30000 Pflanzen und umfasst 40 Acres Land. Nachher fuhren wir in den Zoologischen Garten, wo ein Walfischskelett von 84′ Länge steht und wir auch einen schönen Eisbären sahen. Endlich wurden noch die Sammlungen von Prof. Simpson angesehen und dann bei Prof. Christison, dem ersten Arzte hier, gespeist.

Heute, am 3., frühstückten wir bei Simpson und gingen dann to dredge aufs Meer, d. h. mit einer besonderen Maschine, einem sogenannten Schleppnetze, Seetiere vom Grunde des Meeres heraufholen. Wir dredgten von 10—4 Uhr im Firth of Forth in der Nähe der Insel Inchkeith und fingen sehr viel, was mir nun alles Goodsir nebst einigen hier gekauften Fischen und zwei Solangeese vom Bass Rock einpackt und über Hamburg zusendet. Kommt die Kiste vor mir, so nehmt sie an und lasst Dr. Leydig sagen, er solle sie mit Öfelein auspacken und den Inhalt gut besorgen.

Heute sahen wir noch zwei Operationen bei Syme, darunter eine schwierige: einen Steinschnitt. Dann zeigte ich im College of surgeons einige mikroskopische Präparate, worauf ein Luncheon bei Simpson folgte, der uns noch mit vielen Schriften beschenkte. Abends blieben wir ruhig bei Goodsir, der wirklich der beste Mensch ist, der mir noch vorkam und uns mit Freundschaftsbezeugungen überhäufte. Übrigens war es sehr gut, dass ich geläufig englisch sprach, denn hier versteht fast niemand Deutsch und selbst mit dem Französischen kommt man nicht weit. Czermak hätte allein, der Sprache wegen, eine traurige Figur gemacht. Ich habe Goodsir auf das nächste Jahr zu uns eingeladen und denke daran, vielleicht in 3—4 Jahren mit Euch zu ihm zu gehen.

8.

London, den 8. Oktober 1850.

Hier sitzen wir bei dem abscheulichsten Wetter, das man sich denken kann und vertreiben uns die Zeit mit Schreiben. Das gute Wetter scheint, seit wir Schottland verliessen, nahezu vorüber zu sein,

denn gestern war es den ganzen Tag trübe und regnerisch und heute
abends stürmt es, soviel es vermag, so dass wir herzlich froh sind, keine
Überfahrt vor uns zu haben.

Wir verliessen Edinburgh Sonnabend den 5. um 8 Uhr morgens
und waren etwas nach 10 Uhr in Glasgow. Hier gingen wir sofort
nach dem College, wo Prof. Allen Thomson auf uns wartete, der
von seinem Landsitze, Greenhall, einige Meilen von Glasgow, hereingekommen war, um uns zu sehen. Derselbe zeigte uns die anatomische
Sammlung, das sogenannte Huntersche Museum, das sehr verwahrlost
aussah, und seine eigenen Präparate, die viel Schönes enthielten. Nach
dem Luncheon besahen wir uns etwas die Stadt. Dieselbe ist bekanntlich die dritte Englands mit 400 000 Einwohnern, zugleich auch die
schmutzigste, die mir noch vorgekommen ist. Soviel Lumpengesindel,
soviel Elend sah ich noch nie und hat man hier eine schreckliche
Kehrseite in dem „happy old England“. Hunderte laufen barfuss
mit ungekämmten Haaren in Lumpen auf den Strassen herum, und
wenn man erst in die Wohnungen hineinsieht, wird einem schauerlich
zu Mute. Das Ganze machte einen solchen Eindruck, dass ich keine
Lust hatte, länger als einen Tag zu bleiben. Wir besahen übrigens
noch die Kathedrale, eine einfache, aber grossartige gotische Kirche
aus dem 13. Jahrhunderte. Dieselbe hat unter dem grossen Chore, welcher
jetzt einzig benützt wird, eine sogenannte Krypta, d. h. eine unter-
irdische Kapelle von solcher Ausdehnung, wie ich noch keine sah.
Neben der Kirche ist der Begräbnisplatz, hier Nekropolis, Toten-
stadt, genannt, der malerisch an einem Hügel liegt. Derselbe enthält
sehr viele Monumente. Zu alleroberst auf einer starken Säule die Statue
von Knox, dem Zwingli der Schotten, einem Schüler Calvins, der
seinen Meister an Strenge noch übertraf und im 16. Jahrhunderte greu-
lich in den katholischen Kirchen Schottlands wütete und alles zerstörte,
was nur irgendwie an Popery erinnerte. Dann war auch die Büste des
Bildhauers Lawrence und manches andere zu sehen. Nicht weit davon
ist eine grosse chemische Fabrik, die den höchsten Kamin in England
von 450′ hat. Die Royal Infirmary (das Spital) wurde auch besehen, bot uns aber nichts Merkwürdiges dar. Den Abend verbrachten
wir ruhig zu Hause und schliefen gemütlich bis ½10 Uhr, was wir
in Edinburgh nie hatten thun können.

Nach dem Frühstücke reisten wir um 12 Uhr nach Liverpool. Wir
kamen durch Carlisle, Lancaster, Preston, auch durch Gretna
Green an der Grenze Schottlands, ich wüsste aber Euch nichts
Besonderes von diesen Orten zu sagen. Um ½11 Uhr nachts waren
wir in Liverpool, wo uns ein heftiger Sturmwind sehr im Schlafen
störte. Heute am 7. ist es wegen Wind und Regen unmöglich auszu-
gehen. Um aber doch etwas von Liverpool zu sehen, nahmen wir ein
Cab und fuhren zu den Docks, wo wir namentlich zwei amerikanische
Dampfer von ungeheueren Dimensionen bewunderten. Dieselben sind
300′ lang und 40′ breit und prächtig eingerichtet. Jedes Schiff trägt
2200 Tonnen (1 Tonne = 100 Centner), hat 800 Pferdekräfte und
kostet beiläufig 1½ Millionen Gulden. Die Maschine und Räder sind

kolossal, der Stempel der Pumpe mannsdick, das Ganze so, dass man
vor Staunen ganz weg ist. Die Kabinen sind alle mit zwei Betten,
Sopha u. s. w., klein, aber sehr zierlich. Der Dampfer führt eine Kuh
für Milch, einen Bäcker für frisches Brod, einen Metzger und in diesem
Stile geht es fort. Auch die Docks sind sehr grossartig und ist Liverpool die erste Seestadt Englands.

Wir verliessen Liverpool um 12 Uhr und hatten, als wir in
einem kleinen Steamer den Kanal, der Liverpool und Birkenhead
verbindet, passierten, noch ganz hohen Seegang, so dass meine Freude,
der See glücklich entronnen zu sein, beinahe zu Schanden geworden
wäre. Von Birkenhead fuhren wir per Bahn nach Chester und von
da durch den nördlichsten Teil von Wales nach Bangor, gegenüber
von Anglesea. Der Weg ging immer dem Meere entlang und war
sehr hübsch; namentlich machten sich zwei grossartige Schlösser, Con-
way und Penrhyn wundervoll. Da Bangor nicht ganz nahe an der
Britannia Brücke liegt und doch die letzte Station zum Aussteigen
ist, so nahmen wir hier einen Omnibus nach dem George Hotel, das
dicht am Meeresarme, der Menaistrait, liegt, von wo aus man
beide Brücken sehen kann. Die eine ist die Menai- oder Suspension-
bridge, eine grossartige Drahtbrücke, die über den Meeresarm herüber-
geht, die andere die Britannia- oder Tubularbridge, die berühmte
Eisenbahnbrücke. Diese letztere zog uns ganz besonders an und da
wir um 3 Uhr im Gasthofe angekommen waren, so fuhren wir gleich
in einem Gig 1½ Meilen weit hin und besahen uns das Riesenwerk
und auch die andere Brücke von allen Seiten, bis es dunkel wurde.
Mein nächster Brief wird Euch Abbildungen beider Brücken bringen
und werdet ihr Euch dann dieselben besser vorstellen können, als nach
meinen flüchtigen Schilderungen.

Heute, den 8. Oktober, fuhren wir um 9 Uhr nach Bangor, dann
wieder mit Bahn nach Chester und von da in einem Zuge nach London,
wo ich jetzt in einem Hôtel sitze, das mir Freund Forrer empfohlen hat.

F. Aufenthalt in Messina im Jahre 1852.

In der zweiten Hälfte des August reiste ich z. T. zu Land über Genua, Florenz, Rom, Neapel nach Messina, wo ich Heinrich Müller traf, der von Genua aus direkt mit Dampfern gereist war. Wir beide hatten die Absicht, vergleichend-anatomische Untersuchungen über Seetiere anzustellen. Mitte September kam auch C. Gegenbaur zu uns, der beabsichtigte, den ganzen Winter in Sicilien zu bleiben. Während H. Müller die Cephalopoden und Salpen als Hauptstudium übernahm, untersuchte ich wesentlich die Quallen und Siphonophoren und einige Fische, indes Gegenbaur, so lange wir alle beisammen waren, sich wesentlich mit den Pteropoden und Heteropoden beschäftigte. Über unsere Untersuchungen erschien in der Zeitschrift für wissenschaftliche Zoologie Bd. IV, S. 299—370 ein Sammelbericht, in welchem vor allem meine Beobachtungen über Hydroidpolypen, Siphonophoren und Quallen und über die Leptocephaliden, dann diejenigen von H. Müller über Salpen, Cephalopoden und die Hectocotylusarme dieser ausführlich geschildert sind, während C. Gegenbaur vorläufig nur kurze Mitteilungen über die oben genannten Abteilungen gab. Eine weitere Frucht dieses zweiten Aufenthaltes am Meere war meine ausführliche Abhandlung „Über die Schwimmpolypen von Messina“, Leipzig, Engelmann 1853, Fol., 96 Seiten, 12 Tafeln.

Von unseren Erlebnissen in Messina ist im allgemeinen nicht viel zu sagen. Bei weitem das Interessanteste ist ein Ausflug nach dem Ätna, den H. Müller und ich unternahmen, um den Ausbruch desselben zu sehen. Über diesen Ausflug habe ich in den Würzburger Verhandlungen vom 10. Januar 1853, Bd. IV, S. 37—43 einen kurzen Bericht gegeben, den ich hier wörtlich wiedergebe, da diese Zeitschrift nur eine geringe Verbreitung besitzt. Es heisst da, wie folgt, unter dem Titel:

Die Eruption des Ätna von 1852.

Die ausgezeichnete und lang andauernde Eruption des Ätna im Herbste und Winter 1852/53 scheint, wenigstens den bis jetzt erschienenen Berichten zufolge, von keinem deutschen Geognosten beobachtet worden zu sein, und dürfte es daher immer von einigem Interesse sein, wenn auch nicht von Sachkennern, doch von Naturforschern eine wahrheitsgetreue Schilderung dieses grossartigen Naturereignisses zu erhalten. Aus diesem Grunde habe ich mich dann auch entschlossen, den in der Sitzung vom 10. Januar gehaltenen Vortrag über diesen Gegenstand durch die Verhandlungen unserer Gesellschaft auch einem weiteren Kreise zugängig zu machen, umsomehr, als mein Reisegefährte Professor Heinrich Müller aus Würzburg und ich wenige Tage nach dem Beginne des Ausbruches den Schauplatz besuchten und auch zu den ersten gehörten, welche in die Nähe des wirklichen Kraters sich wagten.

Als ich auf der Fahrt nach Messina, wo ich anatomische Untersuchungen über Seetiere anzustellen gedachte, am 23. August abends ¹/₂8 Uhr von Reggio aus die Meerenge passierte, erblickte ich zuerst das Feuer am Ätna, ohne jedoch anfangs zu ahnen, was dasselbe bedeutete, denn dasselbe war klein und kam auch nicht aus dem Gipfel des Berges, wohin man die Ausbrüche der Vulkane zu verlegen gewohnt ist. Als ich mir dann aber die Entfernung des Berges vergegenwärtigte, ersah ich gleich, dass die Flamme nichts anderes bedeuten könne, als eine Eruption, was auch von dem Kapitäne bestätigt wurde. Die Freude über dieses glückliche und lang gewünschte Zusammentreffen half mir über eine schlechte Nacht auf dem Dampfer Maria Christina hinweg, so dass ich selbst des harten Tisches, auf dem ich Nikolaischer Bestien wegen mein Lager aufgeschlagen hatte, nicht achtete und in gespannter Erwartung den Morgen erwartete. In Messina fand ich am 24. H. Müller, der schon zwei Wochen vor mir angelangt war, eben bereit, nach Catania zu reisen, um sich den Ausbruch anzusehen; doch entschloss sich derselbe gerne, noch bis zum folgenden Tage zu warten, um mir das Mitgehen möglich zu machen, welcher Aufschub insoferne als ganz zweckmässig sich erwies, als derselbe uns die Möglichkeit an die Hand gab, uns durch zwei mit Land und Leuten und vor allem mit dem sicilianischen Jargon bekannten Gefährten, dem protestantischen Geistlichen Dr. Lindenkohl aus Hessen, und meinem Landsmanne, dem Bruder des schweizerischen Konsuls, Theodor von Gonzenbach zu verstärken. — Wir nahmen einen bequemen Wagen mit drei Pferden und fuhren am 25. um 2 Uhr nachmittags ab. Durch ein reiches Gelände mit Pflanzungen von Reben, von Oliven-, Feigen-, Mandel-, Citronen- und Johannisbrotbäumen, dem die zahlreichen jetzt trockenen Fiumaren und die überall am Wege gezogenen Kaktushecken ein noch fremdartigeres Ansehen gaben, kamen wir immer längs des

Meeres und im Genusse einer reizenden Aussicht auf Calabrien und den breiteren Teil der Meerenge in sechs Stunden nach dem berühmten Taormina, wo wir, und zwar in Giardini, einem am Meere gelegenen Dorfe, zu übernachten gedachten. Eine halbe Stunde vor Giardini stiegen wir aus und gingen zu Fuss nach Taormina herauf, wo wir bei schon einbrechender Dämmerung die Ruinen des alten Theaters uns besahen und dann von dem höchsten Punkte desselben aus, begünstigt von der mittlerweile eingetretenen Dunkelheit das Feuer des Ätna anstaunten, das uns bis zu diesem Punkte verborgen gewesen war und nun in ganz anderer Pracht als bei Reggio uns entgegenstrahlte. Der Kustode des Theaters, der bekannte Don Ciccio, früher Schneider, jetzt Antiquar und auch in Malerei machend, zeigte uns in seiner dicht unter dem Theater befindlichen Wohnung schon zwei grosse von ihm soi-disant ad naturam gemalte Ansichten der Eruption und gab uns auch einige Daten über den Anfang derselben, die uns jedoch etwas wunderbar vorkamen. Nach ihm haben zuerst einen Tag vor dem eigentlichen Ausbruche Flammen und Rauch aus dem eigentlichen Krater sich erhoben. Dann soll das Feuer von der Cima nach dem Val del bove sich heruntergewälzt haben und nun hier der neue Krater entstanden sein. Unter diesem Feuer kann jedoch weder aus dem Gipfel ausgeflossene Lava gemeint sein, da eine solche zur Beobachtung gekommen sein müsste, noch weniger eine Spalte von dem Gipfel bis zum neuen Krater, sondern entweder ist damit ein Ausbruch von glühenden Rapilli zu verstehen oder es beruht die ganze Erzählung von dem sich Herunterwälzen auf einer Täuschung, welche um so leichter eintreten konnte, da der Gipfel des Ätna bei Eruptionen häufig von einer dichten Wolke umhüllt ist. So war auch für uns die Cima meist versteckt, was uns jedoch den Anblick der Eruption nicht entzog, da dieselbe etwa in halber Höhe des Berges statt hatte. Von unserem Standpunkte aus hatten wir den vollen Anblick von zwei Feuersäulen, einer grösseren unteren und einer kleineren, dicht darüber gelegenen oberen, die von Zeit zu Zeit zugleich mit einem donnerartigen Getöse an Mächtigkeit zunahmen und einen Lavastrom entsandten, der nach einem Verlaufe von beiläufig drei Miglien den Blicken sich entzog. Interessant war uns die Beobachtung eines Gewitters mit Donner und Blitzen, das unmittelbar in der über den Feuersäulen thronenden breiten Rauchwolke sich entlud, doch wagen wir nicht zu behaupten, dass dasselbe ein sogenanntes vulkanisches Gewitter war, besonders da es gleichzeitig auch drüben in Calabrien donnerte und blitzte. Nachdem wir etwa eine Stunde an dem für uns alle gleich neuen und imposanten Schauspiele uns erfreut hatten, gingen wir nach Giardini herunter, wo uns in dem Albergo des Don Rosario ein für Sicilien treffliches Nachtessen samt reinen Betten erwartete. Am folgenden Morgen den 26. rückten wir um 6 Uhr wieder aus, nahmen vor dem Frühstücke noch ein Bad im Meere, was immer sehr erfrischt und fuhren dann nach Ciarre, einem reinlichen Städchen am Fusse des Berges, jedoch noch dicht am Meere, in welchem wir auf den Dächern eine schwarze, von dem Ausbruche herrührende Asche stellenweise bis auf Liniendicke fanden. Da unser Kutscher hier die grosse Hitze abwarten wollte, so entschlossen wir uns, eine Siesta zu machen und brachen dann um 3 Uhr in Gesellschaft von noch vier Kutschen, meist mit Deutschen aus Messina, nach dem drei Stunden weiter oben gelegenen Dorfe Zaffarana auf, das einige schon von der Lava zerstört sagten. Je weiter wir kamen, umsomehr Leute zu Wagen, Pferde, Esel und selbst zu Fuss trafen wir und in Zaffarana selbst war die einzige, eine Viertelstunde lange Strasse wie auf einem Jahrmarkte mit Menschen gefüllt, ja es fehlte selbst eine Besatzung nicht, um die Ordnung zu erhalten. Die meisten Besucher waren aus Catania, das etwa 4 bis 6 Stunden entfernt ist, dann aus Messina und Aci reale; Fremde sahen wir keine.

In Zaffarana, wo wir gegen 7 Uhr anlangten, waren wir nun schon bedeutend nahe an dem Eruptionsherde, doch war es unmöglich, den Krater oder auch nur die Feuersäule zu sehen, indem dieselbe durch einen Berg von einigen 5000′ Höhe, einem Ausläufer des Ätna, den die Leute Mte. Cassone oder Zoccolaro nannten, verdeckt war, dagegen sahen wir die Gegend derselben durch einen mächtigen roten Schein bezeichnet und hörten auch in dieser Richtung ein in regelmässigen Intervallen von 1—3 Minuten sich wiederholendes Getöse, das bald wie ein furchtbarer Donner, bald wie eine vom Sturm erregte wilde Brandung sich anhörte und um so schauerlicher war, als die eigentliche Ursache dem Blicke verborgen blieb. Dagegen sah man schon vom Dorfe aus in verschiedener Entfernung einzelne grössere oder kleinere, dem Lavastrome angehörende glühende Stellen. Wir schlossen uns nun zuerst an den grossen Haufen an, der nach dem Lavastrome hinauseilte und fanden das Ende desselben in 15 Minuten Entfernung von der Hauptmasse des Dorfes, jedoch sehr nahe an den äussersten einzeln stehenden Häusern. Der am lebhaftesten vorrückende Teil des an seinem Ende etwa 2 Miglien (40 Minuten) breiten Stromes fand sich auf der Seite von Messina und den suchten alle Fremden auf. Derselbe war eben an einem kleinen, etwa 50′ breiten Thälchen angelangt und hatte den nördlichen Teil desselben überschritten, so dass er vom südlichen Rande desselben aus in aller Ruhe und Gemütlichkeit betrachtet werden konnte. Wir fanden die Lava hier in 15 Miglien Entfernung von ihrer Anfangsstelle nicht flüssig, wie wir dieselbe uns gedacht hatten, sondern von so eigentümlichem Verhalten, dass dasselbe nur schwer anschaulich sich beschreiben lässt. Die Oberfläche derselben bestand an den meisten Stellen aus einem Haufen schwärzlicher Brocken von allen möglichen Grössen, vom feinsten Sande bis zu Felsklumpen von mehreren Centnern, ja bis zu solchen von 10 Quadratfuss und darüber. Das Vorrücken des Stromes geschah langsam, so dass er in einer Stunde nur 2—6′ weiter sich schob, jedoch nicht in der Art, dass die ganze Masse gleichmässig und stetig vorwärts ging, sondern ohne alle Gesetzmässigkeit und Ordnung.

Wenn eben noch eine ganze Seite der Lava schwarz und dunkel gewesen war, so öffnete sich auf einmal eine Stelle des 10—30′ hohen Endwalles derselben bald weiter oben, bald weiter unten und heraus quoll unter Zischen und Rauch ein glühender Strom, der von unserem Standpunkte besonders schön sich ausnahm, weil er in das erwähnte, wenn auch nicht tiefe Thälchen herunterfloss. Diesen Strom nun kann ich nicht besser vergleichen als mit Schutt- oder Gerölllawinen, wie sie auf steilen Abhängen der Alpen so häufig zu beobachten sind, denn wenn derselbe auch als ein zusammenhängender feuriger Streifen und auf den ersten Blick als flüssig erschien, so bestand derselbe doch aus nichts anderem, als aus herabrieselnden, zwar feurigen, rotglühenden, jedoch schon festen Lavaklumpen der verschiedensten Dimensionen. Da wir von dem Punkte aus, wo wir standen, ein Stück des Stromes von etwa 5 Minuten Länge übersahen, so hatten wir beständig zwei, drei oder vier grosse Feuerströme und viele kleine vor uns; denn wenn einer versiegte oder schwächer wurde, so thaten sich immer wieder an anderen Stellen neue auf oder öffneten sich die alten Schlünde wieder. Durch dieses Hervorquellen glühender Ströme fester Lava nun, welches dadurch hervorgebracht wird, dass die in den oberen und tiefsten Teilen des Lavastromes noch flüssige und durch die fortdauernde Eruption immerfort nach unten weiterrückende Lava auch die bereits festgewordenen oberflächlichen und unteren Teile mit sich reisst, schiebt sich der ganze Strom für den Beobachter weiter, doch ändern auch die nicht mehr glühenden Stücke, wenigstens am Ende des Stromes und wahrscheinlich auch höher oben ihre Lage fortwährend, indem sie alle Augenblicke durch die hervorbrechenden glühenden Ströme fortgerissen werden. So schreitet der Lavastrom, in seinem Innern und an seiner Oberfläche sich bewegend, zwar langsam und ungleichmässig aber doch stetig fort und reisst alles, was sich ihm entgegenstellt, ins Verderben. So sahen wir eine Menge verschiedener Bäume und Gesträuche von demselben ergriffen werden, und war es ein schauerlich schönes Schauspiel, den Ort der Zerstörung durch die blaue Flamme der brennenden Oliven-, Feigen- und Eichenbäume erleuchtet zu sehen. Manche dieser Bäume widerstehen jedoch merkwürdig lang und fanden wir mitten in der Lava noch aufrechtstehende Stämme, die der intensivsten Wärme trotzten. Am schönsten nahmen sich neben dem Kontraste der roten Lavaglut und der hellen Flamme der Bäume, die nicht selten in ungewohnter Stärke auftretenden Lavaströme aus, namentlich wenn dieselben ungeheure feurige Klumpen zu Tage förderten, welche dann mit grossen Sätzen in das Thälchen herunterrollten, bis sie prasselnd einen Baum zusammenschlugen oder auf einem andern Blocke in tausend Stücke auseinanderstoben. Da war es dann nicht gut in der Nähe sein, wie es denn überhaupt nicht ratsam ist, wenn die Lava steil abfällt, an dieselbe heranzugehen. Dagegen kann man von der Seite mit Leichtigkeit bis auf vier oder fünf Schritte an die äussersten Massen herankommen, wenn der Strom nicht gerade stärker glüht und man den Wind im Rücken hat und wie wir eine an ein Rohr gesteckte Cigarre, wie der Pfarrer meinte, an der Höllenglut anzünden, oder einen noch heissen Lavaklumpen erbeuten.

Als wir die Lava hinreichend betrachtet hatten, fing es uns an zu wärmen, dass wir von dem eigentlichen Ausbruche nichts sahen und wir begannen zu ratschlagen, wie wir wohl dazu kommen könnten, die bocca oder den Mund, der das Feuer speit, zu erschauen. Eine Besprechung mit unseren Führern ergab bald, dass es ohne die mindeste Gefahr möglich sei, einen Berg in der Nähe des Kraters zu besteigen, und so machten wir uns dann nachts 10 Uhr beim herrlichsten Mondscheine mit drei Führern und einem Tiere, das unsere Mäntel und Mundvorrat trug, auf. Gleich ausserhalb Zaffarana trafen wir noch sechs junge Herren aus Aci reale, darunter zwei Ärzte mit zwei Führern, so dass nun eine ansehnliche Karawane beisammen war. Der Weg, der gleich von Anfang an von dem Lavastrome weg an dem südlichen Abhange des Val del bove aufstieg, ging zuerst sehr mühsam durch steile Weinberge und alte Lavafelder, dann angenehmer durch Kastanien- und Eichenwälder, endlich sehr beschwerlich und steil durch Farrengesträuch und Lavageröll. Nach einem fast unausgesetzten Marsche von 3½ Stunden kamen wir endlich sehr ermüdet um ½2 Uhr nachts auf dem Monte Cassone oder Zoccolaro, wie die Führer ihn nannten, einem zwischen 5000′ und 5500′ hohen Gipfel der Ätnaausläufer an, von wo aus wir nun, dicht vor und etwa 250′ unter uns das prächtige Schauspiel der Eruption in grösster Bequemlichkeit, das heisst in unsere Mäntel gehüllt an einem schnell gemachten Reisigfeuer gelagert und einen Becher guten Sicilianer Weines in der Hand, geniessen konnten. Der Krater erschien uns etwa eine halbe Stunde entfernt zu sein, allein unsere Führer behaupteten, es sei nicht mehr als eine halbe Miglie oder 10 Minuten. Auf jeden Fall war derselbe nahe, doch drohte uns, da wir hoch über demselben standen und der Wind von unserer Seite kam, nicht die mindeste Gefahr. Was wir nun sahen, war folgendes:

Aus der Thalsohle des hier etwa eine Miglie breiten Val del bove erhoben sich zwei neugebildete 100—200′ hohe Kegel, ein niedrigerer unterer und ein höherer oberer, aus deren Spitzen aus weitem Schlunde Lava und Feuer herausquoll. Der niedrigere Krater war der thätigere und beständig strömte aus demselben eine mit glühenden Rapilli untermengte Feuermasse, die meist wie eine kolossale 300 — 500′ hohe feuerige Garbe sich ausnahm. Die Feuersäule war übrigens nicht immer gleich hoch und stark, vielmehr zeigte dieselbe regelmässige Intermissionen, indem dieselbe alle 2—5 Sekunden unter furchtbarem Getöse und selbst donnerähnlichem Krachen stärker hervorschoss und dann wieder sich verminderte. Der höhere Krater hatte oft eine ziemlich hohe, schlanke, kegelförmige Feuersäule, war aber weniger thätig als der andere und zeigte auch längere Pausen, häufig selbst Momente gänzlicher Ruhe. Übrigens ergab sich deutlich, dass zwischen beiden Kratern, die dicht beisammen lagen, ein Wechselverhältnis statthatte, in der Art, dass wenn der eine lebhaft spie, der andere seine Thätigkeit verminderte oder ganz ruhte. — Aus beiden Kratern floss hier ein breiter und starker, dort ein schwächerer Strom vollkommen glühender und ganz flüssiger Lava ab, welche am südlichen Fusse des unteren Kraters, mithin auf unserer Seite sich vereinigten und dann gemeinschaftlich ins Thal herabflossen, wo sie im weiteren Verlaufe durch den eigentlichen Gipfel des Berges, auf welchem wir uns befanden, dem Blicke sich entzogen, jedoch — und das kann als ein Beweis der Länge des Stromes gelten — tief unten mit ihren Enden noch einmal zum Vorscheine kamen.

Nachdem wir eine volle Stunde an dem immer grossartigen und in keinem Augenblicke ganz gleichen Schauspiele uns geweidet hatten, machten wir uns auf den Rückweg, diesmal mit Fackeln und Laternen, weil mittlerweile der Mond untergegangen war. Etwas nach 4 Uhr kamen wir wieder in Zaffarana an, sehr erfreut, die Mühe nicht gescheut zu haben, uns einen möglichst vollständigen Anblick von einem Naturereignisse zu verschaffen, das an Erhabenheit von keinem anderen übertroffen und nicht leicht einem Menschen zweimal geboten wird.

Im Anschlusse an diese Schilderung erwähne ich noch mit Vergnügen, dass ich am 23. Juli 1878 von unserem Reisegefährten bei der Ätnafahrt, Herrn Pfarrer Dr. G. Lindenkohl aus Kassel, die Aufforderung erhielt, bei der Naturforscherversammlung dieses Jahres auf seiner Maulbeerplantage bei Kassel sein Gast zu sein, welche freundliche Einladung ich leider nicht annehmen konnte.

Nachdem Müller und ich bis zum 3. Oktober in Messina geblieben waren, gingen wir über Genua, Turin, den Mont Cenis nach Paris, wo wir noch zwei Wochen blieben und Ende Oktober wieder in Würzburg ankamen. In Paris, das ich zum 3. Male besuchte, hielt ich mich diesmal etwas länger auf und benutzte die Zeit, um die Sammlungen aller Art und die Institute zu besuchen. Von Gelehrten, die ich kennen lernte, nenne ich vor allem Claude Bernard und Milne-Edwards. Ich wohnte auch einer Sitzung der Académie an und einer der Société de Biologie, wo ich deren Präsidenten Rayer kennen lernte, doch bekenne ich, dass ich mich im allgemeinen mit H. Müller mehr dem Leben der Stadt hingab und die Gelehrsamkeit etwas vernachlässigte. Auch hatten wir Beide nach unseren langen mühsamen Untersuchungen in Messina eine Erholung nötig und wohl verdient.

G. Reise nach Schottland im Jahre 1857.

1.

Paris, den 23. August 1857.

Ich habe hier mehrere Gelehrte nicht getroffen, die ich gerne gesehen hätte, so Milne-Edwards. Valenciennes hat eine Pleuritis und ist nicht zu sprechen. Am Sonnabend war ich in der Société de Biologie und musste einen Vortrag über meine Leuchtwürmer halten. Heute geht es mir vielleicht ebenso in der Akademie. Im allgemeinen sind die Pariser Gelehrten lange nicht so gastfreundlich, wie die Engländer. Ausser Rayer, bei dem ich Sonnabend speiste, und Milne-Edwards macht gewöhnlich keiner Miene mich einzuladen und fühlt man sich überhaupt wenig zu denselben hingezogen. Auch Masson gefiel mir diesmal nicht. Obschon er im ersten Jahre schon 1000 Exemplare meiner Gewebelehre abgesetzt hat, machte er doch ein süss-saures Gesicht und zählte mir die vielen Kosten derselben auf. Scanzoni sage, in meinen Augen sei das Benehmen Massons, Dor und Socin gegenüber, sehr unfein. Dieselben hatten es übernommen, für Masson ein Werk von Scanzoni zu übersetzen. Und nun, da ein bedeutender Teil der Arbeit schon gethan ist, da sagt auf einmal Masson ab und haben nun die beiden jungen Leute ihre Arbeit umsonst gemacht!

2.

London, den 30. August 1857.

Ich bin wieder sehr angenehm bei Sharpey logiert, doch ist der Aufenthalt in London gerade jetzt für mich nicht besonders angenehm, da fast alles auf dem Lande oder auf Reisen ist. Dies hindert mich auch, das Manuskript der Übersetzung meiner Gewebelehre zu erhalten, da Dr. Simon, der dasselbe vom Buchhändler Parker zur Durchsicht bekommen hatte, in der Schweiz ist und vor 4--5 Wochen nicht zurückkommt. Es war ein arges Versehen von Parker, dass er das Manu-

bin ich jetzt genötigt, länger in England zu bleiben, wenn nicht meine ganze Reise umsonst sein soll, da der Druck nicht beginnen kann, bevor ich daselbe nicht noch einmal gesehen habe.

Ich muss Dir noch erzählen, dass Bernard in Paris im Collège de France vom Könige von Bayern einen Besuch erhielt. Als er gefragt wurde, ob er auch Gelehrte in Bayern kenne, nannte er ihm Liebig, Bischoff und mich und that Se. Majestät der König, als ob er genau wisse, was er an mir hat!

3.

Holy Island bei Arran, den 1. September 1857.

Sonntag abends den 30. August um 8 Uhr verliessen Sharpey und ich London und trafen am Montag morgens um 8 Uhr in Glasgow ein, von wo wir noch eine Stunde mit der Bahn nach Greenock fuhren. Da nahmen wir einen Dampfer, der uns in vier Stunden nach Lamlash auf Arran brachte. Das Wetter war wunderschön und war es ein wahrer Genuss, den Clyde herunterzufahren. Auch das Meer selbst war so ruhig, dass ich rauchte, was bei mir schon etwas heissen will. In Lamlash auf Arran fanden wir Carpenter mit seinem Boote, seinen zwei Knaben und Miss Colville, Sharpeys Nichte, der uns dann nach Holy Island hinüberruderte, was 25 Minuten dauerte. Soweit sind wir auf unserer kleinen einsamen Insel von der übrigen Welt abgeschnitten. Auf Holy Island ist ausser Carpenter, seiner Frau, seinen drei Söhnen und uns dreien nur noch ein Pächter da und nur zwei Häuser, von denen wir das grössere allein bewohnen. Unsere Insel ist jedoch nicht so klein. Sie hat 1½ Stunden Umfang und einen Berg von 1200' Höhe. Bäume und Wald fehlen ganz, mit Ausnahme einiger Obstbäumchen neben den zwei Wohnungen. Dagegen zeigt die Insel stellenweise ordentlichen Graswuchs und wird auch von einigen Kühen, Schafen, Kaninchen und Feldhühnern belebt, so dass wir auch bei stürmischer See keine Gefahr laufen, zu verhungern.

Das Leben ist, soviel ich sehe, hier sehr angenehm. Baden, Fischen, Essen, Mikroskopieren, Schiessen ist der Reihe nach an der Tagesordnung und vor allem herrscht keinerlei Zwang, sondern vollkommene Freiheit zu thun und zu lassen, was jeder will. In diesen Tagen werden wir den Besitzer der Insel, den Duke of Hamilton, besuchen, der uns schon fünf Feldhühner geschickt hat.

Wie lange ich hier bleibe, ist zweifelhaft und hängt dies auch etwas vom Wetter ab, jedoch kaum länger als 14 Tage. Gern hätte ich jetzt wieder einen Brief, denn seit Paris weiss ich nichts mehr von Euch. Doch können wir nicht alle Tage nach Lamlash herüber wegen der oft unruhigen See und so war es auch heute und eine besondere Briefpost für Holy Island giebt es nicht.

4.

Holy Island, den 7. September 1857.

Eueren nach unserer Insel adressierten Brief vom 31. habe ich
am 5. September richtig erhalten und danke Euch dafür. Mir geht es
mittlerweile immer gut und bin ich hier namentlich mit Mikroskopieren
beschäftigt. Nebstdem geniesse ich die freie Natur und das Meer.
Damit Ihr eine Vorstellung habt, wie der Tag hier zugebracht wird,
beschreibe ich Euch das etwas ausführlicher.

Um 7 Uhr wird aufgestanden, um 8 Uhr nach einem kurzen, von
Carpenter gelesenen Gebete und dem „Unser Vater", während dessen
Alle knieen (Carpenter gehört zu einer besonderen protestantischen
Sekte, den Unitariern), gefrühstückt. Nachher eine Cigarre, natürlich
im Freien, und Pistolenschiessen mit Miss Colvill und häufig auch
den andern eine Stunde lang. Dann Mikroskopieren bis zum Mittagessen um 2 Uhr. Nach Tisch Cigarre und ein Spaziergang. Gegen Abend
meist Fischen mit dem Schleppnetze oder in anderer Weise, auch wohl
andere Exkursionen. Endlich um 8 Uhr Thee mit Butter und Ein-
gemachtem, dann noch einmal Mikroskopieren en famille ohne besondere
Anstrengung.

So gehen die meisten Tage vorüber, doch giebt es auch hie und
da Extras, wie am letzten Samstage, wo wir auf dem Meere, von einem
fürchterlichen Regengusse überrascht, durch und durch nass wurden
und uns vollständig umkleiden mussten. Neulich war ich beim Duke
of Hamilton in Brodick Castle, um einen Besuch zu machen,
traf aber niemand zu Hause, was mir auch nicht unlieb war.

5.

Holy Island, den 9. September 1857.

Da ich heute von hier fortgehe, und zwar vorläufig nur nach
Lamlash, so will ich Euch noch ein paar Worte schreiben, obschon
ich weiter keinen Brief erhielt. Das Wetter war leider hier sehr ver-
änderlich, zwei Tage lang vollständig Regen und auch sonst viel Wind,
so dass der Aufenthalt nicht ganz so angenehm war, als er hätte sein
können. Doch hatten wir auch einige hübsche Momente, welche dann
reichlich genossen wurden. Bis zu unserer Ankunft war es übrigens
auch hier schön und so ist es denn nicht wunderbar, dass uns das
berüchtigte Wetter der Westküste Schottlands traf. Wenn nur nicht
der ganze September so bleibt.

Ich habe hier mikroskopiert, so viel ich konnte, und einige interessante Sachen beobachtet, so dass ich auch aus diesem Grunde froh
bin, hier gewesen zu sein. Die Carpenters sind liebe, gute Leute
und würde es auch Dir, liebe Marie, sicherlich hier ganz heimisch
vorgekommen sein. Ich spiele abends, wenn nicht mikroskopiert wird,
mit Mrs. Carpenter Schach und vergeht uns so die Zeit ganz
angenehm.

Leider haben wir auch einige Patienten. Ich habe wieder als gewöhnliche Reisezugabe einen Furunkel und zwar diesmal seitlich an einem Teile, den ich nicht nennen will (Bottom auf Englisch), so dass ich eben noch sitzen kann. Gerade jetzt ist das Ding im Aufgehen und hoffe ich in einigen Tagen von dem Unangenehmen befreit zu sein. Der andere Leidende ist der 10jährige Bub von Carpenter, der seit drei Tagen im Bette liegt, ohne dass etwas zu entdecken war. Heute Morgen fand ich, dass seine Augen gelb sind und dass sein Wasser Gallenfarbstoff enthält und konnte so die Diagnose auf Gelbsucht stellen, über welche Aufklärung Carpenters sehr froh waren, da das Unwohlsein des Knaben ohne bestimmt nachweisbare Ursache sie ängstlich gemacht hatte.

6.

Ardarroch am Loch Long, den 11. September 1857.

Am 10. September verliess ich Lamlash und fuhr mit Sharpey und Miss Colvill mit dem Dampfboote nach Ardarroch am Loch Long, einem grossen langen Sealoch, wohin wir in das Landhaus des Mr. Macvicar, eines Verwandten von Syme, eingeladen waren. Hier trafen wir Syme und Christison und benutzte ich die Anwesenheit des ersteren, um meinen Furunkel von demselben öffnen zu lassen, was er, wie mir schien, mit einer wahren Wonne that, und mich noch durch die Worte „what a good bottom" auszeichnete. Nun ging die Heilung rasch von statten, und bin ich stolz darauf, von einem so berühmten Chirurgen einen Schmiss zu besitzen, mit dem ich leider nur im stillen Kämmerlein renommieren kann.

Das Landhaus des Mr. Macvicar ist prächtig, hart am Meere gelegen und von einem schön angelegten Garten umgeben. Wir lebten da wie Fürsten und doch sehr patriarchalisch. Jeden Morgen und Abend versammelten sich alle Anwesenden, auch die gesamte Dienerschaft im Speisesaale und las Mr. Macvicar einige Gebete oder Bibelstellen vor, welche Sitte gewiss alle Anerkennung verdient und mir immer einen grossen Eindruck machte. Doch scheint sie immer mehr in Vergessenheit zu kommen und habe ich wenigstens dieselbe nur noch in wenigen Häusern gefunden, während die Quäker fest an ihr halten.

Von Ardarroch aus machten wir einen schönen Ausflug an das obere Ende des Loch Lomond, wo wir vor zwei Jahren bei Gelegenheit des Glasgower Kongresses zufällig mit Liebig zusammen getroffen waren, wie ich Euch damals erzählt zu haben glaube. Es war mir von Interesse, diese beiden Lochs miteinander zu vergleichen, denen man ohne weiteres nicht ansieht, dass sie so verschieden sind, wogegen die ganz abweichende Fauna und Flora einen sofort aufklärt. In dem salzigen Loch Long hausen Quallen, Seesterne, Krabben und andere Meerungeheuer, ferner schön gefärbte Algen und Fucus verschiedener Art, während der Loch Lomond sehr unschuldiges, reines süsses Wasser hat und nur wenig Pflanzen und Tiere enthält. Auch sonst sieht der

Freshwaterloch heiterer und gemütlicher aus, die Ufer sind mehr angebaut, die Höhen weniger rauh. Am Loch Long ist alles wilder und melancholischer. Doch wird die Stimmung ausgezeichnet, wenn man in dem Landhause des Mr. Macvicar ist und fühlte selbst ich mich da wohl, trotz der überstandenen Operation.

7.

Millbank bei Edinburgh, den 15. September 1857.

Liebe Marie! Dein Brief vom 7. erreichte mich erst auf Umwegen in Garelochhead, als ich auf dem Wege nach Glasgow war. Derselbe war in Launlash, wurde dann falsch adressiert nach Arrochar am Loch Long, ging zurück nach Glasgow und kam dann erst nach Ardarroch.

Am Montag Morgen, den 14. September, verliessen wir Ardarroch mit Schmerzen, da dasselbe ein wundervoller Punkt ist, und gingen über Glasgow nach Edinburgh, wo wir um 4 Uhr anlangten. Ich bin nun wieder sehr angenehm und bequem in Millbank, dem Landhause von Prof. Syme, logiert, wo auch Sharpey und Miss Colvill wohnen und geniesse alle Vorzüge eines reich ausgestatteten englischen Intérieurs.

Von Edinburgh kann ich Dir vorläufig noch nichts sagen, da ich erst gestern ankam, nur soviel, dass auch ich mich sehr nach Hause sehne und meinen Aufenthalt in Schottland um eine Woche verkürzt habe. Wir bleiben hier bis zum 18. und gehen dann alle zu Thomson auf sein altes Schloss Hatton House, von wo wir wahrscheinlich am 26. abreisen.

8.

Hatton House, Ratho, den 19. September 1857.

Liebe Marie! Seit einer Woche, d. h. seit ich Arran verliess, lebe ich in Saus und Braus, zuerst bei Mr. Macvicar und jetzt bei Syme. Alle Tage grosses Dinner, viele Weine, d. h. täglich Bordeaux, Burgunder, Champagner und Sherry (Xeres), sowie Madeira und Port. Kein Wunder, dass Sharpey sich überessen hat, wogegen ich ganz wohl bin, indem ich etwas vorsichtiger war, als zur Zeit, wo ich das erstemal in England mich aufhielt.

Um Dir eine Vorstellung von einem Dinner in Millbank zu geben, teile ich Dir hier eine Speisekarte der Mrs. Syme mit.

1. Suppe,
2. Fisch und Potatoes,
3. Gebratene Hühner, Roastbeef,
   Hammelcotelettes, Bries,
   Austernpudding, Schinken warm.

Alles das kam zusammen auf den Tisch, dazu noch Potatoes, Cauliflowers, Pease und eine Art grosser Onions.

4. Pudding, Schottische Hühner (Grouse),
Äpfelgelée, kleines Backwerk, Crême, Käseomeletten,
5. Dessert, namentlich prächtige Trauben.

Vor dem Dessert wird das Tischtuch weggenommen und dann neue Gläser und Teller auf den blanken Tisch gegeben.

Ich bin übrigens froh, dass dieses Prassen jetzt aufgehört hat, denn bei Thomsons lebt man doch einfacher. Immerhin war es mir nicht unlieb, auch etwas derart mitzumachen und habe ich mir namentlich in den berühmten „Grouse" gut gethan.

Die Symes waren übrigens die Liebenswürdigkeit selbst und wirst Du erstaunen, wenn ich Dir sage, dass Mrs. Syme für unsern kleinen Theodor einen vollständigen schottischen Anzug hat machen lassen. Der lieben Frida sendet sie ein breites schottisches Seidenband, schief um die Brust zu tragen mit Nœuds auf den Achseln in Royal Stuart Tartan, den die Mama kennen wird. Diese schottischen Anzüge sind für Kinder allerliebst und sieht man hier gar nichts anderes.

Gestern um 2 Uhr verliessen wir Millbank per Wagen und langten um 3¼ Uhr in Hatton an; es ist somit nicht weit ab von Edinburgh. Hatton House ist in der That ganz und gar ein altes Schloss, zum Theil Ruine und unbewohnbar, zum Teil gut erhalten und liegt sehr hübsch inmitten eines Parkes, so jedoch, dass man über den Bäumen ferne Gebirge sieht. Auf dem Turme selbst erblickt man das acht Meilen entfernte Edinburgh und sogar einen Streifen des Firth of Forth. Das Haus ist ganz voll. Thomson mit Frau und Söhnchen Johnny, acht Jahre alt, Mrs. William Thomson und Miss Hill, Schwestern der Frau Professor, dann Misses Helen und Georgina Thomson, letztere ein nettes Backfischlein, ferner Mr. Ninian Thomson, der in Würzburg bei uns ass, und sein kleiner Bruder William, dazu noch Sharpey, Miss Colvill und ich, zusammen 12 Personen. Ich habe ein mächtiges Zimmer mit einem kolossalen Familienbette. Die Daguerrotypes unserer zwei Kinder werden allgemein bewundert. Von Deinem sagte Ninian, dass Du hübscher seiest. Mamas englischer Brief, von dem ich die erste Seite schon in Millbank den Symes, Sharpey und Miss Colvill gezeigt hatte, wurde ebenfalls allgemein angestaunt und als vollkommen englisch befunden. By the by Dein Geschenk an Mama Allen Thomson erregte grosse Freude und allgemeine Bewunderung.

9.

Hatton House, Sonntag, den 27. September 1857.

Unsere Abreise ist auf Montag, den 28., festgesetzt und verlassen wir Edinburgh um 10 Uhr morgens, so dass wir abends, 9½ in London sind. Der Aufenthalt hier bei Thomsons war ein äusserst angenehmer und kann ich sagen, dass Alle mich wie ein Glied der Familie behandelten, so dass ich fast verzogen bin. Unterhaltung hatten wir gerade genug und wurde die übrige Zeit im Freien zugebracht, von

Bild meiner Frau in ihrem 27. Jahre

nach einem Daguerreotyp.

mir zum Teil mit Jagen, was mir zwar nicht viel Essbares eintrug, aber doch Vergnügen machte.

Wir haben hier ziemlich viel Zeit mit Photographieren zugebracht. Von mir gelangen drei Bilder recht gut, die nun in den Händen von Thomson, Sharpey und Miss Helen sind. Ich bringe eine ganze Gruppe Thomsons mit, so dass Du dann Studien über die verschiedenen Physiognomien machen kannst. Auch Miss Colvill und Hatton House sind in meinem Besitze. Die beiden jungen Misses sind sehr liebenswürdig und hübsch, Miss Colvill ebenso, aber trotz ihres Alters (25) ein halbes Kind. Gestern hatten wir einen grossen Spass. Ich introduzierte, faute de mieux, unser schönes Spiel „schwarzer Peter". Da gab es ein grosses Halloh, als Mrs. Thomson, Miss Helen und Miss Colvill Schnurrbärte erhielten und bekam die letztere einen solchen Lachkrampf, dass mir angst und bang wurde.

Ein Vergnügen ganz anderer Art hat mir Christison bereitet, indem er zwei neue Gifte sandte, das sogenannte Upas von Borneo und ein afrikanisches Pfeilgift. Heute wurden einige Frösche geopfert und da zeigte sich gleich, dass dieselben hochinteressant sind, so dass ich wieder Stoff zu einer guten Abhandlung habe. Die Mama wird Dir gesagt haben, dass es mein Wunsch ist, dass Du mich in Paris abholst. Dumont wird uns beide logieren, so dass die Ausgaben nicht gross sind. Erlaubt Dir die Mama zu kommen, so besorge augenblicklich einen Pass und nimm 100 fl. mit, das Nähere schreibe ich Dir dann sehr genau und hole Dich am Bahnhofe ab.

London, den 28., abends 11 Uhr. Ich öffne meinen Brief wieder, um Dir zu sagen, dass ich soeben Deinen Brief vom 24. erhalten habe, aus dem ich ersah, dass der liebe kleine Theodor den Scharlach bekommen hat. Mit Paris ist es nun leider nichts, was ich sehr bedauere. Sollte es dem Kleinen nicht gut gehen, so telegraphiert mir, in zwei Tagen bin ich bei Euch. Auf jeden Fall komme ich nun so bald wie möglich heim.

10.

London, den 4. Oktober 1857.

Da es dem kleinen Theodor gut geht, so beeile ich mich nicht allzu sehr mit meiner Abreise, da ich hier noch viel zu sehen und zu erwerben habe. Ich bin den ganzen Tag beschäftigt, Gelehrte, Museen und Händler zu besuchen und mache ziemlich gute Geschäfte mit den letzteren. Auch mein Buch ist jetzt im Drucke und erwarte ich morgen den ersten Bogen. Alle Tage ist ein Dinner. Am Donnerstage war ich zur Eröffnungsfeier in das grösste hiesige Krankenhaus geladen. in das Bartholomews Hospital in der City, bei welcher Gelegenheit ein Toast auf mich ausgebracht wurde, den ich natürlich englisch, wie man mir sagte, nicht übel, beantwortete. Nachher war eine Eröffnungsrede vor einem zahlreichen Auditorium von Studenten, das neben dem Professor des Spitals auch mich unter wiederholtem Rufen meines Namens und fürchterlichem Scharren und Schreien leben liess, was

wie man mir sagte, eine grosse Ehre war. Am Freitag assen wir bei
General Sabine, einem grossen Gelehrten und Treasurer der Royal
Society und am Sonnabend bei Huxley. Heute ist Carpenter mit
Familie zu uns geladen und so geht es fort.

Sharpey und Nichte sind immer äusserst liebenswürdig und
zuvorkommend und ist er immer für alle meine Wünsche besorgt,
ebenso Miss Colvill, die ihre Freundschaft so weit treibt, dass sie
selbst ganze Abhandlungen für mich abschreibt. Ich kann nicht genug
sagen, wie angenehm es ist, in einem solchen Hause zu leben, namentlich
auch, weil man ganz so leben kann, wie man will. Nur im Rauchen
ist Sharpey, wie die meisten Engländer, eigen und muss ich noch
jetzt lachen, wenn ich daran denke, wie er mir zum erstenmale ein nach
einem Hofe gehendes Gangfenster öffnete und mir bedeutete, da hinaus
dürfe ich rauchen.

Ausser diesen Reisen, über welche im Vorhergehenden
mehr weniger ausführlich berichtet wurde, hätte ich noch eine
bedeutende Zahl anderer zu erwähnen, von denen ich nur die
wichtigsten hier aufzähle. Es sind:

a) Ein Besuch der italienischen Naturforscherversammlung in Genua im Jahre 1846, bei welcher ich mehrere
italienische Vorträge hielt und mit einer Anzahl hervorragender
italienischer Gelehrten bekannt wurde, unter denen ich besonders
Filippo de Filippi, Géné, Conte Porro und den Prinz
Lucian Bonaparte erwähne.

b) Ein Besuch der englischen Naturforscherversammlung in Glasgow im Jahre 1855.
Bei dieser Gelegenheit trug ich auf englisch über die
Helmichthyiden, die Physiologie der Samenfäden und die Basal-
säume der Darmcylinder vor. Nach der Versammlung besuchte
ich Carpenter auf der Insel Arran und nahm an einem Fest-
mahle teil, das der Duke of Hamilton, der Besitzer der
ganzen Insel Arran, auf seinem Schlosse Brodick Castle den
Naturforschern gab. Vor und nach der Versammlung war ich
der Gast von Allen Thomson in Greenhall bei Blantyre
bei Glasgow. Nachher wohnte ich in Edinburgh bei Christison,
der mich aufs freundlichste eingeladen hatte, und wurde da
durch Thomson bei seiner Schwägerin Mrs. William Thomson eingeführt, in deren Haus ich die liebenswürdigste Aufnahme fand. Ich sah auch wieder Syme, Goodsir und Simpson,

auch Murray und Bennet und verlebte ebenso genussreiche
Tage wie im Jahre 1850.

c) Aufenthalt in Nizza im Herbste 1856 mit H.
Müller, E. Haeckel und C. v. Kupffer, der zu Untersuchungen
am Meere benützt wurde und infolgedessen ich meine Untersuchungen über Cuticularbildungen Nr. 202 veröffentlichte.

d) Eine Reise nach England und Schottland mit meinem
Töchterchen Frida im Jahre 1861, bei welcher wir in dem
Landhause Millbank bei Edinburgh von Syme und bei den
Familien Allen und William Thomson in Hatton und Edin-
burgh als Gäste wohnten.

e) Eine Reise nach Paris und London mit meiner
Frau im Frühlinge 1862, bei welcher Gelegenheit ich in
London vor der Royal Society die Croonian Lecture hielt und
der besten Aufnahme in dem Hause meines alten Freundes
Sharpey mich erfreute.

f) Eine Reise nach Schottland mit meiner Frau und
meinen beiden älteren Kindern im Jahre 1864. Wir
wurden damals in dem Landhause Morland von Allen
Thomson in Skelmorlie am Clyde auf das liebenswürdigste
aufgenommen und blieben sechs volle Wochen seine Gäste.
Was wir da in Gesellschaft von Thomson und seiner Frau
Nina und in derjenigen seiner beiden Schwägerinnen Miss Hill
und Mrs. William Thomson, sowie deren Kinder, den Misses
Helen, Lizzie und Georgy und den beiden jungen Herren
John und William, die alle schon früher in Briefen geschildert
wurden, Liebes genossen, das lässt sich nicht mit Worten
sagen. Glücklich zu preisen ist jedenfalls ein jeder, dem es so
wie uns, vergönnt war, in einer so edlen und lieben Familie wie
vollberechtigte Angehörige aufgenommen zu werden und zählen
für uns alle jetzt noch nach vielen Jahren diese Zeiten zu den
schönsten unseres Lebens.

Ich selbst benützte übrigens diesen längeren Aufenthalt am
Meere, sowohl in Skelmorlie selbst als im Hafen von Millport
auf der Insel Great Cumbray, woselbst ich der Unterstützung
des Herrn David Robertson aus Glasgow, eines vorzüglichen
Kenners der Seetiere, mich zu erfreuen hatte, zu einlässlicheren

Untersuchungen der Scheiben- und Rippenquallen und der Anneliden des Clyde, über welche in der Würzburger naturwissenschaftlichen Zeitschrift Bd. V 1864 auf S. 232—250 Taf. VI ein kurzer Bericht sich findet (Nr. 226).

g) **Mehrere Reisen nach Paris und London in den sechziger und siebziger Jahren.**

Nach England wandte sich, wie man schon aus früherem weiss, sehr oft mein Weg und erfreute ich mich bald der Gastfreundschaft von Sharpey, was mir natürlich den auch sonst so interessanten Aufenthalt in London nur lieber machte. Nach und nach lernte ich alle bedeutenderen Männer der Wissenschaft kennen, wie dies schon aus meinen früher mitgeteilten Briefen ersichtlich ist. Zu den dort genannten füge ich noch die Namen J. Marshall, Williamson, A. Günther, L. Clarke, W. H. Flower, W. Turner, J. Lister, J. Lubbock, Clelland, E. Forster, E. R. Lankester, E. A. Schäfer, Klein, Thane, Balfour.

England wurde mir besonders wichtig, nachdem ich den Entschluss gefasst hatte, eine vergleichende Gewebelehre herauszugeben und arbeitete ich mehreremale in dem Laboratorium von Huxley in Jermyn Str. und fertigte Schliffe von Knochen und Schuppen fossiler Fische an, die mir Huxley freundlichst zur Verfügung stellte, was auch von Günther in Betreff seltener lebender Fische geschah. Alle diese Vorteile aber wurden überwogen durch den Verkehr mit meinen hervorragenden Freunden Sharpey und Allen Thomson, deren Einsicht, umfassenden Kenntnissen und historischem Wissen ich so viel verdanke, dass ich gar nicht imstande bin, dies im einzelnen zu bezeichnen.

Weniger bedeutungsvoll waren für mich die kürzeren Besuche von Paris, die sich meist an die Reisen nach England anschlossen. Doch erwähne ich mit Dank die vielfache Belehrung, die mir ein reger Verkehr mit Claude Bernard brachte. Auch die Bekanntschaft mit A. Milne-Edwards, Quatrefages, Valenciennes, Balbiani, de Lacaze-Duthiers, Ranvier war nicht ohne Wert für mich, obschon mit dem Histologen vom Fache, Ranvier, ein innigerer Verkehr sich nicht anbahnte. Am meisten zog mich noch M. Duval an, dessen vortrefflichen

embryologischen und neurologischen Untersuchungen mir grosse
Achtung einflössten. Seit dem Jahre 1871 war ich übrigens
nicht mehr in Frankreich und kenne nur aus der Litteratur die
grossen Fortschritte, die auch in diesem Lande in der Histologie,
namentlich der Zelle und der Elementarteile, und der Embryologie gemacht wurden.

h) Reise nach Pavia zu Golgi im Jahre 1887. Dieser
Besuch war für mich sehr bedeutungsvoll, indem ich durch denselben mit diesem ganz ausgezeichneten Gelehrten und seiner
neuen Methode der Nervenfärbung bekannt wurde, die ich dann
auch als erster in Deutschland einführte. Seit dieser Zeit ist
die Freundschaft mit diesem bahnbrechenden Forscher immer
inniger geworden und hat sich bei wiederholtem Zusammtreffen
bewährt.

i) Ein mehrfach wiederholter Besuch bei meinen lieben
Freunden, Victor und Adele v. Ebner, auf ihrer Villa Raud-
egg bei Vahrn oberhalb Brixen in den letzten Jahren. Die
hier verlebten Tage gehören teils durch den Verkehr mit so
hervorragenden Gelehrten, wie v. Ebner und Toldt, der ebenfalls in Vahrn einen Landsitz hat, teils durch die reichen Natur-
genüsse, die das südliche Tyrol bietet, zu meinen liebsten Erinnerungen und freue ich mich jeden Herbst auf dieselben.

III. Beziehungen zu gelehrten Gesellschaften.

1. Naturforschende Gesellschaft in Zürich.

Mitglied dieser im Jahre 1746 gegründeten Gesellschaft wurde ich im Jahre 1841, war von 1843—1847 Sekretär derselben und nahm stets einen regen Anteil an den Sitzungen, umsomehr, als alle meine früheren Lehrer und späteren Freunde derselben angehörten. Die Verhandlungen der Gesellschaft aus den Jahren 1842—1847 enthalten eine Zahl von kleineren und grösseren Abhandlungen von mir und bei der Feier des 100jährigen Jubiläums der Gesellschaft im Jahre 1846 beteiligte ich mich durch eine Abhandlung: „Die Bildung der Samenfäden in Bläschen als allgemeines Entwickelungsgesetz, 82 S. mit 3 Tafeln" in der bei dieser Gelegenheit veröffentlichten Festschrift (Abh. der naturf. Ges. in Zürich zur Feier ihres 100jährigen Jubiläums, Neuenburg 1847).

Auch nach meinem Weggange von Zürich unterstützte ich die Gesellschaft soviel ich vermochte, namentlich durch die Zuwendung der von Siebold und mir herausgegebenen Zeitschrift für wissenschaftliche Zoologie, und beim 150jährigen Jubiläum derselben im Jahre 1896 feierte ich sie wiederum durch eine Abhandlung: „Über den Fornix longus superior des Menschen" in ihrer Festschrift Bd. II, S. 547—569 mit 10 Abbildungen, bei welcher Gelegenheit die Gesellschaft den Jubelband ihrer Verhandlungen mir widmete und denselben durch mein Bild und eine mich sehr ehrende und hocherfreuende Ansprache auszeichnete.

2. Schweizerische naturforschende Gesellschaft.

Auch an dieser Vereinigung nahm ich stets lebhaften Anteil und besuchte viele Zusammenkünfte derselben in älterer und neuerer Zeit. Der Verkehr mit A g a s s i z, D e s o r, C a r l V o g t, C l a p a r è d e, mit J u n g, M i e s c h e r und H i s in Basel, mit B. S t u d e r, mit P i c t e t d e l a R i v e, F a v r e, Th. d e S a u s s u r e, mit F. A. F o r e l in Morges datiert in erster Linie von diesen Versammlungen her, an denen auch viele Deutsche teilnahmen. Bei der Versammlung in Schaffhausen 1847 fassten S i e b o l d und i c h den Entschluss, die Zeitschrift für wissenschaftliche Zoologie zu gründen, die dann auch 1849 ins Leben trat.

3. Physikalisch-medizinische Gesellschaft in Würzburg.

Als ich im Herbste 1847/48 nach Würzburg übergesiedelt war, machte sich bald bei mir das Bedürfnis nach einer Vereinigung gleichgesinnter Mediziner und Naturforscher geltend, die ganz fehlte, indem eine früher bestandene philosophischmedizinische Gesellschaft an Altersschwäche verschieden war. Am 26. November 1849 forderte ich durch ein Schreiben, das auch meine Kollegen S c h e r e r, S c h e n k, H e r b e r g e r und K i w i s c h unterzeichnet hatten, eine Anzahl Mitglieder der Universität zu einer Zusammenkunft auf, um die Gründung einer wissenschaftlichen Gesellschaft zu besprechen, welche dann auch am 2. Dezember 1849 durch den Zusammentritt von 24 Universitätsmitgliedern stattfand, deren Namen in meiner Festrede beim 25jährigen Jubiläum der Gesellschaft verzeichnet sind, unter denen auch der eben in Würzburg eingetroffene R. V i r c h o w sich befand.

Die junge physikalisch-medizinische Gesellschaft gestaltete sich schon im ersten Jahre zu einem Sammelpunkte für medizinische und naturhistorische Bestrebungen und wurde im Laufe der Zeit für das wissenschaftliche Leben in Würzburg immer bedeutungsvoller, so dass bald kein Arzt mit wissenschaftlichem Streben, noch weniger ein Naturforscher derselben fern blieb. Glanzpunkte der Gesellschaft waren die Zeiten, in denen K i w i s c h und V i r c h o w hier wirkten (siehe S. 36 u. 37), doch fehlte es auch in späteren Jahren nicht an bedeutungsvollen Momenten bis auf die jüngsten Zeiten, aus denen die Sitzung, in welcher Röntgen seine epochemachende Entdeckung vortrug, besonders hervorragt, und müssten eigentlich als Förderer und Unterstützer der Gesellschaft alle bedeutenden Mediziner und Naturforscher genannt werden, an denen unsere Universität so reich war.

Am 8. Dezember 1874 feierte die Gesellschaft das 25jährige Jubiläum, bei dem ich, zum neunten Male Vorsitzender, die Festrede hielt und zugleich der Gesellschaft eine Festschrift: „Über die Pennatulide Umbellula und zwei neue Typen der Alcyonarien, mit 2 photogr. Tafeln, Stahel 1874" überreichte. Im Laufe der Jahre ist die Gesellschaft auch für die Universität immer wichtiger geworden und zwar durch ihre Bibliothek, die nach und nach durch Tausch mit den Verhandlungen und Sitzungsberichten der Gesellschaft zu einer sehr bedeutungsvollen geworden ist und jetzt im ganzen über 200 Schriften von Akademieen und gelehrten Gesellschaften aus allen Teilen der Welt in sich fasst, von denen die grosse Mehrzahl der Universität fehlt. Was die Gesellschaft im einzelnen sonst Gutes gestiftet und in welchem Grade sie die Freundschaft unter ihren Mitgliedern gefördert hat, entzieht sich der genaueren Würdigung, doch kann ich von mir selbst sagen, dass ich um keinen Preis die Nachsitzungen missen möchte, in denen auch der gemütlichen Seite ihr Recht wurde.

4. Deutsche naturforschende Gesellschaft.

Obwohl ich niemals für diese Societät besonders eingenommen war, deren Auseinandergehen in viele Sektionen mir stets unsympathisch war, so steht es mir, namentlich seit ich in Wien Mitglied des Ausschusses wurde, nicht an, ein ungünstiges Urteil über dieselbe zu fällen, und anerkenne ich gerne das viele Gute, das dieselbe gestiftet hat. Beteiligt habe ich mich meiner Erinnerung nach nur an den Versammlungen in Karlsruhe 1858, Wiesbaden, Berlin 1886, bei welcher Gelegenheit die anatomische Gesellschaft gegründet wurde, und Wien 1894, woselbst ich auch einen Vortrag in einer allgemeinen Sitzung hielt (Über das sympathische Nervensystem).

5. Anatomische Gesellschaft.

Ganz anders stellt sich die Bedeutung der Spezialgesell-
schaften heraus und bin ich aus diesem Grunde von Anfang
an einer der eifrigsten Förderer der anatomischen Gesellschaft
gewesen und habe auch nur einmal infolge Unwohlseins an
einer Versammlung (Göttingen) nicht teilgenommen. Ich gehöre
zu denen, die solche Spezialversammlungen international zu
sehen wünschen, und ist es auch bis jetzt gelungen, diesem
Ziele immer mehr uns zu nähern, in welcher Beziehung namentlich die Versammlungen in Basel und Gent wirksam waren.
Als I. Vorsitzender der Gesellschaft hielt ich im Jahre 1887 in
Leipzig eine Rede (Nr. 244), in der ich die Bedeutung solcher
Vereinigungen auseinandersetzte; eine zweite Eröffnungsrede trug
ich 1891 in München vor (Nr. 245), in welcher die Beziehungen
der nervösen Elemente zu einander an der Hand der neuesten
Untersuchungen geschildert wurden, und in Strassburg ernannte
mich die Versammlung zum Ehrenpräsidenten, welche Ehre ich
nicht hoch genug schätzen kann.

Was ich persönlich der Anatomischen Gesellschaft schulde,
ist so viel, dass ich das unmöglich im einzelnen schildern kann.
Das Hauptgewicht lege ich aber auf den freundschaftlichen
Verkehr mit meinen Fachgenossen, der, bei den Versammlungen
angebahnt, zu immer innigeren Beziehungen führte und kann
ich mich nicht enthalten, eine Reihe älterer Kollegen hier
namhaft zu machen und denselben meinen besonderen Dank
auszusprechen. Es sind von Nichtdeutschen: v. Bambeke,
E. v. Beneden, Ramón y Cajal, Chievitz, Fürst, v. Gehuchten, Golgi, Guldberg, C. K. Hoffmann, Leboucq,
v. Mihalkowicz, Nicolas, Retzius, Romiti, van der
Stricht, Thane, Turner, und von Deutschen: Bonnet,
v. Ebner, Flemming, Froriep, Gegenbaur, His, Kollmann, v. Kupffer, Marchand, Merkel, C. Rabl, v. Recklinghausen, Rosenberg, Roux, Rückert, F. E. Schulze.
O. Schultze, Schwalbe, Stieda, Stöhr, Strahl, Strasser,
Toldt, Waldeyer, Wiedersheim.

6. Internationale medizinische Kongresse.

Von diesen besuchte ich:

1. Den von London im Herbste 1881. Bei diesem Besuche war von meinen zwei besten englischen anatomischen Freunden nur noch Allen Thomson am Leben, während Sharpey bereits früher heimgegangen war. Thomson wohnte nun in London, da er sich von seiner Professur in Glasgow zurückgezogen hatte, und nahm er auch hier mich und Kollege His auf das gastfreundlichste auf, was mir umsomehr in bester Erinnerung geblieben ist, als dies das letztemal war, dass ich englischen Boden betrat. Auch von diesem Kongresse sind mir nur persönliche Beziehungen in Erinnerung geblieben und weiss ich von den allgemeinen Vorkommnissen nur eine Gardenparty bei Spencer Wells und bei der durch ihren Reichtum berühmten Lady Coutts, die ich vor Jahren als unverheiratet gesehen hatte, zu erwähnen.

2. Den von Kopenhagen im Jahre 1884 in Gesellschaft meines Kollegen v. Michel und meines älteren Sohnes. Wir drei wurden damals von der Familie des Herrn Ahlbeck auf das liebenswürdigste aufgenommen und uns ihr ganzes Haus zur Verfügung gestellt, da der Besitzer auf seinem Landhause wohnte, wo wir auch stets gern gesehen und wie Angehörige der Familie behandelt wurden. Von den Verhandlungen des Kongresses melde ich nichts, wohl aber von dem angenehmen und belehrenden Verkehre mit den dänischen Gelehrten, unter denen ich Steenstrup, Panum, Chievitz und Lütken besonders hervorhebe.

Nach dem Kongresse gingen wir drei noch auf zehn Tage nach Sylt und erfreuten uns da an dem Baden in dem meist sehr bewegten Meere.

3. Den von Berlin im Jahre 1891 zugleich mit meinem Sohne, welcher Kongress dadurch für mich eine liebe Erinnerung ist, dass Camillo Golgi mit seiner Gattin an demselben teilnahm.

Zweiter Abschnitt.

Wissenschaftliche Leistungen.

I. Lehrthätigkeit.

Während meiner langen Dozentenlaufbahn vom Winter 1842/43 bis zum Winter 1898/99, von im ganzen 56 Jahren, habe ich nicht nur die mir übertragenen Hauptfächer, Anatomie, Physiologie und vergleichende Anatomie, vorgetragen, sondern auch eine bedeutende Zahl anderer Kollegien und Kurse gehalten, die zum Teil von mir zuerst eingeführt wurden, zum Teil wenigstens in Deutschland noch keine Vertretung gefunden hatten. Alle diese sind im Folgenden der Reihe nach aufgezählt.

1. Menschliche Anatomie.

Von den Wechseln, deren die Vorträge über Anatomie bei uns betroffen wurden, kam schon früher das Wichtigste zur Besprechung und will ich hier nur von der Zeit reden, in der ich diese Disziplin, mit Ausnahme der Osteologie und Syndesmologie, allein vortrug. Da in diesen Vorträgen auch die allgemeine und spezielle mikroskopische Anatomie gegeben wurde, so konnte ich nicht weniger Zeit als 7 Stunden, Sommer und Winter, dazu nehmen, wobei ich bemerke, dass in jedem Semester je eine Stunde wöchentlich auf Demonstrationen verwendet wurde. Im Winter trug ich neben einer kurzen allgemeinen Einleitung, den allgemeinen Teil der Gewebelehre, die Muskeln, das Darmsystem und die Harn- und Geschlechts-

organe vor, im Sommer die Gefässe, das Nervensystem und die
Sinnesorgane. Alle mikroskopischen Verhältnisse, auch der feinste
Bau der Organe, wurden auf der schwarzen Tafel durch Zeichnungen ersinnlicht, ebenso der gröbere Bau der Eingeweide, der
Geschlechtsorgane und Gefässe zum Teil, des Gehirns, der Sinnesorgane zum Teil. Doch kamen auch hier schon fertige Umriss-
zeichnungen zur Anwendung und Skelettzeichnungen auf schwarzen
Tafeln, auf welchen die Muskeln mit weiss oder rot, die Gefässe
mit rot, die Nerven mit weiss, gelb oder blau eingetragen wurden.
Die Benützung von fertigen Zeichnungen (Diagrams) und von farbigen Kreiden hatte ich aus England nach Deutschland gebracht,
ohne dass ich zu sagen imstande wäre, ob diese Hilfsmittel
schon vor mir bei uns im Gebrauche waren. Dagegen ist sicher,
dass dieselben sich rasch einbürgerten und von dem grössten
Werte auch für histologische Gegenstände sind, nur hat man vor
Übertreibungen, wie namentlich vor zu bunten Zeichnungen sich
zu hüten.

Die Vorträge selbst hielten sich im wesentlichen genau an
den erwachsenen Menschen, doch wurden überall an passenden
Stellen vergleichend-anatomische, physiologische, entwickelungs-
geschichtliche und chirurgisch-anatomische Beziehungen hervorgehoben. Jedoch hütete ich mich, nach dieser Seite zu weit zu
gehen. Am wichtigsten erschienen mir stets die Beziehungen
zur Physiologie. So wurde in der Muskellehre unter besonderer Berücksichtigung der Arbeiten von Duchenne überall
auch die Funktion besprochen, ferner beim Darmsysteme, beim
Herzen, den Sinnesorganen und vor allem beim centralen Nervensysteme die Verrichtungen in ihren Hauptverhältnissen geschildert,
ohne deren Kenntnis, z. B. bei den Lungen, beim Auge, beim
Rückenmarke, der Medulla oblongata und selbst dem Gehirne ein
Verständnis des Baues ganz unmöglich ist. Die Entwickelungsgeschichte fand ihre Berücksichtigung bei der Schilderung des Baues des Körpers im allgemeinen, sowie als Einleitung
bei jedem besonderen Systeme und wurden gewisse Teile derselben, wie die Entwickelung der Zähne, der Harn- und Geschlechtsorgane, des Auges, Gesichtes, des Gehirns etwas ausführlicher
durchgenommen. Doch vermied ich auch hier ein zu tiefes

Eingehen, um nicht dem speziellen Studium der Embryologie Nachteil zu bringen und nahm bei den Demonstrationen weiter keine Rücksicht auf dieses Gebiet. Besonderen Wert legte ich auf topographische und chirurgisch-anatomische Schilderungen. Selbstverständlich wurden in der Einleitung die Regionen des Körpers besprochen und an einer Leiche demonstriert. Ausserdem begann ich jeden Abschnitt der Muskellehre mit einer äusseren Betrachtung der betreffenden Gegend (Hals, Arm, Brust, Bauch, Bein), und glaube ich der erste gewesen zu sein, der zu diesem Zwecke Lebende als Modelle verwendete, ohne jedoch mir zu gestatten, so weit zu gehen, wie Maler, und auch das weibliche Geschlecht heranzuziehen. Ich kann solche Demonstrationen, zu denen wohl auch manche Kliniker, besonders als Einleitung zu Operationen, gekommen sind, nicht genug empfehlen, namentlich wenn man die betreffenden Modelle auf den Gebrauch der verschiedenen Muskeln eingeübt hat.

Den vergleichend-anatomischen Beziehungen wurde ebenfalls, wo immer möglich, ihr Recht getragen, doch muss ich bekennen, dass ich Vorträge über menschliche Anatomie für Anfänger nicht für geeignet erachte, ausführlicher auf solche einzugehen und der Meinung bin, dass derartige Darlegungen erst am Platze sind, wenn die Studierenden mit der menschlichen Anatomie bereits vertraut sind.

Wie erwähnt, wurden die anatomischen Vorträge von zahlreichen Demonstrationen begleitet. Diese fanden zum Teil während des Vortrages statt, wie z. B. in der Muskellehre bei allen grösseren Muskeln, ferner bei grösseren Organen überhaupt, wie bei den Lungen, der Leber, Milz, den Nieren, dem Darme, dem Gehirne. Besondere Demonstrationsstunden wurden gewidmet dem Situs viscerum, dem Rückenmarke, das immer vor den Studierenden herausgenommen wurde, ferner allen kleineren Organen, den Gefässen und Nerven, dem Gehirne, Auge. Hierbei wurde in zwei etwas verschiedenen Weisen vorgegangen. In den einen Fällen wurden die Präparate in beiden Präpariersälen auf langen Tischen aufgestellt und mit Hilfe des Prosektors und der Assistenten erläutert. So wurden Speicheldrüsen, Mundhöhle, Zunge, Schlund, Leber, dann Kehlkopf, Lungen, Harn- und Geschlechtsorgane. Gruppen von 10 Studierenden auf einmal der Reihe nach erklärt. In den anderen Fällen wurden die Präparate an vier besonderen Tischen demonstriert und wechselten dann die einzelnen Gruppen der Reihe nach die Tische. Dies war die einzige Möglichkeit, die peripheren Nerven und die Gefässe vorzuführen und bürgerte sich diese Methode nach und nach als die vorzüglichere so ein, dass fast alle Organe in dieser Weise gezeigt wurden. Beim Gehirne und beim Herzen kam noch ein anderes Verfahren zur Verwendung, nämlich die Zergliederung dieser Organe vor den Studierenden, welche ich nicht genug empfehlen kann. Sehr sorgfältig vorbereitet wurden dann die mikroskopischen Demonstrationen. In der allgemeinen Gewebelehre wurden meist an 25—30 Mikroskopen ausgesuchte Präparate der Elementarteile, jedes mit einer Zeichnung der wichtigsten Teile des Objektes vorgelegt, welche Demonstrationen dann später in den speziellen Abschnitten durch Schnitte durch die verschiedenen Organe ihre Vervollständigung fanden. Am genauesten wurden diese Vorweisungen gehalten bei den schwierigeren Gegenständen, und kamen so beim centralen Nervensysteme die wichtigsten, in meiner Gewebelehre dargestellten Präparate zur Demonstration, meist 40 in einer Stunde, so dass deren Erklärung nicht geringe Schwierigkeiten machte. Doch war der Eifer der Studierenden in solchen Fällen ein hinreichender Lohn. In den letzten Jahren meiner Lehrthätigkeit hatte ich auch für meine Zuhörer eine Zusammenstellung von 50 der wichtigsten Abbildungen von Teilen des Nervensystems in besonderen Heften machen lassen, die jeder als Geschenk erhielt und bei den Vorträgen und Demonstrationen als Leitfaden benutzte.

Die Zahl der Zuhörer in der Anatomie war in den einzelnen Jahren im Mittel   von 1849—1857   66

         ,, 1858—1868   53

         ,, 1868—1878/79   68

         ,, 1879—1888   124

         ,, 1889—1896/97   97

Das Maximum in den Jahren 1883/84 und 1886 war 174.

Von den Präparierübungen erwähne ich nur, dass die Zahl der Teilnehmer zwischen 230—270 schwankte und dass ich stets auf die gehörige Überwachung und Förderung derselben einen hohen Wert legte. Auch wurde jederzeit den Studierenden alle Gelegenheit gegeben, die einzelnen Teile des Körpers an geeigneten Präparaten zu studieren. Während einer Reihe von Jahren hatte ich ein besonderes Zimmer eingerichtet, in welchem die wichtigsten anatomischen Zeitschriften, Handbücher und Atlanten zum Gebrauche der Studierenden auflagen, eine Einrichtung, die sich sehr gut bewährte, jedoch später einging, weil der betreffende Raum der physikalisch-medizinischen Gesellschaft für ihre Bibliothek eingerichtet wurde.

2. Physiologie.

Vom Sommer 1848 bis zum Sommer 1865 las ich 18 Jahre hindurch jeden Sommer Physiologie in 7 Stunden, von denen regelmässig Eine auf Experimente verwendet wurde. Meine physiologischen Vorträge, bei denen selbstverständlich die chemische und physikalische Seite etwas in den Hintergrund trat, hatten wenigstens das Gute, dass dieselben eine gründliche anatomische Basis besassen und auf einer genauen Kenntnis des Lebens der Zelle und der Gewebe und der Morphologie und Entwickelungsgeschichte der Tiere sich aufbauten. So wurde es mir möglich, wenigstens die eine Seite der Lebenserscheinungen einlässlich und selbständig zu behandeln, während ich die andere auch nicht vernachlässigte. Beweis dessen sind meine Arbeiten über die Gallenabsonderung, das Leuchten von Lampyris, das Verhalten der Nervenfasern und Samenfäden in Reagentien, die sekundäre Zuckung vom pulsierenden Herzen aus, die Einwirkung mannigfacher Gifte auf Muskeln, Nerven und Herz u. a. m. Experimente wurden im Colleg vor dem ganzen Auditorium gemacht und kamen auch schwierigere Sachen vor, wie der Ludwigsche Speichelversuch, Einwirkung des Vagus, Sympathicus und Splanchnicus auf Herz, Iris, Magen und Darm, die Versuche von Du Bois-Reymond zum Teil, Magenfisteln, Reizungen von Hirn und Medulla oblongata, Wegnahme einzelner Hirnteile. Mit H. Müller zusammen gab ich dann auch

in einigen Sommersemestern einen besonderen Experimentalkursus, an dem im Jahre 1861 auch Kussmaul teilnahm.
Alles in allem glaube ich auch nach dieser Seite eine, wenn
auch nicht gerade ausschlaggebende, doch erfolgreiche Thätigkeit
entfaltet zu haben.

3. Vergleichende Anatomie.

Dieses Fach wurde von mir achtmal vorgetragen. Zum
erstenmal im Sommer 1845 und zuletzt im Sommer 1866.
Meinem grossen Lehrer Johannes Müller folgend, legte ich
stets das grösste Gewicht auf die Vergleichung der morphologischen Thatsachen und die infolge dieser errungene Aufstellung allgemeiner Gesetze. Sehr mächtig wurde ich hierbei
unterstützt durch meine embryologischen Studien und durch
die Erkenntnis, dass der Bau der Einzelwesen die teilweise
Wiederholung des Baues der ganzen Stämme ist. Anwendung
fanden diese Prinzipien in meinen Arbeiten über die Entwickelung des Schädels und die Entwickelung der Wirbelsäule, ferner
in den Studien über die Pennatuliden, die Hydroidpolypen, die
Cutikularbildungen und in den Icones histiologicae. Hier könnten
auch meine Stellung zum Darwinismus und meine abweichenden
Anschauungen über die Descendenzlehre angeführt werden, über
die später ausführlich referiert werden wird. Aus dieser meiner
Stellung ergiebt sich auch, dass ich nichts weniger als einverstanden war, wenn das Wort „Anpassung" auf Schritt und Tritt
angewendet wurde und man glaubte, anatomische Thatsachen
in dieser Weise erklären zu können. Meiner Ansicht nach sollte
nur in ganz bestimmten Fällen, in denen Einwirkungen der
Aussenwelt, wie von Licht, Temperatur, Nahrung u. s. w., nachweisbar sind, von einer Anpassung gesprochen werden, sonst
nicht.

4. Mikroskopische Kurse in der normalen Gewebelehre.

Schon als Prosektor von Henle hatte ich im Jahre 1843
allgemeine Anatomie mit Demonstrationen vorgetragen und im
Sommer 1845 gab ich als Extraordinarius in Zürich Anleitung
zu mikroskopischen Untersuchungen in 3 Stunden, worauf dann

in den letzten zwei Sommersemestern 1846 und 1847 Anleitungen
zu mikroskopischen und physiologischen Untersuchungen gemeinschaftlich mit dem Prosektor Dr. H. v. Meyer in 4 Stunden
folgten, die nichts anderes waren, als das, was jetzt mikroskopische
und physiologische Kurse genannt wird. Diese Kurse, die dann
in Würzburg im Sommer 1848 fortgesetzt wurden, waren die
ersten mikroskopischen Kurse, die überhaupt in Deutschland und wohl auch sonst vorkamen, indem weder Henle,
noch Schwann oder Valentin, auch Remak nicht an die
Einführung solcher gedacht hatten. Würzburg verdankt der
Initiative von Rinecker die Gründung eines mikroskopischen
Institutes, für welches er schon, bevor ich da war, in Fr. Leydig
einen Assistenten gewonnen hatte. Doch hatte Rinecker keine
regelrechten Kurse gegeben und eröffnete ich zuerst solche.
Kräftig unterstützt von Leydig, kamen diese Kurse bald in
Zug und wurden dann von mir 53 mal, meist im Winter abends
von 6—8 Uhr, zweimal in der Woche gegeben. Vom Jahre
1856 an wurde auch im Sommer erst von Prof. H. Müller,
später von den jeweiligen Prosektoren Eimer, Gierke, Ph.
Stöhr, Hans Virchow, O. Schultze, Heidenhain und
Sobotta ein mikroskopischer Kurs selbständig abgehalten. Die
Zahl der Zuhörer in den Wintersemestern schwankte anfangs
zwischen 20 und 40, stieg später auf 50—60, betrug in den
Jahre 1881/82—1892/93 80—90 und überstieg 7 mal die Zahl
100, um 1887/88 mit 152 ihr Maximum zu erreichen. In diesem
Falle war eine Teilung des Kurses nötig, während sonst alle
Kurse ungeteilt gegeben wurden, stets unter Assistenz des ver-
gleichend-anatomischen Prosektors und der zwei anatomischen
Assistenten. In den letzten sieben Wintern betrug die Zahl der
Teilnehmer 40—50 im Mittel.

Die Art und Weise, wie ich diese Kurse abhielt, wechselte
mit den Jahren. Immer und ohne Ausnahme begann jeder
Kursabend mit einem Vortrage von $^3/_4$ Stunden, in welchem
wesentlich das besprochen wurde, was nachher zur Untersuchung
kam und ausführliche histologische Schilderungen vermieden
wurden, indem ich annahm, dass die Teilnehmer schon Histologie gehört haben. Dann folgten die Übungen selbst. Bei

diesen wurden in den ersten Zeiten alle Präparate von den
Studierenden selbst angefertigt und keine aufgehoben. So wurden
alle Gewebe durchmustert durch Isolierung ihrer Teilchen, durch
Zerzupfen, Schneiden im erhärteten Zustande, unter dem Einflusse einfacher Reagentien, wie Essigsäure und Kali causticum.
Auch einfache Organe, wie Darmzotten, einfache Drüsen, wie
Schweissdrüsen, tubulöse Darmdrüsen, Magendrüsen, Talgdrüsen,
Leber, Niere, Hoden, Eierstöcke, Haare, Haut, Nägel, Knochen
und Zähne erweicht, Hornhaut, Linse, Netzhaut wurden geprüft
und die Erkenntnis durch eine gewisse Anzahl vorgelegter
fertiger Präparate gefördert, unter denen Knochen- und Zahnschliffe, und vor allem englische Injektionspräparate wie auch
die Hyrtlschen eine Hauptrolle spielten. Da die Studierenden
auch zum Zeichnen ihrer Präparate angehalten wurden, so lässt
sich wohl behaupten, dass in dieser Zeit die Summe der Erfahrungen, welche dieselben aus einem solchen mikroskopischen
Kurse mitnahmen, eine sehr befriedigende war. So blieben
unsere Kurse bis in den Anfang der 70er Jahre. Dann aber
trat nach und nach insofern eine Änderung ein, als meine Prosektoren, und zwar zuerst Gierke und dann auch ich selbst,
anfingen, den Kursisten fertige Präparate vorzulegen und zu
schenken. Anfänglich beschränkten wir uns auf 20—30,
bald aber stieg, im Zusammenhange mit der fortschreitenden
Technik und den neu aufgetauchten Färbemethoden und den
Schneidapparaten die Zahl dieser Objekte auf 100 und beträgt
jetzt schon seit vielen Jahren 140 und mehr. Abgesehen hiervon wurden nach und nach die Teilnehmer der Kurse auch
angehalten, selbst einfachere Präparate anzufertigen und aufzu-
bewahren und bestreben wir uns in den letzten Jahren, diese
Seite immer weiter auszudehnen, so dass nun die Kursisten
auch eine nicht unerhebliche Zahl eigener, in einfacher Weise
gefärbter Objekte davontragen.

In Betreff der Bedeutung solcher Kurse erlaube ich mir
noch folgende Bemerkungen: Dieselben sollen Kurse für Anfänger sein und als solche erfüllen sie meiner Ansicht nach
ihren Zweck vollkommen unter der Voraussetzung, dass die
Kursisten fleissig sind und das Gebotene so benutzen, wie

es sein soll. In diesem Falle gewinnen sie in dem Kurse einmal eine Kenntnis der einfachsten Präparationsmethoden und aller Gewebe und zweitens erhalten sie eine Reihe schöner, schwer anzufertigender Präparate der wichtigsten Teile des Organismus, die ihnen für fernere, namentlich pathologische Studien, ein Leitstern sind und deren sorgfältiges Studium ihr Auge in der Erkenntnis zusammengesetzter Strukturverhältnisse tüchtig schult. Dass solche Kurse auch den Nachteil mit sich bringen, die Teilnehmer zu veranlassen, das Hauptgewicht auf das Erhalten schöner Präparate zu legen, dieselben nicht gehörig zu untersuchen und das Selbstanfertigen einer ganzen Zahl von Objekten zu vernachlässigen, thut der Bedeutung derselben keinen Eintrag und konnte mich nicht veranlassen, die Kurse anders zu halten, umsomehr als allen Kursisten die Möglichkeit geboten wurde, ihre Präparate auch in späteren Semestern im mikroskopischen Institute zu prüfen und genau zu studieren. In neuerer Zeit wurden hierzu auch im Semester des Kurses besondere Repetitionsstunden abgehalten, die jedoch nur von einer geringeren Zahl von Studierenden fleissig besucht wurden. Von dem Zeichnen der Präparate wurde in neuerer Zeit abgesehen, einmal weil Abbildungen der meisten Gewebebestandteile in aller Hände sind, und vor allem, weil eine bildliche Wiedergabe der zusammengesetzteren fertigen Präparate ein Mass von Fertigkeit verlangt, das nur selten zu finden ist.

Zur Vervollständigung dieses Bildes sei nun noch bemerkt, dass von jeher alle jungen Leute, die, nachdem sie den mikroskopischen Kurs durchgemacht hatten, sich weiter ausbilden und eigene Untersuchungen machen wollten, in dem mikroskopischen Institute alle Unterstützung fanden, die sie nötig hatten und sind in dieser Weise aus unserer Anstalt eine Reihe von wissenschaftlichen Arbeiten hervorgegangen, von denen die wichtigsten später namhaft gemacht werden sollen.

Ich kann diese Schilderung der in unseren mikroskopischen Kursen angefertigten und verteilten Präparate nicht schliessen, ohne meinem Präparator und späteren Kustos des Institutes, Herrn Peter Hofmann, ein Dankesdenkmal zu setzen. Herr Hofmann hat viele Jahre lang die Hauptlast der mikroskopi-

schen Kurse getragen, obschon auch die jeweiligen Prosektoren
sehr wesentlich an denselben sich mitbeteiligten. Aus kleinen
Anfängen heraus hat derselbe nach und nach zu einem Tech-
niker ersten Ranges und zugleich auch zu einem vorzüglichen
Kenner und Beurteiler mikroskopischer Präparate sich entwickelt.
Wie viel ich demselben verdanke, habe ich schon in der 6. Auflage
meiner Gewebelehre öffentlich anerkannt und will ich hier noch
einmal wiederholen, dass ich ohne seine Unterstützung nie dazu
gekommen wäre, meine letzten Arbeiten über das centrale Nervensystem, die Opticuskreuzung und manches andere noch so fertig
zu stellen, als es geschah. Mit meinem herzlichen Danke für alle
seine sorgfältigen Arbeiten verbinde ich den Wunsch, dass sein
talentvoller Sohn Hans als Arzt und Forscher das Werk krönen
möge, das sein Vater so vortrefflich begonnen hat.

5. Topographische Histologie.

Unter diesem Namen las ich zweimal, im Winter 1848/49
5 stündlich publice mit 40 Zuhörern und im Sommer 1850 mit
62 Zuhörern ein Kolleg, zu dem meine mikroskopische Anatomie
mir Veranlassung gab, nämlich über den feineren Bau der
Organe. Als ich dann aber im Winter 1850/51 die Anatomie
übernommen hatte, wurden diese Schilderungen in den Bereich
der systematischen Anatomie einbezogen und diese Disziplin
mit voller Berücksichtigung auch der feinsten Strukturverhältnisse
so gelesen, wie viel später Henle dieselbe in seiner Anatomie
dargestellt hat.

6. Vergleichende Histologie.

Diese Vorträge, die ich im Sommer 1857 zum erstenmale
hielt, und dann bis zum Sommer 1866 in jedem Jahre vortrug,
erschienen mir von grösster Bedeutung, wie dies jetzt wohl allgemein anerkannt ist. Doch hat diese Disziplin meines Wissens
seit meiner Zeit in den Lektionskatalogen keine Vertretung
gefunden und in grösseren Werken nur durch Leydig, mich
selbst, Fol und Oppel.

7. Entwickelungsgeschichte

haben wohl vor Würzburg nur wenige Universitäten aufzuweisen gehabt. Ich hatte als Studierender in Berlin bei Remak
ein Privatissimum in diesem Fache gehört und wurde so veranlasst, schon als Prosektor in Zürich im Sommer 1843 vergleichende Entwickelungsgeschichte, vorzüglich des Menschen und
der höheren Tiere vorzutragen, die ich dann an dieser Universität noch zweimal las, einmal auch über Missbildungen.
In Würzburg habe ich in 41 Semestern über diese Disziplin,
zuerst in 3 und später in je 4 Stunden vorgetragen und hierbei
von 20—110, im Mittel 50 Zuhörer gehabt. Von Anfang an
wurde auf die Demonstrationen ein hoher Wert gelegt und
später eine besondere Stunde wöchentlich zu solchen verwendet.
Bei denselben kamen nicht nur bebrütete Hühnereier, sondern
auch Embryonen aller Stadien von Säugern vor, ferner Schnitte
von Embryonen, vor allem aber auch menschliche Embryonen
ganz und mit allen ihren Organen, dann schwangere Gebärmütter mit den Eihäuten und Placenten, von welchen letzteren
wir als Geschenk von Hyrtl eine prachtvolle Serie injizierter
Präparate besitzen. In den 90er Jahren begann das Interesse
der Mediziner an diesem Fache, das nicht besonders examiniert
wurde, immer mehr zu erlahmen, und vermochten auch meine
Kollegen O. Schultze und die zootomischen Prosektoren Heidenhain und Sobotta, die diese Vorträge seit 1894 übernommen
hatten, das Interesse an denselben nicht nachhaltig zu verstärken,
obschon dieselben die grosse Mühe nicht gescheut hatten, jedem
Zuhörer eine ganze Sammlung schöner Schnitte von Embryonen
von Hühnchen und Säugern aller Stadien zu schenken.

8. Vergleichende Entwickelungsgeschichte.

In früheren Jahren hatte ich auch diese Disziplin zweimal
gelesen (1851 und 1859), welches wichtige Fach später in der
Entwickelungsgeschichte des Menschen und der höheren Tiere
bis zu einem gewissen Grade seine Würdigung fand. In den
letzten Jahren nahm sich Dr. Sobotta dieses Faches besonders an,
doch wird an Universitäten, an denen die Zoologie und ver-

gleichende Anatomie so gute Vertreter besitzt, wie bei uns in Boveri, dieses Fach denselben ganz überlassen werden müssen.

9. Vergleichende Anatomie und Physiologie.

Mit einer gewissen Befriedigung erwähne ich, dass ich, nachdem ich das Fach der Physiologie bereits abgegeben hatte, in den Jahren 1856, 1860, 1866, 1869, 1872, 1873 unter dem Namen: Vergleichende Anatomie und Physiologie und Lehre von der Zeugung, ein Kolleg las, das meines Wissens sonst noch nirgends Vertretung gefunden hatte und das mir viele Freude machte. Ich behandelte in demselben vor allem die Lehre von der Verdauung, der Atmung, die elektrischen Organe, die Giftdrüsen der Schlangen, die Zeugung und Befruchtung und erinnere mich stets gern daran, dass auch mein Kollege Fick einer solchen Vorlesung mit Interesse folgte. Leider wird bei der grossen Masse des Materials ein weiterer Ausbau einer vergleichenden Physiologie immer schwieriger und ist auch von Werken über diesen Gegenstand ausser der Anatomie et Physiologie comparée von Milne-Edwards nichts Zusammenhängendes zu erwähnen, abgesehen von der Physiologie der Zeugung, die in neuester Zeit viele Bearbeiter aufzuweisen hat und derjenigen der Protozoen durch Verworn.

Und doch machen die neueren schönen Experimentaluntersuchungen über das Nervensystem der Wirbellosen und die über die Verdauung der Mehlwürmer und Gasteropoden von Biedermann es in hohem Grade wünschenswert, dass dieses Gebiet weiter ausgebaut werde. Mit grosser Befriedigung ist übrigens noch hervorzuheben, dass das neue Werk von O. Hertwig: Die Zelle und die Gewebe, Grundzüge der allgemeinen Anatomie und Physiologie, Jena 1893 und 1898, Buch I und II, wenigstens den allgemeinen Teil der vergleichenden Physiologie in Angriff genommen hat.

10. Topographische Anatomie.

Zum Schlusse möchte ich auch noch dieses wichtigen Faches gedenken, das ich mir schmeichle, zu einer Zeit, wo dasselbe in Österreich durch Hyrtl wohl längst in Blüte stand, in Deutschland eingeführt und zum erstenmale im Sommer 1849 vorgetragen zu haben.

Dieses Kolleg wurde von mir stets präparando gehalten und alle Gegenden des Körpers, bevor dieselben zergliedert wurden, durch die Haut hindurch intakt besprochen und demonstriert. Dieses Verfahren ist meiner Meinung nach das einzig richtige und bei weitem dem andern vorzuziehen, bei welchem die Organe bereits präpariert vorgelegt werden, erfordert jedoch selbstverständlich eine nicht geringe manuelle Fertigkeit. Nachdem ich dieses Kolleg bei uns eingebürgert und 8 mal vorgetragen hatte, wurde dasselbe später von H. Müller, Stöhr, Bonnet und O. Schultze mit immer steigendem Eifer weiter geführt und ist jetzt bei uns ein wesentlicher Bestandteil des anatomischen Unterrichts geworden.

Ausser diesen wichtigeren Kollegien las ich noch über Missbildungen 1 mal, Sinnesorgane 3 mal und Entwickelungsgeschichte des Skelettes 1 mal.

II. Wissenschaftliche Arbeiten.

A. Gewebelehre.

1. Handbücher der Gewebelehre.

Anmerkung. Alle von mir veröffentlichten wissenschaftlichen Werke und Abhandlungen werden mit fortlaufenden Zahlen bezeichnet und mit diesen citiert.

1. Mikroskopische Anatomie oder Gewebelehre des Menschen. Zweiter Band: Spezielle Gewebelehre. Erste Hälfte. Von der Haut, den Muskeln, Knochen und Nerven. XI und 554 S. Holzschnitte 1—168, 4 Tafeln. Leipzig 1850, W. Engelmann.
   Zweite Hälfte. 1. Abteilung: Von den Verdauungs- und Respirationsorganen. S. 1—346. Holzschnitte 169—294, Leipzig 1852, W. Engelmann. 2. Abteilung: Von den Harn- und Geschlechtsorganen, vom Gefässsysteme und den höheren Sinnesorganen. S. 347—784. Holzschnitte 295—437, Leipzig 1854, W. Engelmann.

2. Handbuch der Gewebelehre des Menschen für Ärzte und Studierende. 637 S., 313 Holzschnitte, Leipzig 1852, W. Engelmann.

3. Dasselbe. Zweite Auflage. 675 S., 334 Holzschnitte, Leipzig 1855, W. Engelmann.

4. Dasselbe. Dritte Auflage. 686 S., 355 Holzschnitte, Leipzig 1859, W. Engelmann.

5. Dasselbe. Vierte Auflage. 730 S., 398 Holzschnitte, Leipzig 1863, W. Engelmann.

6. Dasselbe. Fünfte Auflage. 749 S., 524 Holzschnitte, Leipzig 1867, W. Engelmann. Dem Andenken von Heinrich Müller und Filippo de Filippi gewidmet.

7. Dasselbe. Sechste Auflage. Bd. I. Die allgemeine Gewebelehre und die Systeme der Haut, Knochen und Muskeln. VIII u. 409 S. mit 329 z. T. farbigen Figuren in Holzschnitt und Zinkographie. Leipzig 1889, W. Engelmann. Bd. II. Nervensystem des Menschen und der Tiere. 874 S. mit Fig. 330—845. Bogen 1—24

erschienen im Herbste 1893; Bogen 25—38 wurden im Jahre 1895 gedruckt und Bogen 39—56 im Januar—April 1896, so dass der vollständige II. Bd. erst Leipzig 1896, W. Engelmann erscheinen konnte.

Übersetzungen:

8. Éléments d'histologie humaine, Traduction de MM. J. Béclard et M. Sée, revue par l'auteur d'après la seconde édition allemande, 724 pages, 334 figures. Paris, V. Masson 1856.

9. Deuxième Édition française, revue et corrigée d'après la cinquième édition allemande par le Dr. Marc Sée, 938 pages, 523 figures dans le texte, Paris, G. Masson, 1872.

10. Manual of Human Histology, translated and edited by George Busk F. R. S. and Thomas Huxley F. R. S. Volume I 1853, Vol. II 1854, London, printed for the Sydenham Society.

Diese Übersetzung enthält einzelne Zusätze aus der mikroskopischen Anatomie und viele Zusätze und Anmerkungen der Übersetzer und einen besonderen Anhang derselben von 12 Seiten.

11. Manual of human microscopic Anatomy, edited with notes and additions by J. Da Costa M. D. Philadelphia, Lippincott, Grambo and Cie, 1854.

Diese Übersetzung ist einfach ein mit amerikanischer Ungeniertheit bewerkstelligter Abdruck der Übersetzung von Busk und Huxley mit Inbegriff aller Zusätze dieser Gelehrten, selbst deren Appendix und einigen Beigaben des Herrn J. Da Costa.

12. Manuale di Istologia umana pei Medici e Studenti. Versione compendiata sulla seconde edizione tedesca del Dr. E. Oehl. 2 Volumi, Milano 1856. Diese Übersetzung enthält keinerlei Abbildungen.

In meiner mikroskopischen Anatomie, die in den ersten Jahren meiner Thätigkeit in Würzburg (1850 — 1854) entstand, versuchte ich alle Organe des Körpers nach ihrem feinsten Baue zu schildern, ein Unternehmen, das noch von niemand in dieser Weise durchgeführt worden war. Die meisten der früher erschienenen Arbeiten behandelten wesentlich nur die Elementarteile, wie die Werke von Henle, Bruns, Gerber, Gerlach, Bendz, Hassall u A., oder waren, auch wenn sie den Bau von zusammengesetzten Organen schilderten, wie Todd und Bowman, nicht ausführlich und vollständig genug. Mir schien, nachdem einmal die Gewebe bis zu einem gewissen Grade genauer untersucht waren, gerade die Kenntnis des feinsten Baues auch der zusammengesetzten Organe für die Physiologie

und Pathologie von durchgreifender Bedeutung zu sein und ging
mein Bestreben vor allem nach Vollständigkeit. Ich prüfte daher
in erster Linie, durch meine äussere Stellung begünstigt, wo
immer möglich, alles selbst, vor allem beim Menschen, und gab
überall genaue Angaben über den Bau und die Grössenverhält-
nisse, stellte aber nur das als bestimmt hin, was mir sicher
erschien. Zweifelhaftes wurde als solches gegeben und soweit
als möglich in zum Teil sehr ausführlichen geschichtlichen Darstellungen beleuchtet.

Meine Untersuchungen erstreckten sich übrigens nicht nur
auf die fertigen Organe, vielmehr ging ich auch auf die Entwickelung derselben ein, jedoch meist nur soweit, als dieselbe
sich auf die Elementarteile gründen liess, wie z. B. bei der
Epidermis, den Horngebilden und Drüsen der Haut, den Knochen,
Zähnen, der Lunge, Thyreoidea, Thymus, den Harn- und Geschlechtsorganen, dem Gefässsysteme, dem Auge.

Ferner wurde auch der vergleichenden Gewebelehre,
der Physiologie und pathologischen Anatomie und dem
chemischen Verhalten der Gewebe soviel als möglich
Rechnung getragen. Endlich gab ich auch bei jedem Abschnitte
die nötigen Anleitungen zur Untersuchung der betreffenden
Organe und Elemente und die Litteratur. Von Bedeutung waren
wohl auch die zahlreichen, einem grossen Teile nach Originale
darstellenden vorzüglichen Holzschnitte, welche dem Texte
einverleibt waren, durch welche meine Arbeit vor vielen anderen
sich auszeichnete und späteren als Vorbild diente.

So entstand ein Werk, von dem sich wohl behaupten lässt,
dass es das erste derartige war und das wohl auch jetzt noch,
die Vollständigkeit anlangend, seinesgleichen sucht. wenn dasselbe auch durch viele neueren Werke, wie vor allem durch den
histologischen Teil der grossen Anatomie von Henle, durch
die mikroskopische Anatomie von W. Krause, durch die Anatomie von Rauber, die neueste Auflage von Quain-Sharpey
durch E. A. Schaefer und G. D. Thane, durch die Sinnesorgane und das Nervensystem von Schwalbe mit Bezug auf
viele Thatsachen überholt worden ist.

Von den zahlreichen, in meiner mikroskopischen Anatomie zum erstenmale beschriebenen, oder genauer gewürdigten That-sachen werden die meisten in den später aufgeführten Spezial-arbeiten Erwähnung finden.

Schon während der Abfassung der mikroskopischen Anatomie machte sich bei mir das Bedürfnis nach einem minder ausführ-lichen Werke geltend, in welchem die Errungenschaften der neuen Disziplin, als welche die mikroskopische Anatomie wohl bezeichnet werden konnte, einem weiteren Kreise zugängig gemacht werden sollten, und so entstand schon im Jahre 1852 das **Handbuch der Gewebelehre für Ärzte und Stu-dierende**, welches dann im Laufe der Zeiten fünf vollständige Auflagen erlebte und in einer sechsten in neuer Form zu er-scheinen begonnen hat.

In den ersten fünf Auflagen fand sich in allen der in der mikroskopischen Anatomie fehlende allgemeine Teil ausführlich und sorgfältig behandelt, so dass derselbe von 70 Seiten in der ersten Auflage auf 94 Seiten mit 49 Abbildungen in der fünften stieg. Auch der spezielle Teil wurde mit den Fortschritten der Wissenschaft immer ausgedehnter, so dass das ganze Werk von anfänglich 637 Seiten mit 313 Holzschnitten in der fünften Auf-lage zu 749 Seiten mit 524 Holzschnitten sich vergrösserte.

Die Gesamthaltung des Werkes blieb immer dieselbe. Stets wurde so viel als möglich alles Neue von mir selbst geprüft und Zweifelhaftes und Neues an der Hand geschichtlicher Aus-einandersetzungen beleuchtet. Der vergleichenden Gewebelehre, Entwickelungsgeschichte, Physiologie und pathologischen Ana-tomie wurde überall möglichst Rechnung getragen und am Schlusse eines jeden Abschnittes auch die Untersuchungsmethoden und die Litteratur angegeben.

Auch dieses Handbuch darf wohl als in seiner ganzen Anlage und Durchführung als gelungen bezeichnet werden und lässt sich wohl ohne Unbescheidenheit sagen, dass demselben nicht leicht eine andere Gewebelehre irgend einer Sprache an die Seite gestellt werden kann, in welcher Beziehung ich die mir unzu-gänglichen Handbücher in ungarischer und russischer Sprache nicht zum Vergleiche heranziehe.

Die sechste Auflage meines Handbuches ist gewissermassen eine neue Auflage meiner mikroskopischen Anatomie, welche dieselbe an Umfang zum Teil noch übertrifft. Schon der erste Band, in welchem der allgemeine Teil 157 Seiten mit 124 Abbildungen enthält, und die Systeme der Haut, Knochen und Muskeln, die von 142 Seiten mit 130 Holzschnitten auf 251 Seiten mit 215 Zeichnungen stiegen, beweist dies schlagend, und noch mehr gilt dies vom zweiten Bande, der nur das Nervensystem enthält. Auch der dritte Band, den mein Freund Victor v. Ebner in Angriff genommen hat und dessen erste Hälfte bereits in diesem Sommer erscheint, wird in derselben Weise vervollständigt sein und so wird später möglicherweise diese sechste Auflage der Gewebelehre zu einer vollständigen zweiten Auflage der mikroskopischen Anatomie sich gestalten.

Über den Inhalt der zwei ersten von mir bearbeiteten Bände erwähne ich hier nur folgendes. Der allgemeine Teil des ersten Bandes giebt namentlich eine vollständigere Darstellung der Zellenlehre als irgend ein anderes gleichzeitiges neues Werk unter steter Berücksichtigung der Leistungen der Botanik, dagegen ist die Lehre von den Geweben etwas kürzer besprochen, da dieselben im speziellen Teile ausführlich geschildert sind. Dieser spezielle Teil geht schon bei den Systemen der Haut, Knochen und Muskeln viel mehr ins Einzelne, als die früheren Gewebelehren und ist beim Nervensysteme fast zu einer Monographie· ausgewachsen, von der ich nur zu bedauern habe, dass sie bei der · Schwierigkeit des Gegenstandes noch so sehr viele Lücken und Unfertiges darbietet. Immerhin wird dieselbe, wie ich hoffe, als Basis für weitere Forschungen von Nutzen sein und manchem über die ersten Schwierigkeiten solcher Untersuchungen hinweghelfen.

2. Allgemeiner Standpunkt, histologische Grundanschauungen.

Litteratur.

13. Beiträge zur Entwickelungsgeschichte wirbelloser Tiere I. Über die ersten Vorgänge im befruchteten Eie in Müll. Arch. 1843. S. 66—141. Taf. VI, VII.

14. Entwickelungsgeschichte der Cephalopoden. Zürich 1844. 180 S. 6 Tafeln. 4⁰.

15. Die Lehre von der tierischen Zelle in der Zeitschrift f. wissenschaftliche Botanik (von Schleiden u. Nägeli) 1845, S. 46—102.
16. Zur Lehre von den Furchungen in Wiegmanns Arch. Jahrg. XIII. 1847. S. 9—22.
17. Die Energiden von Sachs im Lichte der Gewebelehre der Tiere in Würzb. Verh. N. F. Bd. XXXI. 1897. 21 S.
18. Über die Energiden von Sachs in Verh. der anatomischen Gesellschaft in Gent 1897. S. 21.
Die Handbücher der Gewebelehre. 3.—6. Auflage.

a) Bedeutung der Elementarteile.

Schon im Jahre 1845 und in allen Auflagen meiner Gewebelehre findet sich der Satz aufgestellt, dass die zelligen Elemente die eigentlichen Träger und Vermittler der Lebensvorgänge sind und darf ich mich wohl für die Tiere, unbeschadet der Verdienste von Schwann, als den eigentlichen Begründer der Cellularphysiologie betrachten. So sage ich in der ersten Auflage 1852 S. 11 wörtlich folgendes: „Diese Zellen, die als mit besonderen Lebenskräften begabt, und der Stoffaufnahme und der Verarbeitung, des Wachstums und Vermehrung fähig zu denken sind, setzen nicht nur in den ersten Lebensperioden den Leib der höheren und der meisten niederen Tiere für sich allein zusammen, sondern bilden auch die höheren Elementarteile des vollendeten Körpers fast ganz aus sich hervor. Ja selbst bei erwachsenen Geschöpfen finden sich noch an sehr vielen Orten die Elemente in dem einfachen Zustande von Zellen und greifen als solche mehr oder minder, oft ganz entscheidend in die organischen Verrichtungen ein". Und in der 3. Auflage 1859 heisst es auf S. 10: „Der neueren physikalischen Physiologie gegenüber, wie sie wenigstens in Ludwigs Lehrbuch der Physiologie repräsentiert ist, muss die Zelle als anatomische und physiologische Einheit, als wirkliche organische Grundform, die durch eigene Thätigkeit sich erhält und weiter bildet, [das ist das, was Brücke später Elementarorganismus nannte] festgehalten werden. Die Darstellungen des Zellenlebens und die ganze Auffassung der Bedeutung der Zellen, die sich in dem so ausgezeichneten Werke Ludwigs finden, sind deswegen weniger gelungen, weil sie, unter der Voraussetzung

der Richtigkeit der alten Schleiden-Schwannschen Auffassung
der Zellenbildung, die Entstehung der organischen Formen als
durch äussere Einwirkung vor sich gehend auffassen, wobei
dann natürlich die Einsicht in die Bedeutung der Zelle als solche
nicht so leicht zu gewinnen ist. Berücksichtigt man, dass die
Entwickelungsgeschichte schon lange gezeigt hat, dass es einzig
und allein die Eizelle ist, die in ununterbrochener Entwickelungs-
reihe den ganzen Organismus darstellt, sowie dass die neueren
Untersuchungen mit immer grösserer Bestimmtheit darthun,
dass eine freie Zellenbildung nicht existiert, so gelangt man zu
einer ganz anderen Anschauung über diese Verhältnisse und
ergiebt sich, wenn man nicht in einer für exakte Forschung ganz
transcendenten Weise auf die erste Schöpfung organischer Gestalten
zurückgehen will, die Notwendigkeit, die Zelle als Ausgangspunkt auch der physiologischen Betrachtung
zu wählen" und in der vierten Auflage 1863 fügte ich auf
S. 12 dem eben angeführten Satze noch bei: „In derselben Weise
wie für die Physiologie ist auch für die Pathologie die Erforschung der Lebensvorgänge der Zellen von der grössten Tragweite. Ist bei der ersteren eine Cellularphysiologie, wie man
die Lehre von den normalen Verrichtungen der Zellen und ihrer
Abkömmlinge nennen kann, an der seit Schwann alle ein-
sichtsvollen Histologen und auch manche Physiologen gearbeitet
haben, der wahre Ausgangspunkt, so ist für die krankhaften
Störungen die von Virchow ins Leben gerufene Cellularpathologie die Angel, um die jede weitere Erkenntnis sich
dreht". Hier fügte ich nun noch folgende, nicht unwichtige
Bemerkung bei: „In beiden Gebieten ist übrigens mit
der Ermittelung der Vorgänge in den zelligen Elementen nicht alles geschehen. Auch die Zwischensubstanzen aller Art, mögen sie nun geformte Teilchen enthalten oder nicht, haben ihr Recht und erst aus der
Ermittelung der Leistungen aller Bestandteile des
Körpers, und ihrer mannigfachen Wechselwirkungen
wird am Ende eine volle Erkenntnis der Lebensvorgänge und ihrer Störungen entstehen".

b) Definitionen und System.

Mit Bezug auf die Auffassung der verschiedenen Elementarteile und ihrer Gruppierung habe ich wohl zuerst bestimmte
Normen gegeben. Schon in der ersten Auflage meiner Gewebelehre gab ich eine Definition von „Gewebe" und „Organ"
und bestimmte das Gewebe als eine „konstante, in gleichen
Teilen immer in derselben Weise wiederkehrende Gruppierung der Elementarteile" und als Organ- „eine
gewisse Summe von Elementarteilen von bestimmter
Form und Funktion". In der Definition von Gewebe, wurde
das Wort „konstant" später in „gesetzmässig" umgeändert.

Einige Autoren haben an diesen Definitionen einiges auszu-
setzen gehabt, wogegen ich mir die Behauptung erlaube, dass
dieselben die besten und einzigen sind, die gegeben werden können.

Was ferner die Zahl der Gewebe anlangt, so habe ich
schon in der zweiten Auflage nur fünf angenommen, in dem
ich zu dem Oberhaut-, Binde-, Muskel- und Nervengewebe
noch ein Gewebe der Blutgefässdrüsen aufstellte. In der
dritten Auflage liess ich dann letzteres fallen und nahm nur vier
Gewebe an. Diese Vereinfachung, die auch bei Leydig sich
findet, war ein grosser Fortschritt den Einteilungen von Henle,
Frey u. A. gegenüber und ist jetzt wohl allgemein angenommen.

Die Organe teilte ich in einfache und zusammengesetzte. Vereinen sich mehrere oder viele Organe gleicher
oder verschiedener Art zu einer höheren Einheit, so heisst
dies ein System. Bei den Geweben erklärte ich eine weitere
Einteilung in einfache und zusammengesetzte nicht als
unmöglich und versuchte ich eine solche in der ersten Auflage
der Gewebelehre, jedoch bezeichnete ich schon in der zweiten
Auflage eine solche Einteilung als unpraktisch und ging nicht
mehr auf dieselbe ein. Doch kann ich dem Grunde, den
Gegenbaur gegen die Aufstellung zusammengesetzter Gewebe
anführt (Anatomie 7. Aufl. S. 93) nicht beistimmen. Gegenbaur
sagt da: „Solche Gebilde sind gar keine Gewebe, es sind Organe.
„Hier hat sich das Missverständnis eingeschlichen, dass man
„das verschiedene Gewebe enthaltende Gefüge eines Organes als

„Gewebe selbst bezeichnet. — — — Wo differente Gewebe einen
„Körperteil zusammensetzen, kann nicht mehr von einem ein-
„heitlichen Gewebe die Rede sein, es besteht dann eine Mehr-
„heit von Geweben, die eben etwas Neues bilden, das als Ganzes
„kein blosses Gewebe mehr ist, sondern ein Organ oder ein
„Teil eines solchen. Für diese sogenannten Gewebe giebt es
„deshalb keine durchgreifenden histologischen Merkmale, die
„Definition eines solchen Gewebes ist die eines Organes.“

Mit diesen Auseinandersetzungen meines alten hochgeehrten
Freundes kann ich mich unmöglich einverstanden erklären, indem dieselben das verkennen, was ich zusammengesetzte Gewebe
genannt habe und was man allein so nennen kann. In meiner Gewebelehre 1. Aufl. zählte ich als zusammengesetzte Gewebe
auf: 1. das Knochengewebe, 2. das Gewebe der glatten
Muskeln, 3. dasjenige der quergestreiften Muskeln,
4. das Nervengewebe, 5. das Gewebe der Blutgefässdrüsen und 6 das der echten Drüsen. Ein Hinblick auf
die spezielle Beschreibung der Gewebe, die ich gab, konnte keinen
Zweifel darüber lassen, dass für mich diese zusammengesetzten
Gewebe nicht nur aus den ihnen wesentlichsten Elementarteilen,
den Muskelfasern, Nervenzellen und Fasern, den Knochenzellen
und der Grundsubstanz, den Drüsenzellen bestehen, sondern dass
ich auch die Gefässe, Nerven und die Umhüllungen von Bindegewebe zu denselben zähle. Das Muskelgewebe z. B. ist mithin
nicht bloss ein Aggregrat von Muskelfasern, wie Gegenbaur
es aufzufassen scheint, vielmehr gehören die Gefässe, Nerven,
das Perimysium externum und internum auch dazu. Für mich
besteht somit ein Biceps aus Muskelgewebe und jedes aus demselben herausgeschnittene Stückchen Fleisch zeigt ganz gesetzmässige Anordnungen der Muskelfasern, der Kapillaren, Nerven,
und des Perimysium und wenn auch die Kapillaren einfache
Organe sind, ebenso wie die Nervenstämmchen, so ändert das an
dem Charakter des Muskelgewebes nichts und besteht eben dieses
zusammengesetzte Gewebe aus Elementarteilen und Organen in
ganz gesetzmässiger Zusammenfügung. Ganz in derselben Weise
ist das Knochengewebe, das Nervengewebe aufzufassen.

c) Bildung der Zellen.

Selbstverständlich war auch für mich, wie für alle Forscher, deren Studienzeit in das Ende der 30er und in die 40er Jahre fällt, die Schwannsche Zellentheorie der Ausgangspunkt, doch begründeten bei mir, wie bei Bergmann und Bischoff, die in die Jahre 1841—43 fallenden Untersuchungen über die erste Entwickelung der Batrachier, Säuger und Nematoden, denen zufolge die ersten Elemente, die aus dem Dotter sich bilden, keine Zellen, sondern hüllenlose Klümpchen von Dotter mit einem Zellenkerne sind, einen wichtigen Fortschritt nach, einer neuen Richtung. Später wurden dann in meiner Entwickelungsgeschichte der Cephalopoden (1844) diese embryonalen Elemente, die sogenannten Furchungskugeln, unter dem Namen Umhüllungskugeln, als eine eigentümliche Art Elementarkörper den Zellen an die Seite gestellt und nachgewiesen, dass bei allen Geschöpfen mit Furchung des Dotters die ersten Elemente des Tierleibes hüllenloser zellenartige Gebilde mit einem Zellenkerne sind. Ein Teil dieser Gebilde wandelt sich später durch Anbildung einer Hülle in wirkliche Zellen um, andere überdauern möglicherweise als hüllenlose Elemente die embryonale Periode weit und gehen selbst in andere Elemente, wie glatte Muskelfasern, über, ohne jemals zu wirklichen Zellen geworden zu sein oder erhalten sich im ausgebildeten Organismus in dem primitiven Zustande von Umhüllungskugeln (l. c. bes. S. 151—153).

Mit Bezug auf die Entstehung der Zellen überhaupt unterschied man anfänglich mit Schwann eine freie Zellenbildung in einem Cytoblasteme von einer Bildung derselben durch Vermittelung anderer Zellen, die man als seltener ansah, und sprachen für diese Auffassung vor allem die embryologischen Untersuchungen C. Vogts über Alytes obstetricans (1841) und Coregonus palaea (1842), denen zufolge alle Zellen, die in die bleibenden Gewebe übergehen, aus den Trümmern der Furchungskugeln durch freie Zellenbildung neu entstehen. Es war daher für diese Frage von grossem Belange als ich 1844 den ersten entschiedenen Angriff auf die Lehre von der

freien Zellenbildung machte, indem ich zeigte, dass bei
Embryonen alle Elemente in ununterbrochener
Formfolge von den Furchungskugeln abstammen und
hierauf gestützt auch für Erwachsene die freie Zellenbildung gänzlich leugnete und den Satz aufstellte, dass
höchstwahrscheinlich alle Zellen derselben direkte
Abkömmlinge der Furchungskugeln seien (l. c. S. 141).

Mit dieser im Jahre 1844 aufgestellten Hypothese war ich
jedoch den bisherigen Annahmen weit vorangeeilt und ergab
sich bald, dass es mir nicht gelungen war, die Schwannsche
Lehre von einer freien Zellenbildung in einem Cytoblasteme ganz
zu verdrängen. Als Beweis hierfür will ich hier nur die Namen
von Reinhard und Virchow anführen. Im ersten Bande von
Virchows Archiv 1847 beschreibt auf S. 23, 26 u. ff. Reinhardt
frühe Entwickelungsstufen der Zellen der Membrana granulosa
der Graafschen Follikel genau nach dem Schwannschen
Typus. In derselben Weise schildert Virchow in seinem
berühmten Krebsartikel (l. c. S. 128) die Entwickelung der Krebs-
zelle, nur ist in diesem Falle die Bildung der Nukleolen nicht
das erste, sondern eine sekundäre Entwickelung im Kerne. Auch
die Entwickelung des Bindegewebes, der Gefässe, der elastischen
Fasern im Krebsgerüste leitet Virchow von neugebildeten Zellen
her. Ferner können auch 1. die Eiterkörperchen hier erwähnt
werden, die nach Virchow und Reinhardt (Beiträge zur
experimentellen Pathologie und Phys. 1846, Heft 2, S. 197 u.
62) nur in einem Cytoblasteme sich entwickeln und 2. die Chylus-
körperchen (Virchow l. c. S. 538). Ganz allgemein spricht
sich Virchow (Archiv I. S. 217) so aus: „Gehen wir an die
Betrachtung der pathologischen Neubildungen, so können wir
ganz allgemein behaupten, dass die Gesetze ihrer Erscheinung
für physiologische und pathologische Bildungen identisch sind
und sich nach unseren jetzigen Erfahrungen in folgenden Sätzen
resumiren".

1. Alle Organisation geschieht durch Differenzierung von formlosem Stoff, Blastem.

2. Alles Blastem tritt primär flüssig aus den Gefässen auf, Exsudat.

3. Alle Organisation hebt mit Zellenbildung an.

Auch im Jahre 1851 hielt Virchow noch an der Schwannschen freien Zellenbildung fest (Arch. III. S. 215, 217). Es war daher wohl begreiflich, dass ich an der allgemeinen Gültigkeit des von mir bei der normalen Entwickelung gefundenen Gesetzes zweifelhaft wurde und in den ersten Auflagen meiner Gewebelehre 1852 eine freie Zellenbildung für gewisse normale Elemente, wie die Lymphkörperchen, die Zellen geschlossener Follikel, des Corpus luteum, das Knochenmark fötaler Knochen und andere annahm und eine solche auch für alle pathologischen Zellenbildungen statuierte. Nach und nach trat nun aber in dieser Frage ein Umschwung ein, indem Virchow durch Beobachtungen an Bindegewebszellen und an pathologischen Bildungen allmählich dazu kam, anzunehmen, dass in pathologischen Neubildungen die Zellenbildung von den schon vorhandenen Zellen ausgehe, in denen die Kerne sich durch Teilung vermehren und endogene Zellen um sich bilden.

Ihren Abschluss fanden dann diese Beobachtungen und Vermutungen im Jahre 1855 in seinem Aufsatze „Cellularpathologie" in seinem Archiv Bd. VIII S. 23, in dem er die Lehre von der pathologischen Generation, von der Neoplasie im Sinne der Cellularpathologie einfach durch den Ausdruck: „Omnis cellula e cellula formulierte. Meiner und der Bestrebungen von Reichert, Bischoff, Bergmann und Remak, die wir für die normale Entwickelung schon längst die ununterbrochene Formfolge der Zellen bewiesen hatten, gedenkt Virchow bei allen seinen Deduktionen mit keinem Worte und so kam es dazu, dass er auch . im Gebiete der normalen Zellenlehre als der Begründer des eben angeführten Schlagwortes angesehen wurde und galt. Und doch waren die Beweise, die Virchow für seine Lehre im Gebiete der pathologischen Gewebelehre aufgestellt hatte, auch nicht so durchschlagend als dieselben anfangs zu sein schienen, und betone ich in dieser Beziehung vor allem die berühmten Beobachtungen von v. Recklinghausen über die Wanderungen von Eiterzellen und ihr Einwandern in andere Gewebe und die von Cohnheim über das Auswandern der farblosen Blutzellen, die lehrten, wie vorsichtig man in der Deutung von scheinbar endogen entstandenen Zellen sein muss.

Infolge der Mitteilungen von Virchow über die pathologische Zellenbildung kam auch ich dazu, die freie Zellenbildung ganz aufzugeben und wie bei der normalen embryonalen Entwickelung auch für den Erwachsenen und für pathologische Fälle den Satz aufzustellen, dass alle Zellen des Organismus in ununterbrochener Formfolge von der Eizelle an sich entwickeln.

d) Begriff der Zelle.

Schon bei den vorhin erwähnten embryologischen Untersuchungen hatte ich nachgewiesen, dass in der Entwickelungsweise der Elementarteile der tierischen Organismen hüllenlose kernhaltige Elemente, die ich anfänglich Umhüllungskugeln nannte, eine grosse Rolle spielen, indem solche als Furchungskugeln den Leib von Embryonen anfänglich ganz allein bilden, um dann später zum Teil in dem primitiven hüllenlosen Zustande sich zu erhalten, zum Teil unter Anbildung einer Membran in wirkliche Bläschen sich umzuwandeln. Gestützt auf die Beobachtung der genannten membranlosen Elemente, die ich später (Gewebelehre 5. Aufl.) Protoblasten oder Cytoblasten zu nennen vorschlug, glaube ich mir dann durch eine rationelle Definition der Elemente der Tiere, gegenüber den Aufstellungen von E. Brücke und Max Schultze, ein weiteres Verdienst erworben zu haben. Davon ausgehend, dass die Zelle ihre Entwickelung und Geschichte habe, erklärte ich in der 4., 5. und 6 Auflage meiner Gewebelehre, dass der Begriff derselben nicht aus einer einzigen ihrer Erscheinungsformen, sondern nur aus der Gesamtheit derselben abgeleitet werden könne. Es könne somit nicht die Membran als nicht zum Begriffe der Zelle gehörend angesehen werden (Max Schultze), weil es viele tierische Elementarteile ohne Hüllen gebe und ebensowenig der Kern (Brücke), weil kernlose Zellen vorkommen. In einer neuesten Arbeit vom Jahre 1897 Nr. 17 (Die Energiden von v. Sachs im Lichte der Gewebelehre der Tiere in Würzburger Verh. Bd. 31 Nr. 5), betonte ich diese Verhältnisse noch genauer und bemerkte, das Anfangsstadium der tierischen Elemente sei ein

kernhaltiger Protoblast, wie solche in den holoblastischen
Eiern, in allen Elementen sich entwickelnder Embryonen, ferner
bei einer grossen Zahl von Elementen der fertigen Organismen
sich finden. Das andere, das Endstadium werde von Zellen
dargestellt, die man umgewandelt nennen könne, unter denen
wieder zwei Abteilungen sich finden und zwar: a) Zellen, die
eine höhere Ausbildung erreicht haben, die als höhere
Elementarorganismen sich bezeichnen lassen, wie z. B. die
vielkernigen Muskelzellen, die Nervenzellen, die einzelligen Tiere
und Pflanzen, die Spermatozoen; b) Elemente, die einen
oder mehrere ihrer Teile verloren haben. Zu diesen
zählte ich bisher: 1. Zellen ohne Kern (Blutzellen), 2. Zellen, die
Kern und Protoplasma eingebüsst haben, wie viele Oberhautschüppchen. Zu diesen kernlosen und kern- und protoplasma-
losen Zellen würden möglicherweise auch kernlose Protoblasten
zu zählen sein, wenn man die Blutkörperchen der Säugetiere als
hüllenlos betrachten wollte.

e) Leistungen der tierischen Elemente.

In den Nr. 17 und 18 wurden in neuester Zeit von mir die
Leistungen der tierischen Elementarteile ausführlich besprochen
und in Berücksichtigung der Arbeiten von v. Sachs über die
pflanzlichen Energiden und denen von Arthur Meyer über die
Organe der Pflanzen genauer fixiert. Als Endergebnis ergaben
sich folgende Sätze:

1. In beiden Reichen ist die Grundform der wesentlichen
Elementarteile eine Kugel von Protoplasma mit einem Kerne,
die nach v. Sachs Energide, nach mir Protoblast genannt
werden kann (Germinal matter, Lionel Beale).

2. Typische Bestandteile dieser Elemente sind ausser
den genannten Teilen in beiden Reichen wahrscheinlich auch
die Centrosomen und Sphären, bei den Pflanzen die Chloro-
plasten.

3. Pflanzliche Energiden und tierische Protoblasten
entstehen sowohl als Ganze als auch in ihren einzelnen Teilen
oder Organen nie durch Neubildung, sondern nur durch

Teilung von Ihresgleichen, pflanzen sich von Generation zu Generation fort und sind die Träger der Erblichkeit.

4. Alles Wachstum der Energiden und Protoblasten geschieht durch innere Vorgänge (Intussusception), indem ihre Teilchen stets gleiche Teilchen erzeugen, wodurch ihre spezifische Natur sich erhält.

5. Die aktiven Leistungen der Energiden und Protoblasten beziehen sich:

a) auf Erzeugung ihrer typischen Organe,

b) auf besondere Bewegungen des Protoplasmas (Saftströmung, amöboide Bewegungen).

c) Auf Bildung sogenannter alloplasmatischer Organe (A. Meyer), die wesentlich in den Lebensvorgang eingreifen, aus dem Protoplasma hervorgehen, organisiert sind und durch Intussusception wachsen, aber sich nicht durch Teilung vermehren, sondern in jedem Individuum, wenn auch in typischer vererbter Gestalt .neu sich bilden.

Solche sind:

α) Die Wimperhaare und Cilien aller Art,

β) die Muskelfasern in allen Formen,

γ) die Nervenzellen und Nervenfasern,

δ) die Samenkörper,

ε) die Sinnesendzellen.

d) Auf die Erzeugung von passiven, zum Teil unorganisierten Produkten oder sogenannten ergastischen Gebilden (A. Meyer), formed Material (L. Beale).

Hierher zählen:

α) Die Celluloschüllen,

β) die Cuticularbildungen,

γ) die Intercellularsubstanzen und Flüssigkeiten,

δ) die Zellensäfte und Körner in Zellen aller Art.

Fassen wir nun noch die Gesamtresultate ins Auge, so ergiebt sich folgendes:

Bei der Gestaltung der Pflanzen spielen nackte Energiden keine Rolle, sondern nur solche, die von einer Cellulosenmembran umhüllt sind, oder echte Zellen, doch bedingen auch in diesem Falle die Wachstums- und Gestaltungsverhältnisse der Energiden die Formen der Zellen und Organe. Cuticularbildungen und Intercellularsubstanzen, sowie Intercellularflüssigkeiten sind am Aufbaue der Pflanzen kaum beteiligt und ebenso fehlen alloplasmatische Energidenprodukte fast ganz mit Ausnahme von Samenfäden und Wimperhaaren.

Bei den Tieren dagegen beteiligen sich einerseits nackte Protoblasten sehr wesentlich direkt an der Gestaltung vieler Organe, unter denen vor Allem die Oberhautbildungen und Drüsen zu nennen sind, anderseits erzeugen solche Elemente mächtige Intercellularsubstanzen, wie das gesamte Bindegewebe, elastische-, Zahnbein-, Knorpel- und Knochengewebe. Besonders charakteristisch für die Tiere ist aber, dass alloplasmatische, aktive Protoblastenprodukte, nämlich Muskel- und Nervenzellen, in ungemeiner Entwickelung bei denselben vorkommen und den gesamten Lebensverlauf so beherrschen, dass sie die typischen animalen Organe bilden.

Der Stoffwechsel der tierischen Protoblasten und pflanzlichen Energiden zeigt, wie bekannt, Grundverschiedenheiten, aber auch manche Übereinstimmungen, die sich bei der Bildung der Zellensäfte aus dem Protoplasma ergeben.

In Nr. 18 fügte ich dieser Auseinandersetzung noch bei:

1. Bei den Muskelfasern ist einerseits nicht zu bezweifeln, dass die Muskelfibrillen sekundär erzeugte Protoblastenprodukte sind, während andererseits die lange Zeit durch Mitose sich vermehrenden Muskelkerne lehren, dass die Muskelfasern während ihrer gesamten Entwickelung viele als Energiden wirksame Teile besitzen. Aus diesem Grunde ist auch nicht daran zu denken, die fertigen Muskelfasern als reine Energidenproduktionen oder als alloplasmatische Organe aufzufassen, vielmehr erscheinen dieselben als Organe von doppelter Bedeutung, einerseits als eine Summe von Energiden, insofern ihre Kerne und das Sarkoplasma direkte Abkömmlinge der ursprünglichen einkernigen Muskelenergiden sind, anderseits als alloplasmatische Organe durch ihre Muskelfibrillen.

Eine solche Auffassung passt nicht für andere kontraktile Organe, wie für die einkernigen Muskelzellen, die Wimperhaare, die Samenfäden, indem bei diesen mit der Erzeugung der kontraktilen Elemente die Leistungen der betreffenden Energiden sich erschöpfen.

Fertige Muskelfasern verlieren, wie dies A. Meyer von seinen alloplasmatischen Organen annimmt, die Fähigkeit, sich durch Teilung zu vermehren. Auch können dieselben ihre Struktur nicht derart vererben, wie dies die Zellenkerne, die Centrosomen, das Protoplasma thun. Auf der anderen Seite ist hervorzuheben, dass den primitiven Muskelenergiden eines jeden Geschöpfes die Fähigkeit innewohnt, spezifische und weit von einander abweichende Muskelfasern zu erzeugen, wie eine Vergleichung der Muskelfasern und Muskelzellen der verschiedenen Tierformen lehrt (Muskeln der Arthropoden und Wirbeltiere, Muskeln der Fische, Amphibien und Säuger, Muskelzellen der Wirbellosen und Wirbeltiere, Herzmuskelzellen).

Bei den Nervenzellen sind die Achsencylinderfibrillen und ihre Fortsetzungen in die Körper der Zellen hinein mit grosser Wahrscheinlichkeit als alloplasmatische Produkte aufzufassen, wogegen das Neuroplasma in allen Teilen der Neurodendren oder Neuren als Energidenreste anzusehen sind. Die sogenannten Nisslkörper bin ich geneigt als passive Energidenprodukte, als sogenannte ergastische Gebilde im Sinne von A. Meyer anzusehen, ebenso unzweifelhaft das Nervenmark. Die Schwannschen Scheiden und die Hüllen der Nervenzellen sind von aussen aufgelagerte Umhüllungsgebilde und erscheint es für die Auffassung dieser als ganz unwesentlich, dass die Energiden dieser Hüllen während der Entwickelung der Neurodendren durch Teilung sich vermehren.

Die Gliazellen, die lange durch Teilung sich vermehren, sind im allgemeinen als wenig umgewandelte Energiden anzusehen, doch müssen vielleicht, wie ich nachträglich beifüge, ein Teil ihrer Ausläufer bei den eigentlichen Golgischen Zellen, d. h. die sogenannten Gliafasern, als aktive Energidenprodukte aufgefasst werden.

Zu den passiven Energidenprodukten zählen unbedingt die Grundsubstanz von Knochen und Zahnbein, die leimgebenden und Elastin enthaltenden Fasern überhaupt und alle sonstigen Zwischensubstanzen, wie die Cuticularbildungen aller

Art. Sachs und A. Meyer nennen diese Bildungen bei Pflanzen unorganisiert und nur durch Apposition wachsend, welche Auffassung für die Tiere nicht durchzuführen ist, indem bei diesen vielen Intercellularsubstanzen, vor allem den mit Gefässen versehenen, ein Stoffwechsel und eine besondere Organisation zugeschrieben werden muss, wie namentlich den echten Knochen und dem Zahnbeine, während das elastische Gewebe, die gefässlosen Bindesubstanzen und die Cuticularbildungen an das andere Ende der Reihe zu stellen sind.

f) Die Bedeutung der einfachsten Tiere.

Im Jahre 1845 habe ich in der Zeitschr. f. wiss. Botanik S. 97 zum erstenmale die Existenz einzelliger Tiere behauptet und die Gregarinen als solche aufgestellt. Später wurde dann von v. Siebold und von mir infolge mündlicher Besprechung die Ansicht ausgesprochen, dass auch die Infusorien alle ohne Ausnahme (mit Ausschluss der Rädertiere und der zu den Pflanzen gehörenden Bacillarien, Volvocinen, Closterinen) aus einer einzigen Zelle bestehen. In meiner Arbeit über Actinophrys (Actinosphaerium) sprach ich dann weiter die Vermutung aus, dass auch die Rhizopoden denselben Bau besitzen, welche Auffassung, wie jeder weiss, jetzt allgemein angenommen ist.

Im Zusammenhange mit diesen Anschauungen entwickelte sich dann auch die weitere Hypothese, dass das Protoplasma aller Zellen vom Hause aus Kontraktilität besitzt, eine Erkenntnis, die bei den unselbständigen Zellen nur Schritt für Schritt sich ausbildete, während bei den einfachsten Tieren die Lehre von der grossen Bewegungsfähigkeit ihrer Leibessubstanz weit früher auftrat, als die Erkennung ihrer Bedeutung als einzelliger Wesen. In ersterer Beziehung waren Siebolds, von mir bestätigten Beobachtungen über die Furchungskugeln von Planarienembryonen in erster Linie massgebend, an die bald weitere Erfahrungen über die Herzzellen von Embryonen (Vogt und ich) und die farblosen Blutzellen (Wharton Jones) sich anschlossen. Wichtig waren besonders die von mir beobachteten Ortsveränderungen von Bindegewebszellen einer Ascidie und vor allem die von v. Recklinghausen über

Wanderungen von Zellen beim Frosche, ebenso wie die an
meine Erfahrungen über die Nahrungsaufnahmen von Actinosphaerium sich anschliessenden Erfahrungen Haeckels über die
Aufnahme geformter Teilchen von aussen durch Zellen,
durch welche endlich die so lange rätselhaften blutkörperchen-
haltenden Zellen ihre Erklärung fanden.

3. Arbeiten über die einzelnen Gewebe.

a) Oberhautgewebe.

Samenelemente.

19. Beiträge zur Kenntnis der Geschlechtsverhältnisse
und der Samenflüssigkeit wirbelloser Tiere, nebst einem
Versuche über das Wesen und die Bedeutung der
sogenannten Samentiere. Berlin 1841, 88 S., 3 Taf.
quarto.

20. Die Bildung der Samenfäden in Bläschen als allgemeines Entwickelungsgesetz in den Neuen Denkschriften der
schweizerischen Gesellschaft für die Naturwissenschaften Bd. VIII,
1847, S. 1—82, 3 Tafeln.

21. Physiologische Studien über die Samenflüssigkeit in
Zeitschr. f. wiss. Zoologie. VII, 1856, S. 201—273.
(Siehe auch Über die Vitalität und die Entwickelung der Samenfäden
in Würzb. Verh. VI., 1856, S. 80—84 und in British association
Reports. 1855, pag. 125.)

Die Abhandlung 19 verdient vor allem deswegen Beachtung, weil
in derselben mit durchschlagendem Erfolge die beweglichen Elemente
des Samens als Elementarteile des tierischen Organismus nachgewiesen sind
und zugleich ihre Entwickelung ganz allgemein aus zelligen Elementen
beschrieben wurde. Abgesehen hiervon sind in den Abhandlungen 19
und 20 die Samenelemente einer grossen Zahl von Tieren beschrieben
und namentlich auch die eigentümlichen, bisher nur von Astacus
bekannten Samenkörper (meine Strahlenzellen) von vielen höheren
Krustern nebst den sie beherbergenden sonderbaren Behältern geschildert.

Die Entwickelung der Samenfäden aus den Samenzellen wurde
in meinen ersten Arbeiten nicht richtig aufgefasst und gelangte ich erst in
der Abhandlung Nr. 21 zu einer besseren Darstellung, indem ich den Satz
aufstellte, dass die befruchtenden Samenelemente aller Tiere durch direkte
Umwandlung, resp. Verlängerung der Kerne der Samenzellen sich bilden,
welche ich dann in der fünften Auflage der Gewebelehre 1867 noch
weiter im einzelnen so bestimmte, wie die Fig. 383 S. 531 dies zeigt,
indem ich den verlängerten Kern in zwei Abschnitte sich sondern und aus
dem vorderen den Körper, aus dem hinteren Teile das Mittelstück und
den Faden hervorgehen liess, eine Auffassung, welcher viele Forscher sich

anschlossen, während andere der zuerst von La Valette, Schweigger-Seidel und Henle ausgesprochenen Ansicht, dass der Faden aus dem Protoplasma der Samenzelle hervorgehe, huldigten. Diese anfänglich nicht weniger als gut begründete Behauptung wurde in der neuesten Zeit durch eine Reihe sehr auffallender Beobachtungen von Bühler, Mewes, v. Lenhossék und Hermann gestützt, denen zufolge die in den Samenzellen vorkommenden Centrosomen bei der Entwickelung der Fäden eine Rolle spielen und scheint nun in eigentümlich modifizierter Weise sich als die richtige zu ergeben. Sollte dem so sein, so würde meine Behauptung, dass die Samenfäden umgewandelte Kerne sind, insoweit zu modifizieren sein, dass neben dem Kerne der Samenbildungszellen nicht das ganze Protoplasma, sondern einzig und allein das unstreitig sehr wichtige Centrosoma an der Bildung des Fadens sich beteiligt. Das würde jedoch nicht beweisen, dass nicht der Kern bei der Befruchtung die Hauptrolle spielt.

Die Abhandlung 21 ist wesentlich physiologisch-chemischer Natur und wurde ich durch die im Winter 1854/55 gelegentlich gemachte Beobachtung, dass die ruhenden Samenfäden des Hundes durch Natron causticum in die lebhafteste Bewegung kommen, zu derselben veranlasst. Abgesehen hiervon gaben die Äusserungen von Funke und Ankermann, denen zufolge die Bewegungen der Samenfäden keine vitalen sind, sondern nur als Diffusionserscheinungen aufzufassen seien, einen Hauptanstoss zu diesen Untersuchungen, sowie ferner die sonst nirgends so leicht sich darbietende Gelegenheit, den Einfluss von äusseren Agentien auf Bewegungsphänomene zu erproben, indem bei den Samenfäden die Elemente selbst durch ihr Verhalten die Art der Einwirkung anzeigen.

Die erhaltenen Resultate sind kurz zusammengestellt folgende:

1. Im reinen Sperma aus dem Nebenhoden und Vas deferens trifft man sehr häufig bewegliche Samenfäden.

2. In Wasser und verdünnten Lösungen aller unschädlichen indifferenten Substanzen und Salze hört die Bewegung der Fäden auf und erhalten dieselben Ösen.

3. Diese mit Ösen versehenen Fäden sind nicht tot, vielmehr leben dieselben durch nachheriegen Zusatz konzentrierter Lösungen unschädlicher, indifferenter Substanzen (Zucker, Eiweiss, Harnstoff) und Salze wieder vollkommen auf.

4. In allen tierischen Flüssigkeiten von grösserer Konzentration oder grösserem Salzgehalt, die nicht zu sauer und nicht zu alkalisch, auch nicht zu zähflüssig sind, bewegen sich die Samenfäden vollkommen gut, so in Blut, Lymphe, alkalischem oder neutralem Harn, alkalischer Milch, dünnerem Schleime, dickerer Galle, Humor vitreus; dagegen nicht in Speichel, saurem und stark ammoniakalischem Harne, saurer Milch, saurem Schleime, Magensaft, dünner Galle, dickem Schleime. — Macht man die Konzentration dieser Flüssigkeiten günstig und deren Reaktion neutral, so schaden sie nichts.

5. In allen Lösungen indifferenter organischer Substanzen von mittlerer Konzentration bewegen sich die Samenfäden vollkommen gut, so in allen Zuckerarten, in Eiweiss, Harnstoff, Glycerin, Salicin,

Amygdalin. Stärkere Konzentrationen dieser Substanzen heben die Bewegungen auf, doch stellt nachträgliche Verdünnung mit Wasser dieselben wieder her.

6. Gewisse sogenannte Lösungen indifferenter organischer Substanzen wirken wie Wasser, auch wenn sie noch so konzentriert sind, so Gummi arabicum, Pflanzenschleim (Gummi tragacanthae, Mucilago sem. cydoniorum) und Dextrin. Konzentrierte Lösungen anderer Substanzen stellen auch in diesem Falle die Bewegung wieder her.

7. Viele organische Substanzen heben die Bewegungen der Samenfäden auf, so Alkohol, Kreosot, Gerbstoff, Äther, Chloroform, andere, weil sie mechanisch dieselben hindern, wie die meisten Öle. Narcotica schaden bei gewissen Konzentrationen nicht.

8. Metallsalze schaden schon in ungemein grossen Verdünnungen, so Sublimat bei $^1/_{10000}$.

9. Die meisten alkalischen und Erdsalze schaden bei einer gewissen Konzentration nicht, so dass die Samenfäden 1—4 Stunden sich in denselben lebend erhalten. Hierher zählen 1 % Lösungen von NaCl; KaCl; NH_4Cl; $NaNO_3$; KNO_3; ferner 5—10 % Solutionen von Na_2HPO_4; Na_2SO_4; $MgSO_4$; $BaCl_2$. Schwächere Konzentrationen als die günstig wirkenden haben denselben Einfluss wie Wasser und erzeugen Ösen, doch leben die Samenfäden durch Zusatz konzentrierterer Lösungen dieser Salze und von indifferenten Substanzen (Zucker, Harnstoff) wieder auf. Stärkere Salzlösungen als die günstigen, hemmen die Bewegungen ebenfalls, doch lassen sich auch in diesem Falle die Samenfäden wieder auferwecken und zwar durch Zusatz von Wasser. Eigentlich belebend wirken diese Salze kaum, wie vor kurzem Moleschott und Ricchetti dies behaupteten, denn in indifferenten Substanzen, Zucker z. B. ruhend gewordene Samenfäden leben in ihnen nicht auf und ist ihre Wirkung von den wirklich erregenden der kaustischen Alkalien weit verschieden. Immerhin ist zuzugeben, dass ihre Wirkung eine sehr gute ist und dass sie, jedoch wohl nur ihrer rascheren Diffusion im Wasser halber, eine Samenmasse rascher in Bewegung bringen, als andere minder diffundierbare Substanzen, wie Zucker und Eiweiss.

10. Säuren sind schon in ganz geringen Mengen schädlich, so Salzsäure bei $^1/_{7500}$.

11. Kaustische Alkalien (Natron, Kali, Ammoniak) und deren Kohlensäure-Verbindungen, nicht aber Ätzkalk und Ätzbaryt sind in allen Konzentrationen von $^1/_{32}$—50 % eigentliche Erreger der Samenfäden. Mögen dieselben schon an und für sich, wie z. B. in älterem Sperma, ruhend sein oder in indifferenten Lösungen ihre Bewegungen eingebüsst haben, so kommen sie durch die genannten Substanzen in die lebhaftesten, von den vitalen nicht zu unterscheidenden Bewegungen, die jedoch nach 2—3 Minuten einer Ruhe Platz machen, aus der die Fäden durch kein Mittel mehr zu erwecken sind. In grossen Verdünnungen zu $^1/_{1000}$—$^1/_{500}$ indifferenten Substanzen, wie Zuckerlösungen, beigemengt, geben die kaustischen Alkalien ein Mittel ab, um die Bewegungen der Samenfäden lange Zeit vortrefflich zu erhalten.

12. In indifferenten Substanzen und in Salzlösungen ein-getrocknetes Sperma ist in gewissen Fällen durch Verdünnung mit derselben Flüssigkeit oder mit Wasser wieder in Bewegung zu bringen. Soviel von den Säugetieren, mit denen die Vögel fast ganz über-einstimmen, nur dass die phosphorsauren und schwefelsauren alkalischen Salze in etwas schwächeren Solutionen günstig wirken. Beim Frosche ergiebt sich insofern eine Differenz, als die Samenfäden vermöge ihrer chemischen Beschaffenheit minder konzentrierte Lösungen nötig haben, um sich naturgemäss zu bewegen. Daher wirken hier Wasser und wässerige Lösungen sehr wenig schädlich ein und sind bei Salzlösungen grössere Verdünnungen nötig, um die Bewegungen hervortreten zu lassen, als bei Säugern, d. h. $^{1}/_{2}{}^{0}/_{0}$-Lösungen von NaCl, KCl, NH_4Cl; KaNO$_3$; NaNO$_3$; NaCO$_3$, und 1^0/$_0$-Solutionen von Na$_2$HPO$_4$; Na$_2$SO$_4$; MgSO$_4$; BaCl$_2$; CaCl$_2$; NaAc. Alle anderen Verhältnisse sind gleich, so nament-lich das Wiederaufleben aus konzentrierten Salzlösungen, nur wirken die kaustischen Alkalien nur in ganz schwachen Lösungen erregend, in stär-keren zerstörend. Am Schlusse meiner Untersuchungen wies ich dann noch nach, dass die Flimmerhaare von Infusorien und der Mund-höhle des Frosches gegen Reagentien im Wesentlichen sich ebenso ver-halten, wie die Samenfäden, und namentlich in Fällen, in denen sie durch konzentrierte Solutionen zur Ruhe gekommen sind, durch Wasser wiederum aufleben.

22. Über Flimmerbewegungen in den Primordialnieren, Müll. Archiv 1845, S. 518.

In den Primordialnieren von Eidechsenembryonen wird der Zu-sammenhang der Harnkanälchen, die ein geschichtetes Pflasterepithel mit Wimperhaaren besitzen, mit den Malpighischen Körperchen nach-gewiesen. Zugleich wird die Bowmansche Entdeckung von Wimper-haaren in den Anfängen der Harnkanälchen beim Frosche bestätigt und ausserdem auch das Epithel auf den Glomeruli und an der Wand der Bowmanschen Kapsel beschrieben.

23. Über die kontraktilen Zellen der Planarienembryonen in Wiegmanns Arch. XII, 1846, S. 291.

24. H. Müller und A. Koelliker: Ein Fall von Ichthyosis congenita in Würzb. Verh. I, 1850, S. 119—132.

Genaue Untersuchung des feineren Baues der Haut in einem aus-gezeichneten Falle.

25. Koelliker und Scanzoni: Das Sekret der Schleimhaut der Vagina und des Cervix uteri aus Scanzonis Beiträgen. II., 1855, 1. Heft, S. 128—145.

Abbildung der Trichomonas vaginalis, Donné.

26. Nachweis eines besonderen Baues der Cylinderzellen des Dünndarmes, der zur Fettresorption in Bezug zu stehen scheint in Würzb. Verh. Bd. VI, 1856, S. 253—273,

27. Allgemeine Bemerkungen über Porenkanäle in Zell-membranen, Nachschrift zu Leuckarts Nachweis von Poren-kanälchen in den Epidermiszellen von Ammocoetes. Würzb. Verh. VII., 1857, S. 159.

28. Über das Flimmerepithel des Nebenhodens und das Organ von Giraldès in Würzb. Sitz.-Ber. Bd. IX, 1859, pag. LXXII.

Bestätigung der Entdeckungen von Becker und Giraldès.

29. Über das Vorkommen von freien Talgdrüsen am roten Lippenrande des Menschen in Zeitschr. f. wissensch. Zoologie, XI., 1862.

30. Zur Kenntnis des Baues der Lunge des Menschen in Würzb. Verh. Bd. XVI, 1881, S. 1—21, 3 Tafeln.

Enthält eine sehr ausführliche Schilderung der feineren Verzweigungen des Bronchialbaumes in den Lungen des Menschen unter besonderer Berücksichtigung der zum Atmen in direkter Beziehung stehenden Teile. Ferner gebe ich die erste Beschreibung des respiratorischen Epithels des Menschen von einem Hingerichteten in den Lungenalveolen, den Alveolargängen und in den feinsten Bronchiolen, die Bronchioli respiratorii genannt werden. Genaue Schilderung der verschiedenen Epithelarten der Bronchien und der Becherzellen derselben,

31. Über den Bau der Nieren im Würzb. Sitz.-Ber. v. 15. November 1862.

Ich fand durch zahlreiche Injektionen, dass die an den Malpighischen Körperchen entspringenden Harnkanälchen unmittelbar mit den an den Papillen ausmündenden geraden Harnkanälchen zusammenhängen und erklärte demnach Henles Grundanschauung, der zufolge in der Niere zwei ganz getrennte Systeme von Harnkanälchen sich finden, für unbegründet. Das Stroma der Niere besteht nach meinen Untersuchungen ganz und gar aus einem dichten Reticulum anastomosierender, sternförmiger Bindegewebskörperchen.

b) Gewebe der Bindesubstanz und Varia.

Entwickelung der Blutkörperchen.

32. Über die Blutkörperchen eines menschlichen Embryo und die Entwickelung der Blutkörperchen bei Säugetieren in Zeitschr. f. rat. Medizin, Bd. IV, 1846, S. 112—160, Taf. I, Fig. 12—16.

33. Fahrner, De globulorum sanguinis in mammalium embryonibus atque adultis origine cum Tabula, Turici 1845, Diss.

34. Koelliker, Embryologische Mitteilungen: 6. Zur Kenntnis der embryonalen Leber und des Pankreas mit Fig. 7, 8, 12, 13 auf Taf. VI in Festschr. d. naturforschenden Gesellschaft in Halle 1879.

Der von mir im Jahre 1845 zuerst gegebene Nachweis von dem Vorkommen kernhaltiger roter Blutzellen im Blute eines menschlichen Embryo, sowie von gleich beschaffenen Blutzellen auch bei Säugetierembryonen, dann die Beobachtung mit denselben ganz übereinstimmender farbloser Zellen im embryonalen Blute, ferner die Entdeckung von einer

Vermehrung der beiderlei Zellen durch Teilung, endlich der Fund, dass die kernhaltigen roten Blutzellen im Milz- und Leberblute viel zahlreicher sich finden, als im Körperblute, alle diese Beobachtungen gaben den Anstoss zu sehr zahlreichen Untersuchungen über die Blutzellenbildung und zu einer Menge der verschiedenartigsten Hypothesen, deren Zahl in neuerer und neuester Zeit, seit der bedeutungsvollen Entdeckung von Neumann im Jahre 1868 von dem Vorkommen roter kernhaltiger Blutzellen im roten Knochenmarke des Erwachsenen und der hieran sich anschliessenden wichtigen Erfahrungen von Bizzozero über den Bau des Knochenmarkes lawinenhaft und kaum mehr übersehbar angeschwollen ist.

Bei dieser Sachlage scheint es mir geboten und ratsam, auf meine wohl nicht immer hinreichend berücksichtigten ersten Beobachtungen zurückzugehen und einige Hauptpunkte derselben von Neuem hervorzuheben.

In erster Linie stelle ich die Resultate zusammen, zu denen ich in meiner Arbeit gelangte. Es sind folgende:

A. Entwickelung der Blutkörperchen bei Embryonen.

Allererste Entwickelung derselben (grösstenteils nach Beobachtungen an niederen Wirbeltieren).

1. Die ersten Blutkörperchen sind kernhaltige, farblose Zellen mit Körnern, die mit den Bildungszellen aller Teile junger Embryonen vollkommen identisch sind und in den anfangs soliden Anlagen des Herzens und der grösseren Gefässe dadurch entstehen, dass sich die centralen Zellen derselben infolge der Bildung von Flüssigkeit (dem ersten Blutplasma) zwischen ihnen von einander lösen.

2. Die ersten farbigen Blutzellen entstehen aus den farblosen, indem dieselben ihre Körner verlieren, und, den Kern ausgenommen, mit Farbstoff sich erfüllen.

Vermehrung der kernhaltigen farbigen Blutkörperchen und weitere Umwandlungen derselben (nach Beobachtungen an Säugetier- und menschlichen Embryonen).

3. Die Zunahme der kernhaltigen farbigen Blutkörperchen geschieht anfangs in der gesamten Blutmasse so, dass jedes derselben durch Teilung oder endogene Bildung in zwei, selten in drei oder vier neue Körperchen zerfällt.

4. Sowie die Leber sich entwickelt, hört die Vermehrung der Blutkörperchen in der übrigen Blutmasse auf und an ihre Stelle tritt, wahrscheinlich weil nun alles Blut der Nabelvene in die Leber strömt, eine lebhafte Blutzellenbildung in den Lebergefässen.

5. Bei dieser Zellenbildung in der Leber tritt die Vermehrung der Blutkörperchen von sich aus gänzlich in den Hintergrund; statt derselben erscheint eine Neubildung von farblosen Blutzellen (um Kerne), die entweder unmittelbar, oder nachdem sie vorerst in ähnlicher Weise, wie früher die farbigen Körperchen, sich vermehrt haben, durch Bildung von Farbstoff im Zelleninhalte zu farbigen Körperchen werden.

14*

6. Diese Neubildung von Blutkörperchen in der Leber dauert wahrscheinlich das ganze Embryoleben hindurch (beobachtet wurde sie noch bei 13'' langen Schafembryonen), nur nimmt sie wohl mit dem Auftreten und der Entwickelung des Ductus venosus immer mehr ab.

7. Die farbigen kernhaltigen Blutkörperchen platten sich, je älter sie werden, immer mehr ab, bekommen selbst leichte Exkavationen; endlich lösen sich wahrscheinlich alle grösseren unter denselben, die nicht zur Vermehrung gedient haben, auf, während die kleineren wohl grösstenteils in die kernlosen Körperchen übergehen.

8. Die erste Bildung dieser letzteren fällt ungefähr in dieselbe Zeit, wie die der Bildung farbloser Blutkörperchen in der Leber; sie wird immer bedeutender, je älter die Embryonen werden, so sehr, dass bei 13'' langen Schafembryonen die kernlosen Körperchen weitaus den bedeutendsten Teil der geformten Elemente des Blutes, mit Ausnahme desjenigen der Leber, ausmachen.

9. Die kernlosen Blutkörperchen bilden sich aus den kleinen, platten, farbigen, kernhaltigen Körperchen, die entweder aus der Vermehrung grösserer hervorgegangen sind oder in der Leber sich neu gebildet haben, indem dieselben ihre Kerne verlieren und sich immer mehr abplatten.

B. Entwickelung der Blutkörperchen bei erwachsenen Säugetieren.

1. Die Blutkörperchen bilden sich aus den farblosen Zellen des Chylus und der Lymphe.

2. Diese Zellen entstehen in den Gefässen von kleinstem und mittlerem Durchmesser, indem freie Kerne mit Körnchen sich umhüllen, die dann zu einer Membran verschmelzen.

3. In den Gefässen mittlerer Weite findet neben dieser Bildung der Lymphkörperchen auch noch eine solche in Abhängigkeit von den schon vorhandenen statt, indem manche der grösseren unter denselben von sich aus sich vermehren.

4. Im Ductus thoracicus finden sich zwei Formen von Lymphkörperchen, grössere und kleinere. Erstere lösen sich wahrscheinlich im Blute allmählich auf, letztere wandeln sich in Blutkörperchen um, und zwar höchst wahrscheinlich so, dass ihre Kerne schwinden und die Zelle mit Farbstoff sich erfüllt.

5. Demnach wären die ausgebildeten Blutkörperchen erwachsener Säugetiere kernlose gefärbte Zellen.

Von diesen Ergebnissen möchte ich in erster Linie die unter Nr. 5 bei A Gemeldeten hervorheben, durch welche zuerst der Nachweis geliefert wurde, dass auch nach geschehener erster Entwickelung roter Blutzellen aus farblosen Bildungszellen, immer noch und zwar im Blute selbst aus farblosen Zellen kernhaltige rote Blutkörperchen sich bilden. Diese farblosen Zellen (Koelliker, Fig. 14; Fahrner,

Fig. 8 und 9), welche den Lymphkörperchen und farblosen Blutzellen im Blute des Erwachsenen in manchem ähnlich sind, wurden im Leberblute von Schafembryonen von 11''' Länge bis zu solchen von 13'' in grosser Menge gefunden, so dass die farblosen und wenig gefärbten Zellen wohl ein Drittteil der gesamten Blutkörperchenmenge des Organes ausmachten. Dieselben zeigten ebenso wie die roten Blutzellen entschieden eine Vermehrung durch Teilung (Fahrner, Fig. 8, a, b, c), welche Beobachtung wohl als die erste von einer indirekten Teilung farbloser Blutzellen bezeichnet werden darf, und ausserdem alle Übergänge zu roten Blutzellen, indem ihr Protoplasma homogen wurde und alle Übergänge von einem blassen gelblichen Schimmer zu entschiedenem Rot zeigte. Die Herkunft dieser Bildungszellen der roten Blutkörperchen des Leberblutes anlangend, so kam ich unter dem Einflusse der Schwannschen Lehren zu der Annahme, dass dieselben um neu entstandene Kerne frei im Leberblute sich bilden, welche Annahme selbstverständlich später (Gewebelehre) von mir verlassen wurde, während ich auf der anderen Seite alles das aufrecht erhielt, was ich damals über die Beziehungen des durch die Leber strömenden Blutes der Vena umbilicalis auf die Vorgänge des Stoffwechsels in der fötalen Leber darlegte. Wie die Sachen jetzt liegen, kann nur eine Entstehung der farblosen Blutzellenbildner in der Leber selbst angenommen werden, da ich dieselben bei jungen Embryonen nur oder doch ungemein vorwiegend im Leberblute auffand.

Untersucht man nun die Verhältnisse der embryonalen Leber genauer, so ergiebt sich mit Sicherheit, dass von einer Entwickelung von Blutzellen nach dem primitiven Modus keine Rede sein kann, indem die Gefässe der embryonalen Leber in keinem Stadium aus anfänglich soliden Anlagen sich entwickeln, sondern einzig und allein durch Sprossenbildung der fertigen endothelialen Röhren entstehen. Ebensowenig ist an eine Herkunft der fraglichen Elemente von den Leberzellen zu denken und so bleibt nichts anderes übrig, als dieselben vom Endothel der Gefässe herzuleiten, was auch von vorneherein das naturgemässeste ist, da ja die allerersten Blutzellen und die Gefässwandungen aus den gleichen Bildungszellen sich entwickeln. Untersucht man nun das Leberblut junger Säuger zur Zeit, wo dasselbe ausschliesslich oder fast ausschliesslich aus kernhaltigen roten Zellen besteht, so findet man z. B. bei Kaninchenembryonen von 11 mm, bei Schafembryonen von 9''' und 11''' kleinere Zellen mit rundem granuliertem Kerne, die ganz den Zellen Fahrners Fig. 8. c, d, e entsprechen und durch ihren Kern, der hie und da schwach länglich rund ist, vollkommen mit den Endothelzellen der Lebergefässe übereinstimmen. Diese Zellen sind anfänglich spärlich und selten, werden aber mit dem vorschreitenden Wachstume immer zahlreicher, vermehren sich durch Teilung, werden drei- und mehrkernig und sind nichts anderes als die obenerwähnten farblosen Bildungszellen der roten Blutkörperchen. Die Annahme einer Entwickelung der ersten farblosen Blutzellen aus Endothelien, der ich hier das Wort rede, ist, wie jeder weiss, nichts weniger als neu, indem viele Autoren in neuerer und neuester Zeit

(M. B. Schmidt, Bonnet, Foa, Salvioli u. A.) für dieselbe sich
aussprechen, doch sind in dieser Beziehung noch manche Verhältnisse
nicht hinreichend aufgeklärt.

Will man die Verhältnisse der embryonalen Leber richtig auffassen,
so hat man stets im Auge zu behalten, dass es sich hier um ein Gewebe
handelt, in dem lange Zeit epitheliale Sprossen einerseits und Gefässsprossen anderseits in reichlichster Weise sich durchflechten und unter
Bildung zahlreichster Mitosen wuchern und zwar in einer solchen Art,
dass kein Teil des Leberzellenbalkennetzes längeren Bestand darbietet,
vielmehr immer wieder von Gefässsprossen durchsetzt wird, in gleicher
Weise wie das Gefässnetz vor den wuchernden Leberzellenbalken aus-
weicht. Alle Gefässe ferner der Leber sind einfache Endothelröhren
und von mesodermatischem Gewebe um dieselben herum ist an embryonalen Lebern nichts nachzuweisen. Solches Mesodermgewebe findet
sich einzig und allein um die grösseren Gefässstämme herum, ferner
an der Oberfläche der Leber, vor allem an den Verbindungen des
Organes mit anderen Teilen und ergiebt sich als einfaches embryonales
Bindegewebe. Bei so gelagerten Verhältnissen können an einer Bildung
farbloser Blutzellen nur die Gefässwandzellen sich beteiligen und zwar
geschieht dies vor allem bei denen der feinsten Endsprossen der Gefässe,
die in den von ihnen durchsetzten Leberzellenbalken nur schwer zu
verfolgen sind. So kommt es, dass in vielen Gegenden, besonders an
der rascher wuchernden Oberfläche und an den Rändern des Organes
besondere kleine Zellen zwischen den Leberzellen zu liegen scheinen,
welche alle den Blutgefässen angehören und nichts als wuchernde
Endothelzellen sind. Diese Elemente gestalten sich dann, indem sie
wuchern, zu den von mir beschriebenen mehrkernigen Zellen, die
ich in einer späteren Arbeit (Nr. 34) als 21—27 μ gross und mit
4—6 und mehr dicht beisammen liegenden Kernen schilderte und zugleich beifügte, dass ich mich mit Bestimmtheit davon überzeugt zu
haben glaube, dass viele dieser Zellen in den feineren Blutgefässen
liegen. Viele dieser Zellen sah ich scharf konturiert und manche
scheinen in ihrem ganzen peripherischen kernfreien Teile aus einer
festeren gleichartigen Substanz zu bestehen. Diese vielkernigen Zellen
nun sind es, denen von gewissen neueren Autoren (Salvioli und Foa,
Saxer u. A.) die Bedeutung zugeschrieben wird, kleine Zellen zu liefern,
die dann in rote Blutzellen sich umwandeln und ist nicht zu verkennen, dass diese Ansicht viel für sich hat.

Wie in der Milz die Blutzellenbildung sich macht, die ich in
diesem Organe bei Embryonen auffand, ist noch weniger nachgewiesen
und dasselbe gilt vom roten Knochenmarke. Wollen wir an einer
einheitlichen Entwickelung der roten Blutzellen festhalten, so müsste
auch in diesen Organen eine Entwickelung dieser Elemente innerhalb
der Gefässe angenommen werden, vielleicht unter Mitbeteiligung der
auch hier nicht fehlenden vielkernigen Zellen. Doch sind wir von
einer Endentscheidung bei diesen Organen, vor allem beim Knochenmarke, noch weiter entfernt, als bei der Leber.

35. Note sur le développement des tissus chez les Batraciens in Ann. des sc. natur. 1846, pag. 91—108, 3 Planches.

36. Histologische Studien an Batrachierlarven in Zeitschr. f. wiss. Zool. XLIII, 1886, S. 1–40, 2 Tafeln.

Es sind nun bald 53 Jahre her, seit ich eine Reihe von Untersuchungen über die Entwickelung der Gewebe der Batrachier veröffentlichte (Nr. 35). Die wichtigste Beobachtung, die mir damals gelang, war die Entdeckung von Lymphgefässen in den Schwänzen der Batrachierlarven und ihrer Anfänge, ausserdem enthält meine Abhandlung manches auch jetzt noch Gültige über die Entwickelung der Blutkapillaren und das erste Auftreten der Nerven in Gestalt markloser verästelter und frei endender Fäserchen. Dagegen konnte ich später anderes, was ich unter dem Einflusse der Schwann schen Lehren und bei den damaligen mangelhaften Kenntnissen über den Bau der Nervenfasern, sowie der Kapillaren aufstellte, nicht aufrecht erhalten und diente die Arbeit Nr. 36 dazu, diese Verhältnisse in besseres Licht zu stellen. Die Hauptergebnisse derselben sind folgende:

A. Nervenfasern.

1. Die Nervenfasern der Batrachierlarven sind anfänglich marklos und stellen blasse, verästelte Fäden von unmessbarer Feinheit bis zu einem Durchmesser von 3—4 μ dar, welche Achsenfasern mit Ausnahme ihrer Endigungen eine kernhaltige Scheide besitzen.

2. Diese Scheide ist nichts anderes als die spätere Schwann sche Scheide, die einerseits aus Zellen hervorgeht, die aus dem umliegenden Gewebe auf die Achsenfasern sich anlegen, anderseits unter beständiger mitotischer Teilung ihrer Kerne mit den von ihr umschlossenen Achsenfasern immerfort weiter wuchern.

3. Zum Vergleiche mit diesen Auflagerungen machte ich aufmerksam
   α) auf die Bildung einer Tunica adventitia aus farblosen oder bei den Bufonen pigmentierten Zellen auf die Blutgefässe,
   β) auf eine in ähnlicher Weise entstehende Muscularis bei grossen Larven von Pelobates, Hyla und Bombinator an der Arteria caudalis und an allen grösseren Ästen derselben,
   γ) auf Nervenfasern und ganze Nerven einscheidende, einer Henle schen Scheide entsprechende Pigmentzellen bei grossen Pelobateslarven.

4. Die Nervenfasern sind bei jungen Larven mit spärlichen Endigungen versehen und werden solche im Laufe der Entwickelung immer zahlreicher. Somit ist die Hensen sche Hypothese, dass schon von Anfang an alle Nervenenden angelegt und mit ihren Endorganen in Verbindung seien, unannehmbar.

5. Die Nerven bestehen im Anfange nur aus einer einzigen blassen Faser und gestalten sich erst allmählich zu ganzen Bündeln von solchen, die später alle markhaltig werden. Zur Erklärung dieser Umgestaltungen hat Rouget die Hypothese aufgestellt, dass die primitiven einfachen Nervenfasern, unter gleichzeitiger longitudinaler

Spaltung ihrer Kerne, durch Längsteilung sich spalten. Eine Erklärung, wie diese Längsteilung zustande komme, giebt Rouget nicht. Das Einzige, was meiner Meinung nach sich aufstellen liesse, wäre die Annahme, dass die Zellen im Rückenmarke und in den Spinalganglien, von denen die Schwanznerven entspringen, im Laufe der Entwickelung wiederholt sich teilen und dass hierbei auch die Achsenfasern bis in die letzten Enden sich spalten. Da jedoch noch niemand von solchen Teilungen etwas wahrgenommen hat, so liegt es, meiner Ansicht zufolge, näher, anzunehmen, dass nicht alle Achsencylinder gleich rasch nach der Peripherie herauswachsen und in letzte Endigungen übergehen.

6. Das Nervenmark bildet sich bei den Batrachierlarven von den Stämmen nach der Peripherie und tritt zuerst in der Gegend der Kerne der Schwannschen Scheiden auf und zwar ganz allmählich, nicht in Form einzelner Tropfen. So kann es geschehen, dass markhaltige Stellen durch längere marklose getrennt sind. Bald aber entstehen Segmente von Mark mit Zwischenstellen, von denen oft feinste Fädchen als Kollateralen ausgehen. Sehr bemerkenswert ist ferner, dass die Segmente im Laufe der Entwickelung sich verlängern und auch die Markscheide in die Dicke wächst.

Betrachtet man die marklosen Nervenfasern als protoplasmatische Ausläufer der Nervenzellen, so lässt sich annehmen, dass dieselben nach und nach in zwei Teile sich scheiden, in die Achsenfasern und das Mark. Für die weitere Entwickelung sind dann jedenfalls die Schwannschen Zellen von Wichtigkeit und bei den Centralorganen die Zellen der Gliascheiden.

7. Die Endigungen der Nerven der Schwänze der Batrachierlarven anlangend, so fand ich bei den beiden Froscharten, bei Hyla und einer unbestimmten Art von Kröte, besondere Stiftchenzellen in der ganzen Oberhaut des Schwanzes der Larven, an denen die feinsten Nervenfasern enden und die ich als eine besondere Art von Sinnesorganen bezeichnete.

B. Blut- und Lymphgefässe.

1. Bei der Entwickelung der Blut- und Lymphgefässkapillaren des Schwanzes von Batrachierlarven werden keine Parenchymzellen zur Bildung derselben verwendet, vielmehr entstehen die neuen Gefässe nur durch Sprossenbildungen der endothelialen grösseren Röhren unter fortgesetzten Teilungen der Kerne ihrer Endothelzellen.

Gestützt auf diese Thatsachen lässt sich die Weiterbildung der betreffenden Kapillaren folgendermassen deuten, wobei ich im Wesentlichen an die vortrefflichen Darlegungen von Rouget mich anschliesse (Arch. de Physiol. 1873, pag. 613). Die Hauptgefässe des Schwanzes sind endotheliale Röhren, deren Wandungen aus weichen, protoplasmareichen platten Zellen bestehen. Diese Zellen treiben, während dieselben zugleich durch indirekte Teilung sich vermehren (Nr. 34, Tafel II, Fig. 22), solide Sprossen an ihrer Aussenfläche und in diese dringt dann von der die Kapillare begrenzenden Oberfläche der Zellen aus

das Gefässlumen ein und durch die Sprosse durch, so dass nun die
primitive platte Zelle der Kapillarwand wie einen hohlen Ast erhält,
dessen Lumen aber nicht ein Intracellularraum ist, sondern immer noch
von einer Oberfläche begrenzt wird, die der äusseren Zellenoberfläche
gleich gesetzt werden muss und somit ein Intercellularraum ist. So
aufgefasst, reiht sich die Bildung der Kapillaren durch einfache Sprossenbildung, wie bei den Lymphgefässen, oder durch Vereinigung von
Sprossen, wie bei den Blutgefässen und seltener bei den Lymphgefässen
an bekannte Vorgänge an und ist alles, was neben einem energischen
Wachstume der betreffenden Teile vorauszusetzen ist, eine ungemeine
Weichheit und Gestaltungsfähigkeit der betreffenden Zellen.

2. Die Gefässe des Schwanzes der Batrachierlarven verdienen noch
aus einem anderen Grunde die Aufmerksamkeit und zwar deshalb, weil
an ihnen auch das erste Auftreten der Gefässmuskeln sich verfolgen lässt. Solche vor mir noch von niemand gesehene Muskeln
finden sich bei grösseren Larven an der Arteria caudalis und ihren
Ästen (Nr. 33, Fig. 23), nicht aber bei den Venen und Lymphgefässen
und bestehen aus queren, zum Teil spindelförmigen, zum Teil mit mehreren
Ausläufern versehenen (sternförmigen) Zellen, die in loco dadurch entstehen, dass Bildungszellen der Schwanzgallerte an die Gefässwände sich
anlegen und hier in die Quere auswachsen. Vermehrungen dieser Muskelzellen durch Teilungen und ein Weiterrücken dieser Elemente nach der
Peripherie wurden nicht beobachtet und bestätigen somit diese Wahr-
nehmungen meine an einem anderen Orte (Die embryonalen Keimblätter
und die Gewebe in Zeitschr. f. w. Zool. XL, 1884, S. 205) dargelegten
Auffassungen über die Entstehung des glatten Muskelgewebes.

3. Auch an Venen finden sich da und dort einzelne aufgelegte
Zellen von der Art derer, die ich schon vor Jahren in meiner Gewebelehre darstellte (5. Aufl., pag. 636, Fig. 450). Ich betrachte dieselben
als Vorläufer einer bindegewebigen Gefässhaut und nenne sie Adventitial-
zellen. Bei gewissen Larven sind dieselben sehr reichlich und pigmen-
tiert, und stellen zum Teil eine besondere Pigmenthaut dar (Nr. 33,
Fig. 24). Andeutungen solcher Pigmentscheiden sah ich auch in einzelnen
Fällen an den Lymphgefässen von Rana.

37. Über einige anatomisch-physiologische Gegenstände
in Zürcher Mitteil., II, 1847, S. 89—97.

Enthält: 1. den Nachweis, dass die Arterien und Venen der
frischen Placenta bei elektrischer Reizung sich kontrahieren.

2. Eine Beschreibung der Nerven der Hornhaut des Menschen,
Kaninchen, Hasen, der Taube, des Frosches und Flussbarsches, die in
der Substanz der Hornhaut, jedoch der vorderen Fläche näher ein reiches
Netz bilden und in marklose, sehr feine Fäserchen auslaufen.

3. Neue Beobachtungen über die Verbreitung glatter Muskeln,
und über das Vorkommen quergestreifter Muskelfasern im
Gubernaculum Hunteri.

38. Histologische Bemerkungen in Zürcher Mitteil., I, 1847,
S. 168—179.

Enthalten: 1. Über Verknöcherung bei Rhachitis. Hier wird nachgewiesen, dass bei Rhachitis Knorpelzellen direkt zu Knochenzellen sich umwandeln, dass dagegen die Periostablagerungen und platten Schädelknochen, wie normal, aus Bindegewebe und in dasselbe eingestreuten Bildungszellen dadurch hervorgehen, dass das Bindegewebe verknöchert und die Zellen in Knochenzellen sich umbilden.

2. Über den Bau der Haarbälge und Haare. Nachweis der Querfaserlage und der Glashaut der Haarbälge, sowie des Oberhäutchens der inneren Wurzelscheide.

39. Über den Bau der Synovialhäute in Zürcher Mitteil., I, 1847, S. 93—96.

Die Gelenkkapseln sind nie vollständig von einer Synovialhaut ausgekleidet, ebensowenig wie die Sehnenscheiden und Schleimbeutel. Erste Beschreibung der Plicae synoviales und von faserknorpeligen Stellen in manchen Synovialhäuten.

40. Anatomisch-physiologische Bemerkungen in Zürcher Mitteil., II, 1850, S. 17—36.

1. Zur Entwickelungsgeschichte der menschlichen Haut.

a) Die Haare entstehen in soliden, ganz geschlossenen Fortsätzen der Schleimschicht der Oberhaut und zeigen auch beim Menschen einen, vielleicht mehrere Haarwechsel, indem die neuen Haare in den Haarbälgen der alten Haare neben denselben sich bilden.

b) Die Schweissdrüsen bilden sich aus soliden Fortsätzen des Rete Malpighii, was auch für die Milchdrüse und die Ohrenschmalzdrüsen gilt. Ebenso entstehen

c) die Talgdrüsen als solide Fortsätze der äusseren Wurzelscheide der Haarbälge.

2. In den Fettzellen des Erwachsenen werden Kerne nachgewiesen (S. 24).

3. Endigung der Nerven in der Haut der Maus mit marklosen, verästelten, blassen Nervenfasern.

4. Die Tyson'schen Drüsen des Menschen werden hier zum erstenmale genauer beschrieben und ihr Fehlen beim Weibe an der Clitoris erwähnt (S. 26—27).

5. Kontraktionen der Milz des Hundes, der Lederhaut des Menschen, der Areola mammae und der Mammilla selbst, sowie der Schwimmblase von Fischen durch Elektricität.

6. Knochen wachsen da durch Faserknorpel, wo Sehnen und Bänder an sie sich einpflanzen.

41. Histologische Bemerkungen, Zeitschr. f. wissensch. Zoologie, II, 1850, S. 118 und 278.

Inhalt: 1. Beschreibung der Kerne der Fettzellen und verschiedener Formen dieser Elemente in pathologischen Zuständen.

2. Über Anastomosen quergestreifter Muskelfasern im Herzen und reichverzweigte Teilungen der Muskelfasern der Zunge des Frosches.

3. Nerven und Gefässe in permanenten, nicht ossifizierenden Knorpeln (Septum narium von Ochs und Schwein).

4. Luft im Marke und in der Rinde menschlicher Haare.

5. Nachweis der Primitivfibrillen an Querschnitten von Muskeln und

6. Accidentelle Bildung von Talg- und Schweissdrüsen in der Lunge des Menschen.

42. Über einige an der Leiche eines Hingerichteten angestellte Versuche und Beobachtungen in Zeitschr. f. wissensch. Zoolog., III, 1851, S. 37—82.

Hervorzuheben sind aus den mit Virchow zusammen angestellten Versuchen: Erzeugung einer Gänsehaut, von Kontraktionen des Warzenhofes mit Erhebung der Brustwarze, Zusammenziehung der Tunica dartos durch Elektrizität. Die Pupille verengte sich beim Anlegen des einen Poles am Unterkiefer, des anderen an der Cornea; dagegen wird dieselbe quer-oval oder senkrecht-oval erweitert beim Ansetzen der Pole seitlich oder oben und unten. Eminent kontraktil ergab sich der Harnleiter, verkürzte sich in toto und verengerte sich. Dasselbe gilt auch vom Samenleiter. An der Netzhaut ist keine Plica centralis vorhanden, wohl aber ein schöner gelber Fleck. Zum Schlusse folgt eine Übersicht der bisher an Hingerichteten angestellten Versuche und eine Kritik der abweichenden Resultate.

43. Beiträge zur Anatomie der Mundhöhle in Würzb. Verh., II, 1852, S. 169—184.

Schilderung der Zungenmuskulatur, der Matrix der Leptothrix buccalis und ihr Vorkommen auf den Papillae filiformes; Beschreibung der Ganglien an den Zungenästen des Glossopharyngeus.

Erste gute Beschreibung des Baues der Tonsillen und der Schleimbälge der Zungenwurzel.

44. Über die Entwickelung der sogenannten Kernfasern, der elastischen Fasern und des Bindegewebes in Würzb. Verh., III, 1852, S. 1—8.

45. Über die Gefässe in den Follikeln der Peyerschen Haufen in Würzb. Verh., II, 1852, S. 222—233.

Bestätigung der von Frey beim Kaninchen entdeckten Gefässe in den Follikeln verschiedener Säuger.

46. Histologische Studien, angestellt an der Leiche eines Selbstmörders in Würzb. Verh., V, 1854, S. 52—60.

Eine Anzahl Beobachtungen der Herren Gegenbaur, Leydig, H. Müller, Virchow und mir, von denen nur folgende hervorgehoben werden: Halssympathicusreizung erweitert die Pupille (Müller), Zapfen am gelben Flecke 0,002''' dick, 0,012—0,014''' lang (derselbe). Regio olfactoria flimmert überall (Leydig, Gegenbaur, H. Müller). Kavernöses Gewebe der Concha inferior kontraktil, enthält viele glatte Muskelzellen (Virchow). Paukenhöhle flimmert überall mit Ausnahme des Trommelfelles und der Knöchelchen (Koelliker), Hirnhöhlen flimmern nur im Calamus scriptorius (Leydig). Milzoberfläche kontraktil

(Virchow), kavernöses Gewebe der Corpora cavernosa Penis ebenfalls (Koelliker).

47. Über die Einwirkung einer konzentrierten Harnstofflösung auf die Blutzellen in Zeitschr. f. wiss. Zoolog., VII, 1856, S. 183.

48. Über den feineren Bau und die Funktionen der Lymphdrüsen in Würzb. Verh.; IV, 1856, S. 107—124.

Erster Nachweis der Blutgefässe in der Drüsensubstanz dieser Organe. Genaue Beschreibung des Reticulum dieser Substanz. Offene Lymphbahn zwischen den Vasa afferentia und efferentia. Funktion: Bildung der grossen Mehrzahl der Lymphkörperchen.

49. Notiz über das Vorkommen von Lymphkörperchen in den Anfängen der Lymphgefässe in Zeitschr. f. wissensch. Zool., VII, 1856, S. 182.

50. Beiträge zur vergleichenden Anatomie und Histologie. Zeitschr. f. wissensch. Zool., IX, 1858, S. 138.

Enthält Beobachtungen über:

1. Eigentümliche, an den Gefässen der Holothuria tubulosa ansitzende Körper,

2. Die Luftgefässe der Velellen,

3. Zahlreiche freie Ausmündungen am Gefässsysteme der Cestoden,

4. Entwickelung der quergestreiften Muskelfasern aus einfachen Zellen,

5. Über die umspinnenden elastischen Fasern,

6. Die Entwickelung der Muskelfasern der Batrachier.

51. Über das ausgebreitete Vorkommen von pflanzlichen Parasiten in den Hartgebilden niederer Tiere in Zeitschr. f. wissensch. Zoologie, X, 1860, S. 215—238, Taf. 15 und 16 (Auch in Proc. Royal Soc. X, 1859/60, S. 95—99 und Journ. of microsc. science, VIII, 1860, S. 171—187).

52. Neue Untersuchungen über die Entwickelung des Bindegewebes in Würzb. naturw. Zeitschr., II, 1861, S. 1—170.

In der Arbeit 44 vertrat ich noch die Ansicht, dass das fibrilläre Bindegewebe und die elastischen Fasern aller Art aus Zellen sich aufbauen, fand mich dann aber infolge weiterer Studien veranlasst, diese Ansicht aufzugeben. Im Allgemeinen schliesse ich mich in der Arbeit Nr. 52 an Virchow an, indem ich 1. das fibrilläre Bindegewebe als eine Intercellularsubstanz und die Zellen als die Hauptsache betrachte und 2. Bindegewebe, Knorpel, Knochen und Zahnbein als nahe verwandte Gewebe auffasse. Dagegen weiche ich von demselben darin ab, dass ich, zum Teil mit H. Müller und Henle übereinstimmend, jede Beziehung von elastischen Fasern zu Zellen leugne und diese Elemente ebenfalls als Zwischensubstanz auffasse.

53. Zur Entwickelung des Fettgewebes in Anat. Anzeiger, 1886, Nr. 8, S. 206.

Hinweis auf die in meiner Arbeit über Resorption der Fettes im Darme u. s. w. in Würzb. Verh., Bd. III, S. 183 beschriebene Entdeckung von Primitivorganen des Fettgewebes bei jungen Kätzchen. Die Sätze, die ich in Betreff des Fettgewebes jetzt aufstellte, sind folgende:

1. Die Fettzellen treten in zweierlei Weise im Organismus auf

    a) als besonderes Fettgewebe und

    b) zerstreut in lockerem Bindegewebe.

Mit demselben Rechte, mit dem von einem elastischen Gewebe, elastischen Bändern, Sehnen und Häuten gesprochen wird, dürfen auch ein Fettgewebe, Fettläppchen, Fetthäute angenommen werden.

2. Viele Fettläppchen entwickeln sich aus besonderen Primitivorganen, deren Elemente in voller Grösse als runde oder polygonale Zellen angelegt sind, bevor Fett in denselben sich ablagert.

3. Alle Fettzellen, auch die der eben genannten Kategorie, sind auf Bindesubstanzzellen zurückzuführen, von denen die einen schon im Zustande der typischen Bindegewebszelle Fett zu bilden beginnen, die anderen erst dann, wenn sie ihre Ausläufer verloren haben.

4. Typische Fettzellen können wieder in sternförmige Bindegewebszellen sich umwandeln, wie ich dies schon vor Jahren in meiner mikroskopischen Anatomie, II, 1, S. 19 Fig. 9² beschrieben, und solche Zellen entwickeln sich unter Umständen wiederum zu Fettzellen.

54. Der feinere Bau des Knochengewebes in Zeitschr. f. wissensch. Zool. XLIV, 1886, S. 644—680, 4 Tafeln.

Enthält eine ausführliche Darlegung des Baues der Knochenlamellen, namentlich mit Rücksicht auf die Ansicht v. Ebners, dass die leimgebenden Fibrillen der Grundsubstanz nicht verkalkt seien und nur die Kittsubstanz derselben die Knochenerde enthalte. Ausserdem findet sich in dieser Arbeit eine genaue Schilderung der Sharpey schen Fasern, wie eine solche noch nicht gegeben worden war und der Nachweis, wie dieselben im Knochenknorpel und in Knochenschliffen am besten zur Anschauung zu bringen seien. Endlich werden auch die Volkmann schen perforierenden Kanäle, die elastischen Fasern der Knochengrundsubstanz und vor allem auch die grobfaserige Knochensubstanz genau geschildert. Die diese Arbeit begleitenden 27 Abbildungen stellen in ihrer Mehrzahl noch nicht dargestellte Verhältnisse des feinsten Baues der Knochen dar.

55. Nachwort zu dem vorigen Artikel. Zeitschr. f. wissensch. Zoologie XLV, 1886, S. 398—399.

Volkmann, v. Ebner und Pommer lassen die Volkmannschen Kanäle durch Resorption schon gebildeter Knochensubstanz entstehen, während ich mit Schwalbe die Ansicht verteidige, dass dieselben wie die anderen Gefässkanäle entstehen nur keine Lamellensysteme entwickeln.

56. Woher stammt das Pigment in den Epidermisgebilden? Im Anat. Anzeiger II. Jahrgang 1887, Nr. 15, S. 483—486.

57. Über die Entstehung des Pigmentes in den Oberhautgebilden in Zeitschr. f. wissensch. Zool., Bd. XLV, S. 714—720, Tafel 37—38 und Würzburger Sitzungberichte 4. Juni 1887.

Nachdem schon vor Jahren L e y d i g und H. M ü l l e r Pigment-verästelungen (Zellen) in der Epidermis von Fischen, Amphibien, Reptilien und bei der Ratte gesehen hatten, fand ich bei Protopterus annectens solche Verästelungen, deren Zellenkörper in der Cutis lagen (siehe Nr. 57), und knüpfte an diese Beobachtung die Vermutung, dass alle Pigment-zellen in Oberhautgebilden durch Einwanderung aus der Cutis in die-selben gelangen. Diese Andeutung trug erst im Jahre 1885 ihre Früchte, indem A e b y in einer kurzen Notiz ganz allgemein den Satz aufstellte (Med. Centralblatt 1885 Nr. 16), dass im Epithel kein Pigment gebildet werde, dasselbe vielmehr durch Einwanderung pigmentierter Wanderzellen aus dem benachbarten Bindegewebe in dasselbe hineingelange. Einzel-beschreibungen gab A e b y nicht und wurden solche erst von R i e s e an Haaren und von m i r an Haaren, Nägeln, Epidermis und Epithelien geliefert. Ich bemerkte übrigens, dass auch Elemente des Ektoderms Pigment zu bilden imstande seien und fasste als solche die Pigmentlage der Netzhaut und die pigmentierten Nervenzellen auf. Die erstere An-nahme halte ich immer noch im wesentlichen fest, trotz mehrfacher Einwendungen, besonders von S c h w a l b e.

58. P r i m i t i v e F e t t o r g a n e n e u g e b o r e n e r M ä u s e. In Verh. der Anat. Gesellsch. in Kiel 1898, Nr. IV, S. 153.

In diesem Aufsatze berichte ich wörtlich folgendes: Neugeborene Mäuse zeigen eine grosse Entwickelung der von m i r und von T o l d t aufgefundenen primitiven Fettorgane. Dieselben finden sich einmal als zwei grosse Zellenhaufen im Nacken zu beiden Seiten der Medianebene, ferner zwischen der Scapula und deren Muskeln und dem Thorax, endlich zu beiden Seiten des Halses und seiner Eingeweide und Gefässe. Die übrigen Gegenden des Rumpfes und die Extremitäten wurden bisher bei Mäusen nicht untersucht, da es sich bei meinen Beobachtungen wesentlich nur um den Nachweis des Vorkommens von Fettorganen und nicht um die genauere Verfolgung ihrer Verbreitung handelte; immerhin glaube ich, gestützt auf meine in Nr. 53 erwähnten Untersuchungen an neugeborenen Kätzchen, sagen zu dürfen, dass alle grössere Fett-ansammlungen der erwachsenen Tiere aus primitiven Fettorganen hervor-gehen, so auch der Panniculus adiposus. Ausnahmen bedingen kleinere, vor allem mehr zufällige Fettansammlungen, wie besonders das interstitielle Fett der Muskeln und Nerven, gewisser Drüsen und der serösen Häute. Diese entwickeln sich nach dem von F l e m m i n g aufgestellten Modus aus sternförmigen, rund werdenden Bindegewebszellen. Dagegen bestehen die primitiven Fettorgane vor dem Beginne der Fettentwickelung aus Haufen runder, grosser, kernhaltiger Zellen mit hellem Protoplasma, die eine geraume Zeit als solche verharren und reichlich von Blutkapil-laren durchzogen werden. Zu diesen primitiven Fettorganen zählt auch das rote Knochenmark aller der Knochen, die später gelbes Mark entwickeln, und kann das bleibende rote Mark einem unentwickelten primitiven Fettorgane gleichgestellt werden.

Als Nachtrag möchte ich nun noch bemerken, dass das erste Auf-treten der Zellen der primitiven Fettorgane noch weiterer Untersuchungen bedarf, insofern als noch nicht klar ist, ob dieselben von primitiven runden

Zellen der ersten Embryonalanlage abstammen, oder von sternförmigen embryonalen Bindesubstanzzellen, wie solche das mittlere Keimblatt an den meisten Stellen zeigt.

59. Marcello Malpighi e l'Anatomia generale in der Festschrift: Marcello Malpighi e l'Opera sua, Milano 1898, S. 103 bis 108.

Kurze, auf Wunsch des Comités bei Gelegenheit der Errichtung eines Monumentes für M. Malpighi in Crevalcore von mir entworfene Schilderung der Leistungen dieses Forschers auf dem Gebiete der Histologie und Embryologie.

c) Muskelgewebe.

α) Glatte Muskeln.

60. Über die Struktur und die Verbreitung der glatten oder unwillkürlichen Muskeln in Zürcher Mitteilungen, Bd. 1, 14. Dezember 1846, S. 18—28.

61. Beiträge zur Kenntnis der glatten Muskeln in Zeitschr. f. wissensch. Zool., I, 1849, S. 48—87, 3 Taf.

62. Über das Vorkommen von glatten Muskelfasern in Schleimhäuten in Zeitschr. f. wissensch. Zool., III, 1851, S. 106—107.

63. Zusatz zu diesen Bemerkungen. Ibid., S. 233.

64. Kontraktile Faserzellen mit fibrillärem Baue beim Menschen in Würzb. Sitz.-Ber., 1882, S. 66.

Nr. 60 enthält die erste Mitteilung über diesen Gegenstand, der dann in Nr. 61 ausführliche Schilderungen mit Abbildungen folgten. Den ausführlichen Nachweis, an welchen Orten ich glatte Muskelfasern fand, von denen solche nicht bekannt waren, erspare ich mir, indem ich auf meine Mikroskopische Anatomie verweise. Später wurden von Brücke und mir (Nr. 62 und 63) auch glatte Muskeln in der Schleimhaut des Magens und Darmes (an welch letzterem Orte von Middeldorpf dieselben schon früher gesehen hatte) beschrieben und als Muscularis mucosae bezeichnet. Eine gleiche sehr starke Lage fand ich auch an der Speiseröhre; in den Zotten und zwischen den Drüsen der Mucosa sahen dieselben Brücke und ich, ebenso wurden solche von mir auch zwischen den Magendrüsen gefunden. Von den Muskeln der Zotten machten dann auch Brücke und ich die schon von Lacauchie und Gruby und Delafond gesehenen Verkürzungen der Zotten abhängig, die auch wir wahrnahmen.

Ferner wies ich mit Gegenbaur und H. Müller einkernige Spindelzellen auch in vielen Muskeln von Mollusken und Radiaten nach, an denen selbst Quer- und Längsstreifen beobachtet wurden, ebenso Leuckart bei Mollusken (die Citate in Würzb. Verh. Bd. 8, 1858, S. 109). Endlich fand ich auch in Bestätigung der Vermutung von Th. W. Engelmann von dem Vorkommen eines fibrillären

Baues bei allen einkernigen Muskelzellen, dass, diese Elemente beim
Vas deferens des Menschen auf das Zierlichste Fibrillen zeigen und
zugleich durch ihre kolossale Dicke von 15—20 μ im Mittel, selbst
26 μ sich auszeichnen (Nr. 64).

β) Quergestreifte Muskeln.

65. Einige Bemerkungen über die Endigung der Hautnerven und den Bau der Muskeln in Zeitschr. f. wissensch.
Zool. VIII, 1856.

66. Über die Cohnheimschen Felder der Muskelquerschnitte
in Zeitschr. f. wissenschaftl. Zool. XVI, 1866, S. 374—382,
1 Tafel.

67. Zur Kenntnis der quergestreiften Muskelfasern in Zeitschr.
f. wissensch. Zool. XLVII, 1888, 22 S., 2 Tafeln.

68. Über den Bau der quergestreiften Muskelfasern in
Würzb. Sitz.-Ber. 21. Juli 1888, S. 132—137.

Von dem Baue der Muskelfasern werden in der Abhandlung 65
vor allem die von mir so genannten interstitiellen Körnchen der Muskelfasern des Frosches und der Säuger beschrieben, ferner wird die Lage der
Kerne und das Verhalten derselben in verschiedenen Reagentien geschildert. Erwähnung verdienen mit runden Zellen gefüllte Sarcolemma-
schläuche, die im Frühjahre bei einem Frosche vereinzelt in vielen Muskeln
gefunden wurden.

Die Abhandlung 66 weist nach, dass die von mir als „Cohn-
heimsche" bezeichneten Felder der Muskelquerschnitte nichts anderes
als die Querschnitte von Bündeln von Muskelfibrillen sind, die ich
Muskelsäulchen nannte. Nach meinen Ermittelungen bestehen die
Muskelfasern aus Bündelchen kontraktiler Substanz und einer
Zwischensubstanz als Querbindemittel, dem später von Rollett
so genannten Sarkoplasma. Erstere oder die Muskelsäulchen bestehen
aus Fibrillen und einer minimalen Menge von Zwischensubstanz, das
Sarkoplasma dagegen aus den Reihen interstitieller Körnchen und einem
flüssigen Bindemittel. Bei den Muskeln verschiedener Tiere wechselt
die Dicke der Muskelsäulchen und die Menge der Zwischensubstanz
sehr und ist z. B. viel entwickelter beim Flusskrebse als beim Frosche
und bei diesem wiederum viel bedeutender als beim Menschen und den
Säugern.

In den Abhandlungen 67 und 68 werden vor allem die besonderen
Verhältnisse der Flügelmuskulatur der Insekten ausführlich beschrieben
und die Annahme von van Gehuchten und Ramón y Cajal, dass
das Sarkoplasma der einzig kontraktile Teil dieser Muskelfasern und
die Fibrillen Kunstprodukte seien, widerlegt. Nachdem v. Siebold
das leichte Zerfallen der genannten Muskeln im Jahre 1848 entdeckt
und ich eine genaue Beschreibung und Abbildung derselben gegeben
und auch ihre eigentümliche körnige Zwischensubstanz beschrieben hatte,
wurden diese Muskeln von zahlreichen Beobachtern untersucht und entwickelte sich dann im Jahre 1886 die angeführte Kontroverse. Dieselbe

veranlasste mich zu einer speziellen Untersuchung der betreffenden
Fibrillen und ihrer Zwischensubstanz in morphologischer und chemischer
Beziehung, die mich zu dem Schlusse führte, dass die Fibrillen in ihrer
ganzen Länge kontraktil sind und aus einem und demselben Stoffe
bestehen, welches erstere ich namentlich aus dem Umstande erschloss,
dass in stärker zusammengezogenen Fibrillen jede Spur einer Gliederung
und Querstreifung verschwunden war. Das Sarkoplasma ergab sich,
obschon dasselbe in Wasser quillt und in Alkohol und Chromsäure
schrumpft, doch als ungemein schwer löslich und zwar erhielt ich eine
Lösung nur beim Kochen in konzentriertem Kali causticum und nach
24 Stunden langer Behandlung mit konzentrierter Salpetersäure in
der Kälte.

Im Anschlusse an diese Darlegungen gab ich dann 1. eine
Reihe von Abbildungen über die Muskelfasern von Cicada
(Figg. 4, 5, 6, 7, 8), Bombus (Figg. 10, 11, 17), Lucanus (Figg. 2 B,
und D, 15, 16), Vanessa Jo (Figg. 3, 13), Melolontha (Fig. 2 A
und C), Anthrax (Figg. 9a, b, c), Vespa crabro (Figg. 9, 3),
Dytiscus (Fig. 16 A), Cetonia (Fig. 1), Noctua pronuba (Fig. 14),
Necrophorus (Fig. 12), Aeschna (Fig. 18) und 2. noch einige
Mitteilungen über die gewöhnlichen Muskelfasern der Gliedertiere und Vertebraten. Von ersteren beschrieb ich die schon
früher (Nr. 66) vom Flusskrebse geschilderten mächtigen Muskelsäulchen,
die später besonders Rollett und Retzius, v. Limbeck und Ciaccio
weiter verfolgt hatten. Zugleich machte ich darauf aufmerksam, dass
nach Zerstörung der Fibrillen durch dünne Säuren und caustische Alkalien
oft Sarkoplasmafäserchen zurückbleiben, die nichts als etwas festere
Teile des zusammenhängenden Sarkoplasmafachwerkes sind. Von Wirbeltieren machte ich besonders auf die Fische aufmerksam, bei denen
Leydig zuerst mächtige Ansammlungen von Sarkoplasma nachgewiesen
hatte, und gab Abbildungen der Muskelfasern von Cyprinus (Muskeln
der Seitenlinie Fig. 19 und der Seitenrumpfmuskeln Fig. 20).

In Betreff der physiologischen Verhältnisse führe ich hier nur
meine Schlusssätze an, von denen, wie man sieht, Nr. 2 mit Bieder-
manns Anschauungen vollkommen übereinstimmt, der in seiner Elektro-
physiologie 1895 die Bedeutung des Sarkoplasma für die Leistungen
der Muskelfasern besonders hervorhebt.

Die Schlusssätze lauten:

1. Bei der Thätigkeit der Muskelfasern findet ein reger Chemismus
statt, für dessen Vorkommen die in den so ungemein rasch sich kontrahierenden Muskelfasern der Sieboldschen Insektenmuskeln ungeheure Menge von Tracheen den besten Beweis liefert.

2. Der Sitz dieser Vorgänge ist wohl einem guten Teile nach das
Sarkoplasma, wie die ungemeine Menge desselben in den ebengenannten
Muskeln und die häufig in ihm auftretenden Fettmoleküle beweisen,
womit nicht gesagt sein soll, dass nicht auch die Substanz der Fibrillen
selbst energisch sich umsetzt.

3. Bei der Kontraktion findet keine Gerinnung eines Eiweiss-
körpers statt.

4. Die Muskelfibrillen sind in ihrer ganzen Länge kontraktil und werden bei der Kontraktion in allen Teilen doppeltbrechend.

5. Unter der Voraussetzung der Richtigkeit des letzten Satzes hätte man weiter anzunehmen, dass die Fibrillen aus typischen geformten Teilchen (Disdiaklasten, Brücke; Inotagmen, Engelmann) bestehen, die durch ihre Anordnung die Isotropie oder Anisotropie derselben bewirken und bei den Kontraktionen entweder Lage- oder Formveränderungen erleiden, deren Ursachen in elektrischen oder chemischen noch unbekannten Vorgängen enthalten sind.

69. Musculus dilatator pupillae in Verh. d. Anat. Gesellschaft in Kiel 1898, S. 156.

Dieser Muskel wurde an mehreren Präparaten der Iris weisser Kaninchen demonstriert und sind besonders an Karminpräparaten die einzelnen Muskelzellen mit ihren langgestreckten Kernen deutlich zu erkennen.

70. Quergestreifte Muskelfasern des Ligamentum uteri rotundum des Menschen in Verh. der Anat. Gesellschaft in Kiel 1898, S. 150, VI.

Seit der Entdeckung von G. Rainey im Jahre 1850, dass das Lig. uteri rotundum neben glatten auch quergestreifte Muskelfasern

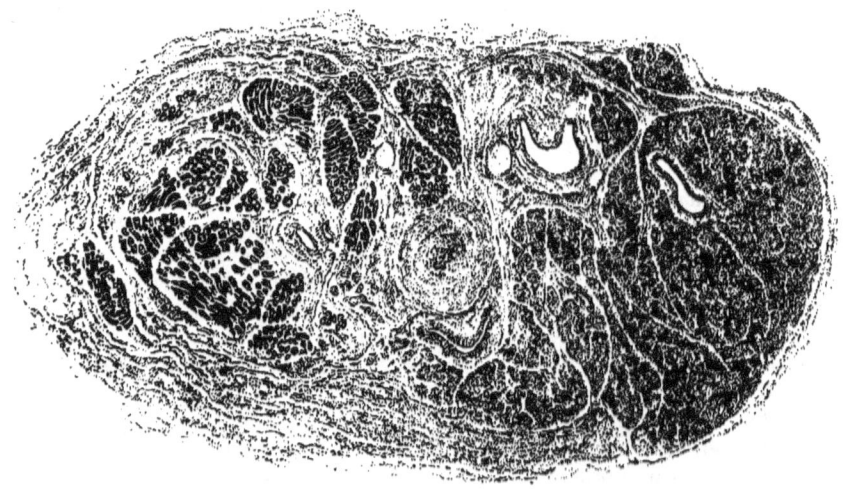

Fig. 1.

Querschnitt durch das Ligamentum uteri rotundum des Menschen. Syst. 2, Oc. II. Kurzer Tubus eines Leitz. Auf der einen Seite die dunklen Bündel quergestreifter Muskelfasern, auf der andern die glatte Muskulatur, in der Mitte Gefässe.

enthalte (Phil. Trans., 1850, P. II, S. 515), welche von Henle (Jahresber. v. 1850, S. 64) und mir (Mikr. Anat., II, 2, 1854, S. 447) bestätigt wurde, sind über diesen Gegenstand nur spärliche Mitteilungen erschienen, ja es ist das Vorkommen solcher Muskeln zum Teil ganz der Vergessenheit anheimgefallen. Es schien mir daher nicht ohne Interesse, an Querschnitten runder Mutterbänder diese Muskeln zu demonstrieren, welche, wie ich schon vor Jahren angab, 10—15, zum Teil im Centrum der Bänder um die Gefässe derselben herumgelagerte, zum Teil mehr seitlich stehende 0,26—0,50 mm starke, polygonale, durch und durch aus quergestreiften Fasern von 20—35 μ zusammengesetzte Bündel bilden (Fig. 1).

Nach Rainey kommen quergestreifte Muskelfasern auch beim Affen vor, bei dem sie fast allein das runde Mutterband bilden. Ebenso fand er dieselben beim Hunde, dem Schafe und der Kuh, jedoch hier in einem Bande, das von den Enden der Hörner des Uterus zur letzten Rippe sich begiebt und offenbar aus dem von mir so genannten Zwerchfellsbande der Urniere sich entwickelt. Mit Bezug auf die Funktion dieser Muskelfasern entwickelte Rainey eine Hypothese, die der Vergessenheit entrissen zu werden verdient, nämlich die, dass dieselben bei der Begattung den Uterus in die Höhe ziehen, dadurch die Scheide verlängern und dem Sperma die Möglichkeit verschaffen, in die Nähe des Os uteri zu gelangen, indem dasselbe gewissermassen angesaugt werde. Hierbei wäre die Zusammenziehung der betreffenden Muskeln wohl mehr als eine reflektorische und nicht als eine willkürliche anzusehen.

d) Nervengewebe.

Untersuchungen aus älterer Zeit.

71. Die Selbständigkeit und Abhängigkeit des sympathischen Nervensystems durch anatomische Untersuchungen bewiesen. Zürich 1844. 4⁰. 40 S.

72. Neurologische Bemerkungen in Zeitschr. f. wiss. Zool. 1, 1849, S. 135, Taf. XI.

In diesen Abhandlungen habe ich in Übereinstimmung mit Valentin gegen Bidder und Volkmann nachgewiesen, dass die feinen markhaltigen Fasern im Gebiete des Sympathicus keine besondere Faserklasse ausmachen, wie diese Autoren annahmen, wenn auch die grosse Anzahl feiner Fasern an diesen Orten charakteristisch ist. Ferner wurde in denselben die massgebende Entdeckung veröffentlicht, dass bei Wirbeltieren gewisse Ausläufer von Ganglienzellen in dunkelrandige Nervenfasern sich fortsetzen. Diese Beobachtungen hatte ich an den Zellen von Spinalganglien, an Ganglien von Kopfnerven, und auch an Zellen des Rückenmarkes des Frosches gemacht, und wurden dieselben dann auch in Nr 72 durch eine Reihe von Abbildungen erläutert, die auf Zellen vom Ganglion Gasseri des Meerschweinchens (Fig. 1) und der Katze (Fig. 3), Spinalganglien der Schildkröte (Fig. 2) und des Frosches (Fig. 6), eines sympathischen Ganglion des Frosches (Fig. 4) und eine Zelle des Rückenmarkes des Frosches (Fig. 7) sich beziehen. Diese meine Mitteilungen fanden, wie Bidder sagt (zur Lehre vom Verhältnis der Ganglienkörper zu den Nervenfasern 1847, S. 10), „Grosses

und unbedingtes Vertrauen und hatten einen ausserordentlichen Erfolg"
einfach deswegen, weil ich nicht bloss lange, blasse Fortsätze von Ganglienkugeln, sondern den Übergang und Zusammenhang derselben mit
dunkelrandigen, unverkennbaren feinen Nervenfasern gesehen hatte, was
weder Hannover gelungen war, noch auch Will und Helmholtz,
denen es nicht möglich war, bestimmt zu beweisen, dass die von ihnen
gesehenen Verlängerungen der Fortsätze der Ganglienkugeln Nervenfasern sind, weil es bei Wirbellosen kein bestimmtes Kriterium zur
Unterscheidung der Fortsätze der Ganglienkugeln und der blassen
marklosen Nervenfasern giebt.

Im weiteren Verlaufe wurde dann meine Entdeckung, wie jeder
weiss, der Ausgangspunkt für alle weiteren Forschungen in der feinsten
Anatomie des Nervensystems und braucht hier nur an die derselben
bald folgenden Beobachtungen von Bidder selbst, von Volkmann,
Robin, R. Wagner und vieler Anderen erinnert zu werden. Zugleich
ergaben sich auch manche neue Thatsachen und Anschauungen, welche
einen grösseren Einfluss auf die Nervenphysiologie ausübten. Hierher
rechne ich erstens die von mir aufgestellte Ansicht (Ann. d. sc.
nat. 1846 p. 106) über die Ganglienkugeln mit vielen Fortsätzen, die
im Gehirne und Rückenmarke der Wirbeltiere und in den Ganglien der
Wirbellosen sich befinden. Gestützt auf die Ähnlichkeit der verästelten
und spitz endenden Ausläufer dieser Nervenzellen mit den von Schwann
und mir entdeckten embryonalen Nervenendigungen bei Fröschen
(l. c. Pl. IV Fig. 6 und 7) und auf den Übergang der blassen Fortsätze anderer Nervenzellen in dunkelrandige Nervenfasern sprach ich die
Vermutung aus (l. c. S. 106), dass alle Fortsätze von Nervenzellen
wahre Nervenfasern seien, worauf ich dann weiter die Hypothese gründete, dass die spitz endenden unter denselben gewissermassen als Nervi Nervorum dazu dienen, entferntere Gegenden des centralen Nervensystems
selbst in Wechselwirkung zu setzen und mit einander zu vereinen
(Nr. 72 S. 136), eine Auffassung, die, wie bekannt, seit den neuesten
Untersuchungsmethoden je länger, um so mehr an Stärke gewinnt.

Weiter erhob sich dann seit der Entdeckung der bipolaren Spinalganglienzellen der niederen Wirbeltiere die Frage, ob wirklich unipolare
Ganglienzellen in Spinalganglien vorkommen, die ich gegen viele Gegner
siegreich durchfocht, wobei sich dann allerdings schliesslich, infolge der
Beobachtungen von Schramm, Ranvier, Axel Key und Retzius
und v. Lenhossék ergab, dass die einfache, von der Zelle entspringende
Faser nach kürzerem oder längerem Verlaufe sich in zwei, einen centralen
und einen peripherischen Ast, teilt. Dagegen ist bei allen multipolaren
Zellen sicher festgestellt worden (Deiters), dass dieselben nur Eine
dunkelrandige Faser abgeben.

Eine andere Frage, die, ob es auch apolare Zellen (Deiters) gebe,
die ich verteidigen zu müssen glaubte, wurde freilich in entgegengesetztem
Sinne entschieden, was ich später selbst als richtig bezeichnete.

73. Henle und Koelliker, die Pacinischen Körperchen an
den Nerven des Menschen und der Tiere, Zürich 1844, 3 Taf.

Als ich im Jahre 1844 eines Tages als Prosektor von Henle den Darmkanal einer Katze auf Lymphgefässe durchmusterte, stiess ich auf eigentümliche, perlartig glänzende Körperchen im Mesenterium und Mesocolon. Ich zeigte dieselben sofort Henle, in dessen Nebenzimmer ich arbeitete, und als wir dann diese Gebilde unter dem Mikroskope betrachteten, sagte Henle sofort, solche Körper seien in einer Arbeit beschrieben, die er eben von Pacini erhalten habe. Einer Aufforderung von Henle gern folgend, untersuchten wir dann beide zusammen diese Organe beim Menschen und bei einer Reihe von Tieren und gaben die erste genaue Beschreibung derselben, nachdem wir die von Pacini nicht gesehenen Nerven in den Körperchen gefunden hatten, was allerdings bei der Katze sehr leicht gelingt, schwieriger dagegen beim Menschen. Unsere Abhandlung ist durch zwei von Henles Meisterhand gefertigte Abbildungen geziert (Taf. I und II Fig. 1) und dadurch besonders wertvoll.

74. Einige Bemerkungen über die Pacinischen Körperchen in Zeitschr. f. wissensch. Zoologie V, 1854, S. 118—122.

Diese Abhandlung enthält eine kurze Vergleichung der Pacinischen Körperchen der Säuger und der Vögel mit Rücksicht auf die Angaben Leydigs, denen zufolge der von Henle und mir beschriebene Nerv im Innern der Körperchen nur ein von klarer Flüssigkeit erfüllter Hohlraum sei, während die sogenannte Centralhöhle eine ungemein verbreiterte blasse Nervenfaser darstelle. Diese Annahme bezeichnete ich auf gute Gründe hin als unrichtig, während ich zugleich zugab, dass die Verhältnisse der Vögel wesentlich von denen der Säuger abweichen.

75. Über die Nervenendigungen in der Hornhaut in Würzb. naturw. Zeitschr. VI, 1866, S. 120—127

In dieser Abhandlung werden die Hornhautnerven nach Cohnheims Vorgang mit Chlorgold verfolgt und vor allem die Beobachtungen desselben über das Eindringen derselben in das Epithel bestätigt. Abweichend von Cohnheim fand ich erstens dessen subepithelialen Plexus aussen an der Lamina elastica zwischen derselben und dem Epithel und sah zweitens die letzten Endigungen dieser epithelialen Nerven innerhalb des Epithels und nicht frei an der Aussenfläche desselben.

Ausser den Nerven der vorderen Hornhautfläche und ihres Epithels entdeckte ich beim Kaninchen auch eine minder reiche Endigung von Nerven an der Membrana Demoursii. Was die Hornhaut des Frosches betrifft, so musste ich die von Cohnheim bestätigte Behauptung von Kühne, dass die Nerven hier alle an den Hornhautzellen enden, bestreiten. Einmal enthält die Cornea des Frosches eine von Kühne und Cohnheim übersehene reiche Nervenausbreitung im vorderen Epithel gerade wie bei Säugern und zweitens zeigt dieselbe eine sehr reiche und eigentümliche Nervenausbreitung, die ich als Nerven der hinteren Hornhautfläche oder der Demoursschen Haut bezeichnete. Das Eigentümliche dieser Nerven liegt darin, dass dieselben ihre Ästchen unter rechten Winkeln abgeben und so ein Gitterwerk erzeugen. Die meisten Fasern derselben verlaufen radial und tangential. Freie Enden wurden an diesem Geflechte nicht wahrgenommen, dessen reichster Teil

zwischen dem gröberen Plexus in den tiefen Lagen der Cornea und
der Elastica posterior sich findet, während ein anderer Teil dicht vor
dem groben Plexus seine Lage hat.

76. Über die elektrischen Organe der Gattung Mormyrus
in Zweiter Bericht von der zootomischen Anstalt in Würzburg 1849,
S. 9—13, Taf. I, Fig. 1—4.

Diese Arbeit giebt die erste genauere Beschreibung der elektrischen
Organe der Gattung Mormyrus; doch gelang es mir nicht, an meinen
Spirituspräparaten den Bau der Nerven der elektrischen Platten zu
ermitteln. Die Nerven liefen alle in verästelte, gegliederte, vielfach
anastomosierende Röhren aus, deren Inhalt aus vier- oder rechteckigen
kernhaltigen Zellen bestand und deren Beziehungen zu den Nervenfasern und Endigungen nicht aufzufinden waren.

77. Über die Endigungen der Nerven im elektrischen
Organe des Zitterrochens in Würzb. Verhandl. VIII, 1858,
S. 2—12, Fig. 1 auf Taf. I.

Diese Abhandlung enthält eine bessere Beschreibung als die von
R. Wagner gegebene über die Lage der Nervenausbreitung in den
Scheidewänden des elektrischen Organes des Zitterrochens und die erste
Schilderung des Endnetzes der elektrischen Nerven, die dann später
durch Max Schultze und Ballowitz bestätigt wurde.

78. Schwanzorgan der gewöhnlichen Rochen. Würzburger
Verhandl. VIII, 1858, S. 12—25, Taf. I, Fig. 2.

Erste genauere Beschreibung dieser Organe, z. T. in Übereinstimmung mit Robin (im Gegensatze zur Schilderung von Leydig) mit
Ausnahme dessen, dass Robin den Gallertkern im Innern der Fächer
nicht erwähnt und die Nervenplatte nicht als besonderes Gebilde von
der Wand der Alveolen unterscheidet und daher der Meinung ist, dass
seine Disques, mein Schwammgewebe, die Fächer ganz erfülle. Leydig
irrte einmal darin, dass er die Nerven und Gefässe von derselben Seite
an die Fächer treten lässt, während die ersteren stets die vordere, die
Gefässe die hintere Seite derselben einnehmen. Dann beschrieb er
fälschlich das Schwammgewebe als eine Kapsel, in deren Innern die
Nerven sich ausbreiten. Endlich fehlt auch der freie, mit Flüssigkeit
gefüllte Raum, den Leydig zwischen der vermeintlichen Kapsel und
den Wänden der Alveolen statuiert.

Die feinere Beschaffenheit des Schwammgewebes anlangend, so
stimmt dasselbe meinen Erfahrungen zufolge am meisten mit dem
Muskelgewebe überein durch seine Quer- und Längsstreifen, das Vorkommen von Kernen und sein chemisches Verhalten. Die Nerven
bilden zahlreiche, von Robin schon gesehene und besonders von Leydig
beschriebene Teilungen und laufen endlich in zahllose marklose Fäserchen aus, die 0,5 μ breit alle gegen die Oberfläche der Nervenplatte
sich senkrecht stellen und bei frischen Tieren nach allem, was ich zu
sehen vermochte, ein horizontal ausgebreitetes Netz bilden, dessen Fasern
und Maschen um ein Ziemliches grösser sind, als im elektrischen Organe
des Zitterrochens.

79. Schwanzorgan der Zitterrochen. Ibid. S. 25.

Eine Vergleichung dieser Organe mit dem Schwanzorgane der gewöhnlichen Rochen Nr. 78 lehrt, dass dieselben, obschon äusserlich an elektrische Organe erinnernd, und aus 8—9 neben einander, in einer Ebene liegender longitudinaler Reihen rundlich-eckiger, von Gallertgewebe erfüllten Fächern bestehend, doch unmöglich elektrische Organe sein können, da denselben Nerven vollkommen fehlen.

79A. Von dem elektrischen Organe von Malapterurus wird in den Würzb. Verh. Bd. IV S. 102 mit A. Ecker die Beobachtung von Bilharz bestätigt, dass jedes Organ von einer einzigen markhaltigen Faser von 0,5 mm Dicke versorgt wird, bei der die Faser selbst nur 0,009 mm misst, der Rest auf Kosten des Neurilemms kommt.

80. Weitere Beobachtungen in Würzb. Verh. Bd. VIII beziehen sich auf besondere Nervenendigungen bei Fischen und zwar: a) Auf Savis Appareil folliculaire nerveux. Ibid. S. 26 bis 28, der mir nur insoweit Neues ergab, als ich fand, dass die Nervenknöpfe desselben von einem bisher übersehenen cylindrischen Epithel überzogen sind. Ferner bestätigte ich gegen Leydig die Angaben von Savi und H. Müller, dass der Nerv der Savischen Bläschen nur theilweise in dem Nervenknopfe endigt, zum Teile zu beiden Seiten desselben mit kleinen Bündelchen austritt.

b) Auf besondere Nervenkörperchen in der Haut des Stomias barbatus. Ibid. S. 28—31. Dieselben stellen in der Gallertlage der Haut befindliche längliche, mit Nervenfasern verbundene Körperchen dar, die an die von mir bei Chauliodus (Zeitschr. f. wiss. Zool. III) beobachteten erinnern.

81. Über die letzten Endigungen der Nerven in den Muskeln des Frosches in Würzb. naturw. Zeitschr. III, 1862 S. 1 (auch als Croonian lecture in Proc. Royal Society XII, 1862/63, pag. 65—84 with 5 figures).

82. Unter demselben Titel in Zeitschr. f. wiss. Zool. XII, 1863, S. 149—160, 4 Taf.

83. Über die Herznerven in Verh. d. Schweiz. naturf. Ges. 1862, S. 211.

In Nr. 81 und 82 finden sich meine ersten Mitteilungen über die Untersuchungen Kühnes die Nervenenden in den willkürlichen Muskeln betreffend. Wie man weiss, liess ich Kühnes Beobachtungen in der Hauptsache, dem Nachweise einer Endigung der Muskelnerven mit marklosen Fasern, alle Ehre widerfahren, konnte dagegen mich nicht überzeugen, dass diese Endfasern unterhalb des Sarcolemma liegen. Ferner wies ich nach, dass, wenigstens beim Frosche, alle Endfasern im Anfange und, solange sie mit Kernen besetzt sind, noch eine Schwannsche Scheide besitzen. Mit Bezug auf diese und die andern auf die motorischen Nervenenden sich beziehenden Fragen verweise ich auf die 6. Auflage meiner Gewebelehre (Bd. I § 112) und will hier nur noch hervorheben, dass in der neuesten Zeit in Chr. Sihler eine sehr wirksame Stütze für die epilemmale Lage der Nervenenden erstanden ist.

Die von mir entdeckten Muskelknospen, die ich bisher als
Beweise von Längsteilungen von Muskelfasern ansah, vermag ich
neueren Untersuchungen von Ramón y Cajal, Kerschner, Sihler,
Sherrington u. A. gegenüber nicht mehr in dieser einfachen Weise
zu deuten und nehme auch ich jetzt an, dass diese Organe neben
motorischen Nervenenden auch sensible Apparate und Enden darstellen.
Immerhin ist sicher, dass in diesen Organen auch eigentümliche
Längsteilungen von Muskelfasern vorkommen, deren Bedeutung
noch lange nicht hinreichend nachgewiesen ist.

In Nr. 81 und 83 wurden auch zum erstenmale die motorischen
Nerven des Froschherzens, der Muskeln der Harnblase und des Öso-
phagus des Frosches genau beschrieben. Dieselben ergaben sich als
dunkelrandige feine Röhren, die in blasse kernhaltige Fasern auslaufen,
welche sich reich verästeln und schliesslich frei auslaufen. Im Herzen
sind diese Verästelungen viel reicher als an den andern genannten
Stellen, immerhin nicht so zahlreich, dass man annehmen dürfte, dass
jede muskulöse Spindelzelle ihr besonderes Nervenende erhält.

84. Über die Nerven der Knochen des Menschen. Würzb.
Verh. I, 1850, S. 68—73.

Nachweis beim Menschen von Nerven in den Apophysen und in
der Substantia compacta von Röhrenknochen, in allen kurzen und platten
Knochen. Remak'sche Fasern und Ganglienzellen fehlen in diesen
Nerven. Dagegen wurden in zwei Fällen Pacinische Körperchen gesehen.
Bestimmung der Durchmesser vieler dieser Knochennerven.

85. Nachweis von Teilungen von Nervenprimitivfasern zu
einer Zeit, wo dieselben noch wenig bekannt waren. Würzb. Verh.
I, 1850, S. 56—58.

86. Vorläufige Mitteilung über den Bau des Rückenmarks
der niederen Wirbeltiere. Zeitschr. f. wissensch. Zool. IX,
1858, S. 1—12.

Diese Untersuchungen wurden angestellt, um die Angaben von
Bidder, v. Kupffer und Owsjannikow über den Bau und den
Faserverlauf des Rückenmarkes des Frosches und der Fische zu prüfen.
Im Gegensatze zu den erstgenannten Autoren wies ich nach:

1. Dass die graue Substanz des Froschmarkes eine ungemeine Menge dunkelrandiger Fasern enthält, Elemente, von denen Bidder
und v. Kupffer nichts fanden; dieselben bilden zwei Kommissuren,
verlaufen z. T. in gröberen Bündeln schief und quer und sind endlich
in Form feinster Fäserchen zwischen den Zellen der grauen Substanz
ganz unregelmässig angeordnet.

2. Dass der dickere Teil des Filum terminale des Frosches
nicht nur in seiner grauen Substanz, sondern vor allem in seinen oberflächlichen Lagen eine übergrosse Menge von dunkelrandigen Fasern
führt, die schon an dem frischen Filum unter dem Mikroskope nachzuweisen sind. Hier fand ich auch eine deutliche Kreuzungskommissur
der Vorderstränge.

3. Gegen Owsjannikow, der behauptete, dass auch die Fische keine dunkelrandigen Fasern in der grauen Substanz des Markes und ebenfalls keine Kommissuren solcher besitzen, wies ich im Marke der Barbe und des Döbels solche Elemente in Menge nach.

87. Über den Faserverlauf im menschlichen Rückenmarke. Würzb. Verh. I, 1850, S. 189—207.

Messung aller sensiblen und motorischen Wurzeln einer männlichen und einer weiblichen Leiche und Berechnung von deren Quadratinhalte. Ebenso Messung der weissen und der grauen Substanz des Markes an fünf verschiedenen Stellen (s. auch Mikr. Anat. II 1).

88. Zur Anatomie und Physiologie der Retina in Würzb. Verh. III, 1852, S. 316—336.

Durch die Untersuchung der menschlichen Netzhaut werden die Entdeckungen von H. Müller über den Bau der tierischen Retina (Fasern, die mit den Stäbchen und Zapfen zusammenhängen; radiäre Fasern, die ich Müllersche nannte u. s. w.) in Zeitschr. f. wissensch. Zool. III, S. 224 bestätigt und im Anschlusse an die anatomischen Verhältnisse und in Übereinstimmung mit H. Müller die Hypothese ausführlich besprochen und verteidigt, dass die Stäbchen und Zapfen die lichtempfindenden Teile seien.

Hier sei auch die von H. Müller und mir bearbeitete Retinatafel in den Icones histiologicae von A. Ecker erwähnt.

Neuere Arbeiten seit dem Bekanntwerden der Golgischen Methode.

Nachdem ich im Frühjahre 1887 Golgi in Pavia besucht und von seiner Methode und seinen Präparaten Kenntnis genommen hatte, zögerte ich nicht, diese Methode selbst zu versuchen und berichtete über dieselbe in zwei Mitteilungen Nr. 89 und 90.

Die so äusserst wichtigen Beobachtungen von Golgi waren ausser in Italien sozusagen ganz unbekannt und unbeachtet geblieben mit einziger Ausnahme von A. Forel, der dieselben im Archive für Psychiatrie 1887 erwähnt und erachte ich es als mein Verdienst, die grosse Bedeutung derselben betont und dieselben bei uns bekannt gemacht zu haben, nachdem ich sie auch durch eigene Versuche bestätigt hatte. Doch erlaubte ich mir, zwei wichtige Angaben von Golgi gleich von vorne herein zu beanstanden und zwar a) dass die Protoplasmafortsätze der Nervenzellen nicht nervöser Natur seien, und b) dass ein verwickeltes nervöses Netz, aus Achsencylinderfortsätzen und verästelten Ausläufern von Nervenfasern namentlich sensibler Art bestehend, die ganze graue Substanz durchziehe.

Im weiteren Verlaufe dieser Untersuchungen tauchte bald auch ein neuer rüstiger und hervorragender Kämpe auf, D. Santjago Ramón y Cajal, der im Jahre 1889 am Berliner internationalen medizinischen Kongresse teilnahm und da eine Reihe so ausgezeichneter Präparate, vor allem über das Rückenmark vorlegte, dass es mir als eine wichtige Aufgabe erschien, den des Deutschen nicht mächtigen spanischen

Gelehrten mit unseren Anatomen, von denen ich His, Flechsig, Waldeyer und Schwalbe namentlich anführe, bekannt zu machen.

Seit dieser Zeit sind Golgi und Ramón die Vorbilder für Alle gewesen, die mit dem feinsten Baue des Nervensystems sich beschäftigten, unter denen neben mir vor allem G. Retzius, v. Lenhossék und v. Gehuchten in erster Linie stehen.

Meine eigenen, mit Hilfe der Golgischen und der Weigertschen Methode ausgeführten Untersuchungen und auf diese begründeten Abhandlungen sind der Reihe nach folgende:

89. Golgis Untersuchungen über den feineren Bau des centralen Nervensystems in Würzb. Sitz.-Ber. vom 21. Mai 1887, S. 56—62.

90. Über dasselbe Thema im Anatomischen Anzeiger II, 1887, Nr. 15, S. 480—483.

91. Histologische Mitteilungen (Multipolare Zellen in sympathischen Ganglien nach Golgi, feinerer Bau des Cerebellum) in Würzb. Sitz.-Ber. vom 23. Nov. 1886.

92. Über den feineren Bau des Rückenmarks. Vorl. Mitt. in Würzb. Sitz.-Ber., 8. März 1890.

93. Über den feineren Bau des Rückenmarks menschlicher Embryonen. Würzb. Sitz.-Ber., 12. Juli 1890.

94. Zur feineren Anatomie des centralen Nervensystems. Erster Beitrag. Das Kleinhirn in Zeitschr. f. wissensch. Zoolog. XLIX, 1890, S. 663—689, 4 Tafeln.

95. Zur feineren Anatomie des centralen Nervensystems. Zweiter Beitrag. Das Rückenmark in Zeitschr. f. wissensch. Zoolog. LI, 1890, S. 1—54, 6 Tafeln.

96. Über den feineren Bau des Bulbus olfactorius in Würzb. Sitz.-Ber., 19. Dez. 1891.

97. Über die Entwicklung der Elemente des Nervensystems gegen Beard und Dohrn. Verh. der anat. Gesellsch. in Wien, S. 76—79, 1892.

98. Demonstration. Aus den Verhandlungen der Anatomenversammlung in Wien, 1892.

1. Glia- und Nervenzellen des Nucleus dentatus cerebelli des Menschen (Gewebelehre, 6. Aufl., Fig. 547).

2. Nervenzellen des Dachkernes, Nucleus dentatus und der zwischen beiden gelegenen 3 Kerne aus dem Cerebellum des Schafes.

3. Pyramidenzellen des Cerebrum eines Kätzchens vom 1. Tage (Gewebelehre, 6. Aufl., Fig. 727, 728).

4. Oberflächliche Horizontalfasern desselben Gehirns und die Stämmchen derselben in der Tiefe, die als centripetale Fasern anzusehen sind (Gewebelehre, 6. Aufl., Fig. 743.)

5. Rückläufige Äste von Purkinje'schen Zellen desselben Gehirns (l. c. Fig. 533).

6. Sympathische Zellen aus dem G. cervicale supremum und G. solare des Kalbes. (l. c. Fig. 838.)

7. Querschnitte und Zerzupfungspräparate der mit Osmium behandelten Milznerven des Kalbes. (l. c. Fig. 352 und 354.)

99. Die Nerven der Milz und Nieren und die Gallenkapillaren aus Würzb. Sitz.-Ber. 1893, 14. Januar.

100. Über den Fornix longus von Forel und die Riechstrahlungen im Gehirne des Kaninchens in Verh. der Anat. Gesellsch. in Strassburg 1894, S. 45—52, 4 Holzschnitte.

101. Über die feinere Anatomie und die physiologische Bedeutung des sympathischen Nervensystems in Verh. der deutschen naturforschenden Gesellschaft in Wien, 1894, I, S. 1—26.

102. Der feinere Bau und die Function des sympathischen Nervensystems in Würzb. Sitz.-Ber., 9. Juni 1894.

103. Zum feineren Baue des Zwischenhirns und der Regio hypothalamica in Verhandl. der anatom. Gesellsch. in Basel, S. 14—19.

104. Kritik der Hypothesen von Rabl-Rückhard und Duval über amöboide Bewegungen der Neurodendren in Würzb. Sitz.-Ber. vom 6. März 1895.

105. Über die neue Hypothese von Ramón von der Bedeutung der Neurogliaelemente des Gehirns in Würzb. Sitz.-Ber. 25. Juni 1896.

106. Über den Fornix longus superior des Menschen in Vierteljahrsschrift der Naturforschenden Gesellschaft in Zürich, Jahrgang XLI, Jubelband II, S. 547—569, 10 Holzschnitte.

107. Über die Zellen der molekulären Lage des kleinen Hirns in Verh. der Schweizer naturforschenden Gesellschaft in Zürich, 1896, S. 162.

108. Gegen die Annahme von Achsencylindertropfen, Anat. Anzeiger 1898, Nr. 24.

Ein näheres Eingehen auf diese Abhandlungen ist um so weniger nötig, als dieselben alle dem letzten Decennium angehören und deren Ergebnisse in der oben besprochenen 6. Auflage meiner Gewebelehre in dem Bande II mitgeteilt sind. Ich beschränke mich daher darauf, aus dem genannten Werke eine Reihe von allgemeinen Fragen hervorzuheben, die gerade jetzt von grösserer Bedeutung sind. Es sind folgende:

1. Bau des Nervenmarkes.

Die Lantermannschen Einschnürungen, die Golgischen Trichter und Fasersysteme, die Ewald-Kühneschen Netze und alle anderen sonstigen Bildungen, die durch Reagentien aus dem

Nervenmarke sich gewinnen lassen, sind Kunstprodukte. Frisches
Nervenmark ist eine ganz gleichartige zähflüssige Masse, die durch
keine inneren Einrichtungen, Fasernetze, Blätter, Stützapparate u. a. m.
am Ausfliessen gehindert wird und erst in zweiter Linie solche Bildungen
zeigt (S. 17 und 18).

2. Beschaffenheit des Achsencylinders.

Der Achsencylinder oder Axon ist ein festweiches Gebilde,
das aus feinen Fibrillen und einer Zwischensubstanz, dem Neuroplasma,
besteht, das festweich und homogen ist. Eine Hülle, Axolemma
ist vielleicht in gewissen Fällen vorhanden (l. c. Fig. 343.)

Die marklosen Nervenfasern sind teils freie Achsencylinder,
teils solche mit Schwannscher Scheide. Die Remakschen Fasern
sind Bündel von feinen Achsencylindern und stellen sich somit wie kleine
Nervenbündel dar. Ob die kernhaltigen Scheiden, die diese Bündel
von Achsencylindern umgeben, Schwannsche oder Henlesche Scheiden
darstellen, ist zweifelhaft, doch ist das letztere wahrscheinlicher, wenn
man bedenkt, dass jedes Remaksche Bündel als Fortsetzung mehrerer
Achsencylinderfortsätze von Nervenzellen entspringt.

Die Olfactoriusfibrillen stimmen in Manchem mit den Primitivfibrillen der Remakschen Fasern überein, weichen aber namentlich
dadurch ab, dass dieselben bündelweise von einer strukturlosen Scheide
und einem inneren kernhaltigen Gewebe umfasst werden (l. c. S. 31
bis 39, Fig. 350—357).

3. Bedeutung der Nervenzellenfortsätze.

In Nr. 7 wurde auseinandergesetzt, dass Ramón und v. Gehuchten
annehmen, dass alle Dendriten nervöse Funktionen besitzen und immer
cellulipetal, die Axonen dagegen cellulifugal leiten. Gegen diese Aufstellung habe ich eine Anzahl Bedenken geltend gemacht, unter denen
ich immer noch diejenigen als beachtenswert erachte, dass, wenn alle
Dendriten ohne Ausnahme als leitend und die Rolle von Nervenfasern
spielend aufgefasst würden, an manchen Orten, wie z. B. im Rückenmarke, denselben keine bestimmte Funktion sich zuteilen liesse. Ich
betonte insbesondere, dass weder Ramón, noch v. Gehuchten, noch
auch v. Lenhossék bis anhin den geringsten Versuch gemacht hätten,
die Leistungen dieser Dendriten in ihre physiologischen Auseinandersetzungen und in ihre Schemata einzubeziehen. In weiterer Verfolgung
der anatomischen Verhältnisse kam ich schliesslich dazu, anzunehmen,
dass es in gewissen Fällen nicht nötig sei, den Dendriten besondere
nervöse Funktionen zuzuschreiben, während in anderen eine solche Annahme nicht nur gerechtfertigt sei, sondern auch unumgänglich gefordert
werde (Nr. 7, S. 113).

Da diese meine Ansicht wenig Berücksichtigung gefunden hat, so
möchte ich hier hervorheben, dass dieselbe, je länger ich sie überlege,

mir die einzig richtige zu sein scheint und stelle ich nun mit Bestimmtheit den Satz auf, dass nicht alle Dendriten als leitende Nervenfasern aufzufassen sind, vielmehr an vielen Orten dieselbe Rolle
spielen, wie Ausläufer verästelter Zellen, z. B. der so reich verzweigten
Pigmentzellen der Bindesubstanz oder der ebenso reich ästigen Gliazellen,
mit anderen Worten Teile darstellen, die in dieser oder jener Weise
an dem Stoffwechsel der Nervenzellen Anteil nehmen. Als vollgültige
Beweise des Vorkommens von Dendriten, die keine leitenden Funktionen
besitzen, führe ich folgende an.

a) Einen Teil der Dendriten der Mitralzellen des Bulbus
olfactorius.

Wie man weiss, besitzen diese Zellen zweierlei Dendriten. Die
einen gehen zu den Glomeruli und von diesen wird fast allgemein
angenommen, dass dieselben der Geruchsperception dienen, indem sie
mit den letzten Endbüscheln der Fila olfactoria in Berührung treten.
Die anderen Dendriten bilden zusammen eine reiche horizontale Ausbreitung, die in der Molekularlage des Bulbus (Nr. 7, Fig. 756 D,
758 D, 759) ihre Lage hat. Da diese Dendriten in gar keine Berührung
mit den Olfactoriusfäserchen kommen, so ist nicht einzusehen, in welcher
Weise sie bei der Perception der Riechstoffe sich beteiligen könnten
und folgt hieraus unabweislich, dass dieselben nur eine vegetative Rolle
spielen können. An diesem Schlusse ändert sich nicht das Geringste,
auch wenn man mit T. Blancs' und Ramóns neuesten Auseinandersetzungen (Rivista trimestrial III 2, pag. 99) annehmen wollte, dass die
Körnerzellen des Bulbus auf die freien Dendriten der Mitralzellen einwirken, denn auch in diesem Falle liesse sich denselben keine Beziehung
zum Riechen zuschreiben, da auch die Körnerzellen keinerlei Einwirkungen von seiten der Fila olfactoria unterliegen, ganz abgesehen
davon, dass die nervöse Natur der Körnerzellen nichts weniger als
feststeht.

b) Ein bedeutender Teil der Dendriten der mit den
Opticusenden im Lobus opticus der Vögel verbundenen
Dendriten.

Im genannten Lobus opticus finden sich nach Ramóns, von
v. Gehuchten und mir bestätigten Beobachtungen eine Art von Zellen,
deren Axon weit weg von der Zelle von dem oberflächlichen Dendritenstamme entspringt (Nr. 7, Fig. 586, 579a, hier Fig. 2), dessen Endigungen
mit den Endbüscheln des Opticus sich verflechten. Diese Zellen nun tragen
auch an ihrer tiefen Seite reiche Dendritenverästelungen, die mit den
Enden der Opticusbüschel in keine Verbindung kommen und so ist
auch hier wiederum klar, dass nicht alle diese Dendriten als Seh-
empfindungen leitend angesehen werden können.

Diese zwei Beispiele werden genügen, um meine Annahme zu
erhärten, dass nicht alle Dendriten die Rolle von leitenden Nervenfasern
spielen. Meiner Überzeugung nach gehören noch sehr viele Dendriten
des Markes, der Rinde des Cerebellum und Cerebrum, des Ammonshornes u. s. w. in dieselbe Kategorie, doch will ich diese anderen
Gegenden hier nicht weiter besprechen, weil die Verhältnisse derselben

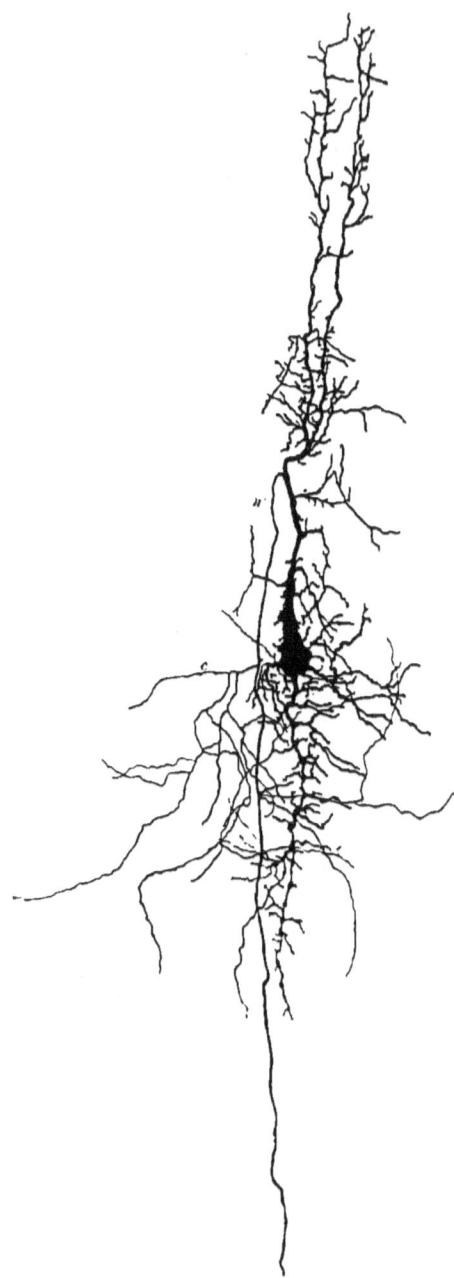

Fig. 2.

nicht so klar liegen, wie beim Bulbus olfactorius und dem Lobus opticus.

Ramón hat für seine und v. Gehuchtens Annahme die Bezeichnung „Hypothese der dynamischen Polarisation" aufgestellt und dachte sich anfangs die Leitungen bei den Axonen ohne Ausnahme als cellulifugal und bei den Dendriten als cellulipetal. Infolge neuer Erwägungen (Rivista trim. micrografica vol. II fasc. I 1897) hat nun aber Ramón seine Hypothese über die Funktion der Nervenzellenausläufer sehr wesentlich umgeändert und erklärt er jetzt, dass die Ausdrücke cellulipetal in axipetal und cellulifugal in dendrifugal und somatofugal umzuändern seien. Ohne diese nicht gerade klassischen Ausdrücke zu ändern, bemerke ich, dass die in meinen Figg. 576 und 579a in Nr. 7, hier Fig. 2 abgebildeten Zellen des Lobus opticus der Vögel am geeignetsten sind, um darzulegen, was Ramón im Auge hat. Nach ihm würde der ganze,

Fig. 2. Zelle der Lage 3 des Lobus opticus eines Huhnes mit einem Neuraxon, der aus dem peripheren Dendritenstamme entspringt und sich centralwärts umbiegt. Derselbe besitzt an vier Stellen Collateralen, von denen die mit c bezeichnete sich reich verästelt. Bei starker Vergrösserung gezeichnet, um ¼ verkleinert.

zwischen der Abgangsstelle des Axons n und dem Zellenkörper gelegene Dendritenstamm mit allen seinen Ästen cellulifugal oder somatofugal auf den Axon wirken. Ferner würden alle jenseits der Abgabe des Axons mit den Enden der Opticusfasern in Kontakt tretenden Dendriten wohl im Anfange cellulipetal leiten, dann aber an der Abgangsstelle des Axons angelangt mit Umgehung des Zellenkörpers auf denselben direkt einwirken und somit axipetal leiten und auch cellulifugal. Im ganzen aufgefasst würden somit in diesem Falle 1. alle Dendriten, die direkt von dem Zellenkörper ausgehen, cellulipetal auf denselben einwirken und von diesem aus cellulifugal oder axipetal auf den Axon. 2. Die Dendriten dagegen, die jenseits des Axons entspringen, würden erst cellulipetal leiten, dann aber, an der Abgangsstelle des Axons angelangt, auf diesen überspringend, denselben direkt mit Umgehung der Zelle erregen und somit cellulifugal oder axipetal weiter leiten. Diesem zufolge spielt der Zellkörper bei Ramón keine wesentliche Rolle und ist nur Durchgangsstation. Das wichtigste aber an dieser Ramónschen Hypothese ist die Annahme, dass eine Erregung innerhalb der Zellenfortsätze direkt umgeschaltet werden könne, und von einem Dendriten direkt auf den Axon überzugehen vermöge.

In ähnlicher Weise lässt Ramón bei den unipolaren Spinalganglienzellen der höheren Wirbeltiere, die Leitung von der peripheren Faser mit Umgehung der Zelle und ihres einfachen Ausläufers an der Teilungsstelle dieses direkt auf den centralen Ast übergehen (l. c. Fig. 5). Und bei den unipolaren Zellen der Wirbellosen würden die Ausläufer des Axons nicht vom Zellenkörper aus innerviert, sondern mit Umgehung desselben von den Enden centripetaler, dieselben umspinnenden Fasern (l. c. Fig. 4).

Gegen einen Teil dieser Aufstellungen hat sich Lugaro erhoben (Monit. zool. ital. VIII Nr. 4 pag. 79), wie ich glaube, mit vollem Rechte. Er geht davon aus, dass der Axon jeder Nervenzelle von dem Zellkörper derselben entspringe, wie dies für die Spinalganglienzellen von ihm selbst, von Bühler und anderen nachgewiesen sei. Ferner sei ebenfalls gezeigt, dass bei den Teilungen der einfachen Ausläufer dieser Zellen, die Fibrillen der beiden Teilungsäste getrennt aus dem Stamme entspringen und nicht von einem Aste direkt auf den anderen übergehen, endlich lasse sich auch an geeigneten Präparaten niemals der Übergang von Fibrillen von einem Dendritenaste auf einen benachbarten nachweisen.

Wie Lugaro bin auch ich der Ansicht, dass im gesamten Nervensysteme die Zellenkörper die Hauptrolle spielen, und dass alle Axonen von denselben entspringen. Da wo ein Zellenfortsatz einen Axon und einen Dendritenstamm abgiebt, hat man anzunehmen, dass ein und derselbe Ausläufer zweierlei Elemente, Axonfibrillen und Dendritenfibrillen enthalte. Ich bin daher der Meinung, dass die Hypothese von Ramón, dass Leitungen direkt von Dendriten auf Axonen übergehen können, nicht begründet ist und gerade umgekehrt die Dendriten nur vermittelst

der Zellenkörper wirken und die Axonen stets nur von diesen aus
erregt werden.

Dieser Annahme von der hohen Bedeutung der Zellenkörper scheint
nun allerdings der neue, viel citierte Versuch von Bethe zu widersprechen, allein doch nur teilweise. Bethe fand, dass, wenn bei
Carcinus maenas der motorische Nerv der Antenna secunda von seinen
Nervenzellen getrennt wird, die Antenne ihre Reflexerregbarkeit noch
einige Zeit behält. Hieraus schliesst Bethe, dass die betreffenden
Zellen, bei der Einwirkung sensibler Eindrücke, nicht direkt beteiligt
seien, dass vielmehr die Reflexbahn direkt von den sensiblen Fasern
zu den motorischen führe, welche Bahn, wie bekannt, von Bethe als
eine kontinuierliche aufgefasst wird. Ähnliche Ansichten vertritt
auch Apáthy, doch wird sich nicht behaupten lassen, dass es diesen
Autoren gelungen sei, die Anastomosen der sensiblen und motorischen
Elemente mit der Bestimmtheit nachzuweisen, die bei so schwierigen
Fragen verlangt werden muss. Für mich ist immer noch die namentlich von Retzius verteidigte Auffassung, dass in dem sogenannten
Neuropil der Wirbellosen oder in der Leydigschen Punktsubstanz die
sensiblen und motorischen Elemente sich nur fein verzweigen und so
zu einander sich verhalten, wie z. B. die Fila olfactoria und die Enden
der Riechpinsel der Mitralzellen, die wahrscheinlichste[1]). Geht man von
dieser Annahme aus und fasst man einen Teil der Ausläufer der
motorischen Achsencylinder als Dendriten, so würde dann die Erklärung
des Betheschen Versuches so zu geben sein. Unter normalen Verhältnissen geht die Bahn von den sensiblen Endfasern durch die
motorischen Dendriten zur motorischen unipolaren Zelle und von dieser
erst auf den Axon. Ist aber die Zelle getrennt, so kann auch der
Stamm des Axons ausnahmsweise und nicht auf längere Zeit sie vertreten und als Teil des Zellenkörpers Reiz aufnehmend und abgebend
wirken. In diesem Falle würde allerdings das, was Ramón als normal
betrachtet, dass Leitungen direkt von Dendriten auf Axone übergehen,
hier geschehen, allein doch nur als aussergewöhnliches Ereignis. Bei
diesen Erwägungen darf man auch nie vergessen, dass der Aufbau des
Nervensystems der Wirbellosen in so vielen Beziehungen von demjenigen
der höheren Geschöpfe abweicht, dass überhaupt nicht die geringste
Nötigung vorliegt, dieselben anatomisch und physiologisch über einen
Leisten zu schlagen.

4. Bedeutung der Neuroglia und Entwickelung derselben.

Die Gliazellen des Rückenmarkes sind ursprünglich Alle Ependymfasern, die aus Ausläufern eines Teiles der primitiven entodermalen
Wand des Medullarrohres sich entwickeln, die His als Spongioblasten
bezeichnet. Ein anderer Teil der Elemente dieser Wand, die Neuro-

---

[1]) Man vergleiche auch die neuesten Mitteilungen von Bethe in Biol.
Centralbl. 1898 S. 843 und v. Lenhosséks kritisches Referat über diese
Arbeit in Neurolog. Centralbl. 1899 Nr. 6, 7.

blasten von His, wächst zu Neuren oder Neurodendren aus, indem
dieselben einen Axon entwickeln und später auch Dendriten. Was
His Keimzellen genannt hat, sind nichts anderes, als in Mitose
begriffene Zellen der ursprünglichen Markanlage und betrachte ich dieselben
als Elemente, durch deren Teilungen das Material für die Vermehrung
einerseits der anfänglich und lange Zeit indifferent bleibenden Zellen der
primitiven ectodermalen Markanlage, anderseits auch ihrer Abkömmlinge,
der Neuroblasten und Spongioblasten, geliefert wird.

Im Laufe der Entwickelung verkümmern nun die Ependymfasern
mehr und mehr und treten die echten Gliazellen oder die Golgischen
Sternzellen der weissen und grauen Substanz auf, von denen ich mit
Bestimmtheit nachgewiesen habe, dass dieselben aus einem Reste der fort-
wuchernden und so in die graue und weisse Substanz hineingelangenden Elementen der primitiven Markanlage hervorgehen und somit keine von
aussen in das Mark eingewanderten Elemente darstellen Nr. 7, § 129,
S. 138—153.

Was die Natur der Golgischen oder Gliazellen anlangt, so
habe ich mich dahin ausgesprochen, dass dieselben sehr häufig wie aus
zwei Teilen bestehen, einem Zellenkörper und einer demselben einseitig
ansitzenden Platte, von welcher die Ausläufer abgehen. Ich möchte
daher die Hypothese aufstellen, dass die Golgischen Zellen aus einem
Teile ihres Protoplasma eine Platte, ähnlich einer Cuticularbildung, erzeugen,
welche anfänglich und solange ihre Ausläufer noch sich verlängern, mit
dem kernhaltigen Teile des Protoplasma innig und unmittelbar zusammenhängt, später jedoch in vielen Fällen eine andere Dichtigkeit und vielleicht auch eine etwas abweichende chemische Beschaffenheit gewinnt
und von diesem Zeitpunkte an unter gewissen Umständen von dem
Zellenkörper sich trennen lässt.

5. Sind der Spitzenbesatz der Dendriten der Neurodendren normale Bildungen oder ein Kunstprodukt?

In den neurologischen Arbeiten der letzten Jahre spielt der Spitzenbesatz der Dendriten eine je länger um so grössere Rolle. Nicht nur
hat man den betreffenden Fortsätzen amöboide Bewegungen zugeschrieben
und dieselben so bei gewissen physiologischen und pathologischen Vorgängen als wesentlich beteiligt angesehen, und dies durch eine Reihe
von Experimenten bestätigt zu finden geglaubt, sondern man ist auch
so weit gegangen, Veränderungen derselben infolge der Einwirkung
von Medikamenten anzunehmen. So hat sich nach und nach eine um-
fangreiche Litteratur angesammelt, die sich von Tag zu Tag vergrössert,
während auf der anderen Seite nichts weniger feststeht, als die Bedeutung
der fraglichen Fortsätze. Da ich selbst, seit ich durch Golgische Präparate mit den betreffenden Anhängen der Dendriten bekannt geworden
war, mich immer mehr mit dem Gedanken vertraut machte, dass dieselben
keine natürlichen Vorkommnisse sind, so wird man es begreiflich finden,
dass ich meine Stimme erhebe, um das pro und contra in dieser wichtigen
Frage abzuwägen.

In der im Jahre 1893 erschienenen ersten Hälfte des zweiten Bandes meiner Gewebelehre ist auf S. 54 folgendes zu lesen:

Den Bau der Dendriten betreffend, so ergeben die stärkeren unter denselben, dass derselbe ganz mit demjenigen des Körpers der Nervenzellen übereinstimmt. Varikositäten, die an diesen Ausläufern nicht selten vorkommen, sind für Kunstprodukte zu halten und ebenso fasse ich auch den Besatz mit kürzeren und längeren Spitzen auf, der an Golgischen Präparaten, besonders an den Pyramiden- und Purkinjeschen Zellen in mannigfacher Weise zur Anschauung kommt, vor allem aus dem Grunde, weil einmal solche Bildungen ungemein wechselnd sind und auch an versilberten Präparaten oft fehlen und zweitens weil frische, sorgfältig dargestellte Dendriten von solchen Anhängen nie etwas zeigen.

Weiter erwähnte ich dann in meiner Arbeit über das kleine Gehirn in Zeitschr. f. wiss. Zool., XLIX, S. 676, dass die Purkinjeschen Zellen des Menschen nach dem langsamen Golgischen Verfahren in wunderbarer Schönheit zu erhalten sind. An solchen findet man oft die Ausläufer ganz glatt, ohne die Unebenheiten, Spitzchen und Körnchen, die sie sonst häufig besitzen. Und in meiner Gewebelehre 6. Aufl., II, S. 349 findet sich dasselbe mit dem Zusatze: In anderer Weise isolierte solche Fortsätze besitzen meist eine glatte Oberfläche, doch habe ich schon in meiner Mikr. Anat. II, S. 450 angegeben, dass an solchen Präparaten auch einzelne ganz kurze Zacken oder Spitzchen im Verlaufe der grössten Äste gesehen wurden, die denselben das Ansehen eines Dornenstockes gaben, woraus sich ergebe, dass möglicherweise ein Teil dessen, was Golgische Präparate zeigen, nicht zufällig sei.

Endlich sagte ich noch einmal an demselben Orte auf S. 647 folgendes: An den eben beschriebenen Spitzenfortsätzen der grossen Pyramidenzellen fand S. Ramón bei der Maus ein eigenes Verhalten, nämlich einen reichlichen Besatz mit kurzen seitlichen, mit Knöpfchen endenden Ausläufern (Structure de l'écorce cérébrale in la Cellule VII Fasc. 1, Fig. 517). Ähnliche Anhänge sah er auch an den grossen Pyramidenzellen des Ammonshornes und der Fascia dentata (Zeitschr. f. wiss. Zool. LVI, Fig. 6 und 10) ebenso Azoulay an den grossen Pyramiden des menschlichen Gehirns, den Zellen der Fascia dentata und an den grossen Zellen des Ammonshornes eines Kindes von 22 Tagen und eines 5 Monate alten Fötus (bei Dejerine Figg. 338, 357, 358, 364). Auf der anderen Seite sah Retzius beim Kaninchen nichts von solchen Anhängen, wohl aber fand er die betreffenden Dendriten alle in kurzen Zwischenräumen mit Auftreibungen versehen oder varikös (Verh. des Biolog. Ver. in Stockholm, Bd. III 1891, Fig. 6). Nach meinen Erfahrungen kommen beim erwachsenen Menschen und bei ausgebildeten Säugern (Pferd, Hund, Katze, Kaninchen) an den genannten Spitzenfortsätzen der Pyramidenzellen keine dornartigen Anhänge oder varikösen Auftreibungen vor (Fig. 730), wohl aber bei jungen Geschöpfen (Fig. 727 von einer jungen Katze und die Fig. 358 von Azoulay), womit das Verhalten der Purkinjeschen Zellen stimmt (meine Fig. 533 von einer neugeborenen Katze und die Abbildungen von Retzius und S. Ramón) und betrachte ich demnach die Varikositäten als Entwickelungsstadien, während die Dornen wohl in der Mehrzahl der Fälle als Kunstprodukte anzusehen sind.

Und auf S. 755 fügte ich noch bei, dass an den Dendriten der Körnerzellen des Ammonshornes S. Ramón und Schaffer einen reichlichen Besatz von Spitzen beschreiben, von dem an den Abbildungen von Golgi und Sala nichts zu sehen ist, ebensowenig wie an meinen zahlreichen eigenen Präparaten. Ausserdem wird hier noch auf eine Arbeit von Semi Meyer (Arch. f. mikr. Anat. Bd. 46, S. 282, Taf. X) aufmerksam gemacht, in der nachgewiesen wird, dass bei Färbungen der Nervenzellen in Methylenblau die Dendriten immer glatt sind.

Indem ich die Frage nach der Bedeutung des Spitzenbesatzes oder kurz gesagt, der Dornen der Dendriten weiter erörtere, bemerke ich in erster Linie, dass, wie A. Schaper zuerst hervorhob, Owsjannikow zuerst, bereits im Jahre 1864, dieses Verhalten beschrieben hat, indem er, Bullet. d. l'Acad. de St. Péter-bourg, VII, p. 158, wörtlich sagt: „Die Fortsätze der Purkinjeschen Zellen sind dicht mit kurzen feinen Härchen besetzt, die nach der Peripherie zu etwas länger werden". In neuester Zeit hat besonders Ramón über diesen Spitzenbesatz sich geäussert (siehe: 1. Rivista trimestrial micrografica Nr. 2, 3, 1896; 2. Ebenda Nr. 4 und 3. El sistema nervioso Fasc. 1, 1897 p. 54). Er betrachtet dieselben als regelrechte Bildungen und führt als Beweise folgende an: 1. Die Dornen zeigen sich sowohl nach der Methode von Golgi, wie nach der von Cox. 2. Sie finden sich immer in denselben Gegenden der Dendriten und fehlen konstant an bestimmten Stellen, wie am Axon, am Zellenkörper und den dicken Stämmen der Dendriten. 3. Mit starken Objektiven untersucht, zeigen sie nicht das Aussehen von Krystallen oder von unregelmässigen Ablagerungen, sondern erscheinen wie feine einfache oder verästelte Fäden, die ohne Trennungslinie von der Substanz der Dendriten ausgehen; 4. endlich färben sich dieselben, entgegen den Behauptungen von Semi Meyer, auch in Methylenblau, wenn auch nicht so gut wie nach Golgi. Die Färbungen mit diesem Stoffe seien so beweisend, meint Ramón, dass ein Zweifel an dem natürlichen Vorkommen derselben nicht mehr möglich sei.

Mit Hinsicht auf die Bedeutung der Dornen sagt Ramón dieselbe sei unbekannt. Möglicherweise helfen dieselben die Ernährungssäfte zu den Dendriten leiten, oder es stellen dieselben Orte für die Abgabe oder Aufnahme nervöser Leitungen dar, wie Berkley annehme. Letztere Hypothese erscheint Ramón besser, weil dieselbe mit einer von ihm früher geäusserten Vermutung übereinkomme, derzufolge die fraglichen Dornen eine Vergrösserung der Reize aufnehmenden Oberfläche der Dendriten bewirken. Ausserdem haben die Dornen auch noch in der Beziehung eine grosse Bedeutung, meint Ramón, weil sie einen vollgültigen Beweis für das Vorkommen von freien Enden an Dendriten liefern.

Ein anderes Verhalten, das Ramón noch erwähnt, ist das oben schon von mir besprochene Vorkommen von Varikositäten an den Dendriten, das auch an Axonen sich finden kann und schliesst er sich

mit Bezug auf diese Bildungen, die einige Autoren, wie Dogiel und
Renaut, für natürliche halten, ganz an mich an, der ich dieselben für
Kunstprodukte erklärte.

Die Lehre von den Dornen und Varikositäten der Dendriten
gewinnt, wie schon oben angedeutet wurde, eine erhöhte Bedeutung
dadurch, dass in den letzten Jahren diesen Gebilden von der Seite der
Physiologie und Pathologie eine besondere Aufmerksamkeit gewidmet
wurde. Da hier nicht der Ort ist, ausführlich auf diese Verhältnisse
einzugehen, so will ich nur kurz über das Wesentlichste berichten.
Auf der einen Seite stehen Beobachter, die annehmen, dass durch Gifte,
Narkotica, elektrische Reize, Kälte und Thätigkeit die Dendriten der Pyramidenzellen ihre Dornen verlieren und varikös werden (Demoor,
Mlle. Stefanowska, Querton, Manouélian), welcher Zustand der
Ruhe oder der Aufhebung der Thätigkeit der Zellen entspreche. Andere
Beobachter wie Ramón fanden überhaupt keine Änderungen der Dendriten unter verschiedenen Verhältnissen oder wenigstens keine solchen
an den Dornen derselben, wie Azoulay. Die zuverlässigsten Versuche
von Lugaro mit verschiedenen Einwirkungen auf das Gehirn lebender
Tiere haben folgendes ergeben (Rivista di patologia nervosa e mentale
Vol. III fasc. 8, 1898, S. 51): 1. Keine wesentlichen Veränderungen
der Zellenkörper und der gröberen Verästelung der Dendriten, 2. Anwesenheit von nackten und varikösen Dendriten in sehr spärlicher Zahl
bei zwei Hunden nach Injektion von Coxscher Flüssigkeit und bei
dreien durch Morphium behandelten, 3. Armut oder gänzlicher Mangel
von Dornen bei im wachen Zustande getöteten Tieren, 4. Anwesenheit
von leichten, von Dornen besetzten Varikositäten bei denselben Tieren,
vor allem aber bei den morphinisierten, 5. fast gänzlicher Mangel von
Varikositäten und reicher Dornenbesatz bei durch Chloroform, Äther,
Chloral narkotisierten Tieren.

Mit Bezug auf die Litteratur dieser Frage auf die vorhin citierte
Arbeit von Lugaro verweisend, will ich nun noch meine Ansicht über
die Dornen der Dendriten hier auseinandersetzen, namentlich mit Rücksicht auf die abweichenden Annahmen von Ramón. Ich halte dieselben für Kunstprodukte aus folgenden Gründen:

1. Untersucht man frische, in Jodserum, in sehr verdünnter Chromsäure, in chromsaurem Kali durch Maceration isolierte Nervenzellen, so
erscheinen die Dendriten bis in die feinsten Ästchen hinein vollkommen
glatt, wie ich dieselben schon vor Jahren von den Pyramidenzellen,
den Purkinjeschen Zellen, den motorischen Zellen des Rückenmarkes nachgewiesen habe. Ähnliche Beobachtungen haben auch andere
Forscher gemacht und citiere ich hier nur die klassische Abbildung von
Max Schultze Fig. 28 in Strickers Sammelwerk, die Abbildungen
von Deiters, von Ranvier (Arch. d. Physiol. 1883, Pl. 4, Fig. 4),
Vignal (Développ. du syst. nerveux 1889). Ich habe in neuester
Zeit solche Beobachtungen an Pyramiden- und Purkinjeschen Zellen
wiederholt und immer die Abwesenheit der Dornen an den Enden der
Dendriten zu bestätigen vermocht. Gute Resultate geben auch Schnitte
und Zerzupfungspräparate von durch Karmin gefärbten Präparaten des

Kleinhirns und aus dünnen Chromsäurelösungen isolierte multipolare Zellen des Rückenmarks, deren Dendriten nie auch nur eine Spur von Exkrescenzen zeigen, obschon solche an Golgischen Präparaten so häufig und deutlich sind.

2. Zweitens ist das Vorkommen, die Menge und Grösse der Spitzen und auch das Aussehen des Dendritenbesatzes auch an Golgipräparaten ungemein wechselnd. An den Purkinjeschen Zellen findet man alle Übergänge von ganz glatten Dendritenfortsätzen zu solchen mit kleinen und grösseren Knötchen, die dann einerseits zu regelrechten Spitzen, anderseits zu ganz unregelmässigen knolligen Belegungen führen, wie solche an jungen embryonalen Purkinjeschen Zellen nach den Darstellungen von Ramón, Retzius und mir immer zu finden sind. Sehr häufig findet man auch anstatt Spitzen Varikositäten, wie solche an Pyramidenzellen von Retzius und mir abgebildet wurden und an den grossen Zellen des Ammonshornes durch Ramón an Methylenblaupräparaten gesehen wurden. Von diesem Farbstoffe giebt übrigens Ramón an, dass die Angabe von Semi Meyer nicht richtig sei, dass in diesem Reagens die Dendriten ausnahmslos glatt seien und bildet eine Zelle ab, die wenigstens teilweise Spitzendendriten hatte.

3. Ist zu erwähnen, dass auch andere als Nervenzellen unter gewissen Verhältnissen glatte Ausläufer, unter anderen Spitzenbesatz oder einen Knötchenbelag zeigen. Am auffallendsten ist dies an den Gliazellen der Molekulärlage des Cerebellum, deren Ausläufer an Golgipräparaten oft täuschend den spitzenbesetzten Dendriten der Purkinjeschen Zellen gleichen, andere Male vollkommen glatt sind.

4. Erscheint mir als ein Hauptpunkt die eben von mir gemachte Beobachtung, dass an Golgipräparaten auch Axonen oft eine höckerige Oberfläche und wie Knötchenbelag zeigen. Am schönsten sah ich diesen Belag an den Achsencylindern der Korbzellen des Cerebellum des Menschen, vor allem an den stärksten Ausläufern derselben, die die Körbe selbst bilden, in Form von unregelmässigen rundlichen oder spitzen Anhängseln, die oft wie einen wellenförmig verlaufenden Belag bildeten. Ebenso oft waren aber auch an denselben Präparaten diese Axonen bis in die letzten Enden vollkommen glatt.

Ein zweites Objekt der Art stellen die Neuraxonen der Purkinjeschen Zellen dar, an denen namentlich die rückläufigen Collateralen oft deutlich knotig aussahen, ohne varikös zu sein. Ferner sah ich auch oft die Zellenkörper dieser Elemente wie mit staubähnlichen Partikelchen oder kleinen Spitzchen besetzt.

Weiter boten die Axonen der kleinen Körnerzellen in gewissen Fällen in der Molekularlage ein sehr bemerkenswertes Bild. Statt wie gewöhnlich glatt zu sein und gerade zu verlaufen, zeigten sich dieselben in dem Cerebellum eines Beuteltieres, der Phalangista vulpina, in ihrem ganzen Verlaufe wie mit runden Knötchen besetzt oder aus solchen bestehend.

Fasse ich alle die erwähnten Thatsachen zusammen, so geht aus denselben mit Sicherheit hervor, dass die Auflagerungen aller Art auf

Dendriten und Axonen Kunstprodukte sind und keinerlei Bedeutung
beanspruchen können. Es fallen somit auch alle auf dieselben basierten
Hypothesen in nichts zusammen und würden die betreffenden Experimentatoren besser thun, sich bei ihren Beobachtungen auf das Verhalten der Nervenzellenkörper und des Baues ihrer Fortsätze zu
beschränken.

6. Entwickelung der Nervenfasern.

In dieser Beziehung habe ich mich sehr entschieden gegen die Lehren
von Beard und gegen die früheren Annahmen von Dohrn erhoben
und glaube unanfechtbar nachgewiesen zu haben, dass die Nervenfasern
alle ohne Ausnahme aus den Nervenzellen hervorsprossen und nicht
durch eine Vereinigung vieler Zellen sich bilden. Einzig und allein
die Scheiden der peripheren Nervenzellen und diejenigen der peripheren
stärkeren markhaltigen und marklosen Fasern bauen sich aus besonderen Zellen auf, die die sogenannten Schwann schen Scheiden bilden.
Was für die normale Bildung von Nervenfasern gilt, besteht auch für
die pathologischen Bildungen zu Recht. Auch diese wachsen nach
Durchschneidungen von den centralen Achsencylindern aus, ohne Beteiligung von Zellen, wie namentlich auch neueren Autoren gegenüber
bestimmt hervorgehoben werden muss, nach der Peripherie und bilden
ihre Schwann schen Scheiden aus der umliegenden Bindesubstanz.

7. Sind die Neurodendren oder Neuren[1]) als anatomisch selb-ständige, für sich bestehende isolierte Bildungen zu betrachten?

Ich muss gestehen, dass ich im Gegensatze zu einer Reihe neuerer
Autoren vorläufig keinen Grund habe, von der durch Forel, His,
Ramón y Cajal und mich aufgestellten Hypothese, dass die Neurodendren nur durch Kontakt und nicht durch Verschmelzung aufeinander
wirken, abzugehen. Helds schöne Beobachtungen scheinen mir eher
in meinem Sinne zu sprechen und was die Schilderungen von Apáthy
betrifft, so sind dieselben vorläufig so unbestimmt, dass kein Mensch
sich einen Reim auf dieselben machen kann. Bethe, der auch als
Gegner der Kontakttheorie genannt wird, hat sich nirgends bestimmt
für Anastomosen von Neuren ausgesprochen. (Siehe auch die oben
citierte Arbeit von v. Lenhossék.) Gar nicht zu zählen endlich sind in
dieser Streitfrage Forscher, die, wie der sonst so verdiente Nissl, ohne
irgend Thatsachen zu bringen, nur aus hypothetischen Gründen die
Selbständigkeit der Nerveneinheiten bezweifeln (Münchner med. Wochen-
schrift 1898, Nr. 31—33).

---

[1] Diese Bezeichnung von Rauber verdient, wenn man das Wort Neurodendren zu lang findet, den Vorzug vor dem Waldeyerschen Neuron,
das, wie ich schon in Nr. 7 S. 2 bemerkte, einen Sammelpunkt vieler Neuren
oder Nerven bedeutet.

B. Anatomie.

Versteht man unter Anatomie nur die gröbere menschliche Anatomie, so ergiebt sich die eigentümliche Thatsache, dass ich, der ich so lange Jahre Lehrer der Anatomie war, nur eine einzige etwas grössere solche Arbeit veröffentlichte. Das erklärt sich nun wohl einfach dadurch, dass meine wissenschaftliche Thätigkeit in eine Zeit fiel, in der die mikroskopische Anatomie und Entwickelungsgeschichte in der Kindheit waren und daher alle Forscher, die die hohe Bedeutung dieser beiden grundlegenden Disziplinen erkannten, sich denselben zuwandten. Zugleich trat auch die vergleichende Anatomie im Zusammenhange mit den Lehren Darwins mehr in den Vordergrund und so wird es begreiflich, dass eine grosse Zahl von menschlichen und vergleichenden Anatomen von Joh. Müller, Valentin, Bischoff, Max Schultze, E. Brücke, Remak an bis auf His, v. Kupffer, Lieberkühn, v. Ebner, Flemming, Froriep, Wiedersheim, La Valette, Rabl der gröberen Anatomie zum Teil sich fern hielten, zum Teil, wie Henle, Gegenbaur, Schwalbe, Waldeyer, Toldt, Merkel, C. Hasse erst in späteren Jahren derselben sich zuwandten.

So ging es auch mir, obschon ich der deskriptiven Anatomie in meinen Vorträgen, namentlich auch über topographische Anatomie und im Präpariersaale stets das lebhafteste Interesse zuwandte. Einmal trug ich mich mit dem Gedanken eine Anatomie des reifen Fötus und des Neugeborenen zu bearbeiten und verwirklichte auch diesen Gedanken in nuce in der zweiten Auflage meines Handbuches der Entwickelungsgeschichte. Weiter kam ich aber nicht und ist alles, was ich nach dieser Seite aufzuweisen habe, folgendes:

109. Über die Lage der inneren weiblichen Geschlechtsorgane in Beiträge zur Anatomie und Embryologie. J. Henle als Festgabe zum 4. April 1882 dargebracht von seinen Schülern, 36 S., 3 Tafeln.

Anschliessend an die Untersuchung der Lage der inneren Geschlechtsorgane bei einer 17jährigen Ertrunkenen, Christine Ehrmann, wurden diese Lageverhältnisse geprüft bei vier Kindern aus den ersten Jahren, bei sechs Mädchen von 10, 16, 16, 16, 18 und 16 Jahren und bei einer Zahl von Individuen aus dem 3. Decennium und noch älteren.

Indem ich alles Beobachtete und sonst Bekannte zusammenfasste, stellte ich folgende Sätze auf:

1. Der Uterus und die Vagina entwickeln sich im Genitalstrange in innigem Anschlusse an die Blase und Urethra, ohne alle näheren Beziehungen zum Mastdarme und folgen in der Krümmung ihrer Achsen von Anfang an den Harnorganen, so jedoch, dass die Achse des Uterus in keiner Weise geknickt genannt werden kann. Man vergleiche die von mir in beiden Auflagen meiner Entwickelungsgeschichte gegebenen Abbildungen dieser Teile von Embryonen von 3, 4 und 6 Monaten.

2. Ein meist sehr geringer Grad von Anteflexion kann gegen das Ende der Embryonalperiode und bei Kindern der ersten Jahre sich entwickeln und hängt dieselbe mit dem Baue des Uterus (Dicke des Cervix, Dünne des Körpers) zusammen. Begünstigt wird diese Anteflexion dadurch, dass der Grund des Uterus, der durch die straffen Lig. rotunda gehalten wird, bei dem Drucke des von oben auf ihm lastenden S romanum nicht nach hinten ausweichen kann.

3. Viele Gebärmütter des angegebenen Alters sind gerade oder zeigen höchstens eine schwach S-förmig gebogene Höhle, deren oberer Teil nach vorn konkav ist.

4. Die sub 2 genannten leichten Anteflexionen können bis zur Pubertätszeit sich erhalten.

5. Der Uterus von geschlechtlich entwickelten Individuen, die nicht geboren haben, ist, wenn seine Wandungen eine normale Beschaffenheit und Dicke haben, weder bleibend noch vorübergehend in stärkerer Weise anteflektiert, sondern gerade und steht in der Regel in der Achse des kleinen Beckens, ändert jedoch seine Lage mit der Füllung und Entleerung von Mastdarm und Blase innerhalb gewisser mässiger Grenzen.

6. Bei jüngeren Individuen, die nicht geboren haben, kommen Anteversionen des Organes vor (Fig. 1), die davon abhängig zu sein scheinen, dass die Blase bei ihrer Zusammenziehung, ohne Änderung ihrer Stellung hinter der Symphyse, von hinten nach vorn sich abplattet, wobei der Uterus, durch die Lig. rotunda mitgezogen oder festgehalten der Blase folgt.

7. Diese Verhältnisse ändern sich nach stattgehabten Geburten, wenn auch nicht notwendig, doch häufig und kommen dann mit anderen Formen der Zusammenziehung der Blase und mit Erschlaffung der Uterusbänder auch andere Stellungen des Uterus vor, wie starke Anteversionen und Retroversionen, die bei jüngeren Individuen, die nicht geboren haben, nie getroffen werden, wenn Form und Festigkeit des Uterus die normalen sind und die ich nicht als typische ansehe. Auch geringe Grade von Anteflexionen sind nach Geburten häufig (Credé), stärkere Knickungen dagegen betrachte ich als nicht normal.

8. Die Excavatio vesico-uterina ist von Hause aus eine enge Spalte und enthält nur dann Dünndarmschlingen, wenn der Uterus ausnahmsweise in Retroversion tritt. Dagegen ist die Excavatio recto-uterina schon beim Embryo weiter, und kann selbst bei Neugeborenen Darmschlingen enthalten. Bei Erwachsenen ist dies bei stärkeren Anteversionen ohne Ausnahme der Fall und auch sonst nicht selten.

Was das Ovarium anlangt, so ergeben meine Erfahrungen über dasselbe folgendes: Das Ovarium liegt normal an der Seitenwand des kleinen Beckens in sagittaler Stellung, mit der Längsachse schief, ungefähr parallel der Ebene des Beckeneinganges, mit dem freien Rande nach oben und vorn[1]) und mit der freien Fläche medianwärts, während der Eileiter vor dem Ovarium und um das freie Ende desselben herumverläuft und das Lig. infundibulo-pelvicum vor dem Harnleiter vom Seitenteile des Beckeneinganges ausgeht. Und in der That zeigen auch viele Ovarien von Kindern und Erwachsenen diese Stellung. Auf der andern Seite ist aber auch sicher, dass sehr häufig Abweichungen dieser Lage vorkommen, die für abnorme zu halten kein triftiger Grund vorliegt. Zu diesen zähle ich die bei der ertrunkenen Ehrmann gefundene Lage, bei der ein sagittal und schief gestellter Eierstock mit dem freien Rande nach unten und mit der tubären Fläche medianwärts stand, während der Eileiter oberhalb des Organes verlief. Von dieser Lage, die, wie oben angegeben wurde, auch noch in anderen Leichen junger Individuen sich vorfand, unterscheide ich die Fälle, in denen, bei gleicher Stellung der Ovarien, die Tuben mit ihrem Gekröse oder der Ala vespertilionis über dieselben herabhängen, so dass die Eierstöcke mehr weniger ganz bedeckt werden, die laterale Fläche der Fledermausflügel zur medialen wird und die Ampullen neben dem Mastdarme in das Cavum Douglasii herabhängen. Eine solche Lagerung sah ich, wie oben berichtet wurde, bei zwei Mädchen von 6 Wochen und 1 1/2 Jahren und findet sich dieselbe auch nicht selten bei Erwachsenen, namentlich solchen, die geboren haben. In allen solchen Fällen werden die Eileiter und ihr Gekröse sehr schlaff gefunden, ohne jegliche Turgescenz, ganz verschieden von dem Verhalten bei der ertrunkenen Ehrmann. Aus diesem Grunde halte ich diese Lage für keine naturgemässe, wenn sie auch möglicherweise bereits im Leben annähernd in gleicher Weise vorkommt.

Dreimal nur habe ich bis anhin eine annähernd senkrechte Lage der Eierstöcke gesehen, und zwar lag in zwei Fällen der freie Rand ventralwärts (s. Fig. 5c), in dem andern so, wie His es beschreibt, dorsalwärts. Für häufiger oder gar typisch kann ich diese selten vorkommende Stellung nicht halten, ebensowenig wie die anderweitig noch beschriebenen Lagerungen dieser Organe in frontalen oder diagonalen Ebenen und bemerke ich nur noch, dass höhere Grade asymmetrischer Stellung der Beckeneingeweide, vor allem des Uterus, wie auch B. Schultze (11, S. 21 f.) und His (17) betonen, dann das Verhalten des S romanum und von Dünndarmschlingen, vor allem bei Kindern, aber auch bei Erwachsenen, einen grossen Einfluss auf die Lage auch der Ovarien

---

[1]) Indem ich in einer vorläufigen Mitteilung in den Würzburger Verhandlungen den freien Stand des Eierstockes als nach oben (resp. nach unten) gerichtet bezeichnete, habe ich zu der Meinung Veranlassung gegeben (His 17), als ob ich glaubte, der Eierstock liege mit seiner Längsachse horizontal. Meine Hauptabsicht ging in dieser Mitteilung dahin, im Gegensatze zu den älteren Annahmen und der neueren von Hasse zu zeigen, dass das Ovarium mit seiner Längsachse und seinen Flächen in sagittalen Ebenen steht.

und Tuben haben und selbst die Form der Eierstöcke eigentümlich umzugestalten imstande sind, so dass wenigstens bei Embryonen und Kindern nur selten beide Ovarien gut und gleich geformt gefunden werden. Einen Einfluss auf die Stellung der Ovarien haben natürlich auch aussergewöhnliche Lagerungen des Uterus (siehe S. 22) und will ich hier nur noch hervorheben, dass auch ich, wie Claudius, bei starken Retroversionen die Ovarien mit frontal gerichteten Flächen und quer stehender Längsachse dem Pyriformis anliegen sah. Auf der anderen Seite möchte ich glauben, dass die gewöhnlichen Schwankungen eines regelrecht gelagerten Uterus die Eierstöcke wenig beeinflussen, ebenso wie auch die verschiedenen Stellungen des Körpers.

In Betreff des Corpus luteum führe ich noch folgendes an. Bei der 17jährigen Christine Ehrmann, die oben angeführt wurde, war der Uterus im Zustande der Menstruation und fand sich im rechten Eierstocke ein Corpus luteum von 1,3 cm Grösse mit deutlich gelber, 1 mm dicker Rindenschicht und grau-weisser Mitte ohne Blut im Innern, ein Gebilde, das an dasjenige einer Gravida aus der ersten oder zweiten Woche erinnerte. An Gravidität war aber nicht zu denken, ja nicht einmal an ein befruchtetes Ei im Eileiter, denn in einem solchen Falle hätte die Mucosa Uteri ganz anders ausgesehen, auch wären dann wohl Samenfäden im Eileiter vorhanden gewesen, die sich nicht auffinden liessen. Somit bleibt nichts anderes übrig, als anzunehmen, dass ein Corpus luteum am Ende der Menstruation eine solche Entwickelung annehmen kann, dass es einem Corpus luteum verum gleicht.

Wie lange Corpora lutea menstrualia im Eierstocke sich erhalten, ist unbekannt. Doch erinnere ich daran, dass ich vor Jahren im Ovarium eines jungen, plötzlich verstorbenen Weibes 14 Tage nach den Menses ein welkes Corpus luteum von 6,6 mm mit dünner, braun-gelber Rinde und bluthaltiger Mitte vorfand (Mikr. Anat. II, 2. S. 438); es war mir daher von Interesse, dass bei der Ehrmann im rechten Ovarium auch zwei alte Corpora lutea sich vorfanden. Beide lagen dicht an der Oberfläche am freien Rande und am tubaren Ende des Organes. Das eine war 5 mm hoch und 2 mm dick, das andere nur von 3 mm Höhe und 1 mm Dicke, beide deutlich gelb mit grau-weissem Centrum. Da an frühere Schwangerschaften in diesem Falle nicht zu denken ist, wie vor allem die geringe Entwickelung der Drüsenelemente der Brustdrüse beweist, an denen keine Drüsenbläschen ausgebildet waren, so haben wir es somit mit gelben Körpern zu thun, die von vorhergehenden Perioden herrühren. Andere solche Gebilde zeigte weder der rechte noch der linke Eierstock, dagegen enthielten beide viele und grössere Follikel und nehme ich diese Gelegenheit wahr, um wiederholt zu betonen, dass die Eierstöcke von Individuen aus der Blüteperiode in der Regel eine grössere Zahl von grossen, d. h. von blossem Auge sichtbarer Follikel, oft 50—100 und mehr in einem Eierstocke, enthalten.

110. Die Aufgaben der anatomischen Institute. Eine Rede, gehalten bei der Eröffnung der neuen Anatomie in Würzburg am 3. Nov. 1883 in Verh. der phys.-med. Gesellsch. in Würzburg Nr. 7, Bd. XVIII, 20 Seiten.

In dieser Rede wird vor allem genau festzustellen versucht, was Anatomie sei und wie dieselbe zu verwandten Disciplinen sich verhalte. In dieser Beziehung stelle ich folgendes auf (S. 13):

Die Formteile der Organismen, mögen dieselben nun sogenannte Elementarteile oder Organe sein, lassen sich von einem doppelten Gesichtspunkte aus besprechen. Einmal als Formteile an und für sich, wie sie auch im nicht lebenden, aber noch unveränderten Organismus sich finden und zweitens mit Rücksicht auf die Lebensvorgänge, die bei ihrer Entstehung stattfanden. Die erste Betrachtungsweise war jahrhundertelang die einzig geübte und verdiente die damalige Anatomie in keiner Weise den Namen einer Wissenschaft. Erst von der Mitte des vorigen Jahrhunderts an begann man die Formteile als lebende ins Auge zu fassen, ihre Entwickelung und Bildung zu erforschen und den Versuch zu machen, Gesetze für dieselben aufzustellen, mit anderen Worten die Anatomie wissenschaftlich zu begründen.

Wie unterscheidet sich nun eine solche wissenschaftliche Anatomie von dem, was man Physiologie zu nennen gewohnt ist? Unserer Meinung nach kann man die erstere definieren als die Lehre von den Formen und den Lebenserscheinungen, die bei der Formbildung und Gestaltung der Organismen stattfinden und die Physiologie als die Wissenschaft von den Funktionen der gebildeten Formteile, mögen dieselben ganz entwickelte sein oder nicht. So gehört die Lehre von der Entstehung und Vermehrung der Zellen, sowie von der Bildung der höheren Elementarteile, ferner die Darlegung der ersten Entstehung des Embryo bis zur Vollendung aller Organe, endlich der Nachweis von der Entstehung und Umbildung der Organismen in einander oder die Descendenzlehre in die wissenschaftliche Anatomie. Die Physiologie dagegen beschäftigt sich mit den Bewegungserscheinungen gröberer oder feinerer Art, die gebildete Elementarteile, wie Zellen, Wimperhaare, Samenfäden, Muskelfasern, Nervenzellen und -fasern zeigen, sowie mit den Funktionen der Organe des Embryo und des Erwachsenen, als da sind: Ernährung, Stoffwechsel, Atmung, Kreislauf, Absonderungen.

Hier ist nun übrigens noch etwas Besonderes zu beachten. Einmal dass die Gestaltung des Organismus und seiner Teile nicht nur direkt vom Wachstume, der Vermehrung und Umgestaltung seiner Formteile abhängt, sondern dass auch manche, an und für sich nicht formative Funktionen einen Einfluss auf dieselbe haben und zweitens dass bei der formbildenden Thätigkeit der Elementarteile Funktionen mit im Spiele sind, die auch den fertigen Teilen zukommen. In diese Kategorie gehören der Stoffwechsel und die Bewegungserscheinungen bei sich vermehrenden und wachsenden Elementarteilen; und was das erste anlangt, so giebt es viele Beispiele von Funktionen fertiger Teile, die gestaltend wirken. So beeinflusst die Thätigkeit der Muskeln durch Zug und Druck die Gestaltung der Knochen und der Gelenke, die Herzthätigkeit die Dicke der Gefässwandungen, die Atmungsvorgänge die Grösse der Lungen und die Gestalt des Thorax u. s. w. Alle diese und viele andere mit

physiologischen Vorgängen verbundenen bleibenden Gestaltungen
gehören ebenfalls in das Gebiet der wissenschaftlichen Anatomie.

Wir fassen noch einmal zusammen. Es giebt eine Lehre von den
Formen an und für sich, die auf die Lebensvorgänge keine Rücksicht nimmt,
und nur die Bedeutung einer Hilfswissenschaft hat und das ist die
systematische Anatomie. Im Gegensatze zu dieser Disciplin fasst
die wissenschaftliche Anatomie, die auch die vergleichende
oder philosophische genannt wird, nur die lebenden Teile ins Auge und
sucht deren Entstehung und Umbildung gesetzmässig zu begreifen. Diese
Anatomie, die das Endziel eines jeden Morphologen sein sollte, bildet mit
der Physiologie, die sich mit den Verrichtungen der Formteile befasst,
insoweit dieselben auf die Gestaltung keinen direkten Einfluss haben,
die Gesamtwissenschaft der Biologie oder die Lehre von den gesamten
Lebensvorgängen der Organismen. Die Zoochemie giebt wie die systematische Anatomie nur Material, dagegen ist die physiologische
Chemie ein Teil der Gesamtbiologie.

C. Physiologie.

Auch in diesem Gebiete habe ich keine umfassenden litterarischen Leistungen aufzuweisen und sind die zusammenhängend-
sten derselben Versuche mit verschiedenen Giften, die ich in
erster Linie folgen lasse.

Untersuchungen über Gifte.

111. Physiologische Untersuchungen über die Wirkung
einiger Gifte in Virchows Archiv, Bd. XI, 1856, S. 3—77,
S. 235—296; auch in Comptes rendus XLIII, 1856, ps. 791
bis 798; Proc. Royal Society VIII, 1856/57, S. 201—205.

112. Pelikan und Koelliker. Untersuchungen über die
Einwirkung einiger Gifte auf die Leistungsfähigkeit
der Muskeln in Würzb. Verh. Bd. IX, 1859, S. 66—107.

113. a) Über die Wirkung von Wassereinspritzungen bei
Fröschen auf die Muskelreizbarkeit.

b) Über die Einwirkung starker Dosen von Strychnin
auf die Reizbarkeit der peripherischen Nervenstämme.

c) Über die lokale Einwirkung des Strychnins auf
das Rückenmark in Würzb. Sitzungsber. Bd. IX, 1859,
S. XV—XVIII.

114. Koelliker und Pelikan. Physiologisch-toxikologische
Untersuchungen über die Wirkung des alkoholischen
Extraktes der Tanghinia venenifera in d. Würzb. Verh.
Bd. IX, 1859, S. 33—43; im Auszuge in d. Sitzungsber. Bd. IX,
S. XXVI—XXVIII; auch in Proc. of the Royal Society IX,
1857/59, S. 173—176.

115. Einige Bemerkungen über die Wirkung des Upas antiar in d. Würzb. Verh. Bd. VIII, S. 284—288; auch in den Proc. of the Royal Society IX, 1857.

116. Einige Bemerkungen zur Geschichte der physiologischen Untersuchungen über das Urari in d. Würzb. Sitzungsber. Bd. IX, 1859, S. X—XII.

117. Über die Einwirkung von Salzen auf mit Coniin und Urari vergiftete Muskeln in Würzb. Sitzungsber. Bd. IX, 1859, S. LV—LVI.

118. Zehn neue Versuche mit Urari in Zeitschr. f. wiss. Zool. IX, 1858, S. 434—438.

Die Abhandlung Nr. 111 enthält eine grosse Zahl Versuche mit Curare, Coniin, Strychnin, Opium, Nikotin, Veratrin, Blausäure, mit Bezug auf deren Einzelheiten ich auf das Original verweise, wogegen ich die aus denselben abzuleitenden allgemeinen Folgerungen wörtlich hier anführe:

I. Was die Muskeln anlangt, so scheinen mir vor allem die Thatsachen Berücksichtigung zu verdienen, welche sich auf die Frage von der Irritabiliät derselben beziehen. Es sind folgende:

1. Es giebt Gifte (Urari, wahrscheinlich auch Coniin), welche, obschon sie die Nerven innerhalb der Muskeln selbst lähmen, doch die Reizbarkeit der Muskeln nicht im geringsten antasten, ja dieselbe eher noch länger erhalten als sonst.

2. Auf der andern Seite kommen aber auch Substanzen vor (Veratrin, wahrscheinlich auch Extractum Hellebori nigri), die keinerlei Wirkung auf die Nerven äussern, dagegen die Muskeln töten.

3. Endlich giebt es auch Gifte, welche auf Muskeln und Nerven zugleich lähmend einwirken, wie die Blausäure und ihre Präparate.

4. Muskeln, deren Nerven durch Urari getötet sind, zeigen bei lokalen Reizen sehr häufig nur lokale und zwar mehr tetanische Kontraktionen.

5. Muskeln, welche durch starke tetanische Kontraktionen nach Opium und Strychnin oder elektrischer Reizung, übermässig angestrengt wurden, sind weniger reizbar und verlieren ihre Reizbarkeit rascher als andere Muskeln.

Es wird nun sicherlich jeder, der die unter 1, 2 und 4 aufgestellten Sätze überlegt, zugeben, dass dieselben sehr zu Gunsten der Annahme einer besonderen Irritabilität der Muskeln sprechen, und würde ich auch unbedingt in dieser Weise mich äussern, wenn der erste und zweite Satz gegen alle und jede Bedenken vollkommen gesichert wären. Dies ist jedoch, wie oben schon angeführt wurde, nicht der Fall, und sind daher auch diese Sätze nicht ganz imstande, die von Eckhard gegen die Muskelirritabilität angeführten Thatsachen zu entkräften. Nichtsdestoweniger will es mir scheinen, als ob sie vollkommen hinreichen, um denselben das Gegengewicht zu halten, indem einerseits die Einwürfe, die man gegen meine Auffassung der Wirkung des Pfeilgiftes und des Veratrins allenfalls noch machen kann, sehr wenig für sich

haben, anderseits auch die Eckhardschen Thatsachen eine mehrfache
Deutung zulassen.

Was das erste betrifft, so wurde dieser Gegenstand oben schon
hinreichend besprochen, und will ich daher hier nur noch das Eckhardsche Experiment kurz erwähnen. Eckhard hat bekanntlich
gefunden, dass, wenn man einen konstanten elektrischen Strom aufsteigend durch einen Muskelnerven sendet, der Muskel selbst durch
einen schwächeren Strom nicht in Zuckung gerät, welche jedoch sogleich
erscheint, wenn man die erste lähmende Kette öffnet. Eckhard deutet
diesen Versuch in der Art, dass er annimmt, der lähmende Strom mache
alle Muskelnerven bis in die feinsten Verzweigungen unwirksam, während
er auf die Muskelfasern nicht einwirke, und kommt in dieser Weise
folgerichtig zu dem Schlusse, dass die Kontraktion quergestreifter Muskeln
nur von den Nerven abhänge. Gegen diese Auffassung lässt sich,
insofern dieselbe die Lähmung der Nerven betrifft, nichts einwenden,
dagegen hat meiner Meinung nach Eckhard nicht bewiesen, dass der
lähmende Strom nicht auch auf die Muskelfasern selbst einwirke und
in denselben Veränderungen erzeuge, die sie momentan zur Kontraktion
unfähig machen. Wenn auch der Multiplikator an einem solchen
Muskel keine Veränderung nachweisen sollte, so ist damit doch sicherlich
noch nicht bewiesen, dass derselbe gegen den lähmenden Strom vollkommen passiv sich verhält, und will es mir wenigstens als sehr
unwahrscheinlich vorkommen, dass bei dem innigen Zusammenhange
zwischen der Thätigkeit der motorischen Nervenfasern und der Muskeln
eine energische molekuläre Veränderung aller motorischen Nervenfäden
bis in ihre letzten Enden vorkommen könne, ohne dass auch die Muskeln
an derselben irgendwie Anteil nehmen. Wird diese Möglichkeit zugegeben, so verliert der Eckhardsche Versuch, so interessant er ist,
seine volle Beweiskraft in dieser Frage und treten die von mir zu
Gunsten der Muskelirritabilität geltend gemachten Thatsachen noch mehr
hervor. Zur Verstärkung derselben erlaube ich mir noch beizufügen,
erstens, dass das Vorkommen einfacher Elementarteile, die ohne Vermittelung von Nerven sich zusammenziehen, feststeht (Wimperhaare,
Samenfäden, kontraktile Teile der niedersten Tiere), und zweitens, dass
auch für die glatten Muskeln das Vermögen direkt auf Reize zu reagieren
keinem Zweifel unterliegt, weshalb es denn schon a priori sehr wahrscheinlich ist, dass auch bei den quergestreiften Muskeln die Nerventhätigkeit nicht das einzige Agens ist, welches dieselben zur Zusammenziehung bringt.

Auch über die Totenstarre zweitens ergeben meine Versuche
einiges Neue und zwar folgendes:

1. Der Eintritt der Totenstarre ist ganz unabhängig von dem Zustande der Nerven in den Muskeln und verfallen, wie die Vergiftungen
mit Curari lehren, Muskeln mit gelähmten Nerven eher noch später in
Starre, als andere.

2. Gifte, die die Muskelfasern selbst lähmen, wie Veratrin und
Blausäure, bedingen eine frühzeitige Starre, obschon wenigstens Veratrin
die Nerven der Muskeln nicht tötet.

3. Überanstrengung der Muskeln durch Tetanus (Opium, Strychnin, Elektrizität) führt den Rigor rascher herbei.

4. Gewisse Substanzen, lokal auf Muskeln angebracht, hindern die Starre (Blausäure), andere begünstigen sie (Veratrin).

Aus diesen Thatsachen ziehe ich den Schluss, dass die Ansicht von Stannius über die Totenstarre, nach welcher dieselbe den natürlichen Zustand des von jedem Nerveneinflusse befreiten Muskels darstellt, und auf einem Absterben der Nerven in den Muskeln beruht, nicht die richtige ist. Wenn, wie ich finde, Muskeln mit toten Nerven deswegen nicht starr werden, und auf der andern Seite die ungetrübte Thätigkeit der Nerven in den Muskeln in gewissen Fällen die Starre nicht hindert, so bleibt nichts anderes übrig, als den Grund derselben in die Muskelfasern selbst zu verlegen und sie von einer besonderen Molekularveränderung derselben abhängig zu machen. Diese Veränderung tritt ein 1. durch Aufhebung der Blutzufuhr und Ernährung der Muskeln, 2. durch Einwirkung gewisser spezifisch auf die Muskelfasern wirkender Substanzen, und wird begünstigt durch Überanstrengung der Muskeln. Worauf dieselbe beruht, ist annoch zweifelhaft, doch scheint mir die Ansicht am meisten für sich zu haben, dass dieselbe von einer Änderung des chemischen oder physikalischen Verhaltens der Moleküle der kontraktilen Substanz abhängt, infolge welcher diese in ihren Elastizitätsverhältnissen sich ändert und starr und unnachgiebig wird. Ein Übergang aus einem weicheren Zustande in einen härteren findet hierbei sicherlich statt, doch würde es den Begriff des Flüssigen ganz willkürlich ausdehnen heissen, wenn man die lebende kontraktile Substanz der Muskeln flüssig, die totenstarre geronnen nennen wollte. Die Annahme von Brücke geht übrigens nicht dahin, dass die kontraktile Substanz selbst flüssig sei, wie einige Neuere fälschlich angeben, vielmehr nimmt er eine zwischen den kontraktilen Elementen befindliche Zwischenflüssigkeit an, welche beim Eintreten des Rigor fest werde. Eine solche Zwischensubstanz ist, wie mikroskopische Untersuchungen, die ich demnächst veröffentlichen werde, lehren, wirklich nachweisbar, und ist es leicht möglich, dass dieselbe bei dem Rigor auch beteiligt ist, doch hiesse es sicherlich die Hauptsache aus den Augen verlieren, wenn man bei einer Erklärung der Totenstarre diese relativ unbedeutende Zwischensubstanz vor allem betonen wollte.

II. Mit Bezug auf die Thätigkeit des Blutherzens und der Lymphherzen haben sich folgende Thatsachen ergeben:

1. Die nervenlähmenden Gifte (Urari, Coniin) greifen die Herzthätigkeit wenig an, ausser dass die Zahl der Herzschläge, wenigstens im Anfange (wegen der Lähmung der Vagi?), sich vermehrt. Schneidet man die Herzen in solchen Fällen entzwei, so pulsieren, wie sonst, nur die Stückchen fort, die nachweisbar Ganglien enthalten.

2. Die Muskelgifte lähmen auch das Herz und machen dasselbe schnell starr. Bei der Blausäure ist die Lähmung mit einer grossen Erschlaffung verbunden, die beim Veratrin fehlt.

3. Die tetanisierenden Gifte haben nur geringe Einwirkung auf das Herz, doch wurde beim Opium einmal bei jedem Anfalle ein kurzes Stillestehen desselben in Diastole beobachtet.

4. Die Lymphherzen der Frösche werden durch die Gifte gelähmt, welche die peripherischen Nerven lähmen, tragen somit die Ursache ihrer Bewegung nicht in sich selbst.

5. Beim Strychnin- und Opium-Tetanus stehen die Lymphherzen während der Anfälle in kontrahiertem Zustande still.

6. Elektrische Reizung des Rückenmarks durch einen konstanten Strom bedingt eine einmalige Kontraktion dieser Organe, die langsamer erfolgt, als die der willkürlichen Muskeln.

Sollte es sich ergeben, wie es oben als nicht unwahrscheinlich dargestellt wurde, dass die nervenlähmenden Gifte, ebenso wie die Vagusäste, auch die sympathischen Nervenverzweigungen im Herzen lähmen, so würde hieraus folgen, dass in solchen Fällen das Herz entweder nur unter dem Einflusse der Ganglien sich bewegt oder ganz unabhängig von den Nerven pulsiert, von welchen beiden Möglichkeiten meiner Meinung nach die erstere viel mehr für sich hat, weil beim Zerschneiden eines solchen Herzens nicht alle Stückchen fortpulsieren.

III. Hinsichtlich der Verrichtungen des Nervensystems hebe ich folgendes hervor:

1. Die eigentümliche Wirkungsweise gewisser Gifte, wie des Urari, das nur die motorischen, die sensiblen Nerven dagegen nicht, oder wenigstens viel später angreift, lehrt, dass es Unterschiede zwischen den beiderlei Nervenfasern giebt, welche noch keine andere Untersuchungsmethode ahnen liess.

2. Durch die Versuche mit Urari ist mit Bestimmtheit nachgewiesen, dass durch Gifte vollkommen gelähmte Nerven wieder sich erholen und ihre frühere Leistungsfähigkeit zurückerlangen können.

3. Tetanus erzeugende Gifte können durch Überreizung die motorischen Nerven vollständig lähmen.

4. Andere Gifte, wie Urari, Coniin, Nikotin, Blausäure lähmen durch das Blut die motorischen Nerven, und zwar die drei erstgenannten die Endigungen, Blausäure in erster Linie die grossen Stämme.

5. Nervenröhren mit geronnenem Marke können unter Umständen noch vollkommen leitungsfähig sein, was beweist, dass der Achsencylinder der allein wirksame Bestandteil derselben ist.

6. Die schädliche Wirkung mehrerer Gifte tritt bei örtlicher Applikation langsamer ein, als wenn dieselben durch das Blut wirken, was in der Schwierigkeit des Eindringens derselben in die Nerven zu liegen scheint.

IV. Über die Wirkung der Gifte im allgemeinen endlich lässt sich noch folgendes beibringen:

1. Die verschiedenen Gifte zeigen besondere Beziehungen zu den besonderen Organen, welche auf noch dunklen chemischen Affinitäten zu beruhen scheinen. Soviel man bis jetzt weiss, giebt es nur Nerven- und Muskelgifte. Die Nervengifte zerfallen allem Anscheine nach in drei Gruppen, solche, die auf graue Substanzen wirken (Veratrin, Strychnin,

Opium), andere, die die Nervenröhren alterieren (Urari, Coniin) und noch andere, die beiderlei Elemente affizieren (Blausäure, Nikotin, Äther), und giebt es vielleicht in allen Gruppen excitierende und lähmende Substanzen. Reine Muskelgifte kennt man nicht, doch kann das Veratrin beinahe als ein solches bezeichnet werden. Blutgifte, d. h. Substanzen, die die physiologischen Beziehungen der normalen Blutelemente zu einander in der Art stören, dass das Blut schädlich wirkt, sind nicht bekannt.

2. Alle Gifte scheinen durch das Blut und örtlich auf die Teile zu wirken, die von ihnen affiziert werden, so ergreifen Veratrin und Strychnin auf beiden Wegen das Mark und dasselbe gilt von der Blausäure, dem Veratrin, Urari in ihren Beziehungen auf die Muskeln und Nerven. Ob sich dies für alle Gifte wird durchführen lassen, steht freilich dahin, doch möchte ich diesen Gesichtspunkt ferneren Experimentatoren sehr zur Berücksichtigung empfehlen.

3. Die ungemeine Schnelligkeit der Wirkung der stärkeren Gifte findet ihre Erklärung in der Schnelligkeit der Cirkulation, wie am besten die Versuche mit Injektion von Urari und Coniin bei Kaninchen mit durchschnittenen Ischiadici ins Blut darthun, in welchen Fällen diese Nerven nach einigen Sekunden schon gelähmt gefunden werden.

In der Abhandlung Nr. 112 wird von Pelikan und mir die Einwirkung einiger Gifte auf die Leistungsfähigkeit der Muskeln besprochen und führe ich auch hier, da die Würzburger Verhandlungen nur eine geringe Verbreitung besitzen, die erhaltenen Resultate z. T. in extenso an.

Vor allen Giften hat in der neuesten Zeit das Urari (Woorara, Curare) die Blicke auf sich gezogen und mit Recht, denn es haben, aller Wahrscheinlichkeit nach, die von dem einen von uns mit diesem Gifte angestellten Versuche, die alte wichtige und so vielfach hin und her besprochene Frage von der Haller schen Irritabilität der Muskeln ihrer Lösung näher gebracht, als sie jemals gewesen ist. Wenn nun aber das Urari in der That, wie Koelliker angegeben hat und wie seither auch die Versuche von Pelikan (Virchows Archiv XI), v. Wittich (Experim. q. ad Halleri doctr. de irrit. prob. inst. Regiom. 1857), Rosenthal (Moleschotts Untersuchungen Bd. III) und Heidenhain (Archiv für phys. Heilkunde 1857, S. 443) bestätigt haben, die Nerven in den Muskeln tötet, die Muskeln selbst dagegen reizbar lässt, so wird es von der grössten Wichtigkeit, das Verhalten solcher vergifteter Muskeln genauer zu untersuchen, denn einmal geben dieselben dem Physiologen ein erwünschtes und bisher noch nicht dagewesenes Objekt an die Hand, um die Leistungen der vom Nerveneinflusse befreiten Muskelfasern zu prüfen und zweitens muss ein solches Studium notwendig auch eine vortreffliche Probe für oder gegen die Richtigkeit des aus den Koelliker schen Versuchen gezogenen Schlusses dienen. Es ist nämlich klar, dass, wenn mit Urari vergiftete Muskeln in ihren Leistungen weit hinter denen unvergifteter zurückstehen sollten, gegen die Annahme einer vollkommenen Selbständigkeit der Muskelkontraktion, bei der der Nervenreiz nur als eine der möglichen Erregungen erscheint, grosse Bedenken sich erhöben. Sollte dagegen auf der anderen

Seite sich zeigen lassen, dass Urarimuskeln, verglichen mit gesunden, an Leistungsfähigkeit und Kraft gar nichts eingebüsst haben, so würde hieraus eine neue kräftige Stütze für die Annahme sich ergeben, dass die Muskelirritabilität wirklich besteht, um so mehr, wenn vielleicht noch dargethan werden könnte, dass Urarimuskeln in einer solchen Weise von gesunden sich unterscheiden, dass daraus der Wegfall der Nerventhätigkeit in denselben sich ergiebt.

Von diesen Erwägungen geleitet, hatten wir beide, die wir ohnehin schon viele Mühe an die Untersuchung der Wirkungen des Urari gewendet, schon seit längerer Zeit den Vorsatz gefasst, die Muskeln vergifteter Frösche genauer zu prüfen. Den nächsten Anstoss zur wirklichen Ausführung dieses Vorsatzes gab uns dann die Arbeit von J. Rosenthal über die relative Stärke der direkten und indirekten Muskelreizung (Moleschotts Untersuch. 1846, Bd. III), in welcher der Satz aufgestellt ist, dass mit Urari vergiftete Muskeln weniger reizbar sind, als nicht vergiftete und wurde nun der Dezember, Januar und Februar 1857/58 zur Anstellung einer grossen Zahl von Versuchen verwendet, deren Resultat schon vorläufig in den Sitzungen der phys.-med. Gesellschaft vom 12. und 27. Febr. mitgeteilt ist (Sitzungsberichte vom Jahre 1857/58 S. XXVI). Um dieselbe Zeit und nachdem unsere erste Untersuchung schon geschlossen war, kam uns dann auch noch die Arbeit von Heidenhain in dem im Februar 1858 ausgegebenen Doppelhefte des Arch. f. phys. Heilkunde (1857 S. 442) zu Gesicht, in welchem das Studium der Urarimuskeln ebenfalls, jedoch von einer anderen Seite, begonnen ist. Dies veranlasste uns, auch noch die Versuche dieses Autors zu wiederholen und so entstand dann schliesslich die Reihe, die wir im folgenden der Prüfung unserer Fachgenossen vorlegen.

1. Versuche mit Urari.

A. Über das Verhalten der Urarimuskeln bei Reizung derselben mit unterbrochenen Strömen von verschiedener Stärke.

Fünfzehn zur Ermittelung der Reizbarkeit vergifteter und gesunder Froschmuskeln angestellte Versuche ergaben folgendes:

In 6 Versuchen (I, II, III, VI, VIII, IX) war die Reizbarkeit der gesunden Muskeln entschieden grösser, in dreien (X, XIII, XIV) verhielten sich beide Muskeln ungefähr gleich und in sechs anderen (IV, V, VII, XI, XII, XV) neigte sich die Wagschale auf Seite der vergifteten Gastrocnemii, wobei jedoch zu bemerken ist, dass im XII. und XV. Versuche der Unterschied kein bedeutender war. Mithin wendet sich auch in dieser Versuchsreihe der Entscheid eher zu Gunsten der normalen Muskeln und wollen wir in Berücksichtigung der eingangs erwähnten Verhältnisse, sowie 1. dass unsere erste Reihe eine vollkommene Bestätigung der Rosenthalschen Aufstellung ergeben hat, 2. dass im Winter nach Rosenthal die Differenz in der Reizbarkeit der beiderlei Muskeln keine grosse ist, und 3. dass auch bei Vergleichung normaler

Gastrocnemii eines und desselben Frosches Differenzen in der Reizbarkeit sich herausstellen, auf die Fälle, in denen die vergifteten Muskeln reizbarer waren, kein grösseres Gewicht legen.

Angenommen somit die vergifteten Muskeln seien weniger reizbar als andere, d. h. es bedürfe etwas stärkerer inducierter Ströme, um dieselben zu Kontraktionen zu veranlassen, so erhebt sich die weitere Frage, ob diese Thatsache zu Ungunsten derselben auszulegen sei und eine Verminderung ihrer Leistungsfähigkeit beweise. Rosenthal scheint einer solchen Auffassung sich zuzuneigen, wenigstens geht dies aus dem ganzen Tenor seiner Polemik, die nicht bloss gegen Bernard gerichtet ist, sondern auch gegen Koelliker, von dem nur die Energie der Kontraktionen hervorgehoben worden war, sowie auch daraus hervor, dass er keinen anderen Schluss aus seinen Versuchen zieht als den, dass Urari die Reizbarkeit der Muskeln in der That nicht erhöhe, sondern herabsetze. Es ist jedoch von vorne herein klar, dass ein normaler und ein vergifteter Muskel nicht so ohne weiteres mit einander verglichen werden können, indem in dem einen nur die Muskelfasern, in dem andern diese und auch die Nervenendigungen wirksam sind.

Dasjenige, worauf es hier im Interesse der Irritabilitätsfrage vor allem ankommt, ist mithin, zu wissen, ob die Reizbarkeit der Muskelfasern beider Muskeln die nämliche ist und ob nicht die gefundenen Differenzen in der Reaktion gegen den elektrischen Reiz davon herrühren, dass in den einen Muskeln auch noch die Nerven wirksam sind, und da kann es denn wohl kaum zweifelhaft sein, dass der Wegfall der Nerventhätigkeit in den Urarimuskeln einen vollkommen genügenden Erklärungsgrund der beobachteten Erscheinungen abgiebt. Es ist eine alte Erfahrung, dass verschiedene Reize auf die Muskeln selbst angebracht weniger leisten, als wenn man sie direkt auf die Nerven derselben wirken lässt, welche Erfahrung nun auch von Rosenthal in seiner früher erwähnten Arbeit für den galvanischen Reiz experimentell genauer festgestellt worden ist, als es bisher geschehen war. Wenn dem so ist, so kann es auch nicht auffallen, wenn ein Muskel mit leistungsfähigen Nerven auf einen schwächeren galvanischen Reiz schon antwortet, ein vergifteter dagegen mit getöteten Nerven stärkerer Ströme bedarf, um zur Kontraktion gebracht zu werden, wie es bei den Rosenthalschen Experimenten der Fall war. Es dienen mithin die Experimente über die Reizbarkeit der Urarimuskeln einfach zur Verstärkung des von Rosenthal auch auf einem andern Wege gefundenen Satzes, dass die Nerven für den galvanischen Reiz empfänglicher sind, als die Muskelfasern, und insofern geben dieselben auch eine willkommene Unterstützung des von Koelliker aus seinen Versuchen mit Urari gezogenen Schlusses, indem diesen zufolge gerade ein solcher Unterschied zu erwarten stand. Dagegen verschaffen dieselben keinen Aufschluss über die Reizbarkeit der Muskelfasern selbst bei vergifteten und normalen Muskeln, welcher Aufschluss auch so lange nicht wird erhalten werden können, als es nicht gelingt, Muskeln, deren Nerven in verschiedenen andern Weisen ausser Thätigkeit gesetzt sind, mit vergifteten in Vergleichung zu ziehen. Vielleicht dass Muskeln, deren Nerven nach Eckhards Methode durch konstante aufsteigende Ströme gelähmt sind, hierzu noch am ehesten sich eignen würden, vorausgesetzt, dass bei diesen die Leistungen der Muskelfasern selbst keine Einbusse erlitten haben, worüber weitere Versuche zu entscheiden haben werden.

Ich erlaube mir hier einige Bemerkungen zur Geschichte der physiologischen Untersuchungen über das Urari aus den Würzb. Sitz.-Ber. vom 2. Januar 1858, S. X, Bd. IX, der Verhandlungen (Nr. 116) einzuschalten.

Nachdem ich am 27. Oktober 1856 die Resultate meiner Untersuchungen über das Urari der französischen Akademie mitgeteilt hatte, fand sich Herr Bernard veranlasst, in der nächsten Sitzung vom 3. November eine Note vorzulesen, in der am Schlusse die Bemerkung sich findet: „Les expériences de Mr. Koelliker sont donc tout à fait concordantes avec les miennes. Il est évident, que Mr. Koelliker ne connaissait pas mes dernières recherches sur le curare, de sorte que la coïncidence des résultats, que nous avons obtenus, est une garantie de plus de leur exactitude."

Gegen diese Darstellung hatte ich schon damals im Sinne zu reklamieren, da ich jedoch keinen weiteren Vorteil von einer Diskussion dieser Angelegenheit in der französischen Akademie erwarten konnte, so unterliess ich es. Jetzt finde ich, dass auch in Deutschland in dieser Beziehung z. T. mangelhafte Auffassungen obwalten und erlaube ich mir daher folgendes beizubringen.

Alles was Bernard vor meinen Versuchen über das Urari publiziert hat, bezieht sich auf das bekannte, nach ihm benannte Experiment (einfache Urarivergiftung, Reizung der Nerven, die fruchtlos ist, Irritation der Muskeln, die äusserst kontraktil sind) und habe ich, und so wahrscheinlich noch viele Fremde, nichts anderes in seinem Laboratorium gesehen.

Erst im Jahre 1854 (Leçons de physiologie 1855) stellte dann Bernard am 27. Februar noch weiter den Satz auf, dass das Curare, von dem er immer noch angiebt (S. 301): „qu'il anéantit complétement le système cérébrospinal", den Sympathicus nicht lähme, eine Behauptung, deren Unrichtigkeit von mir nachgewiesen worden ist. Seit dieser Zeit hat Bernard bis zu meinen Publikationen nichts weiter über das Curare mitgeteilt und wird er daher wohl nichts einwenden können, wenn ich seine späteren Angaben als die meinigen bestätigend bezeichne, und es für mich in Anspruch nehme, zuerst die schlagenden Experimente veröffentlicht zu haben. Insonderheit hebe ich hervor den Nachweis: 1. dass das Urari die sensiblen Nerven nicht affiziert und 2. dass dasselbe vor allem die Nervenendigungen in den Muskeln tötet, die Nervenstämme dagegen erst sehr spät angreift. Erstere Thatsache habe ich am 27. Oktober 1855 der hiesigen Gesellschaft mitgeteilt (Würzb. Verh. Bd. VI, S. XXIII), während die erste Andeutung davon, dass Bernard diese Thatsache kennt, in einer im April 1856 an die Société de Biologie gemachten Mitteilung von Vulpian zu finden ist, welche in den im Jahre 1857 erschienenen „Comptes rendus de la Société de Biologie, 2. Série Tom. III. Année 1856 p. 83" veröffentlicht wurde.

Ich gebe Bernard gerne zu, dass er diese Thatsache selbständig gefunden hat, doch wird er nicht behaupten können, dass ich dieselbe nicht vor ihm bekannt gemacht habe.

Noch ungünstiger liegt die Sache für ihn mit Bezug auf den zweiten wichtigsten Punkt, die frühe Lähmung der Nervenenden in den Muskeln betreffend. Meine ersten Mitteilungen in dieser Beziehung geschahen am 12. April 1856 an die hiesige Gesellschaft, worüber jedoch die gedruckten Sitzungsberichte nichts enthalten, als die kurze Notiz, dass ich über Curare vortrug. Veröffentlicht wurden dieselben in dem im September 1856 ausgegebenen 1. Hefte von Virchows Archiv Bd. XI, doch geschah dies immer noch, bevor Bernard auch auf diesen Punkt zu sprechen kam, was erst in der eingangs erwähnten Sitzung der Akademie vom 3. November 1856 geschah. Liest man übrigens Bernards im Herbste 1857 erschienenen „Leçons sur les substances toxiques" in der, beiläufig gesagt, mein Name nur im Anhange erwähnt ist, obschon er meine Abhandlung seit dem Oktober 1856 in Händen hatte, so findet man (S. 329), dass er aus einem ganz mangelhaften Experimente auf eine Lähmung der motorischen Nerven von der Peripherie nach dem Centrum hin schliesst, und ergiebt sich, dass, wenn er auch einige Experimente angestellt hat, die zu diesem Schlusse führen, dieselben doch nicht in diesem Sinne verwertet sind.

Diesem zufolge bestehe ich Bernard gegenüber darauf, den für die Lehre von der Muskelirritabilität wichtigsten Versuch, der die primitive Lähmung der Nervenenden in den Muskeln beweist, zuerst gemacht und veröffentlicht zu haben.

B. Über die Leistungsfähigkeit der Urarimuskeln oder den durch sie zu erzielenden Nutzeffekt.

Aus den in der Einleitung angegebenen Gründen schien es Pelikan und mir vor allem wichtig, die Leistungsfähigkeit der Urari-Muskeln mit derjenigen normaler zu vergleichen, und haben wir eine bedeutende Zeit an die Erforschung dieser Frage gewendet. Ausser den im vorigen aufgeführten 15 Versuchen nämlich, die einen Fingerzeig über den durch normale und vergiftete Muskeln zu erzielenden Nutzeffekt geben, haben wir noch 30 andere angestellt, die einzig und allein die Ermittelung dieses Punktes im Auge hatten. Diese Versuche, die alle mit Hilfe des Volkmannschen Myographion, von dessen Einrichtung gleich weiter die Rede sein soll, ausgeführt wurden, zerfallen in zwei Reihen. Bei der ersten gingen wir darauf aus, die Leistungsfähigkeit der Muskeln in den verschiedenen Zeiten nach ihrer Trennung vom Körper zu prüfen, und da war es denn nicht anders möglich, als dass der normale Muskel etwa 10 Minuten vor dem andern ausser Cirkulation gesetzt werden musste. Es wurde nämlich, wie bei den früheren Versuchen, vor der Vergiftung der eine Oberschenkel abgebunden und getrennt, dann vergiftet und 10 Minuten nachher, wenn das Urari gewirkt hatte, auch der andere gelöst. Beide Schenkel wurden dann unter einer Glasglocke in einem mit Wasserdampf gesättigten

Raume bald im Zimmer bei einer Temperatur von 15—16 ° R., bald
in einem kalten Raume bei 4—6 ° R. kürzere oder längere Zeit aufbewahrt und dann die Kurven der beiden Gastrocnemii hintereinander
genommen. Da nun gegen diese Versuche der Einwurf gemacht werden kann, dass bei denselben die Urari-Muskeln, die 10 Minuten später
als die andern vom Körper getrennt wurden, von vorne herein etwas
im Vorteile waren, so unternahmen wir noch eine zweite Versuchsreihe,
bei welcher die Kurven gleich nach Trennung der Muskeln vom Körper
aufgezeichnet wurden, und zwar so, dass zuerst der normale Muskel und
dann unmittelbar nachher auch der vergiftete an die Reihe kam, und
glauben wir so die eben angedeutete Fehlerquelle vermieden zu haben.

Das von uns zur Darstellung der Muskelkurven angewandte Instrument war ein nach Volkmanns Angaben von Herrn Mechanikus
Leysser in Leipzig gearbeitetes Kymographion, dessen Tisch neben
dem vertikalen Cylinder einen besonderen Apparat zur Befestigung und
Reizung des Muskels trägt. Volkmann hat von diesem Myographion
nur eine kurze Beschreibung gegeben (Sitzungsber. d. sächs. Akademie
vom 18. Januar 1856), doch ist dieselbe zum Verständnisse unserer
Versuche hinreichend und fügen wir nur noch folgendes bei. Die
Befestigung des Gastrocnemius geschah in der Weise, dass wir den
obern, kleinen eisernen Haken des Apparates durch das mit den
betreffenden Knochen rein präparierte Kniegelenk stiessen, wobei der
Muskel an seinem obern Ende in seinen natürlichen Verbindungen
blieb. Die Sehne wurde unterhalb ihres Faserknorpels gelöst und das
untere mit dem Schreibapparate verbundene Häkchen durch den genannten Knorpel geführt, wodurch eine solche Befestigung des Muskels
erzielt wurde, dass derselbe leicht 500 g, selbst 600 und 700 g trug.
An dem Schreibapparate, der aus einem nach Volkmann 0,96 g
schweren hölzernen, dreiseitig prismatischen Stäbchen oben mit dem
Häkchen für die Sehne und unten mit einer Messingeinfassung für
den Pinsel besteht, und der in einer geeigneten Führung sich bewegt,
wurde unten noch eine Wagschale von 2,5 g Gewicht angehängt, die
unten noch einen Haken trug, so dass grössere und kleinere Belastungen
mit Leichtigkeit aufgelegt und gewechselt werden konnten. Als Schreiber
diente die natürliche Spitze eines menschlichen Barthaares, und zur
Aufzeichnung der Kurven berusstes feines Papier. Die Ordinaten der
gezogenen Kurven oder die Hubhöhen wurden möglichst genau mit
einem Millimetermassstabe gemessen, die Bruchteile jedoch nur durch
Schätzung bestimmt, was für unsern Zweck vollkommen hinreichend
war. Zur Reizung der Muskeln diente Du Bois' Schlitten, der durch
ein Daniellsches Element in Thätigkeit gesetzt wurde. Die mit der
zweiten Spirale verbundenen Elektroden tauchten in zwei Quecksilbernäpfchen und von diesen erstreckten sich dann zwei weitere Leitungsdrähte bis zum Muskel. Der eine von diesen war, wie die Elektroden,
ein starker isolierter Kupferdraht von $^2/_3$''' Durchmesser, der oben an
den eisernen Stab, der den Muskel trug, befestigt und mit diesem Stabe
vollständig isoliert war. Der andere Leitungsdraht war ein eben solcher
Kupferdraht, doch konnte derselbe natürlich seiner Unnachgiebigkeit

halber nicht direkt an das vom Muskel getragene Stäbchen befestigt
werden, und so wurde dann die Verbindung durch ein $^2/_3$ mm starkes
Kupferdrähtchen hergestellt, welches so mit dem Häkchen des Schreibapparates, das in der Sehne steckte, und dem stärkeren Kupferdrahte
vereinigt wurde, dass die Bewegungen des Schreibapparates nicht gehindert wurden, ausser insofern, dass derselbe auch noch etwa das halbe
Gewicht dieses Drähtchens zu tragen hatte, welches ungefähr 0,1 g
betrug. In neuerer Zeit hat Volkmann gerade diesen Teil seines
Apparates zweckmässiger eingerichtet, wie der eine von uns neulich bei
ihm zu sehen Gelegenheit hatte. Die Reizungen wurden bei bestimmter
Stellung der zweiten Spirale ohne Ausnahme durch gleichzeitiges Ein-
tauchen der beiden Leitungsdrähte in die zwei Quecksilbernäpfchen ausgeführt. — Über die Einzelheiten der Versuche sei nun noch bemerkt,
dass die zusammengehörigen Muskeln immer möglichst rasch hintereinander untersucht wurden und zwar immer der nicht vergiftete Muskel
zuerst. Ausserdem waren wir auch stets bemüht, die beiden Muskeln
genau unter denselben Modalitäten zu prüfen, und wurde daher immer
bei beiden die nämliche Reihenfolge der Reizungen nach Stärke, Dauer
und Art der Belastung eingehalten.

Nach diesen Bemerkungen wollen wir nun noch die unseren Versuchen anhaftenden Unvollkommenheiten, so weit wir dieselben übersehen, namhaft machen (siehe den Text S. 81 u. ff.).

I. Erste Versuchsreihe mit Muskeln, von denen
der vergiftete 10 Minuten später als der gesunde vom
Körper getrennt wurde.

Die 20 ausgeführten Versuche geben schon an und für sich ein
ziemlich entschiedenes Bild, doch ist es, um eine ganz sichere Basis
für die Vergleichung zu haben, das beste, für die einzelnen Fälle
die Nutzeffekte zu berechnen, wobei sich dann folgende Zahlen
ergeben.

Nutzeffekt

	der Urari-Muskeln	der normalen Muskeln
Versuch 16	4 340	4 083
„ 17	10 175	9 740
„ 18	830,32	575,4
„ 19	722	563,3
„ 20	759,5	700
„ 21	580	533
„ 22	1 059	803,5
„ 23	622,5	621,5
„ 24	450	400
„ 25	466	282
„ 26	633	574
„ 27	600	600
„ 28	3 425	3 450
Summa	24 662,32	22 925,7

	Übertrag	24 662,32	22 925,7
Versuch 29		4,5	6,2
„ 30		801,8	190,7
„ 31		5 004,2	3 357,5
„ 32		3 816,1	2 860,25
„ 33		9 484	11 025,9
„ 34		358,9	646,7
„ 35		15,96	15,73
	Summa	44 147,78	41 028,68

Aus diesen Zahlen ergiebt sich ein Übergewicht der vergifteten
Muskeln, die im ganzen in 15 Versuchen einen grösseren Nutzeffekt gaben,
während die normalen Gastrocnemii nur viermal überwogen und einmal beide
Muskeln sich gleich verhielten. Immerhin ist, wie die Totalsumme der
erzielten Nutzeffekte ergiebt, das Vorwiegen der Urari-Muskeln nicht
gerade ein sehr erhebliches und ist auf jeden Fall, unter Berücksichtigung des früher über die dieser Versuchsreihe anhaftenden Mängel
Bemerkten, keine Nötigung vorhanden, denselben eine grössere Leistungsfähigkeit zuzuschreiben als normalen Muskeln. Uns reicht es vollkommen hin, dargethan zu haben, dass die normalen Muskeln nicht
mehr leisten als die vergifteten und wollen wir in dieser Beziehung
noch speziell darauf aufmerksam machen, dass die Urari-Muskeln auch
mit Bezug auf die Dauer ihrer Leistungen nicht hinter den andern
zurückstanden, denn einmal waren sie auch am Ende der jeweiligen
Versuche meist besser und zweitens leisteten auch ältere Urari-Muskeln
meist mehr als die andern. Letzteres anlangend, so war zwar bei einem
der zwei Versuche mit 7 Tagen alten, in der Kälte aufbewahrten
Muskeln (33) der normale Muskel im Vorzug, dagegen zeigten auf der
andern Seite die solchen Muskeln in der Leistungsfähigkeit sehr entsprechenden, 2—3 Tage im Zimmer gehaltenen Gastrocnemii ein entschiedenes Übergewicht zu Gunsten des Urari (Vers. XX—XXVII).
Endlich zeigte sich auch mit Hinsicht auf das Vermögen, nach übermässigen Anstrengungen sich zu erholen oder sich zu erhalten, der
Erfolg eher auf Seite der vergifteten Muskeln, wie besonders die Versuche XVIII, XXI, XXVII und XXVIII beweisen.

II. Zweite Versuchreihe mit Muskeln, deren Kurven
unmittelbar nach der Trennung derselben vom Körper
aufgenommen wurden.

Die 10 in dieser Weise ausgeführten Versuche ergaben folgendes
Resultat:

Nutzeffekt

	der Urari-Muskeln	der normalen Muskeln
Versuch 36	503,1	450
„ 37	2 560,6	4 806,6
„ 38	2 608,7	2 417,7
„ 39	971,7	1 008,1
Summa	6 644,1	8 682,4

		Übertrag	6 644,1	8 682,4
Versuch	40		628,2	686,3
„	41		1 120	936,66
„	42		1 075,5	662,25
„	43		561	631,3
„	44		714,2	736,2
„	45		586,5	569,5
		Summa	11 329,5	12 904,61

Da bei dieser Versuchsreihe die zu vergleichenden Muskeln unter möglichst gleichen Verhältnissen zur Prüfung kamen, so legen wir auf sie ein besonderes Gewicht. Dieselbe zeigt nun auch in der That, wie a priori zu erwarten stand, — denn warum sollte ein Muskel nach dem Wegfalle der Nerventhätigkeit in ihm mehr leisten? — dass die beiderlei Muskeln sich so gleich verhalten, als es nur immer bei solchen Versuchen sich herausstellen kann.

Mithin war in 5 Fällen der eine, in 5 andern der andere Muskel besser, so jedoch, dass die Gesamtsummen der erzielten Nutzeffekte in einer solchen Weise übereinstimmen, dass man von dem Unterschiede absehen kann.

Wir glauben somit vollkommen im Rechte zu sein, wenn wir aus allen unsern Versuchen den Satz ableiten: Die mit Urari vergifteten Muskeln zeigen, obschon ihre Nerven tot sind, doch bei galvanischer Reizung mit Induktionsströmen dieselbe Leistungsfähigkeit wie normale Muskeln.

C. Über das Verhalten der Urarimuskeln gegen konstante Ströme.

In der oben citierten Arbeit hat Heidenhain (S. 465) folgenden Satz aufgestellt: „Muskeln, welche durch Curare-Gift von dem Einflusse der Nerven befreit worden sind, folgen nicht dem Ritter-Nobilischen Zuckungs-Gesetze, welches die relative Stärke der Schliessungs- und Öffnungs-Zuckung von der Stromesrichtung abhängig sein lässt. Die relative Stärke ist vielmehr von der Stromesrichtung unabhängig insofern, als bei beiden Stromesrichtungen die Schliessungszuckung über die Öffnungszuckung überwiegt."

Heidenhain glaubte anfänglich, dass dieses Zuckungsgesetz nur für vergiftete Muskeln gelte, fand dann aber bei weiterer Verfolgung dieser Angelegenheit, dass auch normale Muskeln demselben Gesetze folgen, wenn sie mit Ausschluss ihrer Nervenstämme gereizt werden (S. 469 u. f.), sowie dass für den Fall, dass Muskeln und ihre Nervenstämme zugleich gereizt werden, das Zuckungsgesetz der Nerven gilt, wenn die Stromdichte in den Nervenfasern viel grösser ist, als in den Muskelfasern und dasjenige der Muskeln, wenn die Stromdichte in den Nerven nicht grösser ist, als in den Muskeln.

Ausserdem meldet Heidenhain von den Curare-Muskeln (S. 467), dass bei Ermüdung derselben die Erregbarkeit auffallend schnell sich verliere, um allerdings nach verhältnismässig kurzer Zeit sich in hohem Grade wieder herzustellen. So verschwanden in einem Falle bei Anwendung von 11 Elementen die Öffnungszuckungen nach 50 maliger Öffnung und Schliessung der Kette und nach weiteren 30 Unterbrechungen auch die Schliessungszuckungen. Die Ruhe einer Minute genügte zur Wiederherstellung beider Zuckungen, doch erschienen die Öffnungszuckungen nur für 20 mal und die Schliessungszuckungen nur für 50 mal. Nach zwei Minuten waren wieder beide Zuckungen erschienen, nach 20 maliger Schliessung und Öffnung aber keine Spur derselben mehr vorhanden. Gesunde Schenkel geben bei derselben Stromstärke mehrere hundert Zuckungen.

Es waren besonders diese letzten Angaben, welche uns zur Anstellung einiger Versuche auch nach dieser Richtung veranlassten und kamen wir so dazu, auch die Sätze Heidenhains über das Zuckungsgesetz zu prüfen. Wir benutzten bei diesen Versuchen wieder das Volkmannsche Myographion, dass eine genauere Verfolgung der Leistungen der Muskeln (der Gastrocnemii) gestattet, als das blosse Auge, das übrigens, wie Heidenhain mit Recht bemerkt, im allgemeinen ausreicht, um über das Vorwiegen der einen oder andern Zuckung zu entscheiden. Die Verbindung der von uns angewendeten Daniellschen Batterie mit dem Muskel geschah im allgemeinen so, wie es schon oben von dem Induktionsapparate angegeben ist, nur benutzten wir hier einen Stromwender als Mittelglied zwischen den Elektroden und den zum Muskel gehenden Leitungsdrähten und zweitens war die Verbindungsstelle des mit dem untern Ende des Muskels kommunizierenden, dünnen Kupferdrähtchen mit dem stärkeren Kupferdrahte in Quecksilber eingetaucht. Wurde der Nerv allein gereizt, so wurden die starken Leitungsdrähte direkt an den den Nerven tragenden isolierten Tisch gebracht.

Von den zahlreichen Versuchen teilen wir nur die folgenden mit, welche eine hinreichende klare Anschauung gewähren. Zuvor wollen wir jedoch noch bemerken, dass bei den Reizungen der Muskeln allein sehr häufig eine befremdende Erscheinung vorkam, die nämlich, dass dieselben bei der Schliessung der Kette in eine Art Tetanus verfielen und längere Zeit mehr weniger kontrahiert blieben. Wir hoffen später im Falle zu sein zu berichten, ob diese Erscheinung von der Inkonstanz der von uns angewendeten Kette, oder von einer besondern Eigentümlichkeit der Reaktion der Muskeln auf konstante Ströme abhing.

Unsere Versuche (l. c. S. 95—99) geben eine vollkommene Bestätigung der oben angeführten Heidenhainschen Sätze. Bei den Versuchen, in denen die Muskeln allein gereizt wurden, war mit wenigen Ausnahmen die Schliessungszuckung die stärkere, mochte der Strom aufsteigend oder absteigend sein. Wurde bei einem und demselben Muskel zuerst der Nerv allein und später der Muskel allein gereizt (Vers. I), so ergab sich für den ersteren Fall das gewöhnliche Zuckungsgesetz, für den letzteren der Heidenhainsche Satz. Dasselbe geschah, wenn einmal der Nerv und Muskel und dann der Muskel allein in die Kette genommen wurde (Vers. VII). Wurde an demselben Muskel erst der Nerv, und dann der Nerv und Muskel gereizt, so zeigte sich für beide Fälle dasselbe Zuckungsgesetz, weil die Stromdichte im Nerven grösser war (Vers. II). Endlich zeigten Urari-Muskeln und normale direkt gereizte Muskeln dasselbe Verhalten der Zuckungen.

Was den Punkt betrifft, der uns mit Bezug auf das Verhalten der Muskeln gegen konstante Ströme eigentlich am meisten interessierte, nämlich die Dauer der Erregbarkeit in den vergifteten und normalen Muskeln bei längerer Reizung, so haben wir allerdings nur zwei Versuche aufzuweisen, da jedoch von diesen Versuchen jeder an den beiden Gastrocnemii je eines Frosches angestellt wurde, so glauben wir denselben doch mehr Beweiskraft zuschreiben zu dürfen, als dem von Heidenhain angeführten Experimente, das sich auf Muskeln verschiedener Tiere bezieht.

Aus diesen beiden Versuchen geht eine grosse Übereinstimmung vergifteter und nicht vergifteter Muskeln auch in Bezug auf die Dauer der Reizbarkeit hervor und glauben wir daher wenigstens für einmal im Rechte zu sein, wenn wir den von Heidenhain gemeldeten Versuch als nicht beweisend erklären.

2. Versuche mit Upas antiar, Veratrin und Tanghinia.

Nachdem wir gefunden hatten, dass das nervenlähmende Urari die Leistungsfähigkeit der Muskeln nicht im geringsten herabsetzt oder ändert, so erschien es uns von Interesse, auch die Einwirkung einiger der Gifte mit dem Myographion zu prüfen, die, wie schon früher[1]) von uns nachgewiesen worden war, eine Lähmung der Muskeln und des Herzens verursachen, indem wir hoffen durften, in dieser Weise die Einwirkung derselben in viel bestimmterer Weise zu demonstrieren, als es bei den bisherigen Experimenten geschehen war, und so eine noch kräftigere Stütze für den von dem einen von uns ausgesprochenen Satz zu erhalten, dass es Gifte giebt, die spezifisch auf die Nerven und andere, die vor allem auf die Muskeln wirken. Der Erfolg rechtfertigte unsere Erwartungen vollkommen, wie aus den im folgenden mitgeteilten Versuchen deutlich hervorgeht, die alle nach derselben Methode angestellt wurden, wie die entsprechenden Urari-Experimente.

Die Versuche mit Upas antiar zerfallen in zwei Reihen. Bei der ersten wurden Frösche nach vorheriger Trennung eines Oberschenkels durch eine Hautwunde vergiftet, und nachdem das Herz zum Stillstand gelangt war, 10—20' nach der Vergiftung auch der andere Schenkel abgeschnitten. Beide Gastrocnemii, von denen der später abgeschnittene Vergiftete somit eher im Vorteile war, wurden dann teils gleich, teils nach kürzerer oder längerer Aufbewahrung in einem mit Wasserdampf gesättigten Raume auf ihre Leistungsfähigkeit untersucht. Bei einer zweiten kleinen Zahl von Experimenten wurden

---

[1]) Siehe Koelliker über Veratrin in Virchows Archiv X und über Antiar in den Verhandlungen der phys.-med. Gesellschaft in Würzburg 1857 (Nr. 115); Pelikan über Antiar in Comptes rend. 1857 und Koelliker und Pelikan über Tanghinia in Würzb. Verhandlungen 1858 (Nr. 114).

die Gastrocnemii der eine in Upas-Lösung und der andere in eine
unschädliche Flüssigkeit gelegt und dann ihre Kurven aufgenommen.

Veratrin und Tanghinia ergaben dasselbe Resultat wie Upas,
dass gleich nach der Vergiftung der Nutzeffekt der vergifteten Muskeln
geringer war. Ein bis zwei Stunden später steigerte sich diese Differenz
bis ins Grosse und ergab sich bald eine Zeit, wo die Leistungen der
vergifteten Muskeln auf Null sanken. Es springt hieraus aufs deutlichste die grosse Differenz dieser Gifte und des Urari hervor und
erscheint demzufolge der Mangel jeder schädlichen Einwirkung des letzteren Giftes auf die Muskeln noch bedeutungsvoller.

In der Abhandlung Nr. 113 werden A. Versuche über die
Wirkung von Wassereinspritzungen bei Fröschen auf die
Muskelreizbarkeit mitgeteilt.

Ich sprach in erster Linie über die Abhandlung von v. Wittich:
Experimenta quaedam ad Halleri doctrinam de musculorum irritabilitate
probandam instituta, Regiom. 1857, und stellte vor den Augen der Gesellschaft zwei Experimente an Fröschen an zur Demonstration der auf Wasserinjektionen in das Herz folgenden Zuckungen. Ich bemerkte, dass es
den Mikroskopikern seit den Erfahrungen von Bowman, Valentin,
Remak u. A. eine bekannte Sache sei, dass Muskelfasern bei Zusatz
von Wasser sich verkürzen, doch besitze die Abhandlung von v. Wittich
unbestritten das Verdienst, diesen Gegenstand nach allen Seiten geprüft
und mit möglichster Vollständigkeit dargestellt zu haben. Ich habe die
wichtigsten Versuche von v. Wittich wiederholt und kann namentlich
bestätigen:

1. dass die Zuckungen bei Wasserinjektionen ganz unabhängig
vom Nervensysteme eintreten;

2. dass dieselben am schönsten durch destilliertes Wasser zur
Erscheinung kommen;

3. dass dieselben auch nach Vergiftungen mit Urari ausgezeichnet
schön auftreten;

4. dass auch bei Injektionen von warmem Wasser (25—35 ° R.)
die Zuckungen nicht ausbleiben.

Ausserdem habe ich gefunden, dass mit Antiar vergiftete Frösche,
zu einer Zeit, wo die Muskeln noch ein wenig reizbar sind, bei Wasserinjektionen keine Zuckungen mehr darbieten, was für v. Wittichs
Ansicht zu sprechen scheint, dass das Wasser ein wirklicher Reiz für
die Muskeln sei und vitale Kontraktionen hervorrufe. Nichtsdestoweniger neigte ich mich vorläufig zu der Annahme, dass das Ganze ein
physikalisches Phänomen und nicht wirklich eine Kontraktionserscheinung
sei. Ich machte auf die ungemeine Anschwellung der Muskeln durch
die Wasserinjektionen aufmerksam, stellte die Zuckungen derselben den
Bewegungen der Samenfäden in Wasser, d. h. der Ösenbildung, wobei
sie sich aufrollen und lebhaft drillen, an die Seite, und erwähnte noch
die Beobachtung von Bowman, die wiederholt zu werden verdiente,
dass auch reizlose Muskeln bei Wasserzusatz sich verkürzen.

B. Ferner berichtete ich über die Einwirkung starker Dosen
von Strychnin auf die Reizbarkeit der peripherischen

Nervenstämme mit Hinsicht auf die in der eben erwähnten Schrift von v. Wittich niedergelegte Angabe, dass dieses Gift bei starken Dosen die peripherischen Nerven lähme, wogegen ich bei kleinen Dosen durchaus keine Einwirkung auf vorher durchschnittene Nerven gefunden hatte.

Die Resultate von acht in dieser Richtung angestellten Versuchen sprechen gegen v. Wittichs Angaben. Zu bemerken ist, dass die Frösche von der dritten Stunde nach der Vergiftung an in einem kalten Raume, dessen Temperatur nicht über 6° R. war, aufbewahrt wurden, was die lange Dauer der Reizbarkeit von Nerven und Muskeln erklärt.

C. Drittens handelte ich von der lokalen Einwirkung des Strychnins auf das Rückenmark (Nr. 113 c). Harley in London hat in neuester Zeit diese lokale Einwirkung geleugnet, indem er behauptet, dass die scheinbare lokale Einwirkung immer durch die Blutgefässe vermittelt werde, und schien es daher am Platze, diese Frage von neuem vorzunehmen. Die von mir angestellten Versuche sind folgende:

1. Einfache Ausschneidung des Herzens, Befeuchtung des Rückenmarks mit Strychn. acet. von 2 %. Von sieben Versuchen gelangen fünf, und zwar trat der Tetanus ein nach 9, 9, 13$\frac{1}{2}$, 13$\frac{1}{2}$ und 17 Minuten.

2. Einfache Ausschneidung des Herzens, Befeuchtung des Rückenmarks mit einer ganz konzentrierten Solution von Strychn. acet. Von drei Versuchen gelang keiner.

3. Entfernung des Herzens und der Lymphherzen, Befeuchtung des Markes mit Strychn. acet. von 2 %. Von 12 Versuchen, von denen zehn nur an den hinteren Hälften von Fröschen nach Durchschneidung des Markes am dritten Wirbel angestellt wurden, gelangen sieben und zwar nach 1, 11$\frac{1}{2}$, 16, 23, 26, 33 und 40 Minuten.

4. Trennung des Kopfes allein, Befeuchtung des Markes mit Strychn. acet. concentr. (drei Versuche) und dilutum (ein Versuch). Diese vier Versuche gelangen alle in 1, 1$\frac{1}{2}$, 4 und 5 Minuten.

Strychnin wirkt mithin auch nach ausgeschnittenem Herzen lokal vom Marke aus, und möchte es da gesucht erscheinen, noch an vorherige Resorption desselben durch die Blutgefässe zu denken. Harleys negative Resultate rühren vielleicht daher, dass er eine sehr konzentrierte Strychninsolution anwandte, die auch in meinen Versuchen nichts bewirkte.

Die Abhandlung Nr. 115 handelt vom Upas antiar und führe ich die Sätze, zu denen ich bei einer Reihe von Versuchen an Fröschen gelangte, hier an:

1. Das Antiar ist ein paralysierendes Gift.

2. Dasselbe lähmt in erster Linie und äusserst rasch das Herz.

3. Das baldige Aufhören der willkürlichen Bewegungen und der Reflexe ist wahrscheinlich eine direkte Folge der Herzlähmung, wenigstens zieht einfaches Ausschneiden oder Unterbinden des Herzens dieselben Resultate nach sich.

4. Dagegen hat das Antiar in zweiter Linie eine direkte Einwirkung auf die willkürlichen Muskeln und lähmt dieselben.

5. In dritter Linie und am spätesten paralysiert dasselbe auch die grossen Nervenstämme.

6. An mit Urari vergifteten Fröschen lässt sich durch Antiar noch eine Herz- und Muskellähmung erzielen.

7. Demnach scheint das Antiar vor allem ein Muskelgift zu sein.

In der Abhandlung Nr. 114 werden von mir und Pelikan folgende Ergebnisse von Versuchen an Fröschen mit dem Extr. alcoh. der Blätter und Stengel der Tanghinia venenifera mitgeteilt, ebenso historische Notizen über die Verwendung dieses Giftes auf Madagaskar bei Gottesurteilen.

Die Resultate sind folgende:

1. Der genannte Extrakt ist kein tetanisches Gift.

2. Seine Wirkung äussert sich vorzüglich auf das Herz, dessen Thätigkeit es lähmt, einen blutleeren Zustand der Kammer hinterlassend, und zwar ebenso rasch auf das Herz eines Frosches, dessen verlängertes Mark und Rückenmark zuvor zerstört worden, als auf das eines solchen, an dem zuvor keine derartige Operation vorgenommen wurde, zum Beweise, dass diese Wirkung eine direkte und nicht bloss eine durch das centrale Nervensystem vermittelte ist.

3. In zweiter Linie paralysiert es die motorischen Nerven in centrifugaler Richtung.

4. In dritter Linie lähmt es die Muskeln der willkürlichen Bewegungen und betrachten wir es demgemäss

5. als ein spezifisches Gift für das Herz und die Muskeln, in der Art jedoch, dass es die Muskeln weniger rasch lähmt, als Upas antiar, Veratrin und Schwefelcyankalium, inbezug auf die Herzlähmung dagegen, dem Antiar fast gleich steht und die beiden anderen Gifte bedeutend übertrifft.

Versuche über die Vitalität der Nervenröhren der Frösche.

119. Über die Vitalität der Nervenröhren der Frösche in Würzb. Verh., Bd. VII, 1857, S. 148.

120. Über die Vitalität der Nervenröhren in Zeitschr. f. wiss. Zool. IX, 1858, S. 417.

Die Nrn. 119 und 120 enthalten eine Reihe wichtiger Versuche über das Verhalten der Nerven bei der Einwirkung äusserer Agentien, von denen ich die Zusammenstellung in Nr. 119 wörtlich hier anführe. Dieselbe lautet:

1. In Wasser und allen diluierten Lösungen von Haloid- und neutralen Salzen von Alkalien und Erden, sowie von verschiedenen organischen Substanzen, wie von Zucker, Eiweiss, Harnstoff, sterben die Nerven in einer gewissen kürzeren Zeit ab. Hierbei quellen dieselben stark, bis um das doppelte und mehr auf und werden steif und unbiegsam. In Wasser von 13—15" R. sterben die Nervenenden in 1—2 Stunden, die ganzen Nerven (Ischiadici) in 1½—3 Stunden ab.

2. Bei allen den genannten Substanzen giebt es gewisse Konzentrationen, in welchen die Nerven keine Änderung erleiden und ihre Reizbarkeit lange behalten.

3. In höheren Konzentrationen schrumpfen die Nerven und verkürzen sich und zwar verschieden stark nach Massgabe der Konzentration und werden rascher oder langsamer leistungsunfähig.

4. Die wirksamen Konzentrationen sind bei den verschiedenen Substanzen verschieden. Bei den Salzen ergeben sich zwei Reihen, von denen die eine durch das Kochsalz, die andere durch das Glaubersalz und zweibasisch-phosphorsaure Natron repräsentiert werden. Das Kochsalz ist unschädlich bei $1/2\%$ und können Nerven in dieser Lösung bis 25 Stunden reizbar bleiben. Je weiter es von dieser Konzentration nach unten sich entfernt, um so mehr wirkt es wie Wasser und ebenso macht es nach oben in steigender Konzentration die Nerven um so schneller leistungsunfähig, so dass schon bei 9% die Nerven innerhalb einer Stunde und bei $20—30\%$ innerhalb einer halben Stunde absterben. Bei den anderen Salzen scheinen Konzentrationen von $2^{1}/_2—3\%$ am günstigsten zu wirken. Diluierte und konzentrierte Lösungen wirken im allgemeinen wie beim Kochsalz, nur dass nach oben die schädliche Wirkung langsamer überhand nimmt und bei gleicher Konzentration diese Salze immer günstiger wirken als das Kochsalz.

5. Gewisse höhere Konzentrationen der sub 1 aufgezählten Substanzen erregen die Nerven in der Art, dass die Muskeln in Zuckungen und selbst in tetanische Kontraktion verfallen, so Harnstoff von 30% und konzentrierte Zuckerlösungen. Von den Salzen macht Kochsalz Zuckungen von $4—5\%$ aufwärts, selten darunter; 10% Lösungen machen in der Regel keinen Tetanus, wohl aber solche von 20, 25 und 30%. Beim zweibasisch phosphorsauren Natron und beim schwefelsauren Natron sind die Zuckungen bei $3--10\%$ Salzen schwach, stärker bis zu 20% herauf und bei Lösungen von $25—30\%$ entsteht beim Glaubersalz auch Tetanus. Mithin wirken auch in dieser Beziehung diese Salze schwächer als das Kochsalz.

6. Diese Zuckungen dauern bei schwachen Solutionen oft über eine Stunde, bei starken meist unter $1/4$ Stunde und machen schliesslich einer vollständigen Ruhe Platz. Untersucht man um diese Zeit die Nerven, so findet man sie noch reizbar und ist es ein allgemeines Gesetz, dass die Reizbarkeit der Nerven den Zustand der Erregung derselben um eine gewisse Zeit überdauert, die um so länger ist, je geringer die Konzentration war.

7. Nerven, die in Wasser und diluierten Lösungen abgestorben sind, können durch konzentrierte Lösungen wieder ins Leben zurückgerufen werden. Die von mir bis jetzt in diesem Sinne wirksam erfundenen Solutionen sind Natron phosphoricum von 3 und 9% und Kochsalz von 4 und 25%, doch sind mit diesen Angaben die vorkommenden Möglichkeiten sicherlich noch lange nicht erschöpft.

8. Ebenso können Nerven, die in konzentrierten Lösungen ihre Reizbarkeit verloren haben, durch Wasser und diluierte Solutionen wieder lebendig gemacht werden.

Ich habe so Nerven, die tot gemacht waren durch Kochsalz von 10, 20 und 30 %, und durch Glaubersalz von 25 und 30 %, wieder auferweckt durch Wasser, Natron phosphoricum von $1/2$, 1 und 3 %, und durch Kochsalz von $1/2$ %. Auch hier sind die verschiedenen Möglichkeiten noch weiter zu ermitteln. Bemerken will ich noch, dass auch mehrfache Tötungen (sit venia verbo) und Wiederbelebungen gelingen. So tötete ich einen Ischiadicus in Natron phosphoricum von 3 % in 6 Stunden und 55 Minuten. Nach 10 Minuten langem Verweilen in Natron phosphoricum von 9 % war er wieder reizbar und blieb es 25 Minuten lang. Nun in Wasser gelegt wurde er in 6 Minuten wieder schwach reizbar und blieb so 25 Minuten lang, worauf er auf fernere Anwendungen von Kochsalz von 25 % und Wasser nicht mehr reagierte.

9. Lässt man die Nerven eintrocknen, in welchem Falle die Muskeln bekanntlich lebhaft zucken, so kann man dieselben, nachdem sie vollkommen reizlos geworden sind, durch Wasser wieder leistungsfähig machen.

10. Aus allen meinen Versuchen zog ich den Schluss, dass der Eckhardsche Satz, dass Tod der Nerven und Zuckung einander begleiten und dass Tod, mit hinreichender Schnelle herbeigeführt, Zuckungen mache, für die Salze und die Zuckungen beim Eintrocknen der Nerven nicht stichhaltig sei. Ob derselbe für die Säuren und kaustischen Alkalien, die Zuckungen bewirken, richtig ist, habe ich dagegen noch nicht untersucht und enthalte ich mich in dieser Beziehung vorläufig eines jeden Urteils. Die noch nicht erklärte schädliche Wirkung des Wassers beruht nach meinen Versuchen auf einem Aufquellen der Nervenröhren, d. h. der Achsencylinder und dem hierdurch veränderten Aggregatzustande derselben, während der Nachteil konzentrierter Solutionen darin liegt, dass dieselben den Achsencylinder schrumpfen machen, in welchem Falle offenbar nicht bloss Wasser aus denselben heraustritt, wie Eckhard annimmt, sondern auch Salz in denselben hineingeht. Dass durch Aufquellen einerseits, durch Schrumpfen und Eintrocknen anderseits leistungsunfähig gemachte Nervenröhren wieder wirksam werden, wenn man ihren früheren Aggregatzustand herstellt, beweist eine bei diesen zarten Gebilden noch nicht geahnte Tenacität, steht übrigens in vollem Einklange mit dem, was ich bei den Samenfäden nachgewiesen habe.

11. An dem Aufquellen und Schrumpfen der Nervenröhren in verschiedenen Lösungen nimmt auch das Nervenmark Anteil, doch beweisen meine Versuche, dass dieser Teil der Nervenröhren keine höhere physiologische Bedeutung hat, indem auch nach der Gerinnung des Markes, die immer sehr bald eintritt, die Reizbarkeit der Nervenfasern ohne Ausnahme noch lange sich erhält. Ich betrachte demnach die von mir schon früher aufgestellte Hypothese (Gewebelehre 2. Aufl.), dass die Achsen-

cylinder die allein leitenden Teile der Nervenröhren sind, als vollkommen gesichert.

Die in Nr. 120 mitgeteilten Versuche dienen als ausführliche Belege der in Nr. 119 aufgestellten Sätze und beziehen sich:

1. auf das Wiederaufleben getrockneter Nerven, das unzweifelhaft nachgewiesen wurde. Hierbei wurde auch ein alter Versuch von Fontana (das Viperngift S. 312) der Vergessenheit entrissen, dem zufolge ein trockenes Herz einer durch Ticunas vergifteten Schildkröte befeuchtet, mit seinen Ohren wieder zu schlagen anfing, ein Versuch, der mir auch mit dem Froschherzen gelang.

2. Auf das Wiederaufleben der Nerven aus konzentrierten Lösungen,

3. auf die Dauer der Reizbarkeit der Nerven in verschiedenen Lösungen und

4. auf Wiederbelebungen von Nerven, die in Wasser abgestorben sind.

121. Über die Leuchtorgane von Lampyris. Eine vorläufige Mitteilung aus den Würzb. Verh. VIII, 1857, S. 217—224.

I. Anatomisches.

1. Die Leuchtorgane der Lampyrisarten sind besondere, wohl abgegrenzte Organe, die von dem Fettkörper zu unterscheiden sind und bestimmte Form-, Grössen- und Lagenverhältnisse darbieten.

2. Die Männchen der Lampyris splendidula haben zwei platte, dem blossen Auge weiss erscheinende Leuchtorgane an der ventralen Seite des sechsten und siebenten Bauchringes, denen eine ungefärbte Stelle der Chitinhaut entspricht. An derselben Stelle haben auch die Weibchen solche Organe, nur ist dasjenige des sechsten Ringes hier doppelt. Ausserdem finde ich bei den Weibchen noch vier bis fünf Paare nicht immer genau symmetrisch stehende laterale Organe von der Form abgeplatteter Kugeln in den Seitenteilen der Bauchsegmente vom ersten bis zum sechsten Ringe, deren Leuchten vom Rücken aus schöner ist und die ihrer blass durchscheinenden Farbe und tieferen Lage wegen, wenn sie nicht leuchten, nur durch eine sorgfältige Präparation zu entdecken sind.

Die Weibchen von L. noctiluca haben zwei grössere gelbweisse Leuchtplatten an der Bauchseite des sechsten und siebenten Abdominalringes und ausserdem zwei kleine Leuchtorgane am achten oder Schwanzringe. Nur diese letzten Organe finden sich, und zwar kleiner und am Tage mehr graulich durchscheinend, bei den Männchen dieser Art.

3. Alle Leuchtorgane, ventrale und laterale, haben wesentlich denselben Bau und bestehen aus einer Hülle, einem Parenchym von Zellen, aus Tracheen und Nerven.

4. Die Hülle ist ein zartes strukturloses Häutchen mit sehr spärlichen, der Innenfläche desselben anliegenden kleinen Kernen.

5. Die Parenchymzellen erfüllen als eine kompakte Masse das ganze Innere, sind rundlich polygonal von Gestalt und 0,01 bis 0,02''' gross.

Dem Inhalte nach scheiden sie sich in zwei Gruppen, in blasse und weisse, zwischen denen jedoch auch Übergänge sich finden. Die ersteren führen blasse zarte Körnchen und lassen einen kleinen rundlichen Kern erkennen, während die letzteren mit weissen, bei durchfallendem Lichte fettartigen, runden, kleinen Körperchen meist so dicht erfüllt sind, dass kein anderweitiger Bestandteil nachzuweisen ist.

Die Anordnung dieser Zellen ist der Art, dass bei den ventralen Leuchtorganen der Weibchen beider Arten und der Männchen der L. splendidula der äussere, der Chitinhaut anliegende Teil aus blassen, der innere, tiefere aus weissen Zellen besteht, so jedoch, dass zwischen beiden keine ganz scharfe Grenze sich findet. Die lateralen, mehr frei liegenden Organe der Weibchen von L. splendidula und die Leuchtorgane der Männchen von L. noctiluca haben die weissen Zellen an der ganzen Oberfläche, so jedoch, dass, wie mir schien, bei jenen die Rückseite, bei diesen die Bauchfläche mehr von ihnen frei bleibt. In gewissen Fällen fehlen bei diesen Organen die weissen Zellen auch ganz oder sind durch Elemente vertreten, die nur wenig weisse Körnchen führen.

6. Die zahlreichen Tracheen treten von der oberen, oder bei den lateralen Organen von der inneren Seite heran und verzweigen sich aufs zahlreichste und zierlichste zwischen den blassen Zellen. Ihre feinsten Ausläufer, die schlingenförmig zusammenzuhängen scheinen, finden sich überall zwischen den blassen Zellen, sind jedoch bei den ventralen Organen dicht an der, der Aussenwelt zugekehrten Fläche am zahlreichsten, während sie bei den anderen oberflächlich im ganzen Umkreise sich finden. Die Chitinhaut der grösseren Tracheenstämme trägt auch in diesen Organen, wie sonst bei Lampyris, feine Härchen.

7. Die Nerven, die erst nach langen und mühevollen Untersuchungen aufgefunden wurden, treten mit den Tracheen ein und verästeln sich zwischen den blassen Zellen, doch lange nicht so reichlich wie die Tracheen. Dieselben sind blass, hie und da mit Kernen besetzt und auch an den Teilungsstellen mit kernhaltigen Anschwellungen versehen, von denen zwei bis fünf Äste ausstrahlen. Bei der Ähnlichkeit der blassen Parenchymzellen mit Nervenzellen wurde an die Möglichkeit einer Verbindung der Nerven mit diesen Zellen gedacht, doch gelang es bisher nicht, irgend eine hierauf bezügliche Thatsache aufzufinden, wie denn auch sonst das letzte Ende der Nerven ganz im Dunkeln blieb.

II. Physiologisches.

8. Die eigentliche Leuchtsubstanz besteht nicht aus den Körnchen der weissen Zellen oder den sogen. Leuchtkörnchen Leydigs, zu denen dieser Autor auch grössere, radiär gestreifte, dunkle Körner in den Fettkörperzellen der Weibchen von L. splendidula zählt, sondern aus dem Inhalte der blassen Parenchymzellen, wie durch direkte Beobachtung der Leuchtorgane unter dem Mikroskope bei Nacht unter Zuziehung von Lampenlicht leicht zu ermitteln ist.

9. Der Inhalt dieser leuchtenden Zellen stimmt in allen mikrochemischen Reaktionen mit einem Eiweisskörper überein, doch ist bei

der äusserst geringen Menge des zu beschaffenden Materiales eine einlässlichere chemische Prüfung nicht zu verwirklichen gewesen.

10. Von den Körnern der weissen Zellen und auch von den grösseren gestreiften Kugeln der Fettkörperzellen, die Leydig nicht bloss irrtümlich als Leuchtkörner, sondern auch als aus unorganischer Materie, die vielleicht Phosphor sei (!), bestehend bezeichnet, ergiebt die einfachste mikrochemische Untersuchung, dass sie aus einem harnsauren Salze, nach meinen bisherigen Ermittelungen aus NH_4O, Ür bestehen. Nach A und ClH Zusatz bilden sich in der kürzesten Zeit die charakteristischen Ür Krystalle; mit kaustischen NaO und KO entstehen schöne Nadelbüschel von harnsaurem Alkali; ja mit zwei bis drei rein präparierten Organen der Männchen von L. splendidula lässt sich sogar durch Salpetersäure und Ammoniak überzeugend die Murexidprobe anstellen und durch nachherigen Zusatz von Kali auch das charakteristische Purpurblau erhalten. Die Basis wurde durch das Auftreten von Salmiakarborisationen nach Zusatz von ClH, und dadurch, dass die weisse Masse beim Glühen keinen Rückstand hinterliess, als Ammoniak bestimmt.

11. Die Bemühungen, Phosphor in den Leuchtorganen nachzuweisen, waren vergeblich. Es wurden die Leuchtorgane von 30 Männchen von L. splendidula mit Schwefelkohlenstoff behandelt; als derselbe nachher auf Fliesspapier der Verdunstung überlassen wurde, entstand weder Leuchten, noch ein Brennen des Papieres. Behandelt man frei präparierte Organe mit Höllenstein, so entsteht kein schwarzer Niederschlag. Ebensowenig tritt dies ein, wenn man einen Haufen Tiere in ein kleines Gefäss bringt und dasselbe mit einem Schälchen, woran sich ein Tropfen Höllensteinlösung befindet, zudeckt.

12. Das Leuchten der Lampyris ist ein von der Willkür der Tiere abhängiger Akt und findet sowohl bei Tag als auch bei Nacht statt, so jedoch, dass dasselbe am Tage sehr häufig fehlt, was wohl einfach damit zusammenhängt, dass diese Tiere überhaupt Nachttiere sind und am Tage meist ruhig im Dunklen verbleiben. Bewegungen für sich allein haben keinen Einfluss auf das Leuchten, und sieht man häufig des Nachts Tiere bei den lebhaftesten Bewegungen ohne Leuchten. Ebensowenig ist Bestrahlung der Tiere durch Licht von Einfluss und leuchten dieselben auch nach tagelangem Verbleiben im Dunkeln.

13. Eine grosse Zahl von Reizen haben Einfluss auf das Leuchten und zwar folgende:

1. Mechanische Reizung. Zerzupfen der Leuchtorgane, ja selbst schon ein schwächerer Druck auf dieselben von aussen macht ohne Ausnahme helles Leuchten. Werden die Organe fein zerteilt oder zerrieben, so hört das entstandene Leuchten bald auf. Häufig tritt das Leuchten auch ein, wenn der Kopf oder Thorax der Tiere abgeschnitten oder langsam zerdrückt wird.

2. Elektrische Reizung. Reizt man ein ganzes Tier oder auch nur ein Abdomen eines solchen, das nicht leuchtet, durch einen etwas stärkeren, der Länge nach dasselbe durchziehenden Induktionsstrom, wobei jedoch das Tier vorher, am besten durch Speichel, befeuchtet werden muss, da seine trockene Chitinhaut ein schlechter Leiter der Elektricität ist,

so entsteht momentan das brillanteste Leuchten, das meist rasch wieder schwindet, sobald die Kette geöffnet wird. Dasselbe geschieht, wenn man die Pole direkt an die Leuchtorgane ansetzt und sehr häufig auch, wenn man den Kopf allein reizt.

3. Temperaturen. Nach Versuchen von Kunde und mir, die mit älteren ziemlich stimmen, bringt Wärme von + 40 bis + 60° R. konstant helles Leuchten hervor, seltener und nicht sicher eine Kälte von — 3 bis — 5°. Auch auf Temperaturunterschiede von einigen 30° C reagieren die Organe und kommen dieselben fast immer schön zum Leuchten, wenn man Tiere von Eis in Handwärme bringt.

4. Chemische Reize. Bei diesen Versuchen wurden immer nur die abgeschnittenen Hinterleiber dem Reagens ausgesetzt und dieselben stets vollständig mit demselben befeuchtet erhalten:

a) Kaustische Alkalien sind mächtige Erreger der Leuchtorgane, und zwar wirkt Kali causticum in allen Konzentrationen von 0,7—50%.

b) Säuren. Sehr schönes Leuchten bedingen SO_3, NO_5 und ClH, und gehen bei der SO_3 die wirksamen Lösungen von $1/2$—75 %; bei der ClH wurden 3—25 % Lösungen mit Erfolg geprüft, bei der NO_5 eine 22 % Solution, die einzige, mit der experimentiert wurde. Auch die Dämpfe der beiden letztgenannten Säuren sind Reizmittel für die Leuchtorgane. Ausserdem wirken schwach Phosphorsäure, dann konzentrierte Essigsäure, eine 5 % Chromsäure.

c) Solutionen indifferenter Substanzen sind bei gewissen Konzentrationen auch Erreger der Leuchtorgane, so die Haloidsalze und die neutralen Salze der Alkalien und Erden, auch der Zucker. Kochsalz wirkte als Reiz von 3 % an aufwärts, phosphorsaures und schwefelsaures Natron von 4—5 % an.

d) Ferner wirken als Erreger: Alkohol von 45 % an aufwärts, wasserfreier Äther, Kreosot, Höllenstein, Chloroform und Chlordämpfe.

e) Keine Erreger sind: Wasser, Speichel, Strychnin, verdünnte Salz- und Säurelösungen, Öle, Schwefelkohlenstoff, viele Metallsalze. Auch O scheint nach Einem Versuche kein wirklicher Erreger zu sein, denn nicht leuchtende Abdomina und ganze Tiere kommen in demselben oft erst nach einer und mehr Stunden zum Leuchten, leuchten dann aber allerdings lange und schön.

14. Das Leuchtvermögen geht zu Grunde durch eine grosse Zahl von Einwirkungen, doch zeigt dasselbe immerhin eine grosse Zähigkeit. Auf immer und rasch geht dasselbe verloren durch Mineralsäuren und kaustische Alkalien, ferner, und dies scheint mir besonders interessant, durch nervenlähmende Narcotica, wie durch die Dünste von Blausäure und Koniin (mit Curare gelangen die Versuche nicht).

Bei diesen Versuchen mit diesen Giften wurden die Tiere, unter den gehörigen Vorsichtsmassregeln für den Experimentierenden, in ein kleines Uhrgläschen gebracht, mit Speichel befeuchtet und dieses Gläschen dann auf das in einem grösseren Gefässe enthaltene Gift gebracht, so dass die atmosphärische Luft freien Zutritt hatte. Waren es leuchtende Tiere, mit denen experimentiert wurde, so schwand das Leuchten in 3—5 Minuten und nach 5—10 Minuten waren die Leuchtorgane vollkommen tot und durch keinen Reiz, auch durch Zerzupfen, Elektricität und kaustische Alkalien nicht, zum Leuchten zu bringen. Das letztere trat ebenfalls ein, wenn nicht leuchtende Tiere den genannten giftigen Dünsten ausgesetzt worden waren. Wie durch diese Substanzen, so werden die Leuchtorgane auch getötet durch starke elektrische Ströme, Alkohol, Äther, organische Säuren.

Von andern schädlich wirkenden Eingriffen heben wenigstens manche das Leuchten nicht notwendig für immer auf. So kommen eingetrocknete Tiere durch Wasser wieder zum Leben und Leuchten, ebenso durch Kälte (0 bis -5°) erstarrte Tiere durch die Handwärme. Ferner ist es mir gelungen, durch NaCl von 12·—20% erschöpfte, d. h. infolge der starken Wasserentziehung nicht mehr leuchtende ganze Tiere und abgetrennte Organe in Wasser wiederum zum Leuchten zu bringen, und so werden gewiss fernere Versuche lehren, dass auch hier ungefähr dieselben Wiederbelebungen gelingen, wie bei den Samenfäden und den Nervenfasern.

Die Dauer der Reizbarkeit der Leuchtorgane und des Leuchtens selbst ist unter günstigen Verhältnissen eine sehr lange. In feuchter Atmosphäre erhalten sich abgeschnittene Abdomina häufig 24—36 Stunden leuchtend, ebenso in dünnen Salz-, Zucker- und Eiweisssolutionen. Am längsten beobachtete ich das Leuchten getrennter Abdomina in einer feuchten O Atmosphäre, nämlich 49 Stunden. In Wasser, d. h. wenn die Tiere ganz befeuchtet sind, erlischt das Leuchtvermögen ziemlich bald, meist in 1--3 Stunden.

15. Wurden mit Salzlösung befeuchtete Tiere so auf die Bäusche des stromleitenden Du Bois schen Apparates gelegt, dass der Kopf und das Schwanzende auflagen, so lenkten leuchtende Tiere, besonders Weibchen, die Nadel des Multiplikators um 3—7° ab, wobei sich das Kopfende als positiv ergab. Das Resultat war jedoch nicht ganz konstant und werden weitere Versuche nötig sein, bevor dasselbe zu weiteren Schlüssen wird verwertet werden dürfen.

Nicht leuchtende Tiere zeigten, auch wenn sie auf den Bäuschen sich bewegten, an meinem Multiplikator von 16 000 Windungen meist gar keinen Strom oder bewirkten eine Ablenkung von höchstens 1—2°.

16. Gern hätte ich bestimmt, ob leuchtende und nicht leuchtende Tiere in der Temperatur verschieden sind. Ich gelangte jedoch, da dieser Versuch ganz ans Ende der Erscheinungszeit dieser Tiere fiel, nur noch dazu, mit Hilfe des thermo-elektrischen Apparates die Temperatur nicht leuchtender Weibchen auf 17° C. bei einer Zimmertemperatur von 20° C. zu bestimmen.

Resultate.

Aus den vorhin mitgeteilten Erfahrungen, zusammengehalten mit den anatomischen Thatsachen, ziehe ich den Schluss, dass die Leuchtorgane nervöse Apparate sind, die ihre nächsten Analoga in den elektrischen Organen finden möchten. Alle Nervenreize bringen Leuchten hervor, und die Mittel, die die Nervenleistungen vernichten, wirken auch hier schädlich. Die bisher gang und gäbe Theorie, von einem im Leuchtorgane aufgespeicherten und abgelagerten Leuchtstoffe, etwa Phosphor, der bei O Zufuhr durch die Atembewegungen sich oxydiere und dann leuchte, wird durch meine Versuche gründlich vernichtet. Das müsste in der That eine sonderbare Materie sein, die durch Säuren und Alkalien, durch Alkohol und Kreosot, durch Salze und Zucker etc. zum Leuchten käme und deren Leuchten durch Blausäure und Koniin verschwände. Meiner Meinung zufolge lassen meine Beobachtungen nur eine Deutung zu, die nämlich, dass das Leuchten unter dem Einflusse des Nervensystems hervorgebracht werde und immer nur so lange, sei es lang oder kurz, dauere, als die Nerven, vom Willen oder sonstwie angeregt, auf die Organe wirken. Mit Bezug auf die nächste Ursache des Leuchtens, so habe ich an elektrisches Licht gedacht und an Licht, hervorgebracht durch Chemismus. Ob der erste Gedanke einer weiteren Verfolgung wert ist, ob vielleicht gar die Möglichkeit vorliegt, durch eine Analyse des grünlichen, bei mikroskopischer Untersuchung wie aus kleinen Funken bestehenden Lichtes der Lampyris nachzuweisen, ob es elektrisch sei oder nicht, wage ich nicht zu entscheiden. Mir sagt vorläufig die zweite Vermutung besser zu und scheint dieselbe auch durch das von mir in den Leuchtorganen gefundene harnsaure Ammoniak unterstützt zu werden. Mögen auch diese Ablagerungen ihrer Lagerung zufolge und wegen ihrer Zusammensetzung aus sehr feinen runden Körnchen das Licht der leuchtenden Substanz selbst verstärken, so liegt es doch, um so mehr, da auch ihre Menge sehr variabel ist, näher, sie auf den Stoffwechsel in der Leuchtmaterie zu beziehen und anzunehmen, dass diese, die ja vorzüglich aus einem Eiweisskörper besteht und durch ihre zahlreichen Tracheen viel O zugeführt bekommt, im Leben so zerfällt, dass als eines der Endglieder NH_4O, Ür entsteht. Das Leuchten wäre dann ein Begleiter dieser Umsetzung (Oxydation) der eiweissartigen Leuchtmaterie, doch müsste natürlich angenommen werden, dass diese Umsetzung unter dem direktesten Einflusse des Nervensystems steht, ja selbst nur in Folge der grossen, von den Nerven abhängigen Intensität derselben so stark auftritt, dass sie wirklich Leuchten hervorbringt, während unter gewöhnlichen Verhältnissen Eiweisssubstanz, die sich oxydiert, nicht leuchtet. Ist diese Darstellung richtig, so hätten wir wieder ein merkwürdiges Beispiel von einem direkten Einflusse des Nervensystems auf den Stoffwechsel kennen gelernt, das, wenn es auch an dem Einflusse der Nerven auf die elektrischen Organe und auf die Speicheldrüsen, sowie in der Einwirkung der Muskelnerven auf die Muskeln in gewissem Sinne ein Analogon findet, doch vorläufig als sui generis dasteht.

So viel vorläufig. Ich hoffe im nächsten Winter dazu zu kommen, meine Erfahrungen mit Abbildungen ausführlicher zu veröffentlichen, doch kann es auch sein, dass ich noch eine Flugzeit der Lampyris abwarte, um manche noch vorhandenen Mängel auszufüllen. Auf jeden Fall werde ich dann auch den früheren zahlreichen Untersuchungen über das Leuchten der Lampyris gehörig Rechnung tragen, unter denen, wie ich jetzt schon bemerken will, die meines Landsmannes Macaire in Genf (Bibl. univers. d. Genève 1821 und Gilberts Annalen 1822 S. 265) die gediegendsten sind, und mich auch bemühen, die physiologischen Verhältnisse der leuchtenden Tiere überhaupt in ein Gesamtbild zusammenzufassen.

122. Über zwei noch nicht beschriebene Leuchtorgane der Männchen von Lampyris splendidula in Würzb. Sitzungsber. von 1858, S. LX.

Von den Männchen beider einheimischen Lampyrisarten wird allgemein angegeben, dass dieselben nur an den letzten Abdominalringen Leuchtorgane besitzen. Nun fand ich aber neulich auf dem hiesigen Glacis ein Männchen von Lampyris splendidula, das auch an den vorderen Teilen des Abdomens leuchtete. Eine darauf vorgenommene anatomische Untersuchung dieses und anderer Männchen ergab, dass alle auch in den Seitenteilen des ersten Abdominalringes ganz kleine runde Leuchtorgane besitzen, deren Bau ganz derselbe ist, wie der der entsprechenden Organe der Weibchen. Da diese Organe klein sind, selten leuchten und ihnen auch keine durchsichtige Stelle des Chitinpanzers entspricht, so ist begreiflich, dass dieselben bisher übersehen wurden.

123. Über die Leuchtorgane einiger amerikanischen Elater in Würzb. Sitzungsber. von 1858, S. XXVIII.

Im Herbste 1857 erhielt ich in London drei unbestimmte Arten Elater in trockenem Zustande, von denen zwei von den westindischen Inseln stammten, die dritte aus Brasilien. In $1/2\,^0/_0$ Kochsalz erweicht, liess sich der Bau der mit Bezug auf ihren Sitz hinreichend bekannten zwei Organe am Thorax noch bis zu einem gewissen Grade erforschen, wobei sich folgendes ergab:

1. Über jedem Leuchtorgane findet sich eine durchsichtige, aber ziemlich dicke Chitinlage mit spärlichen Haaren, Andeutung von Poren und mit dem besonderen faserigen, von den Flügelteilen der Käfer bekannten Baue.

2. Dicht an dieser fensterartigen Stelle liegt ein besonderes kugeliges, weissgelbes Organ, das in seiner Hauptmasse aus blasser, feinkörniger Substanz besteht, die nach der Analogie mit Lampyris die eigentliche Leuchtsubstanz ist, und wahrscheinlich ganz und gar einen zelligen Bau besitzt.

3. In dieser feinkörnigen Substanz waren mit Bestimmtheit Tracheen zu erkennen, doch liess sich über deren Zahl und genaueres Verhalten nichts Sicheres ermitteln, sowie auch selbstverständlich von etwaigen Nerven des Organes nichts zu sehen war.

4. Dagegen liess sich leicht feststellen, dass auch bei Elater wie bei Lampyris die Leuchtorgane in reichlicher Menge ein harnsaures Salz enthalten. In Form feiner, runder, weisser Körnchen schien dasselbe besonders die oberflächlichen Schichten der hellen körnigen Substanz zu durchziehen, war jedoch auch in den inneren Lagen nachzuweisen. Bei Zusatz von etwas Salzsäure lösten sich die weissen Körnchen auf und entstanden alsbald in reichlichster Menge die charakteristischen Harnsäurekrystalle. Die Basis wurde nicht bestimmt, ist jedoch wahrscheinlich auch hier Ammoniak.

Die ermittelten Thatsachen genügen, um die grosse Ähnlichkeit der Leuchtorgane von Elater und Lampyris herzustellen.

124. Einige Bemerkungen über die Resorption des Fettes im Darme, über das Vorkommen einer physiologischen Fettleber bei jungen Säugetieren und über die Funktion der Milz in Würzb. Verh. VII, 1857, S. 174—193.

I. Resorption des Fettes im Darme. Beobachtung fetthaltiger Cylinderzellen im Dickdarme und Magen und von Fett in den Peyerschen Follikeln.

II. Vorkommen einer Fettleber bei saugenden Tieren und Kindern des 1. Jahres. Bei Tieren auch Fett in den Muskelfasern, dem Epithel der Harnkanälchen, des Pankreas, der Magendrüsen und Nebennieren.

III. Funktion der Milz (s. Nr. 129).

Verrichtungen der Milz.

125. Über den Bau und die Verrichtungen der Milz in Mitteil. der naturforsch. Ges. in Zürich. 1847, S. 120--125, 129—137.

126. Über Blutkörperchen haltige Zellen, ein Schreiben an Prof. K. E. Hasse in Zürich in Zeitschr. f. wiss. Zool. I, 1848, 1849, S. 260—267, Taf. XIX.

127. Noch ein Wort über Blutkörperchen haltende Zellen in Zeitschr. f. wiss. Zool. II, 1850, S. 115—118.

128. Article Spleen in Todds Cyclopaedia of Anatomy Part XXXVI, June 1849, pag. 771—801.

129. Über die Funktion der Milz in Würzb. Verh. VII, 1857, S. 186—193.

Bei den Arbeiten über die Milz Nr. 125—128 spielen die von A. Ecker und mir fast gleichzeitig aufgefundenen Blutkörperchen enthaltenden Zellen eine Hauptrolle, doch ergab sich nach und nach die von uns denselben gegebene Deutung als Elemente, in denen die Blutzellen zu Grunde gehen, als die einzig richtige und glaubt niemand mehr an eine Entstehung von Blutkörperchen in diesen Zellen. Ich hielt in meinen ersten Arbeiten diese in manchen Milzen in ungeheuren Mengen vorkommenden Zellen für normale Bildungen und betrachtete die Milz als ein Organ, in welchem Blutzellen massenhaft zu Grunde gehen, später jedoch zeigte sich, dass das Vorkommen solcher Elemente zwar zu den sehr häufigen Erscheinungen zählt, aber doch nicht als normal anzusehen ist. Und was die Entstehung dieser Zellen mit Blutkörperchen betrifft, so ist jetzt als ausgemacht anzusehen, dass die farblosen Zellen des Blutes oder der Milzpulpe durch amöboide Bewegungen eine gewisse Anzahl roter Blutzellen sich einverleiben, welche dann in denselben nach und nach in kleine dunkelgefärbte Körper, selbst in Pigmentkörner übergehen und als solche auch im Milzvenenblute und im Gesamtblute vorkommen können.

In der Arbeit Nr. 129 sind besonders die Verhältnisse des Milzblutes berücksichtigt und stellte ich folgende Sätze auf:

1. Bei neugeborenen und saugenden Tieren ist das Leberblut ungemein reich an farblosen Blutzellen und findet auch eine Bildung roter Blutzellen in diesem Organe statt.

2. Diese farblosen Elemente des Leberblutes stammen vielleicht alle, auf jeden Fall die Mehrzahl aus der Milz und findet sich auch in dieser und zwar noch entschiedener eine Bildung roter Blutzellen.

3. Die vielen farblosen Zellen des Leberblutes des Erwachsenen stammen aus der Milz.

4. Eine Bildung farbiger Zellen aus farblosen habe ich beim Erwachsenen weder in der Milz, noch in der Leber mit Bestimmtheit nachzuweisen vermocht.

5. Die Lymphe der oberflächlichen Gefässe der Milz ist sehr arm an Zellen, wogegen die Vasa lymphatica profunda eine nicht unbedeutende Zahl von solchen führen.

Aus allem Bemerkten folgt, dass die Milz neben andern Funktionen auch die hat, farblose Blutzellen zu bilden, welche dann, wenigstens bei jungen Tieren, wahrscheinlich auch bei allen Embryonen, teils in ihr, teils in der Leber und vielleicht im Gesamtblute zu roten Blutzellen sich gestalten.

Erwähnung verdient noch, dass das Blut saugender Tiere Haufen feiner Körnchen in grossen Mengen enthält, die in Wasser aufquellen und Körner oder Bläschen von 1—1,7 μ erkennen lassen, die in A erblassen und körnig werden und sich langsam lösen, in Kali causticum augenblicklich vergehen und von Äther und Alkohol nicht aufgenommen werden. Diese auch von Funke gesehenen Gebilde scheinen „Blutplättchen" gewesen zu sein.

In Blutzellen von saugenden Mäusen fand ich ferner beim Zusatze von Wasser und Essigsäure bei einem Dritteile oder der Hälfte derselben körnige Niederschläge, so dass sie wie granulierte Kerne aussahen.

Endlich habe ich auch durch eine sorgfältige Prüfung der Elemente der Milzpulpe, der Lymphdrüsen und der Peyerschen Follikel mit Sicherheit nachgewiesen, dass in diesen Organen keine freien Kerne vorkommen, vielmehr alle diese Elemente von einer allerdings oft sehr schmalen Protoplasmamasse umgeben sind, durch welchen Nachweis der von mir für Embryonen aufgestellte Satz, dass bei denselben keine freie Zellenbildung vorkomme, auch für den Erwachsenen bewiesen wurde, indem

die lymphoiden Organe immer als Hauptstütze der freien Zellenbildung
galten.

Was sonst noch in den verschiedenen Milzartikeln über das Vor-
kommen von Muskelfasern in diesem Organe und ihrer physiologischen
Bedeutung und über die Blutgefässe, die ich in den Malpighischen
Körperchen zuerst wahrnahm, gesagt ist, kann füglich übergangen werden.

130. Über das anatomische und physiologische Verhalten
der kavernösen Körper der Sexualorgane in Würzb.
Verh. II, 1851, S. 118—134 und Würzb. naturwissensch. Zeitsch.
Sitz.-Ber. Bd. V.

Erste gute Hypothese über das Zustandekommen der Erektion
durch Erschlaffung der von mir zuerst mit Bestimmtheit nachgewiesenen
glatten Muskeln der Balken der Corpora cavernosa. In der zweiten
kleinen Notiz wird gezeigt, dass die von Eckhard gefundene
Thatsache, dass bei unterbundenen Arterien keine Erschlaffung der
Muskulatur der Corp. cavernosa durch Reizung der Nervi erigentes und
keine Erektion eintritt, nichts gegen meine Hypothese beweist, indem
in diesem Falle ja kein Blut in die Maschenräume eintreten und somit
auch ihre Muskeln nicht erschlaffen können.

131. Koelliker und H. Müller: Bericht über die während
der Sommersemester 1853 und 1854 in der physiologischen Anstalt der Universität Würzburg angestellten Versuche in Würzb. Verh. Bd. V, 1855, S. 213—236.

Von den zahlreichen, meist im Interesse des Unterrichtes von
uns angestellten Versuchen, wollen wir erwähnen, dass wir die ersten
waren, die das Ludwigsche Speichelexperiment wiederholten; ferner
wurde von uns an Hunden mit Magenfisteln nach Bernard, nach Sektion
beider Vagi, eine Fortdauer der Verdauung beobachtet. Dann legten
wir Gallenblasenfisteln an und machten Beobachtungen über Gallenabsonderung. Reizung eines centralen Vagusstumpfes ergab ein Still-
stehen der Respiration in der Inspiration.

132. Dieselben: Zweiter Bericht in Würzb. Verh. VI, 1856,
S. 435—533.

Enthält:

1. Angaben über die relative und absolute Menge der in bestimmten Zeiten secernierten Galle bei drei Gallenfistelhunden.

2. Über den Einfluss der Nahrungsmenge auf die Gallensekretion.

3. Über den durch Schliessung der Fisteln erzeugten chronischen
Ikterus, sowie über die Ernährung der Hunde mit geschlossenen und
offenen Fisteln.

4. Über das Vorkommen von perforierenden Duodenalgeschwüren
und Arterienincrustationen bei Gallenblasenfistelhunden.

5. Über die Ausscheidung von Harnstoff und Schwefelsäure durch
den Harn bei einem Hunde mit künstlich erzeugtem Ikterus und einem
andern mit Gallenblasenfistel.

6. Untersuchung des Harns auf Harnstoff und Schwefelsäure bei
einem ikterischen Mädchen.

7. Über das Vorkommen von Leucin (und Tyrosin?) im pankreatischen Safte und im Darme nebst einigen Resultaten der Anlegung von Pankreasfisteln.

8. Zur Lehre von der Wirkung des Darmsaftes auf Proteinsubstanzen. Günstige Wirkung bei einer Katze.

9. Ludwigs Speichelversuch mit Bestimmung der Menge des Sekretes.

10. Einige Untersuchungen über die Resorption von Eisensalzen.

11. Über die Umsetzung von Amygdalin in Blausäure im lebenden Körper bei gleichzeitiger Einführung von Emulsin.

12. Nachweis der negativen Schwankung des Muskelstromes am natürlich sich kontrahierenden Herzen.

133. Experimenteller Nachweis von der Existenz eines Dilatator Pupillae. Zeitschr. f. wiss. Zool. VI, 1855, S. 143.

Einem eben getöteten Kaninchen wurde der Rand der Iris mit dem ganzen Sphinkter abgeschnitten und dann der Rest der Membran galvanisch gereizt, worauf die Pupille sich erweiterte durch Zusammenziehung des Irisrestes unter Verwölbung derselben. Dasselbe erfolgte bei Reizung des Halssympathicus.

134. Koelliker und H. Müller, Über das elektromotorische Verhalten des Froschherzens. Der Berliner Akademie am 3. März 1856 vorgelegt von E. du Bois-Reymond.

I. Strom des ruhenden Herzens.

Die Entdeckung von du Bois-Reymond, dass die Spitze des Herzens negativ, die Oberfläche dagegen positiv sich verhält, hat uns veranlasst, das elektromotorische Verhalten des Froschherzens näher zu prüfen, wobei sich folgende Thatsachen ergaben:

1. Die Spitze des ganzen Herzens verhält sich negativ gegen jeden Punkt der Oberfläche der Kammer.

2. Ebenfalls negativ ist die Herzspitze gegen die durch Abschneiden der Vorkammern ohne Verletzung der Kammer entstandene Schnittfläche.

3. Dagegen ist die Spitze des Herzens positiv gegen Querschnitte an der Basis der Kammer selbst.

4. Jeder Punkt der Seitenwände des Herzens ist positiv gegen Querschnitte an der Basis oder an der Spitze der Kammer, wie schon Matteucci an Säulen aus Taubenherzen im Allgemeinen beobachtet hatte.

5. Der Ausschlag, den ein ganzes, mit der äusseren Fläche der Kammer und der Spitze aufgelegtes Herz giebt, ist geringer als der, den man erhält, wenn man den Querschnitt der Spitze und die Oberfläche auflegt.

Eine Erklärung dieser Sätze kann zum Teil erst versucht werden, wenn der anatomische Verlauf der Muskelfasern des Froschherzens bekannt sein wird, eine Untersuchung, mit der wir eben beschäftigt sind.

II. Einfache galvanische Zuckung vom Froschherzen aus.

Bei reizbaren Fröschen erhält man hie und da, jedoch im ganzen ziemlich selten, beim Auflegen des Ischiadicus eines stromprüfenden Froschschenkels auf das Herz, eine Zuckung und zwar wenn der Nerv 1. Oberfläche und Spitze oder 2. Oberfläche und Querschnitt der Spitze berührt oder endlich 3. wenn derselbe quer über die Mitte der Kammer hinübergelegt wird, so dass er noch den linken Seitenrand des Herzens berührt. Berührt der Nerv nur Oberfläche oder nur Spitze, so tritt keine Zuckung ein.

III. Negative Schwankung des elektrischen Stromes des Herzens während der natürlichen Kontraktion desselben.

Wenn das auf den Bäuschen liegende Froschherz fortpulsiert, hat man Gelegenheit, die negative Schwankung des elektrischen Stromes desselben während der Kontraktion zu beobachten. Die Nadel des Multiplikators nämlich, die durch den Strom des ruhigen Herzens in den positiven Quadranten abgelenkt wird, geht mit der ersten, auf den Bäuschen eintretenden Systole in den negativen Quadranten über und zeigt auch während der nun folgenden Oscillationen jede Systole deutlich an, bis sie nahe am Nullpunkte sich einstellt und mit jeder Diastole etwas in den positiven, mit jeder Systole um ein geringes in den negativen Quadranten hinüberoscilliert. Bei diesem Versuche wurde das Herz in günstiger Lage so gebettet, dass es möglichst wenig sich verschieben konnte, doch wäre es allerdings noch zweckmässiger, den von du Bois-Reymond uns geratenen Versuch zu machen, das Herz mit unschädlicher Flüssigkeit prall injiziert auf die Bäusche zu legen, so dass dasselbe nicht im Stande ist, seine Lage zu ändern, ein Verfahren zu dessen Anwendung wir noch nicht Musse fanden.

IV. Sekundäre Zuckung vom pulsierenden Froschherzen aus.

Wird der Nerv eines stromprüfenden Froschschenkels in günstiger Lage auf ein pulsierendes Froschherz gebettet, so gerät der Schenkel bei jeder Systole in Kontraktion, was wohl am besten beweist, dass der Erfolg des Multiplikatorversuchs ebenfalls auf negative Schwankung zu beziehen ist, und nicht bloss auf Veränderung der elektromotorischen Wirkung durch die nicht ganz zu vermeidende Verschiebung des Herzens zwischen den Bäuschen. Die näheren Erscheinungen dieses Versuches sind folgende:

1. Die sekundäre Zuckung vom Herzen aus zeigt sich bei reizbaren Fröschen je beim 2. oder 3. Tiere.

2. Die Stärke derselben ist oft sehr bedeutend, so dass der Schenkel mit jeder Systole mit ausgespreizten Zehen tetanisch sich streckt, ja einmal gelang es uns, vom Gastroknemius des ersten Schenkels aus an einem zweiten Schenkel sekundäre (also eigentlich tertiäre) Zuckung zu erregen.

3. Die Dauer des Phänomens anlangend, so fanden wir in Einem Falle während $5/4$ Stunden eine fast unausgesetzt mit jeder Systole eintretende Zuckung des stromprüfenden Schenkels und in mehreren Fällen beobachteten wir dieselbe $3/4$—1 Stunde lang.

4. Diese Versuche gelingen sowohl mit dem ganzen Herzen als nach abgeschnittener Spitze desselben.

5. In allen Fällen wird die sekundäre Zuckung etwas vor dem Eintreten der Systole, d. h. vor der sichtbaren Kontraktion der Kammer beobachtet, und kann mithin dieser Versuch zur Bestätigung des von Helmholtz vor kurzem bewiesenen Satzes gelten, dass die negative Schwankung des Muskelstromes in die Zeit fällt, welche der Kontraktion vorangeht. (S. Monatsb. der K. Berliner Akad. 1854, S. 329.)

6. Hie und da sieht man an dem stromprüfenden Schenkel nach der die Systole anzeigenden Zuckung eine zweite schwächere, die mit der Diastole zusammenfällt. In Einem Falle war diese zweite diastolische Zuckung mit besonderer Deutlichkeit zu sehen und hing offenbar von der Diastole ab, indem sie jedesmal ausblieb, wenn der Nerv nach der systolischen Zuckung des Schenkels rasch vom Herzen abgehoben wurde. Sollte diese diastolische sekundäre Zuckung auch bei ferneren Versuchen sich bestätigen, so wäre man wohl berechtigt anzunehmen, dass dieselbe das Resultat der Rückkehr des Herzstromes zu seiner ihm während der Ruhe zukommenden Grösse ist, also in ähnlicher Weise als eine Folge der mit der Erschlaffung des Herzmuskels eintretenden positiven Schwankung des Muskelstromes erscheint, wie die erste systolische Zuckung von der mit der Herzkontraktion eintretenden negativen Stromesschwankung abhängt.

135. Über den physiologischen Vorgang der Atembewegungen in Würzb. Sitzungsber., 4. Juli 1863, S. X.

Enthält einige Ausstellungen und Bemerkungen in Betreff der Arbeit von Rosenthal über diesen Gegenstand. Namentlich suche ich nachzuweisen, dass dieser Autor die Bedeutung der Vagi für die Respiration wohl etwas unterschätzt habe.

136. Bamberger und Koelliker, Über die Herzbewegungen in Würzb. Sitzungsber. 1856, S. XII.

Bamberger berichtet über mit mir angestellte Versuche, bei denen bei Kaninchen die Brustmuskeln links vom Sternum abpräpariert wurden, so dass die Herzbewegungen durch die nicht verletzte Pleura direkt beobachtet werden konnten. Es ergab sich 1. eine systolische Abwärtsbewegung des Herzens durch Streckung der grossen Arterien. 2. Ein Zustandekommen des Herzstosses durch Anpressen der vorderen Herzfläche an die Brustwand. 3. Eine Drehung des Organes um die Längsachse bei der Systole von links nach rechts. 4. Bewegungen der Lungenränder im Zusammenhange nicht nur mit dem Atmen, sondern auch mit der Systole und Diastole.

137. Vorübergehende Beseitigung eines krankhaften Herzklopfens durch tiefe Inspirationen in Würzb. Sitzungsber. 6. Febr. 1857, S. VIII.

Ich fand, dass, wenn zu einigen tiefen Einatmungen ein mässig langes Anhalten des Atmens dazu kommt, das Herzklopfen auf die Dauer von ein bis zwei Tagen sich beseitigen lässt.

D. Entwicklungsgeschichte.

1. Grössere Werke, Handbücher.

138. Entwicklungsgeschichte des Menschen und der höheren Tiere. Akademische Vorträge. 1861, Leipzig, W. Engelmann, 268 S., 225 Holzschn.

139. Dasselbe. Zweite ganz umgearbeitete Aufl., XXXIV, 1033 S., 606 Holzschnitte, Leipzig, W. Engelmann, 1879.

140. Grundriss der Entwicklungsgeschichte des Menschen und der höheren Tiere für Studierende und Ärzte, 418 S., 300 Holzschn., 1 Farbentafel, Leipzig, W. Engelmann, 1880.

141. Dasselbe. Zweite Aufl., 454 S., 299 Holzschn. u. 1 Farbentafel. Leipzig, W. Engelmann, 1884.

Übersetzung.

142. Embryologie, ou Traité complet du Développement de l'homme et des animaux supérieurs par A. Koelliker, Traduction faite sur la deuxième édition allemande par Aimé Schneider, Professeur à la Faculté des sciences de Poitiers, revue et mise au courant des dernières connaissances par l'Auteur, avec une préface par Mr. H. de Lacaze-Duthiers, Membre de l'Institut de France, sous les auspices du quel la traduction a été faite, 1059 pages, 606 figures dans le texte, Paris, C. Reinwald, Libraire-éditeur 1882.

Meine Vorlesungen über Entwicklungsgeschichte vom Jahre 1861 sind in ihrem ersten Abschnitte, der von der Entwicklung der Leibesform handelt, wesentlich auf den Untersuchungen von Bischoff und Remak aufgebaut, doch enthält auch dieser Teil etwas sehr wesentlich Neues, nämlich die ersten naturgetreuen Bilder von Querschnitten von Hühnerembryonen, die von Präparaten stammen, die mit dem Rasiermesser auf dem Objektträger durch Druck gewonnen wurden. Remak hat zwar auch Abbildungen von Querschnitten, allein dieselben sind teils Faltungen von Keimscheiben, teils Schnittflächen von ganzen Embryonen entnommen. Viel selbstständiger war die Entwicklung der Organe durchgeführt und glaube ich schon damals durch Studien an menschlichen Embryonen und über gewisse Organe (Auge, Ohr, Rückenmark,

Gehirn, Geruchsorgan, Geschlechtsorgane u. a.) fühlbare Lücken ausgefüllt und ausserdem auch durch die Beigabe von Abbildungen im Texte einen nennenswerten Fortschritt angebahnt zu haben. Alles in Allem war meine Arbeit doch nur als eine sehr unvollkommene anzusehen.

Die zweite Auflage der Entwicklungsgeschichte (Nr. 139), die 18 Jahre später erschien, ist in allen Teilen die Frucht eigener Untersuchungen und ein ganz neues Werk. Nicht nur ist die erste Entwicklung des Hühnchens von mir ganz durchgearbeitet worden, sondern ich habe auch für die Säugetiere (das Kaninchen) dasselbe zu leisten versucht, namentlich dadurch, dass ich für diese Tiere nach dem Vorgange von Hensen die Untersuchung von Schnitten der jüngsten Stufen einführte. In der zweiten Abteilung dieser Auflage ging mein Hauptaugenmerk auf die auch in der Entwicklung der Organe bisher noch wenig bekannten Säugetiere und musste daher der menschliche Embryo, abgesehen vom Knochensysteme, Nervensysteme und den Sinnesorganen, etwas in den Hintergrund treten, weil nur bei den ersteren die Anfangsstadien aller Organe erreichbar waren. Aber auch dem Hühnerembryo und den niederen Wirbeltieren konnte ich nicht die Beachtung schenken, die sie verdienen, da es nicht in meinem Plane lag, eine vergleichende Entwicklungsgeschichte zu schreiben, obgleich ich eine solche schon vor Jahren als Endziel der embryologischen Bestrebungen dargestellt hatte (Zweiter Bericht von der zoot. Anstalt in Würzburg 1849 S. IV).

In Betreff der einzelnen Leistungen in der 2. Auflage meiner Entwicklungsgeschichte wird später manches aufzuführen sein und mag daher hier die Bemerkung genügen, dass von den 606 Holzschnitten nur einige 50 nicht Originale sind, wobei jedoch nicht zu vergessen ist, dass bei beiderlei Abbildungen viele Wiederholungen sich finden.

Die beiden Grundrisse der Entwicklungsgeschichte sind wesentlich Auszüge aus der grossen zweiten Auflage, doch enthalten dieselben, entsprechend ihrer Bestimmung, die Studierenden der Medizin in die Entwicklungsgeschichte einzuführen, auch einiges Eigentümliche. So ist die erste Bildungsgeschichte des Menschen ausführlicher besprochen. Ganz neu sind die Angaben über Grösse und Gewicht menschlicher Embryonen und über die Anatomie des Neugeborenen. In der 2. Auflage kam auch ein Abriss der allgemeinen Bildungsgesetze der Wirbeltiere dazu.

2. Grundanschauungen im Gebiete der Embryologie.

13. Beiträge zur Entwicklungsgeschichte wirbelloser Tiere. 1. Über die ersten Vorgänge im befruchteten Eie in Müllers Arch. 1843, S. 68—141, Taf. VI—VII.

14. Entwicklungsgeschichte der Cephalopoden, Zürich, 1844, 180 S., 6 Taf. 4⁰.

16. Zur Lehre von den Furchungen in Wiegmanns Archiv Jahrg. XIII, 1847, S. 9—22.

143. Zur Entwicklung der Keimblätter im Hühnereie in Würzb. Verh. N. F. Bd. VIII, 1875, S. 209—215.

144. Die Entwicklung der Keimblätter des Kaninchens in Festschrift der medizinischen Fakultät Würzburg 1880, S. 1—51, Taf. I—VI. (Auch kurz im Zool. Anzeiger III, 1880, S. 370—375 und 390—395.)

145. Über die erste Entwicklung des Säugetierembryo in Würzb. Verh. N. F. Bd. IX, 1875, S. 98—101.

146. Über die Bildung der Chordahöhle und die Bildung der Chorda beim Kaninchen in Würzb. Sitz.-Ber. 1883, S. 2—9.

147. Nachtrag zu meinem Aufsatze, „Die embryonalen Keimblätter und die Gewebe", Zeitschr. f. wiss. Zool. XL, 1884, S. 356.

148. Über die Nichtexistenz eines embryonalen Bindegewebskeimes (Parablasts) in Würzb. Sitzungs-Ber. 1884, S. 14—18.

149. J. Kollmanns Akroblast in Zeitschr. f. wiss. Zool. XLI, 1884, S. 155—158.

150. Bemerkungen zu E. Haeckels Aufsatz über Ursprung und Entwicklung der tierischen Gewebe in Würzb. Sitz-Ber. 1885, S. 50—52.

151. Die embryonalen Keimblätter und die Gewebe in Zeitschr. f. wiss. Zool. XL, 1884, S. 179—213, Taf. XI, XII.

152. Über die Mitosen sich furchender Eier des Axolotl in Würzb. Sitz.-Ber. 1889, S. 22.

a) Entstehung der Keimblätter.

Auf Grund meiner ausführlichen Arbeit über die Entstehung der Keimblätter beim Kaninchen (Nr. 144) stellte ich folgende Sätze auf, an denen ich immer noch für die höheren Wirbeltiere, die Vögel und Säuger, festhalte:

1. Die Area embryonalis des Kaninchens besteht an jungen Keimblasen des fünften Tages aus drei Blättern und zwar:

   a) der Rauberschen Deckschicht aus sehr platten, grossen Zellen,

   b) einer mittleren Lage pflasterförmiger mässig dicker, schmaler Zellen,

   c) einer inneren Lage, dem Entoderm, mit grossen platten Zellen.

2. Die Rauberschen Deckzellen sind vergängliche Gebilde, die keine Beziehungen zum bleibenden Ektoderm haben, wie E. van Beneden behauptete. Dieselben lassen sich mit Rauber dem sogenannten Hornblatte der niederen Wirbeltiere vergleichen.

3. Die mittlere Lage pflasterförmiger schmaler Zellen junger Arcae embryonales ist nicht das Mesoderm, wie E. van Beneden annahm, sondern das bleibende Ektoderm.

4. Das Mesoderm entsteht, wie Hensen und ich angeben und wie auch Lieberkühn annimmt, erst zur Zeit der Bildung des Primitivstreifens und betone ich noch bestimmter als früher, dass dasselbe einzig und allein aus einer Wucherung des Ektoderms, der Achsenplatte, hervorgeht, ohne Mitbeteiligung des Entoderms.

5. Der Nachweis des Vorkommens zahlreicher Kern- und Zellenteilungen in den jungen Embryonalanlagen des Kaninchens (E. van Beneden, ich), ihre Menge in den vorzugsweise in Umgestaltung befindlichen Teilen, wie in der Achsenplatte, dem Ektoderm, dem Mesoderm, den Ektodermwucherungen der Keimblase, zeigt, dass in diesen Stadien die morphologische Entwicklung vorwiegend an das Wachstum und die Vermehrung der einzelnen

Elementarteile gebunden ist und nicht von mechanischen Momenten
abhängt, die grössere Zellenkomplexe zugleich treffen.

In allgemeiner Beziehung bemerke ich nun noch
folgendes. Meiner Auffassung der Entwicklung des Tierreiches
als einer polyphyletischen entsprechend ist es ganz gut
möglich, dass eine grosse Zahl verschiedener Entwicklungstypen
vorkömmt, von denen jeder auf eine besondere Stammform
zurückführt, und halte ich es auch für denkbar, dass in ein
und derselben Entwicklungsreihe höhere Formen anderen Gesetzen folgen als niedere. Wenn auch die Säugetiere und
der Amphioxus zu Einer Entwicklungsreihe gehören, so ist es
doch meiner Meinung nach nicht nötig, dass die Eier aller
Vertebraten dieselben Entwicklungsformen zeigen, wie der Amphioxus, ebensowenig als zwingende Gründe vorliegen, die höheren
Glieder der Gruppe in ununterbrochener Formfolge durch lang-
same, allmähliche Umwandlungen aus den niederen abzuleiten.

Der Grundgedanke meiner Darlegung ist, um dies nochmals
zu wiederholen, der, dass die Tierwelt nicht einen monophyletischen, sondern einen polyphyletischen Ursprung hat
und es somit nicht nötig ist, eine einzige, ununterbrochen vom
Einfacheren zum Höheren übergehende Entwicklungsreihe anzunehmen. Wenn viele Primitivformen, viele selbständige Ent-
wicklungsreihen im Tierreiche vorkommen, so fällt von selbst
die Nötigung weg, die Entwicklung aller Tiere auf eine und
dieselbe Formreihe zurückzuführen und z. B. eine wesentlich
gleiche erste Zellenbildung, eine übereinstimmende Entwicklung
der zwei primitiven Keimblätter, eine überall identische Entstehung des Mesoblastes, der Chorda u. s. w. nachzuweisen,
vielmehr erscheint es als verständlich, ich möchte sagen, als
Forderung der Hypothese, dass verschiedene mehr weniger abweichende Entwicklungsformen vorkommen. Mithin ist nicht,
allgemein ausgedrückt: die Ontogenie eine Rekapitulation der
Phylogenie im Sinne von Haeckel, vielmehr haben die einzelnen
Ontogenien ihre besonderen Phylogenien.

b) Die Lehre von His von zwei embryonalen Primitiv-organen, einem Archiblasten und einem Parablasten und die Beziehungen der Keimblätter zu den Geweben.

Die Lehre von His, dass das Blut und das Gewebe der Bindesubstanz nicht aus der Keimscheibe, sondern aus einem Teile des weissen Dotters sich entwickle, habe ich von jeher bekämpft. Später hat His seine Anschauungen in soweit geändert, als er die Beteiligung des weissen Dotters weniger betonte und das Hauptgewicht darauf legte, dass das Blut, die Blutgefässe und die Bindesubstanzen aus einem besonderen Primitivorgane sich anlegen, das in der Area vasculosa seinen Sitz habe. In dieser Beziehung haben Waldeyer und Rauber an His sich angeschlossen, wogegen ich selbst ein solches Primitivorgan (Parablast, His, Waldeyer; Desmalblatt, Rauber) nicht annehmen konnte und, wie Remak, die Bildung der Bindesubstanzen in das ganze mittlere Keimblatt verlegte (M. entwicklungsgeschichtlichen Handbücher Nr. 138, 139, 140 und vorstehenden Abhandlungen). Meine Erfahrungen fasste ich in folgende Sätze zusammen (Nr. 148):

1. Die ersten Blutgefässe und die ersten Blutzellen entstehen nicht in einem besonderen primitiven Blatte, das in altem Sinne etwa Gefässblatt genannt werden konnte, sondern im peripherischen Teile des mittleren Keimblattes, beim Hühnchen im Bereiche des medialen Teiles der Area opaca und in den hinteren Teilen der Area pellucida.

2. Von hier aus wachsen, wie His zuerst nachgewiesen hat, die Gefässanlagen teils in der Darmfaserplatte und zwischen dieser und dem Entoblast, teils in der Hautplatte (His, Koelliker) in den Embryo hinein und aus diesen Wucherungen gehen alle und jede Gefässe des embryonalen Leibes hervor, indem im Embryo selbst keine soliden Zellenstränge nach dem Typus des Fruchthofes entstehen.

Dieses Weiterwuchern der Gefässe geht von den schon gebildeten Endothelröhren aus, deren Elemente durch Vermehrung immer neue Gefässsprossen erzeugen, die fortwährend in Verbindung treten und so das Gefässnetz vergrössern. Diese Sprossen

sind anfangs als mehrzellige, solide Ausläufer fertiger Endothelröhren zu denken, später als feine Ausläufer einzelner Endothelzellen.

3. Die Blutbildung anlangend ist keine Thatsache bekannt,
welche bewiese, dass auch später noch Blutzellen im Innern von
Gefässanlagen sich bilden, wie im Fruchthofe. Über die Blutzellenbildung in späteren Zeiten vergleiche man S. 211—214.

4. Die erste Bindesubstanz, die im Embryo des Hühnchens auftritt, entsteht ganz unabhängig von den Blutgefässen
und gleichzeittg mit derselben im Mesoblasten der Area vasculosa,
wo dieselbe alle Lücken zwischen den Gefässen in Gestalt einer
zarten Membran erfüllt und die sogenannten Substanzinseln
der älteren Autoren bildet. Diese Bindesubstanz besteht aus
anfänglich runden, später reich verästelten anastomosierenden
Zellen und homogener Zwischensubstanz.

5. Die im embryonalen Körper selbst auftretende Bindesubstanz entsteht in erster Linie in allen Primitivorganen des Meso-
blasts in loco aus einem Teile der ursprünglichen Elemente
desselben und ohne Mitbeteiligung von Blutgefässen oder des
Blutes. Als solche Primitivorgane sind zu bezeichnen:

a) Die Urwirbel. Der tiefere Teil derselben liefert die
häutige Wirbelsäule, die von Hause aus keine Blutgefässe
enthält und an deren Bildung Blutgefässe nicht den
geringsten Anteil nehmen und zwar die Aorten ebensowenig, wie die Arteriae intervertebrales.

b) Die Hautplatten. Den besten Beweis, dass in diesen
Bindesubstanz selbständig entsteht, liefert der Teil der
Hautplatten, der das Amnion erzeugt, welche bindegewebige Membran nie Blutgefässe hat. Ausserdem lehren
auch die aus den Hautplatten hervorsprossenden Extremitäten eine selbständige Bindegewebswucherung kennen,
an der Gefässe keinen direkten Anteil nehmen.

c) Endlich beteiligen sich auch die Darmfaserplatten direkt
an der Erzeugung von Bindesubstanz, indem dieselben
ganz sicher einen guten Teil der Bindesubstanz von Herz
und Darmwand selbständig hervorbringen.

6. Ausser dieser Bindesubstanz, die aus den embryonalen Primitivorganen hervorgeht, scheint beim Hühnchen auch die Bindesubstanz der Area vasculosa mit den Gefässsprossen in den Embryo hineinzuwuchern und einen Teil der späteren lockeren interstitiellen Bindesubstanz zu erzeugen, deren Menge schwer genau zu bestimmen ist.

7. Von einer Beteiligung farbloser Blutzellen oder lymphoider Zellen an der Bindegewebsbildung ist beim Embryo nichts bekannt. Auf jeden Fall aber beginnt die Bindegewebserzeugung lange vor dem Auftreten farbloser Blutzellen, die beim Hühnchen erst am 5. und 6. Brüttage in geringer Anzahl vorkommen und vielleicht nichts als eingewanderte Bindesubstanzzellen darstellen.

c) Beziehung der Keimblätter zu den Geweben.

Im Gegensatze zu den Lehren von Remak kamen Götte, ich selbst und R. und O. Hertwig zu der Annahme, dass die Keimblätter nur für die morphologischen Vorgänge Wert haben und keine histologischen Primitivorgane sind, sondern potentia und zum Teil actu die Fähigkeit besitzen, verschiedene Gewebe aus sich hervorzubilden. Im einzelnen ergiebt sich folgendes über die Herkunft der Gewebe und Elementarteile der höheren Tiere (Nr. 144, S. 46 u. flgd.), wobei ich von vornherein bemerke, dass ich für die höheren Wirbeltiere nur eine Art mittleren Keimblattes annehme und die Hertwigsche Einteilung in Mesenchym und Mesoblast hier nicht als anwendbar erachte.

a) Das Oberhaut- und Drüsengewebe führt einmal auf die zwei epitheloiden Blätter des Keimes, den Ektoblasten und Entoblasten zurück, und ausserdem auch auf den Mesoblasten, der aus primitiv ihm angehörenden oder sekundär in ihm entstandenen Epithelzellen, das Epithel der Leibeshöhle und des Urogenitalsystemes bildet. Bei dem jetzigen Stande der Dinge ist kein Grund vorhanden, Endothelien und Epithelien scharf zu trennen.

b) Die Bindesubstanz entsteht ganz vorwiegend aus dem Mesoblasten; aber auch primitiv aus dem Entoblasten hervorgehende Epithelien erzeugen dieses Gewebe und scheint die

Bindesubstanz der Fische und Amphibien aus solchen hervor-
zugehen. Nur sehr selten erzeugt der Ektoblast Bindesubstanz und
nur in dem Falle, dass die Neuroglia als solche anzusehen wäre.

c) Vom Muskelgewebe verdankt die glatte Muskulatur
ihre Entstehung allen Gegenden, wo Bindesubstanz und Gefässe
sich entwickeln, die quergestreifte wesentlich gewissen Primitivorganen des Keimes. Gewissen Befunden zufolge (glatte Muskeln innen von der Tunica propria der Knäueldrüsen der Haut,
[Koelliker] und dicht am Epithel der Bronchien von Embryonen
[Stieda, Koelliker]) scheint auch der Ektoblast und der Entoblast dieses Gewebe zu erzeugen.

d) Das Nervengewebe hat, wie es scheint, einen mehr-
fachen Ursprung, denn wenn es auch bei der grossen Mehrzahl
der Tiere vom Ektoblasten abstammt, so scheint es doch bei
einer gewissen Zahl von Wirbellosen aus der Mesenchymform
des mittleren Keimblattes der Gebrüder Hertwig seinen Ursprung zu nehmen.

d) Entstehung der embryonalen Elemente. Bedeutung
der Furchung des Dotters.

Da von diesen Verhältnissen schon auf S. 197 u. ff. die Rede
war, so will ich hier nur unter Beziehung auf die Abhandlungen
Nr. 13, 14 und 16 in Erinnerung bringen, dass die Elemente
aller Tiere in ununterbrochener Formfolge aus der Eizelle hervorgehen, wie dies durch die Abhandlung Nr. 14 zuerst nachgewiesen wurde, sowie dass diese Elemente auch im fertigen
Organismus z. T. noch im primitiven Zustande von hüllenlosen
Protoblasten verharren.

3. Spezielle Untersuchungen.

153. De prima insectorum genesi adjecta articulatorum
    evolutionis cum vertebratorum comparatione. Turici
    1842, 38 S., 3 Tafeln.
    In dieser der Heidelberger Fakultät als med. Dissertation vorge-
legten Schrift werden frühe Entwicklungsstadien von zwei Fliegen,
Chironomus und Donacia, beschrieben und durch eine Reihe von Abbildungen erläutert. Es gelang mir zwar damals nicht, die Entwicklung der Keimhaut dieser Geschöpfe auf ihre ersten Vorgänge zurück-

zuführen, immerhin brachte meine Arbeit doch manches Neue und
erweckte auch durch die Vergleichung der Entwicklung der Glieder-
und Wirbeltiere ein allgemeineres Interesse.

Entwicklung der Geruchsorgane.

154. Über den Bau der grauen Nervenfasern der Geruchsnerven in Würzb. Verh. IV, 1854, S. 102.

155. Über die Entwicklung der Geruchsorgane beim Menschen und beim Hühnchen in Würzb. med. Zeitschr. I,
1860, S. 425.

156. Über die Jacobson schen Organe des Menschen, Leipzig
Engelmann 1877, 12 S., 2 Taf. in der Festschr. f. Rinecker.

157. Zur Entwicklung des Auges und Geruchsorganes
menschlicher Embryonen in Verh. d. phys.-med. Ges. zu
Würzburg, N. F., Bd. XVII, 1883, Festschrift für Zürich,
S. 16—27, Taf. III u. IV, auch in Würzb. Sitzungsber. 1882,
S. 68—72.

158. Über die erste Entwicklung der Nervi olfactorii in
Würzb. Sitzungsber., 12. Juli 1890.

7. Gewebelehre, VI. Aufl., Bd. II, 1893, S. 37—39.

In Nr. 154 und Mikr. Anat. II 2, 1854, S. 769, Fig. 438 zeigte
ich, dass die kleinsten Bündel der Olfactoriusfasern in der Riechschleimhaut des Ochsen und Schafes aus Röhren bestehen, deren Durchmesser
zwischen 4,5 μ und 22 μ schwankt, aus denen durch Druck und durch
Essigsäure eine körnige Masse mit länglichen Kernen sich hervortreiben
lässt, die nie Tropfen bildet und keine Achsencylinder zeigt.

Später fand ich dann (Nr. 158) bei Embryonen, dass die Olfactoriusfasern ursprünglich aus Reihen kernhaltiger Zellen bestehen und hielt
mich daher für berechtigt, dieselben als aus verschmelzenden Zellen
hervorgehend betrachten zu dürfen, welche Auffassung sich jedoch als
unrichtig erwies, als es mir gelang, die schon früher von M. Schultze
im Inhalte der Olfactoriusröhren nachgewiesenen feinsten Fibrillen durch
die Golgische Methode schwarz zu färben.

So gelangte ich in meiner Gewebelehre, 6. Aufl., S. 37 und
Fig. 356 und 357 dazu, die Primitivfasern Max Schultzes, die
ich Primitivbündel nannte, als aus einer Hülle und einem Bündel
von Primitivfibrillen, eben der Olfactoriusfäserchen, bestehend anzusehen.
Was die Deutung der Kerne und der Scheide dieser Primitivbündel
anlangt, so bemerkte ich, dass, mit Rücksicht auf den Nachweis der
anatomischen Einheit, je Einer Olfactoriusfibrille und Einer Riechzelle
diese Kerne als sekundäre Bildungen anzusehen seien, die eine Vergleichung mit den bindegewebigen kernhaltigen Scheiden anderer Nerven
zulassen, weshalb die von mir an embryonalen Olfactoriusfasern beobachteten Zellen nicht als den Nervenfibrillen selbst angehörend zu
betrachten seien. Diese Auffassung wurde dann später durch sorgfältige
Beobachtungen Disses über die erste Entwicklung der Olfactorius-

fäserchen bestätigt und im einzelnen erhärtet (Marburg, Sitzungsber. 1896, Nr. 7, S. 77—91, 3 Fig.), wobei sich ausserdem ergab, dass die Umhüllungsgebilde der Olfactoriusfäserchen ebenfalls aus dem Epithel sich entwickeln.

Eine andere Reihe von Untersuchungen beschäftigte sich mit der **ersten Entwicklung des Geruchsorganes**. In Nr. 155 wurden zum erstenmale bei menschlichen Embryonen von vier Wochen die primitiven Geruchsgrübchen nachgewiesen, die man seit Baer nur von Tieren kannte und zugleich im Anschlusse an diesen Autor die weitere Umbildung des Geruchsorganes von Hühnchen, Säugern und vom Menschen geschildert. Ferner wurde die Ansicht von His, dass die Geruchsnerven von der Riechschleimhaut aus gegen den Bulbus olfactorius sich entwickeln und erst sekundär in denselben hereinwachsen, mit Wahrscheinlichkeit für richtig erklärt (Nr. 158).

Eine dritte Reihe von Untersuchungen endlich bezieht sich auf das Organon Jacobsonii des Menschen. Dasselbe wurde von mir bei jungen Embryonen von acht Wochen als ein gut entwickeltes, mit Olfactoriusfasern versehenes Organ aufgefunden, zugleich aber auch nachgewiesen, dass diese Nerven im vierten und fünften Monate nicht mehr vorhanden sind (Nr. 157). Schon früher hatte ich diese Organe bei älteren Embryonen von vier, fünf und sechs Monaten mit gut ausgebildetem Epithel aber ohne Nerven beschrieben und abgebildet (Nr. 156) und zugleich auch beim Erwachsenen sehr deutliche Reste dieser Organe nachgewiesen (l. c. Fig. 8). Ferner wurde hier auch ein noch unbekannter Proc. sphenoidalis septi cartilaginei beschrieben (Fig. 9) und eine Abbildung eines Querschnittes der Weichteile im Canalis incisivus gegeben, in denen ein gut erhaltener Stenonscher Gang sich fand (Fig. 10).

Entwicklung der Linse.

159. Über die Entwicklung der Linse in Zeitschr. f. wiss. Zool. VI, 1855, S. 142 und Würzb. Sitzungsber. 1854, S. VII.

160. Einige Beobachtungen über die Augen junger menschlicher Embryonen in Würzb. Sitzungsber. 1883, S. 85.

157. Zur Entwicklung des Auges und Geruchsorganes menschlicher Embryonen. Würzb. Verh. N. F., Bd. XVII, 1883, S. 2—16, Taf. I u. II.

Nr. 159 weist nach, dass die jungen Linsenfasern Röhren sind und beim Menschen, ebenso wie H. v. Meyer bei Säugetieren gesehen hatte, von den äquatorialen Randzellen des vorderen Linsenkapselepithels aus sich entwickeln. Die Enden der Linsenfasern sind verbreitert und erscheinen von der Fläche als sechsseitige polygonale grosse Felder. In Nr. 160, 157 werden Augen menschlicher Embryonen mit verschiedenen Stadien der Linsenentwicklung beschrieben, Augen mit offener Linsengrube, mit eben geschlossener solcher und noch hohlen

Linsen, endlich mit erster Bildung der Linsensubstanz, erstere ohne Pigmentierung, die andern zwei mit verschieden fortgeschrittener Färbung des Pigmentblattes der sekundären Augenblase.

Schnecke.

161. Über die letzten Endigungen des Nervus cochleae und die Funktion der Schnecke. Gratulationsschrift für Fr. Tiedemann zum 50jähr. Doktorjubiläum am 7. März 1854, Würzburg, Stahel. 13 S., 1 Holzschn.

162. Der embryonale Schneckenkanal und seine Beziehungen zu den Teilen der fertigen Cochlea in Würzb. naturwiss. Zeitschr. II, 1861, S. 1—9, 5 Holzschnitte.

Nachdem durch Corti die erste Beschreibung der merkwürdigen Gebilde in der Schnecke gegeben worden war, folgten bald Ergänzungen und neue Beobachtungen. Ich beschrieb in Nr. 161 zuerst den Durchtritt der Fasern des Nervus cochleae durch Löcher und Kanäle der Lamina spiralis und das Eintreten derselben in den Bereich der Scala vestibuli und schilderte einen Plexus dieser Nerven im Ganglion spirale mit vielen longitudinal verlaufenden Elementen. Nachdem dann Reissner den embryonalen Schneckenkanal geschildert hatte, wurde derselbe anfangs von allen Beobachtern (Claudius, Schultze, Böttcher, Deiters und mir selbst) nicht richtig aufgefasst, bis ich in Nr. 162 durch Untersuchung von Embryonen die Verhältnisse feststellte und die ersten richtigen Abbildungen von Schnitten embryonaler Schnecken gab (l. c. und Gewebelehre 4. Aufl.). Zugleich erkannte ich die Cortische Membran als Cuticularbildung und fand und bildete zuerst die Lamina reticularis mihi ab.

163. Die Entwicklung der Zahnsäckchen der Wiederkäuer in Zeitschrift für wissensch. Zoologie XII, 1863, S. 455.

Nachweis, dass eine freie Zahnfurche und frei gelegene Zahnpapillen im Sinne Goodsirs nicht existieren und dass auch die Angaben von Guillot und Robin und Magitot von einer selbständigen Entwicklung der Zahnsäckchen in der tiefsten Schleimhautschicht unabhängig von der obersten Schleimhautlage und dem Epithel nicht richtig sind.

Erste Beschreibung des zusammenhängenden epithelialen Schmelzkeimes, der Entwicklung der Schmelzorgane an bestimmten Stellen desselben, der Einstülpung derselben durch die aus der Mucosa sich bildenden Zahnpapillen, der Zerfällung der Schmelzorgane in zwei Epithellagen und eine mittlere Gallertschicht; ferner Entdeckung der Bildung der sekundären Schmelzkeime für die bleibenden Zähne aus dem primitiven Schmelzkeime. Vermutung, dass auch beim Menschen die Bildung der Zähne dieselbe sei, was später Waldeyer bestätigt hat.

164. Embryologische Mitteilungen in Festschr. der naturforsch. Gesellschaft in Halle 1879, S. 103—127, 3 Tafeln.

Diese enthalten folgende Abhandlungen:

α) Über das vordere Ende der Chorda dorsalis bei Kaninchenembryonen S. 3—8, Fig. 1—2, Taf. V. Giebt einen

guten Sagittalschnitt des Kopfes eines Kaninchenembryo mit der Hypo-
physentasche, von deren dickerer distaler Wand ein Fortsatz nach dem
vordersten Chordaende zu geht und mit demselben wie verbunden
erscheint. Ausserdem läuft die Chorda noch spitz in der Sattellehne
aus und ist die Seesselsche Tasche sichtbar.

β) Die Rachenhaut von Kaninchenembryonen S. 5.
Fig. 3 auf Taf. V. Stellt das letzte Stadium dieser Haut vor dem
Schwinden derselben dar, in welchem dieselbe nur aus einem ektodermalen
und einem entodermalen Blatte besteht.

γ) Zur Kenntnis der Lunge von Kaninchenembryonen
S. 6, Fig. 9, Taf. V, Fig. 10, Taf. VI. Figur 9 zeigt die Lunge
eines Embryo von 1,5 cm Länge von 14 Tagen mit sprossendem
Epithelialrohre und dicker mesodermatischer Hülle, die den Ausbuch-
tungen des inneren Rohres nur teilweise folgt. In Fig. 10 ist die von
mir an den Bronchialröhren, abgesehen von dem dicken, geschichteten,
nicht flimmernden Cylinderepithel, gefundene, allein nach vorkommende Lage querer glatter Muskeln dargestellt, die auch Stieda bei
Schafembryonen gesehen hat.

δ) Ein Stadium der embryonalen Schilddrüse stellt Fig. 6,
Taf. V dar, in welchem dieselbe täuschend einer zusammengesetzt
schlauchförmigen Drüse gleicht, mit einem grösseren Gange, der um die
Luftröhre herumgelegt ist.

ε) Zur Entwicklung der Thymus S. 8, Fig. 4 und 5 auf
Taf. V. Dargestellt ist eine 1,0 mm lange Thymus eines Kaninchenembryo von 16 Tagen und 1,8 cm Länge. Das ganze Organ hat
noch seinen primitiven epithelialen Bau mit einem Drüsenkanale im
Innern und zeigt auch der untere mit Knospen besetzte Teil desselben
nichts anderes (Fig. 4). Die Umbildung des Organes geschieht durch
nachträgliches Einwachsen von gefässführender Bindesubstanz unter
Obliteration des primitiven Hohlraumes und möchte ich mit Rücksicht
auf eine Äusserung eines Autors der neuesten Zeit (Beard) bemerken,
dass ich der Meinung bin, dass die Thymusepithelzellen grösstenteils
vergehen und durch mit der Bindesubstanz eindringende Leukocyten
verdrängt werden.

η) Zur Kenntnis der embryonalen Leber und des Pankreas S. 8—13, Fig. 7, 8, 12 und 13 auf Taf. VI. Darstellung
von Lebern von Kaninchen von 10 und von 16 Tagen und eines
Hühnerembryo von 5 Tagen. In letzterer finden sich zum Teil deutliche Leberzellenstränge mit Lumina (Toldt und Zuckerkandl), die
beim Kaninchen nicht gesehen wurden. Beim älteren Kaninchen wurden
am Pankreas eine rechte und eine linke Hälfte und die Lage der
Nebennieren dicht vor zwei grossen sympathischen Ganglien nachgewiesen.

Entwicklung des Eierstockes.

165. Über die Entwicklung der Graafschen Follikel der
Säugetiere in Würzb. Verh. N. F. VIII, 1874, S. 92—95.

166. Über die Entwicklung der Graafschen Follikel in Würzb. Sitzungsber. 3. Juni 1898, S. 35—40.

167. Über Corpora lutea atretica bei Säugetieren in Verh. d. anatom. Gesellschaft in Kiel 1898, S. 149.

168. Über die Markkanäle und Markstränge in den Eierstöcken junger Hündinnen. Ibid. S. 151.

169. Einige Bemerkungen über den Eierstock des Pferdes. Ibid. S. 151.

α) Entwicklung der Graafschen Follikel und Eier.

In Nr. 166 beschrieb ich Ureier im Keimepithel von menschlichen Embryonen von einer neugeborenen Katze und von einem Pferdeembryo, dessen Ovarien ich der Freundlichkeit des Herrn Professor Stoss in München verdanke, und zeigte dieselben vor. An dem Katzeneierstocke waren ausserdem sehr schöne sogenannte Pflügersche Schläuche zu sehen, welche sich als einfache Wucherungen des Keimepithels ergaben, die einzig und allein vom bindegewebigen Stroma des Ovariums umgeben sind (Fig. 3 u. 4). Jeder dieser Epithelfortsätze *k* beginnt schmal am Epithel in Gegenden, wo Ureier in demselben liegen, wird aber bald breiter, um endlich mit einer bauchigen Erweiterung sich fortzusetzen, die einfach oder gabelig geteilt, oder reichlicher mit Ausläufern versehen, bis an die Grenze der dicken Rindenschicht des Ovariums sich hinzieht. Diese Epithelfortsätze, die, wie ich schon vor Jahren von menschlichen embryonalen Ovarien nachwies (Entw. 2. Aufl., Fig. 593), vielfältig untereinander zusammenhängen und in einem Lakunensysteme des Stroma enthalten sind, bestehen aus Ureiern und Keimepithelzellen. Erstere finden sich bei der neugeborenen Katze in den Stielen der Epithelfortsätze vereinzelt oder in einfacher Reihe zu dreien und vieren, wie einen Achsenstrang bildend, umgeben von Epithelzellen. Weiter einwärts dagegen wiegen die Ureier so vor, dass die Fortsätze wesentlich aus solchen zu bestehen scheinen. Namentlich finden sich im Innern dieser „Ureierballen" (*Ub*) keine Epithelzellen, sondern nur vereinzelte solche an deren Oberfläche. Sehr wesentlich für die Auffassung der Verhältnisse ist auch das Vorkommen zahlreicher Mitosen an den Ureiern und wurden zwei Fälle von Diasteren und zahlreiche andere vorgelegt, bei denen die mächtigen Kerne der Ureier im Knäuelstadium sich befanden, durch welche Beobachtungen die alten Erfahrungen von Pflüger und auch die neueren von Rouget (Dict. encyclopédique des sciences médicales, Paris, Masson, pg. 647—726) vollauf bestätigt werden. Im Zusammenhange mit dieser Vermehrung nimmt die Zahl der Ureier in der Tiefe der Keimstränge, wie man die sogenannten Pflügerschen Schläuche zweckmässiger nennt, immer mehr zu und vergrössern sich auch die Ureier. Ferner scheint auch die Abnahme der Epithelzellen an Zahl in den Keimsträngen damit zusammenzuhängen, dass dieselben, indem sie sich vergrössern und durch Teilung sich vermehren, auch noch in den Keimsträngen drin zu Ureiern sich gestalten. Doch will ich nicht gerade behaupten, dass alle Epithelzellen der Keimstränge diese Entwicklung durchmachen, wogegen sicher ist, dass in den mäch-

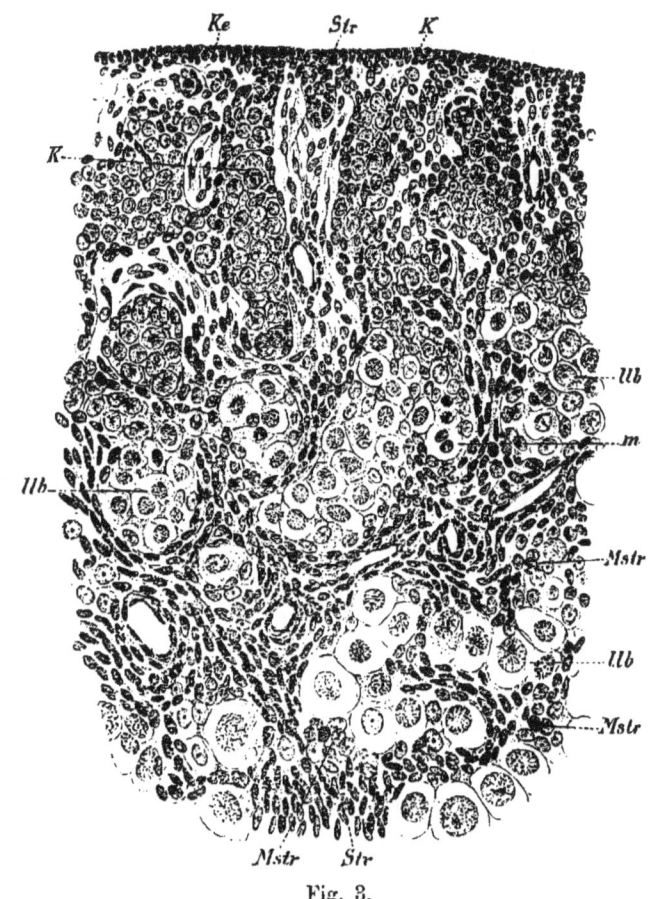

Fig. 3.

Senkrechter Schnitt durch die oberflächlichen Lagen des Eierstocks einer neugeborenen Katze bei Syst. V Oc. III. Kurz. Tub. eines Leitz. *K* Keimstränge oder Pflüger'sche Schläuche; *Ke* Keimepithel; *Ub* Ureierballen z. T. mit Kernen im Knäuelstadium; *m* Mitosen; *Str* Stroma ovarii; *Mstr* Marksträenge, Enden von solchen.

tigen Ureierballen (*Ub*) der innersten Teile der Keimstränge keine nennenswerte Zahl mehr von Epithelzellen sich findet.

Ausser diesen echten Keimsträngen (Pflüger'schen Schläuchen) der neugeborenen Katze zeigte ich auch von den Eierstöcken erwachsener Hündinnen die fälschlich für Pflüger'sche Schläuche gehaltenen Epitheleinsenkungen, die, wie ich in Übereinstimmung mit Rouget und E. van Beneden finde, niemals Ureier enthalten und mit der Entwicklung dieser und der Graafschen Follikel nicht das Geringste zu thun haben.

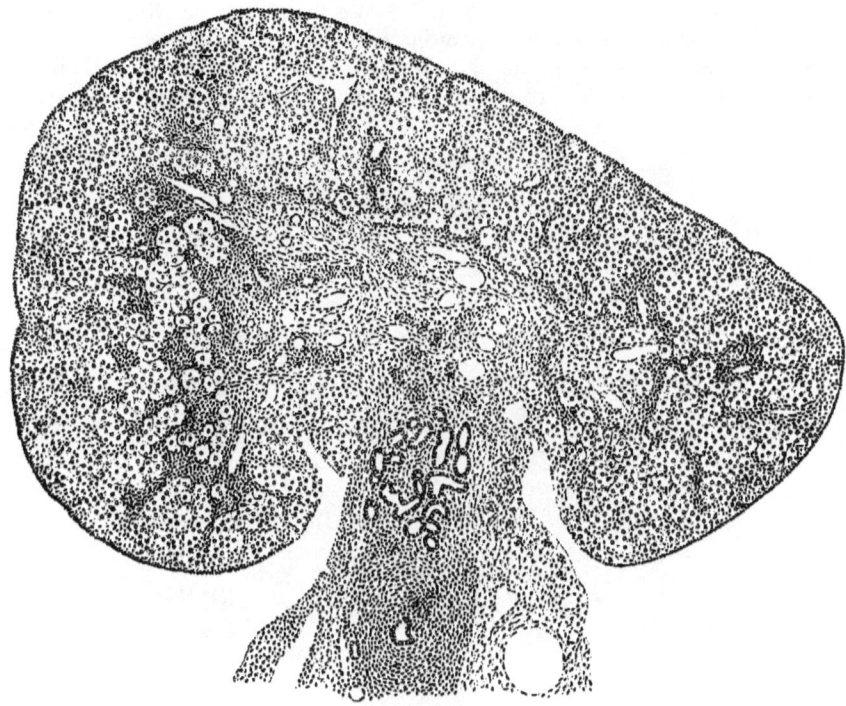

Fig. 4.

Senkrechter Schnitt durch den Eierstock der neugeborenen Katze. Gez. bei Oc. I Obj. 3, lang. Tubus, um ¹/₄ verkleinert. Im Mesoarium eine Gruppe von Schläuchen, das Epoophoron, ein Rest des Wolffschen Körpers. In der Marksubstanz des Ovariums selbst bedeuten die dunklen Stellen, die an der Grenze gegen die Rindensubstanz am entwickelsten sind, die Markstränge. In der Rinde zahlreiche, von dem Keimepithel ausgehende Keimstränge oder Pflügersche Schläuche, die zu Ureierballen sich verbreitern und als solche vielfach anastomosieren. Stroma ovarii zwischen den Keimsträngen, Eierballen und Marksträngen hell mit zahlreichen Blutgefässen.

Mit Rücksicht auf die Bildung der Membrana granulosa (und der Graafschen Follikel) halte ich meine schon vor langer Zeit (Entw. 2. Aufl. S. 971, Fig. 590) ausgesprochene Ansicht fest, dass dieselbe von den Markschläuchen und Marksträngen im Innern des Eierstockes aus sich bilde, welche Gebilde, wie schon Waldeyer und Romiti gefunden und ich ebenfalls annehme, Reste des Wolffschen Körpers (das sogenannte Epoophoron von Waldeyer) darstellen.

Zum Belege meiner Behauptung legte ich drei meiner alten Original-
präparate vom Eierstocke eines jungen Hundes vor und darunter dasjenige, nach welchem seinerzeit die erwähnte, hier wiedergegebene Figur 590
angefertigt worden war (Fig. 5) und stütze dieselbe auch durch eine grössere
Zahl von Objekten von Ovarien der neugeborenen Katze und von
Eierstöcken von Mädchen von 3 und 7 Wochen. Bei der Katze gehen
von den Schläuchen des Epoophoron zahlreiche Zellenstränge aus, die
an der Grenze zwischen der Marksubstanz und der die Ureierballen
enthaltenden Rinde des Ovariums durch den ganzen Eierstock sich ver-

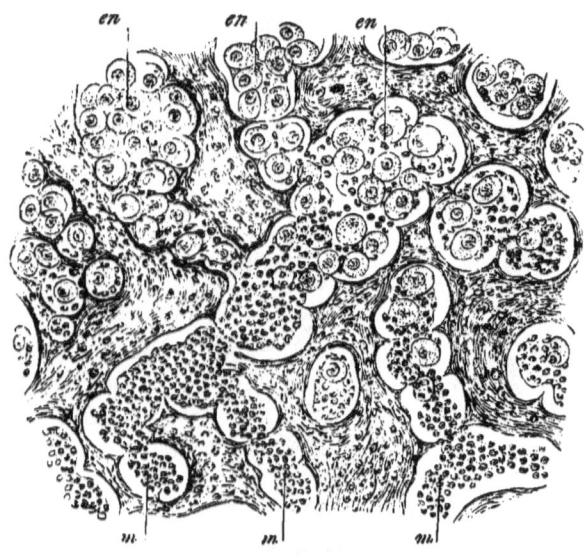

Fig. 5.

Aus dem Ovarium eines jungen Hundes. Vergr. 200. *m* Markstränge; *en* Nester
von Ureiern.

zweigen (Fig. 3 u. 4) und allerwärts, indem sie die tiefsten Eizellen
umwachsen, die ersten Anlagen der Graafschen Follikel erzeugen.
    In ganz derselben Weise gehen auch beim Menschen vom Epoo-
phoron, dessen hohle Schläuche bei Embryonen und Mädchen des ersten
Jahres sehr deutlich sind, solide Markstränge aus, die in die auch hier
vorkommenden Ureierballen hineinwuchern und die Eier umhüllen, nur
sind hier diese Vorgänge weniger leicht nachzuweisen, weil die Markstränge weniger zahlreich sind, als bei der Katze. Immerhin habe ich
mich ebenso, wie Dr. Bühler (Zeitschr. f. wiss. Zool. LVIII), mit
Bestimmtheit davon überzeugt, dass auch beim Menschen eine Bildung
von Graafschen Follikeln von den Marksträngen aus sich findet.
Weniger leicht dagegen, als bei der Katze, ist eine Entscheidung darüber
möglich, ob auch beim Menschen das Keimepithel bei der Bildung der

Graafschen Follikel ganz unbeteiligt ist, und möchte ich mich in dieser Beziehung vorläufig eines bestimmten Urteiles enthalten und es nicht für unmöglich erklären, dass die Membrana granulosa beim Menschen und bei gewissen anderen Geschöpfen von zwei Bildungsstellen aus sich entwickelt, da ja, wie ich schon in meiner Entwicklungsgeschichte betonte (2. Aufl. S. 974), beide diese Stellen, das Keimepithel sowohl, wie das Epithel der Urniere, in letzter Linie auf das Peritoneal- und Cölomepithel zurückführen. Von diesem Standpunkte aus erscheint es somit auch nicht als befremdend, wenn bei niederen Wirbeltieren, wie bei Fischen, die zelligen Eihüllen unmittelbar aus dem Keimepithel entstehen.

Von den Säugetieren scheinen nach den vorliegenden Untersuchungen einige dem Typus zu folgen, den der Hund repräsentiert, wie der Fuchs nach Dr. Bühlers Untersuchungen, und dasselbe gilt meiner Vermutung zufolge auch für das Kaninchen und die Fledermaus. Bei der letzteren sind nach E. van Benedens Untersuchungen die Markstränge im Ovarium so ungemein zahlreich, dass zu vermuten ist, dass dieselben in jungen solchen Organen dieselbe Rolle spielen, wie beim Hunde, worüber allerdings erst genaue Untersuchungen bestimmte Aufschlüsse geben können.

Auf der anderen Seite scheinen nach den Untersuchungen von Born am Eierstocke des Pferdes, die ich mit Tourneux (Journal de l'Anat. et de la Physiol., 1879, T. XXVI) bestätigen kann, im Innern des Eierstockes keine Markstränge sich zu finden und die Eibildung ganz und gar in der ganz dünnen Rindenschicht abzulaufen, in der ich Ureier im Keimepithel, ferner zahlreiche Keimstränge und Bildung Graafscher Follikel beobachtet habe (Fig. 6.) Immerhin werden auch bei diesem Geschöpfe noch weitere Erhebungen nötig sein, zu welchem Ausspruche die Thatsache berechtigt, dass nach Mac Leod der Eierstock des Maulwurfes, der durch die ungemeine Entwicklung der interstitiellen Zellen des Ovarialstroma (der Körnerzellen von His) mit dem Pferdeeierstocke vollkommen übereinstimmt, innerhalb dieser Zellenlage zahlreiche Markstränge besitzt, welcher Umstand es nicht als unmöglich erscheinen lässt, dass auch bei solchen Ovarien nicht bloss das Keimepithel an der Bildung der Graafschen Follikel sich beteiligt.

In Betreff der interstitiellen Zellen des Ovarialstroma, welcher Name von Tourneux herrührt (l. c.), weil derselbe beim Pferde fand, dass diese Zellen den interstitiellen Zellen des Hodens ganz gleich beschaffen sind, bemerkte ich noch, dass diese Elemente oder die Körnerzellen von His, die Stromazellen von Schrön, die Parenchymzellen Waldeyers, in den Eierstöcken verschiedener Geschöpfe in sehr verschiedener Menge sich finden. So überaus zahlreich, wie beim Pferde und Maulwurfe, sah ich dieselben auch beim Dachse. In Menge finden sich dieselben auch noch beim Marder, Kaninchen und der Katze, spärlich beim Menschen. Dieselben finden sich, wie His zuerst angab, auch in der Theca folliculi interna und zwar, wie ich finde, bei allen Säugern und verdient alle Beachtung, dass dieselben mit den Luteinzellen der Corpora lutea, wenn auch nicht immer in der Grösse, doch

	Übertrag	24 662,32	22 925,7
Versuch	29	4,5	6,2
„	30	801,8	190,7
„	31	5 004,2	3 357,5
„	32	3 816,1	2 860,25
„	33	9 484	11 025,9
„	34	358,9	646,7
„	35	15,96	15,73
	Summa	44 147,78	41 028,68

Aus diesen Zahlen ergiebt sich ein Übergewicht der vergifteten Muskeln, die im ganzen in 15 Versuchen einen grösseren Nutzeffekt gaben, während die normalen Gastrocnemii nur viermal überwogen und einmal beide Muskeln sich gleich verhielten. Immerhin ist, wie die Totalsumme der erzielten Nutzeffekte ergiebt, das Vorwiegen der Urari-Muskeln nicht gerade ein sehr erhebliches und ist auf jeden Fall, unter Berücksichtigung des früher über die dieser Versuchsreihe anhaftenden Mängel Bemerkten, keine Nötigung vorhanden, denselben eine grössere Leistungsfähigkeit zuzuschreiben als normalen Muskeln. Uns reicht es vollkommen hin, dargethan zu haben, dass die normalen Muskeln nicht mehr leisten als die vergifteten und wollen wir in dieser Beziehung noch speziell darauf aufmerksam machen, dass die Urari-Muskeln auch mit Bezug auf die Dauer ihrer Leistungen nicht hinter den andern zurückstanden, denn einmal waren sie auch am Ende der jeweiligen Versuche meist besser und zweitens leisteten auch ältere Urari-Muskeln meist mehr als die andern. Letzteres anlangend, so war zwar bei einem der zwei Versuche mit 7 Tagen alten, in der Kälte aufbewahrten Muskeln (33) der normale Muskel im Vorzug, dagegen zeigten auf der andern Seite die solchen Muskeln in der Leistungsfähigkeit sehr entsprechenden, 2—3 Tage im Zimmer gehaltenen Gastrocnemii ein entschiedenes Übergewicht zu Gunsten des Urari (Vers. XX—XXVII). Endlich zeigte sich auch mit Hinsicht auf das Vermögen, nach übermässigen Anstrengungen sich zu erholen oder sich zu erhalten, der Erfolg eher auf Seite der vergifteten Muskeln, wie besonders die Versuche XVIII, XXI, XXVII und XXVIII beweisen.

II. Zweite Versuchreihe mit Muskeln, deren Kurven unmittelbar nach der Trennung derselben vom Körper aufgenommen wurden.

Die 10 in dieser Weise ausgeführten Versuche ergaben folgendes Resultat:

Nutzeffekt

		der Urari-Muskeln	der normalen Muskeln
Versuch	36	503,1	450
„	37	2 560,6	4 806,6
„	38	2 608,7	2 417,7
„	39	971,7	1 008,1
	Summa	6 644,1	8 682,4

	Übertrag	6 644,1	8 682,4
Versuch	40	628,2	686,3
„	41	1 120	936,66
„	42	1 075,5	662,25
„	43	561	631,3
„	44	714,2	736,2
„	45	586,5	569,5
	Summa	11 329,5	12 904,61

Da bei dieser Versuchsreihe die zu vergleichenden Muskeln unter möglichst gleichen Verhältnissen zur Prüfung kamen, so legen wir auf sie ein besonderes Gewicht. Dieselbe zeigt nun auch in der That, wie a priori zu erwarten stand, — denn warum sollte ein Muskel nach dem Wegfalle der Nerventhätigkeit in ihm mehr leisten? — dass die beiderlei Muskeln sich so gleich verhalten, als es nur immer bei solchen Versuchen sich herausstellen kann.

Mithin war in 5 Fällen der eine, in 5 andern der andere Muskel besser, so jedoch, dass die Gesamtsummen der erzielten Nutzeffekte in einer solchen Weise übereinstimmen, dass man von dem Unterschiede absehen kann.

Wir glauben somit vollkommen im Rechte zu sein, wenn wir aus allen unsern Versuchen den Satz ableiten: Die mit Urari vergifteten Muskeln zeigen, obschon ihre Nerven tot sind, doch bei galvanischer Reizung mit Induktionsströmen dieselbe Leistungsfähigkeit wie normale Muskeln.

C. Über das Verhalten der Urarimuskeln gegen konstante Ströme.

In der oben citierten Arbeit hat Heidenhain (S. 465) folgenden Satz aufgestellt: „Muskeln, welche durch Curare-Gift von dem Einflusse der Nerven befreit worden sind, folgen nicht dem Ritter-Nobilischen Zuckungs-Gesetze, welches die relative Stärke der Schliessungs- und Öffnungs-Zuckung von der Stromesrichtung abhängig sein lässt. Die relative Stärke ist vielmehr von der Stromesrichtung unabhängig insofern, als bei beiden Stromesrichtungen die Schliessungszuckung über die Öffnungszuckung überwiegt."

Heidenhain glaubte anfänglich, dass dieses Zuckungsgesetz nur für vergiftete Muskeln gelte, fand dann aber bei weiterer Verfolgung dieser Angelegenheit, dass auch normale Muskeln demselben Gesetze folgen, wenn sie mit Ausschluss ihrer Nervenstämme gereizt werden (S. 469 u. f.), sowie dass für den Fall, dass Muskeln und ihre Nervenstämme zugleich gereizt werden, das Zuckungsgesetz der Nerven gilt, wenn die Stromdichte in den Nervenfasern viel grösser ist, als in den Muskelfasern und dasjenige der Muskeln, wenn die Stromdichte in den Nerven nicht grösser ist, als in den Muskeln.

Ausserdem meldet Heidenhain von den Curare-Muskeln (S. 467), dass bei Ermüdung derselben die Erregbarkeit auffallend schnell sich

reicher Vermehrung der Blutgefässe gestaltet sich diese Schicht bald zu
einer Art gefalteter Membran, an der zwei Teile hervortreten, und zwar
einmal gefässhaltige Bindesubstanzzüge und zweitens grosse runde
Zellen.

Die ersteren bilden ein Netz mit engeren und weiteren Maschen,
dessen Balken und Gefässe auf der einen Seite in der Tunica fibrosa
externa wurzeln, auf der anderen zu der Tunica fibrosa interna zu-
sammenfliessen, die infolge dieser Entwicklung auch etwas an Dicke
zunimmt. Je mehr nun die Tunica media thecae folliculi zunimmt, um
so mehr verkümmert und schwindet die Membrana granulosa und das
Ei selbst, bis schliesslish beide bis auf geringe Überreste vergehen.
Hierbei hält das Ei am längsten Stand, jedoch weniger der Dotter und
das Keimbläschen, als die Zona pellucida, und findet man nicht selten
atretische Follikel, in denen von dem ganzen Innern nichts als eine
zusammengefallene, verschiedentlich gefaltete helle Blase, eben der Rest
der früheren Zona, zu sehen ist.

Nach dem, was ich eben schilderte, sind atretische Follikel mit
dünner Theca als Anfangsstadien und solche mit dicker Theca als
Endstadien anzusehen, und wird daher Mac Leod seine Darstellung
zu berichtigen haben, der zufolge auf Planche IX seiner Abhandlung
die Figur 20 ein jüngeres Stadium eines Graafschen Follikels darstellen soll, die Fig. 21 und 22 dagegen ältere. Gerade umgekehrt
stellt die Fig. 20 ein fast fertiges Corpus luteum atreticum dar, die
anderen Figuren in Entwicklung begriffene solche.

Sehr bezeichnend ist dagegen die Fig. 18 desselben Autors, die
einen Schnitt durch den ganzen Eierstock der Mustela erminea darstellt.
In demselben sind mindestens 12 Corpora lutea atretica oder mit anderen
Worten im Vergehen begriffene Graafsche Follikel enthalten. Ganz
dieselben Bilder weisen meine hier vorgelegten Präparate der Eierstöcke
der Katze und des Marders auf, in denen an vielen Schnitten nur ein
oder zwei grössere normale Follikel sich finden.

Zum Schlusse möchte ich noch folgende Bemerkungen von E. van
Beneden wörtlich hervorheben (p. 529): „A part l'énorme développement des cellules interstitielles des véritables corps jaunes, le tissu de
ceux-ci est identique au stroma interstitiel de l'ovaire. A raison de
cette structure très semblable à celle d'un follicule atrésié, nous croyons
à l'identité des processus, qui caractérisent d'une part la métamorphose
régressive des follicules, de l'autre la formation des corps jaunes." Auch
ich kann nichts anders als finden, dass zwischen den Corpora lutea
vera und den Corpora lutea atretica in der Entwicklung kein wesentlicher Unterschied besteht, abgesehen von der bedeutenderen Grösse der
zelligen Elemente der ersteren, und hatte ich daher die Meinung
geäussert, dass in den Untersuchungen Sobottas, der bei der Maus
und beim Kaninchen die Corpora lutea vera von Wucherungen der
Membrana granulosa ableitet, ein schwacher, weiter aufzuklärender Punkt
enthalten sei. Nun hat aber, wie ich so eben auf dem Tübinger Ana-
tomenkongresse erfuhr, van Beneden beim Kaninchen die Bildung
der Corpora lutea vera gerade so gefunden wie Sobotta, wovon ich

an von ihm gesandten Präparaten mich überzeugte und wird es daher
wohl richtiger sein, die Corpora lutea atretica als Bildungen besonderer
Art aufzufassen. Was dagegen die Corpora lutea vera des Menschen
und grosser Säuger betrifft, so kann ich mich trotz allem, wie His, des
Gedankens nicht erwehren, dass beim Entstehen derselben die Theca
folliculi, die so entschieden wuchert und faltig in Innere des Follikels
vorspringt, eine Hauptrolle spielt.

γ) Der Eierstock des Pferdes,

der bisher nur von L. Born (Müll. Arch., 1874) einlässlicher geschildert
und ausserdem noch von F. Tourneux (Journal de l'anatomie et de
la physiologie de Ch. Robin, 1879, pg. 320, Pl. XXVI, Fig. 10
und 11) kurz erwähnt wurde, verdient seiner eigentümlichen Verhältnisse
wegen alle Beachtung, doch vermag auch ich nur über einige embryonale und Jugendstadien, die ich Herrn Professor Stoss in München verdanke, Aufschluss zu geben, wogegen es mir noch nicht
gelang, den Eierstock eines erwachsenen Tieres in untadeliger Erhaltung
zu bekommen.

Der Eierstock von Embryonen ist von kolossaler Grösse und
besteht in seiner Hauptmasse, dem von Born sogenannten Keimlager,
aus einem braunen Parenchym, das, wie Born und Tourneux richtig
angeben, aus einer zusammenhängenden, von gefässhaltigem Bindegewebe
durchzogenen Masse grosser, rundlich-polygonaler, gelbbrauner Zellen
besteht, die als Stromazellen (Schrön), Kornzellen (His) oder
mit Tourneux als interstitielle Zellen bezeichnet werden können,
letzteres deswegen, weil, wie übrigens Frank und Born (l. c., S. 132)
mitteilen, im Hoden des Pferdes ganz gleiche Zellen zwischen den
Samenkanälchen sich finden (Tourneux, l. c., Fig. 12 und 13). Der
grössere Teil des Ovariums ist vom Lig. latum überzogen, der übrige
Teil bildet eine hautartige weisse Platte, die Keimplatte (Born),
deren Dicke bei Embryonen und jungen Tieren höchstens 0,5—2 mm
beträgt. In dieser Keimplatte finden sich beim Embryo eigentümliche
eihaltige Schläuche, die bereits Born von einem Fötus von 10 Monaten
abbildet (l. c. Fig. 15) und die auch Tourneux von einem 30 cm
langen Embryo darstellt. Die mir zur Verfügung stehenden, 3 cm im
Durchmesser betragenden Eierstöcke von Embryonen zeigten in der
0,5 mm dicken Keimplatte folgendes Verhalten (Fig. 8): Einmal war an derselben das Epithel fast überall gut erhalten und zeigte nach den
einzelnen Gegenden etwas abweichenden Bau. Stellenweise fand sich
nur eine einfache Lage kurz-cylindrischer oder selbst pflasterförmiger
Zellen. An anderen Orten befanden sich unter diesen Zellen einzelne
grössere runde, von hellem Aussehen, mit grösserem kugelrunden Kerne,
offenbar Ureier.

Wieder an anderen Stellen waren die Zellen wie in zwei Lagen
angeordnet, und dann ergaben sich dieselben alle annähernd gleich
gross oder es fanden sich, meist in der tieferen Lage, Ureier, mit
gewöhnlichen Zellen abwechselnd.

20*

Von diesem Epithel nun gingen Stränge in das Innere der Keimplatte hinein, welche nach kurzem Verlaufe mehr horizontal (tangential)
sich ausbreiteten, sich zugleich verästelten und auch da und dort untereinander sich verbanden. Ausläufer dieser Stränge oder, wie sie auch
heissen können, Pflügerschen Schläuche verliefen häufig auch in
radiärer Richtung auf die Marksubstanz zu und traten manchmal in

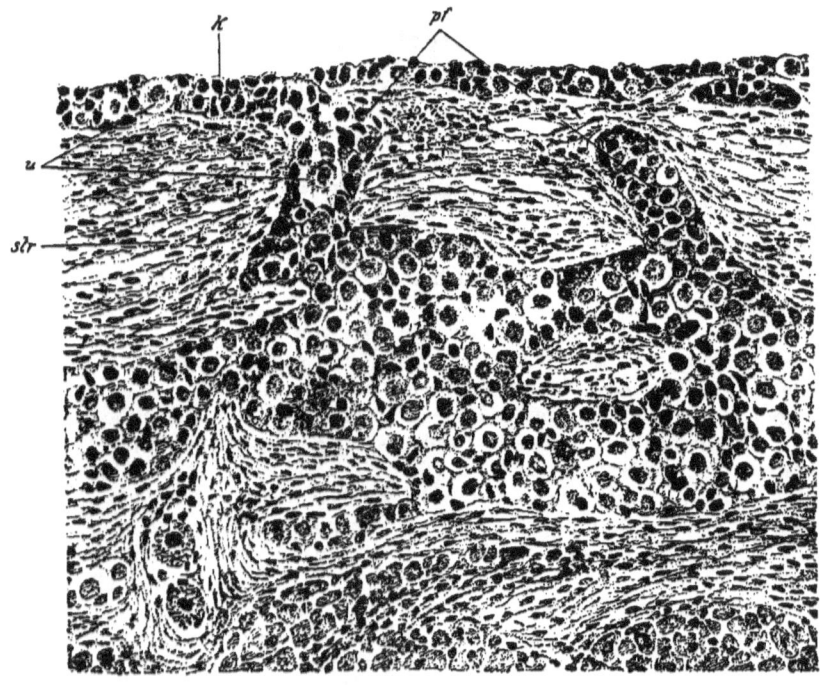

Fig. 8.

Teil eines senkrechten Schnittes des Eierstockes eines Embryo eines Pferdes.
Starke Vergr. *k* Keimepithel; *u* Ureier im Epithel und in *pf* den Pflügerschen Schläuchen, deren Verbindungen dargestellt sind. In der Tiefe zwei
Graafsche Follikel in Bildung. Ausserdem das bindegewebige Stroma *str* und
in dem tiefsten Teile der Figur die Stromazellen (Körnerzellen His) sichtbar.

die diese durchziehenden bindegewebigen Septa etwas hinein. Diese
Stränge nun bestanden aus kleineren und grösseren Ureiern mit runden
Kernen und einer stellenweise grösseren, stellenweise geringeren Menge
kleinerer Elemente, die ganz und gar mit den kleineren Zellen des
Epithels der Keimplatte übereinstimmten. Im ganzen überwog in den
Strängen die Zahl der Ureier mit Ausnahme der tiefsten Zapfen der-
selben, in denen die Epithelzellen oft Andeutungen einer zusammen-
hängenden Lage um einzelne Ureier bildeten.

Mit diesen meinen Beobachtungen stimmen die Erfahrungen von Born besser als die von Tourneux. Ersterer fand bei einem zehn Monate alten Pferdefötus in den von ihm Ovarialschläuche genannten Bildungen (Fig. 15) Eier von kleineren Zellen rings umgeben und neben diesen auch ganz abgeschnürte Eier mit Membrana granulosa, während Tourneux bei seinem Embryo von 30 cm Länge in der Keimplatte nur Zellenstränge beobachtete, in denen an den verbreiterten Enden etwas grössere Zellen wohl Ureier darstellten, aber Graafsche Follikel selbst in Andeutungen fehlten. Dagegen findet sich bei diesem Autor etwas dargestellt, was Born nicht erwähnt, nämlich eine Wucherung des Epithels, die offenbar auch ein Urei enthielt.

Über die späteren Verhältnisse des Pferdeeierstockes meldet Born kurz folgendes. Während die Graafschen Follikel sich ausbilden, nimmt die Keimplatte an Dicke fortwährend zu, während auf der anderen Seite das Keimlager oder die Marksubstanz immer mehr verkümmert und schliesslich ganz schwindet. So kommt es, dass der Eierstock einer Stute kleiner ist als der eines Embryo und wesentlich aus der verdickten Keimplatte besteht.

In Nr. 165 finden sich auch einige Bemerkungen über die Entwicklung der männlichen Keimdrüse des Menschen. Ein Embryo von 13 mm Länge enthielt in der Hodenanlage im Keimepithel und im Innern grössere Zellen, die offenbar Ursamenzellen waren, neben kleineren Elementen, die sicher nicht vom Keimepithel abstammten und andeutungsweise im Innern strangförmig angeordnet waren. Bei einem Embryo von 21 mm fand ich jetzt, dass ich früher dessen Geschlechtsdrüse fälschlich für weiblich hielt und dieselbe in meinem Grundrisse der Entwicklungsgeschichte, 2. Aufl. auf S. 422 in Fig. 288, als Ovarium bezeichnete. Eine genaue Untersuchung derselben zeigte mir im Keimepithel und in den Strängen im Innern eine bedeutende Zahl grosser Zellen, die ich für nichts anderes als Ursamenzellen halten kann.

170. Zwei Fälle von Doppelmissbildung beim Menschen in Würzb. Sitzungsber. 1885, Bd. XIX, S. 19.

Demonstration eines Xiphopagus und eines Dicephalus tetrabrachius tripus.

171. Menschliche Missbildung in Würzb. Sitzungsber. 1886, 27. März, S. 38.

Fötus des 4. Monats mit verkümmertem Rumpfe, so dass die Gesässgegend am Hinterkopfe liegt. Im Nabelstrange ein guter Teil des Darmes und der Leber. Grosser Hirnbruch. Links Gaumen- und Kieferspalte, rechts Lippenspalte. Linker Arm verkümmert, ohne Vorderarm, nur zwei Finger. Geschlechtsteile männlich, normal.

172. Über Zwitterbildungen bei Säugetieren und über die Gartnerschen Gänge in Würzb. Sitzungsber. 1884, S. 85.

Bei einem Schweine von 1 Jahre und 3 Monaten von männlichem Typus findet sich 1. ein grosser Uterus bicornis mit Scheide, Verküm-

merung der Samenbläschen und geringer Entwicklung des Penis, Ausmündung der Urethra an dessen Wurzel und zwei getrennte Corpora
cavernosa urethrae. Hoden gut entwickelt, im Mesometrium unterhalb
der Cornua uteri in einem Scheidenkanale gelegen. Samenleiter seitlich
an Uterus und Vagina herunterziehend mit stark erweitertem drüsigen
Ende, kleinen Samenbläschen und Einmündung in die Prostata.
Cowpersche Drüsen nicht nachzuweisen.

Ferner werden die Gartnerschen oder Wolffschen Gänge des
Weibes besprochen, und die des Schweines und der Kuh vorgezeigt. Die
Urethralgänge von Skene und Kocks sind sehr wandelbare Bildungen und zähle ich dieselben zu den Drüsen der Urethra. Mit
Rücksicht auf den von Gasser im Samenstrange eines einjährigen
Knaben neben dem Vas deferens gefundenen Kanal, den er vermutungsweise auf den Müllerschen Gang bezieht, bemerkte ich, dass bei
einem sechsmonatlichen Embryo der Müllersche Gang im Beckenteile
des Vas deferens mit Ausnahme der Prostatagegend (Uterus masculinus)
geschwunden war, dagegen noch in guter Entwicklung am Hoden sich
vorfand und hier vielleicht ebenfalls länger sich erhälte, als man bisher
wusste.

173. Der W. Krausesche menschliche Embryo mit einer
Allantois. Ein Schreiben an Prof. His in seinem Archiv
1882, S. 109.

Derselbe wird als ein Embryo eines Vogels nachgewiesen.

174. Über die Entwicklung des menschlichen Nagels in
Würzb. Sitzungsber. 1888, S. 53—59 und in Zeitschr. f. wiss.
Zool. XLVII, S. 129—154, Taf. XIII—XV.

Meine älteren und neueren Erfahrungen haben zu folgender Anschauung über die Entstehung der Nägel geführt: Die Entwicklung der
Nägel beginnt im dritten Fötalmonate mit der Entstehung des Nagelbettes und des Nagelfalzes, die jedoch anfänglich noch von einer gewöhnlichen Oberhaut bekleidet sind. Im vierten Monate erscheint unter
der aus 2—3 Zellenlagen gebildeten Hornschicht und dem Rete Malpighii des Nagelbettes vor dem Falze eine einfache Lage von besonderen
Zellen, die dem Eleidin nahestehende Körner enthalten und als Bildungszellen des Nagels anzusehen sind. Diese Zellen wandeln sich von hinten
nach vorn in Nagelschüppchen um und stellt die erste Nagelanlage ein
mitten in der Epidermis des Nagelbettes liegendes dünnes Schüppchen dar,
welches jedoch noch nicht in den Nagelfalz eingetreten ist, sondern vor
demselben seine Lage hat. Indem nun unter dem hinteren Teile der
Nagelanlage und hinter derselben das Rete Malpighii sich verdickt und
nach und nach zur Nagelmatrix sich gestaltet, entwickelt dasselbe immerfort neue Körnerzellen, die wiederum in Nagelsubstanz sich umwandeln.
So wird das primitive Nagelschüppchen in seinem proximalen Teile immer
dicker und rückt auch nach und nach in den Falz hinein. Im 6., 7.
und 8. Monate dringt die Nagelwurzel endlich in den hintersten Teil
des immer länger werdenden Falzes und kommt auch die Matrix ganz

oder fast ganz, d. h. mit Ausnahme des der Lunula entsprechenden Teiles in den Falz zu liegen.

Auf dieses eigentümliche Längenwachstum des Nagels und der Verschiebung der Matrix nach hinten gleichzeitig mit einer zunehmenden Verdickung des Nagels von vorn nach der Wurzel zu, folgt dann am Ende der Embryonalperiode, bald früher, bald später, sobald einmal der Nagelfalz nicht mehr wächst oder die Nagelbildung im Grunde des Falzes energischer vor sich geht, als das Wachstum des Wurzelblattes, das typische Längenwachstum nach vorn, infolge dessen dann die Verschiebung der Nagelsubstanz nach vorn beginnt und der Nagel einen freien Rand erhält.

Dem Gesagten zufolge entsteht der Nagel mitten in der Oberhaut, gerade wie das Haar, und hat von Hause aus ein Eponychium, welches in den mittleren Fötalmonaten am schönsten zur Beobachtung kommt.

175. Entwicklung der Haare und Hautdrüsen. Mitteilungen der Zürch. naturf. Gesellsch. 1847, S. 177 u. 1850, Nr. 41.

176. Zur Entwicklungsgeschichte der äusseren Haut in Zeitschr. f. wiss. Zool. II, S. 67—96, Taf. VI—VIII.

Die Verhältnisse dieser Organe sind so festgestellt, dass ich einfach auf die VI. Auflage meiner Gewebelehre verweise.

177. Über die Placenta der Gattung Tragulus in Würzb. Verh., N. F., Bd. X, 1877, S. 74—83, Taf. IV, V.

Ich finde, dass die Verhältnisse dieser Gattung mehr mit denen der gewöhnlichen Wiederkäuer stimmen, als Babo und Milne-Edwards annehmen, und dass die Placenta derselben als ein grosser flacher Cotyledo angesehen werden kann.

178. Über einen menschlichen Embryo aus dem zweiten Entwicklungsmonate und über einen sechs Monate alten Embryo mit Hypospadie in Würzb. Sitzungsber., 21. Febr. 1890, S. XXIII.

179. Über eine Janusmissbildung in Würzb. Verh., I, 1850, S. 280.

Diese Missbildung gehört in die Abtheilung, die Geoffroy St. Hilaire „Iniops" (von ἰνίον Hinterhaupt und ὤψ Gesicht) nennt, weil bei oberflächlicher Betrachtung ein einfacher Kopf ein rudimentäres Gesicht am Hinterhaupte zu haben scheint. Zwei weibliche Embryonen des sechsten Monates sind an Kopf, Brust und Oberbauch verschmolzen, haben acht Extremitäten und nur einen Nabelstrang. Das eine Gesicht ist ganz vollständig ausgebildet, nur wie immer sehr breit, die andere Seite zeigt 1. zwei dicht beisammenstehende, z. T. verschmolzene Ohrmuscheln mit nur Einem rudimentären Gehörgange, 2. etwa $1\frac{1}{2}'''$ über diesem einen kurzen Rüssel von $2'''$ Länge, wie bei Cyclopie, umgeben von einer ringförmigen Vertiefung, in der von Augen nichts bestimmtes sich erkennen liess. Die inneren Teile wurden nicht untersucht, nur kann vom Sternum angegeben werden, dass dasselbe doppelt war.

180. Polemik gegen Albrecht.

    α) Eine Antwort an H. Albrecht in Sachen der Ent-
stehung der Hypophysis und des spheno-ethmoi-
dalen Teiles des Schädels in Biol. Centralbl. Bd. V,
Nr. 1.

    β) Herr Paul Albrecht zum letztenmale: I. Die Chorda
in der Nasenscheidewand des Ochsen, II. Der
Zwischenkiefer in Würzb. Sitzungsber., 1885.

    γ) Nachwort zur Entgegnung des Herrn Albrecht auf
den Artikel β in Würzb. Sitzungsber., 19. Juni 1886.

Theorie der primordialen und sekundären Knochen.

181. Spöndli, Über den Primordialschädel des Menschen
und der Säugetiere, Zürich 1846, Diss.

182. Koelliker, Allgemeine Betrachtungen über die Ent-
stehung des knöchernen Schädels der Wirbeltiere in
Zweiter Bericht von der k. zootomischen Anstalt der Universität
Würzburg, Leipzig, Engelmann, 1849, S. 35—52.

183. Koelliker, Die Theorie des Primordialschädels festgehalten in Zeitschr. f. wiss. Zool. II, 1850, S. 281—291.

1. Koelliker, Mikroskopische Anatomie, II, 1, 1850,
S. 103—108, Taf. III, Fig, 1—5.

139. Koelliker, Entwicklungsgeschichte des Menschen und
der höheren Tiere, Leipzig, Engelmann, 2. Auflage, 1879,
S. 463—465.

Mit Bezug auf die geschichtliche Entwicklung dieser Frage besonders auf Nr. 185 und 1 verweisend, möchte ich hier nur darthun,
warum ich an der von mir schon vor Jahren im Anschlusse an Dugès
und Jacobson verteidigten Aufstellung, dass die Skelettknochen aller
Tiere in zwei Gruppen zerfallen, immer noch festhalte. Die Knochen
der einen Abteilung sind knorpelig vorgebildet und können primordiale
heissen, weil sie im Knorpelzustande zuerst im Tierreiche auftreten,
die der andern sind in keiner Weise vorgebildet, sondern entstehen von
einem kleinen Anfange oder Kerne aus und gehen aus weichem binde-
gewebigem Blasteme hervor. Da diese Knochen im allgemeinen in der
Tierreihe später auftreten, so kann man dieselben sekundäre Knochen
nennen oder, da dieselben in den meisten Fällen aussen an primären
Knochen ihre Lage haben, auch Beleg- oder Deckknochen. Den
gegen diese Aufstellungen vorgebrachten Einwürfen von C. Gegenbaur
(Jenaische Zeitschr., Bd. III, S. 54), von Vrolik (Niederl. Archiv f.
Zoologie, I, S. 231) und Wiedersheim (Morphol. Jahrb., III, passim,
bes. S. 365, 543) kann ich keine so weitgehende Bedeutung beimessen,
dass sich der Satz aufstellen liesse, dass eine Grenze zwischen primären
und sekundären Knochen nicht zu ziehen sei.

Die ganze Frage gestaltet sich bei Würdigung aller Verhältnisse
ohne Schwierigkeit wie folgt:

Als ich im Jahre 1849 primäre und sekundäre oder Deckknochen scharf trennte, wurde ich von zweierlei Erwägungen geleitet, einmal von morphologischen und zweitens von histologischen. Vom ersteren Gesichtspunkte aus bezeichnete ich alle aus dem Primordialkranium hervorgehenden Knochen als primäre, die andern, als an der Aussenseite, d. h. ausserhalb des Perichondriums derselben aus kleinen Anfängen entstehenden, nicht präformierten Knochen als Deck- oder Belegknochen. Zugleich schied ich auch die beiderlei Knochen scharf vom histologischen Standpunkte aus, indem ich angab, dass alle Deckknochen aus einer bindegewebigen Grundlage hervorgehen, die primären Knochen dagegen in und aus der knorpeligen Anlage verknöchern. Diese letztere Aufstellung galt zu der Zeit, als ich sie machte, als vollkommen richtig, indem man damals noch allgemein einen wesentlichen histologischen Unterschied zwischen der Knorpel- und Bindegewebsossifikation annahm und zweitens auch keine anderweitige Entstehung der primären Schädelknochen bekannt war, als diejenige, die mit einer Ossifikation im Knorpel beginnt. Mit der Zeit änderte sich nun aber die Sachlage wesentlich. Vorerst wurde durch H. Müller bewiesen (Zeitschr. f. wiss. Zool. IX, 1858), dass die Bildung des echten Knochengewebes in den primären und in den Deckknochen ganz in derselben Weise statthat und dass die Knorpelzellen, seltene Ausnahmen abgerechnet, nie in Knochenzellen sich umwandeln. Später zeigte Gegenbaur (l. s. c.), dass an Primordialkranien von Fischen (Alepidosaurus) und Amphibien die Verknöcherung nicht notwendig intracartilaginös beginnt, sondern auch perichondral auftreten kann, worauf dann durch Vrolik perichondrale Verknöcherungen am Primordialschädel von Fischen und von Wiedersheim an demjenigen der Urodelen als sehr weitverbreitet nachgewiesen und ferner gezeigt wurde, dass in manchen Fällen enchondrale Verknöcherungen des Primordialschädels gar nicht vorkommen.

Ich bin nun recht gern bereit zuzugeben, dass infolge dieser neu aufgefundenen Thatsachen die Definition der primären und der Deckknochen anders gefasst werden muss, als ich dieselbe vor fast 30 Jahren gab, auf der andern Seite haben aber die Fortschritte in der histologischen Seite der Frage an den morphologischen Gesichtspunkten nichts geändert, doch will ich, bevor ich meinen jetzigen Standpunkt auseinandersetze, noch zwei wichtige, mit dieser Frage in naher Beziehung stehende Fortschritte unserer Erkenntnis hervorheben.

Von grosser Bedeutung erscheint mir erstens die längst bekannte, aber in neuerer Zeit fast in Vergessenheit geratene oder wenigstens nach dieser Seite nicht gewürdigte Thatsache, dass auch am Rumpfe die primären, knorpelig vorgebildeten Knochen bei verschiedenen Geschöpfen in sehr verschiedener Weise verknöchern. Während bei den Säugern bei allen diesen Knochen unter früherer oder späterer Mitbeteiligung perichondraler (periostaler) Ablagerungen die Verknöcherung endochondral auftritt, zeigen die Röhrenknochen der Vögel, Reptilien, Amphibien und vieler Fische, wie ich nach dem Vorgange von Dugès, Rathke, Reichert, Bruch, H. Müller

(l. s. c. S. 178, 198) u. a. gestützt auf zahlreiche eigene Beobachtungen angeben kann, ein ganz anderes Verhalten, indem hier die Verknöcherung wesentlich als eine perichondrale auftritt und der Knorpel in den Diaphysen entweder ganz schwindet oder wenigstens nie in irgend erheblichem Masse verkalkt. Mit demselben Rechte oder Unrechte, mit dem perichondral entstandene Ossifikationen des Primordialschädels eines Fisches oder Urodelen Deckknochen genannt worden sind, könnte und müsste man demnach auch die perichondral entstandenen Teile der Extremitätenknochen der niederen Wirbeltiere als Belegknochen bezeichnen.

Ein zweiter wichtiger Punkt ist der von O. Hertwig gegebene Nachweis (M. Schultzes Arch., Bd. XI, 1874, Supplementheft), dass die Deckknochen der niederen Wirbeltiere als Haut- und Schleimhautverknöcherungen zu den phylogenetisch in frühester Zeit auftretenden Hartgebilden beider Lagen (Zähne, Stacheln) in genetischer Beziehung stehen. Hertwig ist geneigt, auch die Deckknochen der höheren Wirbeltiere als Haut- oder Schleimhautknochen anzusehen, in welchem Falle die Kluft zwischen den primordialen Knochen und den später auftretenden noch grösser wurde, als man bisher annahm. Ich muss jedoch gestehen, dass ich nicht imstande bin, O. Hertwig so weit zu folgen. Beweisen schon die Fische, die echte Schuppen in der Haut des Schädels besitzen, dass die Schädeldachknochen keine Hautknochen sind, so wird auch bei den Säugern, bei denen auf dem Schädel nicht nur die Haut, sondern auch Muskeln liegen, die Angliederung des Blastems der Belegknochen an die Haut ganz unmöglich.

Die Sätze, die ich nach dem jetzigen Stande der Dinge aufstellte, sind folgende:

1. Die Unterschiede der primären oder primordialen und der Deck- und Belegknochen (sekundärer Knochen) sind vom morphologischen Gesichtspunkte aus scharf und durchgreifend. Die ersteren sind Verknöcherungen des knorpeligen Primordialskelettes, während die letzteren ausserhalb dieses Skelettes sich bilden und a) in eigentliche Belegknochen und b) in Haut- und Schleimhautossifikationen zerfallen.

2. Die Deckknochen sind nie knorpelig vorgebildet, die primordialen Knochen dagegen ohne Ausnahme als Knorpel präformiert.

3. Die Art und Weise der Bildung des Knochengewebes ist bei beiderlei Knochen gleich.

4. Das primordale Skelett verknöchert bei den niederen Wirbeltieren zum Teil nur perichondral, dann perichondral und endochondral und bei den Säugern zum Teil ebenso, zum Teil in erster Linie endochondral. — Die Ausdrücke perichondrale Knochen und Deckknochen sind nicht gleichbedeutend.

Wirbeltheorie des Schädels.

Auf eine spezielle Besprechung dieser Frage verzichtend, will ich mir doch erlauben, auf die Darlegungen zu verweisen, die in der 2. Auflage meiner Entwicklungsgeschichte S. 457—463 enthalten sind, in denen manches sich findet, was bei neueren nur wenig gewürdigt worden ist, vor allem meine Erfahrungen über das Verhalten der Chorda in der Schädelbasis.

Studien über die normale Resorption des Knochengewebes.

Über diese Verhältnisse habe ich in folgenden Arbeiten gehandelt:

184. Verbreitung und Bedeutung der vielkernigen Zellen in Knochen und Zähnen in Würzb. Sitzungsber. 2. März 1872, S. V.

185. Die Verbreitung und Bedeutung der vielkernigen Zellen der Knochen und Zähne in Würzb. Verh. N. F., Bd. II, 1872, S. 243.

186. Weitere Beobachtungen über das Vorkommen und die Verbreitung typischer Resorptionsflächen an den Knochen in Würzb. Verh. N. F., Bd. III, 1872, S. 215.

187. Die normale Resorption des Knochengewebes und ihre Bedeutung für die Entstehung der typischen Knochenformen, Leipzig, F. C. W. Vogel, 1873, 4°, 86 S., 8 Tafeln.

188. De l'absorption normale et typique des os et des dents in Arch. de Zool. expér. et générale Tom. II, 1873, pag. 1—28, avec 1 Pl.

189. Dritter Beitrag zur Lehre von der Entwicklung der Knochen in Würzb. Verh. N. F., Bd. IV, 1873, S. 34.

190. Knochenresorption und interstitielles Knochenwachstum in Würzb. Verh. N. F., Bd. VI, 1874, S. 1—18.

Wie jeder weiss, habe ich vom Jahre 1872 an den Satz aufgestellt, dass die vielkernigen Zellen des Knochen, meine Ostoklasten, die Organe seien, welche die typische Resorption des Knochengewebes bewirken und dass die Howshipschen Lakunen die Gegenden bezeichnen, in denen diese Zellen ihre Lage haben und die Resorption vor sich gehe. Weiter wies ich nach, dass eine Aufsaugung, sowohl die endochondral gebildeten Knochen, als auch die periostalen Ablagerungen und die membranös vorgebildeten oder die sekundären Knochen betreffe und an allen äusseren und inneren Oberflächen derselben vorkomme. Howshipsche Lakunen und Ostoklasten finden sich nach meinen Erfahrungen unter Umständen überall unter der Beinhaut aller Knochen, an den Oberflächen der Balken und Blätter der Substantia spongiosa,

an der Wand der Haversschen Kanäle und an den Oberflächen
ebengebildeter enchondraler Knochenbälkchen. Lakunen und Ostoklasten
wurden endlich auch nachgewiesen an den Wurzeln ausfallender Milch-
zähne, wo schon Tomes dieselben gesehen hatte, an den Stirnzapfen
abfallender Reh- und Hirschgeweihe und an den chirurgisch in Knochen
eingetriebenen Elfenbeinzäpfchen.

Im einzelnen legte ich ferner dar, wie die gesamte Knochenent-
wicklung beim Menschen und den Säugetieren durch ein grossartiges
und mannigfaltiges Ineinandergreifen von Knochenbildung und Auflösung, Apposition auf der einen und Resorption auf der anderen Seite
zustande komme und gab für diese Annahme die Belege 1. durch eine
genaue Untersuchung der äusseren Oberfläche aller Knochen des Kalbes
und einer gewissen Zahl menschlicher Knochen, 2. durch eine Schilderung der im Innern der Knochen sich abspielenden Vorgänge, endlich
3. durch eine Reihe Fütterungen mit Krapp bei jungen Hunden und
Schweinen, welche Darlegungen durch zahlreiche Abbildungen und Maasse
noch weiter belegt wurden. Kurz ausgedrückt wachsen die Knochen
durch Apposition in die Länge, Breite und Dicke, durch Resorp-
tionsvorgänge dagegen bilden sich im Innern derselben die so verschieden gestalteten Räume und entsteht die typische äussere Gestalt
oder die Modellirung derselben.

So wichtig nun auch die durch meine Arbeiten in den Vordergrund
des Interesses gerückte Knochenresorption für den Anatomen, den Physiologen und den Pathologen unstreitig erscheint, so ergiebt doch eine
Prüfung der Litteratur, dass dieselbe trotz der Bestätigung durch Wegener,
nicht die Beachtung und Weiterentwicklung gefunden hat, die sie sicherlich verdient. Ja, in einem Lehrbuche der Histologie des Menschen
vom Jahre 1895 (Böhm und Davidoff) ist sogar auf S. 87 der
Satz zu lesen: „Während der direkt aus dem Perioste entstandene Knochen
zeitlebens persistirt (!), geht der endochondral gebildete, im Gebiete der
Diaphyse zu Grunde". Dann folgt eine kurze Erwähnung der Ostoklasten und Howshipschen Grübchen mit dem Schlusssatze: „Überhaupt ist jede Resorption der Knochensubstanz mit dem Erscheinen
der Ostoklasten verknüpft" und das ist alles, was über Knochenresorption in dem Lehrbuche steht!

In allen andern neueren Werken über Gewebelehre, Anatomie und
pathologischen Anatomie, mit einziger Ausnahme von Ranviers Traité
technique, ist die Knochensorption kürzer oder ausführlicher geschildert,
doch betonen nur wenige, unter denen ich Steudener, Toldt, Rauber,
Schiefferdecker und Pommer namhaft machen möchte, die Bedeutung derselben für die Ausbildung der typischen Knochenformen in
entsprechender Weise.

Die heftige Opposition, die Strelzoff einst gegen meine
Darstellungen machte, ist allerdings verstummt, nichtsdestoweniger
machen sich immer noch Stimmen geltend, welche die Bedeutung
der Riesenzellen bestreiten und die Knochenresorption in anderer
Weise erklären (Kassowitz, Virchow, Bredichin, Rindfleisch u. A.). Aus diesem Grunde scheint es mir geraten, an diesem

Orte noch einmal kurz die Hauptpunkte zusammenzustellen, die in dieser Angelegenheit in Betracht kommen und als leitende sich ergeben. Als solche betrachte ich folgende:

1. Giebt es bei der Entwicklung der Knochen nur Eine Art der Resorption und zwar die durch Ostoklasten hervorgerufene oder kommen noch andere Arten derselben vor?

Die Antwort ist nicht leicht zu geben, indem die Untersuchung der eigentlichen Ossifikationsgrenze eine sehr schwierige ist, von der noch kein Autor eine ganz zutreffende Beschreibung und Abbildung gegeben hat, was auch von den besten Abbildungen dieser Gegend von H. Müller, Stieda, Waldeyer, Retzius, Ranvier und Schiefferdecker gilt. Ich finde nun an sehr dünnen Schnitten entkalkter Röhrenknochen des Menschen und von Tieren etwas, was mir früher nie so bestimmt zu sehen gelang (s. normale Resorption d. Knochengew., S. 33), nämlich das, dass an den jüngsten, in die knorpeligen Diaphysen einwachsenden, gefässhaltigen periostalen Zapfen bereits zahlreiche Ostoklasten sich finden, die vor allem an der Oberfläche dieser Zapfen ihre Lage haben. Indem nun die Zapfen gegen die Epiphysen zu sich entwickeln, bleiben sie immer mit Ostoklasten in Verbindung und hat mich eine sorgfältige Prüfung der späteren Ossifikationsgrenze am Ende der Diaphysen gelehrt, dass auch hier die einzelnen gefässhaltigen Zapfen in den kanalartigen Lücken des enchondralen Gewebes an ihrem Ende von Ostoklasten besetzt sind. Der Inhalt dieser Knorpelkanäle des Verknöcherungsrandes bietet folgendes Bild dar (Figg. 9 u. 10). Im Innern eines jeden Zapfens findet sich eine Gefässschlinge oder auch ein einziges Gefäss mit einer besonderen endothelialen Wand, dicht umgeben von schönen Osteoblasten, die einerseits an die Gefässwand, andererseits an die buchtigen Reste der Knorpelgrundsubstanz anstossen, welche die betreffenden Knorpelkanäle begrenzt. Diese Osteoblasten nun, deren Gestalt in der Regel eine mehr längliche, keulen-, kegel- oder spindelförmige ist, bekleiden jedoch das Blutgefäss nicht in seiner ganzen Länge, sondern lassen die Spitze desselben frei, welche von einer schwer zu deutenden, kappenartig dieselbe bedeckenden kernreichen Substanz umgeben wird, in der namentlich an durch Hämatoxylin etwas stark gefärbten Präparaten Ostoklasten sicher zu erkennen sind, so dass man die volle Überzeugung von der Zugehörigkeit solcher Elemente zu den typischen Bestandteilen der fraglichen gefässhaltigen Zapfen gewinnt. Diese Ostoklasten nun, die zu einem, zweien oder dreien die Spitzen der Zapfen einnehmen, sind in der Regel keulenförmig von Gestalt, mit einem breiten, gegen den Knorpel gerichteten Körper und einem zugespitzten stielartigen Fortsatze am entgegengesetzten Ende, welcher zwischen den obersten Osteoblasten sich zu verlieren scheint. Wie überall, so sind jedoch auch hier die Ostoklasten von äusserst wandelbarer wechselnder Gestalt und mache ich namentlich auf schmale zungenartige Fortsätze aufmerksam, die von den verbreiterten Enden derselben ausgehen und in gewissen Fällen in benachbarte Knorpelhöhlen eindringen und

dieselben so eröffnen. Die beistehenden Figuren zeigen einige schöne
Fälle solcher terminaler Ostoklasten und werden hoffentlich dazu dienen,
diese wichtige Angelegenheit ins Reine zu bringen.

Dem hier Bemerkten zufolge kann ich es somit als allgemeines

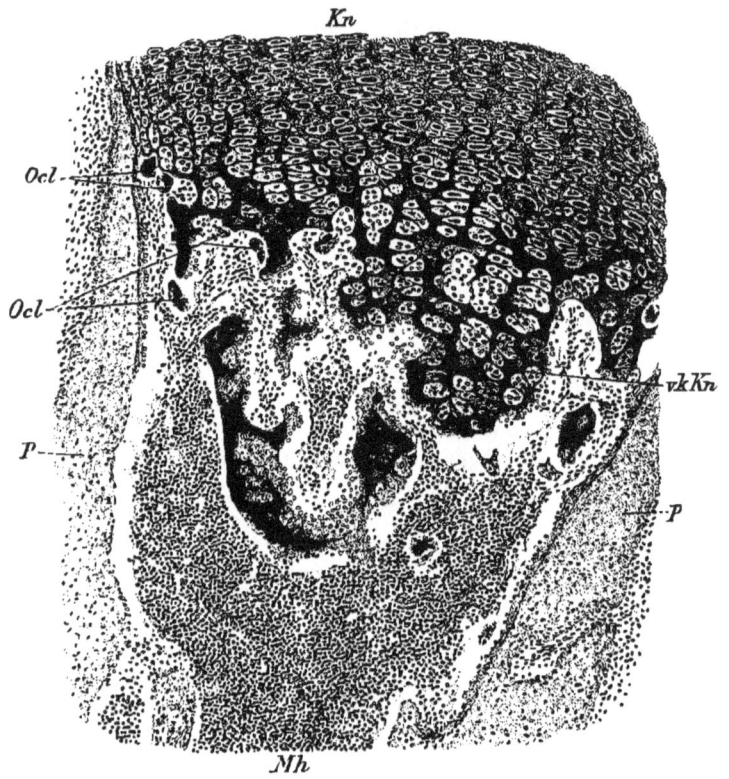

Fig. 9.

Aus dem Ende der Phalanx secunda eines Mittelfingers eines sechs Monate
alten menschlichen Embryo bei Syst. III Oc. IV, kurzem Tubus eines Leitz.
Hämatoxylin-Eosinpräparat. *Mh* Markhöhle; *P* Ende der Periostablagerung an
der Epiphyse; *Kn* Knorpel der Epiphyse; *vKkn* Verkalkter Knorpel am Ossi-
fikationsrande; *Ocl* Ostoklasten r o t.

Gesetz aufstellen, dass alle und jede Einschmelzung von Knorpelgewebe bei der Ossifikation, die mit einer Zerstörung der verkalkten
Knorpelgrundsubstanz und einer Eröffnung der Knorpelkapseln einher-
geht, in derselben Weise, wie die Resorption des jungen und älteren
Knochengewebes, durch Ostoklasten bewirkt wird.

Meine neuen Untersuchungen haben mir auch den sicheren Beweis geliefert, dass die Knorpelzellen bei der Ossifikation keine Rolle spielen und nicht in die Elemente des jungen Knochenmarkes übergehen, sondern einfach sich auflösen. An feinen Schnitten ist die Grenze zwischen den gefässhaltigen Zapfen der Ossifikationsgrenze und den angrenzenden Knorpelkapseln so scharf, dass es der Beobachtung nicht entgehen könnte, wenn die Knorpelzellen eine Weiterentwicklung, etwa zu Osteoblasten, darböten. Zudem ist der Inhalt der an der Ossifikationsgrenze stehenden Knorpelkapseln an guten Objekten ein eigentümlicher, von demjenigen entfernterer Kapseln ganz verschiedener, indem derselbe nur aus heller

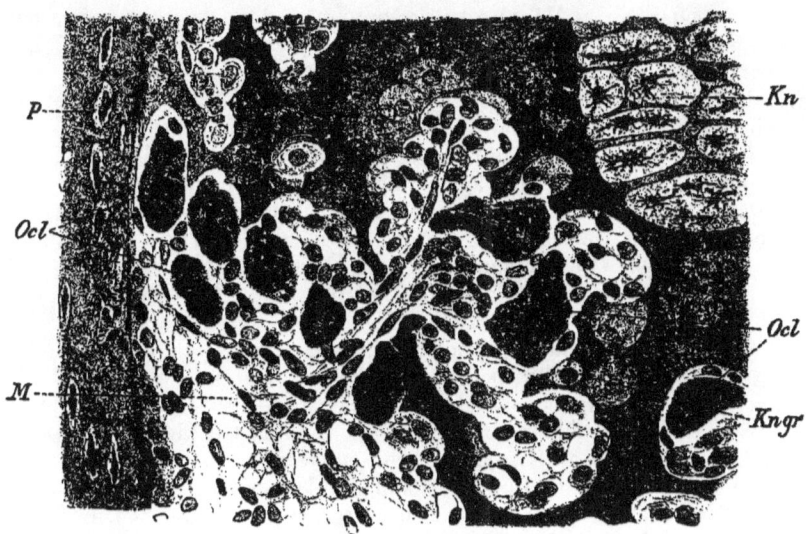

Fig. 10.

Ein Teil eines Präparates wie Fig. 9, stärker vergrössert, bei Syst. VII Oc. I, kurzem Tubus eines Leitz. Buchstaben wie bei Fig. 9. Ausserdem: *Kngr* Knorpelgrundsubstanz. Ostoklasten rot.

Flüssigkeit und einem grossen bläschenförmigen Kerne besteht. Mit der Eröffnung solcher Kapseln verschwindet ihr Kern sofort und ist in dem eingedrungenen Markgewebe resp. den Ostoklasten, Gefässen und Osteoblasten nicht herauszufinden. Ebenso deutlich spricht für die geringe Bedeutung der Knorpelzellen bei der Verknöcherung, dass nicht selten uneröffnete Knorpelkapseln einzeln oder in Reihen in schon in Verknöcherung begriffenem Gewebe vorkommen und mit hellem Inhalte und deutlichem grossem Kerne da unverändert sich erhalten, bis von der Markhöhle aus die fortschreitende Resorption sie trifft.

Noch bemerke ich, dass auch die gefässhaltigen Kanäle in den Epiphysenknorpeln älterer Embryonen durch die Wirkung von Riesenzellen sich zu bilden scheinen. Wenigstens habe ich in einer gewissen Zahl von Fällen an den Enden der gefässhaltigen Perichondriumzapfen mit Bestimmtheit vielkernige Zellen nachzuweisen vermocht. Doch gestehe ich gern, dass ich dieser speziellen Frage keine besondere Aufmerksamkeit geschenkt habe und es nicht für unmöglich halte, dass hier auch eine einfache Druckwirkung der Gefässzapfen Platz greift.

2. Entstehen die Ostoklasten durch Umwandlung von Osteoblasten oder gehen dieselben aus den Knochenzellen oder aus dem Knochengewebe selbst hervor?

Die Ansicht von Virchow, der annimmt, dass die Howshipschen Lakunen den Territorien der Knochenkörperchen entsprechen, und dass jeder Ostoklast aus einer Knochenzelle hervorgehe, wird auch von Rindfleisch verteidigt (Path. Anat., 6. Aufl. 1886, S. 748), obschon es einmal den Anschein hatte, dass er meiner Auffassung über die Bedeutung der Ostoklasten beistimme (Virchows Arch. Bd. 85, 1881, S. 78).

Derselben Ansicht huldigte auch Bredichin vor längerer Zeit (Centralblatt 1876, Nr. 36). Von neueren Autoren ist Kassowitz zu nennen, der an verschiedenen Orten seiner ausführlichen Abhandlung über die normale Ossifikation, Wien 1881, namentlich S. 38, 203, 237, und folg. die Ostoklasten als Residuen des Knochengewebes betrachtet.

Allen diesen Aufstellungen gegenüber genügt es, an das Auftreten von Ostoklasten am Elfenbeine der Wurzeln von ausfallenden Milchzähnen und an künstlich in Knochen eingetriebenen Elfenbeinstiftchen zu erinnern, um zu beweisen, dass die Ostoklasten Gebilde sind, die unabhängig von dem Knochengewebe entstehen und von aussen dem Knochen sich anlegen. Ihre Entstehung anlangend ist meine Annahme, dass dieselben aus Osteoblasten hervorgehen und unter Umständen wieder in solche sich umbilden, die einzige, die auf Thatsachen beruht, doch will ich hier zweierlei noch besonders betonen, einmal dass höchst wahrscheinlich viele Ostoklasten, nachdem sie mit zerstörten Knochenstückchen vom Knochen sich abgelöst haben, keine weitere Rolle mehr spielen, sondern entweder vergehen oder als indifferente Bestandteile des Knochenmarkes weiter fortbestehen. Als solche Elemente möchte ich namentlich die in den Markhöhlen junger Knochen und in den Zahnrinnen der Kiefer befindlichen bezeichnen. Zweitens kann noch hervorgehoben werden, dass was die Herkunft der Osteoblasten selbst anlangt, mehrfache Möglichkeiten vorliegen und auf jeden Fall die Verhältnisse noch nicht vollkommen klar sind. Mehrere Autoren, wie Schwalbe, v. Manduch, Wegener, Pommer verteidigen den Satz, dass Ostoklasten nicht nur aus Osteoblasten, sondern auch aus anderen Zellen hervorgehen können. Das glaube ich nun nicht, wohl aber halte ich es für möglich, dass die Elemente, welche als Osteoblasten thätig sind, nicht überall dieselbe Bedeutung haben. Sicher ist auf jeden Fall, dass die grosse Mehrzahl derselben die Bedeutung gewöhnlicher Bindegewebskörperchen besitzt, wie vor allem die Ossifikationsstellen der

Belegknochen und diejenigen der grobfaserigen Knochensubstanz von jungen Geschöpfen lehren.

Aber auch die Zellen epithelartiger Osteoblastenlagen, welche, junges Knochenmark begrenzend, an der inneren Oberfläche des Periostes liegen, haben offenbar dieselbe Bedeutung und bin ich der Meinung, dass bei der normalen Ossifikation auch alle epithelähnlichen Osteoblasten nichts als umgewandelte Bindesubstanzzellen sind. Sollte es sich ergeben, dass, wie die obengenannten Autoren, besonders Wegener annehmen, auch Zellen der Adventitia von Gefässen zu Osteoklasten sich entwickeln können, so würde ich einmal diese Zellen entschieden als Bindegewebszellen auffassen und zweitens der Meinung sein, dass solche Zellen sicherlich auch als Osteoblasten auftreten können (S. 190, S. 26 und 27).

3. Giebt es ein interstitielles Knochenwachstum?

In dem Sinne, in welchem seiner Zeit Strelzoff und Wolff für ein solches Wachstum eintraten, findet sich ein solches auf keinen Fall. Dagegen habe ich schon seit langem zugegeben, dass bei junger, in Bildung begriffener Knochensubstanz ein interstitielles Wachstum bis zu einem gewissen Grade vorkomme (Nr. 190, S. 66; Nr. 193, S. 17). Am deutlichsten sah ich solche Verhältnisse an den Knochenbalken des Unterkiefers und der Schädeldachknochen von Embryonen, bei denen in den Ansatzzonen die Bildungszellen der Knochenkörperchen ungemein dicht stehen, viel dichter als in den angrenzenden entwickelteren Knochenspangen. Eine Zunahme der Grundsubstanz wäre in solchen Fällen leicht begreiflich, da dieselbe, wie längst bekannt (S. Pommer), anfänglich in weichem Zustande ohne Kalksalze auftritt und der Annahme nichts im Wege steht, dass dieselbe durch Thätigkeit der Zellen und fortgesetzte Exsudationen aus den Blutgefässen sich vermehrt. Ist dem so, so geben diese Verhältnisse auch einen guten Beweis ab für die Entstehung der Knochengrundsubstanz, unabhängig von dem Zellenprotoplasma, als einer Intercellularsubstanz.

4. Was ist von der linearen Einschmelzung von Kassowitz zu halten?

Kassowitz nimmt an, dass bei der langsamen Erweiterung eines Gefässkanales oder der Markhöhle und ganz besonders schön an der inneren Schädelfläche auch eine lineare Einschmelzung zu beobachten sei, die nur durch die scharfrandige Unterbrechung der verschiedenen Knochenstrukturen, Blosslegung von Knorpelresten, Durchschneidung von Lamellensystemen etc. sich charakterisiere, bei welcher Form auch vielkernige Zellen vollständig fehlen. Frägt man nach den Beweisen für diese Annahmen, so vermisst man solche vollständig. Eine Resorption von Knochensubstanz darf nur angenommen werden, wenn sich zeigen lässt, dass eine bestimmte Gegend eines Knochens in einer gewissen Zeit eine Abnahme erlitten hat und das ist von Kassowitz für keinen einzigen Fall nachgewiesen worden. An keinem Gefässkanale ist durch direkte Beobachtung desselben eine Erweiterung nachgewiesen worden, ebensowenig an einem Markraume mit ebener oder besser gesagt mit gleichmässiger, nicht von Lakunen begrenzter Oberfläche oder an der inneren Schädelfläche. So lange als dies nicht geschehen sein wird, muss die Annahme einer linearen Einschmelzung als eine in der Luft schwebende Hypothese bezeichnet werden.

5. Welches sind die Ursachen, die das Auftreten von Ostoklasten und einer Knochenresorption bedingen? Wie erklärt sich die Wirkung der Ostoklasten?

Von den Autoren, die nach mir über die eben erwähnten Punkte sich geäussert haben, ist vor allem Pommer zu erwähnen, der in der Hauptsache mit mir vollkommen einverstanden ist, dass bei der Entstehung der Ostoklasten und ihrer Einwirkung in erster Linie ein von den die Knochen umgebenden und denselben anliegenden Weichteilen ausgeübter Druck es ist, der hier von Einfluss ist, nur spezifiziert Pommer diesen Druck in letzter Linie als Blutdruck. „Derselbe soll örtlich gesteigert durch Vermehrung der Transsudation und Änderung der Diffusionsverhältnisse in Zellen, die der Knochensubstanz nahe anliegen, ein erhöhtes Zellenleben und die Entfaltung neuer physiologischer Eigenschaften anregen, so dass dieselben befähigt werden, die Knochensubstanz in einer nach dem jeweiligen Verhältnisse, welches zwischen ihrem Wachstumsdrucke, dem auf ihnen lastenden Gewebedrucke und dem Widerstande der Knochensubstanz besteht, variierenden Form und Ausdehnung zur Resorption zu bringen.“

Mit dieser näheren Bezeichnung und Ausführung der Art und Weise, wie der Druck wirkt, kann ich mich vollkommen einverstanden erklären und passt dieselbe auch ganz gut für die an den ersten, in die Diaphysen eindringenden Periostzapfen und die an den Gefässprossen des Verknöcherungsrandes sich entwickelnden Ostoklasten. Doch ist nicht zu vergessen, dass dieselbe immer noch keinen genauen Nachweis darüber giebt, wie die Osteoblasten in Ostoklasten sich umbilden. Ebenso lässt uns dieselbe vollkommen im Dunkeln über die Einzelvorgänge der Resorption, über die wichtige Frage, warum an bestimmten Stellen, oft nahe bei einander, Knochenbildung und Knochenresorption sich finden, wie z. B. in der Markhöhle junger Röhrenknochen und bei der endochondralen Knochenbildung überhaupt, Verhältnisse, von denen auch ich erklärt hatte (Nr. 190, S. 82), dass dieselben vorläufig nicht zu deuten seien.

Die Wirkungsweise der Ostoklasten anlangend, so stehen wir immer noch auf dem früheren Standpunkte und war bis jetzt Niemand imstande mehr zu sagen, als ich im Jahre 1892, dass diese Elemente wahrscheinlich auf chemischem Wege die leimgebende Substanz der Knochen zusammen mit den Erdsalzen langsam auflösen, ohne dass das Knochengewebe hierbei irgendwie sich beteiligt und mit seinen zelligen Elementen eine Rolle spielt. Hier erinnere ich auch an die von mir schon bei meinen ersten Mitteilungen über diese Verhältnisse (Würzb.

Verh. 1872) hervorgehobene Thatsache, dass Pilze in Knochen, Zähne, Schuppen, Muschelschalen etc. hineinwachsen und diese Hartgebilde in weitem Umfange zerstören, sowie an ähnliche Vorgänge beim Keimen harter Samen.

E. Descendenzlehre (Darwinismus).

194. Über die Darwinsche Schöpfungstheorie in Zeitschr. f. wiss. Zool. XIV, 1864, S. 174—186.

195. Morphologie und Entwicklungsgeschichte des Pennatulidenstammes nebst allgemeinen Betrachtungen zur Descendenzlehre, Frankf. 1872, 86 S. Aus Nr. 205.

196. Über Vererbung (Idioplasma) in Würzb. Sitzungsber. 1885, S. 46—49.

197. Die Bedeutung der Zellenkerne für die Vorgänge der Vererbung in Zeitschr. f. wiss. Zool. XLII, 1885, S. 1—46.

198. Das Karyoplasma und die Vererbung, eine Kritik der Weismannschen Theorie von der Kontinuität des Keimplasma in Zeitschr. f. wiss. Zool. XLIV, 1886, S. 228—238.

139. Entwicklungsgeschichte des Menschen und der höheren Tiere, 2. Aufl., 1879, § 29 Allgemeine Betrachtungen, S. 377 bis 399.

199. Der jetzige Stand der morphologischen Disciplinen mit Bezug auf allgemeine Fragen. Rede gehalten bei Eröffnung der ersten Versammlung der anatomischen Gesellschaft in Leipzig am 14. April 1887, S. 5—12.

Obgleich ich während meines Studienganges nie dazu kam, ausschliesslich oder vorwiegend mit der Descendenzlehre mich zu befassen, so war es doch begreiflich, dass die Arbeiten von Nägeli, Darwin, Haeckel, Weismann u. v. A. mich nicht unberührt liessen und dass auch ich verschiedene Male die Gelegenheit ergriff, mich über die so wichtige Abstammungslehre der organischen Wesen zu äussern. So sehr ich nun auch die Bestrebungen von Darwin hochschätzte, so vermochte ich doch nicht, mich denselben anzuschliessen und galten mir von jeher die Darlegungen von Carl Nägeli, die auch der Zeit nach denen Darwins vorgehen, als bei weitem die vorzüglichsten und klarsten.

Auf Einzelnes übergehend, so sprach ich mich schon in meiner Abhandlung Nr. 194, nur 4 Jahre nach dem Erscheinen von Darwins „Origin of Species", sehr entschieden gegen seine Annahme einer natürlichen Züchtung von nützlichen Varietäten aus und sagte wörtlich folgendes (S. 6): „Die Varietäten, die sich bilden, entstehen infolge mannigfacher äusserer Einwirkungen und ist nicht einzusehen, warum dieselben alle oder teilweise gerade besonders nützlich sein sollten. Jedes Tier genügt für seinen Zweck, ist in seiner Art vollkommen und bedarf keiner weiteren Ausbildung" und S. 7 heisst es: „Die Annahme, dass ein Organismus nur eines bestimmten Zweckes wegen da sei und nicht allein die Verkörperung eines allgemeinen Gedankens oder Gesetzes darstelle, setzt eine einseitige Auffassung des ganzen Seienden voraus. Allerdings hat jedes Organ, erfüllt jeder Organismus seinen Zweck, allein darauf beruht der Grund seiner Existenz nicht. Jeder Organismus ist auch hinreichend vollkommen für den Zweck, dem er dient und ist ein Grund für seine Vervollkommung wenigstens nicht in ihm zu suchen."

In derselben Arbeit stellte ich dann meine „Theorie der heterogenen Zeugung" auf, deren Grundgedanke der ist, dass unter dem Einflusse eines allgemeinen Entwicklungsgesetzes die Geschöpfe aus von ihnen gezeugten Keimen andere abweichende hervorbringen, was geschehen könnte 1. dadurch, dass die befruchteten Eier bei ihrer Entwicklung unter besonderen Umständen in höhere Formen übergingen oder 2. dadurch, dass die primitiven und späteren Organismen ohne Befruchtung aus Keimen oder Eiern andere Organismen erzeugten (sogen. Parthenogenesis).

Als Thatsachen, die für diese Möglichkeiten sprechen, führte ich den Generationswechsel, vor allem der Hydrozoen und Cestoden, ferner die Entwicklung vieler Echinodermen aus sonderbaren Larvenformen an, bei denen es nahe liegt, sie mit fertigen Tierformen zu vergleichen. Endlich erwähnte ich auch noch folgende zwei Thatsachen, die lehren, dass ein Ei nicht immer notwendig dieselbe Form annimmt, 1. den Umstand, dass bei vielen Tieren Männchen und Weibchen so verschieden sind, dass sie, wenn nicht sexuell zusammengehörend, in verschiedene Gattungen, ja selbst in verschiedene Familien gebracht werden müssten, 2. dass bei den Ameisen und Bienen aus den Eiern drei und mehr, zum Teil ganz verschiedene Formen hervorgehen.

Meine Hypothese der Schöpfung der Organismen durch heterogene Zeugung unterscheidet sich dem Gesagten zufolge sehr wesentlich von der Darwinschen durch den gänzlichen Wegfall des Prinzipes der Varietäten und der natürlichen Züchtung derselben und ist mein Grundgedanke der, dass der Entstehung der gesamten organisierten Welt ein grosser Entwicklungsplan zu Grunde liegt, der die einfacheren Formen zu immer mannigfacheren Entfaltungen treibt. Wie dieses Gesetz wirkt, kann natürlich auch ich nicht zeigen, sagte ich, allein ich habe doch wenigstens die grosse Analogie des Generationswechsels für mich. Wenn eine Bipinnaria, eine Brachiolaria, ein Pluteus imstande ist, das so abweichende Echinoderm zu erzeugen, wenn der Hydraspolyp die höhere Meduse hervorbringt, wenn die wurmförmige Trematodenamme die ganz abweichende Cerkarie in sich bildet, so wird es auch nicht als unmöglich erscheinen, dass das Ei oder der bewimperte Embryo einer Spongie einmal unter besonderen Verhältnissen zu einem Hydraspolypen wird oder der Medusenembryo zu einem Echinoderm.

Eine andere Abweichung der Darwinschen und meiner Hypothese ist die, dass ich viele sprungweise Veränderungen statuiere, doch will ich darauf kein grösseres Accent legen, da ich nicht gemeint bin, zu behaupten, dass nicht auch nach meinem Gesetze Formen ganz

allmählich aus anderen hervorgehen. Vor allem darf hier der
Umstand hervorgehoben werden, dass bei den Tieren mit Metamorphose
die Larven gewissen einfacheren Tierformen oft äusserst ähnlich sehen
und es daher nicht als unmöglich erscheint, dass z. B. aus dem Eie
eines Perennibranchiaten einmal ein Triton oder Salamander ähnliches
Geschöpf oder ein Ecaudate hervorgehe (wie sich dies später bei Amblystoma und den Axolotl zeigte). Diese Bemerkungen werden genügen,
um zu zeigen, dass von den möglichen Schöpfungshypothesen die der
heterogenen Zeugung wohl am meisten an die vorliegenden Erfahrungen
sich anschliesst. Nähme man diesen Entwicklungsmodus an, so könnte
man entweder nur Eine oder mehrere Grundformen statuieren, etwa
Eine für die Wirbellosen und Eine für die Wirbeltiere, Möglichkeiten,
die ich nicht weiter diskutieren will. Jede Grundform müsste die
Fähigkeit haben, nach verschiedenen Seiten sich zu entfalten und so
nach und nach Species und Gattungen liefern."

Dieser ersten kurzen Besprechung der Darwinschen Descendenzlehre liess ich dann im Jahre 1872 eine ausführliche Darlegung folgen,
Nr. 195, auf die ich speziell verweise, da dieselbe nur wenig bekannt
geworden ist. Hier will ich nur hervorheben: 1. dass ich in dieser
Arbeit mich sehr entschieden für einen polyphyletischen Ursprung
der Organismen aussprach und nachwies, dass in einem solchen Falle
die Annahme allgemeiner Bildungsgesetze nicht zu umgehen sei; 2. dass
ich im einzelnen nachwies, in welcher Weise eine heterogene Zeugung
zu denken wäre und dies durch Beispiele belegte; 3. endlich, dass ich
auch Umbildungen geringeren Grades aus inneren Ursachen, die zu
Varietäten führen, statuierte.

Im Jahre 1879 gab ich dann in Nr. 138 eine kurze Darstellung
der Entwicklung der Wirbeltiere (S. 367—399), in der speziell auf die
Lehren Haeckels Rücksicht genommen war, indem ich nachwies, dass
an eine Erklärung der Ontogonie durch die Phylogonie nicht gedacht
werden könne, da wir nicht imstande seien, nachzuweisen, warum die
verschiedenen Typen der Wirbeltiere so verschiedene Entwicklungen
durchlaufen.

Wichtiger und tiefer in die Descendenzlehre eindringend sind meine
Aufsätze 196, 197 und 198, besonders die zwei letzten über „die Bedeutung der Zellenkerne für die Vorgänge der Vererbung" und „Das
Karyoplasma und die Vererbung, eine Kritik der Weismannschen
Theorie von der Kontinuität des Keimplasma". In 196 und 197 zeigte
ich, gleichzeitig mit Nägeli, O. Hertwig und Strasburger, dass
die Thatsache, dass der erste Kern des Embryo durch Konjugation eines männlichen und weiblichen Kernes entstehe
und diese seine hermaphroditische Zusammensetzung auch
auf alle seine Abkömmlinge übertrage, die einzige Handhabe
zur Erklärung der Vererbung biete. In Nr. 196 wurde dann die Bedeutung der Samenfäden und ihre Rolle bei der Befruchtung ausführlicher
besprochen und der Satz verteidigt, dass der Teil der Samenfäden, der
bei der Befruchtung eine Rolle spiele, einem Kerne entspreche, ebenso
wie beim Eie auch nur dessen Kern, das Keimbläschen, an derselben

sich beteilige. Was die Bedeutung der Bildung der Polkörperchen
betrifft, so sprach ich mich gegen die Annahme aus, dass durch dieselben männliche Teile aus dem Eikerne entfernt werden und schloss
mich der Ansicht Strasburgers an, dass sowohl der Eikern als der
Spermakern hermaphroditisch seien, indem das Erzeugte Eigenschaften
sowohl der männlichen als der weiblichen Vorfahren von Vater und
Mutter zu erben imstande sei.

In Betreff der Vererbung und der Rolle, welche die bei
der Befruchtung wirksamen Elemente bei derselben spielen,
setzte ich wörtlich folgendes auseinander:

Wir sind in den vorausgegangenen Darlegungen zu dem Ergebnisse gekommen, dass die Befruchtung durch das Zusammenwirken von
geformten Elementen zustande kommt, die beim männlichen und weiblichen Organismus die Bedeutung von Kernen haben. Sollte sich nun
zeigen lassen, dass diese zeugenden Kerne auch die Elementarorgane
sind, von denen die Vererbung der Eigenschaften der Erzeuger auf
auf das Erzeugte abhängt, so würde durch einen solchen Nachweis die
Bedeutung der Zellenkerne in ein ganz anderes Licht treten, als die
meisten Forscher bis jetzt annahmen. Denn seit den Arbeiten von Mohl
und Nägeli im Gebiete der Botanik und denen von E. Brücke,
Max Schultze und Lionel Beale hatte man sich, wenigstens in
der tierischen Histologie, gewöhnt, die Zellsubstanz, das Protoplasma,
als den Hauptteil der Zellen anzusehen und den Zellenkernen nur eine
untergeordnete Bedeutung zuzuschreiben. War doch Brücke so weit
gegangen, zu sagen, dass nicht gezeigt sei, dass die Kerne wesentliche
Bestandteile der Zellen darstellen und dass kein unumstösslicher Beweis
dafür vorliege, dass dieselben, wo sie sich finden, bei der Fortpflanzung
der Zellen eine wichtige Rolle spielen. In vollem Gegensatze hierzu
habe ich, wie ich O. Hertwig gegenüber (l. c. S. 34) zu betonen mir
erlaube, in allen Auflagen meiner Gewebelehre die grosse Bedeutung
der Kerne für die Vermehrung und Teilung der Zellen hervorgehoben
und ihnen auch einen wesentlichen Einfluss auf den Stoffwechsel und
das Wachstum der Elementarteile zugeschrieben. Schon im Jahre 1867
habe ich ferner (Gewebelehre, 5. Aufl., S. 37) aus dem Verhalten der
Kerne gegen Karmin und gestützt auf die Bedeutung der aus Kernen
hervorgehenden Samenfäden für die Befruchtung auf einen lebhaften
Stoffwechsel in denselben geschlossen und die Vermutung ausgesprochen,
dass der Kerninhalt vielleicht eine besondere Beziehung zu dem Sauer-
stoff besitze und hierdurch seine weitere Wirkung entfalte.

Für mich war es daher in keiner Weise überraschend, als die neuen
Forschungen im Gebiete der Zeugungslehre dem Kerne der Eizellen
eine hervorragende Bedeutung gaben und eine Vereinigung je eines Eikernes mit je einem Samenfaden als wesentlichster Vorgang bei der
Befruchtung nachgewiesen wurde. Selbstverständlich musste nun auch
die Aufmerksamkeit auf die Bedeutung der Zellenkerne für die Vererbung gelenkt werden (s. m. Grundriss der Entw. 2. Aufl., S. 18), denn
wenn auch schon vor vielen Jahren von mir ausgesprochen worden war
(Beitr. z. Kenntnis der Geschlechtsverhältnisse und der Samenflüssigkeit

wirbelloser Tiere. Berlin, 1841, S. 83), dass die Samenfäden Elementarteile sind, welche die Eigenschaften des väterlichen Organismus auf das Erzeugte vererben, so konnte doch diese Thatsache so lange nicht zu einer bestimmten Hypothese verwendet werden, als man nicht wusste, dass die Samenfäden in das Ei eindringen und mit geformten Teilen in die Bildung des ersten embryonalen Kernes eingehen.

So nahe es nun auch denjenigen Forschern, die mit der ersten Entwicklung der pflanzlichen und tierischen Organismen sich beschäftigten, lag, auch die Frage der Vererbung heranzuziehen, so sind doch sie nicht die ersten, welche an dieses schwierige Gebiet sich heranwagten, vielmehr gebührt C. v. Nägeli das Verdienst, dasselbe zuerst in mustergültiger und erschöpfender Weise bearbeitet zu haben, worauf dann die mehr auf embryologischer Basis stehenden Betrachtungen und Auseinandersetzungen von O. Hertwig und Strasburger folgten (l. l. s. c. c.). Mit diesem Ausspruche bin ich übrigens nicht gemeint, die zum Teil mehr aphoristischen, zum Teil ausführlichen Darlegungen früherer Forscher auf diesem Gebiete, wie die von E. Haeckel (Generelle Morphologie), Darwin (Theorie der Pangenesis), Nussbaum[1]), Weismann[2]), Hensen[3]), His[4]), Pflüger[5]) u. A. hintanzusetzen, wenn auch keine derselben zu einem klaren Bilde über die Vererbung geführt hat.

Nägeli geht bei seinen Betrachtungen von den Samenfäden und der Eizelle aus und kommt in richtiger Würdigung der Thatsache, dass die im Verhältnisse zur Eizelle so winzigen Samenfäden die Eigenschaften des männlichen Organismus auf das Erzeugte übertragen, und dass dieses in der Regel gleichviel von beiden Erzeugern an sich habe, zum Schlusse, zu dem Sachs schon im Jahre 1882 gelangt war (Physiol. S. 439 ff.), dass auch die Eizelle nicht mit ihrem gesamten Inhalte, sondern nur mit einem minimalen Teile desselben an den Vererbungserscheinungen sich beteilige. Diese in den Samenfäden und in dem Eie befindliche Substanz nennt Nägeli Idioplasma und stellt derselben das Ernährungsplasma gegenüber, welches den Verkehr der Organismen mit der Aussenwelt vermittle und keine massgebende Einwirkung auf die Formbildung habe, die allein dem Idioplasma unterstellt sei. In welchen Teilen des späteren ausgebildeten Organismus das Idioplasma zu suchen sei, darüber spricht sich Nägeli nicht aus, doch stellt er sich dasselbe als eine den ganzen Organismus durchziehende und netzförmige zusammenhängende Substanz vor und ist der Meinung (S. 41), dass der in Pflanzenzellen so häufig vorkommenden

---

1) M. Nussbaum, Zur Differenzierung des Geschlechtes im Tierreiche in Arch. f. mikr. Anat. Bd. XVIII, 1880, S. 1. — Über die Veränderung der Geschlechtsprodukte bis zur Eifurchung, ein Beitrag zur Lehre der Vererbung, Ebenda Bd. XXIII, 1884, S. 155.

2) Über die Vererbung, Jena 1883.

3) V. Hensen, Physiologie der Zeugung in Hermanns Handbuch der Physiologie, Bd. VI, Heft 2, 1881.

4) W. His, Unsere Körperform, 1874, S. 130 ff.

5) E. Pflüger, Untersuchungen über Bastardierung der anuren Batrachier und die Prinzipien der Zeugung, Bonn 1883.

netzförmigen Anordnung des Plasma und der netzförmigen Beschaffenheit der Kernsubstanz wahrscheinlich das Idioplasmanetz zu Grund liege. Weiter denkt sich Nägeli des Idioplasma als eine eher feste Substanz mit ganz bestimmter Anordnung ihrer kleinsten Teilchen (Micelle Nägeli), welche durch ihre Wechselwirkung mit dem Ernährungsplasma und der Aussenwelt nach ganz bestimmten Gesetzen aus dem befruchteten Eie den gesamten Organismus erzeuge und die einfachen Organismen, infolge einer ihr innewohnenden Tendenz zu immer grösserer Vollkommnung, zu immer neuen zusammengesetzteren Formen bringe.

Diese in kurzen Zügen geschilderte Hypothese verdient meiner Überzeugung nach die grösste Beachtung und erscheint in ihren Grundgedanken unanfechtbar, insofern dieselbe als formbildendes Element der Organismen eine Substanz von ganz bestimmtem Baue statuiert, die durch ihre Wechselwirkung mit der Aussenwelt in gesetzmässiger Weise sich vermehrt und umbildet und ist durch diese Aufstellung zum ersten Male an die Stelle von unbewiesenen Hypothesen und unbestimmten, vagen Andeutungen eine klare, an die Thatsachen sich anlehnende Hypothese getreten, deren weiterer Ausbau zu grossen Erwartungen berechtigt. Insoweit glaube ich mich entschieden auf die Seite meines alten Studiengenossen und Freundes stellen zu dürfen, was dagegen die Einzelheiten von Nägelis Darstellungen über den Bau der idioplastischen Substanz betrifft, so scheinen mir dieselben nicht alle Möglichkeiten zu erschöpfen, doch fühle ich keinen Beruf, auf eine Besprechung dieser Frage einzugehen, die unstreitig zu den allerschwierigsten gehört. Wohl aber möchte ich einen anderen Punkt nicht übergehen, der mir die Angel zu sein scheint, um die das Ganze sich dreht, die Frage nämlich nach dem Sitze der idioplastischen Substanz in den Organismen und in ihren Elementarteilen und nach der Art und Weise ihrer Wirkung bei den Gestaltungsvorgängen. Bei aller Anerkennung der geistvollen Auseinandersetzungen Nägelis empfindet man doch am Schlusse seiner Darstellungen einen gewissen Mangel insofern, als einem sozusagen nichts in den Händen bleibt, womit man weiter bauen könnte und man umsonst sich vorzustellen versucht, wo nun die idioplastische Substanz ihren Sitz habe und wie sie an der Gestaltung sich beteilige. Mir will es nun scheinen, dass ein weiterer Ausbau der Nägelischen Hypothese nach den angegebenen Seiten nicht unmöglich ist und erlaube ich mir im Folgenden dies ausführlicher auseinander zu setzen.

Wie wir oben sahen, führen alle neueren embryologischen Untersuchungen zu der Annahme, dass die Befruchtung von Zellenkernen ausgehe und dass somit auch die Vererbung an die Nuclei gebunden sei. Es erscheint daher sicherlich nicht als unberechtigt, die Frage aufzuwerfen, ob eine Umgestaltung der Nägelischen Hypothese vom Idioplasma in diesem Sinne gestattet sei, oder ob eine Nötigung vorliege, dasselbe als eine im ganzen Organismus verbreitete und zusammenhängende Substanz aufzufassen. Von den anderen Autoren, die nach Nägeli über die Frage der Vererbung sich geäussert haben, spricht O. Hertwig (l. s. c.) auf Grund der embryologischen Thatsachen und mit voller Kenntnis der Anschauungen von Nägeli sich dahin aus, dass die Vererbung einzig und allein an die Zellenkerne gebunden sei, während Strasburger zwar das eigentliche Idioplasma in die Kerne verlegt, daneben aber noch ein Idioplasma, ich möchte sagen zweiter Klasse, im Zelleninhalte statuiert und als Cyto-Idioplasma dem Karyo-Idioplasma[1]) an die Seite stellt. Mich selbst hat eine reifliche Erwägung aller Verhältnisse zu derselben Annahme wie O. Hertwig geführt und will ich mich nun dem Versuche unterziehen zu zeigen, dass derselben eine gewisse Berechtigung nicht abzusprechen ist[2]).

Das Idioplasma im Nägelischen Sinne aufgefasst, ist diejenige Substanz in den Organismen, von welcher jegliche typische Formbildung ausgeht und von der es abhängt, dass das Erzeugte nicht nur das Wesentliche der Gestalten der Erzeuger, sondern auch feine und feinste Einzelheiten derselben[3]) wiederholt. Hat die Annahme, dass die Kerne der männlichen und weiblichen Zeugungselemente die Vermittler der Vererbung sind, Berechtigung, so muss sich folgerichtig auch zeigen lassen, dass und wie der aus der Vereinigung der zeugenden Kerne hervorgegangene erste Embryonalkern und seine Abkömmlinge die Triebfedern sind, von welchen die gesamte typische Entwicklung der Einzelwesen abhängt. Ein solcher Nachweis ist bis jetzt weder von O. Hertwig noch von Strasburger, noch von sonst jemand gegeben worden und sind daher auch die bisherigen Darstellungen in keiner Weise als erschöpfend und überzeugend zu bezeichnen.

Verfolgen wir nun die Frage der von uns angenommenen Bedeutung der Zellenkerne für die ontogenetischen Verhältnisse ins Einzelne, so lehrt uns eine Analyse der formbildenden Vorgänge bei den höheren Organismen, dass dieselben wesentlich auf zwei Momente zurückgeführt werden können und zwar einmal auf die Bildung von Elementarteilen und zweitens auf die Anordnung und Gestaltung derselben. Bei allen mehrzelligen tierischen Organismen ist die Formbildung anfangs einzig und allein auf die Schaffung oder Herstellung einer gewissen Anzahl von gleichartigen Elementarteilen gerichtet und erst, wenn diese gegeben ist, nehmen die Elemente nach und nach bestimmte Gestaltung (nach äusserer Form und innerem Baue) und typische Gruppierung an und erzeugen die Anlagen der verschiedenen primitiven und bleibenden Organe, wie z. B. bei den höheren Tieren diejenigen des Hornblattes, des Medullarrohres, der Chorda, des Darmdrüsenblattes. Diese Bildung und Erzeugung von Elementarteilen ist jedoch keineswegs auf die erste embryonale Zeit beschränkt, vielmehr tritt dieselbe auch noch später auf und dauert je nach den einzelnen Organen und Organismen verschieden lang. Halten wir uns an die

---

[1]) Die Namen „Nucleoidioplasma“, „Nucleoplasma“, die an das berüchtigte „Tendilemma“ eines med. Autors sich anschliessen, sind leicht zu vermeiden.

[2]) In einer eben (10. Februar 1885) erhaltenen Arbeit von G. Born (Über den Einfluss der Schwere auf das Froschei im Arch f. mikr. Anat. Bd. XXIV, S. 475) spricht sich dieser Forscher auf Grund seiner Beobachtungen ebenfalls dafür aus, dass die „spezifische zu vererbende Struktur nur dem Kerne angehöre.“

[3]) Eine Vererbung erworbener Eigenschaften nehme ich ebensowenig wie His, Weismann u. A. an.

Wirbeltiere, so finden wir, dass bei Embryonen die Vorgänge, die bei
der Bildung der Extremitäten, bei der Verlängerung des Medullarrohres
nach hinten, beim Wachstume der Achse (Wirbel und vertebrale Muskeln),
bei der Entstehung der Drüsen statthaben, gute Beispiele einer energischen Zellenbildung nach geschehener Anlage der Hauptorgane abgeben.
Bei gewissen Organen dauert die Zellenproduktion während der ganzen
Fötalperiode, wie bei den meisten Drüsen, bei anderen zieht sich dieselbe
sogar durch die ganze Wachstumsperiode hindurch, wie bei den Knochen,
Knorpeln, Zähnen, bei noch anderen endlich zeigt sich dieselbe selbst
im ausgewachsenen Organismus, wie bei den weissen und roten Blutzellen und den Zellen absondernden Drüsen (Hoden, Milchdrüsen, Talgdrüsen).

In noch ausgedehnterem Grade finden sich solche Vorgänge bei
den Pflanzen sowohl während ihrer Entwicklung als im fertigen Zustande und verweise ich nur auf die perennierenden Gewächse, die alle
Jahre Blätter, Blüten und Früchte bringen.

In allen Fällen, in denen Zellen sich vermehren, geschieht dieser
Vorgang durch Zellenteilung. Ob diese Teilung von einer indirekten
Teilung der Kerne eingeleitet wird oder mit einer direkten Teilung der-
selben in Zusammenhang steht, ist für die Frage, die wir hier erörtern,
von keinem grösseren Belang. Nehmen wir nun an, dass die Kerne
die einzigen Bestandteile der Zellen sind, von denen der Anstoss zur
Teilung derselben ausgeht, so ist einleuchtend, das ihr Einfluss auf die
Gestaltung und Formbildung erwiesen wäre, wenn sich zeigen liesse,
dass die Teilungen auch der Quantität und Qualität nach an die
Leistungen der Kerne gebunden sind.

Was den ersten Punkt anlangt, so ist nicht einzusehen, warum
dem nicht so sein sollte. Wenn die Kerne, wie nicht zu bezweifeln
ist, die Substanz enthalten, die die Eigenschaften der Erzeuger auf das
Erzeugte überträgt, so ist die Hypothese, dass dieses Karyo-Idioplasma
seine Wirksamkeit durch die Kernteilungen äussere, um so berechtigter,
als die Kernteilung eine allverbreitete Funktion der Kerne ist und die
Zellenteilungen bedingt. Ist dem so, so werden — wohl verstanden
unbeschadet der Variationen, welche wechselnde Ernährungs-
verhältnisse bedingen — bei jedem Organismus für jedes Organ
so viel Zellen entstehen, als demselben typisch zukommen und wird
der Grund hiervon in die gesetzmässig auftretende Zahl der Teilungen
der Kerne desselben zu verlegen sein. So wird eine Schweissdrüse
des Menschen stets weniger Kern- und Zellenteilungen beanspruchen
als die Leber, der Oberschenkel eines Elefanten mehr als der einer
Maus, ein Handwurzelknochen weniger als die Vorderarmknochen etc.
Beispiele aus dem Pflanzenreiche führe ich nicht an, da hier die Grösse
der Organe je nach der Nahrungszufuhr und den anderen äusseren
Einwirkungen (Zwerg-, Riesenwuchs) ganz anderen Wechseln als bei
Tieren unterliegt. Immerhin kann man auch bei Pflanzen, wenn die
äusseren Momente dieselben sind, von einer typischen Grösse verschiedener Formen und der Organe einer und derselben Form reden.

Gewinnen wir in dieser Weise für die wechselnde Zahl der Zellen der verschiedenen Organe oder, was im allgemeinen auf dasselbe herauskommt, für die verschiedene Grösse der Organe eine auf typische Leistungen der Kerne begründete Erklärung, so frägt sich weiter, ob dieselben auch auf die Gestaltung der Organe einen Einfluss haben könnten. Auch das ist nicht zu bezweifeln und bietet das Pflanzenwie das Tierreich zahlreiche Beispiele hierfür dar. Bleibe ich bei dem, was mir näher liegt, so möchte ich folgendes hervorheben:

In erster Linie wird es für die Gestaltbildung von grosser Wichtigkeit sein, ob ein Zellenkomplex in allen seinen Elementen Teilungen mit den sie begleitenden Vergrösserungen der Teilstücke erfährt oder solche nur an gewissen bestimmten Wachstumspunkten darbietet. Im ersteren Falle wird die Anlage die Form bewahren, die sie anfangs hatte, während im zweiten Falle die mannigfachsten neuen Gestalten aus derselben hervorgehen können. Als Beispiel wähle ich die Extremitätenanlagen der Wirbeltiere. Anfangs, solange als dieselben kleine flossenartige Stummelchen darstellen, wächst der ganze Zellenkomplex in seinen Randteilen gleichmässig weiter, indem alle Kerne und Zellen wiederholt sich teilen. Bald aber treten hier gewisse bevorzugte Punkte in lebhaftere Thätigkeit, während andere zurückbleiben und so entstehen dann die Anlagen der in verschiedener Zahl vorhandenen Finger und Zehen. Ähnliches zeigt eine aus einem cylindrischen Epithelzapfen hervorgehende traubenförmige Drüse, indem am freien Ende derselben erst zwei und dann immer mehr Wachstumscentren entstehen, die am Ende zu einer ganz bestimmten reichen, baumförmigen Verästelung führen.

Neben dem Auftreten von solchen Vegetationspunkten in gleichartigen Zellenkomplexen giebt es nun aber noch ein anderes Moment, das sehr wesentlich bestimmend auf die Gestaltung einwirkt und das ist die Art und Weise, wie die Kerne und Zellen sich teilen. Die Furchungen der befruchteten Eier vor allem lehren, dass Kerne und Zellen in verschiedenen Ebenen sich zu theilen im stande sind. Nehmen wir nun an, es teile sich eine Zelle wiederholt in den drei Ebenen des Raumes je in zwei, so wird aus derselben schliesslich ein kugeliger Zellenhaufen hervorgehen, wie bei vielen Eiern am Ende der Furchung. Träte nun zu einer bestimmten Zeit in der oberflächlichen Lage eines solchen Haufens von Zellen die Teilung derselben in der Art ein, dass die Teilstücke alle in der Ebene der Kugeloberfläche sich befänden, so müsste daraus eine einschichtige Blase hervorgehen, wie die Keimblase der Säugetiere, und diese Blase würde, wenn die Teilungsvorgänge längere Zeit die nämlichen blieben, immer mehr heranwachsen. Eine flache einschichtige Scheibe würde bei Teilungsvorgängen, wie die genannten, immer mehr sich vergrössern und eine gebogene solche Zellenplatte zu einer Blase sich umformen können, wie das Entoderm der höheren Wirbeltiere.

Teilen sich in einer einschichtigen Zellenlage alle Elemente in der Richtung der Dicke, so wird dieselbe doppel- und mehrschichtig; teilen sich dagegen in einer solchen Platte nur bestimmte Zellengruppen in der Richtung der Dicke oder in derjenigen der Fläche, so treten an derselben entweder lokale Verdickungen (Haar- und Drüsenanlagen) oder lokale Einbuchtungen oder Ausstülpungen (primäre Augenblase, Geruchsgrube, Hörgrube, Linsengrube) auf. So lassen sich durch verschiedene Kombinationen von gleich- oder andersinnig gerichteten Teilungen alle möglichen Gestaltungen von Zellenkomplexen gewinnen und da bei diesen Zellenteilungen in verschiedenen Ebenen die Art der Teilung der Kerne das Primäre und Ausschlaggebende ist, so ergiebt sich wiederum, dass die Kernteilungen nicht nur der Zahl nach für das Volumen der Organe, sondern auch der Art nach für die Gestalt derselben das Bestimmende sind[1]).

Den Einfluss der Art der Kernteilungen auf die Zellenteilungen anlangend, so erlaube ich mir noch folgendes Weitere anzuführen. Im Jahre 1842 stiess ich bei meinen Untersuchungen über die Entwicklung der Cephalopoden auf besondere Beziehungen der Kerne zur Segmentierung des Dotters. Es zeigte sich nämlich, dass je nach der Stellung der eben geteilten Kerne zu einander, die Dottersegmente in der Längsrichtung in zwei neue Segmente zerfallen, oder, indem ihre Spitzen sich abschnüren, der Quere nach in eine Furchungskugel und ein Segment zerlegt werden (meine Entwicklung der Cephalopoden, 1844, Taf. I; Entwicklungsgesch. des Menschen, 2. Aufl., Fig. 10—12). Nachdem durch diese Erfahrungen zum erstenmale eine Beziehung der Art der Teilung von Kernen zur Teilungsebene von Zellen und zellenartigen Bildungen nachgewiesen worden war, folgten bald eine Reihe ähnlicher Beobachtungen, unter denen ich die von Vielen vergessene von Remak besonders in Erinnerung bringe, der (Untersuchungen zur Entwicklungsg. der Wirbeltiere, Tafel IX, Fig. 21) vom Hinterdarme von Froschlarven Epithelzellen abbildet, die, nachdem ihr Kern in fünf nebeneinander liegende Stücke sich geteilt hatte, der Breite nach in fünf Zellen zerfielen. Auf Tafel XI bildet derselbe Autor in den Figuren 4, 5 und 6 Muskelzellen von Froschlarven ab, deren Kernverhältnisse in ähnlicher Weise auf eine Längsspaltung hinweisen. Ausserdem erwähne ich noch als hierher gehörig die Erfahrungen über Längs- und Querteilungen der Infusorien und alle neueren Ermittelungen über indirekte Kernteilungen und ihre Beziehungen zu den Zellenteilungen. Am bedeutungsvollsten sind unter diesen diejenigen über die inäquale Furchung, welche lehren, welche Wichtigkeit möglicherweise schon die allerersten Zellenteilungen in befruchteten Eiern für die Gestaltung des ganzen Organismus haben. So fand W. Roux, dass die erste Kern- und Dotterteilung im Froschei die sagittale Medianebene, das Rechts und Links bestimmt und die zweite Teilung das Vorn und Hinten (Über die Zeit der Bestimmung der Hauptrichtungen des Froschembryo, Leipzig, 1883). — Ähnliche wichtige Beobachtungen über

---

[1]) Was hier über den Einfluss der Art der Kern- und Zellenteilungen auf den Gestaltungsprozess auseinandergesetzt ist, liesse sich sehr leicht auch bildlich darstellen in der Weise, wie Mehnert dies auf S. 116 seiner Biomechanik 1898 gethan hat.

Ascidien verdanken wir E. v. Beneden und Ch. Julin (Arch. de Biol., V, pag. 111). — Das in allen Fällen von Zweiteilungen obwaltende Gesetz ist dasselbe und lässt sich einfach dahin formulieren, dass die Teilungsebene der Kerne stets auch diejenige der Zellen ist.

Bei den bisherigen Auseinandersetzungen wurde von der Annahme ausgegangen, dass die Zellenkerne die Faktoren sind, welche die Zellenteilung bedingen, es ist jedoch zu bemerken, dass diese Annahme, auch wenn sie vielleicht von der Mehrzahl der Zoologen und Botaniker geteilt wird, doch keineswegs allgemeine Geltung sich erworben hat. Sehen wir für einmal von einer geringen Zahl von Fällen ab, in denen Zellenteilungen ohne Kernteilungen aufzutreten scheinen, so haben sich auch für das typische und weitverbreitete Vorkommen von gleichzeitiger Kern- und Zellenteilung gewichtige Stimmen erhoben, die das Primum movens in die Zelle verlegen (Strasburger, Zellbildung und Zellteilung, 3. Aufl., 1880, 359 ff.). Andere, obschon geneigt, die Kerne als das Bedeutungsvollere anzusehen, sprechen sich doch, wie Flemming in seinem klassischen Werke: Zellsubstanz, Kern- und Zellteilung, 1882, S. 356 ff., mit grosser Vorsicht aus und enthalten sich einer entscheidenden Äusserung. Meiner Meinung nach ist ein solches Verhalten von einem gewissen Gesichtspunkte aus nur zu billigen, auf der anderen Seite ist aber auch sicherlich die Aufstellung einer Hypothese berechtigt, die auf eine Reihe sicherer Thatsachen sich stützt und die Möglichkeit eröffnet, weiter in ein dunkles Gebiet einzudringen, als bisher der Fall war.

Als solche Thatsachen, die für die hohe Bedeutung der Kerne für das Zellenleben, speziell für die Bildung der Zellen sprechen, führe ich folgende an:

1. Alle lebenskräftigen Zellen enthalten Kerne und zwar sind dieselben in den Zellen der Vegetationspunkte der Pflanzen, wie besonders Sachs mit Recht betont (Vorlesungen über Pflanzenphysiologie, 1882, S. 509, Fig. 256), von relativ ungemeiner Grösse. Dasselbe gilt von embryonalen tierischen Zellen. Ferner zeigen die Kerne bestimmte Beziehungen zur Grösse oder der Wachstumsenergie der Zellen, insofern alle grossen Elemente der Art entweder grosse, zum Teil eigentümlich gestaltete oder viele Kerne enthalten. In allen nicht mehr wachsenden Zellen endlich fehlen die Kerne oder sind verkümmert.

2. Sehr ins Gewicht fällt ferner, dass die für die Befruchtung so wichtigen Samenfäden zum Teil einfach umgewandelte Kerne sind, zum Teil nur durch ihren Kern wirken. Die Befruchtung selbst geschieht durch die Vereinigung zweier Kerne und sind somit Kerne die Träger des Idioplasma oder der Vererbungssubstanz.

3. Die Kerne haben eine eigentümliche chemische Zusammensetzung und enthalten einen Farbstoffe mit Energie bindenden Stoff, der im Zelleninhalte nicht vorzukommen scheint.

4. Bei den Zweiteilungen einkerniger Zellen geht die Teilung der Kerne der Teilung der Zellen immer voraus und bedingt die Teilungsebene der Kerne immer diejenige der Zellen.

5. Die eigentümlichen Vorgänge, die die Karyokinese begleiten, weisen, wie W. Roux (Über die Bedeutung der Kernteilungsfiguren, 1883) mit Recht betont (s. auch O. Hertwig, l. c., S. 35), darauf hin, dass die Kernsubstanz eine äusserst wichtige ist und einen sehr typischen Bau besitzt und deuten an, dass es sehr wesentlich ist, dass dieselbe in ganz bestimmter Weise auf die zwei Tochterkerne verteilt werden.

6. Bei der freien Zellenbildung in Mutterzellen, wie sie bei der freien Endospermbildung im Embryosacke der höheren Pflanzen, dann bei der Bildung von Sporen, Eiern und Spermatozoiden bei niederen Pflanzen sich findet, bildet sich regelrecht um jeden Kern (ausnahmsweise auch um Kerne, die durch Verschmelzung kleiner Kerne entstanden sind [s. Berthold, Zur Kenntnis der Siphoneen und Bangiaceen in Mitteilungen der Zool. Stat. zu Neapel, Bd. II, S. 78]) eine Zelle und möchte der Einfluss der Kerne auf deren Entstehung kaum zu leugnen sein. Im Wesentlichen geschieht dasselbe bei der Bildung der ersten Embryonalzellen bei vielen Arthropoden, ferner bei der vielkernigen Eierrhachis der Nematoden, die einer grossen vielkernigen Zelle verglichen werden kann, und in den Epithelialfortsätzen der Chorionzotten des Menschen; pathologisch, wenn, wie ich vor Jahren vom Menschen und Frosche beschrieben und abgebildet, der Inhalt einer quergestreiften Muskelfaser, entsprechend der Zahl der Kerne, in Zellen zerfällt (Gewebelehre, 2. Aufl., S. 211 und Zeitschr. f. wiss. Zool. VIII, S. 315, Taf. XIV, Fig. 9).

7. Endlich erwähne ich noch die eigentümlichen, von Kernen ausgehenden Strahlungen im Protoplasma, die die freie endogene Zellenbildung und die gewöhnliche indirekte Kernteilung begleiten. Die schönsten Beispiele der Art finden sich im Endosperm, in welcher Beziehung ich auf Strasburgers so lehrreiche Abbildungen verweise (Zellbildgn., 3. Aufl., Taf. I, Fig. 4, 6, 7, 15; Taf. II, Fig. 30, 31; Taf. VI, Fig. 150). Ferner gehören hierher die Strahlungen an den Polen der achromatischen Kernspindel und die Kernspindel selbst, endlich der vom Spermakern im Dotter ausgehende Stern (s. a. O., Hertwig, l. c., S. 40).

Alles dies zusammengenommen, komme ich für mich zur festen Überzeugung, dass jede echte Zellenteilung von den Kernen eingeleitet wird und stehe nicht im geringsten an, diese Hypothese zur Grundlage meiner ganzen Betrachtung zu machen, wie ich es gethan. In demselben Sinne hat sich auch O. Hertwig geäussert (Jen. Zeitschr., Bd. XI, S. 183 und Das Problem der Befruchtung, S. 43), indem er am letzten Orte beifügt, dass er, indem er die Kräfte, welche die Kern- und Zellenteilung beherrschen, in den Kern selbst verlege, hierbei eine Mitwirkung des Protoplasma durchaus nicht ausschliessen wolle, vielmehr der Meinung sei, dass zwischen diesem und dem Kern ein sehr kompliziertes Wechselverhältnis vorliege. Das unterschreibe ich insofern, als die Kerne mit Rücksicht auf ihr Wachstum und die Vermehrung ihrer Substanz ganz an die Zufuhr von Stoffen von aussen, mithin in erster Linie an das Protoplasma gebunden sind, wie z. B.

alle selbständig sich entwickelnden Eier lehren, deren zahlreiche Kerne der späteren Furchungsstadien nur auf Kosten des Eiprotoplasma entstanden sein können. Eine andere Bedeutung als die eines „Ernährungsplasma" vermag ich dagegen dem Zelleninhalte nicht zuzuschreiben und kenne ich keine Thatsache, welche bewiese, dass derselbe Idioplasma enthält. Mit diesem Ausspruche bin ich jedoch nicht gemeint, diese Frage als eine vollkommen spruchreife zu bezeichnen. Ich will daher auch offen zugestehen, dass die Nägelische Auffassung des Idioplasma sich vorläufig kaum widerlegen lässt. Wenn auch ursprünglich die zeugenden Kerne und der erste Eikern allein die Vererbungssubstanz enthalten, so liesse sich doch annehmen, dass dieselbe mit dem Beginne der Entwicklung sofort zum Teil an den Zelleninhalt abgegeben wird oder in diesem die Entstehung neuer solcher Substanz anregt, von welchem Zeitpunkte an die Kerne und Zellen gleichberechtigte Faktoren sein könnten [1]). Der Grund, warum ich an den Kernen als einzigen Trägern des Idioplasma festhalte, liegt in folgenden Erwägungen:

1. Wenn Kerne die Vermittler der Zeugung sind und allein das Idioplasma auf den neuen Organismus übertragen, so ist es einfacher, dieselben auch als die einzigen Faktoren der Gestaltung aufzufassen, als neben ihnen noch dem sonst nur der Ernährung dienenden Plasma einen solchen Einfluss einzuräumen.

2. Das Idioplasma der zeugenden Kerne ist offenbar an eine chemisch und morphologisch typische Substanz — nennen wir dieselbe der Kürze halber Chromatin oder Nuklein — gebunden, die nie im Zelleninhalte, wohl aber in allen Kernen ohne Ausnahme gefunden wird.

Alles zusammengenommen darf der Versuch, die Formbildung von den Leistungen der Zellenkerne abhängig zu machen, doch wohl als im ganzen befriedigend bezeichnet werden. Ausgehend von der Annahme, dass die Zellenkerne die Teilungen der Zellen überhaupt und auch die Teilungsebenen derselben bedingen, hat sich ergeben, 1. dass von der Zahl der Kernteilungen die Grösse der Organe abhängt und 2. dass die Form derselben sich ableiten lässt von der Art der Kernteilungen und der räumlichen Ausdehnung derselben (Teilung der Kerne in verschiedenen Ebenen, ruhende und wachsende Punkte). Nun ist aber des weiteren zu berücksichtigen, dass die Gestalt der Organismen und ihrer Teile nicht allein von der Zahl der Zellen und ihrer Anordnung bedingt wird, dass vielmehr auch die Grösse und Gestalt und die Gesamtfunktion der Zellen einen entscheidenden Einfluss auf dieselbe haben. Dies lehren nicht nur die einzelligen Pflanzen und Tiere mit ihren mannigfachen Gestaltungen auf das Überzeugendste, sondern es geht dies auch aus der Betrachtung der vielzelligen Organismen hervor. Bei den Pflanzen ist der Einfluss des Zellenwachstums auf die Formen der Organe längst bekannt und von Sachs ist derselbe, der Bedeutung der

---

[1]) Ich mache hier nachträglich auf die Beobachtungen der Neuzeit über die Centrosomen und deren Bedeutung für die Kernteilungen aufmerksam, welche zu beweisen scheinen, dass Idioplasma auch im Zelleninhalte vorkommt.

Zellenvermehrung gegenüber, noch besonders betont worden. Aber auch
bei den Tieren kommt das Zellenwachstum an den verschiedensten Orten
zur grössten Geltung, obschon dasselbe nach dieser Seite noch wenig
ins Auge gefasst wurde.

Fassen wir das **Wachstum der Zellen** und seine **Bedeutung
für die Gestaltung der Organismen** näher ins Auge, so ergiebt
sich, dass in dieser Beziehung nicht unbedeutende Verschiedenheiten
zwischen Pflanzen und Tieren bestehen, die zu Hypothesen Veranlassung
gegeben haben, die sich geradezu auszuschliessen scheinen. Seit
Schwanns Zeiten sind die Zoologen gewohnt, alles Wachstum wesentlich auf zwei Momente zurückzuführen, erstens auf eine Zunahme der
Zellen an Zahl und zweitens auf eine Vergrösserung derselben. Die
erste Form des Wachstums dachte man sich so, dass die Zellen bei der
Teilung sich vergrössern, wobei es gleichgültig blieb, ob die Vergrösserung an der Mutterzelle vor der Teilung oder auch an den Tochter-
zellen stattfand. Wichtig dagegen war, dass bei dieser Form des Wachstums niemals eine stärkere Vergrösserung der Zellen vorkam, und die
Vermehrung derselben der Zahl nach als die Hauptsache erschien.
Anders bei der zweiten Form des Wachstums, bei der die Elemente,
ohne an Zahl zuzunehmen, einzig und allein durch ihre Grössenzunahme
als wirksam sich erweisen, Vorgänge, die besonders durch die klassischen
Untersuchungen Hartings (Rech. micrométriques, 1845) näher bekannt
wurden, und für die das Wachstum der quergestreiften Muskeln das
beste Beispiel abgiebt. In demselben Sinne untersuchten auch die
Botaniker das Wachstum und galten viele Jahre lang die berühmten
Untersuchungen Nägelis über die Bildung der Zellen in den Vegetationspunkten der Pflanzen als mustergültig und als Basis aller weiteren
Forschungen. In unseren Tagen wurde jedoch durch Sachs eine Re-
form der Wachstumsgesetze der Pflanzen angebahnt, welche zu der
Annahme zu führen scheint, dass das Wachstum nicht von den Vermehrungen der Zellen oder der Zellenbildung abhänge, sondern eine
primäre Erscheinung sei (Sachs, Vorles. üb. Pflanzenphysiologie, 1882,
S. 523). Wäre dem wirklich so, so würde unsere ganze Ableitung,
dass die Kerne durch ihre Lebenserscheinungen, durch ihren Einfluss
auf das Quantum und das Quale der Zellenteilungen die Gestaltung der
Organismen beherrschen und bedingen, auf sehr schwachen Füssen
stehen und sind wir daher genötigt, in erster Linie diese Grundfrage zu
erörtern, um zu ermitteln, ob die Aufstellung von Sachs in der angegebenen Form von den Thatsachen wirklich gefordert wird.

Sachs stützt sich einmal auf die grossen, bisher für einzellig gehaltenen Algen, wie Caulerpa, Vaucheria u. a., die er als „nicht cellu-
läre" Organismen bezeichnet. Da diese Pflanzen einerseits ein sehr
ausgesprochenes Wachstum zeigen, und, ohne Scheidewände zu besitzen,
Stengel, Blätter und Wurzeln bilden, anderseits dieselben nicht einen
einzigen grossen, sondern Tausende von kleinen Kernen enthalten, so
betrachtet Sachs dieselben als Organismen, bei denen Wachstum und
Gestaltung ohne begleitende Zellenteilungen stattfinden. Nun folgt aber
aus dem Vorkommen von vielen Kernen nicht, dass ein Gebilde keine

Zelle sein könne, und möchte ich den Hauptaccent darauf legen, dass nachgewiesenermassen diese Pflanzen aus einkernigen Sporen sich entwickeln (Vaucheria, Codium) und somit sicherlich im Jugendzustande einfache Zellen sind. Es scheint mir daher gestattet, diese Organismen als einzellige, ursprünglich einkernige und dann vielkernige zu bezeichnen und ihr Wachstum mit dem gewöhnlichen Zellenwachstume zusammenzustellen (s. auch Schmitz, Niederrhein. Sitzungsber. 1879, S. 6).

Gehen wir von solchen Anschauungen aus, so sind wir auch bei den Pflanzen, bei denen Wachstum und Zellenteilung zusammenfallen, nicht von vornherein genötigt, die Zellenteilung als etwas Sekundäres anzusehen und in der That kann ich mit meinen, durch das Studium der Tiere erworbenen Anschauungen nicht finden, dass das Wachstum der Pflanzen in der grossen Mehrzahl der Fälle anders vor sich geht als im anderen Reiche. Nur muss man die bisherigen Lehren der Botanik von gewissen Auswüchsen reinigen, wie dies Sachs gethan hat und auch gewissen eigentümlichen, hier vorkommenden Verhältnissen Rechnung tragen. Wenn Sachs lehrt, dass die Vegetationspunkte der Pflanzen nicht notwendig eine Scheitelzelle besitzen, wenn er ferner zeigt, dass dieselben nicht die Orte des ausgiebigsten und raschesten Wachstums, sondern gerade umgekehrt die der langsamsten Vergrösserung sind, so kann man nur zustimmend sich äussern. Hiermit wollte jedoch Sachs, wie ich aus seinem Munde weiss, nicht sagen, dass die Vegetationspunkte nicht die Orte der Organanlage und Gestaltung sind, und ich möchte von meinem Standpunkte aus mich dahin aussprechen, dass die Art und das Maass der Zellteilungen in den Vegetationspunkten der Pflanzen die Formbildung bedingt, vorausgesetzt, dass man an den sich teilenden Zellen auch unter Umständen bestimmte Wachstumserscheinungen statuiert. In dieser letzten Beziehung unterscheiden sich die Pflanzen entschieden von den Tieren, und hat dies auch offenbar Sachs veranlasst, das Wachstum mehr voranzustellen, als er es sonst vielleicht gethan hätte. Folgende Beispiele, die ich den Vorlesungen über Pflanzenphysiologie meines verehrten Freundes entnehme, werden zeigen, was ich im Auge habe. Bei der Alge Stypocaulon scoparium geschieht nach Geyler das gesamte Wachstum durch einfache Scheitelzellen (Sachs, l. c., S. 528, Fig. 271) und erst, wenn die unteren Teile derselben ganz ausgewachsen sind, schnüren sich dieselben durch successive entstehende Scheidewände ab, aus welchen Zellen dann nach und nach durch immer zahlreichere Teilungen ein kleinzelliges Gewebe entsteht, in dem keinerlei Wachstum mehr statt hat. Bei dieser Pflanze ist somit die Gestaltung an das Wachstum der Endzellen geknüpft und die Struktur allein an die Zellenteilung, ein Vorgang, für den ich bei keinem Tiere etwas Ähnliches kenne.

In bald stärkerer, bald schwächerer Weise ist ein Zellenwachstum noch in vielen anderen Fällen als gestaltbildend vorhanden und will ich nur noch auf zwei Figuren von Sachs hinweisen. Bei Chara (Fig. 290) entstehen gewisse Organe, wie z. B. die Blätter, durch eigentümlich auswachsende Zellen, doch treten hier auch Zellenteilungen als gestal-

tend und auch als die Struktur bedingend auf und nähert sich ein
solcher Organismus schon mehr dem bei den Tieren Gewöhnlichen.
Noch mehr ist dies beim Vegetationspunkte einer Winterknospe der
Edeltanne der Fall (Sachs, Fig. 285), bei der offenbar das Zellenwachstum als gestaltend sehr in den Hintergrund tritt und Zellenteilungen im ersten Stadium des Wachstums die Hauptfaktoren sind.

Fasse ich das Bemerkte zusammen, so möchte sich das Ergebnis
dahin formulieren lassen, dass auch bei den Pflanzen Zellenteilungen bei der Formbildung eine grosse Rolle spielen,
dass aber neben denselben auch dem Zellenwachstum eine
wichtige Bedeutung innewohnt, eine viel grössere, als bei
den Tieren, auch wenn man die noch später zu betrachtende „Streckung"
der Zellen nicht dazu nimmt. Ich finde mich daher jedensfalls in
vielen Beziehungen mit Sachs im Einklange, dessen scharfsinnige
mathematische Begründungen des Pflanzenwachstums ein Verdienst für
sich darstellen und auch für diejenigen in Geltung bleiben, die die Zellen
der Vegetationspunkte als die gestaltgebenden Faktoren ansehen.

Im Anschlusse an die mathematischen Ableitungen von Sachs über
das Pflanzenwachstum hat Rauber an mehreren Orten (s. bes. Neue Grund-
legungen zur Kenntnis der Zelle in: Morph. Jahrb., Bd. VIII, 1883,
S. 333) auch die Zerklüftungen des Dotters der Tiere in demselben Sinne
untersucht und beleuchtet. Kann man diesem Teile der Darlegungen dieses
Gelehrten seine volle Zustimmung geben, so gilt dies nicht in demselben
Maasse von den anderen Schlüssen desselben und ist mir namentlich
der fundamentale Satz dieses Autors, dass nichts deutlicher als das Ei
zeige, dass das Wachstum das Primäre, die Teilung das Sekundäre sei,
angesichts der neuen Erfahrungen über die Befruchtung ganz unver-
ständlich, da ja die Teilung des Dotters unzweifelhaft durch den Eikern
eingeleitet wird und das Ei während der Furchung nicht wächst.

Abgesehen von der Grösse der Zellen und der Art ihres Wachstums beteiligen sich bei Tieren auch noch andere Momente an der Formbildung, unter denen ich vor allem das massenhafte Auftreten von
Intercellularsubstanzen namhaft mache, die im Bindegewebe, in
den Knochen und Zähnen eine so grosse Rolle spielen, ferner die Zellenausscheidungen an freien Oberflächen oder die Cuticularbildungen,
die bei der Entstehung des Zahnschmelzes, des Panzers und des Haut-
skelettes der Gliedertiere etc. beteiligt sind. Ganz besondere Einwirkungen auf die Formen ergeben sich ferner bei den Resorptionsvorgängen an Knochen, bei denen durch besondere zellige Elemente
schon gebildete Organteile zerstört werden und ein ganz eigentümlicher
modellierender Einfluss ausgeübt wird. Endlich erwähnen wir auch
noch die Einwirkungen, die bei den einfachsten Organismen die Kon-
traktionserscheinungen auf die Gestaltung besitzen.

Eine genauere Betrachtung der verschiedenen, im vorigen aufgezählten, die Form bedingenden Einflüsse ergibt nun, dass dieselben für die
Frage, die wir hier besprechen, ob die Kerne die Faktoren sind, die die
Vererbung bedingen und die typischen Gestaltungen erzeugen, nicht alle
denselben Wert haben. So ist es, um den deutlichsten Fall voranzu-

stellen, offenbar für die gesetzmässige Ableitung der Form unwesentlich, welche Umrisse ein amöboid bewegliches, einzelliges Wesen annimmt, und welche Gestaltungen und Verschmelzungen die von demselben ausgehenden Pseudopodien zeigen. Bedeutungsvoll und typisch ist dagegen die Anordnung bleibender Bewegungsorgane, wie die von Wimpern, kontraktilen Stielen, Gehborsten. Cuticularbildungen ferner bedürfen, insoweit sie die Formen der sie erzeugenden Zellen wiederholen, keiner besonderen Erklärung, wohl aber insofern als ihre Mächtigkeit und ihre chemische Beschaffenheit in Betracht kommt. Von den Intercellularsubstanzen lässt sich im allgemeinen dasselbe sagen. Ihr Vorkommen ist an die Existenz und die Anordnung gewisser Zellen gesetzmässig geknüpft und ihre Beschaffenheit möglicherweise von den Zellen abhängig. Ebenso sind beim Wachstume der Elementarteile und bei den durch solche eingeleiteten Resorptionen innere Vorgänge und äussere Einwirkungen auseinander zu halten. — Bei solchergestalt verwickelten Verhältnissen ist es natürlich sehr schwer zu sagen, ob und in welcher Weise die Zellenkerne bei denselben eine Rolle spielen und erhebt das Nachfolgende in keiner Weise den Anspruch, diese Frage endgültig zu erledigen.

Am einfachsten scheinen die Verhältnisse zu liegen, wenn es sich um das Wachstum der Zellen handelt, und bespreche ich in erster Linie die Pflanzen, von denen sowohl die einzelligen als die vielzelligen Beispiele genug aufweisen, in denen die Elemente eine sehr bedeutende Grösse erreichen. Bei den mehrzelligen Pflanzen ist die Hypothese voll berechtigt, dass der Zellenkern bei dem Wachstume der Zellen eine Hauptrolle spiele, insofern als derselbe unstreitig die chemischen Vorgänge im Inneren der Zellen beherrscht; mag seine spezielle Funktion nun auf die Neubildung von Eiweisskörpern sich beziehen (Schmitz in Sitz.-Ber. d. niederrh. Ges. f. Natur- u. Heilk., Juli 1880; Strasburger, Zellbildung und Zellteilung, 3. Aufl., S. 371), oder auf die Erzeugung von Chlorophyll, Stärke und Cellulose (Pringsheim in Jahrb. f. wiss. Bot., Bd. XII, S. 304; W. Schimper bei Strasburger, Theorie der Zeugung, S. 112 citiert), oder auf beides. Die Thatsachen, auf die ich mich bei dieser Annahme stütze, sind vor allem die schon oben auf S. 333 erwähnten. Sehr wichtig sind für diese Frage ausserdem auch die Beobachtungen von Schmitz über das Plasma der Siphonocladiaceenzellen, dessen einzelne losgetrennte Stücke nur dann lebenskräftig bleiben und zu selbständigen neuen Zellen sich gestalten können, wenn sie mindestens einen Kern enthalten (l. c., S. 33, 34). Andere solche Beispiele erwähnt auch Strasburger (3. Aufl., S. 372), der sie ebenso deutet. Im einzelnen ist es nun allerdings vorläufig nicht möglich zu sagen, in welcher Weise die Kerne auf das Wachstum der Pflanzenzellen einwirken, da jedoch in allen Fällen, selbst bei den ausgezeichnetsten Formen von „Streckung" der Zellen und Wasseraufnahme durch dieselben nicht ausgeschlossen ist, dass die Zellwände und das Protoplasma an Masse zunehmen (Sachs, l. c., p. 513), und auch in solchen Zellen der Stoffwechsel ununterbrochen vor sich geht, so steht, wie mir scheint, nichts im Wege, den Kernen hierbei eine Rolle zuzuschreiben.

Bei den einzelligen pflanzlichen Organismen hätte man vor
kurzem noch nicht daran denken können, dieselben in der vorliegenden
Frage als Beweise zu benutzen, da bei vielen derselben überhaupt keine
Kerne nachgewiesen waren. Jetzt liegen die Verhältnisse freilich anders,
und hat vor allem Schmitz auf Grund zahlreicher Beobachtungen
nachgewiesen, dass es bei Pflanzen sehr wahrscheinlich gar keine kernlosen Formen giebt (Sitzungsber. der niederrh. Ges., 4. August 1876,
S. 28 d. Separatabdr.), und ferner dargethan, dass die merkwürdigen
grossen einzelligen Thallophyten, speziell die Gattungen Caulerpa, Codium,
Vaucheria, Saprolegnia u. a. m., ganz besondere Verhältnisse zeigen.
Wenn man weiss, wie verwickelt der Bau mancher dieser Organismen,
z. B. von Caulerpa (siehe Sachs, Pflanzenphys., Fig. 262) und Codium,
ist, so ist von vornherein klar, dass, wenn überhaupt Kerne hier beim
Wachstume eine Rolle spielen, dies nur in ganz aussergewöhnlicher
Weise der Fall sein kann. Und dem ist in der That so, denn nach
den sehr wichtigen Entdeckungen von Schmitz besitzen diese Pflanzen
nicht nur Einen Zellenkern, wie ihrem Baue nach zu erwarten wäre,
und wie dies im Jugendzustande wirklich der Fall ist, sondern eine
sehr grosse Zahl von solchen Elementen. Diese Kerne sitzen in dem
den Cellulosenschlauch dieser Organismen auskleidenden Plasmabelege
zugleich mit zahlreichen Stärke bildenden Chlorophyllkörnern und ergiebt
sich als Regel, dass dieselben, ebenso wie die Chlorophyllkörner, in den
wachsenden Teilen der betreffenden Pflanzen am zahlreichsten sind,
und dass die Kerne und Farbkörner hier allein durch Zweiteilungen
sich vermehren. Aus diesen Thatsachen, zusammengehalten mit dem
oben angeführten, lässt sich wohl mit grosser Wahrscheinlichkeit der
Schluss ableiten, dass hier die Chlorophyll- und Amylumbildung und
somit auch die der Cellulosenhülle unter dem unmittelbaren Einflusse
der geschilderten Kerne stehe, mit anderen Worten, dass diese das
Gesamtwachstum und die Gestaltung dieser Pflanzen beherrschen. Ganz
ähnliche Kernverhältnisse hatte Schmitz schon früher bei den Siphono-
cladiaceen aufgefunden, deren Bau schon oben Gegenstand der Besprechung war, wo ich zu zeigen versuchte, dass diese Pflanzen nahe
an die echt einzelligen sich anreihen.

Bis vor kurzem galten auch die Mycetozoen oder Schleimpilze als
Organismen, die im Stadium der Plasmodienbildung keine Kerne enthalten, es sei daher noch kurz erwähnt, dass nun Schmitz (l. s. c.,
S. 21) und Strasburger (Zellb. u. Zellt., 3. Aufl., S. 79) bei
höheren Formen und Zapf (Die Pilztiere oder Schleimpilze, 1885,
S. 29) bei der tiefer stehenden Leptophrys vorax (deren Amöben
mehr- bis vielkernig sind) die Kerne der Plasmodien aufgefunden haben.

Ich wende mich nun zu den Tieren, um zu versuchen, auch hier
die Bedeutung der Kerne für das Wachstum der Elementarteile nachzuweisen.

Obenan stelle ich den Satz, dass nur kernhaltige Zellen
Wachstum darbieten, solche dagegen, die ihre Kerne verloren
haben, nie sich vergrössern, selbst wenn sie noch Stoffwechsel zeigen,
wie die roten Blutzellen der Säuger. In dieselbe Kategorie gehören

die Epidermisschüppchen und die Elemente der Oberhäutchen und der inneren Wurzelscheide der Haare. Aber auch unter den kernhaltigen Elementen sind die mit jungen, grossen, chromatinreichen, in lebhafter Teilung begriffenen Kernen bevorzugter als andere. Als Beispiele möchte ich die nach stattgehabter Teilung immer wieder rasch heranwachsenden embryonalen Zellen und manche Drüsenzellen (Hoden) nennen, ferner die Eier, die Knorpelzellen an Verknöcherungsrändern, die tiefen Zellen der geschichteten Horngebilde und Epithelien. In allen diesen Fällen ist das Wachstum der Elemente ein allseitiges und ein Einfluss des centralen Kernes auf dasselbe wohl annehmbar.

Schwieriger gestaltet sich die Frage bei Zellen mit ungleichmässigem Wachstume, wie den Linsenfasern, kontraktilen Faserzellen, Odontoblasten, bei den sternförmigen Knochenzellen, Pigmentzellen, multipolaren Nervenzellen. Lässt sich annehmen, dass die Gestalt dieser Zellen ganz und gar auf Rechnung ihrer Kerne kommt? Ich glaube nicht und bin der Meinung, dass diese in manchen Fällen keine andere Einwirkung ausüben, als dass sie die Wachstumsgrösse und Art im allgemeinen bestimmen, wie bei den Bindegewebezellen, Knochenzellen, Pigmentzellen, bei denen wohl die Grösse der Zellen und der Gesamttypus, nicht aber die Zahl und das untergeordnete Verhalten der Ausläufer typisch ist. Bei den Linsenfasern kann das grosse Längenwachstum wohl mit dem grossen Kerne in Verbindung gebracht werden, während die Gestalt des Querschnittes dieser Elemente ebenso durch äussere Momente hervorgebracht wird, wie die polygonalen Umrisse anderer Epithelzellen. Bei den Odontoblasten fasse ich die Verästelungen der Zahnfasern in derselben Weise auf, wie bei den Pigmentzellen, betrachte dagegen das einseitige Auswachsen dieser Zellen als einen typischen Vorgang, und in derselben Weise möchte ich bei den Nervenzellen den oder die Achsencylinderfortsätze und die verästelten Ausläufer einander gegenüberstellen. Bei den letztgenannten Elementen steht die Grösse der Zellen und ihrer Kerne in offenbarer Beziehung zur Zahl (und Länge?) der Ausläufer und zur Dicke des Achsencylinders der betreffenden Nervenröhren, und bei den Odontoblasten kann der Umstand hervorgehoben werden, dass dieselben oft mehrfache, hintereinander liegende Kerne haben (m. Mikrosk. Anat., Fig. 209). Bei der Bildung spindelförmiger Zellen, wie der glatten Muskelzellen, verdient möglicherweise der Umstand Beachtung, dass die Kerne solcher Elemente immer auch langgestreckt sind, wovon auch die Botanik Beispiele kennt. So sagt Schmitz (l. c., S. 28): „In den Zellen, die sich sehr stark in die Länge dehnen, wie in den langen, schmalen Epidermiszellen an den Rippen der Grasblätter, und vor allem in den langen Elementen des primären Phloems und Xylems der Fibrovasalstränge der Phanerogamen, streckt sich meist auch der Zellkern zu spindelförmiger oder lang stabförmiger Gestalt, wobei sich meist die Nucleoli in eine Reihe ordnen."

Beweisender noch für die Bedeutung der Kerne für das Zellenwachstum sind die Fälle, in denen grosse Zellen auffallend grosse Kerne oder eigentümliche Kernformen oder viele solche Elemente enthalten. Grosse Zellen mit mächtigen Kernen sind bei Tieren ungemein verbreitet und längst bekannt. Von den Amphibien und Gliedertieren weiss man schon lange, dass sie durch Grösse der genannten Teile sich auszeichnen und hebe ich vor allem die Blutzellen der Perennibranchiaten und die Drüsenzellen der Insekten hervor, ferner die Nervenzellen der Mollusken (Hannover, Rech. microscop., 1844; Leydig, Unters. z. Anat. und Histol., 1883, Fig. 73, 74). Sehr schöne Beispiele von grossen Zellen hat uns auch die klassische Arbeit von E. van Beneden über die Dicyemiden vorgeführt. Bei diesen Geschöpfen besteht das ganze Innere aus einer einzigen grossen langgestreckten entodermalen Zelle mit einem riesigen ovalen Kerne E. van Beneden, Rech. sur les Dicyemides, 1876, Pl. I, Fig. 8, 15; Pl. II, Fig. 10, 12). Sehr bemerkenswert und lehrreich in Betreff der Bedeutung des Zellenwachstums für die Gestaltung des Organismus ist auch, dass die Dicyemiden schon als Embryonen die gesamte Zahl der Elementarteile (25 Ektoderm- und 1 Entodermzelle bei Dicyema typus, E. van Beneden) besitzen, die der ausgebildete Organismus zeigt und ihre endliche Grösse einzig und allein durch eine Vergrösserung dieser Elemente erreichen, wobei die Kerne stetig mit den Zellen fortwachsen (s. E. van Beneden, l. c., S. 24). Von den Protozoen zeichnen sich vor allem die Radiolarien durch einen mächtigen Kern aus.

Beispiele von eigentümlichen Formen geben die Kerne der Spinndrüsen und Malpighischen Gefässe der Raupen, die, wie wir seit H. Meckel wissen, ungemein reich verästelt sind, und bei denen es gewiss nahe liegt, an besondere Beziehungen zu den kolossalen Elementen zu denken, die sie beherbergen (nach H. Meckel haben die Drüsenzellen der Speicheldrüsen von Cossusraupen 0,22 mm : 0,1 mm Durchmesser), umsomehr, als die Grösse der Zellen mit der Zahl und Grösse der Verästelungen der Kerne steigt und fällt (H. Meckel, in Müll. Arch., 1846, Taf. II, Fig. 26, 32, 33; Leydig, Histologie, Fig. 188; Koelliker, in Würzb. Verh., VIII, 1858, S. 228, 234). Eine ähnliche Deutung lassen alle grossen Zellen zu, die viele Kerne enthalten. Zeigt in solchen Zellen die Vermehrung der Kerne keinen besonderen Typus oder geht dieselbe durch Teilungen in allen Ebenen vor sich, so entstehen kugelrunde oder dem Runden sich nähernde Formen, wie bei den Riesenzellen der Knochen, den Cysten im Sperma vieler Geschöpfe u. a. m.; teilen sich dagegen die Kerne in bestimmten Ebenen, so entstehen typische Zellenformen. Das auffallendste Beispiel der Art bieten die quergestreiften Muskelzellen dar, in denen die Kerne vorwiegend quer auf die Längsachse der Fasern sich teilen und die Länge der Fasern mit der Zahl der Kernteilungen und Kerne in Verbindung gebracht werden kann. Bei denjenigen Muskelfasern, deren Kerne nicht nur am Sarkolemma oder in einer einzigen Längsreihe im Inneren, sondern durch das ganze kontraktile Gewebe zerstreut vorkommen, wie z. B. bei den Amphibien und vielen Arthropoden, hätte man ausser den Längsteilungen auch Querteilungen der Kerne anzunehmen, und liesse sich hiermit die grössere Breite dieser Art Muskelfasern in Zusammenhang bringen. Als vielkernige Zelle von bestimmter Form kann auch die Rhachis im Eierstocke gewisser Rundwürmer

(Mermis, Ascaris etc.) angesehen werden und ist hier vielleicht noch klarer, als bei den Muskelfasern, dass die Kernvermehrung die Vergrösserung und das Wachstum des Ganzen bedingt.

Endlich erwähne ich hier noch die bemerkenswerten, längst bekannten Verhältnisse der Epithelien der Chorionzotten des Menschen. An den Spitzen dieser Zotten zeigt das Chorionepithel keine Zellengrenzen mehr, sondern besteht nach Art eines Plasmodium oder Syncytium aus einer zusammenhängenden Protoplasmamasse mit vielen Kernen, die, soweit als die Zotten noch eine gefässhaltige Achse besitzen, in regelrechten kleinen Zwischenräumen gestellt sind. An den Spitzen selbst aber (und manchmal auch an den Seiten der Zottenenden) tritt das Protoplasma ohne bindegewebige Unterlage selbständig in den sogenannten Epithelialfortsätzen auf, und diese enthalten dann im Inneren je nach ihrer Grösse eine geringere oder bedeutendere Ansammlung von Kernen. Indem diese Epithelialfortsätze mit ihren beiden Bestandteilen fortwuchern, rückt Schritt für Schritt die gefässhaltige Zottenachse nach und scheint es mir wiederum gestattet, das Wachstum dieser vielkernigen Protoplasmamassen von der Vermehrung ihrer Kerne abhängig zu machen.

Hier reihe ich noch einige Thatsachen an, die auf die Lebensvorgänge der einfachsten Tiere sich beziehen.

a) Bei den Versuchen von künstlicher Teilung von Infusorien, die M. Nussbaum in der neuesten Zeit angestellt hat (Sitzungsber. der Niederrh. Ges., 15. Dez. 1884), schienen kernlose Stücke keine Lebensfähigkeit zu besitzen und vermutet Nussbaum, dass zur Erhaltung der formgestaltenden Energie einer Zelle der Kerne unentbehrlich sei. A. Gruber dagegen kam bei ähnlichen Versuchen vorläufig zu keiner bestimmten Entscheidung nach dieser Seite (Biol. Centr., 1885, S. 719), ist jedoch geneigt anzunehmen, dass auch kernlose Stücke unter Umständen doch noch die Kraft haben zu wachsen und sich auf einige Zeit zu erhalten, wobei er sich auf einige Beobachtungen an Actinophrys sol, Amöben und Infusorien stützt (Biol. Centr., 1884, S. 580), die den Eindruck von abnormen Vorgängen machen, und wenn sie auch zeigen, dass Bewegungen und gewisse andere Funktionen des Protoplasma bei Abwesenheit von Kernen möglich sind, doch keinenfalls beweisen, dass diese keine Wichtigkeit für das Wachstum haben.

b) Wenn ich oben die vielkernigen Zellen der Metazoen in dem Sinne deutete, dass die Zahl der Kerne auf die Grösse der Zellen von Einfluss sei, so war ich nicht gemeint zu behaupten, dass dies auch für alle vielkernigen niederen Organismen (Protozoen) Geltung habe, deren Zahl je länger, umsomehr sich vergrössert. Immerhin sprechen eine gewisse Zahl von Thatsachen bestimmt in diesem Sinne: Actinosphaerium hat erst nur einen Kern und vermehrt sich mit zunehmender Grösse die Zahl seiner Kerne (Bütschli, Protozoa, S. 284), so dass es wohl erlaubt ist, die Kernvermehrung, die nach A. Gruber (Zeitschr. f. wiss. Zool. XXXVIII, Taf. XIX, Fig. 1 u. 4) und R. Hertwig (Die Kernteilung bei Actinosphaerium, 1874) auf indirektem Wege statthat, und das Wachstum in Zusammenhang zu bringen. Noch deutlicher lehren dies die schönen Untersuchungen von Zeller über

Opalina ranarum (Zeitschr. f. wiss. Zool. XXIX, S. 352). Durch wieder-
holte Spaltungen oder Teilungen liefern die vielkernigen alten Tiere
schliesslich kleine Teilstücke mit wenigen (2—5—12) kleinen Kernen,
die sich encystieren und später (im Darme von Froschlarven) nur einen
einzigen grossen Nucleus zeigen, dessen Entstehung - ob durch Verschmelzung der kleinen Kerne oder durch Neubildung — nicht beobachtet
wurde. Frei geworden, wachsen nun diese einkernigen Teilstücke zu
Tierchen heran, die erst nur in der Länge und dann auch in der Breite
zunehmen. Solange ersteres geschieht, teilt sich der Kern durch indirekte
Teilung (Maupas, in Compt. rend., 1879, S. 250; Balbiani, in
Journ. de Microgr., 1881, S. 360) immer in der Längsrichtung des
Tieres in 2, 4, 6, 8, 12 und mehr Kerne (Zeller, Taf. XXIII,
Fig. 21, 22, 23a, 23b, 24; Engelmann, in Morph. Jahrb., Bd. I,
Taf. XXI, Fig. 8—13). Nach Zellers Abbildungen beginnt dann
bei 12 Kernen das Wachstum in die Breite, und dann teilen sich die
Kerne auch in der Querrichtung (Zeller, Fig. 24) und so scheinen
hier durch einen Vorgang, der an den bei der Bildung der quergestreiften
Muskelfasern mit vielen Kernreihen erinnert, die Opalinen ihre endliche
Grösse zu erlangen. — Im übrigen gebe ich gern zu, dass in vielen
Fällen eine Beziehung der zahlreichen Kerne der Protozoen zum Wachs-
tume nicht nachzuweisen ist, und dass hier noch andere Möglichkeiten
der Deutung obwalten, wie z. B. Beziehungen zur Fortpflanzung, die
noch nicht spruchreif sind (man vergl. bes. A. Gruber, l. s. c., dann
Über Kern und Kernteilungen bei den Protozoen, in Zeitschr. f. wiss.
Zool. XL, S. 131, über vielkernige Protozoen, in Biol. Centr., 1885,
Nr. 23; ferner E. Maupas, Contribution à l'étude des infusoires ciliés,
in Arch. de Zool., 1884, p. 427—664, Pl. 19—24).

Soviel vom Wachstume der Elementarteile und ihren Beziehungen
zu den Kernen. Viel schwieriger ist die Frage zu entscheiden, ob die
Kerne auch bei der Bildung der Intercellularsubstanzen, der Cuticularbildungen und bei den Resorptionsvorgängen eine Rolle spielen, zu deren
Erörterung ich nun noch übergehe.

Bei den Intercellularsubstanzen, die in den Geweben der
Bindesubstanz eine so grosse Rolle bei der Gestaltung spielen, scheinen
mir die Verhältnisse so zu liegen, dass von einer unmittelbaren
Einwirkung der Kerne auf die Bildung der Zwischensubstanzen keine
Rede sein kann. Wenn jedoch die Zahl der Zellen solcher Organe,
ihre Anordnung und ihre Lebensthätigkeit unter dem Einflusse der
Zellenkerne steht, so hängt mittelbar auch die Menge und Anordnung
der Zwischensubstanzen von den Kernen ab. Einige Beispiele werden
zeigen, wie dies gemeint ist. Eine fertige Sehne besteht aus Bindegewebezellen und leimgebender Zwischensubstanz in bestimmter Anordnung, eine embryonale Sehne dagegen einzig und allein aus runden
und später aus verlängerten einkernigen Zellen. Wovon hängt nun
die Grösse und Gestalt der Sehne ab? Unstreitig von der Summe der
Zellen, die in ihre Anlage eingehen und von der Anordnung derselben.
Ist so der Typus einer bestimmten Sehne oder Sehnenhaut gegeben,
so erreicht dieselbe ihre endliche Vollendung, indem ihre Zellen unter

Mitwirkung der zuströmenden Ernährungsflüssigkeit eine bestimmte Menge Zwischensubstanz bilden, und sind mithin die Schnenzellen die Hauptfaktoren für die Bildung dieser Organe. Dasselbe gilt für die Knorpelzellen, die Osteoblasten, Odontoblasten und ihre Beziehungen zur Entwicklung der Knochen, Knorpel und Zähne. Ebenso ist bei den Cuticularbildungen die Form der betreffenden Oberhautzellen, ihre Gruppierung und ihre Lebensenergie das Bestimmende für die Gestalt, Mächtigkeit und chemische Zusammensetzung der betreffenden Ausscheidungen, mögen dieselben nun an vereinzelten Zellen auftreten, wie die Hornzähne der Batrachierlarven und die Schüppchen der Schmetterlingsflügel, oder an ganzen Zellenkomplexen, wie die Cuticulae, der Zahnschmelz, die Panzer der Artikulaten, die Kiefer vieler Mollusken.

In derselben Weise deute ich endlich auch die so sehr auffallenden und als formgestaltend so wichtigen Vorgänge der Resorption an Knochen und Knorpeln. Nicht die Kerne der Riesenzellen oder meiner Ostoklasten bewirken die Resorption, wohl aber bedingt, wie mir scheint, ihre Vermehrung und ihre Zahl die Grösse der betreffenden Riesenzellen und könnte die physiologische Thätigkeit dieser Kerne eine besondere Leistung der betreffenden Zellen herbeiführen. In letzterer Beziehung eröffnen sich jedoch noch andere Möglichkeiten, die ich auch noch hervorheben möchte, um mich gegen den Vorwurf zu verwahren, dass ich allzu einseitig nur das Wachstum der Elementarteile und die Leistungen ihrer Kerne bei der Formbildung als beteiligt ansehe. Wie ich schon in meiner Arbeit über die Knochenresorption hervorgehoben, ist bei derselben der Druck der umgebenden Weichteile von grosser Bedeutung und will ich den dort angeführten Beispielen auch noch das sehr beweisende der Bildungsweise der Alveolen der Kiefer anfügen. Wie dieser Druck mit der Bildung der Riesenzellen und der Resorption zusammenhängt, wissen wir nicht, sicher aber ist, dass derselbe mit den Wachstumsverhältnissen der dem Knochen anliegenden Teile in Verbindung steht. So ist bei der Bildung der Alveolen das Wachstum und die Vergrösserung der Zahnanlagen das eine wirksame Moment, das Auftreten der Ostoklasten an der Innenwand der Alveolen das andere, und ist es wohl möglich, dass das erstere das ausschlaggebende ist, in welchem Falle das Typische bei den Resorptionsvorgängen der Knochen nicht in diese selbst, sondern in die Gestaltung der umgebenden Teile zu verlegen wäre.

Wie hier im Falle der Knochenresorption mechanische Momente bei der Gestaltung eine Rolle spielen könnten, so sind auch an anderen Orten solche denkbar, und will ich ausdrücklich die Kreislaufsverhältnisse und den Blutdruck, sowie den Zug und Druck der muskulösen Apparate, ferner den Druck wachsender Teile und den Widerstand der Gewebe namhaft machen, und bin ich überhaupt weit von der Annahme entfernt, alle und jede Gestaltungsverhältnisse nur von den Elementarteilen und den Funktionen ihrer Kerne abhängig machen zu wollen. Von vornherein ist nämlich klar, dass bei Pflanzen wie bei Tieren die Ernährung einen grossen Einfluss auf die Formbildung hat, ebenso das Licht, Temperaturen, die Medien, in denen die Organismen leben (Land-,

Wassertiere, Parasiten), ferner mechanische Momente, Zug, Druck, die Schwere. Die Grösse, die Farbe, die Gestaltung der Organismen und ihrer Teile können so mannigfache Veränderungen erleiden; immerhin wird durch solche Einwirkungen, wenn sie nicht die eigentlichen Faktoren der Gestaltung, d. h. die Elementarteile treffen, nie das Wesentliche der Organisation berührt und der Typus geändert; denn das eigentlich Ausschlaggebende für die Formbildung sind die Molekularkräfte, die im Idioplasma wirksam sind oder die inneren Ursachen.

Fassen wir nun noch einmal das Ergebnis der bisherigen Betrachtungen zusammen, so ist es folgendes:

1. Die Vorgänge der Vererbung sind einzig und allein aus den bei der Zeugung stattfindenden Erscheinungen zu begreifen.

2. Genauer bezeichnet, übertragen die zeugenden Organismen auf den erzeugten eine morphologisch bestimmte Substanz von typischer Zusammensetzung, von deren Leistungen die ganze Gestaltung des Erzeugten abhängt.

3. Dieser Vererbungsstoff (Idioplasma, C. Nägeli) ist in den Keimbläschen der Eier und in den Samenfäden enthalten, welche beide die Bedeutung von Kernen haben, und wird chemisch wahrscheinlich durch das sogenannte Nuklein charakterisiert.

4. Durch den Zusammentritt je eines dieser männlichen und weiblichen Kerngebilde entsteht der erste Kern des neuen Geschöpfes, der somit als eine hermaphroditische Bildung anzusehen ist und als Träger männlicher und weiblicher Charaktere erscheint.

5. Von diesem ersten embryonalen Kerne stammen alle Kerne des vollendeten Geschöpfes in ununterbrochener Formfolge ab, und sind dieselben somit ebenfalls Vertreter beider zeugenden Organismen.

6. Durch besondere Leistungen der sie bildenden kleinsten Teilchen bedingen die Kerne erstens die Vermehrungserscheinungen der Zellen und zweitens das Wachstum derselben sowohl dem Grade als der Qualität nach.

7. Die typischen Gestaltungen der Organe und der Gesamtorganismen sind die Folge von bestimmten Kombinationen von Zellenteilungen und Zellenwachstumsvorgängen, und beherrschen somit die Kerne, vermöge ihrer typischen, von den Erzeugern erhaltenen Kräfte, den gesamten Gestaltungsprozess der Organismen oder die Vererbung.

Wenn die Auffassung richtig ist, dass die Kerne das Idioplasma enthalten und die Gestaltung des Organismus beherrschen, so tritt auch die chemische Zusammensetzung derselben in den Vordergrund und wirft sich die Frage auf, ob vielleicht das von Fr. Miescher entdeckte Nuklein (das Chromatin der Neueren) nicht nur der bei der Befruchtung wirkende Stoff sei, wie dies, gestützt auf die neuen Erfahrungen über die Vorgänge bei der Befruchtung, angenommen werden darf, sondern auch die Substanz, der, wie Sachs[1]) von den Pflanzen zuerst gesagt hat, „die befruchteten Embryonen und die daraus hervorgehenden Vege-

---

1) Stoff und Form der Pflanzenorgane in Arbeiten d. botan. Instituts in Würzburg Bd. II, 1882, S. 716.

tationspunkte ihre Gestaltungsfähigkeit verdanken", oder wie wir auch sagen könnten, die Substanz, die Nägeli Idioplasma nennt und welche die Vererbung bewirkt. Die weitere Andeutung von Sachs (S. 718), dass das Nuklein, falls es die ihm zugeschriebene Rolle wirklich spiele, in verschiedenen Arten vorhanden sein müsse, verdient gewiss alle Beachtung, doch scheint es mir geraten, vor einem Eingehen in solche Fragen weitere Untersuchungen über die chemische Zusammensetzung der Kerne verschiedener Organe, ferner der Samenfäden verschiedener Tiere abzuwarten. Auch halte ich es für denkbar, dass die Kerne bei derselben chemischen Zusammensetzung vermöge der molekulären Struktur ihrer wirksamen Substanz (des Idioplasma) verschiedene Wirkungen entfalten, und möchte für diese Möglichkeit vor allem anführen, dass die Einwirkung der Samenfäden auf die Vererbung bei den Individuen einer Art doch kaum auf grössere Verschiedenheiten derselben bezogen werden kann. Nach den bisherigen Erfahrungen lässt sich wenigstens nicht annehmen, dass die Samenfäden verschiedener Individuen einer Säugetierart oder des Menschen chemische Verschiedenheiten darbieten, obschon dieselben eine ganz besondere Wirksamkeit entfalten. Eher wäre es möglich, dass bei verschiedenen Gattungen oder grösseren Gruppen Abweichungen vorkämen, für welche Annahme die vortrefflichen Untersuchungen Mieschers über den Samen des Lachses, des Karpfens und des Stieres eine Handhabe bieten würden. Miescher kommt übrigens infolge gut begründeter Erwägungen (S. 59) zu dem Satze: „Dass es keine spezifischen Befruchtungsstoffe gebe und dass die chemischen Thatsachen sekundäre Bedeutung haben" und würde unbedingt, wie seine weiteren Reflexionen lehren, wenn zu der damaligen Zeit (1874) die Verbindung von Ei- und Spermakern bei der Befruchtung bekannt gewesen wäre, zu der Annahme gelangt sein, dass die molekuläre Struktur der Zeugungsstoffe das Ausschlaggebende ist.

Über die chemische Beschaffenheit der Kerne vergleiche man noch vor allem die Arbeiten von E. Zacharias (Bot. Zeitg. 1881, Nr. 11; 1882, Nr. 37 39; 1883, Nr. 13), welche, wie alles, was sonst über diese Frage bekannt ist, lehren, dass in den Kernen jedenfalls mehrere verschiedene Substanzen vorkommen, über deren Bedeutung noch nicht abgesprochen werden kann, wenn auch sicher zu sein scheint, dass die färbbare Substanz wesentlich Mieschers Nuklein und der in erster Linie wirksame Stoff ist.

Zum Schlusse möchte ich nun noch die allgemeine Frage besprechen, welche Veränderungen die Vererbungssubstanz oder das Idioplasma im Laufe der individuellen Entwicklungen erleidet. Wie wir früher sahen, ist der erste Kern des werdenden Geschöpfes hermaphroditischer Natur und ist es sehr wahrscheinlich, dass auch alle späteren Kerne dieselbe Natur darbieten und gleiche Mengen von Bestandteilen des Spermakernes und des Eikernes enthalten. Hieraus liesse sich weiter der Schluss ableiten, dass alle Zellen des fertigen Organismus in gewisser Beziehung auf dem Stadium der befruchteten

Eizelle stehen und das Vermögen besitzen, den gleichen Organismus zu erzeugen, wie diese. In vollem Gegensatze hierzu steht die Aufstellung von Weismann[1]), der zufolge in jedem höheren Organismus ein tiefer Gegensatz besteht zwischen den Keimzellen und den Körperzellen, von denen die ersteren unsterblich, die letzteren vergänglich genannt werden, eine Hypothese, die in erster Linie von Nussbaum ausgeht, der sich zugleich bemüht zu zeigen, dass die für die Keimzellen bestimmten Stoffe früh von den anderen sich scheiden, mit anderen Worten, die Geschlechtsdrüsen möglicherweise bei allen Tieren vor der Keimblattbildung sich anlegen, wie dies in der That in einigen Fällen nachgewiesen ist (gewisse Insekten, Daphnoiden, Sagitta).

Da diese Frage von grosser allgemeiner Tragweite ist, so wollen wir dieselbe noch etwas einlässlicher beleuchten. Gehen wir davon aus, dass das befruchtete Ei alles in sich enthält, was zur Erzeugung eines neuen Organismus mit Inbegriff der Fortpflanzungsorgane nötig ist, so fragt sich zuerst, auf welche und auf wie viele Abkömmlinge desselben diese Eigenschaft sich überträgt. Weiter haben wir dann zu unterscheiden zwischen dem Wachstume des Organismus oder der Ausbildung seiner Organe und dem Vermögen desselben sich wieder zu erzeugen.

Das Wachstum des Organismus anlangend, so verdanken wir Sachs die erste genaue Untersuchung dieser Frage. Derselbe zeigte[2]), dass bei Pflanzen das Urmeristem oder das embryonale Zellengewebe, von dem aus jedes Wachstum, d. h. die Anfänge der neuen Ansprossungen und der Gewebebildung, ausgeht, weit über die erste Entwicklung sich erhält, und dass alle, auch die am spätesten auftretenden Vegetationspunkte auf das Urmeristem des Embryo, aus welchem die erste Spross- und Wurzelanlage entstand, sich zurückführen lassen. Weiter gelangt dann Sachs zur Besprechung der Möglichkeit, dass das Nuklein der Zellenkerne dieser embryonalen Gewebe die Substanz sei, der die befruchteten Embryonen und die aus denselben hervorgehenden Vegetationspunkte ihre Gestaltungsfähigkeit verdanken, und dass auch bei Adventivsprossungen, die nicht auf embryonales Gewebe zurückgeführt werden können, die Gestaltung von diesem Stoffe abhänge.

Bei Tieren finden sich dieselben Verhältnisse. Tierstöcke schliessen sich genau an die Pflanzen an und lässt sich leicht nachweisen, dass die Vegetationspunkte einer Polypenkolonie z. B. auf Zellen von embryonalem Charakter zurückzuführen sind. Aber auch bei Einzelindividuen hat dieses Gesetz Geltung und sind hier ebenfalls alle Zellen wachsender Organe direkt von den Elementen des sich furchenden Eies abzuleiten. Beispiele erscheinen ganz überflüssig, da niemand bezweifelt, dass die Keimblätter dieser Geschöpfe aus Teilstücken der befruchteten Eizelle entstehen und ihrerseits wiederum in die Anlagen der verschiedenen Organe übergehen; dagegen verdient eine andere Frage eine genauere Würdigung und zwar die, ob auch in ausgebildeten Geschöpfen

---

[1]) Vererbung, S. 6 ff.
[2]) Über die Anordnung der Zellen in jüngsten Pflanzenteilen in: Arbeiten des botan. Instituts in Würzburg Bd. II, S. 103, 104, und Stoff und Form der Pflanzenorgane, Ebenda S. 743.

noch Zellen mit embryonalem Charakter vorkommen. Meines Erachtens zufolge giebt es in der That solche Elemente, und möchte ich hierher zählen:

1. **Alle tiefsten Zellen der geschichteten Epithelien und des Horngewebes**, wie z. B. die Zellen des Haarknopfes, das Linsenkapselepithel, die tiefsten Zellen des Rete Malpighii der Epidermis,
2. **die Osteoblasten und Odontoblasten,**
3. **viele Knorpelzellen,**
4. **die Elemente aller Drüsen, die Zellen bilden,**
5. **die lymphoiden Zellen,**
6. **gewisse Bindesubstanzzellen,**
7. **die Keimzellen** (Eizellen und Samenfädenbildungszellen).

Im einzelnen ist es oft schwer, in Betreff der Deutung einer gewissen Zellenart eine bestimmte Entscheidung zu geben, doch liegt ein gutes Kriterium wenigstens in der **Regenerationsfähigkeit der Organe**. In allen Fällen, in denen ein Organ oder ein Gewebe fähig ist sich wieder zu erzeugen, muss dasselbe Element von embryonalem Charakter enthalten oder wenigstens solche, die diesen Charakter anzunehmen imstande sind. So würde ich annehmen, dass bei den Geschöpfen, die imstande sind, verloren gegangene Organe (Extremitäten, Kiemen, den Schwanz) wieder zu bilden, an der Wundfläche in erster Linie aus den benachbarten Gewebeelementen Zellen von embryonalem Charakter sich erzeugen, die dann nach denselben Gesetzen, wie beim Embryo, die Organgestaltung bedingen.

Wenden wir uns nun zu dem zweiten Falle und fragen wir, unter welchen Verhältnissen Elemente auftreten, die die Fähigkeit besitzen, den Gesamtorganismus wieder zu bilden, so können wir unmöglich der Annahme zustimmen, dass dieses Vermögen bei geschlechtlich differenzierten Organismen ausschliesslich an die besonderen Keimzellen gebunden sei. Bei Tieren sprechen gegen dieselbe die zahlreichen Fälle, in denen eine Vermehrung durch Sprossen oder Keime statt hat, mögen dieselben nun von Anfang an aus freien Zellen sich entwickeln, wie beim Generationswechsel der Trematoden und den Dicyemiden oder erst später sich ablösende Zellenkomplexe darstellen, wie bei den Hydromedusen. In demselben Sinne verwerte ich auch die Fälle, in denen Tiere durch Teilung sich vermehren, wie z. B. gewisse Medusen, die Steinkorallen, sowie die Parthenogenesis. Und was die Pflanzen anlangt, so ist längst bekannt, dass viele einfache Organismen (Muscineen, Pilze, Algen) aus Zellen, die der Befruchtung nicht bedürfen, oder aus ungeschlechtlich erzeugten Sporen, höhere Pflanzen wenigstens in gewissen Fällen aus einzelnen Teilen, wie Wurzelstücken, Blättern etc. sich wieder erzeugen. Hierher gehören auch die seltenen Fälle von Parthenogenese oder Apogamie (de Bary) bei Pflanzen, wie bei Chara crinita, gewissen Farnen, Coelebogyne. Es darf daher wohl angenommen werden, dass von Haus aus jede embryonale Zelle das Vermögen besitzt, das Ganze zu erzeugen und im gewissen Sinne Keimzelle ist, und dass, wenn dieses Vermögen bei den höheren Tieren und Pflanzen später

nur an gewisse Elemente gebunden erscheint, dies mit besonderen Verhältnissen verknüpft ist. Ich denke mir, dass bei der Entwicklung der
mehrzelligen Organismen die zuerst auftretenden Zellen alle wesentlich denselben Wert besassen und durch ihre hermaphrodischen Kerne
der befruchteten Eizelle gleichstanden. Im Laufe der Entwicklung ging
dann ein Teil dieser Elemente besondere Umgestaltungen ein und
differenzierte sich zu den spezifischen Gewebezellen, und je mehr dies
geschah, um so mehr verlor sich die, wenn man so sagen darf, embryonale (Ei- oder Keimzellen-)Natur derselben, ohne dass jedoch ihre
Kerne notwendig ihre hermaphroditische Zusammensetzung oder ihr Idioplasma sofort einbüssten. Doch blieb diese embryonale Natur immerhin
bei manchen Elementen erhalten, und solche Zellen sind es dann, die
an Vegetationspunkten wuchern und unter Umständen den Organismus
wieder zu bilden geeignet sind. Eine besondere Art solcher Zellen von
embryonalem Charakter wandelt sich endlich speziell zu den Keimzellen
im engeren Sinne, zu den Ei- und Samenzellen, um, welchen die Ver-
richtung der Fortpflanzung allein zukommt, indem die einen derselben
reichliches Plasma in sich entwickeln, welches als erstes Ernährungs-
material des neuen Geschöpfes zu fungieren hat, die anderen beweglichen
Gebilden den Ursprung geben, die eine Verbindung mit den Eizellen
einzugehen befähigt sind. Männliche und weibliche Keimzellen sind
demnach für mich einfach Zellen von embryonalem Charakter, die behufs
ihrer spezifischen Funktion besondere Eigenschaften angenommen haben.

Wenn diese Darstellung richtig ist, so würde von einer scharfen
Grenze zwischen Keimzellen und somatischen Zellen keine Rede sein,
und könnten unter Umständen, wie bei niederen Pflanzen und Tieren,
embryonale Zellen aller Art, z. B. von Vegetationspunkten, die Rolle
von Keimzellen übernehmen und selbst bereits differenzierte Gewebezellen wieder zu embryonalen Zellen sich umbilden. Auch wäre —
unbeschadet der schönen Untersuchungen von Weismann über die
Hydromedusen und die Richtigkeit derselben angenommen — keine
Nötigung vorhanden, bei allen Tieren die Keimzellenbildung in dasselbe
Keimblatt zu verlegen und noch weniger wäre einzusehen, warum bei
der ersten Entwicklung die Keimzellen früh von den somatischen Zellen
sich zu sondern hätten, was, wie ich noch besonders hervorhebe, bei
den Pflanzen sicherlich nicht geschieht, bei denen die Entstehung der
Sexualzellen oft in eine sehr späte Zeit fällt. — Übertragen wir diese
Anschauungen auf die pathologische Anatomie, so gewinnt die
Lehre Cohnheims von den atypischen Gewebeneubildungen auf embryonaler Grundlage einen neuen Halt, und möchte ich das, was ich in
meinem Aufsatze: Die embryonalen Keimblätter und die Gewebe (Zeitschr.
f. wiss. Zool. XL, S. 210) als möglich darstellte, nun als in hohem
Grade wahrscheinlich bezeichnen, dass im Organismus viele Zellen
bestehen, die entweder einen embryonalen Charakter besitzen oder einen solchen anzunehmen imstande sind.

Die Lehre vom Keimplasma und die Vererbung wurde dann von
mir in Nr. 198 ausführlicher als in Nr. 197 behandelt und erlaube
ich mir auch hier meine Auseinandersetzungen wörtlich anzuführen, weil

Weismann immer noch auf seinem Standpunkte beharrt. Ich sagte da auf S. 2—10 folgendes: In neuester Zeit hat nun Weismann wiederum in zwei Schriften [1] sich über diese Verhältnisse verbreitet und wenn auch mit manchen Änderungen doch im wesentlichen seine alte Hypothese festgehalten und dieselbe auch gegen einen Angriff von Kollmann [2] verteidigt [3]. Es scheint mir daher geraten, auch meinerseits von neuem auf diese wichtige Streitfrage einzugehen und sine ira et studio die Gründe darzulegen, die mich von einer vorzugsweise auf der Histologie und Embryologie fussenden Basis aus zu einer von der von Weismann ganz und gar abweichenden Anschauung bringen.

Ich behaupte in erster Linie, dass das im Kerne der befruchteten Eizelle befindliche Idioplasma im Laufe der Entwicklung wohl an Masse zunimmt, aber seiner inneren Struktur nach unverändert in die Kerne aller Zellen übergeht, die an der Formbildung des Embryo sich beteiligen. Somit leugne ich jeden tieferen Gegensatz zwischen den „somatischen Zellen" oder den Gewebezellen einerseits und den Eizellen und Samenzellen andererseits.

Hieraus folgt dann weiter, dass bei den Umbildungen der embryonalen Zellen in die spezifischen Gewebeelemente das ursprüngliche Kernidioplasma seine typischen Eigenschaften in vielen Fällen ganz und gar bewahrt. In anderen Fällen geht dasselbe später Rückbildungen ein und kann schliesslich selbst vollkommen zu Grunde gehen.

Wenn man davon absieht, dass ich das Idioplasma in die Kerne verlege und nicht als ein den ganzen Organismus durchziehendes Netz auffasse, so stimmt der erste vorhin ausgesprochene Satz ganz und gar mit den Aufstellungen von v. Nägeli überein. Weismann dagegen behauptet (1885, S. 22), dass das Idioplasma nicht eine einzige Substanz von gleicher Beschaffenheit sei, die den ganzen Organismus durchsetze, vielmehr müsse jede besondere Zellenart des Körpers ihr spezifisches, das Wesen derselben bestimmendes Idioplasma oder Kernplasma enthalten, es gebe somit in jedem Organismus eine Menge verschiedener Idioplasmaarten. Beweise giebt nun freilich Weismann für diese Aufstellung keine, denn es kann doch nicht als solcher gelten, wenn er ausruft: „Wie sollte sonst das Idioplasma die grossen Verschiedenheiten in der Bildung der Teile des Organismus bewirken können?" Auch in seinen Einzeldarlegungen ist Weismann nicht bestimmter. Wenn v. Nägeli sagt, dass das Idioplasma überall im Organismus, indem es sich vermehrt, seine spezifische Beschaffenheit beibehält und nur innerhalb dieses festen Rahmens seine Spannungs- und Bewegungszustände und durch dieselben die nach Zeit und Ort möglichen Formen

---

[1] Die Kontinuität des Keimplasmas als Grundlage einer Theorie der Vererbung, Jena 1885, und die Bedeutung der sexuellen Fortpflanzung für die Selektionstheorie, Jena 1886.
[2] Biol. Centralbl. Bd. V, 1886, S. 22, 23.
[3] Zur Frage nach der Vererbung erworbener Eigenschaften. Biol. Centralblatt Bd. VI, Nr. 2.

des Wachstums und der Wirksamkeit wechselt, so hat Weismann hiergegen allerdings verschiedene Einwände (1885, S. 24). Es kann jedoch nicht als Beweis gelten, wenn er den Satz aufstellt, dass die histologischen Elemente in ihrem Idioplasma sehr wesentlich voneinander sich unterscheiden, so dass z. B. eine Muskelzelle ein anderes Idioplasma habe als eine Nervenzelle oder eine Verdauungszelle desselben Individuums, ohne den Versuch zu machen, dies im einzelnen nachzuweisen.

Weiter glaubt dann Weismann v. Nägeli der Inkonsequenz zeihen zu können, da derselbe für die einzelnen Stadien der Phylogenese qualitative Verschiedenheiten des Idioplasma annehme, in der Ontogenese dagegen, trotzdem dass hier die Stadien der Phylogenese abgekürzt sich wiederholen, nur ein einziges Idioplasma statuiere. Aber wie sollte denn dem anders sein können? Es wird doch nicht ein höheres Geschöpf im Laufe seiner Entwicklung verschiedene, typisch abweichende Idioplasmen aus sich zu entwickeln haben, nachdem dessen Keim dieselben bereits durch Vererbung als höhere einfache Form erworben hat!

Als Schlusssatz von Weismann erscheint der, dass es ein somatisches Idioplasma und ein Keimidioplasma gebe und dass ersteres nicht in letzteres sich umwandeln könne. Es müsse daher, um die Übertragung der Eigenschaften eines Organismus auf die folgenden oder die Vererbung zu erklären, stets ein, wenn auch sehr minimaler Teil des Keimidioplasma, unverändert in den sich bildenden Organismus übergehen und schliesslich die Grundlage zur Bildung der Keimzellen darstellen.

Lassen wir nun vorläufig diese Ansicht auf sich beruhen und sehen wir zu, wie unserer Auffassung nach die Verhältnisse des Idioplasma bei der Entwicklung sich gestalten.

Der Kern der ersten Furchungskugel enthält die gesamte männliche und weibliche, vom Vater und der Mutter abstammende, idioplastische Substanz des sich entwickelnden Organismus und aus ihm gehen in unmittelbarer Formfolge tausende und tausende von Kernen hervor, die alle die typische, den betreffenden Organismus charakterisierende idioplastische Substanz in sich schliessen. Vermöge dieser Eigenschaft geht dann aus diesen Kernen und ihren Zellen Schritt für Schritt ein Organismus von ganz bestimmter Qualität hervor und ist nicht der geringste Grund vorhanden, so lange als der Organismus in Entwicklung begriffen ist, irgend einen Elementarteil desselben nicht als typischen, und dessen Karyoplasma nicht als echtes Idioplasma, d. h. als mit demjenigen, welches schon im ersten Furchungskerne vorhanden war, übereinstimmend zu bezeichnen. Denn alle diese Kerne und Zellen haben ja an der Erzeugung der typischen Organisationen ihren wesentlichen Anteil. So enthalten z. B. die Zellen der Extremitätenanlage eines Vogels oder eines Säugers alle typisches Idioplasma (Keimidioplasma, Weismann) und bildet sich aus diesem Grunde die Anlage in dem einen Falle zu einem Flügel, in dem anderen zu einem Vorderlaufe oder einem Arme aus. Ebenso muss Keimidioplasma in allen Zellen der Skelettanlagen, in den Elementen einer hervorsprossenden Drüse, in denen der primitiven Augenblase etc. enthalten sein, denn das Skelett, eine Lunge oder Leber, das Auge ist ja später das getreueste Abbild, die vollkommenste Darstellung des zeugenden Organismus, in der Art, dass selbst die individuellsten Verhältnisse, z. B. im Gesichtsskelette, sich wiederspiegeln. Wie wäre es da möglich, dass die Knorpelzellen des Embryo, die Osteoblasten der wachsenden Knochen etc. nur somatisches Idioplasma enthielten, wie Weismann will? Besässen dieselben nicht das nämliche Idioplasma, wie die befruchtete Eizelle, typisches Keimidioplasma, so wäre es ja unbegreiflich, wie in dem einen Falle aus dem Eie das Skelett eines Menschen, in dem anderen das eines Carnivoren oder eines Vogels sollte hervorgehen können.

Sind diese Erwägungen und Schlussfolgerungen richtig, so folgt aus denselben, dass, so lange als ein Organismus wächst und in Entwicklung begriffen ist, alle Elemente desselben, d. h. deren Kerne, echtes typisches Idioplasma enthalten und zwar gilt dies meiner Meinung nach nicht nur von den Zellen, die den Furchungskugeln in der Form noch nahe stehen, die man Zellen mit embryonalem Charakter nennen kann, sondern auch von den histologisch mehr differenzierten Elementen. Denn auch diese tragen das spezifische Gepräge des betreffenden Organismus. Hornblattzellen erzeugen Haare, Federn, Stacheln, Schuppen je nach dem. Muskelzellen geben zur Bildung abweichend gebauter Muskelfasern und verschieden geformter, mannigfach in Dicke, Länge, Breite, Lage abweichender Muskeln Veranlassung; Nerven- und Drüsenelemente bilden Nervenfasern, Nerven- und Drüsenzellen und Organe der mannigfachsten Art. Es giebt somit im werdenden Organismus überall typisches Idioplasma und liegt wenigstens in den Thatsachen der Entwicklungsgeschichte kein Grund zur Aufstellung eines somatischen Idioplasma im Weismannschen Sinne. Ob in den Erscheinungen der Histogenese, soll später erörtert werden.

Wenn alle Elemente eines sich entwickelnden Organismus auch in späteren Zeiten, nachdem die Histogenese längst begonnen hat, z. B. bei einem menschlichen Embryo des zweiten und dritten Monates, einem Kaninchenembryo von 13 bis 20 Tagen, einem Hühnerembryo von 5 bis 10 Tagen, typisches Idioplasma enthalten, so besteht nicht die geringste Schwierigkeit, die Entwicklung der Keimzellen zu begreifen. Dieselben sind von diesem Gesichtspunkte aus eben nichts anderes als Elemente von embryonalem Charakter mit demselben Idioplasma, wie alle anderen embryonalen Zellen, Elemente, die zu spezifischen Zeugungszellen sich umbilden, und ist nicht die geringste Nötigung vorhanden, ihr Idioplasma in ganz besonderer Weise abzuleiten. Bei den weiblichen Keimzellen, die schon bei Embryonen ihre typische Gestaltung erlangen, ist dies scheinbar noch einleuchtender, als bei den Bildungszellen der Samenfäden, die erst ganz spät zu voller Funktion gelangen. Allein auch hier ist klar, dass die vielen Generationen von Samenzellen, von der ersten Anlage der Hodenkanälchen an, alle einander ihr Idioplasma übertragen und die letzte ebenso vollwertig ist, wie die erste.

Ebenso werden von unserem Standpunkte aus auch alle Fälle leicht verständlich, in denen einzelne Zellen ohne Befruchtung oder

grössere Zellenkomplexe (Knospen, Blätter etc.) ihren Organismus wieder
zu erzeugen imstande sind, wie dies bei Pflanzen und Tieren in manchen
Fällen gefunden wird. Auch die Bildung von Stöcken oder Kolonien
in beiden Reichen, und die Wiedererzeugung verloren gegangener Teile
fällt unter denselben Gesichtspunkt und giebt es überhaupt keine Erscheinung der Fortpflanzung und Formbildung, die nicht bis zu einem
gewissen Grade durchsichtig wäre, wenn man die von mir behauptete All-
verbreitung des typischen Idioplasma zum Ausgangspunkte nimmt,
mit anderen Worten dasselbe allen embryonalen Elementen, allen Zellen
des wachsenden Organismus, ja selbst allen Elementen des ausgebildeten
Körpers zuschreibt, so lange dieselben noch lebenskräftige Kerne besitzen.

Nach diesen Auseinandersetzungen will ich nun weiter einen
Blick auf die Art und Weise werfen, wie das typische Idioplasma der
befruchteten Eizelle bei der Entwicklung sich verhält. In erster Linie
zeigt dasselbe eine massenhafte Zunahme, indem, wie wir oben
gezeigt haben, nicht zu bezweifeln ist, dass alle Kerne der späteren
Furchungsstadien und der Keimblätter, alle Kerne der älteren Embryonen,
ja des wachsenden Organismus überhaupt typisches Idioplasma enthalten
und dass die typische Gestaltung der Organismen einzig und allein von
demselben abhängt. Eine solche Zunahme muss auch Weismann für den
minimalen Teil seines Keimplasmas annehmen, das nach ihm bei der
Entwicklung eines Eies sich unverändert erhält und die Grundlage für
die Bildung der Eier und Samenfäden darstellt, denn woher sollte sonst
die ungeheuere Masse von typischem Idioplasma stammen, die in den
Millionen Eiern vieler Tiere und in der unzählbaren Menge von Samenfäden enthalten ist? Insofern stehen wir somit beide auf demselben
Standpunkte. Eine Erklärung für diese Zunahme des Idioplasma lässt
sich vorläufig nur ganz im allgemeinen dahin abgeben, dass, infolge
der Wechselwirkung des Plasma der embryonalen Zellen mit den umgebenden Ernährungssäften einerseits und dem Plasma ihrer Kerne anderseits, in letzterem immer neue Nukleinsubstanz (sit venia verbo) gebildet
wird, während dieser Stoff dem Cytoplasma ganz abgeht oder nur in
minimalen Mengen in demselben sich findet. Vermuten lässt sich ferner,
unter der Voraussetzung, dass das Idioplasma des ersten Eikernes hermaphroditischer Natur ist und aus männlichen und weiblichen Stoffteilchen
besteht, dass im Laufe der Entwicklung sowohl die einen als die anderen
derselben an Masse zunehmen. Ob das primitive Idioplasma im Laufe
der Entwicklung und während seiner Vermehrung Veränderungen eingeht, ist eine Frage, die sich nur dahin beantworten lässt, dass solche,
wenn sie vorkämen, auf keinen Fall erheblichere sind und nur auf
individuelle Ausprägungen sich beziehen könnten, indem die typische
Gestaltung jedenfalls schon im ersten Furchungskerne gegeben ist und
auf alle Abkömmlinge desselben sich überträgt[1]). Die genannten individuellen Ausprägungen anlangend, so scheint mir die Möglichkeit vorzu-
liegen, dass der männliche oder der weibliche Anteil des Idioplasma im Laufe

---

[1]) Selbstverständlich sehe ich hier von den Umgestaltungen der einzelnen
Typen ineinander ab, welche zu besprechen hier keine Veranlassung ist.

der ersten Entwicklung Veränderungen erleidet, die zu Beziehungen derselben zu einander führen könnten, die sie anfangs nicht hatten.

Kommen wir nun auf Weismann zurück, so gelangte derselbe
durch die Annahme, dass die Körperzellen verändertes Idioplasma enthalten, das von dem der befruchteten Eizelle, dem Keimplasma von
Weismann, wesentlich sich unterscheide, zu der sicherlich von vornherein sehr befremdenden Aufstellung, dass von dem Keimplasma gewisse
Teile unverändert sich erhalten und in die späteren neuen Keimzellen
übergehen, indem er von seinem Standpunkte aus mit Recht annimmt,
dass das somatische Idioplasma nicht wieder in Keimplasma sich umwandeln könne. Nun liegt aber nicht der geringste Beweis vor für
die Annahme, dass das primitive Idioplasma Veränderungen erleide und
finden sich auch bei Weismann keinerlei bestimmte Angaben über
das Wie, Wo und Wann solcher Veränderungen. Alles, was Weismann nach dieser Seite vorbringt, sind allgemeine Erwägungen, deren
Wert meiner Meinung nach ein sehr zweifelhafter ist und die jedenfalls
zu keinen zwingenden Schlüssen führen. Denn was ist damit gesagt,
wenn Weismann auseinander setzt (1885, S. 29, 30), „dass das Individuum nur dadurch aus dem Ei sich entwickeln könne, dass dessen
Nukleoplasma (sic?) während der Furchung und den ihr nachfolgenden
Zellenteilungen bestimmte und verschiedenartige Veränderungen eingehe,
die eine Ungleichheit der betreffenden Zellen zur Folge haben müssen;
denn identisches Nukleoplasma bedinge ceteris paribus auch identische
Zellkörper und umgekehrt, die Thatsache also, dass der Embryo in der
einen Richtung stärker wächst, als in der anderen, dass seine Zellschichten von ganz verschiedener Natur sind und sich auch später zu
ganz verschiedenen Organen und Geweben differenzieren, verlange den
Rückschluss, dass auch die Kernsubstanz verschieden geworden sei, dass
sie sich also in regelmässiger gesetzmässiger Weise während der Ontogenese verändere. Das sei denn auch Strasburgers Ansicht, überhaupt müsse es heute die Ansicht eines jeden sein, der die Entwicklung
der Anlagen nicht aus vorgebildeten Keimchen, sondern aus dem molekulären Bau des Keimplasma herleite."

Und an einer anderen Stelle (1885, S. 45) sagt Weismann:
„Schon die Kerne der zwei ersten Furchungskugeln können nicht dasselbe Idioplasma enthalten, welches der Furchungskern enthielt, geschweige
denn irgend eine der später entstandenen Embryonalzellen. Notwen-
digerweise muss sich die Beschaffenheit des Idioplasma im Laufe der
embryonalen Entwicklung immer weiter von der des Furchungskernes
entfernen, nur die des Furchungskernes ist aber Keimplasma,
d. h. enthält die Struktur, aus deren Wachstum wieder ein
ganzer Organismus hervorgeht."

Ich gestehe offen, dass ich nicht begreife, wie Weismann auf so
unbewiesene Sätze hin seine Hypothese aufbauen konnte. Wo liegt
der Grund für die Annahme, dass die Furchungskerne der zweiten
Stufe nicht dasselbe Idioplasma enthalten, wie der erste Kern? Gesehen
hat eine solche Abweichung niemand, und eine Hypothese, die dieselbe
forderte, ist mir nicht bekannt. Was soll es ferner beweisen, wenn

Weismann behauptet: Nur das Idioplasma des ersten Furchungskernes ist Keimplasma, d. h. enthält die Struktur, aus deren Wachstum wieder ein ganzer Organismus hervorgeht? Enthalten etwa die zwei folgenden Furchungskerne eine andere Struktur, oder die Kerne der letzten Furchungskugeln oder die der Keimblätter etc.? Und aus was geht denn der Organismus hervor, wenn nicht aus diesen Kernen und ihren Zellen?

Ebensowenig entspricht es den Thatsachen, wenn Weismann sagt, dass verschiedene Zellen verschiedenes Karyoplasma enthalten müssen und dass die Bildung im Embryo von verschiedenen Zellschichten, Organen und Geweben den Rückschluss verlange, dass auch die Kernsubstanz verschieden geworden sei. Ich erlaube mir, Weismann auf meinen Aufsatz über die Bedeutung der Zellenkerne für die Vererbung (Zeitschr. f. wiss. Zool. XLII) hinzuweisen, in dem ich zu zeigen versuchte, dass die Form und Grösse der Organe wesentlich von der Art der Kernteilungen und der Menge derselben und ausserdem zum Teil auch von der Wachstumsgrösse der einzelnen Zellen abhängt und zur Erklärung keineswegs die Annahme einer Änderung des Idioplasma der Kerne verlangt. Wie die Grösse, so hängt auch die Form der Zellen mit Vorgängen zusammen, die nicht notwendig ein verschiedenes Karyoplasma voraussetzen. Hier sei es mir erlaubt, für die Richtigkeit des Angeführten einen Beweis zu geben, dessen Gewicht selbst Weismann wird anerkennen müssen. Eine Eizelle und die Bildungszelle eines Samenfadens sind doch wohl recht verschiedene Elemente und noch abweichender sind die Kerne derselben, das Keimbläschen und ein Samenfaden. Und doch besitzen die letzteren beiden das echte typische Idioplasma mit der einzigen Verschiedenheit, die der männliche und weibliche Typus bedingt!

Ruht die Hypothese von Weismann schon nach den eben besprochenen Seiten hin auf schwacher Grundlage, ist dieselbe ganz ungeeignet, die typische Entwicklung der Organismen und, wie ich hier beifüge, ihr Regenerationsvermögen, ihre Entstehung aus Knospen und Keimzellen zu erklären, so erscheint sie endlich auch als eine sehr gesuchte, höchst unwahrscheinliche. Man versuche nur einmal diese Kontinuität des Keimplasma, wie Weismann sie annimmt, sich zu versinnlichen. Wie sollen denn diese minimalen Teilchen unveränderter Keimsubstanz schliesslich in die Keimzellen gelangen? und was für verwickelte Vorgänge müssten stattfinden, um dieselben an ihre endliche Stelle zu bringen. Giebt es somatische Zellen mit minimalen Mengen Keimsubstanz und andere ohne solche? Und welchem Keimblatte gehören die somatischen Zellen mit Keimsubstanz an und was für besondere Eigenschaften zeichnen dieselben aus? Oder enthalten etwa alle somatischen Zellen minimale Mengen echter Keimsubstanz? Ich verzichte darauf, diese Verhältnisse ins Einzelne auszumalen und glaube nicht allzu anmassend zu sein, wenn ich sage, dass eine solche Hypothese der Kontinuität des Keimplasma eben so undenkbar und unwahrscheinlich ist, wie die Darwinsche Pangenesis.

Zum Schlusse möchte ich nun noch andeuten, wie man sich meiner Meinung nach die Struktur des Idioplasma zu denken habe. Unzweifelhaft muss, wie v. Nägeli annimmt, in dem Baue des Idioplasma der befruchteten Eizelle der Grund für die gesamte Organisation des werdenden Geschöpfes enthalten sein. Schritt für Schritt gehen durch die Thätigkeit der Zellenkerne, wie ich annehme, einfachere Organe, wie die Keimblätter, und dann verwickeltere Bildungen, wie das Darmsystem, Nervensystem, Knochensystem etc. hervor. Alle diese Entfaltungen beherrscht eine und dieselbe molekuläre Struktur der Kerne, modifiziert je nach den verschiedenen Typen, individuell leicht variabel im einzelnen Typus, so jedoch, dass in jedem Stadium der Entwicklung das Idioplasma wesentlich denselben Bau besitzt und von einer Vereinfachung desselben, wie Weismann sie statuiert (1885, S. 38), keine Rede sein kann. Auf der anderen Seite möchte ich mich aber nicht dahin aussprechen, dass im Idioplasma des befruchteten Eikernes die spätere Organisation in der Anlage vorhanden sei, so dass gewissermassen jedes Entwicklungsstadium aus der Thätigkeit bestimmter Micellreihen des Idioplasma hervorgeht und jedes Organ auf von Anfang an vorhandene Micellreihen zurückgeführt werden kann. Wenn man das Idioplasma, wie ich, in die Kerne des sich entwickelnden Organismus verlegt und die Organbildung einzig und allein von den Leistungen der Kerne abhängig macht, so fällt jede Nötigung zur Annahme ursprünglich im Idioplasma liegender Anlagen weg. Es genügt dann in den Kernen gesetzmässig und typisch ablaufende Bewegungen anzunehmen und diese von dem Baue ihres Idioplasma abhängig zu machen. Setzen wir den Fall, eine befruchtete Eizelle teile sich in dem einen Falle n-mal in ganz gleiche Teile, in einem anderen Falle n + x male, so werden zwei verschieden grosse Haufen von Furchungskugeln entstehen. Gehen dann in den Keimblättern des einen Organismus die Kernteilungen in der Richtung der Dicke und Fläche weiter als in dem anderen, so bilden sich neue Unterschiede, und so kann bei jeder Organanlage durch die einfachen Vorgänge einer besonderen Kernvermehrung der Menge und der Art nach eine neue typische Bildung entstehen. Endlich kommt auch noch die Histogenese dazu, die wiederum in allem Typischen auf die Kerne zurückzuführen ist, und so lässt sich dann unter der Voraussetzung, dass das Idioplasma der Kerne in denselben gesetzmässige und je nach den Typen und Individuen wechselnde Vermehrungs- und Wachstumserscheinungen veranlasst, die ganze Gestaltbildung begreifen. Hierbei bleibt das Idioplasma selbstverständlich lange Zeit in allen Kernen gleich, um jedoch zuletzt, hier früher, dort später, seine formbildende Thätigkeit einzustellen und zuletzt in gewissen Elementen (Blutzellen der Säuger, Oberhautschüppchen etc.) selbst ganz zu vergehen.

Auf die Descendenzlehre, die in allen oben genannten Arbeiten Weismanns eine Hauptrolle spielt, näher einzugehen, habe ich jetzt keine Veranlassung, doch kann ich nicht umhin, zu bemerken, dass ich, wie Kollmann, finde, dass Weismann, indem er jetzt im Gegensatze zu seinen früheren Anschauungen die Quelle der erblichen individuellen Variationen in das hermaphroditische Keimplasma verlegt, der von v. Nägeli und mir verteidigten Lehre der Entwicklung aus inneren Ursachen in einer für ihn sehr bedenklichen Weise sich nähert. Weismann stellt dies allerdings in Abrede, indem er Kollmann vorwirft, er verstehe ihn nicht. Auch ich bin als Anatom wohl „nicht vollständig eingearbeitet in die Gedankenkreise der Descendenzlehre", nichtsdestoweniger stehe ich nicht an, zu bekennen, dass ich nicht einsehe, wie erbliche individuelle Variationen eines Landsäugetieres das Material darstellen könnten, aus welchem Selektion und Anpassungen Wale zu bilden imstande wären! So lange als die Anhänger der Darwinschen Descendenzlehre nicht begreifen, dass die ersten Organismen aus inneren Ursachen entstanden sind, und dass innere Ursachen ihre Weiterentwicklung veranlassten (siehe auch Koelliker in Würzb. Sitzungsber. 1885), wird die Kluft zwischen beiden Lagern nicht zu überbrücken sein.

Endlich kam ich noch einmal im Jahre 1887 in Nr. 199 kurz auf die Descendenzlehre zu sprechen und verteidigte auch hier meine früher geäusserten Darlegungen. Indem ich die Hauptpunkte rekapituliere, will ich auch auf einige in der neuesten Zeit geäusserten Anschauungen Rücksicht nehmen.

1. Gehen die Umgestaltungen der Organismen nach den von Darwin und seinen Anhängern aufgestellten Annahmen vor sich?

Hierauf ist zu antworten, dass die Darwinsche Lehre, der zufolge von den Variationen, die im Laufe der Zeit sich bilden, die nützlichsten sich erhalten, als nicht begründet erscheint, indem durch die ungehinderte Kreuzung dieselben wieder verschwinden. Wenn sie aber auch sich erhielten, so könnten doch in dieser Weise keine neuen Organe entstehen.

2. Sind die Organismen monophyletisch oder polyphyletisch entstanden?

Als eine Hauptstütze meiner Hypothese von den der Phylogenie zu Grunde liegenden Gesetzen habe ich die Lehre von dem polyphyletischen Stammbaume der Organismen bezeichnet und will ich hier besonders hervorheben, dass auch Nägeli auf Grund seiner reichen Erfahrungen sich ganz bestimmt für eine polyphyletische Entwicklung der Organismen ausspricht. So sagt er in seiner Abstammungslehre S. 88: „Bezeichnen wir erst diesen Zustand als den eigentlichen, durch Urzeugung entstandenen Organismus, so giebt es schon eine Mehrzahl von verschiedenartigen spontan gebildeten Organismen. Denn die Bildung der einleitenden Zustände geschieht unter sehr ungleichen physikalischen und chemischen Verhältnissen. . . . . Die organischen Reiche nehmen also ihren Ursprung nicht mit einem einzigen bestimmten Organismus, sondern mit vielen, die aber noch wenig von einander abweichen."

Und S. 462 heisst es: Der Satz von Haeckel „Das natürliche System ist der Stammbaum der Organismen" wäre als theoretischer Satz unbedingt zuzugeben, wenn die Reiche einen monophyletischen Ursprung hätten, wie man sich das wohl ursprünglich vorstellte. Eine solche Vorstellung ist aber unnatürlich und darf bei wissenschaftlichen

Erörterungen nicht in Betracht gezogen werden. Als die Verhältnisse auf der Erde sich so gestaltet hatten, dass Eiweiss spontan entstehen und sich organisieren konnte, musste Urzeugung überall auf der Erdoberfläche stattfinden und sie musste späterhin immer eintreten, wo die nämlichen Bedingungen gegeben waren. Wenn nun aber im Anfange einerseits am Nordpole, anderseits am Südpole, wo die für organisches Leben notwendige Temperaturerniedrigung zuerst eintrat, sich Organismen aus unorganischen Verbindungen bildeten, ferner, wenn in der Urzeit, dann zur Kohlenzeit und in allen andern Perioden unserer Erde Organismen entstanden sind, so kann man doch für die von diesen verschiedenen Anfängen ausgehenden phylogenetischen Linien keine Gemeinsamkeit der Abstammung und keine Blutsverwandtschaft in Anspruch nehmen, wenn sie einander auch noch so ähnlich ausfallen mochten.

S. 468 schliesst Nägeli, nachdem er sich mit Recht für eine jetzt noch bestehende Urzeugung ausgesprochen hat, mit folgendem Schlusssatze: „Das Pflanzenreich in seiner historischen Totalität ist sonach nicht ein einziger, sehr stark verzweigter phylogenetischer Stamm, noch auch mehrere Stämme, die gleichzeitig von identischen Anfängen ausgegangen wären und somit gleichsam als Äste desselben Stammes angesehen werden könnten. Sondern das Pflanzenreich — und ebenso verhält es sich auch mit dem Tierreiche —, als der Inbegriff aller vegetabilischen Formen, die je gelebt haben, besteht aus einer Unzahl von phylogenetischen Stämmen, welche zu allen Zeiten und an den verschiedensten Stellen der Erdoberfläche ihren Ursprung genommen haben und zum grössten Teile ausgestorben sind. Die jetzt lebenden Pflanzen (und Tiere) sind Enden von zahlreichen Abstammungslinien, welche verschiedene Geburtsstätten und ein verschiedenes Alter besitzen und somit in keiner genetischen Verwandtschaft zu einander stehen.“ . .

„Wie viele verwandte Arten und Gattungen demselben Stamme angehören, lässt sich nie mit Sicherheit bestimmen. Wir sind geneigt, einförmige Familien, wie die Cruciferen, die Gramineen u. s. w. als Abkömmlinge eines einzigen Stammanfanges zu betrachten; und wir können dafür wohl eine grosse Wahrscheinlichkeit, aber keine absolute Gewissheit in Anspruch nehmen. Es ist ferner ganz gut möglich, dass mehrere oder viele Pflanzenfamilien von einem Punkte ausgegangen und somit phylogenetisch verwandt sind; aber es ist ebenso gut denkbar, dass jede derselben einen besonderen Ursprung hat, dass die Gräser und Halbgräser, der Apfelbaum und der Kirschbaum, der Haselnussstrauch und der Eichbaum, ebenso im Tierreiche der Fisch und das Amphibium, der Affe und der Mensch in keinem genetischen Zusammenhange stehen und ihre besonderen Abstammungslinien besitzen.“

3. Giebt es eine heterogene Zeugung und eine sprungweise Entwicklung?

Meine nach dieser Seite gemachten Andeutungen sind besonders von Weismann angegriffen worden (Studien zur Descendenztheorie, II, 1876, S. 214 u. folg.). Wenn er behauptet, dass Fälle sprungweiser

Umwandlung des ganzen Organismus mit nachfolgender Vererbung überhaupt noch gar nicht bekannt seien, so geschah dies vor den sehr wichtigen Versuchen von Marie v. Chauvin (Zeitschr. f. wiss. Zool. XLI, 1886), welche aus von Amblystoma erzeugten Larven wieder Amblystomen züchtete. Aber auch abgesehen von diesem sehr wichtigen Beweisfalle scheint Weismann noch nicht einzusehen, warum ich den Generationswechsel und die Heterogonie als Stütze meiner Anschauungen heranziehe, sonst könnte er S. 318 nicht sagen, „es sollte doch endlich von Naturforschern aufgegeben werden, den Generationswechsel als eine Instanz für heterogene Zeugung anzuführen". Dass ich damit nichts beweisen wollte, konnte Weismann wissen, ebenso, wie er selbst sagt, dass damit nur angedeutet werden solle, wie man sich etwa eine sprungweise Umwandlung vorzustellen habe. Und dass meine Beispiele das leisten, das behaupte ich immer noch und bin der Meinung, dass nichts schöner die Möglichkeit einer Entstehung der höheren Medusen darthut, als die Zwischenformen zwischen denselben und den Polypen. In derselben Weise sind für mich auch die Metamorphosen der Gliedertiere, besonders der Insekten und diejenigen der Batrachier von hohem Werte, denn auch diese zeigen uns wunderbare, rasch eintretende Umgestaltungen vieler Organe.

4. Steht die Annahme einer Entwicklung der Organismen aus inneren Gründen, die Annahme einer Zielstrebigkeit im Gegensatze zu den allgemeinen Entwicklungsgesetzen der Natur?

Wenn man, wie Weismann, die inneren Gründe als „phyletische Lebenskraft" bezeichnet, und annimmt, dass Nägeli, K. E. von Baer, ich selbst und andere, die solche inneren Gründe aufstellen, behaupten, dass dieselben nicht auf physikalisch-chemischen Thätigkeiten beruhen oder mit solchen einhergehen, so macht man sich die Opposition leicht. Nun hat aber bereits Nägeli durch Aufstellung des Begriffes Idioplasma, durch die Annahme, dass diese Substanz, die er sich als einen Eiweisskörper denkt, der alle Entwicklungen bedingende Stoff sei, welcher durch seine weitere Zusammensetzung aus kleineren Teilchen, den Micellen, durch seine Verbreitung im gesamten Organismus und seine immerwährende Zunahme und Umgestaltung die Entwicklung beherrsche, bewiesen, dass er weit davon entfernt ist, dem materiellen Substrate der Organismen keinen Einfluss bei deren Entwicklung zu gestatten. In derselben Weise habe auch ich, haben O. Hertwig (Die Zelle, II. Buch, S. 276 u. folg.) und andere sich ausgesprochen. Ja selbst Weismann kann nicht umhin, die Forderung v. Baers anzuerkennen, dass jede Selektionstheorie die Zielstrebigkeit der Natur anzunehmen habe. „Wie die Welt als Ganzes," sagt Weismann (l. c. S. 315), „sich nicht aus blinden Notwendigkeiten entstanden denken lässt, wie die unendliche Harmonie, welche in allen Erscheinungen der organischen, wie der anorganischen Natur sich offenbart, unmöglich als ein Werk des Zufalls gedacht werden kann, vielmehr nur als das Resultat eines planmässig gerichteten grossartigen Entwicklungsprozesses"... Weiter sagt dann Weismann S. 216: „Zufällig, d. h. ohne gemeinschaftlichen Grund zusammenwirkender Notwendigkeiten, könne das harmonische Weltganze, und so auch den Teil desselben, den wir organische Natur nennen, nicht erklären, es ist unabweislich, ein teleologisches Prinzip neben dem blossen Mechanismus anzuerkennen, es fragt sich nur, in welcher Weise man sich dieses als wirkend denken kann, ohne damit zugleich die rein mechanische Auffassung der Natur wieder aufzugeben."

Wenn Weismann weiter annimmt, dass v. Baer und v. Hartmann, indem sie ein „inneres Entwicklungsprinzip" annehmen, das metaphysische Prinzip in den Gang des Naturmechanismus eingreifen lassen, so beruht dies auf einem Missverständnisse. Diese beiden Forscher und ebenso Nägeli, O. Hertwig, ich selbst, Driesch, sind der Meinung, dass die einzig zulässige Entwicklungstheorie das Prinzip der Zweckmässigkeit mit dem der mechanischen Auffassung zu verbinden habe; mit andern Worten, dass auch das innere Entwicklungsprinzip oder die Zweckmässigkeit eine notwendige und unausbleibliche Folge der mechanischen Naturgesetze sei.

F. Vergleichende Anatomie und Zoologie.

In diesem Gebiete habe ich von allgemeinen Werken nur meine Icones histiologicae oder den Atlas der vergleichenden Gewebelehre (Nr. 200) aufzuzählen, die jedoch unvollständig blieben, denen dann noch grössere monographische Arbeiten über die Pennatuliden (Nr. 205), die Schwimmpolypen von Messina (Nr. 201) und über Cuticularbildungen (Nr. 202) anzureihen sind. Allgemeines ist über diese Arbeiten nur so viel zu sagen, dass dieselben alle auf histologischer und embryologischer Basis ruhen und wende ich mich daher sofort zur Einzelbesprechung derselben.

200. Icones histiologicae oder Atlas der vergleichenden Gewebelehre. Erste Abteilung: Der feinere Bau der Protozoen, Leipzig, W. Engelmann, 1864, S. 1—84, IX Taf. und 15 Holzschn. Zweite Abteilung: Der feinere Bau der höheren Tiere. Erstes Heft. Die Bindesubstanz der Coelenteraten, S. 85—181, X Taf. und 13 Holzschn. Ebenda 1865.

Meine Absicht, dieses Werk zu einer vergleichenden Gewebelehre zu gestalten, wurde ohne meine Schuld vereitelt, indem der Verleger dasselbe zu grossartig angelegt fand. So kam es, dass mehrere 100 bereits angefertigte Holzschnitte über die Hartgebilde der höheren Tiere (Radiaten, Mollusken, Kruster und Wirbeltiere) und andere Gewebe nicht zur Verwendung kamen, mit Ausnahme einiger weniger, die in die sechste Auflage meiner Gewebelehre übernommen wurden (101, 102, 104, 216, 217, 218, 219, 220, 221, 223, 236, 237). Wenn ich nun auch, namentlich in dem genannten Werke, die vergleichende Gewebelehre soviel als nur immer möglich berücksichtigte, so bleibt doch zu bedauern, dass wir noch kein vollständiges Werk über den feineren Bau der Tiere besitzen, wenn auch anzuerkennen ist, dass gewisse Teile des grossen Sammelwerkes von Bronn, Klassen und Ordnungen des Tierreiches auch nach dieser Seite sehr vorzüglich sind, wie vor allem die Protozoen von O. Bütschli.

Über die in meinen Icones abgehandelten Teile seien folgende Bemerkungen gestattet:

In der ersten Abteilung über die Protozoen war der leitende Gedanke der, dass die einfachsten Tiere, vor allem die Infusorien, den Wert von Zellen besitzen, einzellige Organismen seien. Diese Auffassung hatte ich schon im Jahre 1845 im Einverständnisse mit meinem Freunde v. Siebold vertreten (Nr. 15) und dieselbe trotz des Widerspruches von J. Müller, Gegenbaur, Claparède-Lachmann u. m. A. stets festgehalten. Im Jahre 1864 verschloss ich mich zwar nicht der Erkenntnis, dass noch manche Verhältnisse im Baue der Infusorien nicht hinreichend aufgeklärt seien, wie vor allem die Fortpflanzungsverhältnisse, die Bedeutung des Makro- und Mikronukleus (der Makro- und Mikrokaryen). Nichtsdestoweniger schloss ich meine Schilderung des Baues der Infusorien mit dem Satze: „Alles zusammengenommen ergiebt sich somit das Resultat, dass die Infusorien keine mehrzelligen Tiere sind und dass ihre Organisation, wenn auch in manchem eigentümlich, doch nicht der Art ist, dass dieselben nicht als einfachen Zellen gleichwertig angesehen werden dürften.“ Dieser Ausspruch ist nun in neuerer Zeit vor allem durch die Untersuchungen von Bütschli, denen zufolge die Makrokaryen und Mikrokaryen beide Zellenkerne sind, voll erhärtet worden.

In Bezug auf meine Beobachtungen über die Gregarinen verweise ich auf Nr. 218. Bei den Infusorien waren im Jahre 1864 meine Erfahrungen über die Trichocysten, das Vorkommen und die Teilung der beiderlei Kerne, über Konjugation und Teilung u. a. m. wohl von einigem Werte, worüber namentlich Bütschli nachzusehen ist.

In Betreff der Rhizopoden verweise ich, was Actinosphaerium anlangt, auf Nr. 219. Die beschalten Gattungen anlangend gab ich eine genaue Schilderung der nach dem Ausziehen der Kalksalze zurückbleibenden Teile der Schalen und Röhrchenbildungen derselben. Von meinem die Spongien betreffenden Abschnitte sagt G. C. J. Vosmaer im II. Bande von Bronn S. 71, dass mir die Ehre gebühre, die histologische Methode zum erstenmale auf diese Tierklasse angewandt zu haben, welches Lob ich nur annehmen kann, wenn Lieberkühn als glücklicher, mir vorangehender Einzelforscher genannt wird. Ich habe mich allerdings bemüht, durch Untersuchung einer Reihe typischer Formen die Grundlagen für die Histologie dieser Geschöpfe zu legen. Hierbei wurden eine Anzahl besonderer zelliger Gewebe mit und ohne

Zwischensubstanz gefunden, ferner verschiedene Fasergewebe, von denen ein Teil glatten Muskelfasern täuschend gleicht; ausserdem Eier, unter denen die merkwürdigen von Nardoa Taf. IX, Fig. 32 wie multipolare Ganglienzellen mit verästelten Fortsätzen versehen sind. Sehr beachtenswert ist ferner die Entdeckung eines weichen Achsenfadens in vielen Kieselnadeln, der nach Auflösung derselben in FlH sich erhält (Taf. VIII, Fig. 14) und selbst an unveränderten Nadeln zum Teil frei hervorragt (Taf. VIII, Fig. 15).

Eine spezielle Beschreibung von 12 Repräsentanten verschiedener Gruppen beschliesst die Schilderung der Spongien, welcher Bemerkungen sich anreihen, die diese Organismen als mehrzellige Tiere erklären.

In der zweiten Abteilung wird in erster Linie als Aufgabe der vergleichenden Gewebelehre die bezeichnet „die Entwicklungsgeschichte der Elementarteile und Gewebe durch die gesamte Reihe der Tiere zu begründen" und im einzelnen nachgewiesen, wie von der Grundform der einfachen mehrzelligen Tiere, einer doppelten epithelialen Blase aus Entoderm und Ektoderm, die verschiedenen Gewebe höherer Formen abzuleiten seien. Von der einfach zelligen Bindesubstanz in der Achse von Tentakeln von Hydroidpolypen und Medusen wird nachgewiesen, dass dieselbe von dem Entoderm abstamme und dieses Verhalten als der klarste Fall der Entwicklung eines Gewebes aus einem andern hingestellt. Ferner wird die zellenlose Gallertsubstanz der genannten Geschöpfe als Ausscheidung der epithelialen Lagen dargestellt und ebenso die in dieser auftretenden zelligen Elemente auf losgelöste Zellen dieser Lagen zurückgeführt und gestützt auf eine Beobachtung von Hensen an der Larve von Asteracanthion violaceus auf das innere Epithel bezogen.

Das Muskelgewebe anlangend, so erlaube ich mir zu betonen, dass Kleinenbergs Neuromuskelzellen von Hydra schon von mir ziemlich bestimmt gesehen wurden. Nachdem ich auf S. 105 meine Entdeckung, dass unser Süsswasserpolyp, die Hydra grisea, in allen Teilen seines Körpers zwischen beiden Epitheliallagen 36.—45 μ lange, feine, longitudinal verlaufende Muskelfasern besitze (Taf. XVII, Fig. 3), fügte ich wörtlich folgendes bei: „Ich glaube ausserdem gefunden zu haben, ohne jedoch für einmal mit voller Bestimmtheit mich aussprechen zu können, dass jede Faser oder Fibrille einzeln für sich im Innern eines schmalen Basalfortsatzes der Zellen des Ektoderms sich entwickelt."

Auch das Nervengewebe und die Sinnesorgane der Hydroidpolypen und Medusen bezog ich auf das äussere Epithel, die Drüsen dagegen auf das Entoderm.

Zum Schlusse dieser Betrachtung machte ich dann noch auf die zwei primitiven Keimblätter des Hühnchens aufmerksam und die aus denselben hervorgehenden Gewebe und erwähnte zugleich die bekannten verschiedenen Formen der Gewebe der Bindesubstanzreihe der höheren Geschöpfe und ihren Zusammenhang.

Im einzelnen wurde die weiche Bindesubstanz der Cölenteraten ganz ausführlich nach eigenen Beobachtungen geschildert, von denen ich nur folgende hervorhebe: Bei der Ctenophore Idyia fand ich an

den pigmentierten Sternzellen der Leibesgallerte amöboide Bewegungen,
wie schon früher bei Cassiopeia (S. 108). Die zelligen Achsen von
Tentakeln und die einfache zellige Bindesubstanz erklärte ich im Gegensatze zu allen anderen Beobachtern nicht für kontraktile Elemente,
sondern für einen elastischen und Stützapparat (S. 105), namentlich gestützt auf den Nachweis von Muskelfasern bei diesen Tieren, die ich in
Übereinstimmung mit Allman, Wright und Clark bei vielen gefunden hatte, dann auch in Berücksichtigung ihrer grossen Resistenz
(S. 102). Beachtung verdient wohl auch der Umstand, dass das Protoplasma dieser Achsenzellen oft so angeordnet ist, dass mit Recht auf
das Vorkommen einer Saftströmung in denselben geschlossen werden
kann (S. 102, Taf. X, Fig. 3).

Bei allen Zoanthinen enthält nach meinen Beobachtungen die
Bindesubstanz der Stöcke zahlreiche Gefässe oder Ernährungskanäle,
die bei den anderen Actiniden und auch den Cerianthiden nicht vorkommen.

Auch bei den Antipathes wurden im Cönenchym Ernährungsgefässe gefunden.

Ebenso erfuhren die Skelettbildungen der Cölenteraten,
die Kalkkörper und Achsen eine genaue Schilderung, die, was
namentlich die letzten Bildungen betrifft, fast ganz und gar Neues
bietet. Einzelheiten anlangend sei folgendes bemerkt:

1. Die Kalkkörper hinterlassen alle beim Ausziehen der Kalksalze
ein 1—2 μ dickes cuticulaartiges Häutchen, das in konzentrierter Salzsäure in der Kälte sich nicht löst.

2. Alle hornigen Achsen von Gorgoniden enthalten einen
weichen Centralstrang, der in jedem Aste eine selbständige Bildung darstellt.

3. Alle Achsen von Gorgoniden sind Bildungen des Cönenchyms oder Mesoderms, wie ich mit Lacaze — Duthiers im Gegensatze zu Milne — Edwards und Haime behauptete. Diese Aufstellung
hat später in Koch einen Gegner gefunden, welcher die ältere Ansicht
vertritt, dass die Achsen der Axifera und Pennatuliden Ektodermabson-
derungen darstellen (Morph. Jahrb. Bd. IV). Ich muss jedoch bekennen,
dass die Ausführungen von Koch mir, ebenso wie Th. Studer (Versuch
einer Systematik der Alcyonarien in Wiegmanns Archiv, Jahrg. 1853,
Bd. I, S. 34 ff.), nichts weniger als beweiskräftig erscheinen. Wie früher
muss ich auch jetzt das nicht seltene Vorkommen von Kalkkörpern im
Innern von hornigen Achsen betonen, welches durch die neuen Untersuchungen von Studer über die Achsen der Gorgonia Bertholoni
(Bau und Entwicklung der Achse der Gorgonia Bertholoni in Berner
Mitteil. 1873) eine erhöhte Bedeutung bekommen hat, aus denen hervorgeht, dass die Spicula des Cönenchyms einen wesentlichen Anteil an
der Hornablagerung nehmen, indem sie gewissermassen die Centren
bilden für die Anlage der Hornschichten (l. c., Fig. 6). Ferner hebe
ich als gegen Koch sprechend auch die Achsen der Pennatuliden hervor,
die alle besondere radiäre Fasern enthalten, deren Herkunft aus dem
Cönenchym ich in meinen Pennatuliden nachgewiesen habe. Das von
mir bei Pennatula rubra und Virgularia gesehene Epithel, von dem ich

die Achsen sich abscheiden lasse, ist bei den Pennatuliden sicher kein Ektoderm.

4. Bau von Tubipora. Bei dieser Gattung wurden von mir in allen Skelettteilen Kanäle von 18—70 μ Weite gefunden, welche namentlich auch in den Verbindungsplatten und inneren Scheidewänden enthalten sind und an den ersteren in die Polypenröhren und auch an der freien Fläche der Platten ausmünden. Aus diesen Beobachtungen (s. Taf. XIII, Figg. 3, 4, 5) folgerte ich, dass alle diese Kanäle von Fortsetzungen des Cönenchyms, d. h. der Leibeswand der Polypen, erfüllt sind und erklärte ich es auch für wahrscheinlich, dass diese Weichteile auch zu den äusseren Mündungen der genannten Kanäle heraustreten und zu einer äusseren weichen Bekleidung verschmelzen. Wenn dem so wäre, so müsste das Polyparium von Tubipora als ein inneres angesehen werden und wäre, wie bei den Madreporarien, mit Ausnahme der festsitzenden Basis ganz und gar von den Weichteilen bekleidet. Ferner leitete ich aus dem angegebenen Baue der Verbindungsplatten das noch nicht beschriebene Verhalten ab, dass die Einzeltiere einer Tubiporakolonie alle untereinander zusammenhängen, und sprach die Vermutung aus, dass diese Verbindung durch ähnliche Ernährungsgefässe sich macht, wie die, welche bei einer Alcyonarienkolonie die Leibeshöhlen der Einzelindividuen untereinander in Verbindung setzen. Zu diesen im Jahre 1865 gemachten Beobachtungen kamen dann noch im Jahre 1867 Ergänzungen, zu denen die Untersuchung einer mit den Weichteilen erhaltenen Tubipora fimbriata die Veranlassung gab (Würzb. Sitzungsber. vom 28. Dezember 1867, auch Note on the polymorphism of the Anthozoa and the Structure of the Tubipore in Annals and Magaz. of Nat. history I, 1868, pag. 227).

An diesem Polyparium zeigte sich: 1. dass der oberste Teil desselben weich und biegsam ist und aus Bindesubstanz mit roten Kalkkörpern besteht, wie solche für die Alcyonarien so charakteristisch sind; 2. dass der harte Teil der Röhren aus einer Verschmelzung solcher Kalkkörper hervorgeht. Somit stimmen die Polyparien von Tubipora, wenn auch in der Form denen der Madreporarien ähnlich, doch in Bau und Entwicklung mit denen der Alcyonarien überein und schliessen sich am nächsten an die Gattung Clavularia an. Auch die Polypenleiber und Tentakeln von Tubipora besitzen Spicula, die bei der untersuchten Art farblos waren.

Anmerkung: Aus dem Angegebenen ist ersichtlich, wie wenig Koch im Rechte ist, als er in seiner Abhandlung über die Anatomie der Orgelkoralle aus dem Jahre 1874 (Jena, Deistung, 26 S., 2 Taf.) sagt, dass die Orgelkoralle noch nie genauer untersucht worden sei. Koch kennt nicht einmal, was in meinen Icones steht, indem er nur die Bemerkungen auf S. 168 citiert und die ausführlicheren auf S. 169 bis 170 nicht erwähnt und meine zweite Notiz ist ihm ganz unbekannt geblieben.

201. Die Schwimmpolypen oder Siphonophoren von Messina, Leipzig, W. Engelmann, 1853, Folio, VII, 96 S., XII Tafeln.

In dieser Arbeit finden sich 12 Gattungen von Siphonophoren ausführlich und mit Berücksichtigung des feineren Baues beschrieben

zu einer Zeit, in welcher von diesen Geschöpfen fast nur der äussere
Bau bekannt war. Der wertvollste Teil meiner Untersuchungen sind wohl
die über die damals sehr wenig bekannte Gattung Porpita, dann
diejenigen über Forskalia, Velella, Praya, Abyla, Athorybia
und Physophora, ferner die Mitteilungen über die Geschlechtsorgane
vieler Gattungen und über eine junge Forskalia. Bei allen Siphonophoren wurde eine reiche Entwicklung von Muskelfasern gefunden, die
bei einigen, wie z. B. bei Praya diphyes, quergestreift sind (Taf. IX,
Fig. 7). Bemerkenswert ist der Fund eines nierenartigen Guanin berei-
tenden Organes bei Porpita. Die Stellung dieser Geschöpfe anlangend,
wurden dieselben für Tierkolonien erklärt, von denen die meisten wirkliche Geschlechtsorgane bilden, während bei den Velelliden wahrscheinlich
medusenartige, die Geschlechtsorgane erzeugende Knospen sich finden.

202. Untersuchungen zur vergleichenden Gewebelehre, an-
      gestellt in Nizza im Herbste 1856. In Würzburger Ver-
      handlungen, Bd. VIII, S. 1—128, III Tafeln.

Enthält folgende Abhandlungen:

1. Endigungen der Nerven im elektrischen Organe
der Zitterrochen, S. 2—12, Fig. 1, Taf. I (s. Nr. 77).

2. Schwanzorgan der gewöhnlichen Rochen, S. 12—25,
Taf. I, Fig. 2 (s. Nr. 78).

3. Schwanzorgane der Zitterrochen, S. 25—26 (s. Nr. 79).

4. Savis appareil folliculaire nerveux, S. 26—28 (siehe
Nr. 80).

5. Nervenkörperchen in der Haut von Stomias barbatus,
S. 28—31, Taf. I, Fig. 3. (S. Nr. 80.)

6. Ausbreitung der Nerven in der Geruchsschleimhaut
von Plagiostomen, S. 31—36.

Als letzte Endigung der marklosen Fasern des Olfactorius unter
dem Epithel ergab sich ein dichter Plexus stärkerer und schwächerer
Bündel feiner Fäserchen, der viele Kerne enthielt, die ich jetzt als den
Schwannschen Scheiden angehörend betrachte.

7. Über sekundäre Zellmembranen, Cuticularbildungen und Porenkanäle in Zellmembranen, S. 37—109,
Taf. I, Fig. 5—10, Taf. II, Fig. 11—24, Taf. III, Fig. 25 - 32.

Diese Abhandlung enthält folgende Einzelbeobachtungen:

1. Zellenausscheidungen und Cuticularbildungen im
Darme von Fischen, Radiaten, Eingeweidewürmern, Mollusken, Anneliden und Krustaceen. Hier mache ich aufmerksam:

  a) Auf das Vorkommen eines dicken gestreiften Cuticularsaumes
     zugleich mit langen Wimperhaaren im Darme von Meeraalen
     und von Echinodermen (Taf. III, Fig. 5 und 6).

  b) Bei Ascaris und Oxyuris zeigt der Darm einen bis zu 9 μ
     mächtigen Cuticularsaum, der in Wasser stark aufquillt und
     schliesslich zerfasert (Taf. I, Fig. 7).

  c) Ausgezeichnete Cuticularbildungen zeigt der Darm der Mollusken.
     Zu denselben gehören:

α) Die Magenzähne von Aplysia (Taf. I, Fig. 8).

β) Die Kiefer dieser Gattung (Taf. I, Fig. 9).

γ) Die Reibkolben an denselben (Taf. I, Fig. 10) und die Reibplatte.

δ) Die Kiefer von Pleurobranchaea Meckelii (Taf. II, Fig. 1, 1, 2, 3), Diphyllidia lineata und Dolium galea.

ε) Der Kiefer der Cephalopoden (Taf. II, Fig. 12).

ζ) Die Reibplatte der Cephalopoden (Taf. II, Fig. 14, 15), deren bisher nicht bekannte Entwicklung von mir beschrieben wurde.

η) Die Zähne der Reibplatte von Carinaria (Taf. II, Fig. 13) und von Pterotrachea coronata.

ϑ) Die kleinen kegelförmigen Zähnchen des Schlundes von Todarus.

d) Die Chitinhaut des Magens der Decapoden mit Poren (Taf. II, Fig. 16, 17).

e) Der Cuticularsaum im Darme von Arenicola.

2. Cuticularbildungen der äusseren Haut. Hier verdienen Beachtung:

a) Die Schalen der Acephalen und Gehäuse der Cephalophoren, von denen die ersteren zum Teil aus Prismen, zum Teil aus Lamellen bestehen, ferner die harten Ringe und die Haken an den Saugnäpfen der Cephalopoden, endlich die Schalen von Sepia und die hornigen Kiele der Loligines und Octopoden, die alle als Abscheidungen der Zellen des Ektoderms sich ergeben (Taf. II, Fig. 18).

b) Die Cuticula von Würmern und Anneliden, die zum Teil Poren hat, wie bei vielen Nereis (Taf. II, Fig. 19).

c) Das Skelett und der Chitinpanzer der Krustentiere (Taf. II, Fig. 20, 21).

d) Die Chitinhüllen, die Haare und Schuppen der Insekten (Taf. II, Fig. 22, 23, 24).

3. Zellenausscheidungen und Poren an Eihüllen. Hier werden ausser einigen Bemerkungen über das sogenannte Chorion der Insekten, die als eine Zellenausscheidung gedeutet wird, ausführliche Schilderungen über die Eihüllen aller unserer Süsswasserfische und einiger Meerbewohner gegeben. Als Resultat stellte sich heraus, dass die Fische zwei kapsulare Eihüllen, die Dotterhaut und eine Gallerthülle besitzen. Die Dotterhaut von 10—20 μ Dicke besitzt Porenkanälchen (Taf. III, Fig. 26, 27) und besteht aus einer äusseren resistenteren dünnen Schicht, trägt auch bei manchen Fischen besondere Anhänge in Gestalt kurzer Zöttchen von 7—9 μ Länge.

Bei Gasterosteus und Gobio sind solche Anhänge nur an der einen Hälfte der Eier zu finden, als zerstreut stehende gestielte Wärzchen (Taf. III, Fig. 29). Dass diese poröse Dotterhaut mit den Zöttchen von Seite des Dotters aus und nicht von der Seite der Ei-kapsel her sich bildet, wurde von mir durch die Beobachtung erwiesen, dass an jungen Eiern erst die Zöttchenlage und dann erst die poröse Unterlage sich entwickelt (Taf. III, Fig. 29, 1ᵃ 3, 28 Fig. 1—4).

Ganz ähnliche, nur viel mächtigere Produkte der Dotterhaut sind nach meinen Erfahrungen die von E. Haeckel an der Aussenfläche der Eier gefundenen sonderbaren langen Fasern der Scomberesoces (Taf. II, Fig. 25).

Die Gallerthülle der Fischeier wurde von mir beim Barsche untersucht und nachgewiesen, dass die von J. Müller aufgefundenen Röhrchen in derselben nichts anderes als Fortsätze der Zellen der Membrana granulosa sind (Taf. III, Fig. 30).

Im Allgemeinen ist nun noch folgendes hervorzuheben:

Die im vorigen mitgeteilten Erfahrungen haben als Hauptresultat die grosse Verbreitung sekundärer Zellenausscheidungen ergeben, welche als Festgebilde von bestimmter Form und oft auch eigentümlicher Struktur aussen an den sie erzeugenden Zellen liegen bleiben, um als solche ganz bestimmten Funktionen dienen, und ist es nun an der Zeit, einige allgemeine Bemerkungen an die geschilderten Einzelheiten anzuknüpfen.

Vor allem kann hier hervorgehoben werden, dass das Vorkommen von Zellenausscheidungen, die als besondere histologische Bildungen, ja selbst als Organe auftreten, der früheren Histologie etwas ganz Unbekanntes war. Selbst Schwann, der mit grossem Scharfblicke manches erriet, was erst die späteren Zeiten bestätigten, wusste von denselben noch nichts und fasste (S. 200) alles, was nicht direkt aus Zellen zusammengesetzt sich zeigte, oder durch Metamorphosen solcher zu erklären war, wie z. B. die Intercellularsubstanz des Knorpels, die Gallerte des gallertigen Bindegewebes, als Cytoblastem, d. h. als eine aus dem Blute abgesetzte und zur Bildung von Zellen dienende Masse auf. Derselben Anschauung huldigte auch die unmittelbar auf Schwann folgende Periode, und findet sich selbst bei dem unabhängigsten Forscher dieser Zeit, bei Henle, die Intercellularsubstanz in derselben Weise aufgefasst, wie bei dem Begründer der neueren Histologie (Allgem. Anat. S. 210).

Erst im Jahre 1845 wurde gleichzeitig und unabhängig von Reichert (Vergl. Beob. über das Bindegewebe S. 134 u. flgd. und mir Zeitschr. f. wiss. Botanik, Heft II, 1845, S. 95) die Intercellularsubstanz der Bindesubstanz und von mir auch die der Epithelien in nähere Beziehung zu den Zellen gebracht und als Produkt derselben bezeichnet und hiermit die Bahn für die Erforschung der sekundären Zellenausscheidungen eröffnet. Während jedoch Reichert diesen Bildungen weiter keine besondere Aufmerksamkeit mehr schenkte, fand ich mich veranlasst, dieselben immer mehr in den Kreis meiner Untersuchungen zu ziehen, was ich besonders dem Umstande zu danken habe, dass ich durch den vieljährigen Verkehr mit einem der ausgezeichnetsten Botaniker, meinem Jugendfreunde und Landsmanne Carl Nägeli, seit langem mit den sekundären Ausscheidungen der Pflanzenzellen, den Cellulosemembranen und Cuticularbildungen vertraut geworden war. So kam ich schon im Jahre 1846 dazu, die strukturlose Scheide der Chorda dorsalis mit Wahrscheinlichkeit als ein Ausscheidungsprodukt der Zellen der

Chorda zu bezeichnen (Ann. des scienc. natur. 1846, pag. 91). Meine fortgesetzten Untersuchungen richteten sich nun besonders auf die Ausscheidungen der Zellen der Epidermis und der Epithelien und gewann ich so nach und nach die Überzeugung, dass auch die echten strukturlosen Membranae propriae der Drüsen, z. B. der Harnkanälchen, die Glashäute, (Linsenkapsel, Membrana Descemetii etc.) die Basement membranes (z. B. der Haarbälge) nichts als Produkte der benachbarten Zellen seien, welche Anschauung dann auch schon ziemlich bestimmt in meiner mikroskopischen Anatomie (II. 1850, S. 32, 126, 138) und mit aller Entschiedenheit in meinem Handbuche der Gewebelehre (I. Aufl. 1852, bes. S. 33) vertreten wurde. Am letzteren Orte findet sich auch schon die vergleichend-anatomische Seite der Frage berührt, indem ich (S. 33) darauf aufmerksam machte, dass auch die Chitinauskleidungen des Darmes und der Haut der Articulaten zu den Zellenausscheidungen zu gehören scheinen. In demselben Jahre wurde dann auch von mir (und gleichzeitig von Remak) ein Fortschritt nach einer anderen Seite gemacht (l. c. S. 14), indem ich das Vorkommen von sekundären Ausscheidungen an einzelnen Zellen hervorhob, welche als sekundäre Zellmembranen, der Cellulosenmembran der Pflanzenzellen verglichen wurden, ein Punkt, über den Remak noch viel bestimmter sich aussprach, ohne jedoch sonst die Zellenausscheidungen weiter zu berücksichtigen. In der zweiten Auflage meiner Gewebelehre endlich (1854, S. 35) fasste ich alle geformt auftretenden Ausscheidungen von Zellen, sowohl die einzelner Zellen, als ganzer Zellenfolgen, unter Einem Gesichtspunkte zusammen und bezeichnete dieselben ganz allgemein als Extra- und Intercellularsubstanzen, indem ich zugleich als neue Beispiele solcher Bildungen den Zahnschmelz, die Grundsubstanz des Zahnbeines, die Hornzähne der Batrachierlarven und (mit Wahrscheinlichkeit) die cellulosehaltige Substanz der Tunicaten aufführte und auf die Wichtigkeit der weiteren Verfolgung dieser Frage aufmerksam machte.

Ein neues Ansehen gewann die ganze Untersuchung für mich durch die im Jahre darauf (1855) gemachte Entdeckung von Porenkanälchen in der verdickten freien Wand der Darmcylinder und führte mich dies dazu, die Zellenausscheidungen durch die ganze Tierreihe zu verfolgen und auch den vom Standpunkte der Anatomie und Entwicklungsgeschichte bisher noch nicht gedeuteten und selbst noch wenig erforschten Bau derselben ins Auge zu fassen. So entstanden diese Zeilen, die, wenn sie auch nicht die Prätention haben, diesen schwierigen Gegenstand zum Abschlusse zu bringen, doch den Anspruch erheben, die wichtige Frage von der Verbreitung, dem Baue und der Entstehung der geformten Zellenausscheidungen zum erstenmale als Ganzes zur Besprechung gebracht und vor allem die Existenz von Porenkanälchen in Zellenmembranen nachgewiesen zu haben. Ich bin übrigens weit davon entfernt, die Verdienste derjenigen, welche an der Erkenntnis der hier besprochenen Bildungen gearbeitet haben, wie namentlich die von Carpenter, J. Müller, Leuckart, Reichert, H. Müller, Semper und Leydig irgendwie zu verkennen, auch bin ich durchaus nicht gewillt, für jeden einzelnen Fall den Nachweis, dass irgend eine

Bildung eine Zellenausscheidung sei, für mich in Anspruch zu nehmen, indem ich wohl weiss, dass in dieser Frage wie in jeder anderen der wissenschaftliche Bau nur durch die gemeinsamen Bemühungen vieler Forscher entsteht.

Nach diesen Vorbemerkungen gebe ich nun eine Übersicht über die bis jetzt bekannten Zellenausscheidungen und unterscheide ich:

A. Feste Ausscheidungen von einzelnen Zellen.

  1. Einseitig auftretende.
    a) Cylinderepithel des Dünndarms vieler Tiere.
    b) Epidermiszellen von Ammocoetes (Fig. 31).
    c) Hornzähne der Larven von Batrachiern (Fig. 32).
    d) Isolierte zahnartige Bildungen an gewissen Cuticularbildungen von Mollusken (Acetabularplatten von Sepia, Kiefer von Aplysia etc.).
    e) Eigentümliche Fasern an der Dotterhaut der Scomberesoces; Wärzchen und Zöttchen der Dotterhaut der Süsswasserfische.
    f) Schuppen der Insekten und Haare, Borsten und Stacheln der Arthropoden, die um Ausläufer einzelner Zellen sich bilden.
    g) Chitinhaut in den feinsten Tracheen und die Chitinröhrchen in den einzelligen Drüsen bei Insekten.
  2. Allseitig auftretende, sekundäre Zellmembranen.
    a) Äussere Kapseln der Knorpelzellen und gewisser Knochenzellen.
    b) Sekundäre Dottermembran vieler Eier.
    c) Äussere Kapseln gewisser Zellen in den celluloschaltigen Hüllen von Tunicaten.
    d) Cuticulae von Infusorien.

B. Feste Ausscheidungen an ganzen Zellenmassen, Extra- und Intercellularsubstanzen.

  1. Einseitige Ausscheidungen auf Epithelien, Cuticulae.
    a) Cuticula des Strahltiere, Weisswürmer und Anneliden.
    b) Hornige Gehäuse der Quallenpolypen.
    c) Schalen der Mollusken und anderweitige äussere Cuticularbildungen. Acetabularringe der Cephalopoden, Byssus der Acephalen.
    d) Chitinpanzer der Krustaceen, Spinnen und Insekten.
    e) Cuticularbildungen im Darme der Rundwürmer, Mollusken und Arthropoden.
    f) Cuticulae in Drüsen von Insekten.
    g) Cuticulae in Tracheen.
  2. Einseitige Ausscheidungen an den angewachsenen Flächen von Epithelien, Tunicae propriae
    a) Membranae propriae von Harnkanälchen, Graafschen Follikeln, Schweissdrüsen, Haarbälgen, Zahnschmelz.
    b) Glashäute des Auges und Labyrinthes.

3. Einseitige und allseitige Ausscheidungen von Zellenkomplexen der Bindesubstanz. Intercellularsubstanzen.

a) Grundsubstanz der Knorpel und Knochen.
b) Grundsubstanz des fibrillären Bindegewebes.
c) Grundsubstanz des Zahnbeins.
d) Grundsubstanz der celluloschaltigen Hüllen der Tunicaten.
e) Scheide der Chorda dorsalis.

Eine Vergleichung der im Vorstehenden namhaft gemachten Bildungen mit den gewöhnlichen Drüsen- und Epithelialsekreten und den Intercellularflüssigkeiten scheint auf den ersten Blick keine Schwierigkeiten zu machen. Geht man jedoch der Sache näher auf den Grund, so ergiebt sich doch manches Zweifelhafte. Als solche Bildungen sind zu bezeichnen:

1. Alle Eihüllen, die im Eileiter, Uterus und beim Legen der Eier sich bilden, wie die Eiweisslagen, die Gallerthüllen, die Schalenhäute und Eischalen vieler Tiere, das sog. Chorion z. B. der Eingeweidewürmer, die Cocons der Hirudineen und Lumbricinen, die Eiernester vieler Mollusken und ähnliche Bildungen.

2. Die Kapseln, die um entwickelte Samenelemente entstehen, wie die Samenkapseln der Dekapoden, die Spermatophoren von Cyclops, Ligia, vieler Insekten und der Cephalopoden.

3. Alle Hüllen, die um ganze sich metamorphosierende Tiere entstehen, welche in keinem innigeren Zusammenhange zu den betreffenden Tieren stehen. Cysten von Infusorien und Eingeweidewürmern.

4. Alle Drüsensekrete, welche zu bestimmten Formelementen erhärten. Sekret der Spinnorgane der Insekten und Arachnoiden und der das Gehäuse secernierenden Drüsen bei den tubikolen Würmern.

5. Die Gehäuse von Tieren, die in keinem näheren Zusammenhange mit denselben stehen. Rotiferen z. T.?

Bei genauerer Erwägung aller Verhältnisse ergiebt sich, dass wahre flüssige Ausscheidungen einmal zu erhärteten Sekreten von mehr zufälliger Form führen, wie Eischalen, Seide, Spinnenfäden, zweitens zu Ausscheidungen mit bestimmterer Form ohne besondere Struktur (Cephalophorengehäuse, Byssus). Wahre geformte Zellenausscheidungen gehen immer von Zellen aus als einseitige oder allseitige Verdickungen und haben oft eine besondere Struktur.

8. Grosse Verbreitung kontraktiler Faserzellen in den Muskeln von Wirbellosen (S. 100—113, Taf. III, Fig. 33, 34).

In Übereinstimmung mit A. Agassiz, H. Müller und Gegenbaur wird nachgewiesen, dass bei allen unterhalb der Gliedertiere stehenden Wirbellosen einkernige Muskelzellen eine sehr verbreitete Erscheinung sind, an denen selbst Andeutungen von Längsstreifen, interstitielle Körner und Querstreifen vorkommen.

9. **Vorkommen eines knorpelartigen Gewebes bei Anneliden**
(S. 113—119, Fig. 35, 36, 37).

Beschreibung des Knorpelgerüstes der Kiemen der Sabella unispira.

10. **Über scheinbar selbständige Kontraktionsphänomene an Bindegewebskörperchen oder denselben gleichwertigen Zellen**
(S. 119—124).

Bei Policlinum spec., Torpedo und Cassiopsia borbonica wurden an den Zellen der gallertigen Bindesubstanz Bewegungen beobachtet, wie solche von den farblosen Blutzellen bereits bekannt waren und jetzt als amöboide bezeichnet werden. Unter Zusammenstellung aller bisher bekannten Bewegungserscheinungen an Zellen wird dann die Frage aufgeworfen, ob nicht alle tierischen Zellen in dieser oder jener Weise solche Phänomene zeigen und mit dem Satze geschlossen, dass wir offenbar wieder im Begriffe stehen, eines der Grundphänomene der Lebensvorgänge in den tierischen Elementarteilen näher zu erfassen. Bestätige die Zukunft diese Vermutung, so sei es dann eine schöne Aufgabe der Wissenschaft zu zeigen, wie aus den einfachsten Bewegungen des Zelleninhaltes, den Saftströmungen und amöbenartigen Bewegungen verwickeltere Kontraktionsphänomene (kontraktile Blasen der Infusorien, Wimperbewegung, Samenfäden) und aus diesen endlich die Leistungen der wirklichen Muskeln sich entfalten und so scheinbar sehr verschiedenes doch einen tieferen Zusammenhang erkennen lasse.

Pennatuliden.

203. Über den Bau der Renillen in Würzb. Verh. N. F. II, 1871/72, S. 108—111 (auch in Ann. u. Mag. of natur. History, VII, 1871, pag. 307).

204. Über das Vorkommen einer sexuellen Reife bei sonst ganz unentwickelten Tierindividuen in Würzb. Sitzungsber., 5. Febr. 1880.

205. Anatomisch-systematische Beschreibung der Alcyonarien. I. Die Pennatuliden in Senckenberg. Abhandl., Bd. VII, 1869/70, S. 111—255, 487—602; Bd. VIII, 1872, S. 55—275, mit 24 Tafeln.

206. Report on the Pennatulida in Zoology of the Voyage of H. M. S. Challenger, P. II, 1881, 41 pag., XI Plates.

Bei den Untersuchungen über die Bindesubstanz der Alcyonarien, die im 2. Hefte meiner Icones histiologicae niedergelegt sind, drängte sich mir zuerst die Nötigung auf, auch die Systematik dieser Tiergruppe ins Auge zu fassen, weil die mikroskopische Untersuchung der Hartgebilde derselben eine Reihe Gesichtspunkte ergeben hatte, die zu ganz neuen Aufstellungen führten. Ich wäre jedoch von dieser Seite allein kaum dazu gelangt, ein so weitaussehendes und meinen sonstigen Bestrebungen teilweise fernliegendes Unternehmen, wie eine systematische Beschreibung der Alcyonarien es ist, wirklich in Angriff zu nehmen, wenn mir nicht eine weitere Anregung dadurch geworden wäre, dass ich bei Lituaria und Sarcophyton zuerst einen Polymorphismus der Individuen auffand, der dann bei weiterer Umschau bei allen Pennatuliden und einer gewissen Abteilung der Alcyoniden als gesetzmässige Erscheinung sich ergab. Dieses bisher kaum geahnte Vorkommen von zweierlei Individuen bei vielen Alcyonarien genauer zu verfolgen, schien mir eine nicht undankbare Aufgabe zu sein und da dies ohne systematische Studien nicht möglich war, entschloss ich mich schliesslich zur Übernahme der Arbeit, deren erster Teil hier vorliegt, in welcher Anatomie und Zoologie der betreffenden Tiere in gleichem Masse berücksichtigt sind.

Bei meiner Stellung zu den Grundanschauungen der neueren Zoologie, die in kurzen Umrissen schon an einem andern Orte dargelegt wurde (Über die Darwinsche Schöpfungstheorie in Zeitschr. f. wiss. Zool., XVI) und hier später ausführlicher verteidigt werden wird, können, wie mir scheint, über die Art und Weise, wie der systematische Teil dieser Arbeit aufzufassen ist, keine Zweifel bestehen. Immerhin will ich hervorheben, dass die Descendenztheorie, der ich folge, teils allmähliche Übergänge einer Form in eine andere, teils unvermittelte Umbildungen durch die von mir sogenannte heterogene Zeugung annimmt. Somit sind für mich die Formen, die die systematische Zoologie annimmt, teils wandelbare, teils, in gewissem Sinne wenigstens, bleibende oder sich erhaltende und zählen zu den ersteren wohl alle sogenannten Species, zu den letzteren sicher viele Gattungen und fast alle höheren Gruppen. Aufgabe einer wissenschaftlichen Zoologie ist es nun, den ganzen Stammbaum der tierischen Organismen darzulegen, in welchem Falle das System ohne weiteres gegeben wäre und eine Nomenklatur nur von untergeordneter Bedeutung erschiene. Solange jedoch dies nicht möglich oder nur teilweise erreichbar ist, wird es nicht zu umgehen sein, die verschiedenen Formen mit Namen zu bezeichnen, und da hängt es dann von der Einsicht des Einzelnen ab, mit welchem Geschicke dies geschicht.

Meine Arbeit über die Pennatuliden darf wohl als Versuch einer systematischen und anatomischen Bearbeitung einer grösseren, scharf begrenzten Tierabteilung eine gewisse Beachtung beanspruchen und habe ich mir wenigstens alle Mühe gegeben, beide Teile gleich sorgfältig und möglichst einlässlich zu behandeln.

Von Einzelheiten hebe ich folgende hervor:

I. Die rudimentären geschlechtslosen Polypen oder die von mir sogenannten Zooide besitzen den Bau der Geschlechtstiere, entbehren aber der Geschlechtsorgane und der Tentakeln ganz und gar und haben entweder (Leioptilum, Sarcophyllum) gar keine oder nur zwei Mesenterialfilamente, die den langen schmalen Filamenten der Geschlechtstiere entsprechen. Bei Renilla und den Veretilleen sind diese Zooide über den ganzen polypentragenden Teil der Stöcke verteilt und in sehr grosser Zahl zwischen den Geschlechtstieren vorhanden, bei den Pennatuleen dagegen sitzen dieselben in besonderen Gruppen entweder am Kiele oder an den Blättern.

II. Über die Gewebe der Pennatuliden finden sich bei allen Hauptformen ausführliche Schilderungen und sei folgendes besonders betont:

a) Das Vorkommen von spindelförmigen, einkernigen Muskelzellen mit körnigen Umhüllungen der Kerne und dem häufigen Vorkommen von Körnchen in der Achse der Zellen.

b) Die Bindesubstanz ist teils homogen, teils faserig, sehr arm an Zellen.

c) Die Achsen der Pennatuliden bestehen aus verkalktem zellenlosem Bindegewebe mit radiären unverkalkten Fasern und werden von einer Lage von Zellen abgesondert, die an der Innenfläche der die Achsen umgebenden bindegewebigen Scheide sitzt, von der auch die radiären Fasern abgehen (S. 42—43).

d) Als Nerven sind möglicherweise faserige Längsstreifen mit kleinen zellenartigen Körpern zu deuten, die an der Anheftungsstelle der Mesenterialfilamente und der sie fortsetzenden Septula sich finden; doch liessen sich nirgends, auch in den dünnsten Muskelplatten nicht, verästelte Fasern nachweisen.

e) Kapillare, von Epithel begrenzte Ernährungskanäle entdeckte ich bei allen Pennatuliden, mit Ausnahme der Renillen, die wie bei den Alcyoniden und Gorgoniaceen Ausläufer der gröberen Kanäle sind. Die feinsten dieser Kanäle bestehen bei Halipteris, Pavonaria und Funiculina nur aus einer einzigen Zellenreihe und haben keine Lichtung (S. 155). Bei gewissen Gattungen schienen diese Kanäle an der äusseren Oberfläche auszumünden (S. 45 u. folg.).

f) Die Eier von Leioptilum undulatum besitzen einen Nebenkern im Dotter.

g) Die Gattungen Sarcophyllum und Leioptilum besitzen zweierlei verschieden gebaute Zooide (S. 119, 143).

h) Die Gattung Halisceptrum besitzt viererlei Individuen (Nr. 204 u. 205): 1. ausgebildete Geschlechtstiere, 2. ausgebildete geschlechtslose Individuen, 3. rudimentäre Geschlechtstiere und 4. rudimentäre geschlechtslose Individuen oder Zooide, die dem Baue nach in zwei Abteilungen, ventrale und laterale, zerfallen. Sehr auffallend ist ferner, dass ein Teil der ausgebildeten geschlechtslosen Individuen in früheren Entwicklungsstadien geschlechtlich ausgeprägt waren (Seite 261 u. folg.).

i) Dieselbe Gliederung der Individuen zeigen auch alle Virgularieen mit Ausnahme der Virgularia glacialis (S. 187) und von Bathyptilum mihi.

k) Bei Halipteris, Pavonaria und Funiculina lässt sich nachweisen, dass die Zellen der Bindesubstanz von dem inneren Epithel der Stöcke, d. h. demjenigen der Ernährungskanäle abstammen (S. 248 u. 255), somit entodermale Bildungen sind, wie ich dies auch schon für die Hydroidpolypen und Echinodermen annahm (Icon. hist. I, II, S. 89).

l) Wies ich zuerst den bilateral symmetrischen Bau der Pennatuliden nach (202 u. 203, S. 302 u. 418).

Nr. 206 enthält die Beschreibung von 38 Arten und 19 Gattungen von Pennatuliden der Challenger-Expedition, von denen 7 Gattungen und 27 Arten neu sind. Durch diese Funde hat der Challenger sehr wesentlich zur besseren Erkenntnis der Pennatuliden mitgewirkt und habe ich, gestützt auf dieselben, eine neue Systematik der Pennatulida vorgeschlagen (S. 33) und zugleich darauf aufmerksam gemacht, dass die einfachsten Formen mit sitzenden Polypen, die Umbellulidae und Protoptilidae, durch ihr Vorkommen in grossen Tiefen und ihre weite Verbreitung ausgezeichnet sind.

Alcyonarien.

207. Über Polypen in Würzb. Sitzungsber. 28. Dez. 1867.

208. Eine neue Alcyonarie, Pseudogorgia Godeffroyi Koell. in Würzb. Sitzungsber. 26. Febr. 1870.

209. Beiträge zur Kenntnis der Polypen in Würzb. Verh. II, 1872, S. 11—30, 2 Taf.

210. Die Pennatulide Umbellula und zwei neue Typen der Alcyonarien. Festschrift zur Feier des 25jährigen Bestehens der Phys.-med. Gesellschaft in Würzburg mit einer Widmung an R. Virchow, Würzburg 1871, Stahel, 23 S., 2 Taf.

Nr. 207. Erste Mitteilung von zweierlei Individuen an den Stöcken von Alcyonarien, Geschlechtstieren und Geschlechtslosen (Zooiden), und Beschreibung der Weichteile von Tubipora und des Baues der Hartgebilde dieser Gattung.

Nr. 209. Enthält erstens den Nachweis, dass a) die Solanderia gracilis von Duchassaing und Michelotti eine Hornspongie ist, b) dass meine Solanderia Frauenfeldii (Icones histiol. II) mit dem Titanideum suberosum Ag. zusammenfällt und c) dass die Solanderia verrucosa Möbius eine neue Gattung darstellt, die ich Spongioderma nannte. Zweitens die Beschreibung einer neuen Gattung und Art der Briaraceen, die ich Semperina rubra nannte; drittens die Schilderung der Pseudogorgia Godeffroyi (s. auch Nr. 208), einer merkwürdigen Zwischenform zwischen Gorgoniden, Alcyoniden und Pennatuliden.

Nr. 210 giebt 1. die Beschreibung der ersten vom Challenger gefundenen Umbellula als Umb. Thomsonii (Taf. I Fig. 1—5), 2. die Schilderung der Heteroxenia Elisabethae, einer neuen Gattung der Alcyonina mit Dimorphismus der Polypen (Taf. II) und 3. den Nachweis einer neuen Gattung der Alcyonarien, der Siphonogorgia Godeffroyi, einer Form, die im Habitus mit den Gorgoniden stimmt, aber durch die lange Leibeshöhe ihrer Polypen an die Alcyonarien sich anschliesst (Taf. I Fig. 6).

211. Über das Geruchsorgan des Amphioxus in Müllers Arch. 1843, S. 32—35, Taf. II, Fig. 5.

Das unpaare Geruchsorgan liegt über dem linken Auge unmittelbar auf dem vordersten Ende des Gehirnes und besteht aus einem einfachen Grübchen, das lange, lebhaft schwingende Wimpern trägt.

Zwischen demselben und dem Auge verläuft der Stamm des ersten Nerven, des Trigeminus.

212. **Furchungen und Samenfäden bei einem Rädertiere** in Frorieps Notiz. Bd. XXVII, 1843, S. 17—20.

Bei Megalotrocha albo-flavicans sind die Samenfäden cylindrisch mit 0,010 mm langem, 0,005 mm breitem und 0,013 mm dickem Körper. Der Schwanzfaden ist 0,04 mm lang und besteht aus zwei Teilen. Dieselben wurden in einem Weibchen gefunden, dessen Eier, wie Nägeli zuerst wahrgenommen hatte, in totaler Furchung begriffen waren, deren einzelne Kugeln Kerne von 0,06 mm und Kernkörperchen von 0,003 mm zeigten. Da die Rädertiere, wie Leydig zuerst beobachtet hat, getrennten Geschlechtes sind, so müssen in diesem Falle die Samenfäden durch die Begattung in die Leibeshöhle gelangt sein.

213. **Über die Randkörper der Quallen, Polypen und** **Strahltiere** in Frorieps Notizen Bd. XXV, 1843, S. 81—84.

Die Konkremente der Randkörper bestehen aus kohlensaurem Kalk. Die Organe werden als Gehörorgane gedeutet.

214. **Über das Gehörorgan der Mollusken** in Frorieps Notizen Bd. XXV, 1843, S. 133, 134.

Entdeckung von Flimmerhaaren in den Gehörbläschen von sechs Gattungen, besonders bei Tethys, Hyalaea, Diphyllidia, Pleurobranchaea. Bei anderen waren solche nicht zu erkennen.

215. **Geruchsorgane der Cephalopoden** in Frorieps Notizen Bd. XXVI, S. 166, 167.

Die von Valenciennes bei Nautilus entdeckten Geruchsorgane wurden von mir nachgewiesen bei Octopus, Eledone, Tremoctopus und Sepiola. Der Nerv stammt vom Opticus oder Ganglion N. optici und durchbohrt die knorpelige Augenkapsel.

216. **Drei neue Gattungen von Würmern, Lineola, Chlor-** aima und Polycystis und mehrere neue Arten der Gattung Nemertes in Verh. d. schweizer. naturf. Gesellschaft in Chur, 1845, 13 S.

Wenig bekannt gewordene kurze Charakteristik von einigen im Hafen von Messina gefundenen Würmern und 10 Arten von Nemertes, unter denen 6 neue.

217. **Zweiter Bericht von der Kgl. zootomischen Anstalt** der Universität Würzburg, 1849, Leipzig, W. Engelmann.

Enthält ausser einer kurzen Geschichte der zootomischen Anstalt folgende Abhandlungen:

1. Über die elektrischen Organe von Mormyrus longipinnis S. 9—13, Taf. I, Fig. 1—4 (siehe beim Nervengewebe Nr. 76).

2. Über Tristoma papillosum S. 21—27, Taf. II, Fig. 1—4. Giebt genaue Angaben über den Darm, die Geschlechtsorgane, das Nervensystem, die Blutgefässe und besondere, durch zwei Öffnungen nach aussen mündende Atmungsorgane. Die sogenannten Stigmata von Diesing wurden als mit Zähnen besetzte Saugnäpfe erkannt.

3. Allgemeine Betrachtungen über die Entstehung des knöchernen Schädels der Wirbeltiere. S. 35—52. Siehe Entwicklungsgeschichte Nr. 182.

4. Zwei neue Distomen, Distomum Pelagiae und Distomum Okenii, ein Doppelloch mit getrenntem Geschlechte S. 53—56, Taf. II, Fig. 5, 6, 7.

5. Über Dicyema paradoxum, den Schmarotzer der Venenanhänge der Cephalopoden. S. 59—66, Taf. V. Beschreibung der zwei Formen, in denen dieser Schmarotzer auftritt, deren Bedeutung trotz der schönen späteren Untersuchungen von Ed. van Beneden noch nicht klargestellt ist.

6. Hectocotylus Argonautae D. Ch. und Hectocotylus Tremoctopodis Koell., die Männchen von Argonauta Argo und Tremoctopus violaceus D. Ch. S. 67—89, Taf. I, Fig. 5—10, Taf. II, Fig. 8—19. Der von mir im Glauben an die Wahrheit der Angaben der Mme. Power gemachte Fehlgriff, die abgelösten Arme männlicher Tintenfische für selbständige Wesen und für die Männchen der Cephalopoden, auf denen dieselben leben, zu erklären, macht sich jetzt noch nach Jahren als ein nagender Wurm geltend, der auch durch die damalige Zustimmung von v. Siebold und durch die Auffindung der so sehr eigentümlichen Organisation des Hectocotylus Tremoctopodis und seiner zwei Reihen von Kiemenfäden nicht viel von seiner Schärfe verloren hat.

Ausserdem enthält mein Bericht noch eine Arbeit von dem damaligen Prosektor Franz Leydig: Über das Cirkulations- und Respirationssystem von Nephelis und Clepsine, S. 14—21, Taf. III und zwei Arbeiten von Schülern und zwar:

1. Der Schädel des Axolotl (Siredon pisciformis) beschrieben und abgebildet von den Studierenden der Medizin N. Friedreich und C. Gegenbaur, S. 28—35, Taf. IV.

2. Einige Bemerkungen über die Verbreitung der Pacinischen Körperchen von Fr. Osann, Stud. med., S. 90—92.

218. Beiträge zur Kenntnis niederer Tiere. I. Über die Gattung Gregarina in Zeitschr. f. wiss. Zool. I, 1849, S. 1 bis 37, 2 Tafeln. (Auch in den Zürcher Mitteil. I, 1847, S. 41—45, in der Zeitschr. f. wiss. Botanik 1845, II, S. 97—125 und im Journal of micr. science I, 1863, pag. 211—213.)

Die Gregarinen sind dadurch von Wichtigkeit geworden, dass dieselben, wie ich zuerst 1845 erklärte, einzellige Tiere sind und zugleich die ersten, mit Sicherheit als solche erkannten tierischen Organismen darstellen.

219. Das Sonnentierchen, Actinophrys sol (ist Actinosphaerium Eichhornii Ehr.) in Zeitschr. f. wiss. Zool. I, 1849, S. 198—217, 1 Tafel.

Erste Beobachtung über die physiologischen Verhältnisse eines Rhizopoden, namentlich der Art der Nahrungsaufnahme und -Abgabe. Annahme, dass diese Tiere einzellige seien. Entdeckung kernartiger

Körper im Innern des vakuolisierten Leibesparenchyms, ferner einer Konjugation. Von dieser Beobachtungsreihe an datieren die genaueren Untersuchungen über die Lebensverhältnisse der höher organisierten einzelligen Tiere, wie der Rhizopoden und Polythalamien.

220. Zur feineren Anatomie der Insekten in Würzb. Verh. VIII, 1858, S. 225—235.

1. Zur Prüfung von Leydigs Angabe (Histologie S. 471), dass bei einer Reihe von Insekten zweierlei Malpighische Gefässe sich finden und zwar 1. gelbliche, die Gallengefässe seien, und 2. weisse, die die Bedeutung von Harnorganen haben, untersuchte ich eine Anzahl von Insekten, vor allem den Maikäfer und fand, dass beiderlei Kanäle zusammengehören und Harnorgane sind.

2. Der Magen der Insekten hat in der Regel eine Lage von Cylinderzellen mit streifigen, zarten Basalsäumen, dagegen wurde bei Hydrophilus und einer Phryganidenlarve in demselben eine wirkliche Chitinhaut als Auskleidung gefunden.

3. Die Spinnorgane einiger Raupen (Euprepia purpurea, Bombyx pini und Bombyx neustria) zeigen im Innern ihrer grossen Epithelzellen Tracheen mit reichen Verzweigungen und Anastomosen ihrer letzten Enden um den verästelten Kern der Zellen herum.

4. Die Chitinhaut der Raupen von Bombyx pini zeigt eine zusammenhängende Lage kleiner Krystalle, die wahrscheinlich oxalsaurer Kalk sind.

5. Das Chorion der Eier von Notonecta glauca und mehrerer Caraben entsteht als Ausscheidung der Epithelzellen der Eiröhren und nicht durch eine Verschmelzung derselben.

221. Über Kopfkiemer mit Augen an den Kiemen in Zeitschr. f. wiss. Zool. IX, 1858, S. 536—541.

Schon im Jahre 1842 kam mir in Neapel in einem Exemplare ein kleiner Kopfkiemer zu Gesicht, der an seinen Kiemen acht zusammengesetzte Sehorgane trug, den ich damals nicht weiter verfolgen konnte. Später fand ich im Jahre 1857 einen zweiten solchen Wurm in der Lamlash Bay der schottischen Insel Arran, der sich als die Amphitrite Bombyx von Dalyell entpuppte und von mir den Namen Branchiomma Dalyellii erhielt. Diese Annelide trägt an jedem der 32 bis 36 Hauptkiemenstrahlen in der ganzen Länge 18—20 Paare zusammengesetzter Augen, von denen jedes 15—18 Krystallkegel enthält. Hinter jedem dieser Augen sass ein gestieltes blattförmiges Organ, wie ein Augenlid.

Das in Neapel gefundene Tier hatte nur acht Kiemenstrahlen, von denen jeder unweit des Kopfes in gleicher Höhe und an der den Nebenstrahlen abgewendeten Seite je ein Sehorgan trug, zu dem an den mittleren Strahlen etwas weiter vorn noch je ein Auge kam, so dass im ganzen zehn solche Organe da waren. Jedes Auge zeigte 50—60 von Pigment umgebene Krystallkegel mit einer der Hornhaut ähnlichen Cuticula.

222. Bericht über einige im Herbste 1852 in Messina angestellte vergleichend-anatomische Untersuchungen von A. Koelliker, Carl Gegenbaur und H. Müller in Zeitschr. f. wiss. Zool. IV, 1853, S. 299—370.

Auf meine eigenen Untersuchungen kommen:

1. Polypen und Siphonophoren (S. 300—315).

Beschreibung der medusenähnlichen Sprösslinge von Campanularia, die nur durch eine Notiz von A. Krohn bekannt waren, und der männlichen Kapseln von Pennaria Cavolinii. Übersicht der in meinen Schwimmpolypen von Messina beschriebenen Thatsachen.

2. Quallen (S. 315—329).

Mitteilungen über den Bau einiger Rippenquallen, besonders über die Geschlechtsorgane derselben und über eine junge, sehr einfach gebaute Ctenophore, die an der Stelle der Wimperplatten nur Flimmerhaare trug.

Von Scheibenquallen sind 12 neue Formen beschrieben. Das Wichtigste, was ich fand, war, dass bei Stomobrachium mirabile Koell. eine Vermehrung durch Teilung vorkommt. Ferner konnte ich nachweisen, dass bei gewissen Schirmquallen, wie bei Aeginopsis, ein Generationswechsel fehlt.

3. Über die Lernæen-Gattung Lophura (S. 359).

4. Über die Helmichthyiden (S. 359—367).

Hier findet sich zum erstenmale der Bau der Helmichthyiden abgehandelt, die nun merkwürdigerweise durch Grassi als Jugendformen von Muraenoiden erkannt wurden. Von Einzelheiten seien folgende erwähnt: Leptocephalus und Helmichthys, die ich unter dem Namen der Helmichthyiden zusammenfasse, besitzen ein Skelett von der grössten Einfachheit, das fast ganz häutig und knorpelig ist und nur an wenigen Stellen leichte Ossifikationen besitzt, die an einigen Stellen Knochenzellen zeigen.

Die Wirbelsäule besteht 1. aus einer vollkommen entwickelten zusammenhängenden Chorda dorsalis. 2. Aus rudimentären Wirbeln. Die Chorda ist ein gleichmässiger cylindrischer Strang, der wie gewöhnlich aus einer Scheide und aus eingeschlossenen rundlichen Zellen besteht. Die Scheide ist abwechselnd dünner und dicker und stellt so wie eine Reihe von Wirbelkörpern dar. Der von den Ringen der Chordascheide und ihren weicheren, faserigen Verbindungshäuten umschlossene Raum wird grösstenteils von einer einzigen Reihe kolossaler Zellen erfüllt, neben denen jedoch an den Wänden des Chordarohres an manchen Orten noch kleinere vorhanden sind, welche letzteren auch am vorderen und hinteren Ende der Chorda in grösserer Menge und zum Teil allein sich finden. Das hintere Ende der Chorda befindet sich nach allem, was hierüber ermittelt werden konnte, in geringer Entfernung vom Schwanzende, ist schief abgestutzt und setzt sich dann noch mit einem langen Streifen echter Knorpelsubstanz fort, der mit seinem leicht verbreiterten Ende die Schwanzflosse stützt und wahrscheinlich einem Flossenstrahlträger oder verschmolzenen Wirbelbogen zu vergleichen ist. Vorn geht die Chorda — und dies ist eine der wichtigsten Thatsachen, die ich aufgefunden habe — plötzlich sich verschmälernd mit ihrer hier ganz weichen Scheide und den Zellen tief in die knorpelige Schädelbasis hinein, so dass Schädel und Wirbelsäule unbeweglich und auch untrennbar mit einander verbunden sind und endet dann zwischen oder selbst etwas vor den Gehörbläschen scharf zugespitzt.

Die Wirbelkörper von Leptocephalus und Helmichthys sind in der ganzen Länge der Wirbelsäule vorhanden. Obere Knorpelbogen finden sich an allen Wirbeln und untere wenigstens am Schwanze. Bei Helmichthys sind hier die unteren Bogen rein knorpelig, dagegen haben die oberen eine dünne perichondrale Verknöcherung; bei Leptocephalus dagegen besitzen die beiderlei Bogen am Schwanze eine Verknöcherung, in welcher es mir gelang, Knochenzellen zu finden, die auch in den Schwanzwirbelkörpern und im Sphenoidale basilare sich zeigten. Helmichthys dagegen liess einzig und allein im Sphenoidale Knochenzellen erkennen. Diesem zufolge wird eine weiter ausgedehnte Untersuchung wohl ergeben, dass auch die Leptocephaliden zu den Fischen mit Knochenzellen zu stellen sind, obschon allerdings manche dünne Knochen derselben ganz homogen erscheinen. Ohnehin gehören ja die Muraenoiden, deren Jugendzustände die Leptocephaliden darstellen, zu den Fischen mit Knochenzellen. Rippen fehlen ganz; dagegen finden sich noch: 1. an der Rücken- und Afterflosse knorpelige Flossenstrahlträger, alle ohne Zusammenhang mit den Bogen und auch die vorderen weit von denselben entfernt und in der Muskelschicht drin und 2. an den genannten Flossen und an der Schwanzflosse homogene, hornige Flossenstrahlen.

In Betreff der Sinnesorgane, der Respirationsorgane und Gefässe verweise ich auf meine Mitteilungen und hebe nur hervor, dass das Blut bei Helmichthys rot, bei Leptocephalus farblos ist, jedoch auch hier die charakteristischen elliptischen, kernhaltigen Blutzellen enthält. Eigentümlich ist bei Helmichthys eine bluthaltende Blase in der Magengegend (im Pfortaderherz?).

Die Verdauungsorgane liegen weit weg von der Wirbelsäule in einer langen, schmalen, in der ventralen Leibeskante befindlichen Cavität. Der Magen hat bei beiden Gattungen einen grossen Blindsack, ausserdem bei Leptocephalus zwei aus seiner Mitte entspringende, nach oben gerichtete seitliche Cocca. Der Darm ist ganz gerade und hat bei Leptocephalus am Anfange einen grossen, abwärts gerichteten und einen kleinen, nach vorn stehenden Appendix. After ziemlich weit hinten. Die Leber umgiebt als eine lange, schmale, ungeteilte Masse fast die ganze Speiseröhre. Ihre Farbe ist bei Helmichthys schwach gelblich oder rötlich, bei Leptocephalus ist sie durchscheinend und ungefärbt. Eine Gallenblase mit gelblicher Galle kommt nur Helmichthys zu dicht über dem Pfortaderherzen. Die Milz fehlt bei beiden Gattungen, ebenso die Schwimmblase. Von Geschlechtsorganen wurde im Herbste nichts gefunden, dagegen waren Nieren als lange, schmale, über dem Darme gelegene Organe vorhanden.

Weiter verweise ich nun noch mit Rücksicht auf die Helmichthyiden:

223. 1. Auf meine weiteren Bemerkungen über die Helmichthyiden in Würzb. Verh. Bd. IV, 1854, S. 100—102; in welchen zwei seltene Formen Tilurus Gegenbauri mihi mit farblosem Blute und Hyoprorus messanensis mihi mit rotem Blute zoologisch beschrieben sind und

224. 2. auf meine Beobachtungen über das Skelett der Helmichthyiden in meiner Arbeit: Über die Beziehungen der Chorda dorsalis zur Bildung der Wirbel der Selachier und einiger anderer Fische in Würzb. Verh. Bd. X, 1860, auf S. 14—18, Taf. III, Fig. 1. 2: Tilurus; Fig. 3: Leptocephalus; Fig. 4: Hyoprorus.

Bemerkenswert ist folgendes: Tilurus Gegenbauri hat keine Spur von Ossifikation an der ganzen Wirbelsäule, ja es fehlen selbst knorpelige Bogen. Eine homogene Chordascheide von 11 μ Dicke umhüllt das Ganze und im Innern findet sich nichts als eine einfache Reihe kolossaler Zellen von 70 μ Höhe und 30 μ Breite. Aussen wird die Chorda umhüllt von der skelettbildenden Lage, die in gewohnter Weise das Mark und die ventralen Gefässe umschliesst. Bei Hyoprorus messanensis stimmt der vordere grösste Abschnitt der Wirbelsäule durch den Mangel jeglicher Verknöcherung ganz mit Tilurus überein, dagegen sind hinten 56 Wirbel, die übrigens nur 17 mm Länge einnehmen, leicht ossifiziert. Hier finden sich dünne harte Hohlcylinder in der Scheide der Chorda und ausserdem auch leichte Knochenkrusten unter dem Perichondrium der in der ganzen Länge der Wirbelsäule vorkommenden oberen Knorpelbogen. Beiderlei Knochenplättchen sind ohne Struktur. Untere Bogen fehlen auch am Schwanze, dagegen finden sich, soweit als die Flossen reichen, knorpelige Flossenstrahlträger und zweimal gegliederte, homogene, wie es scheint, an der Basis leicht verkalkte, je aus zwei Hälften gebildete Flossenstrahlen, die an den Spitzen in Büschel von Fasern, wie die Hornfäden gewisser Flossen ausgehen. Die Chorda selbst besteht, wenigstens in den mittleren Teilen des Körpers, wesentlich aus einer einzigen Reihe von rundlich-eckigen Zellen, deren Zahl nahezu derjenigen der dorsalen Knorpelbogen und der Rückenmarksnerven entspricht.

Abweichend von Tilurus liegen aber bei Hyoprorus je zwischen zwei grossen Chordazellen, deren Längsstreckung 0,13 mm beträgt, in einer zwischen denselben oberflächlich gelegenen Ringfurche noch eine gewisse Zahl kleiner rundlicher Zellen von 0,016—0,032 mm Grösse in 1—2 Reihen, die mithin wie besondere Ringzonen bilden (Taf. III, Fig. 4c). Am Schwanze bilden diese kleinen Zellen eine ganz zusammenhängende Rindenschicht.

Der Schädel hat als Grundlage ein knorpeliges Primordialkranium, das sehr entwickelt einmal, mit Ausnahme einer Lücke in der Parietalgegend, eine zusammenhängende Kapsel um das Gehirn und die Gehörorgane darstellt und im Gesichte bis zur Schnauzenspitze sich erstreckend, die Decke der Augenhöhlen, den Nasenrücken, Gaumen und eine Kapsel für die Geruchsorgane bildet. Von Ossifikationen zeigt dieses Primordialkranium keine Spur, dagegen finden sich Deckknochen, von denen ich ein Spenoidale basilare, zwei Frontalia und zwei lange zahntragende Oberkiefer auffand, ohne für den Mangel von Nasenbeinen und Gaumenbeinen mich verbürgen zu können. Vom Unterkiefer und seinem Suspensorium sind vorhanden: 1. ein schöner grosser, am Schädel eingelenkter Quadratknorpel, 2. ein knorpeliger, mit demselben artikulierender und bis zur Schnauzenspitze sich erstreckender Unterkiefer oder Meckelscher Knorpel, 3. ein zartes, knöchernes Belagstück dazu mit Zähnen, eigentlicher Unterkiefer. Die Zähne sind kegelförmig mit kleiner Höhle, scheinbar ganz homogen, in kleinen Alveolen gelegen. Vom Kiemendeckel-Apparat ergab sich: 1. ein äusserst zartes Operculum, das an einen hinteren oberen Ausläufer des Quadratknorpels befestigt ist; 2. ein schmales, bogenförmiges Suboperculum und 3. ein etwas breiteres, zwischen Operculum und Quadratknorpel gelegenes Blättchen (Interoperculum ?).

Zungenbein und Kiemenbogen sind gut entwickelt, aber ganz knorpelig. An dem ersteren findet sich eine lange schmale Copula und jederseits drei Stücke, von denen die beiden kleineren hinteren rückwärts vom Quadratknorpel liegen und auch, wenigstens das eine davon (Styloideum), mit ihm sich verbinden; ausserdem 8—10 homogene Kiemenhautstrahlen.

Kiemenbogen sind vier vorhanden und besteht jeder aus einem grösseren unteren und einem oberen kleineren Knorpelstreifen. Ausserdem finden sich vier unpaare Verbindungsstücke und einfache knorpelige Ossa pharyngea inferiora, ferner in jedem Kiemenplättchen ein zarter knorpeliger Strahl.

Von Extremitäten sind nur rudimentäre vordere da, aus einer einfachen Knorpelplatte bestehend, die als Knorpelstreifen ausläuft und die homogenen hornartigen Flossenstrahlen stützt.

Sehr interessant und einzig in seiner Art ist das Verhalten des Muskelsystems. Die Rumpfmuskulatur ist ganz oberflächlich gelagert und durch eine mächtige Gallertmasse von der Wirbelsäule geschieden. Diese Gallertscheide ist innen deutlich faserig aussen mehr amorph, enthält keinen Schleim, aber viel Wasser und auch etwas Eiweiss. Die Muskeln sind frisch, durchsichtig und farblos, zeigen in schöner Weise die bekannte Zickzackanordnung und prächtige quergestreifte Fasern, die ebenso leicht in der Quere wie der Länge nach zerfallen und ein Sarkolemma mit Kernen besitzen.

Das Nervensystem zeigt ein gut entwickeltes Gehirn. Bei Helmichthys besteht dasselbe aus einem kleinen Cerebrum, noch einmal so grossen Lobi optici und einem ganz kleinen rundlichen Cerebellum; bei Leptocephalus dagegen ist das Cerebellum breit und grösser und sitzen vor dem Cerebrum noch zwei kleine Lobi olfactorii wie bei den Aalen. Bezüglich auf den feineren Bau ist zu bemerken, dass kein peripherer Nerv dunkelrandige Nervenröhren hat und dass auch im Rückenmarke die Marksubstanz der Nervenröhren nur äusserst wenig entwickelt ist.

In Betreff des vorderen Chordaendes wurde schon in meiner ersten Abhandlung die wichtige Thatsache erwähnt, dass dasselbe in die Schädelbasis eingeht. Weitere Untersuchungen ergaben mir in dieser Richtung folgendes: Bei Leptocephalus glaube ich bestimmt gesehen zu haben, dass nur der hintere Teil des Schädelabschnittes der Chorda im Basilarknorpel drin steckt, während das vordere Ende derselben an der ventralen Seite des genannten Knorpels, jedoch zwischen ihm und einer Art Perichondrium, seine Lage hat, so dass die Spitze der Chorda bis zu dem Punkte reicht, wo das Sphenoidale basilare hinten in zwei Zacken ausläuft. Dasselbe finde ich auch bei Helmichthys, während bei Tilurus sogar der ganze Schädelteil der Chorda in einer Furche des Basilarknorpels zu liegen schien. Bei Tilurus schien ferner der ganze Schädelteil der Chorda nur eine einzige lange Zelle zu enthalten, während bei den beiden anderen Gattungen eine einfache Reihe immer kleiner werdender Zellen da war. Sehr bemerkenswert ist es endlich, dass bei Leptocephalus auch der im Basilarknorpel steckende Teil der Chorda eine langgezogene, ringförmige, dünne Ossifikation besass, einen echten Körper des ersten Schädelwirbels!

Dem Gesagten zufolge ist es wohl klar, dass der ganze Basilarknorpel des Schädels dieser Fische den oberen Bogen an der Wirbelsäule zu vergleichen ist. Zugleich wird ersichtlich, dass, während am Schwanze die Chorda nach oben abweicht, am Kopfe das Umgekehrte statt hat, dort Heterocerkie, hier Heterocephalie sich findet.

225. Histologisches über Rhinocryptis (Lepidosiren) annectens in Würzb. naturhist. Zeitschr., I, 1860, S. 11—19.

In der Epidermis werden beschrieben: Einzellige Drüsen von 10 bis 15 μ Grösse, die birnförmig von Gestalt in erstaunlicher Menge überall, selbst auf den Flossen und Extremitäten sich finden; 2. reiche Pigmentramifikationen, die von Zellenkörpern ausgehen, die unterhalb der Epidermis in den oberflächlichsten Lagen der Cutis ihren Sitz haben. An diese Beobachtung wurde dann die Frage geknüpft, ob nicht auch andere verästelte Pigmentzellen der Epidermis als von der Cutis aus eingewanderte zu betrachten seien. In der Lederhaut von Rhinocryptis werden einfache Drüsenschläuche geschildert, ferner der Bau der Schuppen, die aus einer strukturlosen harten Ganoin-Lage und einer tieferen, nicht verkalkten, spärliche Zellen haltenden Faserschicht bestehen.

226. Kurzer Bericht über einige im Herbste 1864 an der Westküste von Schottland angestellte vergleichendanatomische Untersuchungen in Würzb. naturw. Zeitschr., V, 1864, S. 232—250, 1 Tafel.

Enthält 1. Bemerkungen über den Bau der Bindesubstanz der Hydrozoen und Ctenophoren, von denen 24 Arten gefunden wurden; 2. Beobachtungen über die grosse Verbreitung mit Stäbchen gefüllter Zellen in der Haut von Anneliden (Fig. II und III) und 3. Angaben über besondere Sinnesorgane in der Haut von Anneliden (Fig. IV bis VIII), unter denen ein paariges, bei Serpula gefundenes Organ innerhalb des Kopfkragens zu beiden Seiten der die Kiemen tragenden Blätter mit starren langen Haaren (Taf. VI, Fig. 9, 1, 2, 3) das merkwürdigste ist.

227. Nachwort zu Heinrich Kochs „Worte zur Entwicklungsgeschichte von Eunice" in Schweiz. Denkschr., VIII. Bd.,
1847, S. 13—31, 1 Tafel.

Beschreibung erster Furchungsstadien von Exogone Oerstedii Koell.
(Totale Furchung), ferner ein Embryonalstadium von Exogone cirrata
Koell. und von Cystonereis Edwardsii Koell., welches Embryonen mit
einem Primitivstreifen zeigt. Diese Embryonen werden von den Weibchen
zu je Einem in Säckchen an der Bauchseite getragen, bestehen von
Anfang an aus mehreren (5—8) Ringen und tragen bei Cystonereis
Wimpern auf der Bauchseite.

228. Rhodope, nuovo genere di Gasteropodi in Giornale
dell' J. R. Lombardo di scienze, lettere ed arti, Tom. VIII,
Milano, 1847, S. 551—561, mit 7 Abbild.

Nach Professor L. von Graff ist die von M. Schultze beschriebene Turbellarie Sidonia elegans identisch mit meiner Rhodope (Morph.
Jahrb., Bd. VIII, 1882, S. 73). von welcher dann Graff eine Beschreibung giebt, die in einigen Beziehungen weiter geht als meine,
namentlich insofern, als derselbe Wimpertrichter gefunden hat; dagegen
vermisste derselbe eine Anusöffnung und fand die von mir als Leber
gedeuteten birnförmigen Drüschen am Darme nicht. Ich habe nun meine
alten Notizen aus dem Jahre 1842 vorgenommen und finde, dass, wie
ich es auch in meiner Beschreibung aussprach, das Vorkommen einer
Anusöffnung von mir nicht mit Bestimmtheit beobachtet wurde. Was
dagegen die am Darme vorkommenden gestielten Drüsenbläschen mit
3—4 Zellen im Innern anlangt, die auch in Bronn Weichtiere auf
Tafel LIII bei Fig. 6 abgebildet sind, so unterliegt es keinem Zweifel,
dass dieselben in dieser Form um den hinteren Abschnitt des Darmes
herumstehen; ob dieselben aber als Leberdrüschen richtig gedeutet sind,
steht dahin.

Mit Bezug auf die Stellung von Rhodope bin ich durch die Bemerkungen von Dr. R. Bergh (Zool. Anz., V, 1882, Nr. 123) zweifelhaft
geworden. Immerhin scheinen mir das subösophageale Ganglion, die
flimmernde Otocyste, der Penis und die seitliche Lage der Geschlechts-
mündung wesentliche Abweichungen von dem Typus der Turbellarien
darzustellen. Auf der anderen Seite fällt der Mangel des Herzens,
einer Niere und einer kompakten Leber sehr ins Gewicht.

Wäre zur Zeit, als ich die Rhodope beschrieb, schon der von
Semper beschriebene Schlundring des Microstomum bekannt gewesen,
auf den ich am meisten Gewicht legte, so wäre meine Deutung des
Tieres doch wohl eher zu Gunsten der Turbellarien ausgefallen.

229. Über den Inhalt der Schleimsäcke der Myxinoiden
und die Epidermis der Neunaugen in Würzb. naturw.
Zeitschr., I, 1860, S. 1—10.

Die Untersuchung der von J. Müller entdeckten Körper in den
Schleimsäcken der Myxinoiden, die aus einem zusammengerollten Faden
bestehen, ergab 1. dass diese Körper umgewandelte Zellen sind, der
Faden somit metamorphosierter Zelleninhalt und 2. dass diese Elemente

aus dem Epithel der Schleimsäcke sich entwickeln. Ferner fand ich, dass auch das Epithel der äusseren Körper-Oberfläche von Myxine Fadenzellen enthält, nur von geringerer Grösse. Anschliessend an diese Beobachtungen gab ich auch einige Mitteilungen über die Oberhaut von Petromyzon und Ammocoetes, wobei jedoch, da ich keine Schnitte derselben untersucht hatte, die äussere Oberfläche der Epidermis irrtümlich für die tiefe Begrenzung derselben gehalten wurde, was später Max Schultze berichtigte. In dieser Epidermis fand ich neben typischen Oberhautzellen eigentümliche Körnerzellen, die an die Fadenzellen von Myxine erinnerten, jedoch keinen Faden zeigten und grosse birn- oder kolbenförmige Schleimzellen.

Knochen von Fischen.

230. Über verschiedene Typen in der mikroskopischen Struktur des Skelettes der Knochenfische in Würzb. Verh., Bd. IX, 1859 (auch in den Proc. der Royal Society, 24. Febr. 1859).

231. Über die grosse Verbreitung der „Perforating fibres of Sharpey" in Würzb. naturwiss. Zeitschr., 1860, Bd. I, S. 306—316.

232. Über den Bau der Säge des Sägefisches in Würzb. naturw. Zeitschr., Bd. I, 1860, S. 144—149.

233. Über die Knochen von Orthagoriscus in Würzb. Sitz.-Bericht. Bd. X, S. XXXVIII.

Die Abhandlungen 230 und 231 verbreiten sich über den feineren Bau des Knochengewebes der Fische und wiesen vor allem nach, dass eine grosse Anzahl von Teleostiern in ihrem Skelette keine Spur von Knochenkörperchen besitzt und somit des echten Knochengewebes der Ganoiden, Sirenoiden und der höheren Tiere ganz ermangelt. Was bei diesen Fischen Knochen genannt wird, ist nichts als eine homogene oder faserige, häufig von Sharpeyschen Fasern durchzogene und nicht selten dentinartige Röhrchen enthaltende osteoide Substanz, die selbst zu echtem Zahnbeine werden kann. Der Mangel von Knochenzellen im Skelette vieler Fische wurde von mir 1853 bei gewissen Leptocephaliden, 1854 von Mettenheimer bei Tetragonurus und 1855 von Queckett bei 18 Gattungen von Teleostiern nachgewiesen, doch war noch im Jahre 1859 dieses auffallende Verhalten noch nicht zur allgemeinen Kenntnis gelangt und wurde erst durch meine ausgedehnten, auf 289 Gattungen und Arten sich beziehenden Untersuchungen Gemeingut der Wissenschaft.

Ferner wies ich nach, dass auch die Schuppen vieler Teleostier, jedoch lange nicht bei allen, die echte Knochen im Skelette haben, Knochenzellen enthalten, was man früher nur von denen von Thynnus, Sudis und von den Hautplatten gewisser Siluroiden wusste, und zeigte, dass auch die Sklerotikalknochen im Baue sich nach den Knochen des Skelettes richten.

Was das Vorkommen von Zahnkanälchen betrifft, so finden sich solche nicht nur in den Knochen des Skelettes, sondern auch in vielen

Schuppen. Im Skelette kommen solche vor neben Knochenzellen bei den meisten Ganoiden und stellen ein Gewebe dar, das **Osteodentine** heissen kann. Ohne Knochenzellen finden sich Zahnröhrchen für sich allein (Nr. 230 Fig. 222 u. 223) oder mit reiner osteoider Substanz abwechselnd (Fig. 221) in den Skelettknochen von Fistularia, Sphyraena barracuda, Belone vulgaris, Aulostoma sinense, bei vielen Plectognathi, Pharyngognathi, Sparidae und Squamipennes. Ferner kommen Zahnröhrchen vor mit Knochenzellen in den Schuppen von Ganoiden und mit osteoider Substanz bei Barbus im hinteren Teile der Schuppen. Nur aus Zahnbein bestehende Schuppen zeigen Amphisile scutata und die Ostracionten.

In der Abhandlung 231 wird vor allem über das häufige Vorkommen von **Sharpey**schen Fasern in den Knochen von Fischen berichtet und nachgewiesen, dass dieselben zum Teil ossifiziert sind, zum Teil ganz oder teilweise unverkalkt sich erhalten. Letztere erscheinen dann in Schliffen als feine unregelmässige Röhrchen, die **Williamson**, ohne ihre Natur zu kennen, als Lepidine tubes (von lepid = artig, zierlich) beschrieben hat. In neuester Zeit ist **Klaatsch** über diese Röhrchen, die er auffallender Weise „Tubes lepidines" nennt, zu keiner vollen Klarheit gekommen. Zwar nimmt er die von mir zuerst gegebene Deutung derselben als Lücken in den **Sharpey**schen Fasern, d. h. unverkalkt gebliebene Teile dieser Elemente an, auf der anderen Seite aber bezweifelt er das Vorkommen von Dentinröhrchen selbst in den Schuppen der Ganoiden (Morphol. Jahrbuch, Bd. XVI, S. 153).

Hätte **Klaatsch** meine II. Abhandlung etwas mehr gewürdigt, so hätte er erfahren, dass alle echten Dentinröhrchen sich in Salzsäure isolieren lassen (Fig. 216, 236, 237), was bei den Röhrchen von **Williamson** oder, vielleicht besser gesagt, den Kanälchen in **Sharpey**schen Fasern niemals der Fall ist. Wie **Klaatsch**, so ist auch **Schmid-Monnard** der Meinung, ich hätte Lücken in **Sharpey**schen Fasern für Dentinröhrchen gehalten, eine Meinung, die ebenso irrtümlich ist, wie die, dass eine Reihe Teleostier, wie Esox, Perca, Lucioperca, Acerina, Cottus, **Gadus** und Lota Knochenzellen in ihrem Skelette besitzen, was für die drei hervorgehobenen Gattungen selbst **Klaatsch** leugnet. Nicht jede zufällig in einem Knochen befindliche Zelle oder luftgefüllte Höhlung ist eine typische Knochenzelle.

In Nr. 232 wird ausführlich, leider ohne Abbildungen schwer verständlich, der merkwürdige Bau der Säge des Sägefisches beschrieben. Das auffallendste ist kurz bezeichnet das, dass die Periostablagerungen von verkalktem Fasergewebe, die ich bei den Wirbeln gewisser Plagiostomen auffand, in ungemeiner Mächtigkeit auch hier auftreten und in Verbindung mit Knorpelverkalkungen das feste Gerüst der Säge bilden.

Nr. 233 giebt ganz kurz die Angabe, dass das Skelett von **Orthagoriscus** in seinen harten Teilen aus einfacher osteoider Substanz besteht, während in den Lücken der Knochen ein weicher Knorpel mit spärlichen Zellen sich findet. Von den Knochenplatten ragen überall eine grosse Menge von geschlängelten langen und oft ziemlich starken Fasern in den Knorpel herein, welche Bindegewebsbündeln sehr gleichen und frei aufhören. Diese Gebilde sind offenbar Sharpeyschen Fasern gleichwertig.

Stelle ich meine hier erwähnten und sonst gemachten Erfahrungen über den Bau der Hartgebilde der Fische übersichtlich zusammen, so ergeben sich folgende Unterabteilungen:

I. Knorpelähnliche Gewebe.

1. Zellenknorpel in verschiedenen Abarten, Chorda dorsalis.

2. Hyaliner Knorpel mit Grundsubstanz.

3. Elastischer Knorpel. Skeletogene Hülle des Endes der Chorda des Karpfen.

4. Faserknorpel — Plagiostomen.

5. Verkalkter hyaliner Knorpel, Knorpelknochen — Selachier.

6. Verkalkter Faserknorpel. Wirbel vieler Selachier, Säge des Sägefisches.

II. Knochenähnliche Gewebe.

1. Osteoide Substanz, Knochen ohne Zellen. Viele Fische.

2. Osteodentine, Osteoide Substanz mit Dentinröhrchen. Viele Stachelflosser.

3. Echter Knochen mit Knochenzellen. Höhere Knochenfische und höhere Wirbeltiere.

4. Echter Knochen mit Dentinröhrchen, Zahnbeinknochen. Ganoiden.

5. Zahnbein. Gewisse Fische (Fistularia, Sphyraena, Belone).

Arbeiten über die Chorda dorsalis, und die Wirbelbildung, namentlich bei den Fischen.

234. Über die Beziehungen der Chorda dorsalis zur Bildung der Wirbel der Selachier und einiger anderen Fische in Würzb. Verh., Bd. X, 1860, vorgetragen am 30. Juli 1859; S. 193—242, Tafel II und III.

235. Über den Anteil der Chordascheide an der Bildung des Schädelgrundes der Squalidae in Würzb. naturw. Zeitschr., Bd. I, 1860, S. 97—105.

236. III. Über das Ende der Wirbelsäule der Ganoiden und einiger Teleostier, Gratulationsschrift, der Universität Basel bei ihrem 400jähr. Jubiläum gewidmet von der Universität Würzburg, 1860; Leipzig, Engelmann, Gr.-Quart, 27 S., 4 Taf.

237. Weitere Beobachtungen über die Wirbel der Selachier, besonders über die Wirbel der Lamnoidei, nebst allgemeinen Bemerkungen über die Bildung der Wirbel der Plagiostomen, aus den Senckenbergschen Abh., Bd. V, Separat Frankfurt 1863 bei Brönner, 51 S., 5 Taf., Quart.

238. Kritische Bemerkungen zur Geschichte der Untersuchungen über die Scheiden der Chorda dorsalis in Würzb. Verh. Neue Folge, Bd. III, 1872, S. 335—345.

Noch heute stellen meine in den 60er Jahren über die Wirbelbildung der Wirbeltiere, vor allem der Fische veröffentlichten Abhandlungen die Basis dar, auf welcher die weitere Forschung aufzubauen
hat, wenn auch durch die späteren Untersuchungen von Gegenbaur,
Goette, Retzius, Grassi und vor allem von C. Hasse und von
v. Ebner sehr wichtige Ergänzungen dazu kamen.

Ich glaube meinen Anteil an der Entwicklung dieser Fragen nicht
besser schildern zu können, als indem ich die einzelnen Abhandlungen
kritisch beleuchte.

Erste Abhandlung (Nr. 234). Nachdem J. Müller früher den
Satz aufgestellt hatte, dass die Chordascheide niemals zur Bildung von
Wirbeln verwendet werde (Osteologie der Myxinoiden), gelangte er später
(Neurologie der Myxinoiden, 1840, S. 64 u. folg.) dazu, wenigstens für
mehrere Plagiostomen und einige Teleostier nachzuweisen, dass der
centrale Teil der Wirbelkörper nicht der äusseren skelettbildenden Schicht,
d. h. den Wirbelbogen, sondern der eigentlichen Chordascheide seinen
Ursprung verdanke.

Fast 20 Jahre lang machte diese für die Entwicklungsgeschichte
der Wirbelsäule so wichtige Erkenntnis keinen irgend nennenswerten
Fortschritt, bis ich im Jahre 1859 dieselbe aufnahm und die Wirbelbildung und die Beziehung derselben zu den Scheiden der Chorda
dorsalis zum Gegenstande einer besonderen Untersuchung machte, bei
welcher viele Selachier, einige Teleostier und mehrere Amphibien als
Untersuchungsobjekte dienten.

Die Hauptergebnisse, zu denen ich bei derselben gelangte, bezogen
sich einmal auf den Bau und die Zusammensetzung der Scheiden der
Chorda dorsalis, über die ich folgendes mitteilte: 1. Die Chordagallerte
besteht gesetzmässig innen aus grossen und oberflächlich aus kleinen,
zum Teil epithelähnlichen Zellen (l. c. Taf. III, Fig. 3 und 4, S. 205—207,
217). Dann folgt 2. eine elastische Begrenzungshaut, Elastica interna.

Da viele spätere Autoren die Elastica interna nicht als elastische Membran
nachzuweisen im stande waren, so hebe ich wiederholt hervor, dass dieselbe
bei den Selachiern, Hexanchus, Heptanchus, Centrophorus, Acanthias, Squatina,
Sphyrna, Carcharias, Lamna, Scymnus, Mustelus sehr deutlich, zum Teil ausgezeichnet schön ist bis zur Dicke von 4 μ (Hexanchus). Immer besteht dieselbe
aus einem dichten Netzwerke von Fasern, die chemisch und zum Teil auch
mikroskopisch mit elastischen Fasern ganz übereinstimmen und in ihren ausgezeichnetsten Formen von den schönsten elastischen Netzhäuten des Menschen
in nichts verschieden sind. Eine ebensolche elastische Haut findet sich auch
bei Teleostiern, bei denen ich dieselbe bei Orthagoriscus, Salmo, Esox und
Anguilla auffand.

3. Eine bindegewebige Scheide, Tunica fibrosa, eigentliche Scheide der Chorda, die in zwei Modifikationen auftritt,
a) als zellenlose und b) als zellenhaltige Lage.

4. Eine äussere elastische Haut, Elastica externa.

Was zweitens die Bildung der Wirbel anlangt, so unterschied
ich drei Typen.

1. Der Wirbelkörper geht einzig und allein aus der Scheide der Chorda hervor.

a) Chordascheide mächtig entwickelt, in den Wirbelgegenden in Knorpel oder Knorpelknochen umgewandelt (Hexanchus, Heptanchus, Centrophorus, Squatina).

b) Chordascheide dünn (Leptocephalus, Helmichthys, Hyoprorus, Chauliodus, Stomias).

2. Der Wirbelkörper bildet sich zum Teil aus der Chordascheide, die stets mächtig entwickelt ist, zum Teil aus der äusseren skelettbildenden Schicht.

Alle übrigen Plagiostomen.

3. Die Wirbelkörper entstehen allein aus der äusseren skelettbildenden Lage. Amphibien, Reptilien, Vögel, Säuger.

Weiter wurde in derselben Abhandlung Nr. 234 eine Beteiligung der Chordascheiden an der Schädelbildung nachgewiesen und zwar fand ich

a) dass bei einer gewissen Zahl von Teleostiern und Haien die Chorda zeitlebens in der Schädelbasis sich erhält und

b) dass in gewissen Fällen die Chordascheide zu einem wahren Körper des Hinterhauptswirbels verknöchert.

Zu a) gehören von Teleostiern die Jugendformen der Aale, die Leptocephaliden, unter denen bei Leptocephalus die Chordascheide in der Schädelbasis teilweise verknöchert ist.

Von den Haien zählen hierher, im Gegensatze zu den Vermutungen von J. Müller, Heptanchus, Centrophorus, Acanthias und Squatina, die alle mit ihrer dicken Chordascheide an der Bildung der Schädelbasis Anteil nehmen und bei Acanthias und Squatina durch Verknöcherung der Scheide einen Wirbelkörper der Occipitalgegend bilden.

Nr. 235. In einer bald folgenden Arbeit wurde dann der Anteil der Chordascheide an der Bildung der Occipitalgegend der Squalidae weiter verfolgt und nachgewiesen:

1. dass bei vielen Haien ein mittlerer Knorpelstrang des Schädelgrundes bis in die Gegend der Hypophysis auf Rechnung der Scheide der Chorda kommt, welcher Nachweis dadurch möglich wurde, dass ich in der Schädelbasis die Reste der Elastica externa der Chordascheide auffand.

2. In diesem chordalen Knorpelstrange findet sich bei Heptanchus, Acanthias, Centrophorus, Cestracion noch mehr weniger gut erhalten die Chorda selbst.

3. Bei Scyllium, Mustelus, Acanthias, Squatina ist der hinterste Teil der knorpeligen Chordascheide zu einem unvollkommenen Wirbelkörper der Occipitalgegend verknöchert, der selbst periostale Auflagerungen von Faserknochen zeigen kann (Mustelus).

Bei den Rajidae gelang es mir nicht, einen chordalen Knorpelstrang in der Schädelbasis zu finden, immerhin habe ich einen solchen im Innern des vorderen verschmolzenen Teiles der Wirbelsäule beobachtet und aus den Resten der Elastica externa denselben erkannt. Auch bei Trygon fand ich Ähnliches.

In der Abhandlung Nr. 237 finden sich neben einer bedeutenden Zahl von Schilderungen der Wirbel von Selachiern, Teleostiern und Ganoiden, auf die ich noch zurückkomme, allgemeine Beobachtungen, von denen bei weitem die wichtigsten die sind, dass die Chordascheide der Teleostier, wenn auch aus drei Lagen bestehend, wie die der Selachier, und in ihren Beziehungen zur Chorda derselben ganz gleich, doch einen ganz anderen Bau und eine andere Bedeutung besitzt, indem die Faserschicht ihrer Chordascheide nie Zellen enthält und die Wirbelkörper wesentlich aus der äusseren Skelettschicht sich entwickeln.

Dieser meiner neuen Auffassung der Chordascheiden schloss sich sofort Hasse und Schwerckau und später auch Gegenbaur an, letzterer jedoch nicht ohne längeres Zögern und nach einem später wieder aufgegebenen Versuche, das Vorkommen einer Elastica externa an zellenlosen und an zellenhaltigen Chordascheiden und diese selbst von einem gemeinsamen Punkte aus abzuleiten. Dies geschieht nun freilich, ohne dass Gegenbaur anerkennt, dass er mit mir übereinstimme, und hat nach ihm erst W. Müller die durch mich angerichtete Verwirrung gelöst (Jenaische Zeitschrift)! Worin diese Lösung bestehe, sagt Gegenbaur nicht; ich finde bei W. Müller nichts als eine unvollkommene Schilderung der Chordascheide ohne Kenntnis meiner Elastica interna, und ohne Berücksichtigung der zwei Formen der zellenlosen und zellenhaltigen Scheiden und ihrer Beziehung zur Wirbelbildung. Das einzig Neue, was bei Gegenbaur sich findet, ist, dass er durch die Untersuchung junger Selachierembryonen nachweisen konnte, dass die zellenhaltige Chordascheide eine sekundär von der skeletogenen Schicht sich trennende Lage ist. Die neuen Namen, die Gegenbaur verschlägt: primitive oder cuticulare Chordascheide für die zellenlosen Scheiden und skeletogene Chordascheide für die zellenhaltigen, ferner Limitans externa für die Elastica externa der zellenhaltigen Scheiden und Limitans interna für die Elastica externa der zellenlosen Scheiden erklärte ich in meiner Arbeit Nr. 238 nicht annehmen zu können, indem erstens, wie ich bestimmt bei den Leptocephaliden, Salmo, Esox und Anguilla gezeigt hatte, auch die zellenlose Chordascheide skeletogen ist und zweitens die Limitans interna Gegenbaurs bei den Cyclostomen und vor Allem bei den Stören, Spatularien und Knochenganoiden die äusserste Begrenzung der dicken zellenlosen Chordascheide bildet. Aus diesen Gründen habe ich in Nr. 238 eine andere Nomenklatur vorgeschlagen und zwar unterschieden:

1. Die eigentliche oder innere Chordascheide (Synonyma: primitive oder cuticulare Chordascheide Gegenbaur; Elastica interna Koell. 1860 bei den Plagiostomen). Hierher zählen alle zellenlosen Chordahüllen, mögen dieselben zart oder dick sein (s. o.). Dicke solche Hüllen können eine äussere und in gewissen Fällen selbst eine innere elastische Begrenzungslage erhalten, die ich Limitans externa und Limitans interna der inneren Scheide heisse. Erstere ist die Limitans interna von Gegenbaur. Alle Beachtung verdient nun

übrigens noch, dass dünne, innere Chordascheiden, wie zuerst Leydig bei Chimaera gezeigt hat, bei vielen Selachiern in toto zu einer elastischen Membran sich umgestalten können, in welchem Falle gewissermassen die beiden Limitantes nur durch eine einzige elastische Haut vertreten sind.

2. Die äussere Chordascheide (Synonyma: Skeletogene Scheide, Gegenbaur).

Alle zellenhaltigen Lagen, wie bei den Selachiern, Chimaeren und Sirenoiden, welche die Chorda in ihrer ganzen Länge genau umhüllen, gehören hierher. Eine elastische Membran, Elastica externa der äusseren Scheide (Limitans externa, Gegenbaur) umhüllt diese Scheide und grenzt sie von der äusseren skelettbildenden Schicht ab. Als innere Begrenzung dient derselben die dünne, meist in eine einfache elastische Haut umgewandelte eigentliche Chordascheide.

Anmerkung. Wie aus dem eben Bemerkten ersichtlich ist, kann die eigentliche Chordascheide in sehr verschiedenen Formen auftreten, was die Schwierigkeiten noch vermehrt, welche die Auffassung der Chordascheiden darbietet. Wir finden dieselbe 1. als zartes, homogenes Häutchen bei allen höheren Wirbeltieren; 2. als zartes elastisches Häutchen bei Plagiostomen und Chimaeren (s. Nr. 234, Fig. 7. 4, Leydig, Histolog. Fig. 76 von Chimaera). Ich bezeichnete sie demnach als innere oder eigentliche Scheide und stellte sie in ihrer Bedeutung der Elastica interna der Plagiostomen an die Seite. In dieselbe Kategorie, wie die der Teleostier, stellte ich auch die zellenlosen Chordascheiden der Ganoiden, Cyclostomen, Amphibien und aller höheren Wirbeltiere.

Die Gesamtauffassung, zu der ich in dieser Arbeit kam, ist folgende:

Die Chordagallerte kann von dreierlei Teilen umlagert sein:

a) Von der eigentlichen oder inneren Chordascheide.

Dieselbe ist eine Abscheidung der Chordazellen und immer zellenlos. Dieselbe verdickt sich durch Ablagerungen von seiten der Chordazellen her und ist in verschiedenen Mächtigkeitsgraden ausgeprägt. Dünn und einschichtig ist dieselbe bei den Säugern, Vögeln, Reptilien, einzelnen Amphibien und gewissen Teleostiern (Leptocephaliden), dann bei allen Selachiern, den Chimären und Sirenoiden, bei denen ich sie früher Elastica interna hiess. Schon dicker und mit einer äusseren elastischen Lage versehen findet sie sich bei den meisten Amphibien und am dicksten bei den meisten Teleostiern, den Cyclostomen und Ganoiden, woselbst eine innere und äussere elastische Lage an ihr sich finden kann und die mittlere Lage eine faserige Struktur annimmt, so dass das Ganze, abgesehen von dem Mangel zelliger Elemente, täuschend den äusseren Chordascheiden der Selachier ähnlich wird.

b) Von der äusseren Chordascheide.

Diese Lage findet sich nur bei den Selachiern, Chimären und Sirenoiden und besteht ohne Ausnahme aus einer mächtigen zellenhaltigen Schicht und einer dünnen äusseren elastischen Begrenzungshaut (meiner Elastica externa). Mit Bezug auf die Entwicklung dieser Lage liess ich es unentschieden, ob dieselbe als eine Abzweigung der äusseren skelettbildenden Lage aufzufassen sei oder mit der Chorda selbst eine gemeinschaftliche embryonale Grundlage habe.

c) Von der skelettbildenden Schicht.

Findet sich bei allen Wirbeltieren in verschiedener Entwicklung und Mächtigkeit. Dieselbe umhüllt die Chorda und ihre einfache oder doppelte Scheide und erzeugt die Wirbelbogen. Mit Bezug auf die Wirbelbildung wies ich in dieser Arbeit noch bestimmter als in der ersten nach, dass bei den Teleostiern und Ganoiden auch die zellenlose innere Chordascheide verknöchern und Wirbelkörper oder Teile von solchen liefern kann.

Ich erwähne nun noch die wichtigsten Einzelbeobachtungen der Arbeit Nr. 237:

Erstens werden in derselben die Wirbel von 13 Selachiergattungen genau geschildert, von denen eine bedeutende Zahl zum erstenmale Gegenstand der Beobachtung war. Als allgemein gültige Sätze ergeben sich, dass die Wirbel sich entwickeln einmal aus der in Knorpel umgewandelten zellenhaltigen äusseren Chordascheide, zweitens aus einem Anteile der knorpeligen Bogen und drittens aus periostalen Ablagerungen. Die letzteren bestehen immer aus verkalktem Faserknorpel, zum Teil mit parallelfaseriger Grundsubstanz, zum Teil mit hyaliner oder fein netzförmiger Grundsubstanz und starken Sharpey schen Fasern und enthalten, wenn sie nur etwas entwickelter sind, Blutgefässe, die sonst in den Plagiostomenwirbeln sehr selten sind und nur noch bei Squatina gesehen wurden. Von anderen harten Geweben findet sich nur eine verkalkte Bindesubstanz (Faserknochen von J. Müller und mir), die ich vom Bindegewebsknochen der höheren Wirbeltiere unterscheide, und Knorpelknochen.

Zweitens werden die Wirbel von Salmo, Esox und Anguilla beschrieben und zum erstenmale durch Abbildungen von Längs- und Querschnitten versinnlicht (l. c. Fig. 11, Taf. III, Fig. 12, Salmo, Fig. 13; Cyprinus, Figg. 14 u. 15 Salmo; Fig. 16, Anguilla), in denen die chordalen Ossifikationen, das der zellenlosen Chordascheide angehörende innere Zwischenwirbelband mit der Limitans interna und externa, das äussere Ligamentum intervertebrale mit seiner inneren, in das innere Periost der Wirbelkörper übergehenden Schicht und das Verhalten der Chordagallerte mit ihren Septen und dem Achsenstrange dargestellt sind. Mit diesen meinen Darstellungen stehen die neuesten Angaben meines Freundes v. Ebner (Wiener Sitzungsber. Bd. CVIII, Mai 1896) in fast vollem Einklange, nur dass dieselben viel mehr ins Einzelne gehen, auf eine grössere Zahl von Gattungen sich beziehen und auch die eigentümlichen Umwandlungen der Chordazellen berücksichtigen, deren ich nur kurz nebenbei gedacht hatte. Nur in Einem Punkte wird, glaube ich, v. Ebner seine Ansicht in etwas ändern müssen, wenn er annimmt, dass die faserige Chordascheide an der Wirbelbildung der Teleostier keinen Anteil nehme. Ich habe bei der Forelle von der Anwesenheit eines inneren chordalen Abschnittes der Wirbelkörper mit voller Bestimmtheit durch den Nachweis der Elastica externa (Limitans externa) an der Aussenseite desselben am entkalkten Knochen mich überzeugt (IV, S. 33), und dasselbe glaube ich auch vom Aale annehmen zu dürfen. Doch bin ich nicht gemeint, einen solchen chordalen Anteil der Wirbelkörper allen Teleostiern zuzuschreiben.

Drittens gab ich eine Schilderung des Baues der Wirbel der Knochenganoiden und kam dabei zu folgenden Sätzen:

1. Die erste Ossifikation der Wirbel scheint in der zellenlosen eigentlichen Chordascheide zu beginnen, doch nimmt der chordale Wirbelkörper nie einen grösseren Anteil an der Bildung der Wirbelkörper.

2. Die Hauptmasse der Wirbelkörper geht auch bei den Ganoiden aus der äusseren skelettbildenden Schicht hervor. Bei Amia beteiligen sich auch die Bogen durch ein verknöcherndes Knorpelkreuz an der Bildung des Wirbelkörpers (IV, Fig. 17).

3. Amia und Polypterus besitzen eine Art Periost der Wirbelfacetten am Faserknorpel, der verkalkend an der Bildung der Wirbelkörper sich beteiligt (IV, Fig. 18, 19a).

4. Bei beiden Gattungen sind die Wirbel nicht durchbohrt, sondern im Centrum aus echtem Knochen gebildet, welcher vom Wirbelkörper aus unter Verdrängung der vielleicht verkalkten Chordagallerte an die Stelle derselben tritt, wobei die Faserscheide der Chorda verkalkt sich erhalten kann (IV, Fig. 20, 21). Bei Amia ist die Mitte des Wirbels ebenfalls echter Knochen, jedoch ist hier keine Spur der Chordascheide zu erkennen (IV, Fig. 17).

Bei Lepidosteus finden sich wahrscheinlich ähnliche Verhältnisse, deren Einzelheiten aber noch unbekannt sind.

Nr. 236. Diese Untersuchungen geben die ersten genauen Darstellungen über den feineren Bau der heterocerken Schwanzflossen von drei Knochenganoiden und drei Teleostiern, die von vortrefflichen, von Lochow gezeichneten Abbildungen begleitet sind. Das Ergebnis fasste ich in folgende Sätze zusammen:

A. Das Ende der Wirbelsäule ist gar nicht oder nur unvollständig verknöchert:

I. Das Ende der Wirbelsäule enthält keinen Spinalkanal, sondern besteht:

    1. einzig und allein aus der Chorda. Esox;

    2. vorwiegend aus der Chorda, deren Ende jedoch von einer kurzen, mehr weniger vollständigen Knorpelscheide umgeben ist. Salmo, Alosa, Elops;

    3. aus einem vollständigen Knorpelrohre im Innern mit der Chorda. Cyprinus.

II. Das Ende der Wirbelsäule besteht aus einem Knorpelrohre, das die Chorda enthält und auch das Rückenmark umschliesst. Polypterus, Lepidosteus, Amia.

B. Das Ende der Wirbelsäule ist vollständig verknöchert.

I. Die Wirbelsäule ist am Ende nicht gegliedert und besteht aus einem griffelförmigen Knochen (Urostyle, Huxley), der als eine um die Chorda gebildete Verknöcherung anzusehen ist und an seinem ovalen Ende einem Wirbelkörper ähnlich ist. Aale? Acanthopteri, Malacopteri zum Teil.

II. Die Wirbelsäule schliesst mit einem vollständigen Wirbelkörper ab. Plagiostomen mit vollständig ossifizierten Wirbeln.

Die Chorda anlangend, so bemerke ich nur, dass die Gallertsubstanz derselben im Schwanzende bei Polypterus und Lepidosteus in
echten Knorpel übergehen kann, und dass die äussere Scheide derselben
bei Cyprinus aus einem sehr schönen Netz-Knorpel besteht.

Die Heterocercie betreffend, so komme ich mit den älteren Beobachtern überein, dass die äusserlich homocerken Gattungen Salmo,
Cyprinus, Esox, Alosa, Elops im Skelette entschieden asymmetrisch sind,
und nehme mit Huxley als wahrscheinlich an, dass, wie bei Leptocephalus (ich), Gasterosteus und Anguilla (Huxley) alle Teleostier
wahrscheinlich heterocerk sind.

239. Koelliker, A. und C. Löwig, Observations sur l'existence
d'une substance ternaire identique avec la cellulose
dans toute une classe d'animaux sans vertèbres, les
Tuniciers. Compt. rendus XXII, 1846, p. 38.

Koelliker, A. und C. Löwig, De la composition et de la
structure des enveloppes des Tuniciers. Ann. des sc.
natur. (Zool.) V, 1845, pag. 193—238, 3 Planches. Frorieps
Notiz XL, 1846, S. 81—89; 97—102.

Diese Angaben enthalten Folgendes:

1. Durch die Unlöslichkeit in Kali und Blaufärbung nach Behandlung mit Schwefelsäure und Jod wurde nachgewiesen, dass der Mantel
aller Abteilungen der Tunicaten aus einer der Cellulose verwandten
Substanz besteht, welcher Schluss dann durch von Löwig ausgeführte
Elementaranalysen des Mantels von Phallusia bestätigt wurde.

2. Mitteilungen über den feinsten Bau des genannten Cellulosen-
mantels, der eine Reihe verschiedener Abarten zeigt.

3. Einige Beobachtungen über die Entwicklung einiger Tunicaten.

G. Varia.

240. Carl Theodor v. Siebold, eine biographische Skizze in Zeitschr.
f. wiss. Zool. XXX, Supplementband in 4⁰, S. V—XXIX.

241. Zur Erinnerung an Heinrich Müller, Biogr. Skizze in
Würzb. naturw. Zeitschr. VI, 1866/67, S. 29—44.

242. Zur Geschichte der medizinischen Fakultät an der
Universität Würzburg, Rektoratsrede gehalten am 2. Januar
1871, 79 S.

In dieser Rede, die nicht im Buchhandel zu haben ist, findet sich,
soweit dies möglich war, die Geschichte der medizinischen Fakultät von
der Zeit der Gründung der Universität 1582 durch den Bischof Julius
an verfolgt und durch Belege gestützt. Von diesen erwähne ich:

1. Die vom Bischof Julius gegebenen, 16 Abschnitte enthaltenden Statuten der Fakultät vom Jahre 1587.

2. Den ältesten noch erhaltenen Lektionskatalog vom Jahre 1604 mit drei medizinischen Professoren.

3. Die medizinischen Vorlesungen der Jahre 1605 und 1608, ferner sieben solche Verzeichnisse vom 17. Jahrhunderte, vom Jahre 1646/47 bis zum Jahre 1680/81; sieben vom 18. Jahrhunderte.

4. Ein Verzeichnis von 88 Dissertationen, von denen 7 dem 16. Jahrhunderte angehören. Bei jeder sind das Jahr, der Autor, Promotor und das Thema angegeben.

5. Eine Mitteilung die Oberchirurgen und Direktoren der Anatomie betreffend.

6. Den die medizinische Fakultät betreffenden Teil aus den Ordinationes Universitatis des Fürstbischofes C. Th. v. Greiffenklau vom Jahre 1749.

7. Die Beschreibung der ersten Anatomie im Garten des Juliusspitales nach Scheidler, Idea studii medici etc. pag. 10—14, ein bei den Senatsakten befindliches Programm ohne Jahrzahl.

243. Festrede zur Feier des 25jährigen Bestehens der phys.-med. Gesellschaft zu Würzburg, gehalten am 4. Dezember 1874 in Würzb. Verh. N. F. Bd. IX, 19 S.

244. Der jetzige Stand der morphologischen Disziplinen mit Bezug auf allgemeine Fragen, Rede gehalten bei der Eröffnung der ersten Versammlung der anatomischen Gesellschaft zu Leipzig am 14. April 1887.

245. Die Lehre von den Beziehungen der nervösen Elemente zu einander, Eröffnungsrede der anatomischen Gesellschaft in München 1891 in Verh. d. Anat. Ges. 1891, S. 1—22.

Am Schlusse der Reihe meiner wissenschaftlichen Arbeiten sei auch noch die Zeitschrift für wissenschaftliche Zoologie erwähnt. Diese Zeitschrift wurde von C. Th. v. Siebold und mir im Jahre 1848 gegründet und erschien das erste Heft im Jahre 1848 und der erste Band 1849. Seit dieser Zeit sind von der Zeitschrift in den 50 Jahren ihres Bestehens 66 Bände erschienen, was wohl als Beweis dienen kann, dass das Unternehmen einen günstigen Boden fand, wobei rühmend hervorzuheben ist, dass die Firma Wilhelm Engelmann ihr Bestes that, und keine Mühe und keine Kosten scheute, um die Zeitschrift zu fördern. Die Redaktion der Zeitschrift besorgte bis zu seinem Tode v. Siebold und nach demselben bis zum heutigen Tage Prof. E. Ehlers in Göttingen. Unser Programm lag in dem Titel und dürfen sich die drei Herausgeber wohl das Zeugnis geben, demselben getreu nachgelebt zu haben. Denn die Wissenschaften, die in der Zeitschrift Vertretung fanden, waren vor allem die Vergleichende Anatomie, Histologie und Entwicklungsgeschichte des Menschen und der Tiere, oder was sich unter dem Namen „wissenschaftliche Zoologie" zusammenfassen lässt.

Als Ergänzung der allgemeinen Schilderung meiner Erlebnisse erlaube ich mir noch, die an mich ergangenen Berufungen zu erwähnen. Als ich noch nicht lange in Würzburg war, erhielt ich eine Anfrage von München, ob ich einem Rufe als Anatom dahin folgen würde, die ich verneinend beantwortete, gleichwie eine etwas später von Zürich an mich ergangene Aufforderung (s. S. 16). Ebenso verhielt ich mich später einer von Breslau erfolgten Berufung gegenüber und bei einer solchen, nach dem Tode M. Schultzes, von Bonn aus geschehenen Anfrage. Als J. Müller in Berlin gestorben war, stand ich bei den Vorschlägen der Fakultät in zweiter Linie neben Henle. Als dieser abgelehnt hatte, wurde ich, der ich einem mich inspizierenden Berliner Geheimrate offenbar keinen günstigen Eindruck gemacht hatte, übergangen und Reichert gewählt! Ob ich das zu bedauern hatte, wer kann es sagen, jedenfalls aber weiss ich, dass ich mich in meiner zweiten Heimat Bayern stets wohl fühlte und auch in meinen wissenschaftlichen Bestrebungen jederzeit in einer Weise gefördert wurde, die ich nur mit bestem Danke anerkennen kann.

H. Unter mir gearbeitete Dissertationen und wissenschaftliche Arbeiten.

1845 J. C. Fahrner, De globulorum sanguinis in Mammalium embryonibus atque adultis orgine, Turici 1845, Diss. c. tab.

1846 Heinrich Spöndli, Über den Primordialschädel der Säugetiere und des Menschen. Zürich 1846, Diss., mit 1 Taf.

1847 Joh. Landis, Beiträge zur Lehre über die Verrichtungen der Milz. Zürich 1847, mit 1 Taf.

1849 K. Wild, Beiträge zur Physiologie der Placenta. Würzburg 1849, Diss.

1849 H. Pestalozzi, Über Aneurysmata spuria der kleinen Hirnarterien und ihren Zusammenhang mit Apoplexie. Würzburg 1849, Diss.

1850 C. Gegenbaur, stud. med., Kurze Mitteilung über die Struktur der Tasthaare, vorgelegt von A. Koelliker in der Sitzung vom 10. Januar 1850 der Würzb. phys.-med. Gesellschaft, Verhandl. Bd. I, 1850, S. 58—61.

1850 J. Czermak, stud. med., Zur mikroskopischen Anatomie der menschlichen Zähne, vorgelegt von A. Koelliker. Würzb. Verh. I, 1850, S. 61—64.

1855 Eduard Lent, stud. med. aus Hamm, Über die Entwicklung des Zahnbeines und des Schmelzes in Zeitschr. f. wiss. Zool. VI, 1855, S. 121—134, Taf. V.

1856 Eduard Lent, Beiträge zur Lehre von der Degeneration durchschnittener Nerven in Zeitschr. f. wiss. Zool. VII, S. 145—153, Taf. VIII.

1862 Dr. B. Gastaldi aus Turin, Neue Untersuchungen über die Muskulatur des Herzens in Würzb. naturhist. Zeitschr. III, 1862, S. 6—9, Taf. 1.

1862 Ludwig Seuffert, Über das Vorkommen und das Verhalten glatter Muskeln in der Haut der Säugetiere und Vögel. Eine von der Würzb. med. Fakultät gekrönte Preisschrift in Würzb. naturh. Zeitschr. Bd. III, S. 111—158, Taf. III u. IV.

1869 Friedrich Cramer aus Wiesbaden, Beitrag zur Kenntnis der Bedeutung und Entwicklung des Vogeleies in Würzb. Verh. N. F. Bd. I, S. 129—146, Taf. I; auch 1868 als Dissertation.

1872 Prof. Aurel v. Török, Der feinere Bau des Knorpels in der Achillessehne des Frosches. Ein Beitrag zur Bindegewebsfrage in Würzb. Verh. N. F. Bd. III, 1872, S. 1, Taf. I u. II.

1874 Adolf Heuberger, Ein Beitrag zur Lehre von der normalen Resorption und dem interstitiellen Wachstume des Knochengewebes. Würzburg 1874, Diss., 1 Taf.

1874 Dr. med. Isidor Bloch, Über die Entwicklung der Samen-körperchen der Menschen und Tiere. Prag 1874, Dissertation, 1 Tafel.

1876 Dr. J. Brock, Über die Entwicklung des Unterkiefers der Säugetiere. Zeitschr. f. wiss. Zool. XXVII, 1876, S. 287—318, Taf. XIX, XX.

1877 Emil Pestalozzi, Beitrag zur Kenntnis des Verdauungskanales von Siredon Pisciformis. Würzburg 1877, Diss., 1 Taf. Aus Würzb. Verh. Bd. XII.

1877 Emil Brand, Beiträge zur Entwicklung der Magen- und Darm-wand in Würzb. Verh. N. F. Bd. XI, 1877, S. 243—255, Taf. VI.

1877 Dr. Max Flesch, Varietätenbeobachtungen aus dem Präparier-saale zu Würzburg vom 1. Febr. 1874 und 1. April 1875 in Würzb. Verh. N. F. Bd. X, S. 25—62, Taf. I.

1877 Dr. M. Braun, prakt. Arzt in Würzburg, Notiz über Zwillings-bildungen bei Wirbeltieren in Würzb. Verh. N. F. Bd. X, S. 67 bis 73, Taf. III.

1878 Dr. Theodor Rott, Ein Fall von Mangel der rechten Niere nebst einer seltsamen Missbildung des Harn- und Samenleiters der gleichen Seite. Stuttgart 1878, 2 Taf.

1879 Dr. Theodor Koelliker, Beiträge zur Kenntnis der Brust-drüse. Würzb. Verhandl. N. F. Bd. XIV, 1879, 18 S., Taf. II—IV.

1879 Dr. Max Flesch, Prosektor, Varietätenbeobachtungen auf dem Würzburger Präpariersaale in Würzb. Verh. N. F. Bd. XIII; in den Wintersemestern 1875/76 mit dem Prosektor Dr. Wieders-heim und dem Assistenten Dr. Herzog und im Winter 1876/77 mit den Assistenten Dr. Herzog und Dr. Fries, S. 233—268, Taf. V.

1879 Dr. Hans Virchow und Dr. Theodor Koelliker, Varietätenbeobachtungen 1877/78. Würzb. Verh. N. F. Bd. XIII,
S. 269—284.

1879 Dr. B. Baumüller, Über die letzten Veränderungen des
Meckelschen Knorpels. Würzburg. In Zeitschr. f. wiss. Zool.
XXXII, 1879, S. 466—511, Taf. XXIX, XXX.

1883 Friedrich Decker, Über den Primordialschädel einiger Säugetiere. Zeitschr. f. wiss. Zool. XXXVIII, 1883, S. 190—233,
Taf. IX.

1883 Dr. Richard Geigel, Über Variabilität in der Entwicklung der
Geschlechtsorgane beim Menschen. Würzburg 1883, Diss., 2 Taf.
Aus Würzb. Verh. Bd. XVII.

1884 Max Bender, cand. med., Zur Anatomie der Clitoris. Vorgelegt von A. Koelliker in Würzb. Sitzungsbericht 1884,
S. 35.

1886 Josef Reuter, Ein Beitrag zur Lehre vom Hermaphroditismus,
darunter ein Fall von Hermaphroditismus verus lateralis in Würzb.
Verh. N. F. Bd. XIX, 1886, 48 S., 1 Tafel.

1887 Ed. Jacobi, Zum feineren Bau der peripheren markhaltigen
Nervenfaser in Würzb. Verh. N. F. Bd. XX, 1887, S. 1—27,
(25—53), 1 Tafel.

1887 Christian Lauteschläger, Beiträge zur Kenntnis der Hals-
eingeweide des Menschen. Würzburg 1887, 1 Taf.

1888 G. A. Piersol, Über die Entwicklung der embryonalen Schlund-
spalten und ihre Derivate bei Säugetieren in Zeitschr. f. wiss.
Zool. XLVII, 1888, S. 155—189, Taf. XVI—XVII.

1888 Georg Niessing, Untersuchungen über die Entwicklung und
den feinsten Bau der Samenfäden einiger Säugetiere. Würzburg
1888, Diss., 2 Taf. Aus Würzb. Verh. Bd. XXII.

1888 Friedrich van Ackeren, Beiträge zur Entwicklungsgeschichte
der weiblichen Sexualorgane des Menschen. Zeitschr. f. wiss. Zool.
XLVIII, 1888, S. 1—46, 1 Taf.

1889 Dr. Aloys Alzheimer (Prof. Stöhr), Über Ohrenschmalzdrüsen in Würzb. Verh. N. F. Bd. XXII, 1889, S. 1—19
(221—239), Taf. VIII, IX.

1889 Adam Voll, Über eine seltene Missbildung (Fehlen des Penis
und des Afters, Kommunikation zwischen Blase und Rektum).
Würzburg 1889, Diss., 2 Taf. Aus Würzb. Verh. Bd. XXIII.

1890 Georgius L. Sclavunos, Untersuchungen über das Eleidin
und den Verhornungsprozess der Pars cardiaca. Würzb. Verh.
Bd. XXIV, 1 Taf.

1891 Otto v. Franqué, Beiträge zur Kenntnis der Muskelknospen
in Würzb. Verh. N. F. Bd. XXIV, S. 1—30, Taf. II.

1891 A. Voll, Über Uterus unicornis sinister in Würzb. Sitzungsber.
1891, Nr. 2 und 3.

1892 A. Frhr. v. Nothafft, Neue Untersuchungen über den Verlauf der Degenerations- und Regenerationsprozesse am verletzten peripherischen Nerven in Zeitschr. f. wiss. Zool. LV, S. 134—188, mit Taf. VI.

1893 Eduard Fiserius aus Ingolstadt, Beiträge zur Entwicklungsgeschichte von Sciurus vulgaris in Würzb. Verh. N. F. Bd. XXVI, S. 1—20 (103—122), Taf. II.

1896 Emil Becker, Über Zwitterbildung beim Schwein. Würzburg 1896, Diss., 1 Taf.

1896 Dr. med. K. Raake, Beitrag zur Lehre vom Hermaphroditismus spurius masculinus internus. Würzb. Verh. Bd. XXX, 1896, 1 Taf.

Berichtigungen.

—

Zwischen S. 159 und 160 ist einzuschieben:
-script nicht zurückbehielt und
S. 147, Zeile 17 von oben muss es heissen:
„Tölpel" statt „Lummen".